LA ISLA DE LAS TRES SIRENAS

IRVING WALLACE

LA ISLA DE LAS TRES SIRENAS

grijalbo

LA ISLA DE LAS TRES SIRENAS

Título original en inglés: *The Three Sirens*

© 1963, Irving Wallace, by arrangement
        with The New American Library of World
        Literature, Inc., New York

D.R. © 1971 por EDITORIAL GRIJALBO, S.A. de C.V.
        Calz. San Bartolo Naucalpan núm. 282
        Argentina Poniente 11230
        Miguel Hidalgo, México, D.F.

Este libro no puede ser reproducido
total o parcialmente,
sin autorización escrita del editor.

ISBN 968-419-231-2

IMPRESO EN MÉXICO

*Dedico esta obra a la memoria de
mis queridos amigos*
ZACHARY GOLD
(1918-1953)

JACQUES KAPRALIK
(1906-1960)

Existe una escala en la disolución y la sensualidad, que estos pueblos han superado, y que permanece totalmente desconocida e ignorada para las demás naciones cuyas costumbres se han estudiado desde el principio del mundo hasta la actualidad, y que ninguna imaginación sería capaz de concebir.

JAMES COOK
Relato de un viaje
alrededor del mundo
1773

Al fin estamos aislados del mundo exterior. Aquí, en estas islas de coral, a las que he dado el nombre de las Tres Sirenas, realizaré mi experimento... para demostrar de una vez por todas que el matrimonio tal como se practica en Europa es contrario a la naturaleza humana, mientras que mi Sistema, unido al sistema polinesio, puede crear una forma de matrimonio radicalmente nueva e infinitamente superior a todo cuanto se conoce en la tierra. Dará resultado. Tiene que darlo. Aquí, lejos del fanatismo propio del Trono y la Censura, lejos de los malditos Entrometidos de Coventry... aquí, entre seres libres, desnudos y sin trabas... y con infinitas bendiciones del Señor... mi Sistema completo afrontará al fin la Prueba.

DANIEL WRIGHT, Esq.
Diario
Anotación del 3 de junio de 1796

Capítulo Primero

Fue la primera de las cartas que Maud Hayden tomó de la copiosa correspondencia que aquella mañana encontró sobre la carpeta de su escritorio. Lo que le obligó a tomarla, según tuvo que reconocer, fue la hilera de sellos exóticos pegados en la parte superior del sobre. En ellos estaba reproducido «el Caballo Blanco» de Gauguin en verde, rojo e índigo y la inscripción rezaba: «Polynésie Française... Poste Aérienne.»

Desde la cumbre de sus años, Maud se percataba dolorosamente de que sus placeres se hacían cada vez menos ostensibles y eran distintos cada nuevo otoño. Los Grandes Placeres continuaban siendo retadoramente claros: sus estudios e investigaciones con Adley (que aún respetaba); su entrega al trabajo (que seguía sin flaquear); su hijo Marc (que seguía los pasos de su padre... hasta cierto punto); su reciente nuera, Claire (apacible, encantadora, demasiado buena para que fuese verdad). Eran los Pequeños Placeres los que se iban convirtiendo en algo tan esquivo e invisible como la juventud. El vigorizante paseo matinal bajo el sol de California, especialmente cuando Adley aún vivía, fue una consciente conmemoración del nacimiento de cada nuevo día. Mas a la sazón únicamente servía para recordar su artritismo. La vista de la fina cinta de carretera que conducía de Los Angeles a San Francisco, con la playa de Santa Bárbara y las espumeantes aguas del océano al fondo, especialmente contempladas desde la ventana de su estudio, situado en el primer piso, siempre le había parecido de una gran belleza. Pero entonces, al mirar por la ventana, únicamente vio los puntitos que formaban los veloces y monstruosos automóviles y le pareció oler de nuevo los gases del escape, las algas podridas y los fucos marinos que cubrían la playa al lado opuesto de la carretera de la costa. El desayuno había sido siempre para ella otro de aquellos pequeños placeres seguros, con el periódico doblado que, al abrirse, recitaba diariamente todas las locuras y maravillas del Hombre, para tomar después la

abundante colación compuesta de cereales, huevos, jamón, patatas,
café humeante con mucho azúcar, tostada con una gruesa capa de
mantequilla... En la actualidad, aquel opíparo desayuno había visto
diezmadas sus legiones por lúgubres consejos sobre el medio de
reducir el elevado porcentaje de colesterol mediante una dieta reducida en grasas y todos los sucedáneos (leche desnatada, margarina,
bróculi, budines de arroz) de la Edad de la Miseria. Y por último,
entre los pequeños placeres de todas las mañanas, figuraba el montón del correo... y esta alegría, según pudo comprobar Maud, aún
no se había desvanecido ni había sucumbido bajo su montaña de
años.

Lo bueno que tenía el correo, en opinión de Maud Hayden, era
que convertía todas las mañanas en Navidad, o al menos así lo parecía. Era corresponsal muy prolífica. Sus colegas y discípulos en estudios de antropología y etnología, esparcidos por todo el globo, eran
incansables escritores de cartas. Además, ella era un pequeño orácu-
lo, al que muchos acudían con sus enigmas, esperanzas y preguntas.
Entre las cartas que recibía en el transcurso de una semana, nunca
dejaba de haber algo curioso y lejano... la carta de un licenciado que
efectuaba su primer viaje de estudios a la India y que le explicaba
cómo la tribu de los Baigas clavaba el césped después de un terre-
moto; la de un eminente antropólogo francés que se hallaba en el
Japón, donde había descubierto que los ainos no consideraban verdaderamente casada a una joven hasta que daba a luz un hijo y que le
preguntaba si era exactamente esto lo que Maud descubrió también
entre los siameses; o la que recibió de una cadena de televisión neoyorquina, ofreciéndole unos ridículos honorarios para que se molestase en comprobar la información, que se emplearía en una emi-
sión de viajes transmitida a Nueva Inglaterra, según la cual los novios
indígenas compraban la novia al tío de ésta, y que cuando la pareja
tenía descendencia, sostenían al niño recién nacido sobre una hoguera, para asegurar su futuro crecimiento.

A primera vista, el correo de aquella mañana en particular, con
sus secretos ocultos dentro de los sobres, le pareció menos prometedor que otras veces. Al repasar las diversas misivas, Maud comprobó que las estampillas eran de Nueva York, Londres, Kansas City,
Houston y otros lugares parecidos, que no tenía nada de maravilloso,
hasta que se detuvo sosteniendo en la mano el sobre franqueado
con los sellos conmemorativos de Gauguin, en los que rezaba «Polynésie Française».

Se dio cuenta de que continuaba sosteniendo entre sus rechon-
chos dedos el grueso sobre apaisado y manoseado y después se per-

cató también de que en aquellos últimos años, su antiguo dinamismo se atascaba cada vez más, en cavilaciones y divagaciones envueltas en una vaga compasión por sí misma.

Disgustada por su proceder, Maud Hayden dio la vuelta al largo sobre y en el reverso leyó el nombre y señas del remitente, escritos en una anticuada letra inglesa de pendolista. Rezaba así: «A. Easter-day, Hotel Temehami, Rue du Commandant Destremau, Papeete, Tahití».

Trató de identificar al propietario del nombre «A. Easterday». No lo consiguió entre sus recuerdos del presente. En el pasado... el eficaz archivo de su cerebro empezó a pasar fichas... innumerables fichas... hasta que aquel nombre evocó un rostro. La impresión era borrosa y descolorida. Cerrando los ojos se concentró y poco a poco la impresión fue adquiriendo contornos más definidos.

Sí, Alexander Easterday. En Papeete. Ambos paseaban por el lado sombreado de la calle en dirección a la tienda de Easterday, que estaba en la Rue Jeanne d'Arc, 147. Él era bajo y regordete, dando la impresión de que lo habían comprimido por medios mecánicos. Nació en Memel o Dantzig o en cualquier otra ciudad portuaria que no tardó en ser borrada del mapa por las tropas de asalto... hitleria-nas. Había utilizado muchos nombres y pasaportes, y durante su largo viaje a América, donde iba en calidad de refugiado, echó el ancla en Tahití, donde terminó por afincarse y establecer un negocio. Aseguraba que en otro tiempo fue arqueólogo y que en días más felices acompañó a varias expediciones alemanas, teniendo por modelo a Heinrich Schliemann, el obstinado y excéntrico descubri-dor de Troya. Easterday era un hombre demasiado blando, dema-siado servil y adulón, para representar el papel de Schliemann, pensó ella entonces. Sí. Alexander Easterday. Ahora lo recordaba mejor, con su sombrero de hilo ridículamente ladeado, su corbata de pajarita (¡en los Mares del Sur!) y su arrugado traje gris, propio de los trópicos, que no ocultaba su barriga. Y surgían otros detalles: unas antiparras cabalgando sobre su larga nariz, un minúsculo bigotillo, una pipa apagada y ensalivada y unos abultados bolsillos abarrotados de chucherías, notas y tarjetas de visita.

A la sazón lo recordaba perfectamente. Ella pasó la tarde hus-meando su tienda, atestada de enseres polinesios, todos a precios razo-nables, y se marchó con un par de carracas de bambú de Bali, una maza de guerra de madera tallada, procedente de las Marquesas, una falda samoana, una colchoneta de las islas Hélice y una antigua escudilla de madera, utilizada en Tonga en las grandes ocasiones y que actualmente adornaba el aparador de su living. Antes de irse de

Tahití, recordaba que ella y Adley —quiso que Adley lo conociese—
invitaron a Easterday al restaurante situado en el último piso del
Gran Hotel. Su invitado demostró poseer una cultura enciclopédica y
les proporcionó datos que aclararon pequeños enigmas surgidos
durante su medio año de permanencia en la Melanesia. Estuvieron
allí hacía ocho años, pronto haría nueve, cuando Marc cursaba el
último año de universidad (y se mostraba contrario a la influencia de
Alfred Kroeber, sólo porque ella y Adley tenían en gran estima a
Kroeber, estaba segura de ello).

Al evocar aquellos años muertos, Maud recordó haber visto por
última vez el nombre de Easterday un par de años después de que
se conocieran en Tahití. Por aquella época acababan de publicar su
estudio sobre los indígenas de Bau, una de las islas Fidji, y Adley le
dijo que debía enviar un ejemplar dedicado de la obra a Easterday.
Ella así lo hizo y varios meses después Easterday le agradeció el
envío con una breve carta, cortés y formularia, pero en la que manifestaba verdadera alegría porque tan augustos conocidos se hubiesen acordado de él... utilizó efectivamente la palabra «augustos», lo
cual disipó las pocas dudas que pudiesen quedar a Maud acerca de la
formación de Easterday, que llevaba el cuño de la Universidad de
Gotinga.

Esta fue la última noticia que tuvo Maud de «A. Easterday»...
aquella esquela de gracias recibida hacía seis o siete años... hasta
aquel mismo momento. Examinó las señas de Easterday. ¿Qué podía
querer de ella aquel ser borroso y medio olvidado, que se dirigía a
ella a través de tantas millas de océano? ¿Dinero, una recomenda-
ción, datos acaso? Sopesó el sobre en la palma de la mano. No, era
demasiado grueso para contener una petición. Más bien le olía a
oferta. En aquel sobre, pensó, Easterday le enviaba algo que tenía
que quitarse de encima.

Tomó de su mesa la daga achanti —recuerdo de su viaje a África
en aquellos tiempos de entreguerras en que aún no había nacido
Ghana— y con un solo y experto golpe, rasgó el sobre.

Desplegó las finas hojas de papel de avión. La carta estaba pulcramente mecanografiada con una máquina vieja y defectuosa, que
llenaba de agujeros las palabras —especialmente cuando éstas contenían una e o una o—, pero sin embargo, la misiva estaba pulcra y
laboriosamente escrita a un solo espacio. Hojeó el mazo de papel
de avión, contando veintidós hojas. Necesitaría tiempo para leerlas.
Tenía que despachar el resto de la correspondencia y tomar unas
notas para sus clases de aquella mañana. Sin embargo, sentía el
curioso, antiguo y familiar aguijón de su segundo yo, aquella Maud

Hayden nada intelectual y menos objetiva, que se agazapaba en su interior y que ella mantenía oculta porque precisamente era su yo femenino, intuitivo y sin un adarme de espíritu científico. Entonces aquel segundo yo volvió por sus fueros, para recordarle los misterios y emociones que con tanta frecuencia en años ya lejanos le llegaron de tierras exóticas. Su segundo yo raras veces pedía la palabra, pero cuando lo hacía, ella no podía hacerle caso omiso. Sus mejores momentos fueron debidos a haberle obedecido.

Dejando a un lado el sentido común y el apremio de tiempo, sucumbió a la tentación. Se repantigó pesadamente en la butaca giratoria, haciendo oídos sordos a sus metálicas protestas, levantó la carta, la acercó a sus ojos y empezó a leer lentamente lo que confiaba fuese el mejor de los pequeños placeres de aquel día:

PROFESOR ALEXANDER EASTERDAY
HOTEL TEMEHAMI
PAPEETE, TAHITI

Dra. Maud Hayden
Decano de la Facultad de Etnología
Edificio de Ciencias Sociales, Sala 309
Colegio Raynor
Santa Bárbara, California, Estados Unidos

Apreciada Dra. Hayden:

Estoy seguro de que esta carta constituirá una sorpresa para usted y confío en que aún no haya olvidado mi nombre. Me cupo el gran honor de acompañar a usted y a su ilustre esposo hace diez años, cuando ustedes pasaron varios días en Papeete, durante su viaje de las islas Fidji a California. Supongo que recordará usted la visita que efectuó a mi tienda de artículos polinesios, situada en la Rue Jeanne d'Arc, donde tuvo usted la bondad de felicitarme por mi colección de piezas arqueológicas primitivas. También constituyó un momento memorable en mi vida, la amable invitación que me hicieron usted y su esposo para que les acompañase a cenar.

Aunque vivo al margen de las corrientes principales de nuestro tiempo, no he perdido contacto con el mundo exterior, gracias a la suscripción a varias publicaciones de arqueología y etnología, así como a *Der Spiegel*, de Hamburgo. Por lo tanto, he podido seguir más o menos sus actividades, lo cual ha hecho que me sintiese orgulloso de haberla conocido. Asimismo adquirí algunos de sus primeros libros en fecha reciente, en las ediciones en rústica, que para mí resultan más accesibles, y los he devorado con enorme interés.

Estoy convencido, y no soy el único en creerlo, de que su eminente esposo y usted han efectuado las aportaciones más importantes a la etnología moderna.

Por consiguiente, leí con el más profundo asombro y pesar, hace tres o cuatro años, la noticia del fallecimiento de su esposo, que fue publicada en *Les Debats*, nuestro semanario local. La noticia me impresionó demasiado para darle entonces mi pésame, pero ahora que han pasado ya unos años, le ruego que reciba mi más sincera condolencia. Espero que habrá sabido sobrellevar con fortaleza esta pérdida y que actualmente se encontrará repuesta y en buena salud, dedicada de nuevo a la enseñanza, a escribir nuevos libros y a viajar. Únicamente tengo las señas que figuraban en la tarjeta que usted me entregó, y confío en que esta carta llegará a sus manos, pero si ha cambiado de domicilio, estoy seguro de que las autoridades de Correos, de todos modos harán llegar la carta a su destino. Lo que me hace decir «confío que esta carta llegará a sus manos» es el convencimiento de que su contenido podrá interesarla profundamente y acaso ejerza un gran efecto en el curso ulterior de sus trabajos.

Antes de pasar a informarla de las curiosísimas noticias que han llegado a mi conocimiento, debo refrescar su memoria —caso de que esto sea necesario— sobre parte de la conversación que sostuvimos hace diez años, después de cenar juntos en Papeete, cuando tomábamos café y usted y su esposo me daban las gracias por las pequeñas anécdotas e historias que acababa de referirles. Tomamos en silencio el licor durante unos minutos y entonces usted me dijo lo siguiente, puedo repetirle, no por recordar sus palabras, lo cual se prestaría a error, sino porque las guardo anotadas en un diario que llevo desde hace varios años. Dijo usted en aquella ocasión:

«Profesor Easterday, nuestro viaje a Fidji, nuestros desplazamientos por toda la Melanesia y últimamente nuestras breves visitas a Tonga, las islas Cook, las Marquesas y nuestra actual visita a Tahití, han dado tal fruto, que mi esposo y yo estamos convencidos de que debemos visitar de nuevo estas regiones. Queremos volver a la Polinesia en un próximo futuro. No obstante, tiene que haber una razón, un motivo, para esta nueva visita. Y aquí es donde usted puede sernos útil, profesor Easterday. He aquí lo que vamos a pedirle: si alguna vez se entera usted de la existencia de un pueblo polinesio en un atolón desconocido, cuya cultura no haya sido contaminada por contactos exteriores ni se haya visto sujeto a estudio científico, deseo que nos comunique inmediatamente tal descubrimiento. Si este pueblo y el atolón en que vive son dignos de que emprendamos su estudio, si pueden enseñarnos algo acerca de las costumbres humanas, organizaríamos una expedición. En cuanto a usted, cuente con una buena recompensa».

Cuando escuché estas palabras, Dra. Hayden, me conmovió la fe que usted depositaba en mí. Al propio tiempo, como usted recordará, tuve que reconocer que no creía serle de mucha ayuda. Le dije que, según yo creía saber, no existían islas de importancia, o sea habitadas, que no fuesen conocidas y no figurasen en las cartas marinas por haber sido visitadas y estudiadas. A continuación le dije francamente que entre exploradores, misioneros, balleneros, comerciantes y después militares, turistas, pescadores de ostras y etnólogos, habían llegado hasta el último rincón de aquella zona y que era muy poco probable que quedase aún alguna isla desconocida o virgen.

A pesar de mi tajante afirmación, si no recuerdo mal, usted no dio su brazo a torcer. Después supe que esta actitud es típica en usted y que su perspicacia, optimismo y tenacidad han contribuido a ganar su bien merecida fama. Y así fue cómo usted entonces me dijo:

«Profesor Easterday, si bien usted conoce Oceanía mejor que nosotros la conoceremos jamás, debo decirle que nuestra experiencia previa en otros muchos lugares nos ha enseñado que no todo está descubierto ni es conocido y que la naturaleza aún sabe reservarnos sus pequeñas sorpresas. A decir verdad, yo he conocido personalmente a varios etnólogos que estuvieron en el Pacífico con las fuerzas armadas durante la última guerra y me confesaron haber visitado media docena de islas desconocidas, habitadas por tribus primitivas, y que no figuraban en ningún mapa existente. Estos etnólogos se mostraron muy reticentes acerca de estas islas vírgenes y no mencionaron su situación a nadie, por temor a que las pusiesen en las cartas marinas y en los mapas. Prefirieron guardárselas para sí y reservarlas para el día en que disponiendo de tiempo y dinero pudiesen organizar una expedición particular para investigarlas científicamente. Como usted puede comprender, esta clase de exclusivas tiene a veces gran importancia en las ciencias sociales. Yo estoy convencida de que entre los diez mil y pico de atolones, islas de coral e islas volcánicas de Oceanía, debe de haber algunas islas perdidas, por así decir, dignas de un meticuloso estudio. Se lo repito, profesor: si alguna vez se enterase usted de la existencia de una de estas islas, habitada por un pueblo cuyas costumbres permanezcan aún ignoradas, le ruego que se acuerde de nosotros y del profundo interés que sentimos por semejante descubrimiento. No olvide lo que esta noche le digo, profesor Easterday. No lo olvide. Y le prometo que llegado el caso, no tendrá que lamentarlo.»

No olvidé ni por un momento lo que hablamos aquella noche, doctora Hayden. Usted acaso lo haya olvidado, después de los muchos años transcurridos, pero yo no. Lo que usted me pidió ha estado siempre en el fondo de mi espíritu. Aunque, justo es reconocerlo, en los últimos años, especialmente cuando la civilización occidental, con sus máquinas y reactores, fue esparciéndose cada vez más por el sur del Pacífico, yo pensé que su esperanza y la búsqueda que yo debía emprender para satisfacerla, no eran más que una quimera imposible. Tanto usted como yo, sabemos que en el planisferio terrestre aún existen regiones inexploradas —el interior de la Nueva Guinea holandesa, zonas fronterizas entre China, Birmania y la India, las selvas del alto Amazonas—, donde habitan tribus jamás vistas por el hombre blanco. Pero su idea de una isla habitada en plena Oceanía, que aún no hubiese sido visitada por nadie, me parecía un sueño. Debo confesar que terminé por abandonar casi totalmente la empresa, sin prestar oídos a rumores o confidencias que pudiesen resultar de interés para convertir su sueño en realidad. Hasta que de pronto, la semana pasada, por pura casualidad y cuando ya había dejado de pensar en la cuestión, he aquí que ocurrió algo inesperado. Sí, Dra. Hayden, he encontrado la isla de sus sueños.

Le ruego que me perdone si mi falta de dominio del inglés no me permite expresar toda la emoción que me embarga al comunicarle esto por escrito. ¡Cómo desearía saber expresarme bien en su idioma, en un momento como éste! Pese a mis limitaciones, sin embargo, me esforzaré por participarle lo mejor posible el entusiasmo y la emoción que me dominan.

Después de una década he conseguido encontrar, entre los millares de islas de Oceanía, el paraíso hasta ahora desconocido, habitado por un pueblo ignorado, tal como usted soñaba. No hablo de oídas ni se trata de patrañas de indígenas, Dra. Hayden. Le hablo con la autoridad que me confiere mi experiencia de primera mano. Sepa usted que me he paseado por esta isla diminuta. He convivido brevemente con sus habitantes, mestizos de polinesio e inglés, como en el caso de la isla de Pitcairn (1). He podido observar y estudiar un poco las costumbres de esta tribu, exponente de una de las más peculiares y extrañas civilizaciones aisladas que hoy subsisten en la Tierra. Me esfuerzo por ver este descubrimiento mío a través de sus ojos expertos y experimentados y vislumbro un estudio que puede tener gran importancia en su obra y constituir una útil aportación para la humanidad actual.

Este archipiélago ignorado de los Mares del Sur, formado por una pequeña isla volcánica, cubierta de vegetación lujuriante, y dos diminutos atolones, se llama las Tres Sirenas.

No trate de localizar las Tres Sirenas en ningún mapa conocido. No las encontrará. No han sido oficialmente descubiertas, en beneficio de las autoridades y del público. No intente tampoco hallar referencia a estas islas en libros de viajes o estudios sobre Oceanía. Por lo que se refiere a la Geografía y la Historia, son inexistentes. Confíe en la palabra de este viejo erudito: Aunque las Tres Sirenas son microscópicas si las comparamos con Tahití, Rarotonga o la isla de Pascua, e incluso la isla de Pitcairn, son tan reales como éstas. En cuanto a su población, su número no rebasa las doscientas almas. Con excepción de mi humilde persona y otros dos blancos, no las ha visitado ningún hombre que actualmente esté con vida.

---

(1) Pitcairn es la isla desierta donde se establecieron en 1789 los célebres amotinados de la *Bounty*, con sus esposas tahitianas. En la actualidad, la isla está poblada por los descendientes de aquéllos, en número de unos dos centenares. *(N. del T.)*

Lo que resulta más extraordinario acerca de los moradores de las Tres Sirenas —quiero decírselo ante todo, pues si esto no le interesa, ya no necesita molestarse en seguir leyendo y yo, aunque muy a pesar mío, tendría que dirigirme a otra persona— lo que resulta más extraordinario, repito, es la actitud de esas gentes ante el amor y el matrimonio, actitud verdaderamente avanzada, y, pudiera añadir, incluso, *sorprendente*. Estoy seguro de que no existe nada parecido a estas costumbres en ninguna otra sociedad del globo.

No quiero hacer comentarios acerca de las ventajas o los defectos que puedan tener las costumbres sexuales y conyugales que se practican en las Tres Sirenas. Me limitaré a decir, sin equivocarme, que me han dejado de una pieza. Y le aseguro, Dra. Hayden, que no hablo como hombre ignorante, inexperto y sin cultura, sino como hombre de ciencia y hombre de mundo.

Si he conseguido picar su curiosidad, como así espero, le ruego que continúe leyendo. Pero recuerde, mientras tal haga, que no le cuento historias fantásticas, sino que hablo con la fría objetividad de un arqueólogo educado en la escuela alemana. Recuerde también las palabras inmortales de Hamlet: «Hay más cosas en el cielo y en la Tierra, Horacio, de las que tú has podido soñar en tu filosofía».

Voy a exponer por orden cronológico cómo llegué a verme envuelto en este descubrimiento casual, así como lo que descubrí, lo que observé, lo que oí y, teniendo en cuenta que esto pueda interesarle, las medidas prácticas que pueden adoptarse al respecto.

Hará cosa de seis semanas se presentó en mi tienda un caballero australiano de media edad, alto y de porte aristocrático, que dijo llamarse Mr. Trevor, de Canberra. Me dijo que acababa de terminar un viaje durante el cual recorrió la Samoa occidental, las Marquesas, las Cook y otras islas y que deseaba llevarse a Australia algunos recuerdos de la Polinesia. Oyó hablar de mi colección de antigüedades y de mi reputación de honradez y se presentó con la idea de comprar algunas chucherías. Yo le hice visitar la tienda, explicándole el origen, la historia, la utilidad y el significado de las diversas piezas que contenía y al poco tiempo, se sintió tan cautivado por mis amplios conocimientos sobre los Mares del Sur, que empezó a hacerme preguntas acerca de muchas de aquellas islas y de los viajes que yo había efectuado por ellas, a fin de adquirir piezas para su colección. Terminó por quedarse varias horas conmigo, tomamos el té y aunque sólo me hizo compras por valor de 1.800 francos del Pacífico, cuando se marchó sentí que se fuese, pues resulta muy raro encontrar oyentes cultos por estas latitudes.

Creí que no volvería a ver más a Mr. Trevor, así que ya puede usted imaginar mi sorpresa cuando a la mañana siguiente, poco después de abrir la tienda, lo vi reaparecer. Esta vez no venía a adquirir recuerdos, dijo, ni a escucharme, sino a saber cuál era mi respuesta a una proposición comercial que iba a hacerme. Agregó que le había causado gran impresión el conocimiento por mí desplegado sobre

las numerosas islas indígenas de la Polinesia. Buscaba precisamente
una persona como yo y durante todo su viaje no encontró a nadie
de confianza ni con los necesarios conocimientos, hasta que tuvo la
suerte de dar conmigo. Como me consideraba demasiado bueno para
ser verdad, pidió informes a personas importantes de Tahití la noche
anterior y todos ellos me elogiaron y recomendaron.

Sin más preámbulos, Mr. Trevor pasó a exponerme el asunto en
cuestión. Dijo que representaba a un sindicato de hombres de negocios de Canberra que creían en el futuro de la Polinesia y deseaban
efectuar buenas inversiones en aquella región del globo. Acariciaban
muchos y variados proyectos, pero entre los primeros, figuraba una
flotilla de pequeños aviones de pasajeros destinados a transportar
turistas entre las islas mayores y las más pequeñas, pero más pinto-
rescas. La compañía, que se llamaría «Vuelos Interoceánicos», ofrecería tarifas de pasaje y fletes más bajos que Qantas, la TAI francesa,
las «South Pacific Air Lines», la TEAL neozelandesa y varias otras.
Confiaban principalmente en poder ofrecer un servicio de comunicación a pequeña distancia, de mayor movilidad y abarcando mayores
espacios que las compañías importantes. Al emplear aviones ligeros,
los campos de aterrizaje podían ser más pequeños y de construcción
más económica, lo mismo que los servicios anejos, lo cual permitiría
ofrecer unas tarifas bajas. Mr. Trevor me explicó, que ya se habían
tomado disposiciones en toda la Polinesia, de acuerdo con los gobiernos extranjeros, pero faltaba aún el emplazamiento de otro aeródromo.

Mr. Trevor no podía quedarse por más tiempo allí, entregado a
la tarea de localizar este último y escurridizo aeródromo. Necesitaba
alguien que lo sustituyese. Por esta razón vino a verme, para propo-
nerme lo siguiente: que yo efectuase varios reconocimientos aéreos,
en un avión particular y en dos direcciones. Primeramente, quería
que reconociese el corredor que se extendía entre Tahití y las islas
Marquesas. Si allí no encontraba el sitio adecuado, creía que lo
mejor era buscar al sur de Tahití, recorriendo el extremo triángulo
cuyos vértices eran las islas Tubuai, la isla de Pitcairn y Rapa Nui, y
si fuera necesario, llegando incluso, más al Sur, alejándome de las
rutas marítimas.

Lo que «Vuelos Interoceánicos» deseaban, era una pequeña isla
deshabitada, con una meseta o zona plana susceptible de ser excava-
da, en la que se pudiese construir una pista de aterrizaje de unos
dos kilómetros y medio de longitud. Era preferible una isla deshabitada, porque así la tierra podría arrendarse barata al descuidado
gobierno propietario de la isla. Por otra parte, si él encontraba la
isla apropiada y ésta resultaba estar habitada por una sola tribu o
un puñado de indígenas —blancos no, naturalmente—, también serviría. Los indígenas podían ser trasladados a otra isla, indemnizán-
dolos debidamente, y la tierra podría comprarse igualmente a buen
precio.

Mi tarea consistiría, añadió Mr. Trevor. en localizar tres o cuatro islas que reuniesen semejantes condiciones y después aterrizar en ellas para visitarlas, enviando acto seguido un detallado informe a Canberra. Los expertos que trabajaban para Mr. Trevor estudiarían mi informe, escogerían una o dos islas con carácter preferente y enviarían los especialistas, para que adoptasen la decisión final. Por el reconocimiento aéreo, yo cobraría 500 dólares. Por el informe completo, si resultaba que mis gestiones habían tenido éxito, percibiría otros 3.000 dólares.

A pesar de que me gustaba viajar entre las islas de la Polinesia, aquella empresa no era de mi agrado. En primer lugar, siento aversión a los aviones. Por otra parte, no tengo demasiados arrestos para explorar tierras yermas y estériles, perdidas en el confín del mundo. Sin embargo, Dra. Hayden, no tengo por qué ocultarle que últimamente no he estado nadando en la abundancia, ni mucho menos. No pretendo engañarla ni pasar por quien no soy. En la actualidad, mi vida diaria es una lucha constante. Tengo que enfrentarme con la creciente competencia de los comerciantes indígenas. Cada vez me resulta más difícil encontrar objetos de valor. Por consiguiente, siempre que se presenta una oportunidad de complementar los escasos ingresos que me produce la tienda, usted comprenderá que no puedo despreciarla. Aunque el presupuesto de gastos de Mr. Trevor era limitado, la suma final que debía pagarme era considerable, muy superior desde luego a los ingresos que pudiera darme en un año mi tienda y los otros negocios que poseo. Así es que no tuve más remedio que aceptar la proposición.

Después de recibir instrucciones detalladas y cuando Mr. Trevor tomó el avión para regresar a Australia, traté de fletar inmediatamente un hidroavión particular. Los que había disponibles en Papeete, como por ejemplo los dos hidroaviones de la RAI que llevan turistas a Bora Bora, resultaban demasiado caros. Así es que continué haciendo indagaciones y cuando expuse el caso al barman de Quinn's, él me dijo que conocía precisamente al hombre que necesitaba, añadiendo que uno de sus clientes, el capitán Ollie Rasmussen, de quien yo recordaba haber oído hablar, era dueño de un viejo hidroavión que compró a una empresa norteamericana poco después de la segunda guerra mundial. El barman me confió que Rasmussen vivía con su esposa polinesia en una casita de Moorea que, como usted sabrá, se encuentra a un paso de Hawai, y que tenía un almacén junto al Quay du Commerce. Rasmussen se dedicaba a la importación-exportación, según creía el barman, y empleaba el hidroavión para transportar sus artículos. De todos modos, venía a Papeete una vez por semana y no me resultaría difícil verlo.

A los pocos días me entrevisté con el capitán Rasmussen y su copiloto, un joven indígena de veinte años escasos llamado Richard Hapai. El aliento de Rasmussen olía a whisky, soltaba tacos al hablar y su aspecto general no inspiraba confianza. Yo sentí ciertos recelos. Resultó que en efecto poseía un viejo Vought-Sikorsky, un tosco y desvencijado bimotor que podía alcanzar una velocidad máxima de 275 kilómetros por hora, pero lo tenía limpio y cuidado. Esto hizo que sintiese de nuevo respeto por él. Rasmussen era un hombre pintoresco y parlanchín, que se deshacía en lamentos por la necesidad en que se vio en 1947 de cambiar su vieja goleta perlera por un hidroavión, pero creo que sentía más afecto por el hidroavión de lo que él mismo quería admitir. Efectuaba vuelos semanales entre las islas, de dos días de duración, mas a pesar de ello disponía de tiempo para alquilarme su aparato y sus servicios sin objeciones. Estuve regateando con él durante una hora y por último cedió a llevarme en tres vuelos de reconocimiento, dos de breve duración y uno más largo, sin aterrizar más de tres veces, por 400 dólares.

Hace quince días, con Rasmussen y Hapai en la carlinga, efectuamos nuestro primer vuelo de exploración. Debo reconocer que el capitán Rasmussen conoce mejor que yo la región que se extiende entre Samoa y las Marquesas y me mostró buen número de atolones deshabitados cuya existencia yo siempre había sospechado, pero que no aparecen en los mapas. No obstante, ninguno de ellos era adecuado para «Vuelos Interoceánicos», por no reunir las condiciones requeridas. La segunda expedición, efectuada pocos días después, dio los mismos resultados negativos, aunque ordené a Rasmussen que amerizase para visitar un atolón. Yo estaba muy desanimado, pues veía que se me escapaban los 3.000 dólares que me habían ofrecido, pero confiaba aún en que el tercer vuelo, que era el más largo, serviría para descubrir lo que deseaba. Pero este tercer vuelo se aplazó durante varios días. Rasmussen se hallaba ausente de Papeete y nadie conocía su paradero. Por último se presentó en mi hotel, hace cinco días, dispuesto a despegar al amanecer para un reconocimiento de dos días, interrumpido únicamente por las paradas necesarias para repostar, una noche en Rapa y las órdenes que yo le daría para que descendiese cuando encontrase algo que pareciese reunir condiciones.

No hace falta, Dra. Hayden, que la obligue a compartir la desesperación que yo sentí durante aquel último vuelo de reconocimiento. El primer día no ofreció resultado alguno. El segundo día, después de salir de Rapa al amanecer, nos dirigimos hacia el Sur, subiendo y bajando durante varias horas, muy lejos de las rutas oceánicas frecuentadas, examinando una isla de coral tras otra. Ninguna de ellas era adecuada para las finalidades expuestas por Mr. Trevor y era inútil que tratase de seguir engañándome. A media tarde, Rasmussen puso la reserva y dio media vuelta para volver a nuestra base, refunfuñando y diciendo que nos habíamos alejado demasiado para regresar a Tahití a una hora razonable de la noche. Yo le indiqué que dirigiese el hidroavión por el Nordeste, a fin de rozar las islas Tubuai al regresar a Tahití. Rasmussen no se mostraba muy dispuesto a hacerlo, arguyendo que le quedaba muy poca gasolina, por último se compadeció de mi abatimiento y accedió a mi petición, entre trago y trago de whisky.

Hapai empuñaba los mandos del aparato, Ramussen pronto estaría borracho perdido y yo me agazapaba entre ambos, atisbando por la ventanilla, cuando vi la vaga silueta de una isla que brillaba al sol poniente a mucha distancia. Exceptuando el archipiélago de las Tubuai, para el que aún faltaba mucho, yo no me hallaba familiarizado con aquella región. Sin embargo, comprendí que aquella mota de tierra no podía ser una isla conocida ni importante.

«¿Qué es esa tierra que se ve allá abajo?», pregunté al capitán Rasmussen.

Hasta aquel momento, pese a su aspecto rudo, Rasmussen me había parecido un compañero muy servicial y campechano. Me desagradaban ciertas expresiones vulgares de su lenguaje y procuraba olvidarlas; sin embargo, esta vez trataré de reproducir sus palabras tal como las pronunció, para que usted pueda experimentar lo mismo que yo experimenté aquel atardecer en el aire.

Cuando yo le pregunté qué era aquella mota de tierra que se veía a lo lejos, el capitán Rasmussen rezongó:

«¿Que es? No es nada... un asqueroso atolón... desierto... con un poco de hierba... tal vez guano... sin agua, sin vida, excepto albatros, gaviotas y golondrinas de mar... únicamente es bueno para las aves no para los aviones».

Esta explicación distaba mucho de dejarme satisfecho. Recuerde usted que yo poseo ciertos conocimientos acerca de aquellas islas.

Así es que volví a la carga:

«No me parece que sea precisamente un atolón pequeño. Más bien me parece una isla bastante grande, con una meseta madrepórica. Incluso pudiera ser una isla volcánica. Si a usted no le importa, me gustaría examinarla con más atención».

Recuerdo que al oír estas palabras el capitán Rasmussen pareció serenarse de pronto y cuando habló, lo hizo con cierta aspereza:

«No me importa perder el tiempo dando un rodeo. De todos modos, yo he cumplido mi misión... casi está anocheciendo... me queda poca gasolina... y aún tenemos que cubrir mucha distancia. Valdrá más que no vayamos».

Algo que percibí en su tono de voz, en sus modales, en su mirada furtiva, me hizo sospechar de pronto de su integridad. Resolví no dar el brazo a torcer.

«¿Dice usted que está deshabitada?» —insistí.

«Sí, eso digo.»

«Entonces, insisto en verla con más atención. Mientras estemos en este avión, fletado por mí, creo conveniente que usted se acomode a mis deseos.»

Sus lacrimosos ojos de beodo parecieron hacerse más claros y vivos.

«¿Quiere usted buscarse dificultades, profesor?»

Yo me sentía muy violento, pero me arriesgué. Era demasiado importante lo que estaba en juego para mostrarme tímido en aquellos momentos. Le contesté en el mismo tono:

«¿Y usted, trata de ocultarme algo, capitán?»

Esta pregunta le enfureció. Estaba seguro de que iba a maldecirme. Pero en lugar de hacerlo, se inclinó hacia su piloto auxiliar indígena.

«Muy bien, démosle gusto... acércate un poco más, Hapai, para que vea que no hay nada en las Sirenas; sólo acantilados, piedras y unas cuantas colinas.»

«¿Las Sirenas? —me apresuré a preguntarle—. ¿Así se llama esa isla?»

«No figura en las cartas y no tiene nombre en ellas.»

Se había puesto extremadamente murrioso.

El hidroavión ya había descrito un gran círculo y avanzaba hacia la distante mota de tierra, que poco a poco iba haciéndose más visible hasta que pude distinguir escarpados farallones marinos y lo que parecía ser una meseta con un cono volcánico al extremo.

«Bien, hasta aquí no más» —dijo Rasmussen a su ayudante. Luego agregó, dirigiéndose a mí—: «Véalo usted mismo, profesor... no hay sitio para aterrizar».

Esto sería cierto, caso de no haber tal meseta, pero yo sospechaba que la había y así se lo dije a Rasmussen, pidiéndole que volase más cerca y más despacio, para que yo pudiese salir de dudas. Rasmussen, que refunfuñaba entre dientes, se disponía de nuevo a presentar objeciones, cuando yo le interrumpí con toda la severidad de que fui capaz.

«Capitán —le dije— tengo una idea bastante clara de nuestra situación. Así es que si usted se niega a que vea esta isla como deseo, encontraré a alguien que me llevará a ella mañana mismo.»

Esto era pura fanfarronada, porque casi se me habían terminado los fondos que me adelantó Mr. Trevor y además, no estaba muy seguro de nuestra situación exacta, pero al pronunciarla, casi creí en mi amenaza.

Rasmussen guardó silencio un momento. Me miraba parpadeando y pasándose la lengua por los labios resecos. Cuando finalmente habló, lo hizo con voz algo insinuante y siniestra:

«En su lugar, yo no lo haría, profesor. Usted y yo hemos hecho un arreglo amistoso para hacer un viaje tranquilo y de carácter particular. Yo me he mostrado muy generoso con usted. Nunca había traído a nadie por esta zona. Será preferible que no trate de aprovecharse de las buenas disposiciones del capitán.»

Rasmussen me inspiraba cierto temor pero también tenía miedo de fallar en la misión que me habían encomendado. Me esforcé por mantener mi nota jactanciosa.

«Este cielo y este océano son libres —dije, antes de repetir—: Nadie podrá impedir que vuelva aquí especialmente ahora, cuando estoy seguro de que usted me oculta algo.»

«Habla usted a tontas y a locas —gruñó Rasmussen—. Hay un millón de islas desiertas como ésta. Nunca sabrá cuál es. Le será imposible encontrarla.»

«La encontraré, aunque tenga que estar buscándola un año —afirmé con énfasis—. Para ello cuento con mis amigos de Canberra y toda su flota aérea. Tengo una idea bastante aproximada de dónde estamos. He observado ciertas señales. —Me lo jugué todo a una carta—. Si usted piensa ponerme obstáculos, muy bien, hágalo. Volvamos a Tahití y pondré este asunto en manos de otros pilotos, que cumplirán las instrucciones de quien les paga.»

Temí que Rasmussen estallase o tratara de agredirme, pero se hallaba tan alcoholizado que sus reacciones eran tardías y lentas. Me miró torciendo el gesto y, sin dejar de farfullar, se volvió a su copiloto.

«Lleva a este hijo de... hacia las Sirenas. Hapai. A ver si así se calla de una vez.»

Durante los diez minutos siguientes, volamos en irritado silencio sobre el océano, hasta llegar a la isla que, según pude observar entonces, no era una sino tres. Distinguí fugazmente dos diminutos atolones, cada uno de los cuales medía menos de medio kilómetro de circunferencia. Eran atolones madrepóricos que apenas se levantaban sobre el nivel del mar, con un poco de terreno seco, alguna hierba, vegetación baja y palmeras. Uno de ellos mostraba una minúscula y encantadora laguna. En comparación con estos atolones, la isla principal era grande, pero sus dimensiones eran modestas al lado de otras islas de la Polinesia. Me pareció que no tenía más de seis kilómetros y medio de longitud por unos cinco de anchura. A causa de la rapidez con que pasamos sobre ella, sólo pude distinguir el alto cráter volcánico con sus empinadas laderas recubiertas de un espeso manto verde, pinos retorcidos, bosques formados por árboles de maderas duras, algunos valles cubiertos de lujuriante vegetación, una resplandeciente laguna de color cobrizo, innumerables hondonadas y barrancos y unos enormes acantilados que defendían completamente la isla.

Y entonces distinguí la ansiada meseta. Se hallaba cubierta de una gruesa alfombra de verde y lozana vegetación; era plana y regular, sin que en ella se alzasen peñascos. El terreno era liso, sin grietas ni barrancos. Entreví confusamente que la meseta descendía hacia el mar por unas boscosas laderas, que terminaban junto a una estrecha playa arenosa.

«No hay ningún fondeadero para barcos —decía Rasmussen, sin ocultar su satisfacción—. Hay muy poco calado... arrecifes sumergidos... peñascos... los vientos del Norte harían pedazos cualquier embarcación. Por esto nunca vine a recalar aquí cuando tenía la goleta. Sólo es posible hacerlo con este hidroavión.»

«Hay una meseta —dije, sin poder ocultar apenas mi entusiasmo—. Es un sitio perfecto.»

Tan absorto y arrobado quedó Rasmussen al ver la isla mayor del grupo, que pareció haber echado al olvido mi propósito. Mis palabras lo volvieron de pronto a la realidad.

«Quiero que descendamos —dije. Tuve que repetírselo varias veces, como un niño que se deleita repitiendo el nombre de un dulce—. Quiero verlo por mis propios ojos.»

Tenía el corazón rebosante de esperanza, pues comprendí que aquella era la isla que buscaba. Me permitiría cumplir satisfactoriamente la misión encomendada por Mr. Trevor y «Vuelos Interoceánicos». Recibiría mi paga.

«No» —contestó el capitán Rasmussen.

«¿No? —repetí con incredulidad—. ¿Qué significa esto?»

Habíamos virado para pasar de nuevo sobre la isla principal. Rasmussen indicó con ademán vago la ventanilla.

«Hay mucho oleaje... las rompientes... muy mal tiempo... volcaríamos.»

Yo miré hacia abajo.

«El mar está como un lago. Apenas se mueve.»

«No es posible —murmuró Rasmussen—. Hay otras cosas. Es peligroso. Hay cazadores de cabezas... caníbales...»

«Usted ha dicho que estaba deshabitada» —le recordé con severidad.

«Lo había olvidado.»

Yo sabía que por aquellas latitudes no había caníbales. Sin embargo, no podía llamarle embustero. Así es que dije:

«Estoy dispuesto a correr ese riesgo, capitán. Le ruego que ordene a Mr. Hapai que americe. Únicamente necesitaré un par de horas a lo sumo».

Rasmussen continuaba impertérrito y en sus trece.

«No es posible —dijo con voz débil—. Soy responsable de su seguridad».

«Yo sé velar por mí —dije con voz firme—. No necesito que lo haga usted. Se lo he dicho dos veces y ahora vuelvo a repetírselo... si continúa impidiendo que visite esta isla, volveré mañana con otra persona, más dispuesta a cooperar conmigo.»

Rasmussen me miró de hito en hito durante unos segundos. Únicamente se oía el zumbido de los dos motores del avión. Sus facciones nórdicas, surcadas por arrugas y sin afeitar, eran la imagen de la consternación. Finalmente, casi sin emoción alguna, observó:

«Tendría que abrir la portezuela y tirarle de cabeza al mar».

No pude comprender si bromeaba, pero su rostro no mostraba el menor indicio de que lo hiciese.

«Hay varias personas que saben que he salido con usted —dije—. Lo aguillotinarían si me arrojaba al mar.»

Él echó un vistazo por la ventanilla.

«Todo esto no me gusta nada —dijo—. ¿Por qué habré tenido que enredarme con usted? Si le llevo ahí abajo... —No terminó la frase y movió la cabeza—. Me está creando muchas dificultades, profesor. Yo me comprometí a no traer nunca a nadie a las Tres Sirenas.»

Sentí que la sangre me palpitaba en las sienes. De modo que aquellas islas perdidas estaban posiblemente habitadas. ¿Ante quién se había comprometido Rasmussen a no traer ningún visitante? ¿Qué ocultaba aquel hombre acerca del trozo de tierra que teníamos bajo nuestros pies? Aquel misterio ejercía sobre mí tanta fascinación como la posible pista de aterrizaje.

«¿Descendemos o no?» —insistí.

«No me queda otra alternativa —dijo Rasmussen, presa de una evidente desesperación—. En su lugar, yo me pondría visera como los caballos, cuando bajase a tierra. Ocúpese de encontrar su condenado campo de aviación y nada más.»

«Esto es lo único que me interesa.»

«Ya veremos —dijo Rasmussen, enigmático. Después miró a Hapai—. Comunícales que bajo. Después retírate y disminuye la velocidad hasta cien kilómetros por hora... El estado del mar nos permitirá posarnos a media milla de la playa. Entonces tomaremos el bote neumático.»

Cuando el hidroavión dio la vuelta, Rasmussen se levantó de su asiento con un suspiro y se fue a la cola del aparato, colocándose junto a la banda de babor. Yo ocupé inmediatamente su asiento, en la reducida cabina de pilotaje. Hapai había hecho pasar de nuevo el hidroavión por el centro de la isla principal. Bajó lo suficiente para que yo pudiese distinguir un profundo valle oculto en sombras, que cruzamos transversalmente. Cuando menos lo esperaba hizo balancear el avión, subiendo y bajando las alas varias veces, tirándome casi del asiento. Entonces levantó el aparato hacia arriba, para pasar por encima del volcán y virar después en dirección a los acantilados y la playa.

El descenso fue rápido y suave y cuando nos posamos en el agua, Hapai abandonó su puesto y fue a abrir la portezuela principal, que estaba a babor. Después ayudó a Rasmussen a sacar el bote neumático y bajarlo al agua.

Rasmussen me precedió al interior del oscilante bote de caucho y me ofreció la mano para ayudarme a bajar. Después llamó a Hapai.

«Mantente preparado. Regresaremos dentro de dos horas. Si tardamos más, te mandaré aviso por medio de Paoti o Tom Courtney».

Aquellos curiosos nombres —Paoti, Tom Courtney— me llamaron la atención, pues formaban una extraña pareja. Uno de ellos era sin duda polinesio y el otro parecía anglosajón, aunque el apellido Courtney es de origen francés. Antes de que pudiera hacer ninguna observación sobre el particular, Rasmussen con un gruñido me ordenó que empuñase un canalete y me pusiera a remar.

Aunque el mar estaba como una balsa de aceite, la fatiga que me causó aquel ejercicio, combinada con la sensación de ahogo que producía aquella atmósfera sofocante del anochecer, sin un soplo de aire, hicieron que estuviese empapado de sudor cuando llegamos a la playa.

La breve extensión arenosa y los riscos que había detrás nos recibieron en silencio. Al poner pie en tierra, me pareció que penetraba en el jardín del Edén y que me encontraba en el cuarto día del Génesis. (Perdone mi retórica, doctora Hayden, pero a la sazón, éstos eran mis sentimientos).

Rasmussen no perdió tiempo después de amarrar el bote.

«El camino hasta allá arriba es muy empinado y tardaremos media hora en llegar. Así es que andando, si queremos llegar a tiempo a su con... meseta.»

Yo avanzaba pisándole los talones por un estrecho y zigzagueante sendero que ascendía gradualmente por la escarpada pared de un acantilado.

«¿Está habitada la isla? —pregunté—. ¿Quiénes son Paoti y Courtney?»

«Ahorre el resuello —gruñó Rasmussen—, porque lo va a necesitar.»

Para no cansarla con detalles inútiles, doctora Hayden, seré lo más conciso posible al referirle nuestro ascenso a la meseta. El sendero no era excesivamente empinado, pero ascendía constantemente y las paredes rocosas que se alzaban a ambos lados conservaban aún el sofocante calor del día, y como resultado, el ascenso era muy penoso. A causa de los descansos que tuve que hacer frecuentemente con motivo de las punzadas que sentía en el costado, nuestra ascensión requirió casi tres cuartos de hora. Durante este tiempo, Rasmussen no me dirigió ni una sola vez la palabra. Su rostro curtido y arrugado permanecía ceñudo y respondía a mis preguntas con gruñidos y resoplidos.

Por último, las formaciones rocosas terminaron en la cumbre de un alto peñasco, después del cual empezaban verdeantes colinas que a su vez desaparecieron poco a poco para convertirse en extensa y plana meseta.

«Ya estamos —fueron las primeras palabras que Rasmussen pronunció desde que salimos de la playa—. ¿Qué piensa hacer, ahora.»

—Examinarla.

Penetré en la meseta, calculando su longitud y su anchura, juzgando la naturaleza del terreno, estudiando la vegetación, comprobando la consistencia del suelo, prestando atención incluso, a la dirección del viento. En una palabra, hice todo cuanto Mr. Trevor me había encargado. Fue mientras me hallaba absorto en este examen —no podíamos llevar más de una hora en la llanura y yo me encontraba entonces a gatas, examinando la hierba y el humus—, cuando oí por primera vez las voces. Levanté la cabeza, sorprendido, al percatarme de que Rasmussen no me seguía. Miré con presteza a mi alrededor y lo vi, así como también que no estaba solo.

Me levanté de un salto. Vi que Rasmussen estaba en compañía de dos altos y esbeltos indígenas de tez clara, uno de los cuales llevaba una corta azuela de piedra. Por lo que pude colegir desde la distancia a que me hallaba y teniendo en cuenta que Rasmussen los ocultaba en parte, ambos indígenas iban desnudos. Estaban en actitud de reposo, escuchando, mientras Rasmussen les hablaba, gesticulando violentamente. Una vez se volvió a medias para señalarme y cuando yo interpreté su ademán como invitación para que me aproximase, Rasmussen se apresuró a indicarme por señas que siguiese donde estaba. Yo no podía oír la conversación, que aún duró acaso otros cinco minutos, hasta que de pronto los tres se dirigieron hacia mí.

Al acercarse, pude distinguir las facciones de los dos indígenas y vi que uno de ellos era sin duda polinesio, pero el otro era evidentemente blanco, aunque ambos tenían la misma tez bronceada. Iban completamente desnudos, exceptuando una sola concesión al pudor. Ambos llevaban bolsas púbicas blancas, parecidas a las bolsas para el escroto que se usaban en la Edad Media, cubriéndoles las partes genitales, y suspendidas de unos finos cordeles de fibra de coco que les rodeaban la cintura. Debo confesar que me quedé de una pieza, porque si bien había visto hacía algunos años esta misma clase de suspensorios en la Melanesia, ya no se llevan en la civilizada Polinesia, donde todos los indígenas se ponen pantalones occidentales o faldellines autóctonos. Tuve la impresión de que aquellos hombres, y quienquiera representasen, eran unos adeptos de las antiguas costumbres y se hallaban al margen de influencias modernas.

«Profesor Easterday —me dijo Rasmussen—, estos caballeros estaban cazando aquí cerca, cuando vieron mis señales y subieron a recibirnos. Tengo el gusto de presentarle a Mr. Thomas Courtney, un norteamericano que es miembro honorario de la tribu de las Sirenas. Y éste es Moreturi, el primogénito de Paoti Wright, jefe de la tribu.»

Courtney me tendió la mano y yo se la estreché. Moreturi no me dio la mano y se limitó a mirarme con expresión de disgusto.

Courtney sonreía levemente, sin duda al observar la expresión de asombro pintada en mi semblante. Me pregunté entonces y seguí preguntándomelo por algún tiempo, qué hacía un norteamericano desnudo, ataviado como un salvaje, en una isla llamada Las Tres Sirenas, que no existía en ningún mapa. Mientras me hacía estas intrigantes preguntas, pude diferenciar claramente a los dos hombres.

Moreturi era el más joven de los dos; no tendría más de treinta años y aparentaba medir 1,80 metros. Como usted sabe, los polinesios son de tez bastante clara, pero aquel sujeto parecía un hombre blanco bronceado por el sol, muy moreno. Tenía el cabello negro y ondulado pero el resto de su cuerpo era completamente lampiño. Tenía la cara más ancha y atractiva que Courtney, con facciones rectas y perfectas. Lo único que traicionaba al «indígena» eran sus ojos ligeramente oblicuos y sus labios carnosos. Su pecho era poderoso, sus bíceps enormes y su amplio tórax se estrechaba hacia sus esbeltas caderas y piernas.

Courtney era, como ya he dicho, el de más edad. Yo le hubiera calculado casi unos cuarenta años, pero su físico y sus condiciones eran soberbias. Calculé que tenía una estatura de 1,87 metros, con cabello rubio y despeinado que no conocía la tijera del barbero desde hacía mucho tiempo. Tenía las facciones más largas y angulosas que las de su compañero polinesio, con ojos pardos muy hundidos en sus cuencas, una nariz que parecía rota a consecuencia de un golpe, e imperfectamente consolidada, labios finos y boca ancha. Era el más delgado de los dos, pero membrudo y musculoso también, con el pecho y las piernas cubiertos por una discreta cantidad de vello.

Mi descripción de estos personajes acaso no sea totalmente exacta, pues sólo dispuse de unos segundos para observarlos y después sólo pude verlos cuando la oscuridad hacía más difícil el examen.

Me di cuenta de que Courtney me dirigía la palabra:

«El capitán Rasmussen, en efecto, es nuestro embajador y enlace con el mundo exterior. Ha intentado ya decirnos quién es usted, profesor, y cuál ha sido la misión que le ha encomendado «Vuelos Interoceánicos». —Hablaba en voz baja y bien modulada y su lenguaje era el propio de un hombre cultivado—. Usted es el primer extranjero que llega aquí desde que yo lo hice, varios años atrás. El jefe y los habitantes del poblado estarán muy preocupados cuando lo sepan. Los extranjeros se consideran tabú.»

«Usted es norteamericano y no uno de ellos —repuse con osadía—. ¿Por qué toleran su presencia?»

«Llegué por pura casualidad —me explicó Courtney— y me quedé por especial concesión del jefe. Ahora soy uno de ellos. Y ninguna nueva persona del exterior sería bien recibida. La intimidad de la aldea y las islas se considera sagrada.

«Yo no vi ninguna aldea cuando volamos sobre las islas» —argüí.

Courtney asintió.

«Naturalmente, usted no la vio. Pero existe y tiene una población de más de doscientas personas, los descendientes de unos antepasados blancos y polinesios.»

«¿Acaso descendientes de los amotinados de la *Bounty*?»

«No. Aquí las cosas sucedieron de un modo muy diferente. Ahora no hay tiempo para explicaciones. Lo más prudente por su parte, profesor Easterday, sería que se fuese usted en seguida y olvidase que nos ha visto o lo que ha visto las islas. A decir verdad, su llegada ha puesto en peligro a la población entera. Si su desaparición no comprometiera al capitán Rasmussen haciendo peligrar la posición que éste ocupa en Tahití, estoy seguro de que Moreturi no permitiría que usted se marchara. Pero tal como están las cosas, podrá usted irse sano y salvo.»

Pese a que estaba muy nervioso, decidí mantenerme en mis trece. Aquellas palabras, parecían menos amenazadoras proferidas por un norteamericano convertido en salvaje.

«Esta meseta es un perfecto campo de aterrizaje —dije—. Mi deber es comunicar su existencia a Canberra.»

Moreturi se movió, inquieto, pero Courtney le tocó el brazo sin volverse para mirarlo.

«Profesor Easterday —dijo el norteamericano con voz suave—, no tiene usted la menor idea de lo que va a hacer. Esta isla aparentemente inaccesible, muy raramente visitada, que parece deshabitada a primera vista, ha permanecido al margen de influencias exteriores y de la corrupción que difunde la civilización moderna desde 1796, año en que se fundó la aldea actual y comenzó la cultura presente.»

Creo, doctora Hayden, que fue la mención de la palabra «cultura» lo que me hizo pensar por primera vez en la Etnología y me recordó lo que usted había solicitado hacía diez años. No obstante mi mente consciente seguía pensando en Mr. Trevor.

«Me han contratado para esto» —dije.

«¿Se ha detenido usted a pensar en lo que va a ocurrir aquí, si usted sigue adelante con su plan? —dijo Courtney—. Sus colaboradores de Canberra enviarán geólogos, los cuales aprobarán la elección del terreno. Después sus amigos tratarán de obtener el permiso de un gobierno extranjero que posea colonias en Polinesia o tenga protectorados. Se dirigirán a los gobiernos de Francia, Gran Bretaña, Chile, Nueva Zelanda, Estados Unidos y otras naciones que posean islas y bases en el Pacífico. ¿Cuál será el resultado de estas gestiones? Consternación. Si ninguna potencia extranjera conoce la existencia de esta pequeña isla, ¿cómo podrá reivindicarla? Ningún descubridor ha puesto aún su planta en ella. Yo tendré que defender la causa de este pueblo ante un tribunal internacional, para demostrar que tiene derecho a su independencia. Pero aún en el caso de que ganara, se trataría de una causa perdida, pues las Sirenas se habrían convertido en una causa romántica a los ojos del mundo. Su sociedad actual no podría preservarse. Y suponiendo que perdiese y un gobierno extranjero —Francia, por ejemplo— recibiese la isla en custodia, ¿qué ocurriría entonces? Llegarían administradores y burócratas franceses, seguidos por sus amigos de las líneas aéreas y marítimas con sus buques de carga. Descargarían excavadoras, edificios prefabricados y obreros borrachos. En cuanto el campo de aviación estuviese construido, aterrizarían en él los aviones comerciales, para despegar diariamente con sus rebaños de papanatas que vendrían a hacer turismo. La isla se convertiría en una atracción turística. ¿Y cuál sería la suerte de la tribu de las Sirenas?»

«Dejarían de ser unos salvajes. Se civilizarían, conseguirían mejoras, los beneficios del progreso y pasarían a formar parte del mundo. No veo que sea una suerte tan mala.»

Courtney se volvió a Moreturi.

«Ya oyes lo que dice el profesor, amigo mío. ¿Sería una suerte tan mala?»

«No permitiremos que esto ocurra —dijo Moreturi en un inglés perfecto.»

Creo que debí de quedarme boquiabierto.

«Como usted ve, no tienen nada de salvajes —dijo Courtney—. En realidad, tienen más cosas que ofrecer a eso que usted llama civilización, que las que usted puede ofrecerles a ellos. Pero cuando aparezcan por aquí sus explotadores y viajantes de comercio, los perderemos para siempre. ¿Por qué le interesa tanto destruirlos, profesor? ¿Qué conseguirá con ello? ¿Forma usted parte de esa compañía de Canberra?»

«No. No soy más que un comerciante y un aficionado estudioso de los Mares del Sur. Siento afecto por todos estos pueblos y sus costumbres ancestrales. Sin embargo, comprendo que no pueden continuar rehuyendo el progreso.»

«¿Entonces, actúa en nombre del progreso? ¿O por motivos económicos?»

«Hay que vivir, Mr. Courtney.»

«Sí —repuso Courtney con voz lenta—. Supongo que sí. Usted tiene que conseguir sus monedas de plata, en nombre del progreso, aunque para ello tenga que morir una notabilísima y maravillosa cultura perdida en una minúscula isla.»

Yo no pude reprimir por más tiempo mi curiosidad.

«No hace usted más que ensalzar a esas gentes. ¿Quiere decirme qué tienen de notable?»

«Su modo de vivir —repuso Courtney—. Es distinto a todo cuanto se conoce en la tierra. Comparado con la manera en que usted y yo hemos vivido, esta vida raya en la perfección.»

«Me gustaría comprobarlo por mí mismo —dije—. ¿No puede mostrarme la aldea?»

Moreturi se volvió hacia Courtney:

«Paoti Wright no lo permitirá».

Courtney hizo un gesto de asentimiento y volvió a dirigirse a mí:

«Es imposible. No puedo responder de su seguridad personal si le presento a la colectividad. Le doy mi palabra de que la preservación de este pueblo es más importante que todo el dinero que pueda darle el «mundo civilizado». Tiene usted que regresar con el capitán Rasmussen y guardar silencio sobre lo que ha visto».

«Suponiendo que regresara ahora mismo —dije—, ¿cómo sabe usted que podría confiar en mí? ¿Cómo sabe que no hablaré de esto a mis amigos de Canberra... o a otras personas?»

Courtney permaneció silencioso un momento.

«No puedo decir únicamente que tendría remordimiento de conciencia. No, no puedo asegurarlo. Usted conoce al ayudante del capitán, a Richard Hapai, ¿verdad? Pertenece a nuestro pueblo; nació en las Sirenas. Si usted rompe el tabú de la tribu y destruye a su pueblo,

es posible que él o uno de los suyos lo busque algún día para matarlo. Esto no es una amenaza. No estoy en situación de proferir amenazas de venganza. Me limito a hacerle una advertencia práctica, basada en lo que sé de este pueblo. No es más que una posibilidad.»
«No tengo miedo —dije—. Me iré ahora mismo...»
«¿Y presentará su informe acerca de las Tres Sirenas a Canberra?»
«Sí. Usted no me ha convencido, Mr. Courtney. Ha intentado usted arrullarme con sus palabras, hablándome de una notable cultura, de un pueblo maravilloso, algo increíble y distinto a todo, pero todo esto no es más, que huera palabrería para mí. Se niega a llevarme para que yo lo vea por mis propios ojos. No dice lo que piensa de verdad. No me ha dado ni una sola razón que abone el aserto de que la tribu de las Sirenas tenga que conservarse en su actual estado de primitivismo.»
«¿Y si le dijera la verdad —al menos parte de ella—, daría usted crédito a mis palabras?»
«Supongo que sí.»
«¿Y no presentaría su informe a la compañía de Canberra?»
«No lo sé —repuse con sinceridad—. Puede que sí. Eso depende de lo que usted me diga.»
Courtney miró a Moreturi.
«¿Y tú qué crees, amigo mío?»
Moreturi hizo un gesto afirmativo.
«Que es necesario decir la verdad.»
«Muy bien, pues —dijo Courtney, volviéndose a Rasmussen, que había escuchado toda esta conversación sin pronunciar palabra—. Capitán, le propongo que regresemos a la playa. Haga venir a Hapai y que nos traiga del avión algo para comer. Encenderemos una hoguera, comeremos y yo destinaré una hora o dos a informar a nuestro visitante de lo que aquí sucede.»
«¿Para qué tantas tonterías? —rezongó Rasmussen—. Yo no confío en el profesor. En mi opinión, habría que dejarlo aquí para siempre. Pueden ponerlo con los criminales y...»
«No, esto no me gusta —dijo Courtney—. No sería justo, ni para él ni para usted. No podemos correr ese riesgo, capitán. Podríamos poner en peligro su propia vida y la de Hapai... y por último las autoridades averiguarían lo que hubiese ocurrido al profesor Easterday. No, es preferible apelar a la razón. Me arriesgaré a ello, confiando en la fundamental honradez del profesor.»
Estas palabras despertaron mis simpatías hacia Courtney.
Después de esto, doctora Hayden, descendimos todos a la playa. Cuando llegamos a ella ya había oscurecido y en el cielo sólo brillaba una afilada media luna. El capitán Rasmussen se dirigió con el bote neumático al hidroavión y regresó al poco tiempo trayéndonos comida. Moreturi, entretanto, había reunido leña para encender una hoguera. Rasmussen se dedicó a preparar la cena —a la perfección, debo reconocerlo— y mientras él cocinaba, todos nos sentamos en la

arena en torno al fuego y Courtney empezó a relatar la historia de las Tres Sirenas.

A guisa de preámbulo, dijo que no podía revelar todos los detalles de la historia y de las prácticas a que se entregaban los habitantes de las Sirenas. Pero prometió revelarme los hechos esenciales. Hablando con voz queda y tranquila, se remontó a los inicios del experimento. A medida que su relato avanzaba hacia los tiempos modernos, su voz cobraba mayor intensidad y vehemencia. En cuanto a mí, pronto me sentí arrebatado por aquel maravilloso relato, y apenas me di cuenta de que tenía la comida preparada.

El relato se interrumpió brevemente mientras cenábamos en silencio, hasta que dije a Courtney que no podía seguir refrenando por más tiempo mi curiosidad y que le rogaba que prosiguiese. Él reanudó poco a poco su relato y ya no se interrumpió durante mucho tiempo. Yo le escuchaba sin apartar la vista de su cara. Todos nos consideramos capaces de juzgar a nuestros semejantes, y yo no soy una excepción a esta regla; por lo tanto, juzgué que Courtney no mentía, no embellecía ni exageraba su relato, sino que éste era tan objetivo como una comunicación científica. Yo me hallaba tan intrigado por sus palabras, que cuando terminó su relato me parecía que sólo habían transcurrido unos cuantos minutos, aunque en realidad Courtney estuvo hablando durante hora y media. Cuando el norteamericano terminó de presentarme en defensa de su tribu los hechos, comprendí que su habilidad de narrador se debía, en parte al hecho de que había ejercido la abogacía en Chicago, y en parte también, al amor que sentía por el pueblo de las Sirenas, un centenar de preguntas informuladas bullían en mi interior. Pero conseguí reprimirme y sólo le hice las más pertinentes. Algunas las contestó con franqueza y otras las esquivó, calificándolas de «demasiado personales y de carácter excesivamente íntimo».

Había caído ya la noche y aún hacía calor, pero empezaba a soplar una fresca brisa, cuando Courtney dijo:

«Bien, profesor Easterday, ya he expuesto los hechos más salientes acerca de la historia de Las Tres Sirenas. Ahora ya sabe lo que puede destruir, si se lo propone. ¿Qué decisión ha adoptado?»

Durante la última parte del relato de Courtney, yo empecé a pensar en usted, doctora Hayden. Todos los hechos curiosos que mi interlocutor citaba, hacían que me dijese: Ah, si la doctora Maud Hayden estuviese aquí, cuánto le gustaría oír esto. Mientras Courtney proseguía su relato y yo escuchaba, recordé lo que usted me había solicitado y comprendí lo que podía significar para usted una visita a Las Tres Sirenas y, a través de usted, lo que esto significaría para el mundo entero. Recuerdo haberle oído decir varias veces que había que salvar las culturas primitivas y preservar las antiguas costumbres, antes de que se extinguiesen o fuesen borradas de la existencia. Usted no se cansaba de decir, de palabra y por escrito, que estas culturas primitivas, aisladas, podían enseñarnos las más diversas facetas de la vida y la conducta humanas y, gracias a ello, deducir útiles enseñanzas que podríamos aplicar a nuestra propia vida y costumbres, a fin de mejorarlas. Era evidente, pues, que aquella curiosa y minúscula sociedad de Las Tres Sirenas merecía ser salvada antes de que yo u otra persona cualquiera, contando con la ayuda de la técnica moderna, contribuyese a su extinción. Me impresionó mucho el poder que de pronto había adquirido para hacer el bien o el mal y sentí mi responsabilidad para con aquellos que podrían utilizar esta sociedad insular como laboratorio de estudios, destinado a mejorar la vida de nuestra propia sociedad. La importancia de su obra —de la que soy un pobre e insignificante colaborador— hizo que de pronto mis obligaciones hacia Mr. Trevor y la compañía de Canberra me pareciesen pálidas e insignificantes.

Courtney me había preguntado cuál era mi decisión. Mirándome por encima las llamas de la hoguera, esperaba mi respuesta.

«Me gustaría hacer un trato con usted —le espeté de pronto—. Se trata de un calambache, en realidad.»

«¿Qué clase de trato?» —preguntó Courtney.

«¿No ha oído usted hablar de la doctora Maud Hayden, la famosa etnóloga?»

«Desde luego —repuso Courtney—. He leído casi todos sus libros.»

«¿Y qué le han parecido?»

«Extraordinarios.»

«Pues éste es el trato que le ofrezco —dije—. El precio para evitar que mencione Las Tres Sirenas a los de Canberra.»

«¿Dónde quiere usted ir a parar?» —dijo Courtney, intrigado.

Yo me puse a hablar despacio, midiendo cada una de mis palabras.

«Si usted permite que la doctora Hayden y sus colaboradores vengan a la isla en viaje de estudios el próximo año, si usted la autoriza a tomar notas sobre esta sociedad, para de este modo conservarla en sus obras y transmitirla a la posteridad, le doy plena garantía de que guardaré silencio y de que ustedes no serán molestados en el futuro.»

Courtney reflexionó acerca de la proposición. Tras un silencio que duró varios minutos, miró a Moreturi y después a Rasmussen. Finalmente su mirada volvió a posarse sobre mí, como si tratara de sondear mis buenas intenciones.

«Profesor —dijo—. ¿Cómo puede usted asegurar que la doctora Hayden y sus colaboradores guardarán el secreto?»

Yo ya había previsto esta pregunta y tenía la respuesta preparada:

«La doctora Hayden y sus colegas, por supuesto, jurarán que se comprometen a guardar el más absoluto secreto acerca del destino de su expedición. Pero contando con la fragilidad inherente a los seres humanos, esto no basta. Sé que no considerará bastante satisfactorias las promesas verbales. Por consiguiente, creo que lo mejor será mantener a la doctora Hayden y su grupo en la más completa ignorancia acerca de su punto de destino. Ella y sus colaboradores pueden venir a Tahití, para que desde allí el capitán Rasmussen los conduzca a Las Tres Sirenas durante la noche. Ninguno de los etnólogos sabrá cuál es la latitud ni la longitud. Tampoco sabrán si vuelan hacia el Norte o hacia el Sur, al Este o al Oeste. Únicamente sabrán que se hallan en algún lugar del sur del Pacífico, en un punto minúsculo perdido entre un laberinto de más de diez mil islas. Usted les proporcionará alojamiento, en la medida que esto sea posible. Observarán y escucharán solamente lo que su jefe les permita ver y oír. Sólo fotografiarán lo que ustedes quieran que fotografíen, y nada más. Terminado su estudio, se irán como vinieron, al amparo de las tinieblas nocturnas. Así ninguno de ellos sabrá nunca dónde estuvieron exactamente. Sin embargo, realizarán un informe completo y científico sobre esta sociedad, en bien de la humanidad entera. Así, aunque las Sirenas desaparezcan un día como cultura, perdurará el recuerdo de sus maravillas junto con el de sus excesos, justo es decirlo. Este es el trato que le ofrezco. Me parece que no puede ser más equitativo.»

«¿Y el aeródromo no se construirá?» —preguntó Courtney.

«No, le doy mi palabra.»

Courtney frunció los labios, pensativo y después hizo una seña a Moreturi. Ambos levantron sus cuerpos desnudos de la arena y se alejaron por la playa, yendo junto a la orilla del mar, enfrascados en animada conversación, hasta que se perdieron entre las sombras nocturnas. Transcurridos unos instantes, Rasmussen tiró la colilla de su cigarro al fuego, se levantó y partió hacia el lugar por donde ellos se habían alejado.

Antes de diez minutos regresaron los tres y yo me levanté para escuchar su veredicto.

«Trato hecho —dijo Courtney, animadamente—. En nombre del jefe Paoti Wright, su hijo me autoriza para que informe a la doctora Maud Hayden de que puede venir aquí, ateniéndose a las condiciones exactas que usted ha expuesto, durante los meses de junio y julio y por un período máximo de seis semanas. El capitán Rasmussen le servirá de intermediario con nosotros. Por medio de él, usted nos comunicará si está dispuesta a venir, la fecha exacta de su llegada y cualquier modificación que tuviese este plan. El capitán Rasmussen viene cada quince días para recoger nuestras exportaciones y traernos algunas cosas que necesitamos. Esto quiere decir que está en constante contacto con nosotros. ¿Ha quedado todo bien claro, profesor?»

«Sí, todo» —contesté.

Estreché la mano de Courtney, me despedí de Moreturi y regresé con el capitán Rasmussen al hidroavión, donde nos esperaba Hapai.

Cuando despegamos en la oscuridad, rumbo a Papeete, vi que la hoguera de la playa ya se había extinguido. Pronto perdí de vista la silueta de las Tres Sirenas. Durante nuestro vuelo de regreso, permanecí sentado en la cabina de pasajeros, solo, sin que nadie me molestase y anotando en mi cuaderno todo cuanto podía recordar de aquella extraordinaria velada transcurrida en la playa. Principalmente me dediqué a escribir apresuradamente los principales puntos del relato que me había hecho Courtney, acerca de la historia y las prácticas de la tribu de Las Tres Sirenas.

Al revisar mis notas mientras escribo esta larga misiva, doctora Hayden, me doy cuenta de que omití más detalles de los que creía. No sabría decirle si esto hay que achacarlo a mi falta de memoria o a omisiones deliberadas por parte de Courtney. Sin embargo, este deshilvanado relato será más que suficiente para que usted pueda decidir si desea efectuar esta expedición.

Resumiendo pues...

En 1795 vivía en la Skinner Street londinense un filósofo y publicista llamado Daniel Wright, Esq., enzarzado en constantes luchas y polémicas, gozando de una modesta posición gracias a los escasos bienes de fortuna que le había dejado de herencia su padre. La familia de Daniel Wright estaba constituida por su esposa, su hijo y dos hijas y tenía la obsesión de mejorar o reformar la sociedad inglesa de su tiempo. Frecuentaba la compañía de su vecino, amigo e ídolo William Godwin, que entonces contaba treinta y nueve años de edad. Godwin, como usted sin duda recordará, era un escritor y librero que se casó con Mary Wollstonecraft y que más tarde tuvo que soportar a Shelley como yerno. Pero lo importante para nosotros es que, en 1793, Godwin publicó *Una Inquisición Respecto a la Justicia Política*, en cuya obra propugnaba, entre otras cosas, la supresión del matrimonio, de los castigos penales y de la propiedad privada. No solamente este libro, sino la personalidad entera de Godwin, ejercieron gran influencia en las ideas radicales de Daniel Wright. No obstante, a éste le interesaba mucho más la reforma matrimonial que las reformas políticas. Godwin le alentó para que escribiese un libro titulado *El Edén Resucitado* cuya idea fundamental era la de que, por medio de la gracia divina, Adán y Eva recibían una segunda oportunidad de regresar al Edén y empezar una nueva vida. Desilusionados ante las relaciones conyugales que habían heredado y promulgado, decidieron practicar, enseñar y promover un nuevo sistema de amor, cohabitación, relaciones entre los sexos y matrimonio. Debo reconocer que se trataba de ideas muy atractivas.

La obra de Wright atacaba violentamente el sistema conyugal y las costumbres amorosas entonces imperantes en Inglaterra, propugnaba un sistema totalmente distinto. Wright no sólo apeló a su propia imaginación y a las ideas de Godwin, sino también a los conceptos que ya habían sido expuestos en la *República* de Platón, la *Utopía* de Sir Thomas More, la *Ciudad del Sol* de Tommaso Campanella, la *Nueva Atlántida*, de Francis Bacon y *La Rota*, de James Harrington. De paso, Wright fustigaba las costumbres de gobierno imperantes a la sazón, metiéndose de paso con el derecho, la edu-

cación, el bienestar público y la religión. Wright consiguió encontrar
a un editor que no se amilanó ante las consecuencias que pudiese
tener la publicación del libro, y en 1795 empezaron a salir de las
prensas los primeros ejemplares de aquel delgado pero explosivo
libelo. Antes de que los ejemplares pudiesen distribuirse, Wright
supo, por mediación de Godwin, que en la corte de Jorge III se conocía ya el contenido de aquel libro de ideas tan radicales. Wright fue
acusado de «corromper a la juventud» y su utopía marital, consi-
derada como «subversiva». Era inminente la confiscación del libro
y el encarcelamiento de su autor. Atendiendo al consejo de Godwin
y otros amigos íntimos, Wright metió en una maleta un ejemplar de
su libro, que era el más portátil de sus bienes, junto con sus ahorros,
y en compañía de su esposa, sus tres hijos y tres discípulos, huyó
amparado por la noche al puerto irlandés de Kinsale. Una vez allí,
el pequeño grupo embarcó en un velero de 180 toneladas que zarpa-
ba rumbo a Botany Bay, población de Nueva Holanda, que con el
tiempo, había de ser la ciudad australiana de Sydney.

Según el relato de Courtney, basado en documentos originales que
se conservan en el poblado indígena de Las Tres Sirenas, Daniel
Wright no huyó de Inglaterra únicamente para ponerse a salvo. A decir verdad, tenía espíritu de mártir y le hubiera gustado que lo
juzgasen para pregonar sus ideas ante las autoridades y el reino
entero. Lo que le obligó a escapar fue un motivo de carácter más
positivo. Durante varios años acarició la idea de trasladarse a los
flamantes dieciséis Estados de Norteamérica o a los Mares del Sur,
que entonces se comenzaban a explorar, para poner en práctica lo
que predicaba, por así decir. O sea que en lugar de limitarse a exponer por escrito sus avanzadas ideas sobre el matrimonio, abrigaba
el proyecto de ponerlas en práctica en algún lugar remoto de la
Tierra. No obstante, era un hombre estudioso y de carácter seden-
tario, un pensador, no un hombre de acción, agobiado además por
sus obligaciones de padre de familia y no podía decidirse a introducir un cambio tan radical en su vida. Cuando su libro fue retirado
de la circulación y vio que era inminente que se dictase auto de pro-
cesamiento y prisión contra él, experimentó un arrebato de cólera
no sólo ante la injusticia del Gobierno, sino ante la estrechez de miras de la sociedad en que le había tocado vivir. Fue esto, pues, y
no otra cosa, lo que lo lanzó a la aventura que siempre había soñado
realizar.

Durante su largo y fatigoso viaje a Australia, se dedicó a convertir en medidas prácticas las fantásticas utopías de su libro. Lo único
que necesitaba era un lugar libre donde probar la bondad del sistema
cuyos postulados había establecido. Daniel Wright confiaba que
Australia sería el lugar indicado. Pero apenas él y sus acompañantes
pusieron pie en Botany Bay, comprendió que se había equivocado.
Aquella región cenagosa, que fue abandonada por los primeros colonos, que entonces se hallaba poblada únicamente por negros se-

midesnudos armados de lanzas y presidiarios provistos de machetes, era un verdadero infierno. Wright y los suyos se apresuraron a trasladarse a Sydney Cove, núcleo principal de la colonia de criminales ingleses, fundada ocho años antes. No había transcurrido un mes cuando Wright comprendió que también tendría que irse de allí. La vida en la colonia de presidiarios era demasiado dura, violenta y malsana; además, allí no sería tolerado un visionario reformador inglés. El gobernador de Su Majestad británica haría la vida imposible a aquel fanático.

Wright conocía los románticos escritos de Louis Antoine Bougainville y James Cook, quienes habían explorado los Mares del Sur. A consecuencia de ello, llegó a la conclusión de que su lugar estaba en aquel paraíso aún no manchado por la civilización. Recordaba perfectamente lo que Bougainville había escrito acerca del Tahití de 1768 en su diario: «Las canoas estaban ocupadas por mujeres cuyas agradables facciones no tenían nada que envidiar a las de la mayoría de europeas y que en cuanto a la belleza del cuerpo, no tenían parangón. Casi todas estas ninfas iban desnudas, pues los hombres y las ancianas que las acompañaban les quitaron los faldellines con que suelen envolverse. Al principio hacían pequeños mohínes pícaros desde sus canoas. Los hombres, más sencillos, o de natural más libre, expusieron la cosa con más claridad, animándonos para que escogiésemos alguna de aquellas jóvenes, fuésemos con ella a la playa, para darnos a entender entonces por medio de gestos inequívocos la forma en que debíamos trabar conocimiento». Y una vez en tierra, añadía Bougainville: «Era como estar en el jardín del Edén... Todo nos hablaba de amor. Las jóvenes indígenas no hacían melindres en estas cuestiones; todo cuanto las rodea las invita a seguir los dictados de su corazón o la voz de la naturaleza».

Esto bastaba para Daniel Wright, Esquire. Más allá de Australia se extendía una civilización nueva y sin restricciones, que practicaba el amor y el matrimonio de una manera comparable a las mejores ideas que él había expuesto. Allí, lejos de las perversas y limitadoras prácticas del Occidente, combinaría sus ideales con las prácticas similares de los polinesios, creando en un microcosmos su mundo perfecto.

Wright sacó pasaje para él y los suyos en un bergantín pequeño, pero muy marinero que se dirigía a los Mares del Sur para comerciar en aquellas islas. El bergantín rendiría viaje en Otaheite, que es como entonces llamaban los ingleses a Tahití. Wright preguntó al capitán del barco si, mediante el pago de una bonificación, estaría dispuesto a continuar viaje más allá de Tahití, tocando en media docena de islas casi desconocidas y que no figuraban en los mapas, hasta encontrar una en la que pudiesen quedarse Wright, sus familiares y discípulos. El capitán aceptó la proposición.

Efectivamente, el capitán mantuvo su palabra. Cuando el bergantín arribó a Tahití y después de permanecer quince días fondeado

en la isla, el capitán levó anclas para continuar la travesía rumbo al
Sur. El barco recaló en tres islas, que fueron exploradas por Wright
y dos de sus compañeros. Una era inhabitable a causa de los man-
glares que la cubrían, otra se hallaba desprovista de fuentes de agua
potable y su suelo no era fértil y la tercera se hallaba poblada de
caníbales cazadores de cabezas. Wright instó al capitán a que continuase la búsqueda. Dos días después, el vigía divisó el pequeño
archipiélago que no tardó en ser bautizado con el nombre de Las
Tres Sirenas.

Bastó un día de exploración en la isla principal para que Wright
se convenciese de que había encontrado su paraíso en la Tierra. La
situación de aquel asilo, que se hallaba apartado de las rutas comerciales y no poseía puerto natural ni fondeadero para barcos de gran
calado, era garantía de aislamiento. El interior de la isla poseía una
flora y una fauna abundantes, arroyos de aguas cristalinas y otros
dones de la naturaleza. Además, Wright descubrió un poblado habitado por cuarenta polinesios, que se mostraron amables y hospita-
larios.

Gracias a los buenos oficios de un intérprete indígena que se
había traído de Tahití, Wright pudo sostener una prolongada conversación con Tefaunni, jefe de la tribu. Wright supo que los habitantes
de la aldea descendían de un grupo de polinesios que en tiempos
pretéritos partió en busca de otras tierras en grandes canoas de
altura, terminando por instalarse en aquel lugar. El jefe, que no había visto nunca a un hombre blanco ni había recibido objetos tan
mágicos como un hacha de hierro o una lámpara de aceite de ballena,
se hallaba dominado por un gran temor supersticioso en presencia
de Wright. Consideraba que era un gran *mana* —término que, según supo Wright poco más tarde, significaba «prestigio» entre otras
cosas— y propuso que su visitante compartiese la isla y el gobierno
de la misma con él. Mientras acompañaba a Wright a visitar la aldea,
Tefaunni le explicó las costumbres de sus habitantes. En su diario,
Wright dice que aquellas gentes eran «alegres, libres, juiciosas, pero
ello no les impedía gozar de la vida y del amor», agregando que sus
actitudes y modales hubieran «alegrado el corazón de Bougainville. Al día siguiente, la familia y los discípulos de Wright, ocho en
total incluyéndole a él, desembarcaron con sus efectos personales,
entre los que se contaban algunos perros, cabras, gallinas y ovejas.
El bergantín levó anclas y Wright se dispuso a hacer realidad su
Edén Resucitado, contando con la colaboración de Tefaunni.

Omito deliberadamente muchos aspectos de esta singular historia, doctora Hayden, pero usted misma podrá enterarse de los detalles, si lo desea. Dispongo de un espacio limitado y prefiero des-
tinar el resto de esta carta a explicarle algo acerca de las costumbres de la sociedad cuyo desarrollo comenzó en 1796 y que actualmente aún existe.

Un mes después de que Wright y su grupo se hubieron incorporado a la pequeña comunidad polinésica, el reformador emprendió un estudio a fondo de sus tradiciones tribales, sin olvidar sus ritos y prácticas. Todo lo anotó cuidadosamente, mezclando estas descripciones con ideas propias acerca de la forma de vida que debía implantarse en Las Tres Sirenas. En lo tocante a la forma de gobierno, los polinesios se regían por un jefe hereditario. Wright era partidario de un triunvirato —cuyos miembros también podían ser femeninos— educado para gobernar, y que hubiese salido airoso de todas las pruebas. Salta a la vista que esto era una adaptación de las ideas platónicas. Sin embargo, Wright comprendió que aquel sistema no podía aplicarse en aquella isla solitaria, donde sería imposible crear una escuela para educar a los futuros gobernantes; por lo tanto, se inclinó ante la costumbre polinesia de un jefe hereditario.

Por lo que concierne al trabajo y la propiedad, si bien cada individuo de una familia polinesia, pese a construir y poseer su propia casa y ajuar, se unía con los demás para las tareas del cultivo o la recolección, guardando las vituallas en una casa comunal familiar, Wright era partidario de un sistema más radical y más comunista. En su opinión, todos los bienes de la tribu tenían que hallarse a disposición del jefe, quien los distribuiría de acuerdo con las necesidades de cada familia. Cuando una familia aumentase, también aumentarían sus bienes. Si una familia se redujese, ocurriría lo propio con sus bienes. Además, en opinión de Wright, los varones adultos de Las Tres Sirenas tenían que trabajar cuatro horas al día en lo que más les agradase, ya fuese agricultura, pesca, carpintería u otra actividad que se considerase necesaria. El producto de estas diversas labores se almacenaba en un gran edificio comunal. Cada familia sacaba semanalmente del almacén la cantidad mínima de alimentos y otros artículos que necesitaba. Esta cantidad mínima era igual para todos. No obstante, los trabajadores más productivos de la aldea gozaban de una bonificación y podían escoger pequeñas cantidades suplementarias de los artículos que prefiriesen. En resumen, Wright se propuso implantar una igualdad absoluta, con supresión de la pobreza, permitiendo cierto grado de estímulo individual. Tefaunni aceptó sin dificultad estas reformas, que se implantaron en 1799.

Según las notas que tomé de todo cuanto me explicó Courtney, en los restantes aspectos de la vida se llegó a similares soluciones de compromiso, adoptando lo mejor que ofrecía el sistema polinesio y mezclándolo con lo mejor que tenían las radicales ideas de Wright. Así se llegó a un acuerdo en lo tocante a la educación, la religión, el esparcimiento y otras cuestiones importantes. Wright no permitió que coexistiesen dos sistemas distintos para una misma práctica, pues en su opinión esto sería una fuente de conflictos. O bien todos tenían que abrazar las prácticas polinesias, o las que él había imaginado.

Sin embargo, se efectuaron muchas transacciones por ambas

partes. **Para** evitar el hambre, los polinesios regulaban los nacimientos practicando el infanticidio. Si una mujer tenía más de un hijo
en el espacio de tres años, los que sobrepasaban este número eran
ahogados al nacer. Wright encontró esta práctica aborrecible y consiguió que Tefaunni la declarase tabú. Por otra parte, Wright tuvo
que hacer algunas concesiones a cambio de esto. Confiaba en imponer el uso de justillos y faldas en las mujeres y de pantalones para
los hombres, pero se vio obligado a abdicar del pudor en aras del
faldellín de hierbas polinesio, más acorde con el clima, para las
mujeres, que por lo demás llevaban el torso desnudo, y las bolsas
púbicas nada más para los hombres. Sólo en ocasiones muy especiales las mujeres llevaban faldas de tapa (1) y los hombres taparrabos. Courtney citó sonriendo, algunos pasajes del antiguo diario de
Wright, en el que éste hablaba del embarazo que sintieron su esposa
y sus hijas cuando aparecieron por primera vez en la aldea con los
pechos al aire, mientras el viento indiscreto levantaba sus faldellines
de hierba, que apenas medían treinta centímetros de largo.

Se alcanzaron otras muchas soluciones de compromiso. Los polinesios defecaban en cualquier lugar del bosque. Wright se opuso a
esta práctica, tachándola de malsana y se esforzó en introducir
letrinas comunales, instalando dos de ellas, una a cada extremo de
la aldea. Aunque los polinesios consideraban esta innovación como
una completa tontería, la aceptaron para no disgustar a Wright.
A cambio de ella, Tefaunni exigió que se mantuviese su sistema
penal. Wright hubiera deseado desterrar a los delincuentes a un
remoto barranco de la isla, del que no podrían moverse. Los polinesios no aceptaron. El criminal convicto de asesinato era condenado
a la esclavitud, lo cual significaba que el asesino se convertía en
sirviente en casa de la familia de su víctima, donde tenía que cumplir su pena por tantos años como hubiesen entre la edad que contaba la víctima a su muerte y setenta años. Wright no consideraba
este castigo lo bastante ejemplar pero, reconociendo que era justo,
lo aceptó. Tiene usted que saber que según me dijo Courtney, esta
pena aún se sigue imponiendo en las Tres Sirenas.

No obstante, todo cuanto he expuesto hasta ahora palidece al
lado de las costumbres relativas a relaciones sexuales, amor y matrimonio, según acuerdo pactado entre Tefaunni, los cuarenta miembros de su tribu y Daniel Wright, en nombre y representación de
su grupo de ocho personas. En lo tocante a estas cuestiones, los polinesios y los progresivos ingleses hallaron menos motivos de desavenencia y tuvieron que adoptar muy pocas soluciones de compromiso. Wright encontró que las prácticas sexuales de esta tribu no
sólo eran extraordinarias, sino superiores a todo cuanto él sabía o
había podido imaginar. Se adaptaban por completo a su propia filosofía. Ante todo eran de una gran sencillez y daban buen resultado.

(1)   Tejido hecho con la corteza de un árbol polinesio. *(N. del T.)*

Gran parte de aquellas ideas representaban casi exactamente las reformas que Wright había soñado introducir, y muy pocas modificaciones o reajustes fueron necesarias. Según calcula Courtney, aproximadamente un setenta por ciento de las costumbres sexuales hoy en vigor en Las Tres Sirenas, son principalmente polinesias en su origen y sólo un treinta por ciento fue introducido por Wright.

Llegados aquí, no está de más añadir que los descendientes de Tefaunni y Wright forman actualmente un solo pueblo y una sola raza. Durante varios años, el polinesio y el inglés gobernaron conjuntamente. A la muerte del jefe indígena, Wright se convirtió en jefe único. En cuanto él falleció a una edad muy avanzada —sobrevivió a su propio hijo—, el mayor de sus nietos, vástago de una unión mixta, fue nombrado nuevo jefe. Las uniones mixtas se fueron sucediendo, con el resultado de que hoy en día no existe separación entre blancos y polinesios. Únicamente puede hablarse del pueblo de Las Sirenas, que practica unánimemente el sistema exacto de relaciones amorosas que fue acordado por los fundadores de la pequeña nación, hace más de un siglo y medio.

Por lo que se refiere a este sistema amoroso, lamento decirle que Courtney no se extendió en detalles acerca de muchas de las costumbres que hoy están en boga, pero lo que me dijo me parece más que suficiente para merecer la atención de un antropólogo. He aquí algunas de las prácticas que él me refirió:

Los adolescentes comprendidos entre los catorce y los dieciséis años reciben una educación sexual práctica. Según comprendí, les explican el mecanismo de las relaciones sexuales en teoría. Antes de dar por terminada su enseñanza, observan la cópula y participan en ella. Courtney insistió en que la forma de enfocar la cuestión no tiene nada de malsana.

Cuando llegan a la pubertad, se practica una incisión en el prepucio de los muchachos, similar a la circuncisión, a fin de exponer el glande. Cuando la herida ha cicatrizado, el adolescente efectúa su primer comercio sexual con una mujer algo mayor que él, que le guía y le enseña la técnica adecuada. Por lo que se refiere a las jóvenes adolescentes, en cambio, se empieza a extenderles el clítoris durante varios años. Cuando esta extensión alcanza más de dos centímetros, se considera a la joven preparada para tomar las primeras lecciones prácticas de relaciones sexuales. Este ensanchamiento del clítoris no tiene nada que ver con la magia. El motivo es únicamente aumentar el goce sexual. Por otra parte, la virginidad se considera en Las Sirenas, como una desgracia y un defecto. Pero teniendo en cuenta las observaciones que yo mismo he efectuado en las islas de La Sociedad y en Australasia, estas prácticas no son raras.

En la isla de Las Sirenas existe una gran mansión, que recibe el nombre de Cabaña de Auxilio Social. Su función es doble. La utilizan los solteros, las viudas y las mujeres libres para pasar los ratos de ocio y hacerse el amor. La segunda función de esta cabaña, que sólo se me dejó entrever, es algo de carácter más singular e incluso sorprendente, según pude deducir. En realidad, proporciona los medios de —repito las propias palabras de Courtney, tal como figuran en mis notas— «proporcionar satisfacción en cualquier momento a los hombres o mujeres casados que lo soliciten». Sea lo que fuere lo que hay que entender por esto, no parece ser algo tan licencioso y orgiástico como pudiera parecer a primera vista. Courtney dijo que este «Servicio rendido por la Cabaña de Auxilio Social era una cosa juiciosa, lógica y sometida a reglas muy severas. No quiso extenderse más sobre este tema, limitándose a observar que en Las Tres Sirenas no existían hombres ni mujeres físicamente cohibidos o desdichados.

Las uniones matrimoniales se conciertan por común consentimiento de los contrayentes. El jefe celebra la ceremonia de unión. El novio, por su parte, invita a los amigos y parientes de ambos sexos que desea asistan a la boda. Al empezar la ceremonia, el novio pasa por encima de su suegra, tendida en el suelo, lo cual simboliza la ascendencia que tendrá sobre ella. Terminada la ceremonia, el novio toma a su esposa en brazos e invita a todos los asistentes masculinos a la boda, que no tengan consanguinidad con los contrayentes, a que gocen de la desposada. El novio es el último en participar en esta ceremonia. Este último rito de incorporación, si la memoria no me es infiel, también se practica en otras varias islas de la Polinesia, especialmente en el archipiélago de Las Marquesas.

Los trámites para el divorcio, según me dijo Courtney, pueden contarse entre las prácticas más avanzadas de Las Tres Sirenas. Courtney se mostró excesivamente parco en sus manifestaciones, pero me dijo que un grupo de ancianos conocido por la Jerarquía concedía el divorcio, no por simple petición de una de las partes interesadas o por simples pruebas testificales, sino que sólo se permitía el divorcio después de someter a una «larga observación» a los solicitantes. Estas palabras despertaron mi interés pero Courtney no quiso darme más detalles.

Tanto Courtney como Moreturi se refirieron a una festividad anual que se celebraba a finales de junio y duraba una semana. Aunque ambos mencionaron una competición deportiva, una danza ceremonial, un concurso de belleza al que los participantes asistían desnudos, ninguno de ambos quiso extenderse acerca de las finalidades primordiales de este festival Lo único que Countney dijo fue lo siguiente: «Los antiguos romanos celebraban anualmente las Saturnales, como aún siguen celebrando los indígenas samoanos de Upolu. La fiesta que se celebra en Las Sirenas no es exatamente lo mismo. Sin embargo, es una forma de liberación, en cierto modo, de licencia para matrimonios que llevan muchos años casados y también para hombres y mujeres solteros. ¿No le parece a usted que hay demasiado adulterio y divorcio en América y Europa? Pues en Las Sirenas estos males apenas se conocen. En la civilización, las personas casadas se hallan dominadas con excesiva frecuencia por la inquietud, el aburrimiento y la desdicha. Esto allí no ocurre. Lo que nosotros llamamos mundo civilizado tiene mucho que aprender de estos pueblos considerados primitivos». Ésta fue la única referencia indirecta que hizo mi interlocutor a este enigmático festival.

Ni Courtney ni Moreturi quisieron darme más detalles acerca de las costumbres amorosas imperantes en Las Sirenas. Resumiendo, Courtney dijo que en ningún lugar de la Tierra, que él supiese, el amor se practicaba con menos embarazo, tensión y temor.

Aquí tiene usted todo cuanto he podido saber, doctora Hayden. Acaso sienta curiosidad por saber más detalles acerca de Thomas Courtney, pero yo no podré satisfacerla. No quiso decirme nada acerca de sí mismo, aparte de reconocer que había ejercido como abogado en Chicago, que había llegado casualmente a Las Sirenas y que decidió quedarse allí, después de que sus habitantes lo aceptaron. Lo encontré atractivo, culto, a menudo cínico al referirse a la sociedad exterior y muy adicto al pueblo que lo había adoptado. Es una verdadera suerte en mi opinión, que conozca la existencia de usted, haya leído sus obras y sienta respeto por ellas. Me pareció dispuesto a confiar en usted y creo que se trata de un hombre sincero y honrado, pese a que nuestro encuentro fue de breve duración y no puedo dar seguridades al respecto.

Esta es la más extensa carta que he escrito en mi vida. Confío en que la causa que me ha impulsado a escribirla justifique su extensión. No sé cuál es actualmente su situación, doctora Hayden, pero si aún continúa llevando una vida activa, en este caso se abren ante usted las puertas de una nueva e incitante cultura, dentro de las limitaciones que he expuesto.

Le ruego me responda lo antes posible, con preferencia a vuelta de correo. Dispone usted de cuatro meses para efectuar sus preparativos, aunque no creo que el plazo sea excesivo. Si usted piensa venir, dígamelo en seguida e infórmeme de la fecha aproximada. Comuníqueme también cuantas personas la acompañarán, para que yo pueda dar inmediatamente todos estos datos al capitán Rasmussen, que los transmitirá a Courtney y al jefe actual, Paoti Wright. Estos adoptarán entonces las medidas necesarias para alojarla a usted y sus acompañantes cuando lleguen. Si por cualquier circunstancia este proyecto no pudiese llevarse a cabo, tenga la bondad de decírmelo también cuanto antes, porque en este caso y muy a pesar mío, se lo aseguro, trataré de poner estos hechos en conocimiento de otros etnólogos que conozco.

El costo de esta expedición, dejando aparte el transporte, no creo que sea excesivo. Los habitantes de Las Sirenas les proporcionarán alojamiento y comida. Los honorarios que cobrará Rasmussen por sus servicios no serán muy elevados. En cuanto a mí, no voy a pedirle nada, excepto que me crea y, naturalmente, los tres mil dólares que he perdido al no facilitar esta información a Mr. Trevor y su compañía de Canberra.

Confiando en que a la recepción de esta carta se encuentre usted en buena salud y llena como siempre de entusiasmo, y en espera de recibir su pronta respuesta, queda cordialmente su seguro servidor,

ALEXANDER EASTERDAY

Maud Hayden bajó lentamente la carta, como si ésta la hubiese hipnotizado dejándola sumida en trance, hasta tal punto la absorbió su lectura. Sin embargo, en su interior sentía el calor provocado por una creciente excitación ante lo que la aguardaba, y, cerca de la piel, sus extremidades nerviosas cosquilleaban y vibraban. Esta sensación de sentirse viva, con todos los sentidos alerta, no la había experimentado durante los cuatro años que transcurrieron desde la muerte de su marido y colaborador.

¡Las Tres Sirenas!

Aquellas fragantes y lozanas palabras, tan maravillosas como el «Sésamo ábrete» y las imágenes que evocaban en su mente, no requerían aceptación ni previa aprobación por parte de su segundo yo intuitivo. Su yo exterior, compuesto fría lógica (con sus balanzas invisibles que pesaban lo que era bueno y lo que era malo para ella), conocimiento, experiencia y de una objetividad profesional, abrazó efusivamente aquella invitación inesperada

Después, cuando estuvo algo más calmada, se recostó en la butaca giratoria para pensar en el contenido de la misiva y especialmente en las prácticas que Courtney había referido a Easterday. Las costumbres conyugales de otras sociedades siempre habían ejercido gran fascinación sobre ella. La única expedición que desde la muerte de Adley había pensado efectuar, era un viaje a la India Meridional para convivir con la tribu Nayar. Las mujeres de esta tribu, después de contraer matrimonio, apenas terminada la ceremonia, echaban de su casa al esposo durante algunos días, para admitir acto seguido a una nube de amantes no pertenecientes a la tribu, depositando los hijos que éstos les engendraban en casa de sus parientes. Esta costumbre despertó por breve tiempo el interés profesional de Maud, pero al pensar que tendría que estudiar todas las costumbres sociales de los Nayar aparte de sus costumbres conyugales, abandonó el proyecto. Aunque también se daba cuenta de que no había sido éste el verdadero motivo que la indujo a abandonarlo. En realidad, no quería ir a un lugar tan remoto como la India llevando aún luto reciente por su difunto esposo.

Sin embargo, ahora llegaba la carta de Easterday, ella se sentía llena de duda y en su interior se elevaba un canto. ¿Por qué? Los sellos conmemorativos de Gauguin con los que había sido franqueado el sobre evocaron el recuerdo de *Noa Noa* y las palabras de su autor: «Sí, ciertamente, los salvajes han enseñado muchas cosas al hombre perteneciente a una vieja civilización; estos seres ignorantes le han enseñado mucho en lo que respecta al arte de vivir y de ser dichoso». Sí, esto era parte de la vida fácil y muelle de los Mares del Sur. Su visita a aquellas regiones del globo constituyó uno de los períodos más dichosos de toda su vida. Recordaba bien aquellos parajes, los templados vientos alisios, sus pobladores altos, musculosos y bronceados, las leyendas conservadas por tradición oral, los ritos orgiásticos, la fragancia de los cocoteros verdes y el hibisco rojo, y el suave acento de los dialectos polinesios, que recordaban la dulce lengua italiana.

En su alma se despertó una gran nostalgia pero casi inmediatamente acalló la voz del sentimiento. Existían finalidades más altas, como Gauguin había indicado. Los salvajes podían descubrir muchas cosas al visitante civilizado. ¿Pero qué podían enseñarle, en realidad? Este curioso trotamundos que Easterday mencionaba en su carta, Courtney, había presentado la vida de Las Tres Sirenas bajo los colores de la utopía, haciéndola parecer casi idílica. ¿Podían existir utopías sobre la tierra? La palabra *utopía* era de origen griego y significaba literalmente «lugar inexistente». La severa disciplina científica de Maud la advirtió prontamente de que, el hecho de considerar utópica una sociedad determinada dependía de una tabla de valores basados en las preconcebidas ideas de quien hiciese tal consideración acerca de un estado ideal de vida. Ningún etnólogo digno de este nombre podía proponerse descubrir una sociedad utópica. Y ella, al profesar aquella ciencia, podía descubrir alguna fórmula acerca de lo que pudiera ser una vida más o menos ideal o descubrir una cultura más o menos satisfactoria, pero no podía tachar de utópico un lugar determinado, separándolo de todos los demás.

No, se dijo, ella no iba en pos de un dudoso Graustark. Tenía que ser otra cosa. Su colega Margaret Mead, que a la sazón tenía veintitantos años, fue a Pago Pago, para efectuar una breve estancia en el mismo hotel donde Somerset Maugham escribió «Lluvia», convivir con las samoanas e informar después al mundo entero de hasta qué punto la ausencia de limitaciones sexuales entre aquellas gentes había contribuido a eliminar la hostilidad, las agresiones y las tensiones entre ambos sexos. Margaret Mead conoció un éxito instantáneo, porque el mundo occidental sentía una constante curiosidad por todo

lo prohibido, que trataba de alcanzar con mano ansiosa. Maud tuvo
que reconocer que, en el fondo, se trataba de esto. El mundo occidental deseaba ayuda y sabiduría instantánea. Saber si las Sirenas
representaban una utopía era una cuestión fuera de lugar, como
también lo era saber si las Sirenas y su sociedad podían enseñar algo
al hombre civilizado. El verdadero motivo apareció entonces ante
los ojos de Maud: Lo que entonces la excitaba no era lo que el
mundo necesitaba, sino lo que *ella* necesitaba desesperadamente.

Recordó una carta que Edward Sapir escribió a Ruth Benedict,
cuando ésta se proponía presentar una petición de ayuda económica
al Consejo de Investigación para las Ciencias Sociales. Sapir advirtió
a Ruth sobre el tema que debía escoger: «Por el amor de Dios, no presentes una cosa tan remota y técnica como la del año pasado. La
Mitología de los indios Pueblo ya no interesa a nadie, como tampoco
interesa la flexión verbal del idioma atabasco... Tú presenta un
proyecto vivo... y te concederán la subvención que deseas».

Presenta un proyecto vivo... y te concederán lo que deseas.

Maud se incorporó súbitamente y las suelas de sus zapatos planos
chocaron contra el piso, debajo de su mesa. Dejó caer la carta sobre
el papel secante que tenía enfrente y, juntando las manos, se puso
a meditar acerca del extraordinario descubrimiento, examinándolo a
la luz de su situación presente.

Desde que estudiaba por su cuenta no se le había presentado una
oportunidad semejante. Parecía un don caído del cielo, un premio
a sus muchos años de investigación. La cultura de las Tres Sirenas,
parte de la cual conocía por otros viajes de estudios, pero que tenía
aspectos tentadoramente nuevos, era precisamente uno de sus temas
favoritos. Siempre había huido de lo trillado, lo sobado y lo conocido. Siempre había rechazado la aburrida familiaridad que ofrecen
los estudios comparativos. Tenía una gran intuición para todo lo
extraordinario, lo maravilloso y lo fantástico, aunque no quisiera
reconocerlo ante nadie, como no fuese únicamente ante su fuero interno. Todo lo que rodeaba aquel proyecto le parecía favorable: en lugar
del acostumbrado año de estudios sobre el terreno, la expedición
tendría que limitarse a seis semanas, con el resultado de que esto
no le provocaría remordimientos de conciencia por lo que pudiera
haber sido deliberada superficialidad; era un tema que, por su propia
naturaleza, estaba pidiendo que alguien lo estudiase y lo publicase,
no sólo bajo el punto de vista científico sino bajo el punto de vista

popular; y además, representaba una fácil solución para el problema
que oprimía vagamente su espíritu desde hacía tanto tiempo.

Volvió a pensar en la carta que el Dr. Walter Scott Macintosh
le envió hacía dos meses. El Dr. Macintosh había sido colega de su
esposo y buen amigo suyo desde hacía bastantes años. En la actualidad era una eminencia gris que ejercía gran influencia, no tanto
por sus conocimientos etnológicos como por el poder político que
le daba su calidad de presidente de la Liga Antropológica Americana. Había escrito a Maud en calidad de amigo fiel y admirador de
su obra, para exponerle de manera estrictamente confidencial la
posibilidad de conseguir una situación magnífica y bien pagada, a la
que podría tener acceso dentro de año y medio. Se trataba del puesto
de director de *Culture*, el portavoz y órgano internacional de la Liga
Antropológica Americana. El director actual de la publicación, que
pasaba de los ochenta años y estaba lleno de achaques, pronto dejaría
de encargarse de la revista y así ella podría alcanzar aquel puesto
vitalicio, con el incomparable prestigio y seguridad económica que
traía aparejados.

Macintosh dejó bien sentado que deseaba que Maud ocupara
aquel puesto. Por otra parte, varios de sus colegas de la junta direc-
tiva mostraban sus preferencias por una persona más joven, el
Dr. David Rogerson, cuyas recientes publicaciones reflejaban de manera espectacular los resultados conseguidos en dos expediciones al
África. Y como el Continente Negro, en constante ebullición, era siempre noticia, también lo era el Dr. Rogerson. Mas por otra parte, añadió Macintosh en su carta, él opinaba que Rogerson no poseía la
amplia experiencia de Maud acerca de muchas culturas, ni los contactos y relaciones que ella asiduamente mantenía con los etnólogos
de todo el mundo. Macintosh estaba seguro de que ella era la persona adecuada para desempeñar aquel cargo. Daba a entender que
el quid de la cuestión consistía en convencer a los miembros de la
junta de que ella era más apta y estaba más capacitada para dirigir
la revista que el Dr. Rogerson.

Con el mayor tacto y discreción, Macintosh aludía al principal
obstáculo. Desde la muerte de Adley, la actividad de Maud había disminuido mucho, permaneciendo estacionaria mientras colegas más
jóvenes se movían y avanzaban. Con excepción de algunas comunicaciones, refritos de antiguas expediciones de estudio, no había publicado nada en cuatro años. Macintosh instaba a Maud para que
saliese de nuevo al extranjero, efectuando una expedición científica
que le proporcionara materia para un nuevo estudio, una comunicación original que podría presentar a la Liga durante su próxima

reunión plenaria de tres días. Esta reunión se celebraría en Detroit, poco después del día de Acción de Gracias, precediendo la reunión de la junta en que se elegiría al nuevo director de *Culture*. Si Maud tenía algún plan para efectuar un viaje científico y escribir un nuevo estudio, Macintosh deseaba, lleno de esperanzas, que se lo comunicase al instante, para incluirlo en el programa de la importante sesión plenaria, en el curso de la cual dirigiría la palabra al cónclave de sabios.

La carta de Macintosh significó un gran estímulo para ella y la llenó de esperanzas, pues el cargo ofrecido era exactamente el que ella necesitaba en aquella época de su vida. Con aquella sinecura, a su edad, ya no tendría que exponerse a las duras condiciones de trabajo sobre el terreno, no tendría que agotarse entregada a la monótona tarea de enseñar a estúpidos estudiantes, no tendría que verse obligada a escribir comunicaciones, ni tendría que preocuparse por su seguridad económica ni depender de su hijo Marc en los años venideros.

Si conseguía aquel puesto, tendría una retribución de veinte mil dólares anuales, un magnífico despacho en Washington, una casa en Virginia y se convertiría en el etnólogo emérito de la nación. Sin embargo, pese a todas estas prebendas, pese al estímulo temporal que la carta de Macintosh le infundió, se sintió incapaz de adoptar una decisión, hundiéndose de nuevo en su desánimo, demasiado inerte para imaginar un nuevo estudio, demasiado fatigada para pasar a la acción. Por último, tras alguna demora, envió una contestación agradecida, pero ambigua a la generosa oferta de Macintosh. Que sí, que muchas gracias, que ya veríamos, que lo pensaría y que ya le diría algo. Y en los dos meses transcurridos desde entonces, no había movido un dedo. Pero *ahora* era distinto. Acarició con amor la carta de Easterday.

Sí, se sentía viva. Contempló la librería al fondo de la habitación, en cuyos estantes se alineaban los vistosos volúmenes acerca de los habitantes de Fidji, los achantis, los minoicos, los jíbaros y los lapones, que había escrito en colaboración con Adley. Ya le parecía ver junto a ellos otro monumento etnográfico: el libro sobre los habitantes de las Sirenas.

Oyó pasos. Era sin duda Claire, que bajaba por la escalera. Además estaba el problema representado por Claire, su nuera, y Marc. Maud se sentía extraña allí, el vivir bajo el mismo techo que su hijo le hacía sentirse una forastera, ya que él era un hombre casado. Algo le decía que Marc ansiaba librarse de ella, no sólo social sino también profesionalmente. Las Tres Sirenas harían realidad este deseo. Su libertad sería por ende la liberación de Marc y a la par beneficiaría al joven matrimonio. Estaba segura de ello, pero acto seguido se preguntó qué le hacía pensar que su hijo y su nuera necesitasen ayuda. Aquella mañana no estaba para tales cavilaciones. Ya pensaría en ello más tarde.

El reloj eléctrico de nogal le indicó que disponía de cincuenta minutos antes de comenzar la clase. Más valía que tomase notas, mientras se hallaba aún bajo la reciente impresión de la misiva. No había que dejar ningún cabo suelto. El tiempo tenía la mayor importancia.

Tomó la voluminosa carta de Easterday, manejándola con el mismo cuidado que si fuese un fragmento de las Sagradas Escrituras, y la puso a un lado. Colocó después ante sí su gran cuaderno amarillo de notas, tomó un bolígrafo y se puso a escribir apresuradamente:

«Primero: Esbozar un atractivo proyecto para que Cyrus Hackfeld vuelva a conceder una subvención importante.

»Segundo. Consultar a Marc y Claire, junto con algunos licenciados, acerca de los datos contenidos en la carta de Easterday, que nos ayuden a redactar convenientemente el memorándum para Hackfeld. Investigar la región de las Tres Sirenas, tratando de hallar referencias históricas si es posible; reunir datos sobre Daniel Wright y Godwin; estudiar costumbres similares a las de las Tres Sirenas; pedir antecedentes de Courtney, etc.

»Tercero: Lista reducida de nombres para formar el posible equipo que nos acompañará. A Hackfeld le gustan nombres famosos. Candidatos: Sam Karpowicz, botánica y fotografía; Rachel DeJong, psiquiatría; Walter Zegner, medicina; Orville Pence, estudios sexuales comparados... y otros. Cuando contemos con la aprobación de Hackfeld, dictar cartas a Claire para todos los candidatos, a fin de saber si se hallan disponibles y la investigación les interesa.

»Cuarto: Escribir a Macintosh preguntándole si aún tengo tiempo para presentar una nueva comunicación acerca de etnología polinesia ante la reunión plenaria de la Liga. Hablarle de las Sirenas. No por escrito. Telefonearle».

Se recostó en la butaca giratoria, examinó atentamente lo que había escrito y pensó que de momento no había dejado ningún cabo suelto. Pero se dio cuenta de pronto que había olvidado algo que acaso

era lo más importante. Tomando el bolígrafo se inclinó de nuevo
sobre el cuaderno para escribir.

«Quinto: Escribir una carta por avión a Alexander Easterday,
Tahití, *esta misma noche,* diciéndole que acepto su proposición, sí,
que acepto, *¡sí, sí, sí!*»

CAPÍTULO II

De las cuatro personas que formaban la familia Hayden —cuatro contando a Suzu, la doncella japonesa, de perpetua sonrisa que de día trabajaba en la casa—, Claire Emerson de Hayden, se dijo, fue la que vio menos afectada su vida y costumbres diarias por la llegada de la carta de Easterday, hacía cosa de cinco semanas.

La transformación que en cambio experimentó su madre política Maud (Claire aún la seguía considerando una personalidad demasiado formidable para atreverse a llamarla Matty, pese a que habían transcurrido casi dos años desde su boda), fue en verdad muy marcada. Maud era una persona continuamente ocupada y de gran capacidad de trabajo, pero en aquellas últimas cinco semanas adquirió la actividad frenética de un derviche, y se puso a trabajar por diez. Pero, lo que era más importante, se fue transformando ante los ojos de la propia Claire en una persona cada vez más juvenil, enérgica y creadora. Esta suponía que así debió de ser cuando se hallaba en el apogeo de sus facultades creadoras, cuando Adley era su colaborador.

Sumida en estos pensamientos, Claire sumergida hasta los hombros en su lujoso baño de espuma, trazó perezosamente con la palma de la mano un sendero entre las burbujas, mientras su espíritu evocaba fugaces recuerdos del Dr. Adley R. Hayden. Lo vio únicamente dos veces antes de su boda, cuando Marc la presentó en Santa Bárbara en los círculos que frecuentaba; la joven quedó muy impresionada en presencia de aquel estudioso alto, encorvado y ligeramente panzudo, dotado de un humor cáustico y vastísimos conocimientos y experiencia. Cuando Marc en presencia de su padre empezó a tartamudear, aquél se deshizo de sus pullas con hábiles y elegantes respuestas que pusieron a Marc en ridículo; ella quedó estupefacta ante el tono de autoridad de Adley. Se hallaba convencida de haber causado una impresión lamentable, aun cuando Marc aseguró que su padre la había calificado como «una joven muy linda». Con fre-

52 IRWING WALLACE

cuencia deseó haber intimado más con Adley, pero una semana después de su segundo encuentro, él falleció repentinamente de un ataque al corazón y Claire estaba segura de que, desde su Walhalla, continuaba considerándola nada más que como una joven muy linda.

Las burbujas de jabón se adhirieron de nuevo al cuerpo de Claire y ella empezó a apartarlas con ademán ausente. Se dio cuenta de que estaba divagando y trató de recordar en qué pensaba. Ya estaba: en la carta de Easterday, recibida hacía cinco semanas, y en el efecto que la misiva produjo en todos ellos. Maud se había lanzado a una frenética actividad, desde luego. Y en cuanto a Marc, estaba más atareado, tenía mayor tensión (si esto era posible), estaba más nervioso, más susceptible ante cualquier pequeñez y sobre todo se mostraba muy quejoso acerca de la conveniencia de aquella expedición. «Tu amigo Easterday me parece un novelista», dijo a Maud dos noches antes. «Una cosa así debería ser objeto de una investigación a fondo antes de perder tanto tiempo y tanto dinero». Maud le respondió como siempre lo había hecho, tratándolo con la infinita paciencia y cariño que muestran todas las madres con sus hijos precoces. Acto seguido se puso a defender a Easterday, presentándolo como hombre serio y solvente y explicando que las circunstancias no permitían aquella investigación, recordándole al propio tiempo que tenía un olfato infalible para todo lo bueno, lo cual era resultado tanto del instinto como de la experiencia. Como de costumbre, abrumado por los argumentos de su madre, Marc se batió en retirada, sumergiéndose en el fárrago de su agobiante trabajo extraordinario.

La rutinaria vida de Claire fue lo único que no pareció verse afectada por los recientes acontecimientos. Tuvo que escribir más a máquina y archivar más correspondencia, pero estas ocupaciones no bastaron para llenar su jornada de manera apreciable. Aún podía holgazanear todas las mañanas en el agua tibia del baño espumoso, leer durante el desayuno, celebrar consulta con Maud, hacer su trabajo acostumbrado e irse después a jugar el tenis con otras jóvenes señoras casadas de la Facultad, tomar el té o asistir a una conferencia. Y por las noches, cuando Marc no podía llevarla al cine o a pasear en coche, a causa del trabajo, o cuando no los invitaban a una fiesta de sociedad, ella dejaba que su esposo estudiase sus notas, compulsara sus fichas o corrigiera sus comunicaciones —todo ello labor propia de hombres— mientras ella leía novelas o miraba, soñolienta y aburrida, la pantalla de la televisión. Nada de esto cambió a causa de Easterday y las Tres Sirenas.

Sin embargo, Claire estaba segura de que algo había cambiado para ella. No tenía nada que ver con la rutina diaria. Estaba relacionado con un sentimiento, con una emoción efervescente y casi tangible que surgió en su interior. Hacía ya un año y nueve meses, que era la señora de Marc Hayden, oficialmente, ante la ley, para bien o para mal, para siempre. Cuando contrajo matrimonio —«un buen partido», en opinión de su madre y su padrastro— aquellos sentimientos interiores se hincharon jubilosos, como una burbuja que la levantase por los aires cada vez más arriba, haciendo que todo lo que quedaba por debajo de ella pareciese maravilloso. Pero de manera paulatina, a medida que fue pasando el tiempo, aquella jubilosa burbuja se fue deshinchando y disminuyendo, para terminar convertida en una manchita húmeda que no representaba nada. En eso se convirtió la hinchada burbuja: en nada. Esto era lo que ella experimentaba entonces ante la vida: nada. Le parecía que toda su excitación y esperanzas de dicha habían huido. Era como si todo fuese predecible, como si ya supiese de antemano como sería su vida en los días venideros, hasta el último de ellos, sin que hubiese esperanza de nuevas maravillas. Estos eran los sentimientos que la dominaban y cuando oyó a las jóvenes que habían sido madres hablar de niños azules, se preguntó si habría también matrimonios azules. No podía culpar a nadie de su desilusión, y menos que nadie a Marc, como no fuese a la propia esposa inexperta, con su ramo marchito de esperanzas románticas y novelescas. Si tuviese dinero, se dijo, subvencionaría un equipo de expertos para que descubriesen qué fue de las Cenicientas *después* de que fueron muy felices y colorín colorado, este cuento se ha acabado.

Pero hacía aproximadamente cinco semanas, Claire había acusado el impacto de algo beneficioso. El efecto que esto produjo sobre todo su ser fue inmediato, aunque los que la rodeaban no se percataron. Sintió que algo despertaba en su interior. Experimentó una sensación de bienestar. Comprendió que en la vida podía haber algo más que insatisfacción. Y supo que todo ello se debía a la carta de Easterday. Ella había mecanografiado con amor, resúmenes a doble espacio de aquella misiva. Se sabía de memoria todo cuanto prometía Easterday.

A excepción de un viaje de ocho días a Acapulco y Ciudad de México, en compañía de su madre y su padrastro, efectuado cuando ella tenía quince años (recordaba las pirámides, los jardines flotantes, Chapultepec y que no había estado sola un instante), Claire nunca había salido de los Estados Unidos. Y he aquí que de la noche a la mañana, como quien dice, iba a verse transportada a unos parajes desconocidos y exóticos de los Mares del Sur. Aquella promesa de cambio era tan estimulante que casi resultaba insoportable. Los de-

talles que daba Easterday acerca de las Tres Sirenas resultaban
bastante irreales y por consiguiente apenas significaban nada para
ella. Se parecían demasiado a los millares de palabras que contenían
los libros de Maud u otras incontables obras etnológicas que ella
había leído; le parecían datos históricos pertenecientes al pasado,
sin relación con su vida actual. Sin embargo, la fecha de la partida
estaba cada vez más próxima y si Easterday no era el «novelista»
que Marc veía, si aquellas cosas eran reales y no simples palabras,
no tardaría en hallarse en el interior sofocante de una cabaña, entre
hombres y mujeres semidesnudos, cuyos alimentos procedían de un
almacén comunal, que consideraban la doncellez como un defecto
y la educación sexual práctica como una necesidad, que hacían el
amor en una cabaña de Auxilio Social y que durante un festival
desenfrenado, en el que se celebraba nada menos que un concurso
de belleza, los participantes acudían en el traje de nuestros primeros
padres.

Claire consultó el reloj esmaltado puesto junto a la bañera. Eran
las nueve y cuarto. La primera clase de Marc ya debía de haber
terminado. Hoy él dispondría de cuatro horas libres antes de dar la
clase siguiente. Se preguntó si volvería a casa o se iría a la biblioteca.
Pensó entonces que había llegado el momento de vestirse. Tendió
la mano hacia la palanca situada bajo el grifo, la accionó, abriendo
el desagüe, y el agua jabonosa empezó a desaparecer borboteando.

Se incorporó, pasó con cuidado una pierna sobre el borde de la
bañera y permaneció erguida, goteando sobre la gruesa estera blanca. Mientras el agua descendía aún por las curvas de su carne reluciente, volvió a pensar en la carta de Easterday. ¿Qué había dicho
acerca de la moda imperante en las Tres Sirenas? Los hombres llevaban bolsas púbicas sujetas por cordeles. Mirándolo bien, no había
por qué escandalizarse, teniendo en cuenta el sumario atavío que
lucían los hombres en la playa durante el verano. Sin embargo, ellos
sólo llevaban aquellas bolsitas y nada más. Pero se trataba de nativos,
lo cual confería un aspecto decente, casi clínico, a la costumbre. Ella
había visto cientos de fotografías de nativos, algunos de los cuales
ni siquiera llevaban bolsas púbicas, y le pareció algo muy natural
para *ellos*.

Se le ocurrió entonces la idea, de pie en el centro del cuarto
de baño, tan desnuda como cuando vino al mundo, que así es como
debería presentarse en público en las Tres Sirenas. Aunque no, eso
no podía ser cierto. Easterday había escrito que las mujeres llevaban
faldellines de hierba «sin nada debajo» y el torso desnudo. Aunque,
cielos, esto era casi como si fuesen desnudas.

Claire se volvió para contemplarse en el espejo, que ocupaba toda la puerta. Trató de imaginarse como la verían así, desnuda, los nativos de las Tres Sirenas. Medía, 1,62 metros y pesaba 51 kilos; éste era el peso que había leído en la balanza aquella misma mañana. Tenía el pelo oscuro y brillante, muy corto, con las puntas formando rizos sobre las mejillas. Sus ojos almendrados tenían un vago aire oriental, que evocaba las sumisas y recatadas doncellas de la antigua Catay, pero el efecto que producían se veía desmentido por su color azul ahumado, «sexy», como los tildó una vez Marc. Tenía la nariz pequeña con aletas muy delicadas, los labios de un rojo cereza y la boca amplia y generosa, demasiado generosa. Los senos se desarrollaban suavemente a partir de la curva de los hombros y el pecho. Eran voluminosos, hecho que le había producido gran turbación en su adolescencia, pero aún firmes y juveniles, lo cual no dejaba de ser un consuelo a sus veinticinco años cumplidos. Se le marcaban un poco las costillas... ¿qué pensarían de ello los indígenas?, pero tenía el vientre muy poco pronunciado, tan sólo levemente redondeado y las proporciones de sus muslos y esbeltas piernas, bien mirado, no estaban mal del todo. Sin embargo, era imposible saber qué opinarían gentes pertenecientes a otras culturas... los polinesios acaso la considerarían flaca, a excepción de su pecho.

Entonces pensó en el faldellín de hierbas. De treinta centímetros. Comprendió que aquellas dimensiones apenas permitían medio palmo de recato suplementario. Y esto con tal de que no se levantase viento... Dios mío, ¿qué pasaría si tenía que inclinarse o levantar la pierna para ascender un peldaño? ¿Y cómo se las arreglaría para sentarse? Resolvió hablar a fondo de la cuestión del vestuario con Maud. Teniendo en cuenta que aquélla sería su primera expedición científica, debía preguntar a Maud qué tenía que hacer cuando se encontrase en las Tres Sirenas.

Volvió a contemplarse al espejo mientras se secaba. ¿Qué aspecto tendría cuando estuviese encinta? Tenía el vientre tan pequeño, realmente... ¿Habría lugar en él para otra persona, para su hijo? Tenía que haberlo y la naturaleza siempre resolvía estos problemas, pero en aquellos momentos le pareció algo absolutamente imposible. Al pensar en el hijo que tendría, pero que no llegaba, frunció maquinalmente el ceño. Desde el primer día habló con anhelo de tener un hijo; más tarde se refirió a ello en términos más prácticos, pero también desde el primer día Marc se opuso. Es decir, se opuso por el momento, aunque más adelante lo aceptaría, según solía decir. Los motivos que exponía parecían importantes cuando los escuchaba, pero al encontrarse sola y libre para pensar, los encontraba siempre insignificantes. En una ocasión dijo que primero debían adaptarse a la vida conyugal. Debían disponer de algunos años de libertad juntos, sin responsabilidades suplementarias, dijo otra vez. Y últimamente argüía que para poder hablar propiamente de constituir una familia, primero tenían que instalar a Maud en otra casa, en lugar de vivir juntos como hasta entonces.

Mientras se frotaba las piernas con la toalla, empezó a poner en duda la sinceridad o la validez de todas estas razones, preguntándose si no ocultarían la única verdad; Marc no quería un hijo, le daba miedo la idea de tenerlo porque él aún continuaba siendo un niño, un niño talludo que dependía demasiado de su madre para ser capaz de adoptar una responsabilidad por su cuenta. Esta momentánea sospecha le desagradó y decidió no hacer más cábalas ni conjeturas.

Llamaron con los nudillos en la puerta que había detrás del espejo.

—¿Claire?

Era la voz de Marc. Ella se sobresaltó ligeramente y se sintió culpable de que Marc la hubiese sorprendido sumida en aquellos pensamientos.

—¡Buenos días! —exclamó alegremente.

—¿Ya has desayunado?

—Todavía no. Me estoy vistiendo.

—Te esperaré, pues. Esta mañana me dormí y no he podido ir a la clase. ¿Qué quieres que le diga a Suzu? ¿Algo especial?

—Lo de siempre.

—Muy bien... A propósito, han llegado de Los Angeles los últimos datos que pedimos.

—¿Hay algo de interés?

—Aún no he tenido tiempo de verlo. Lo examinaremos juntos mientras desayunamos.

—Muy bien.

Cuando oyó que Marc se había ido, se apresuró a abrocharse el sostén, luego se puso los pantaloncitos, el portaligas, se subió las finas medias, las sujetó y se puso la rosada combinación. Al salir del cálido cuarto de baño para dirigirse al soleado dormitorio del primer piso, más fresco, se preguntaba si aquella última investigación habría aportado algún nuevo dato. Dentro de pocos minutos lo sabría. Se peinó a toda prisa, se pintó los labios sin maquillarse el resto de la cara, y después se puso su falda de lana color cacao claro, el suéter de cachemira beige, que abrochó cuidadosamente, buscó unos zapatos de tacón bajo, en los que introdujo los pies, salió al rellano y descendió a toda prisa la escalera.

Suzu, con su invariable sonrisa, estaba sirviendo el desayuno y Marc se encontraba junto a la mesa de la cocina, inclinado sobre una carpeta, cuando Claire hizo su entrada en el comedor. Después de saludar a Suzu, acarició el cabello de Marc, cortado casi al cero, mientras depositaba un beso en su mejilla.

Instalándose en una silla empezó a beber su zumo de uvas e hizo una mueca, pues había olvidado azucararlo. Después miró a Marc.

—¿Aún no ha regresado Maud?

—Aún está paseando por los pantanos —dijo Marc, sin levantar la mirada.

Claire rompió el extremo de una tostada.

—Bien, dime —dijo, indicando los documentos recibidos—. ¿Existe de verdad esa Disneyland de la Polinesia?

Marc levantó la cabeza y se encogió de hombros.

—No puedo asegurar nada. Me gustaría estar tan seguro de ello como Matty. —Golpeó con el dedo los papeles que tenía delante—. Nuestros licenciados parecen haber hecho una labor muy concienzuda y meticulosa en la Biblioteca del Congreso. Han consultado toda la literatura sobre los Mares del Sur, tanto lo publicado como lo inédito. No han encontrado ninguna mención de las Tres Sirenas en parte alguna. Ni una sola palabra...

—No hay que sorprenderse, creo. Easterday dijo que era un archipiélago desconocido.

—Yo me sentiría más tranquilo si existiese alguna referencia impresa. Aunque, por supuesto —empezó a hojear nuevamente las notas— hay ciertos hallazgos que parecen corroborar hasta cierto punto las afirmaciones de Easterday.

—¿Por ejemplo? —preguntó Claire, mascando a dos carrillos.

—La existencia de Daniel Wright es cierta y efectivamente vivía en Londres, antes de 1795 y en Skinner Street. También había hasta hace poco tiempo un abogado llamado Thomas Courtney que ejercía en Chicago...

—¿De veras?... ¿Se sabe algo más sobre él?

—Principalmente fechas. Tiene treinta y ocho años. Estudió en Northwestern y en la Universidad de Chicago. Era el socio más joven en una empresa antigua y acreditada. Fue aviador en Corea en 1952. Después volvió a ejercer en Chicago. A partir de 1957 no se conocen más datos.

—Fue cuando se dirigió a los Mares del Sur —afirmó Claire, rotundamente.

—Pudiera ser —dijo Marc, cauto—. De todos modos, pronto lo sabremos.

Cerrando la carpeta, concentró su atención en la papilla de avena con leche.

—Nos quedan once semanas para hacer compras antes de Navidad —observó Claire.

—No creo que se puedan comparar las Tres Sirenas a unas Navidades —dijo Marc—. Este sitio poblado de gentes primitivas no es lugar para una mujer. De buena gana si pudiera, te dejaría aquí.

—Ni lo intentes —dijo Claire, indignada—. Además, no son completamente primitivos. Easterday dice que el hijo del jefe habla un inglés perfecto.

—Muchos primitivos hablan inglés —repuso Marc. De pronto son rió—. Incluso algunos de nuestros mejores amigos, con los que tan poco me gustaría que convivieras mucho tiempo.

Complacida ante aquellas insólitas muestras de preocupación por su suerte, Claire le acarició la mano.

—¿De veras te importo tanto?

—Es el deber y el instinto propios del macho —dijo Marc— que le llevan a proteger a su compañera... Pero hablando en serio, las expediciones científicas no son jiras campestres. Y te he dicho varias veces lo mal que lo pasé en algunas de ellas. Nunca son tan idílicas en la realidad como parecen cuando las leemos en letra impresa. Generalmente comprobamos que apenas tenemos nada en común con los indígenas, como no sea el hecho de que trabajamos juntos. Se echan de menos todos los placeres y amenidades de la vida. Tarde o temprano se acaba por sucumbir víctima de la disentería, la malaria o cualquier fiebre de los Trópicos. No me gusta exponer una mujer a todos estos contratiempos y penalidades, aunque sea por poco tiempo.

Claire le oprimió la mano.

—Eres un cielo. Pero estoy segura de que no será tan malo como tú supones. Además, piensa que os tendré a ti y a Maud...

—Nosotros estaremos muy atareados.

—Yo también trataré de estarlo. Pero no quiero perderme este viaje.

—Después no digas que no te hemos advertido.

Claire retiró la mano para recoger el tenedor y empezó a comer los huevos fritos con aire pensativo. Conociendo a Marc, empezó a dudar si su preocupación se debía realmente a su bienestar o sólo era causada por el temor que sentía ante una empresa tan nueva y extraña. ¿No había en Marc, como en tantos hombres, dos seres distintos, constantemente en guerra y decididos ambos a imponer su propia clase de paz? A pesar de que en secreto odiaba aquella vida rutinaria, ¿en el fondo no se hallaría cómodo y seguro en ella? En todas sus acciones diarias era tan regular, como los movimientos que hacían las manecillas de un cronómetro. Mas al propio tiempo y pese a las comodidades que le ofrecía su atareada existencia, acaso quisiera huir de ella. Claire intuía que, bajo su compostura superficial, se agazapaba otro Marc, un Marc que efectuaba viajes en los que ella nunca le acompañaría, expediciones a Montecristos secretos que lo liberaban temporalmente de prisiones económicas y de los calabozos del no ser. Para él acaso las Tres Sirenas no ofreciesen la posibilidad de un progreso personal, sino tan sólo una labor rutinaria y desagradable. Y por esta causa transformaba el desagrado que le producía su propio desarraigo en preocupación por el ser más allegado a él. Claire desde luego, no podía estar segura, pero el corazón le decía que así era.

Cuando hubo terminado los huevos fritos, Claire levantó la vista para mirar a su esposo, que aún estaba comiendo. No deberíamos contemplar a nuestros semejantes mientras comen, se dijo. El acto de comer no confiere a los seres humanos una apariencia muy gallarda. Adquieren un aire estúpido, deforme y glotón. Trató de separar a Marc de lo que estaba comiendo. Siempre parece más bajo de lo que es, se dijo. Mide 1'77 metros, pero hay algo en su interior, alguna hormona perversa e insegura, que lo encoge. Sin embargo, ella lo encontraba físicamente atractivo. Sus facciones y su porte eran correctos, regulares, equilibrados. El pelo tan corto parecía un anacronismo que contrastaba con aquel semblante tan rígido y frecuentemente preocupado, aunque cuando sonreía, bromeaba, estaba contento o esperanzado, le cuadraba perfectamente. Los ojos, de un gris opaco, estaban profundamente hundidos en las cuencas pero muy separados. La nariz era aquilina. Los labios finos. Pero su aspecto general era atractivo, sincero, a veces amable, propio de un hombre bronco y estudioso. Tenía el cuerpo macizo y excesivamente musculoso de un atleta que siempre se clasificase segundo. Llevaba trajes anchos y sueltos, pero elegantes y atildados. Si el físico lo fuese todo, se dijo Claire, él sería más dichoso y ella reflejaría su felicidad. Pero sabía que su yo interior llevaba con demasiada frecuencia ropas distintas, que le sentaban más mal, de lo cual él se daba cuenta. No se proponía suspirar ruidosamente, pero lo hizo.

Marc le dirigió una mirada inquisitiva.

Claire comprendió que tenía que decir algo.

—Estoy un poco nerviosa por la cena de esta noche.

—¿Por qué tienes que estar nerviosa? Hackfeld ya está de acuerdo en conceder una subvención.

—Tú ya sabes que Maud dice que necesitamos más dinero. ¿Cómo es posible que Hackfeld insista en que debemos llevar un equipo tan numeroso y al propio tiempo mostrarse tan tacaño?

—Lo hace porque es rico. Además, tiene que atender a muchas otras cosas.

—Me gustaría saber cómo se las arreglará Maud para abordar esta cuestión —dijo Claire.

—Tú déjala a ella. Es su especialidad.

La mirada de Claire siguió a Suzu hasta la cocina.

—¿Qué nos darás esta noche, Suzu?

—Pollo a la Teriyaki.

—El camino que lleva a la cartera del hombre pasa por su estómago. Te felicito, Suzu.

—Vamos, señorita —dijo Suzu, sonriendo.

—¿La cartera y el estómago de quién? —dijo Maud Hayden, apareciendo por la puerta del comedor. Sus cabellos grises estaban muy revueltos y despeinados, sin duda a causa del viento. Sus viejas y anchas facciones estaban arreboladas por el paseo al aire libre. Su cuerpo rechoncho y robusto desaparecía bajo la bufanda, el chaquetón color guisante, la camisa de franela azul marino y los anatómicos zapatos, manchados de tierra. Blandió su nudoso bastón, recuerdo del Ecuador y la tribu de los jíbaros.

—¿De quién estabais hablando? —quiso saber.

—De Cyrus Hackfeld, custodio de nuestro dinero —dijo Claire—. ¿Ya has desayunado?

—Hace horas —repuso Maud, quitándose la bufanda—. Brrr. Hace frío, ahí fuera. A pesar del sol y las palmeras, una se hiela paseando al aire libre.

—¿Esperabas acaso otra cosa en marzo? —dijo Marc.

—Esperaba el clima propio de California, hijo mío. —Miró sonriendo a Claire—. De todos modos, no faltan muchas semanas para que tengamos todo el clima tropical que podamos soportar.

Marc se levantó alargando la carpeta a su madre.

—Acaban de llegar los últimos datos que faltaban. Ni una sola palabra sobre las Sirenas. Existió un Daniel Wright en Londres. Y hasta hace muy poco tiempo, hubo un Thomas Courtney que ejercía la abogacía en Chicago.

—¡Estupendo! —exclamó Maud, quitándose con ayuda de Marc el chaquetón color guisante—. Courtney es quien me va a ser más útil. No tenéis idea del tiempo que nos ahorrará. —Entonces se dirigió a Claire—. Una expedición normal requiere de medio a un año y en ocasiones dos años. La más corta en que participé fue de tres meses. Pero ahora tendremos que conformarnos con la mitad... con unas ridículas seis semanas. A veces ya se necesita ese tiempo para localizar al informante principal, o sea una persona del pueblo que sea de confianza, que posea conocimiento de las leyendas y la historia locales y se halle dispuesta a hablar. Es imposible encontrar tal persona en una semana y conquistar su amistad en un santiamén. Hay que jugar al escondite, sin prisas, dejando que todos se acostumbren a la presencia del etnólogo, confíen en él y por último acudan a contarle sus cuitas. Entonces llega el momento de descubrir al hombre adecuado, que con frecuencia pone a todo el pueblo en la justa perspectiva en que hay que contemplarlo. En este caso podemos considerarnos como muy afortunados al disponer de Courtney. Si este hombre es lo que Easterday asegura, tenemos al perfecto intermediario. Ha preparado al pueblo de las Sirenas para recibirnos. Comprende a esas gentes y sus problemas, pero, al ser al mismo tiempo uno de nosotros, nos comprende y comprende nuestras necesidades. Este hombre puede ser una mina de información y nos puede poner inmediatamente en contacto con nuestros informantes. Créeme —dijo, volviéndose de nuevo a Marc— estoy enormemente satisfecha de haber hallado pruebas de la existencia de Courtney. —Blandió la carpeta—. Voy ahora mismo a mi estudio para consultar todo esto.

Claire se levantó.

—Subiré dentro de un minuto.

Cuando Maud se hubo ido y Marc pasó al living con el periódico en la mano, Claire despejó la mesa de la cocina. Haciendo caso omiso de las protestas de Suzu, se puso después a lavar los platos.

—No vale la pena —dijo a Suzu—. Tú estás muy ocupada preparando la cena para esta noche.

—Sólo seremos cuatro personas más —observó Suzu.

—Excepto que Mr. Hackfeld come por ocho. Así, es como si fuese un banquete.

Suzu soltó una risita y continuó enlardando el pollo.

Cuando Claire hubo terminado de lavar los platos y se secó las manos, lanzó una admirada exclamación al ver el pollo que había preparado Suzu y después subió al primer piso para ayudar a su madre política.

Encontró a Maud con la butaca giratoria apartada de la mesa y balanceándose levemente mientras examinaba las notas que le habían enviado. En aquiescencia a una inclinación de cabeza de Maud, Claire se acercó a la mesita de café para tomar un cigarrillo del paquete que siempre estaba preparado allí. Lo encendió y, aspirando satisfecha el humo, empezó a recorrer aquella estancia familiar, contemplando la tela de tapa sepia y blanca colgada en la pared, las enmarcadas fotografías dedicadas de Franz Boas, Bronislaw, Malinowski, Alfred Kroeber y la máquina de escribir eléctrica colocada junto a la mesita en que ella trabajaba y después se detuvo frente a las estanterías. Observó la colección encuadernada de *Culture*, órgano de la Liga Antropológica Americana, y *Man*, publicación del Real Instituto de Antropología. Junto a estas doctas publicaciones, vio también el *Diario Americano de Ciencias Físicas*.

—Esto es magnífico —oyó que decía Maud—. Ojalá hubiese tenido todo este material cuando preparé el memorandum con el presupuesto para Hackfeld. No importa; esta noche le proporcionaré algunos de los datos que faltaban.

Claire se acercó a la gran mesa y se sentó frente a Maud.

—¿Ha terminado ya la investigación? —preguntó.

Maud sonrió.

—No termina nunca. Anoche, por ejemplo, estuve levantada hasta cerca de la una tratando de descubrir el origen de algunas de las prácticas existentes en las Sirenas, según el testimonio de Easterday. Algunas proceden de otras islas. La antigua civilización que floreció en la Isla de Pascua sentía tanto desprecio por la virginidad como los actuales habitantes de las Sirenas. Y el rito durante el cual todos los invitados masculinos a la boda obtienen los favores de la novia, se practica también en Samoa y las islas Marquesas. Por lo tanto, Easterday tuvo razón al hacer esta afirmación. En cuanto a esa misteriosa cabaña de Auxilio Social, he conseguido localizar algo parecido, una casa del placer o *are popi*, en el estudio que hace Peter Buck de Mangareva. Pero algunas de las prácticas de las Sirenas parecen absolutamente originales. Por ejemplo, esos comentarios que hace Easterday acerca de la Jerarquía que examina los motivos que puedan existir para el divorcio. Te aseguro, Claire, que apenas puedo esperar a ver todo esto y estar allí para estudiarlo directamente.

Claire comprendió que había llegado el momento de exponer lo que había pensado después de bañarse.

—Yo tampoco puedo esperar —dijo, mordisqueando el extremo del cigarrillo—. Aunque debo confesar que siento cierta aprensión.

—No hay motivo alguno para que sientas aprensión.

—Quiero decir que... yo nunca he participado en una expedición como ésta... y no sé como tengo que conducirme.

Maud pareció sorprenderse ante estas palabras.

—¿Cómo tienes que portarte? Pues como te has portado siempre, Claire. Continúa siendo como has sido siempre... cordial, **modesta**, cortés, interesada... sin esforzarte por ser otra cosa. —Tras una momentánea reflexión, agregó—: Aunque en realidad, creo que no estará de más que te dé algunos consejos, teniendo en cuenta tu inexperiencia en esta clase de expediciones. Procura no mostrarte remilgada, altiva ni condescendiente. Tienes que adaptarte a la vida sobre el terreno y a la nueva situación social. Tienes que demostrar que la estancia allí te produce placer. Tienes que mostrar respeto por los naturales del país... a los que nosotros llamamos indígenas o nativos... demostrando respeto por tu marido en su presencia. Es muy probable que visitemos una sociedad de tipo patriarcal. En tal caso, las mujeres polinesias siempre se muestran deferentes en público ante los hombres, aunque en privado y en su casa no sea así. Siempre que te inviten a participar en una fiesta, un trabajo o un juego, no te niegues a hacerlo y trata de portarte siempre que te sea posible, como ellos. Todo es cuestión de grado. Por lo general, por ser mujer debes evitar emborracharte y hacer tonterías en público, mostrarte excesivamente irascible y, en tu calidad de casada, cohabitar con hombres polinesios.

Claire se sonrojó antes de comprender que Maud bromeaba al referirse a la cohabitación. La joven sonrió entonces.

—Creo que conseguiré ser fiel a mi marido —dijo.

—Claro —asintió Maud, añadiendo con seriedad—: naturalmente, acerca de esto tampoco existen normas estrictas. Depende a menudo del carácter que tenga la tribu que se estudia. Ha habido muchos casos en que los indígenas se mostraron muy complacidos por el hecho de que un etnólogo cohabitase con uno de ellos. Lo consideraron como una muestra de aceptación y amistad. Si el etnólogo es una mujer y no tiene vínculos exteriores, nada le impide sostener relaciones con un indígena, lo que le granjeará el respeto general pues, en su calidad de forastera, se hallará rodeada por una aureola de riqueza, poder, y prestigio.

—Supongo que no lo dirás en serio —observó Claire.

—De lo que quiero que te des cuenta, principalmente —dijo Maud— es que ese pueblo de las Sirenas, al que consideraremos ante todo polinesio, no está formado por seres primitivos e inferiores. Tú ya sabes que el viejo K —Claire sabía que se refería a Kroeber— solía decir que las hormigas poseen una sociedad, pero no tienen una cultura... pues la cultura en este caso no significa refinamiento, sino costumbres transmitidas por tradición oral, técnicas y creencias tradicionales a las que se atienen. Pero los polinesios no son hormigas ni seres primitivos. Poseen muchas culturas, antiguas y sólidas. Cuando los profanos hablan de primitivos, suelen referirse a brutos analfabetos de mentalidad atrasadísima. Estos seres existen, desde luego, en algunas regiones de África, el Ecuador, Brasil o Australia. Estos son los auténticos aborígenes. No esperes encontrarlos en las Sirenas, y en especial teniendo en cuenta que se trata de polinesios cruzados con blancos. Es probable que esas gentes posean una profundidad en el tiempo tan grande como la nuestra. Tal vez no tengan una cultura material compleja, pero sí poseen una estructura social complicada. Son primitivos únicamente en el sentido técnico. Puedes tener la seguridad de que en el terreno social se hallan extraordinariamente avanzados.

Aquél era el momento oportuno para sacar el asunto a colación.

—Me cuesta imaginar que son civilizados, teniendo en cuenta que los hombres únicamente llevan unos suspensorios y las mujeres van desnudas, pues una falda de hierba de dos palmos no se puede llamar vestido.

—Estoy convencida de que éste es el atavío adecuado en aquel clima y para su concepto de la vida —dijo Maud con placidez.

—¿Y nosotros tendremos que andar de esta guisa, como los indígenas? —preguntó Claire.

La pregunta pareció sorprender a Maud.

—¿Qué quieres decir?

—Quiero decir si... tú y yo tendremos que desnudarnos y...

—No, por Dios, Claire. Imagínate la facha que tendría yo con un faldellín de hierba. Mis fláccidas carnes y mi autoridad estarían a la merced de una simple ráfaga de viento. ¿Cómo has podido pensar tal cosa? Tú irás vestida lo mismo que aquí en California. Ropa de verano, pero algo más ligera, y mucho desodorante. Esto me hace pensar que tenemos que hacer cuanto antes algunas compras. Lo único que allí es tabú para las mujeres son los pantalones. Si los indígenas te viesen con pantalones, te tomarían por un hombre y esto los confundiría y alarmaría. Antes que ponerte pantalones, valdría más que fueses desnuda, ya que pasarías más desapercibida. No, puedes llevar blusas y faldas desahogadas, o vestidos estampados sin mangas. Esto resultará aceptable para ellos. Lo principal es que demuestres interés por esa gente, que noten que les tienes simpatía. Ninguno de nosotros es capaz de portarse como aquel joven y aristocrático antropólogo inglés que Robert Lowie solía citar. El tal inglés pasó una temporada entre los indígenas y a su regreso hizo el siguiente dictamen, sobrio y lacónico: «Costumbres escasas, modales viles, moral ausente».

Claire rió y se sintió más aliviada. Al ir a buscar los cigarrillos a la mesita de café, vio que Maud tomaba un mazo de papeles del cajón de su mesa.

—¿Son estas las copias de las cartas a las personas que invitaremos a tomar parte de nuestro equipo? —preguntó Maud.

Claire miró por encima del hombro, asintió y volvió a su asiento.

—He escrito a cuatro de ellas, extractando los párrafos de la carta de Easterday que tú me indicaste. Firmé por orden.

—¿Cuándo las enviastes?

—Ayer por la tarde, a tiempo de que alcanzasen la última recogida. Las franquee todas por correo aéreo, excepto la de la Dra. Rachel DeJong, puesto que vive en Los Angeles.

—Sí... vamos a ver... sí, esta es la carta para ella. Prefiero echar una mirada por si he olvidado algo. En este caso, me serviría de excusa para subsanar la omisión. Confío que ninguno de ellos se encontrará de viaje y que todos aceptarán unirse a nosotros. Hackfeld quedó muy bien impresionado por la lista. No me gustaría tener que apelar a suplentes...

—Todos recibirán la carta hoy, en distintas horas del día —dijo Claire—. Supongo que empezaremos a recibir respuestas a fines de semana.

—Hum —murmuró Maud, leyendo la primera carta—. Ojalá Rachel disponga de seis semanas libres.

—¿Es la psicoanalista? Me he estado preguntando, Maud, por qué la has escogido.

—Leí un artículo de Rachel, titulado «Los efectos del noviazgo y el galanteo sobre el matrimonio» y lo encontré soberbio. Esto me hizo pensar que resultaría una ayuda inapreciable en las Sirenas. Además, es el tipo de persona adecuado para una expedición de este género: completamente fría, desprovista de emoción, totalmente objetiva, sin excesivas preferencias por Freud y muy equilibrada para ser tan joven. Siento una marcada preferencia por colegas que sean capaces de dominarse y de dominar las situaciones nuevas e imprevistas que puedan surgir. Rachel es una persona así. Confío que yo también sea de su agrado.

—La conquistarás en seguida —dijo Claire con confianza.

* * *

Faltaban diecinueve minutos para las doce del mediodía. En el consultorio psiquiátrico, tenuemente iluminado y que dominaba el Wilshire Boulevard de Los Angeles, la doctora Rachel DeJong permanecía sentada junto a la paciente, dando vueltas entre sus dedos al lápiz y diciéndose que si aquello continuaba un minuto más de los nueve que faltaban para terminar la sesión, empezaría a gritar, sin poder contenerse por más tiempo.

La voz de la paciente se había convertido en un murmullo y Rachel experimentó un momentáneo pánico profesional. ¿Se habría dado cuenta la paciente de su hostilidad? Descruzando las piernas, Rachel se inclinó hacia el diván para observarla y entonces vio que miraba hacia lo alto, sumida en sus propios pensamientos y sin acordarse de la inquisitiva presencia de Rachel.

Al inclinarse sobre el diván, la psiquiatra se percató de otra cosa. El cuadro que ofrecían ella y su paciente, en aquellos fugaces segundos, se parecía a una anticuada pintura que vio una vez —acaso en un anuncio— y que representaba al bello Narciso inclinado sobre el agua de la fuente, hipnotizado por su propio reflejo en la líquida superficie. Aquella imagen era muy exacta: ella, Rachel DeJong, era Narciso, el diván de cuero era la fuente y Miss Mitchell, tendida sobre el diván, era propiamente el reflejo de sí misma. La imagen sólo era inexacta en un punto: Narciso languidecía de amor por sí mismo, mientras que Rachel se hallaba dominada por el odio que su propia imagen le inspiraba.

Examinando a Miss Mitchell, se esforzó por analizar el torbellino de emociones que la sacudía interiormente. No odiaba a Miss Mitchell como persona. Lo que odiaba era lo que veía de sí misma, tan irónicamente exacto, en el problema que le presentaba Miss Mitchell. A través de su paciente, Rachel se odiaba a sí misma.

En sus pocos y ajetreados años de ejercicio médico, aquello nunca le había sucedido, al menos bajo esta forma. Hasta hacía dos meses, hasta el día en que Miss Mitchell apareció en su vida, Rachel DeJong había sido una mujer relativamente dueña de sí misma y desapasionada, equilibrada hasta los más mínimos detalles. Conocía la existencia de su problema personal, siempre presente, que había salido triunfador de su propio análisis. Sabía también que no fue Miss Mitchell quien le creó aquel problema. Lo único que Miss Mitchell había hecho era airearlo, exponiéndolo con visos dramáticos a la luz del día. Entonces vio Rachel que su problema era hermano gemelo del problema que agobiaba a Miss Mitchell.

Rachel volvió a recostarse en su butaca, mientras seguía jugueteando nerviosamente con el lapiz. Sabía que debería haberse librado de su paciente después de la cuarta semana, cuando Miss Mitchell ya se había desahogado lo suficiente para sentirse capaz de hablar sin tapujos de su problema. Pero en lugar de eso, Rachel soportó toda la exposición del caso y no una, sino varias veces seguidas, hasta torturarse, escuchándolo con masoquismo, para examinarlo de noche, llena de odio hacia sí misma. Hubiera debido acudir al Dr. Ernst Beham, el analista con quien colaboraba, para aliviarse desde el principio de aquel peso. Comprendía que esto hubiera sido la solución profesional y sin embargo, no fue capaz de recurrir a ella. Era como si hubiese querido hacer durar aquella autoflagelación, como si hubiese querido resistirla en un intento por negar su propia flaqueza, para demostrar que era fuerte y lo tenía todo resuelto. Pero había algo más que le impidió visitar al psiquiatra amigo. Rachel comprendió que no hubiera permitido que continuasen sus relaciones con Miss Mitchell. De esto estaba segura. Y Rachel, en cambio, quería que continuasen. Era como si tres veces por semana y cada vez por espacio de 50 minutos, sintonizase con un serial cuyo protagonista era ella misma y no quería perderse ni un solo episodio, pues tenía el deseo de conocer el desenlace de aquella desdichada trama.

Y aquel día era el peor. Tal vez a causa de que su propia situación, su vida privada, pasaba también por el peor momento. La sesión de aquel día, era sencillamente insoportable. Miró de reojo el reloj de la mesa, faltaban aún siete minutos. Iban a ser terribles. ¿Y si abreviase?

—...¿no le parece, doctora? —preguntaba la paciente.

Rachel DeJong carraspeó, envolviéndose en un aire profesional y cuando hubo recuperado su compostura, dijo:

—Más tarde le expondré mi opinión, Miss Mitchel. Ahora, como le he dicho en otras ocasiones, lo más importante es airear la causa de esta perturbación, sacándola a la luz para que pueda verla claramente. Creo que pronto no necesitará mi opinión, pues adquirirá su propia clarividencia interior y comprenderá usted misma el remedio que hay que poner a esto.

Miss Mitchell no ocultó su disgusto y volvió la cabeza sobre la almohada, para mirar al techo, de un frío color de aguamarina.

—No sé por qué sigo viniendo y pagando sus honorarios —dijo, quejosa—. Apenas me ha dado el menor consejo.

—Cuando sea necesario dárselo, se lo daré —dijo Rachel, con voz tensa—. En estos momentos, lo importante es que usted me diga el mayor número de cosas posibles. Por favor, trate de continuar.

Miss Mitchell guardó durante unos instantes un ceñudo silencio. Finalmente dijo:

—Bien, si usted insiste...

Y continuó dando rienda suelta a su asociación de ideas.

Rachel, como había hecho ya en anteriores ocasiones, se puso a examinar en secreto la persona de Miss Mitchell. La paciente frisaba en los treinta años y era hija única de una ilustre familia de la buena sociedad, que poseía una cuantiosa fortuna. La joven recibió una esmerada educación antes y después de Radcliffe, viajó mucho y se vio asiduamente cortejada por una nube de pretendientes. Poseía un glacial atractivo, que iba desde su cabello rubio crespado, peinado impecablemente, a sus largas y oblicuas facciones, muy parecidas al antiguo busto egipcio de Nefertiti, sin olvidar su alta y derecha figura de maniquí. Los hombres la deseaban físicamente y era objeto de sus constantes atenciones; sin embargo, ella rehuyó todo compromiso formal hasta fecha muy reciente.

Rachel apartó la mirada de su paciente y fijó la vista en la alfombra, pensando en sí misma. El problema que tenía Rachel no se debía ciertamente a un sentimiento de falsa modestia. Sabía muy bien que, a su manera, ella era tan atractiva a los ojos del sexo opuesto como su paciente. Si bien no era tan alta ni esbelta ni había recibido una educación tan acabada, podía rivalizar con su paciente en cuanto a belleza. A decir verdad, su belleza le había creado siempre dificultades en su trato con los pacientes masculinos. Estos efectuaban una entrega a menudo total, que a veces revestía formas agresivas. Se preguntó cómo la veía Miss Mitchell como mujer, no como terapeuta. Los severos trajes sastre oscuro con blusa de cuello alto que llevaba Rachel no la despojaban totalmente de su feminidad. Llevaba también como Miss Mitchell, crespado su cabello castaño claro, aunque no de forma tan exagerada. Sus ojos de lince eran pequeños y vivaces, tenía la nariz clásica, pómulos altos y salientes, que daban una forma triangular a su cara, terminada en un firme mentón aguzado. La figura de Rachel era larga y huesuda, de anchos hombros, pecho amplio, pero no muy opulento, cintura de avispa y caderas de muchacho. Posiblemente tenía las pantorrillas demasiado rectas. Pero en conjunto, no era inferior físicamente a su paciente ni a la mayoría de sus amigas. Sin embargo, a los treinta y un años seguía aún soltera.

Su problema, pues, como el que agobiaba a Miss Mitchell y que se parecía al suyo como una gota de agua a otra, no era el de falta de atractivo para el sexo opuesto. Antes bien, la enfermedad que sufrían las dos mellizas espirituales era de carácter interior, una enfermedad compuesta de temor por el sexo opuesto. En ambos casos el daño y la parálisis se produjeron en la primera infancia para ambas, la dolencia se manifestó al llegar a la edad adulta con la retirada de cualquier forma de enlace sentimental. Ambas mantenían una actitud de extremada independencia, rehuyendo cumplir sus obligaciones hacia sus semejantes.

Escuchó de nuevo la voz de la paciente, que la distrajo de sus propios pensamientos y con sus quejas y torturas despertó en Rachel una punzada de culpabilidad. Se esforzó por dirigir su atención hacia Miss Mitchell.

La joven estaba diciendo:

—No hago más que recordar y evocar aquellas primeras semanas después de que lo conocí. —Miss Mitchell hizo una pausa, movió la cabeza, cerró los ojos y prosiguió—: Él era completamente distinto a todos los demás, o acaso no era él quien era distinto, sino yo, es decir, los sentimientos que me inspiraba como hombre. Cuando los demás trataban de flirtear o juguetear conmigo, o cuando se me declaraban, yo siempre podía pararles los pies o contestar con una negativa, sin sentirlo en lo más mínimo, porque en realidad ninguno de ellos me importaba nada. No eran más que niños, niños mimados. Pero cuando él apareció en mi vida todo cambió. Comprendí que lo quería de veras. Tenía miedo de perderlo. ¿Se imagina usted? Yo con miedo de perder a un hombre... Sus sentimientos hacia mí eran similares... ya se lo he dicho una docena de veces... pero estaba segura... aún lo estoy... de que él también me amaba. ¿Por qué hubiera querido casarse conmigo, si no me hubiese amado? Tenía casi tanto dinero como papá, de modo que no podía ser por eso. No, él me quería por esposa. Yo quería serlo. Pero aquella noche en que íbamos a salir juntos... desde muchas horas antes... yo ya sabía que se me iba a declarar, mi intuición me lo decía... y entonces me indispuse... por conveniencia, como diría usted... sí, eso... por conveniencia... Creo que tiene usted razón. Yo deseaba ser amada y lo amaba, más por otra parte quería que nuestro ingenuo compromiso aplazado, continuase indefinidamente, como un cuento de hadas, un hermoso cuento de hadas desprovisto de pasión... únicamente amor platónico... sin cuerpo ni realidad... sin responsabilidades que afrontar... sin contactos propios de adultos... sin tener que dar ni exponer, dependiendo de otro y no sólo de mí misma... Sé, doctora, que esto es lo que hice... lo he vivido y lo sé.

Rachel escuchaba refrenando sus tumultuosos sentimientos y pensando: Qué vas a saber tú, Miss Mitchell.

La mente de Rachel volvió vacilante al pasado y su alma gemela se reunió con el alma de Miss Mitchell en unos días no lejanos. Cuando estudió en la Facultad de Medicina, y cuando terminó la carrera, hubo varios hombres en su vida, unas veces estudiantes y otras hombres de más edad. Tuvo que escuchar bastantes declaraciones, muy hermosas y atrayentes. *Será perfecto, Rachel; tú tendrás tu trabajo y yo el mío. Podemos tomar a alguien para que cuide de los niños. Compraremos dos camas y así nos harán un descuento, ja, ja. Vamos Rachel, dime que sí. Recuerda lo que dicen: La familia que trabaja junta, permanece unida.* Y ella siempre había contestado con la misma frase estereotipada: *Eres encantador, Al* (o *Billy* o *Dick* o *John*), *pero verás... y además de eso... y después... y lo siento mucho pero no puede ser, no, no puede ser.*

Siempre había intentado con éxito reducir la pasión y el fervor a la más gris de las amistades. Solamente dos veces, en el año en que decidió especializarse y estudiar psiquiatría, permitió que una de aquellas relaciones fuera más allá de la simple amistad. Él era un condiscípulo suyo, un alto y desgarbado muchacho de Minnesota. La escena se desarrolló en su modesto apartamiento de soltero y el lugar fue el diván (ambos hicieron simultáneamente un chiste sobre ello). Ella acudió ya preparada y lo soportó con el mismo estoicismo que si le empastasen un diente. No dio nada y él poco más. Aquella fue la primera representación. Deseosa todavía de nuevas experiencias —¿cómo podría guiar más adelante a los demás, sin experiencias de primera mano?— flirteó con un joven y alocado profesor, esposo y padre, yéndose a pasar un fin de semana con él en un bungalow de la isla Catalina. Esto le proporcionó mayor grado de profesionalismo pero ni el menor goce. Mantuvo la intimidad, incluso en el momento de su unión más íntima. Desempeñó el papel de observador inocente, ajeno e imparcial y, por lo que a ella se refería, él podría haber estado muy bien fumando. Aquellas relaciones terminaron tras tres representaciones más. Él no llegaba a entender por qué cortó por lo sano, terminando bruscamente aquellos idílicos fines de semana. Fue la última experiencia directa de Rachel. Posteriormente, los conocimientos de Rachel procedieron de lo que aprendió en conferencias, libros y escuchando a sus propios pacientes. Estaba convencida de que su libido permanecía tranquilo y en paz, como la bella durmiente, que sólo esperaba que llegase el príncipe para despertar con toda normalidad, junto con su paciente.

Catorce meses antes, se presentó el hombre que esperaba. Y su alma y sus pasiones, en efecto, despertaron. Todo se produjo con la mayor precisión. Él tenía entonces cuarenta años, a la sazón cuarenta y uno y ella treinta, que ahora eran treinta y uno. Él era un hombrón tierno, de mirada bovina y cariñosa, un físico vigoroso y fuerte. Era soltero y poseía una sólida cultura, muy buenos instintos, una amplia curiosidad y elevados ingresos. Se llamaba Morgen y pertenecía a la empresa de corretaje Jaggers, Ulm y Morgen. Joseph

E. Morgen. De muy buena familia, además. La pasión de Rachel despertó, se sentía dichosa y él prendido en su encanto.

La cronología de los primeros diez meses, era, en forma condensada, muy sencilla. Capítulo I: Galerías de arte, museos. Capítulo II: Teatros, cines. Capítulo III: Night Clubs, bares selectos, vamos a tomar una copa. Capítulo IV: La casa de sus padres, su familia, gente encantadora. Capítulo V: Las amigas de ella, sus casas, personas maravillosas. Capítulo VI: Fiestas, muchas fiestas. Capítulo VII: Coche parado en Laguna, Newport, Malibu, Trancas, besos, muchos besos. Capítulo VIII: El apartamiento de ella, caricias, muchas caricias. Capítulo IX: Fin de semana en Carmel, paseo a orillas del lago por la noche...

Miss Mitchell sollozó y Rachel no lamentó tener que dejar aquel paseo nocturno a orillas del lago. Así que Miss Mitchell empezó a hablar de nuevo, Rachel sintió deseos de desaparecer, porque ya sabía lo que iba a venir ahora, por haberlo escuchado muchas otras veces.

—Durante todo aquel día, en la Costa Azul, yo creí que obraba bien —decía Miss Mitchell—. Salí corriendo como una colegiala asustada y él llevado por su amor, me siguió, decidido aún a hacerme la pregunta fundamental. Pero yo ya estaba más tranquila y cuando regresamos en coche a Cannes, estaba segura de que todo estaba resuelto y le daría el sí... sí, contestaría afirmativamente y terminaría de una vez, para que todo acabase bien, como en las películas. Pero aún hacía sol y él quiso que nos pusiésemos el bañador para ir a la playa a nadar un poco y después tomar allí mismo unos cócteles. Entonces yo me cambié de ropa en la *cabaña* (1) y después lo hizo él. Cuando salió creí que iba a ponerme enferma, lo digo en serio. El muy sinvergüenza llevaba solamente pantalones de bikini —yo nunca le había visto así... tan grosero, tan bestial... aunque él, como persona, no era diferente, seguía siendo el mismo... pero de aquella manera parecía distinto—. Yo no podía ni mirarlo y entonces él se tendió a mi lado y allí mismo me lo dijo todo... se declaró... añadiendo que podíamos casarnos en seguida... y comprendí lo que quería decir... y entonces me eché a llorar y huí corriendo al hotel. Los médicos le impidieron la entrada... pero, ¿qué hubiera podido decirle?... y además, mire cuál es mi estado... aquello fue la ruptura, como usted sabe muy bien... la causa de todo... sí, aquello fue el principio...

<hr>

(1) En español en el original.

El fin había sido aquello, se dijo Rachel.

Encontraron aquella solitaria playa al norte de Carmel, pararon el coche entre los árboles y él la ayudó a descender por la empinada cuesta hasta la arena. En la playa hacía calor y el agua cabrilleaba suavemente bajo el claro de luna. Se descalzaron y pasearon por la orilla, cogidos de la mano. Ella sabía que aquel hombrón tan sensible iba a declarársele, pues estaba muy enamorado de ella y ella de él, guardó silencio y escuchó su declaración. Él la estrechó entre sus brazos mientras ella por último podía pensar y decirse que no quería saber nada fuera de aquel instante de dicha, limitándose a asentir con la cabeza mientras él susurraba palabras cariñosas en su oído.

Él quiso celebrarlo metiéndose en el agua con ella. Rachel preguntó cómo sería posible, sin trajes de baño. Y él respondió riendo que no los necesitaban, ahora que eran prácticamente marido y mujer. Desconcertada ante lo que ocurría en su interior, ella asintió en silencio y se ocultó tras una roca saliente para desnudarse. Desabrochó un botón de la blusa y se quedó helada, inmóvil y tembloorosa, sintiendo escalofríos y temblando durante más de quinientos segundos. Entonces oyó pronunciar su nombre y vio que él venía, salió corriendo de detrás de la roca para darle una explicación y lo encontró con el traje de Adán, desnudo como esperaba que ella estuviera también. La expresión de agudo horror que mostró su rostro, borró instantáneamente la despreocupada sonrisa del hombre. Ella contempló el pecho macizo y velludo e involuntariamente, como en sueños, bajó la mirada... sí, Miss Mitchell, sí... y echó a correr por la arena, cayendo y levantándose para continuar corriendo, mientras los gritos de él la perseguían.

Cuando él regresó al coche, vestido, la encontró esperándole, con los ojos secos, dueña ya de sí misma y durante todo el camino de regreso, que le pareció larguísimo, se mostraron terriblemente razonables e intelectuales al comentar lo sucedido, con el resultado de que cuando amaneció y Los Ángeles aparecieron entre la niebla, quedó bien sentado que la culpa había sido enteramente del hombre. Hubiera debido tener más prudencia. Las mujeres son distintas, más sensibles, más emocionales, claro. Los hombres suelen tomar por el camino de enmedio, son impetuosos y descuidados. Su profesión no tenía nada que ver; ella continuaba siendo un ser frágil, como todos los de su sexo. Había accedido a casarse con él y se dejó desbordar por las emociones. Pero estaban de acuerdo. Se casarían y todo se arreglaría. El tiempo todo lo cura. «Te amo, Rachel.» «Te amo, Joe.» «Verás cómo todo irá bien, Rachel.» «Lo sé, Joe.» «Convendría que empezaras a pensar en la fecha, Rachel.» «Lo haré, lo haré, Joe.»

«¿Te parece bien mañana por la noche, pues?» «Sí, mañana por la noche.»

Entonces siguió un período de cuatro meses de «mañanas por la noche», de citas mantenidas y de otras canceladas. Joseph Morgen pedía con insistencia que Rachel fijase una fecha para la boda. Rachel apeló a todas las estratagemas conocidas en los anales de la feminidad para evitar dar una fecha. Se defendía pretextando casos urgentes, exceso de trabajo en la clínica, artículos sobre psiquiatría que tenía que escribir, congresos a los que no podía faltar, parientes que tenía que acompañar, jaquecas y enfermedades y así llegó hasta la semana anterior. Luchando sin parar. Joe dijo que se estaba burlando de él. Si no lo quería, ¿por qué no se lo decía claramente? Pero ella respcɔdió que sí lo quería, lo quería mucho. ¿Entonces, por qué salía siempre con evasivas y pretextos, como si de veras no quisiera casarse con él? Pronto estaría todo arreglado, dijo ella, sí, muy pronto. Y entonces él dijo esto y ella replicó aquello, pero fue él quien pronunció la última palabra: ya no insistiría más, pero su ofrecimiento seguía en pie y cuando ella se considerase dispuesta, podía ir a comunicárselo.

Aquel desastroso forcejeo se había producido sólo la semana anterior.

La noche antes leyó en la sección de noticias de Hollywood que Joseph Morgen había sido visto cenando en Perino's con una starlet italiana.

Aquella noche no durmió ni tres horas.

Empezó a darse cuenta de que el tiempo pasaba. Consultó el reloj de la mesa y se agitó inquieta en la butaca.

—Bien, miss Mitchell, me parece que la sesión ha terminado —anunció Rachel—. Ha sido extraordinariamente útil. Aunque usted crea lo contrario, la verdad es que realiza grandes progresos.

Miss Mitchell se incorporó, arreglándose el peinado y por último se puso en pie, con expresión más tranquila y apaciguadora.

Rachel también se levantó.

—Que pase un fin de semana agradable. Confío en verla nuevamente por aquí el lunes, a la misma hora.

—Sí —repuso miss Mitchell. Se dirigió a la puerta, seguida por Rachel y de pronto volvió la cabeza con vacilación—. Yo.... ojalá pudiera ser como usted, doctora DeJong. ¿Cree que podré serlo, algún día?

—No, ni lo desee. Un día, muy pronto, volverá a ser usted misma, tendrá una personalidad que apreciará en el más alto grado y con esto debe bastarle.

—Espero que sea verdad, porque usted lo dice. Adiós.

Cuando su paciente se hubo marchado, Rachel DeJong se apoyó en el umbral, experimentando una extraña desorientación. Tuvo que hacer un gran esfuerzo para darse cuenta de que era mediodía y que ya no tenía ningún paciente más hasta las cuatro. ¿Y por qué? De pronto lo recordó. Tenía que participar en un coloquio con el Dr. Samuelson y el Dr. Lynd, en el hemiciclo de la Escuela Superior de Beverly Hills. Se trataba de un coloquio sobre la adolescencia y el matrimonio entre los jóvenes, en el que después podían participar con sus preguntas los padres y maestros que asistieran al mismo. El coloquio había sido organizado hacía unos meses y se celebraría de una a tres aquella misma tarde. Cuando la invitaron a participar, ella aceptó complacida, pues siempre le había gustado el toma y daca, los desafíos mentales y las preguntas estimulantes que acompañaban a un coloquio. Mas a la sazón se sentía débil y cansada, desdichada por lo de Joe, disgustada consigo misma y, por si aún no fuese bastante, se despreciaba profundamente. No estaba de humor para exhibir su ingenio y conocimientos psiquiátricos. Deseaba estar sola para recuperar sus fuerzas, para reflexionar y resolver sus enigmas. Sin embargo, sabía que no podía faltar al coloquio. Nunca lo había hecho y menos podía hacerlo entonces. Era demasiado tarde para buscar alguien que la sustituyese. Tendría que aguantarlo, tratando de hacerlo lo mejor posible.

Cuando salió del lavabo se maquilló un poco, se puso el abrigo y salió del consultorio. Al pasar por la sala de espera, vio el correo de la mañana en la mesita, al lado de la lámpara. Había media docena de cartas. Se las metió en el bolsillo, cerró con llave la puerta del consultorio y descendió en ascensor hasta el vestíbulo.

En la calle, el aire era fresco y el día tan sombrío y cargado como su corazón. Había pensado sacar su automóvil convertible para ir a Beverly Hills, tomar el aperitivo antes de almorzar tranquilamente en uno de los mejores restaurantes y regresar con el tiempo justo para llegar al coloquio antes de que éste comenzara, a la una. Pero se hallaba demasiado preocupada para tomar el aperitivo o hacer una comida completa; así es que subió por Wilshire Boulevard para ir a pie hasta el snack bar de la esquina.

El mostrador estaba ocupado casi totalmente, pero quedaban aún dos mesitas vacías. Se sentó en la más próxima, porque deseaba intimidad. Después de pedir una sopa de judías, un bocadillo de jamón con queso y café, se sentó, las manos cruzadas sobre la mesa, tratando de construir algo coherente con las ruinas de los últimos meses. No podía censurar a Joe porque hubiese salido con la starlet ni porque siguiese saliendo con ella, esto era claro. Él tenía que vivir su vida. Aquella cita no quería decir forzosamente que se hubiese enamorado de la starlet. Probablemente todo se reducía a terminar acostándose con la chica. Joe insistió en que quería casarse con ella y Rachel era quien tenía que decidir. Pues bien, ella quería casarse con Joe y así lo había decidido. Lo más juicioso sería acudir a él para exponerle su problema, desnudarse espiritualmente en su presencia y hacerle comprender hasta qué punto su inhibición la dominaba. Él era un hombre que tenía una cultura psiquiátrica y la comprendería. Contando con su comprensión y apoyo, ella iría a ver a un colega e iniciaría un tratamiento. Así, al fin, podría casarse con Joe.

Como psiquiatra, esto le parecía lo más sencillo y el único procedimiento viable. Sin embargo, como mujer —escuchando la voz más profunda de su alma femenina—, no se mostraba de acuerdo. No quería revelar al hombre amado, su problema fundamental. Aquéllo complicaba un poco las cosas, pero sólo un poco. La desposada tiene un problema; no puede quitarse el velo. Esto era una locura, la actitud propia de una persona enferma, pero así era. Volvía a sentirse comprendida y lo que le pareció tan sencillo, se convertía ahora en un problema complicadísimo.

En el snack bar hacía mucho calor y cuando se quitó el abrigo, notó en un bolsillo el bulto del correo de la mañana. Dobló el abrigo, lo dejó en la silla contigua y sacó del bolsillo las cartas.

Mientras tomaba la sopa, empezó a examinarlas. Ninguna parecía de interés hasta que llegó al último sobre. Las señas al dorso rezaban: «Dra. Maud Hayden. Colegio Raynor, Santa Bárbara, California». Esto resultaba sorprendente. Si bien Rachel conocía muy bien a Maud Hayden, sólo la consideraba una amiga-conocida, y sus relaciones eran puramente profesionales. Nunca había estado en casa de Maud Hayden ni ésta la había visitado en su apartamiento. Anteriormente nunca se habían escrito. No podía imaginar por qué le escribiría Maud Hayden, pero la admiración que experimentaba por aquella mujer entrada en años a quien consideraba una de las grandes figuras de la antropología mundial era tan grande, que se apresuró a abrir el sobre. Desplegó la carta ante sí y al instante penetraba en el remoto mundo de las Tres Sirenas. Mientras terminaba la sopa y masticaba despacio el bocadillo de jamón con queso, siguió leyendo. Continuó leyendo también mientras tomaba el café. Después de leer una página, luego dos y devorar con avidez los extractos del informe de Easterday, su mundo privado, lleno únicamente, hasta entonces, de sus propios problemas, de Joseph Morgen, de miss Mitchell, se fue poblando de otros personajes: Alexander Easterday, el capitán Rasmussen, Thomas Courtney, un polinesio llamado Moreturi y su padre, el jefe Paoti Wright.

El impacto que le produjo la carta de Maud Hayden y sus documentos anejos, la lanzó, vibrante y emocionada, por el espacio, para hacerla aterrizar en un sereno y extraño planeta que era una mezcla de la Boyawa de Malinowski, el país de ensueño que Tully sitúa en los Mares del Sur en *Ave del Paraíso* y el Wragby Hall de D. H. Lawrence.

Trató de verse a sí misma en el panorama de las Tres Sirenas y encontró que su yo sensible experimentaba una gran fascinación ante aquella cultura, mezclada con cierta repulsión por el evidente erotismo de la misma. En una época anterior, cuando no tenía los nervios tan de punta y sus represiones se hallaban aún bien enterradas, sabía que aquello la hubiese interesado hasta llegar a telefonear instantáneamente a Maud Hayden.

Rachel se acordó que, en efecto, como Maud recordaba en su carta, hacía un año que se ofreció para participar en una expedición científica bajo la guía de un mentor cuyas enseñanzas pudiese aprovechar. Sentía a la sazón un vivo interés por las costumbres relativas al matrimonio. Pero esto fue en otro tiempo, cuando su espíritu, su trabajo y su vida social (fue cuando empezaba a salir con Joe) estaban organizados y reprimidos. En la actualidad, semejante viaje sería una locura. Un estudio de las relaciones sexuales libres y de un afortunado sistema de matrimonio le resultaría insoportablemente doloroso. Ya no poseía la objetividad ni el aplomo necesarios para emprenderlo. Además, ¿cómo podía irse, dejando en el aire sus relaciones con Joe? ¿Cómo podía dejar durante seis semanas a miss Mitchell y otros treinta de sus pacientes? Desde luego, en otras varias ocasiones había abandonado a sus pacientes durante períodos prolongados y nada indicaba que quedándose consiguiese resolver sus relaciones con Joe. Sin embargo, tal como estaban las cosas, las Tres Sirenas eran pura fantasía, un capricho imposible, que debía olvidar sin tardanza.

La llegada de la camarera con la nota la arrancó de aquel país de nunca jamás. Consultó su reloj. Era la una menos dieciocho minutos. Tendría que darse prisa para llegar con puntualidad al coloquio.

Salió del snack bar corriendo para ir en busca de su coche y dirigirse a la Escuela Superior de Veverly Hills. Llegó al hemiciclo cuando el mantenedor la estaba llamando. El público esperaba, todo el paraninfo estaba lleno y a los pocos instantes se sentó ante la mesa, entre los doctores Samuelson y Lynd, para participar en una animada discusión acerca de los matrimonios entre adolescentes, pese a que aquella tarde todo tenía para ella un aire ausente y sonámbulo.

Los minutos fueron transcurriendo y Rachel comprendió que representaba un papel pasivo en el debate, permitiendo que los doctores Samuelson y Lynd llevasen la voz cantante, sosteniendo el peso del diálogo, mientras ella se limitaba a hablar sólo cuando le preguntaban. Por lo general, salía siempre muy airosa de estas polémicas públicas. Sin embargo, se daba cuenta de que aquella tarde su actuación era menos que mediana, limitándose a utilizar la jerga del oficio, a decir cuatro palabras vacías y a hacer citas rutinarias... aunque, en realidad, esto no le importaba en absoluto.

Rachel apenas se dio cuenta de que la exposición del tema había terminado y que el público empezaba a hacer preguntas. Ella fue el blanco de dos interpelaciones y sus colegas tuvieron que responder otra docena de preguntas. El reloj de la pared indicó que la prueba tocaba casi a su fin. Se recostó en la silla, pensando en que acaso tendría que hacer una escena con Joe.

De pronto oyó pronunciar su nombre, lo cual indicaba que alguien deseaba hacerle una pregunta. Se irguió en la silla de madera y se esforzó en comprender bien de qué se trataba.

Una vez hecha la pregunta, su semblante asumió una expresión pensativa —que no hubiera engañado a Joe— y empezó a contestar:

—Sí, la comprendo, señora —dijo—. No he leído esta pieza popular del autor que usted menciona. Pero si su contenido es el que usted afirma, le aseguro muy sinceramente que yo no tocaría el pene popular de este autor por nada del mundo...

Rachel se interrumpió, desconcertada. Un grito histérito rasgó el susurro del auditorio, seguido por risitas, animados murmullos y divertidos comentarios después.

Rachel vaciló, aturrullada, y concluyó con voz temblorosa:

...bien, estoy segura de que usted me comprende.

De pronto, una tempestad de carcajadas estalló en el paraninfo. Mientras aún duraba el tumulto, Rachel se volvió desvalida al Dr. Lynd, que se había puesto muy colorado y miraba fijamente al aire como si fingiese no haber oído aquel *lapsus linguae*. Después Rachel se volvió hacia el Dr. Samuelson, cuyos labios estaban plegados en una sonrisa, mientras miraba directamente al público.

—¿Qué les pasa? —susurró Rachel, tratando de hacerse oír en medio del barullo—. ¿De qué se ríen?

Trató de recordar que había dicho... algo de no tocar aquella

pieza para nada... para nada... aquel artículo... aquella pieza popular...
aquella pieza... aquella cosa...
De pronto se quedó boquiabierta y susurró al Dr. Samuelson:
—¿Acaso dije...?
Y él, sin dejar de mirar al frente, le respondió con tono risueño,
apenas audible:
—Mucho me temo, Dra. DeJong, que su *lapsus* freudiano no haya
pasado desapercibido.
—Oh, Dios mío —gimió Rachel—. ¿De veras dije eso?
El mantenedor golpeó con el mazo sobre la mesa y no tardó en
restablecerse el orden. El *lapsus* no tardó en quedar olvidado entre
las preguntas y respuestas que siguieron. Rachel no se atrevía a
hablar de nuevo. Para su carácter era una verdadera prueba seguir
allí sentada como si tal cosa, exhibiéndose muy seria y con cara
inexpresiva.

Mientras las preguntas y respuestas levantaban una empalizada
de palabras a su alrededor, volvió en espíritu a sus días de estudiante y a lo que había leído acerca de los *lapsus linguae* en la *Psico-
patología de la Vida Diaria*, de Sigmund Freud: «Una señora se ex-
presó del modo siguiente en una reunión. Las mismas palabras que
escogió demuestran que las pronunció con fervor y bajo la presión
de numerosas y fuertes emociones secretas: «Sí, una mujer tiene que
ser bonita si desea agradar a los hombres. A este respecto, la situación de los hombres es más ventajosa. ¡Mientras posean *cinco* miembros bien proporcionados, ya no necesitan más...!» En el método psi-
coterapéutico que yo utilizo para resolver y suprimir los síntomas
neuróticos, tengo que enfrentarme a menudo con la tarea consistente
en descubrir el pensamiento oculto tras las frases pronunciadas casualmente por el paciente y que, pese a que intenta permanecer oculto, revela su existencia de manera no intencionada».

Rachel estaba pensando aún en esto y en el *lapsus* que ella misma
había cometido, cuando se dio cuenta de que la discusión había
terminado algunos segundos antes y que todo el mundo se levantaba para marcharse. Cuando abandonaba el estrado, ligeramente
separada de sus colegas, se dijo que aquella noche escribiría dos
cartas. Una a Joseph Morgen, confiándole la verdad acerca de su problema y dejando que él mismo decidiese si estaba dispuesto a esperar a que ella lo resolviese, en un sentido o en otro. La segunda
carta sería para Maud Hayden, informándola de que Rachel DeJong
arreglaría todas sus cosas y se hallaría dispuesta para acompañarla
a las Tres Sirenas en junio y julio, durante seis semanas.

Maud Hayden tomó la copia de la carta que Claire había dactilografiado y enviado al Dr. Sam Karpowicz, que vivía en Alburquerque, localidad de Nuevo México. Antes de leerla, miró a Claire y dijo:
—Confío en que esto lo deslumbrará. La verdad es que no podemos pasarnos sin Sam. No sólo es un botánico excelente, sino un fotógrafo de primera fila, uno de los pocos fotógrafos creadores que existen en el mundo. Lo único que me preocupa es que... verás, Sam es un hombre tan apegado a su familia... y yo expresamente he evitado invitar a su esposa e hija. Tal vez no serían problema, pero me propongo reducir en lo posible el número de personas que formarán el equipo.
—¿Y si él insiste en llevarlas consigo? —preguntó Claire.
—En tal caso, no sé qué haremos. La verdad es que no lo sé. Desde luego, Sam es tan imprescindible, que creo que terminaría aceptándolo bajo cualquier condición, aunque tuviese que cargar con su abuelo, su perro de lanas favorito y su invernadero... pero pensándolo bien, ya resolveremos esta dificultad, caso de que llegue a presentarse. Veamos antes qué dice Sam.

Habían dado ya las diez de la noche, cuando Sam Karpowicz cerró con llave la puerta de la cámara oscura y recorrió los pocos metros de prado sembrado de verde césped húmedo que lo separaban de la escalera de losas, cuyos peldaños ascendió cansadamente hasta llegar al reducido patio. Se detuvo ante el canapé de mimbre puesto al aire libre, aspirando el fresco y seco aire nocturno, que le despejaba la cabeza de las emanaciones que había respirado en la cámara oscura.
Aquel aire era delicioso y embriagador. Cerrando los ojos, efectuó varias aspiraciones profundas, después los abrió para gozar por un momento del espectáculo que ofrecían las hileras de faroles callejeros y las esparcidas luces de las residencias que se extendían hacia el lado de Río Grande. Las luces callejeras parecían temblar y moverse, con una amarillenta grandeza, semejantes a las antorchas de la procesión nocturna que presenció el año anterior entre Saltillo y Monterrey, cuando estuvo en México.
Permaneció inmóvil en el patio, pues no deseaba abandonar los placeres que le ofrecía aquel sitio y las escenas que desde allí se contemplaban. El cariño que sentía por aquellos barrios de las afueras, por los polvorientos pueblos próximos de Acoma y San Felipe, los

llanos terrenos de pastos y los campos de ají con sus acequias de riego y las azules montañas pobladas de abetos, era profundo e inquebrantable.

Recordó con una punzada de dolor lo que le había llevado hasta aquel lugar tan poco apropiado para un hombre que no se había movido del Bronx neoyorquino desde su primera infancia hasta la edad viril. Durante la guerra —la guerra organizada por Hitler— llegó a conocer muy bien a Ernie Pyle. Sam era oficial de prensa y fotógrafo del cuerpo de Señales, a pesar de ser licenciado en Botánica. Pyle era corresponsal de guerra. Durante los largos paseos que dieron juntos por tres islas del Pacífico, Sam discurseaba acerca de las maravillas de la flora polinesia mientras Pyle, a petición de Sam, hablaba de la pasión que sentía por la paz y el sosiego de su Nuevo México. Pocos meses después de que Pyle muriese en acción de guerra, Sam fue enviado a California para ser desmovilizado (1). Adquirió un coche viejo y baqueteado con el que atravesó el Sudoeste norteamericano en dirección a Nueva York, decidido a visitar aquellas regiones antes de enterrarse en la vida monótona de profesor metropolitano.

En el curso de este viaje pasó por Alburquerque y comprendió que no podía abandonar aquella ciudad sin visitar a la viuda de Ernie Pyle, la casa en que éste había vivido y los lugares que su difunto amigo había mencionado con tanto afecto. Sam tomó una habitación de cuatro dólares al día en el «Hotel Alvarado», próximo a la estación de Santa Fe. Después de lavarse, asearse y cenar, obedeciendo las indicaciones que le dieron en el hotel atravesó en su coche el caluroso y tranquilo barrio comercial, cruzando frente a la

---

(1) Louis L. Snyder, en su libro La Guerra 1939-1945 (Ed. Grijalbo 1964) se refiere a Ernie Pyle en términos conmovedores. Pocas semanas después de la caída de Iwo Jima, en la isla próxima de Ie Shima, el pueblo norteamericano experimentó una pérdida irreparable cuando un retraído y diminuto corresponsal de guerra fue muerto por una bala de ametralladora japonesa. A pesar de que Ernie Pyle detestaba la guerra y todo cuanto ésta representaba, creía que su lugar estaba junto a los hombres que luchaban en el frente. Sus despachos abundaban en bellos detalles acerca de actos de bondad y abnegación, la soledad de los hombres dominados por el abatimiento y la melancolía en la retaguardia, el extraordinario valor desplegado por simples muchachos, que en el combate se crecían hasta hacerse hombres. Hablaba de soldados cansados y mugrientos que no querían morir, de heroísmo y cobardía, de flores y tumbas. «No comprendo cómo los que sobreviven a la guerra pueden volver a mostrarse crueles con nada.» Los combatientes sentían un profundo afecto por el pequeño y calvo reportero de Indiana, que representaba con tanta perfección la visión que ellos tenían de la guerra, desde su humilde estatura de soldados. Llenos de desconsuelo, colocaron esta inscripción sobre el sencillo monumento levantado sobre el lugar donde él cayó para no levantarse más: EN ESTE LUGAR — LA 77ª DIVISIÓN DE INFANTERÍA — PERDIÓ UN CAMARADA — ERNIE PYLE — 18 DE ABRIL DE 1945. (N. del T.)

universidad, hasta llegar a Girard Drive. Entonces torció a la derecha
por la calle adoquinada, que le resultaba tan familiar y acogedora
por habérsela descrito tantas veces su amigo muerto y siguió adelante cosa de kilómetro y medio, entre casas de adobes, típicamente
españolas, hasta que cesaron los adoquines y empezó la grava.
Después de recorrer varias manzanas llegó a la esquina de Girard
Drive y Santa Mónica Drive. Ernie Pyle le había dicho que su casa
estaba en el 700 de South Girard Drive, una casa que hacía esquina
con algunos arbolillos, un patio de cemento y un perro que se llamaba
«Chita», una pequeña mansión blanca de techumbre verde, construida
para vivir en paz.

Sam se detuvo, se apeó del coche, se acercó a la casa y llamó con
los nudillos a la puerta. Una enfermera le abrió, él se dio a conocer
y explicó lo que le llevaba allí. La enfermera dijo que la señora Pyle
estaba muy enferma y no podía recibir visitas, pero añadió que si
era un antiguo amigo de Ernie, sin duda le gustaría ver la habitación
de éste, que seguía tal como estaba cuando Ernie la dejó para siempre. Sam había visto muchas veces en imaginación aquella estancia,
que no encerraba sorpresas para él. Hasta cierto punto, era más
suya que la que ocupaba en el apartamiento del Bronx, donde Estelle
le estaba esperando. Visitó despacio la habitación, viendo el diccionario abierto sobre el atril, el dibujo dedicado por Low, las dos paredes ocultas por libros, la fotografía enmarcada de Ernie hablando
con Eisenhower y Bradley, el mugriento gorro verde de beisbol colgado de una percha... Por último, rogando a la enfermera que salu-
dase a la señora Pyle y le diese las gracias, Sam se marchó.

Una vez fuera de la casa, empezó a pasear por la calle enarenada,
saludando con una leve inclinación de cabeza a un vecino que segaba
el césped, observando las edificaciones de la universidad desde cierta
distancia, fisgoneando en unos solares vacíos, deteniéndose con frecuencia para contemplar las distantes montañas, hasta que por último subió de nuevo al coche y regresó a la ciudad.

No pasó solamente aquella noche en Alburquerque. Pasó una semana. Durante aquella semana solicitó un puesto en la Universidad
de Nuevo México y después continuó el viaje por la región.

Un año después ya era profesor en dicha Universidad, disponiendo de un laboratorio particular y un rutilante microscopio que él
estrenó. Dos años después, ya tenía su propia casita de adobes en
South Girard Drive.

Y allí estaba aquella noche, en el patio de su casita. No tuvo que
lamentar ni un solo día aquella decisión, y tampoco tuvo que lamen-
tarla Estelle. Las únicas ocasiones en que se lamentó, fue cuando

tuvo que abandonar Alburquerque, a causa de las obligaciones que
su profesión le imponía.

Respiró por última vez aquel aire vigorizante, dejando que llenase
su flaco pecho y, resucitado en parte, penetró en la casa por la
abierta puerta vidriera del comedor. Después de haberla cerrado dijo
casi gritando:

—¿Y si me preparases un poco de café, Estelle?

—¡Ya lo tienes preparado! —respondió ella—. ¡En el living!

Encontró a Estelle acurrucada en el enorme butacón. Su cabello
gris violáceo formaba bucles y su amplio y flotante albornoz estaba
extendido, de modo que cubriese su amplia anatomía y los brazos
de la butaca. Sam pensó que parecía una tienda india, cómoda y
acogedora. Estaba leyendo, con la profunda concentración que de-
nota el deseo de perfeccionarse, la *Nueva consideración sobre el indi-*
vidualismo, de Riesman. Dejando el libro a un lado, se levantó para
tomar la cafetera de la bandeja portátil. Sam se dirigió a la butaca
opuesta y, como si una grúa lo descendiese, depositó su larga y
huesuda persona en el asiento, mientras sus articulaciones crujían.
Una vez sentado, extendió sus flacas piernas y lanzó un gruñido de
contento.

—Gruñes como un viejo —dijo Estelle, sirviendo café en la taza
puesta sobre la mesita de laca.

—La Torá (1) dice que cuando un hombre cumple cuarenta y
nueve años, tiene permiso para gruñir a discreción.

—Entonces, gruñe. ¿Qué has estado haciendo?

—He revelado algunas de las fotos que hice en Little Falls. El
sol de México es tan fuerte, que hay que trabajar como un negro
para obtener un buen contraste. De todos modos, la pitahaya (2) salió
magníficamente. Casi he terminado. Creo que podré acabarlo en pocas semanas. ¿Y tú, lo has pasado todo a máquina?

—Estoy al corriente —dijo Estelle, volviendo a su sitio—. Cuando
tú escribas el resto de los epígrafes, yo los mecanografiaré.

Sam probó el café, sopló ruidosamente para enfriarlo y después
lo bebió con deleite, dejando sobre la mesita la taza medio vacía. Se
quitó las antiparras cuadradas sin montura, que su hija llamaba
«las gafas de Schubert», porque se había formado vaho en ellas y
después, al sentirse desaseado, se alisó el desgreñado cabello de color
gris azafrán, se atusó con el dedo sus pobladas cejas y por último

(1)   La Torá o Pentateuco comprende los cinco primeros libros de la Biblia:
Génesis, Éxodo, Levítico, Números y Deuteronomio, que constituyen la ley
mosaica, el corazón de la Escritura para el pueblo judío. (*N. del T.*)
(2)   Planta de la familia de los cactos. (*N. del T.*)

buscó un cigarro y lo sacó. Mientras lo preparaba, miró de pronto a su alrededor.

—¿Y Mary, dónde está? ¿Aún no ha vuelto?

—Sam, no son más que las diez y cuarto.

—Pensé que era más tarde. Para mis piernas es una hora más avanzada. —Encendió el habano y tomó un sorbo de café—. Hoy apenas la he visto...

—Lo mismo podemos decir de ti. Te has pasado el día encerrado en ese negro agujero del patio. Un ser humano al menos hubiera venido a cenar. ¿Comiste los bocadillos?

—Caray, olvidé traer la bandeja y los platos. —Dejó la taza vacía—. Sí, limpié la bandeja. —Dio una nueva chupada al puro, lanzó una nube de humo y preguntó—: ¿A qué hora se fue?

—¿Cómo? —dijo Estelle, que de nuevo se había puesto a leer.

—Mary. ¿A qué hora se fue de casa?

—Alrededor de las siete.

—¿Con quién ha salido esta noche... otra vez con el chico Schaffer?

—Sí, con Neal Schaffer. La invitó a una fiesta de cumpleaños en casa de los Brophy. Imagínate, Leona Brophy ya ha cumplido diecisiete años.

—Imagínate, Mary Karpowicz ya tiene dieciséis —remedó Sam—. Lo que no puedo imaginar es lo que ve Mary en esa chica Brophy. Es completamente vacía y hay que ver cómo viste...

Estelle dejó caer el libro sobre el regazo.

—Leona es una chica de todas prendas. Lo que a ti no te gusta son sus padres.

Sam lanzó un bufido.

—Haría las mismas objeciones a todos aquellos que pusieran emblemas norteamericanos en su coche... Te aseguro que más de una vez he intentado comprender lo que piensa esa gente. ¿Qué necesidad hay de ir por ahí pregonando el hecho de que son norteamericanos en Norteamérica? Claro que son norteamericanos, como lo somos nosotros y casi todos los que viven en nuestro país. La verdad, es algo que resulta sospechoso. ¿Qué se proponen demostrar... que son supernorteamericanos, norteamericanos especiales o más norteamericanos que los norteamericanos corrientes y molientes? ¿Tratan de demostrar que todos los demás acaso deseen derrocar el Gobierno, algún día, o vender secretos de Estado a una potencia extranjera, y que los emblemas son la garantía segura de que ellos mientras vivan no harán nada de eso? ¿Qué cosas oscuras y desquiciadas se ocultan en el interior de esa gente, que tienen que demostrar su ciudadanía y su lealtad al orden constituido? ¿Por qué el viejo Brophy no se pone también una insignia en la solapa para demostrar que está casado, que es hombre o que cree en Dios?

Estelle escuchó pacientemente la larga parrafada de su esposo. A decir verdad, lo adoraba en secreto en estos momentos de indignación. Cuando vio que Sam ya se había desahogado, volvió, con sentido práctico, al tema principal.

—Todo esto no tiene nada que ver con Leona, su fiesta de cumpleaños o el hecho de que Mary haya asistido a ella.

—Tienes razón —dijo Sam sonriendo. Se puso a examinar el cigarro—. ¿Te ha hablado alguna vez Mary del chico Schaffer?

Estelle denegó con la cabeza.

—Vamos, Sam, no te metas ahora con el chico, ¿eh?

Sam volvió a sonreír.

—Eso es lo que iba a hacer, aunque no pensaba mostrarme muy severo. Sólo tengo una impresión fugaz de ese muchacho, pero me parece que es de los que se pasan de listos. Además, es demasiado mayor para ella.

—Todos te causarán esa misma impresión mientras ella aún no sea una mujer y tú la mires con ojos de padre.

Sam estuvo tentado de contestar con una frase mordaz, pero se contuvo y asintió plácidamente.

—Sí, tienes razón. Mamá siempre tiene razón...

—...en lo que se refiere a papá. Claro que sí.

—Cambiemos de tema —dijo Sam, dirigiendo una mirada escrutadora a la mesita de laca—. ¿Ha habido visitas, hoy... llamadas... correo?

—No ha sucedido nada de particular... el cartero sólo ha traído una invitación para la fiesta que dan en la Base Sandia... algunas facturas... un informe de la Unión para las Libertades Civiles... *La Nueva República*... más facturas.. y esto es todo... —Se enderezó de pronto—. Oh, casi lo olvidaba... hay una carta para ti de Maud Hayden. Está sobre la mesa del comedor.

—¿De Maud Hayden? ¿Por dónde andará ahora? Tal vez piensa volver por aquí.

—Iré a buscártela. —Estelle se puso en pie y se dirigió al comedor, arrastrando las zapatillas. Regresó con un largo sobre, que tendió a Sam—. Viene de Santa Bárbara.

—Se vuelve sedentaria —dijo Sam, rasgando el sobre.

Se puso a leer la carta y Estelle quedó de pie a su lado, ahogando un bostezo pero sin decidir marcharse hasta saber de qué se trataba.

—¿Es algo importante?

—Por lo que puedo colegir... —y se interrumpió mientras continuaba la lectura, absorto—. Efectuará una expedición al Pacífico en junio. Quiere que la acompañe.

Le tendió la página que acababa de leer, buscó las antiparras con gesto abstraído, se las caló y prosiguió la lectura.

Cinco minutos después había terminado la carta y esperó pensativo, mirando a su esposa, hasta que ésta llegó al final del extractado relato de Easterday.

—¿Qué opinas, Estelle?

—Fascinador, desde luego... pero, Sam, tú me prometiste que este verano lo pasaríamos aquí... y no quiero que te vayas sin nosotras...

—No he dicho que lo haga.

—Hay que hacer mil cosas en la casa, tienes mucho trabajo atrasado y yo prometí a mi familia que este año podrían venir a pasar una temporada aquí y además...

—No te excites, Estelle, que no nos iremos. En mi opinión no creo que las Tres Sirenas puedan ofrecernos nada distinto a lo que hemos visto en el resto de la Polinesia. Lo único es que... verás, ante todo, me gustaría estar de nuevo con mi vieja amiga Maud. Da gusto trabajar con ella... en segundo lugar, tendrás que reconocer que ese sitio parece verdaderamente extraño, pues esas costumbres y todo lo demás... Yo me llevaría la cámara y tal vez podría hace un libro de fotografías que, para variar, se vendiese bien.

—¿Para qué lo necesitamos? No nos falta nada. Estoy cansada de ser una mujer nómada o la viuda de un botánico. Por un verano al menos, seamos una familia con hogar y vivamos en un sitio que conocemos.

—Mira, yo también estoy cansado. Me gusta este lugar tanto como a ti. Eran simples cábalas. No tengo la menor intención de alejarme de aquí ni que sea un centímetro.

—Así me gusta, Sam. —Se inclinó para besarle—. Se me cierran los ojos. No te acuestes demasiado tarde.

—Esperaré a Mary...

—Le di permiso para regresar a medianoche. ¿Quién te figuras que eres...? ¿Grover Whalen, que quiere darle la bienvenida? Ella tiene llave y conoce el camino. Vete a dormir, que lo necesitas.

—Muy bien. Esperaré a que salgas del cuarto de baño.

Cuando Estelle se alejó por el vestíbulo en dirección al dormitorio, Sam Karpowicz tomó la carta de Maud para releerla con calma. Con excepción de la época de guerra, sólo una vez había estado en los Mares del Sur y aún por breve tiempo. Fue a herborizar a las islas Fidji, un año después de que Maud estuvo allí. Recogió una maravillosa variedad de ñames silvestres, algunos pertenecientes a una especie que él desconocía, pero después de tomarse un ímprobo trabajo para medirlos y aprender su nombre e historia, cometió algún error al conservarlos y todos ellos se echaron a perder durante el viaje de regreso. Ahora se le presentaba la ocasión de procurarse una nueva colección de ñames, en el caso, naturalmente, de que estos tubérculos se cultivasen en las Tres Sirenas. También existía la posibilidad de realizar el libro de fotografías que complementaría el best-seller que Maud indudablemente escribiría y que sin duda beneficiaría la venta del suyo. La idea era tentadora, pero Sam sabía que esto no bastaba. Estelle tenía razón. Ante todo estaba la familia y él tenía que permitir que sus raíces creciesen y floreciesen. Pasarían un verano magnífico en Alburquerque, lo cual no le importaba; por el contrario, se alegraba de ello. Dobló con todo cuidado la carta de Maud y la metió de nuevo en el sobre. Apagó las luces, dejando sólo encendida una lámpara y la bombilla del portal, para que Mary no se encontrase a oscuras.

El dormitorio estaba ya sumido en sombras cuando llegó a él. Entornando los ojos, distinguió el bulto de Estelle en la cama.

Se dirigió a tientas al cuarto de baño, cerró la puerta, encendió la luz del lavabo y se preparó para acostarse. Cuando hubo terminado, le sorprendió ver que eran las doce menos diez. Se puso su descolorido batín azul sobre el pijama. Había resuelto dar las buenas noches a Mary.

Se dirigió al dormitorio de su hija y vio que tenía la puerta abierta. Cuando llegó a ella, vio también que la cama aún estaba hecha. Decepcionado, regresó al abarrotado estudio, encendió de nuevo la lámpara de pie puesta sobre la mesa y separó las persianas. Miró al exterior y Girard Drive apareció vacío y desolado. Aquello no era propio de Mary, y Sam se sentía inquieto. Pensó en fumarse otro puro, pero como ya se había limpiado los dientes, prefirió no hacerlo. Se sentó ante su mesa, sin poder contener su desazón y se puso a hojear unas revistas de botánica.

Al poco tiempo oyó un automóvil acercarse. En el reloj de la chimenea vio que eran las doce, treinta y cuatro minutos. Se levantó con rapidez, apagó la lámpara de pie y abrió las persianas. Distinguió el Studebaker de Neal Schaffer. Pasó frente a la casa, describió un viraje en U y se detuvo junto a la acera, frente a la puerta de la mansión. El motor paró. Sam soltó las persianas como si le quemasen. Un padre preocupado, sí, pero un espía, jamás.

Sus zancudas piernas llevaron lentamente su alta e inclinada persona a la cama. Se quitó el batín y se deslizó entre las sábanas. Tendido de espaldas, se puso a pensar en Mary y en su infancia, dejando luego que su mente fuese hacia Maud y la espedición que efectuó con ella, para volver después a la guerra y la época posterior. De pronto todavía completamente desvelado, volvió a pensar en Mary. A pesar de que estuvo escuchando con atención, no la había oído entrar. Y entonces, como para castigarlo, oyó el tintineo metálico de la llave, el chirrido de los goznes y el golpe apagado de la puerta al cerrarse. Sonrió en la oscuridad y esperó para oír sus pasos desde el living hasta el dormitorio.

Continuó esperando oír los pasos maquinales, pero no los oyó. Más despierto que nunca, aguzó el oído. Pero seguía sin oír pasos. Qué extraño. Trató de contenerse, se volvió sobre el costado izquierdo e intentó dormir, pero sus tímpanos seguían esperando. Silencio. Aquello era insólito y él empezó a sentir cierto nerviosismo. Habían transcurrido cinco minutos al menos desde su entrada, casi podía asegurarlo. Incapaz de soportar por más tiempo aquel misterio, apartó la manta, introdujo los pies en las zapatillas, se puso el batín y salió al vestíbulo.

De nuevo fue a echar una mirada a su habitación. Continuaba vacía. Después pasó al living. Estaba silencioso y en apariencia desocupado, hasta que la vio sentada en su butaca. Se había quitado los zapatos de tacón alto, a los que él aún no había podido acostumbrarse y permanecía sentada en la butaca, muy tiesa, sin percatarse de su presencia, mirando ante sí con expresión ausente.

Presa cada vez de mayor curiosidad, se acercó hasta ponerse frente a ella.

—Mary...

Ella levantó la cabeza y su carita de melocotón era tan encantadora y fresca, tan juvenil, que él vio que estaba algo empañada alrededor de los ojos, como si la niña hubiese estado llorando.

—Hola, papá —dijo ella en voz baja—. Creí que estabas durmiendo.

—Te oí entrar —dijo él, con tacto—. Pero cuando no oí que te fueses a la cama, empecé a preocuparme. ¿Te encuentras bien?

—Sí, me encuentro bien.

—Esto no es propio de ti. ¿Qué haces aquí sola? Es muy tarde.

—Estaba pensando un poco. No recuerdo qué.

—¿De veras no te ha ocurrido nada, esta noche? ¿Te has divertido?

—Sí. Como siempre.

—¿Quién te acompañó a casa? ¿El chico Schaffer?

—Sí...

Pareció animarse y se inclinó hacia adelante, dispuesta a ponerse en pie.

—Vaya si me acompañó.

—¿Qué quieres decir con eso?

—Oh... nada, papá, por favor...

—Bien, si no quieres contármelo...

—No hay nada que contar, te lo aseguro. Únicamente que se portó como un grosero.

—¿Cómo un grosero? ¿Quieres decir que se portó como un fresco?

—No, quiero decir como un grosero. Una cosa es besarse un poco pero cuando se figuran que una les pertenece...

—Me parece que no te entiendo. O tal vez sí.

Ella se puso en pie rápidamente.

—Vamos, padre...

Sam sabía que sólo le llamaba *padre* cuando estaba enfadada con él, cuando se mostraba cabezota, como su hija solía decir.

—No hagas una montaña de un grano de arena —añadió Mary—. Resulta violento.

Él no supo qué añadir. Se sentía espoleado por la necesidad de mantener la autoridad paterna y la imagen del padre ante su hija, mas por otra parte, ella ya no era una niña y tenía derecho a cierta intimidad. Sam la observó mientras recogía el bolso. Llevaba muy bien peinado el cabello castaño, tenía unos bellos ojos oscuros que resaltaban en su rostro dulce y de delicado óvalo. Su nuevo vestido rojo se ajustaba perfectamente a su cuerpo esbelto, que sólo revelaba a la mujer inminente en el pecho firme y muy desarrollado. ¿Qué podía decir a aquella criatura medio niña aún, que se sentía violenta?

—Bien, cuando sientas deseos de que hablemos... —dijo Sam con mansedumbre, volviéndose para irse.

Con el bolso y los zapatos en la mano, ella dijo:

—Me voy a acostar, papá.

Adelantó un pie y cuando iba a pasar junto a él, pareció tropezar... sus rodillas se doblaron como si tuviese las articulaciones rotas y empezó a caer, tratando de recuperar el equilibrio. Sam en una zancada se acercó a ella, la tomó al vuelo y la ayudó al incorporarse. Sus caras se rozaron. El olor de su aliento era inconfundible.

Ella trató de continuar, dando las gracias en un murmullo, pero Sam le cerró el paso. Había expulsado la indecisión de la estancia. Sabía perfectamente lo que estaba bien y lo que estaba mal.

—Tú has bebido, Mary.

Ante aquel tono tranquilo de desaprobación, el aplomo de Mary desapareció. La transformación fue instantánea. Ya no era una joven de veintiséis años, sino una muchacha de dieciséis... o acaso una niña de seis. Trató de mantener su compostura durante un segundo, apartó la mirada y él la vio allí de pie, a su niñita, con su complejo de Edipo, que la hacía sentirse culpable.

—Sí —reconoció con voz casi inaudible.

—Pero antes nunca lo habías hecho... —dijo él—. Creía que estábamos de acuerdo sobre el particular. ¿Qué te ha pasado? ¿Cuántas copas has tomado?

—Dos o tres, no me acuerdo. Lo siento. Tuve que hacerlo.

—¿Tuviste que hacerlo? Vaya, sólo esto nos faltaba. ¿Quién te obligó a tomarlas?

—No puedo explicártelo, papá, pero tenía que hacer como todos. No se puede ir contra la corriente ni ser un aguafiestas. De todos modos, me parece que más vale esto que lo otro...

Sam notó una opresión en su pecho huesudo.

—¿Lo otro? ¿A qué te refieres?

—Ya sabes a qué me refiero —repuso ella, jugueteando nerviosamente con el asa del bolso—. Todos quieren que una lo haga. Si una no lo hace, no la consideran. Todas lo hacen.

—¿Hacen, qué? ¿Quieres decirme a qué te refieres? —insistió él—. ¿Te refieres acaso a las relaciones sexuales?

—Sí.

Él la oía como en sueños.

—¿Y dices que todas lo hacen? —insistió.

—Sí. Casi todas.

—Pero hay un casi. Eso quiere decir que algunas chicas no lo hacen.

—Sí, pero pronto tendrán que marcharse.

—¿Y tus amigas... Leona, por ejemplo... lo hacen?

—No está bien que te lo diga, papá...

—Entonces, es que sí. Y por eso dices que el chico Schaffer se portó como un grosero. ¿Porque quería que tú hicieses eso con él?

Mary permanecía con la vista baja, sin pronunciar palabra. Al ver tan compungida aquella hermosa e inocente parte de sí mismo, él no tuvo valor para seguir adoptando la actitud de severo juez. Su corazón rebosaba amor y compasión por ella y únicamente deseaba cuidarla, protegerla, apartar todo lo desagradable de su reino puro e inmaculado.

La tomó por el codo para decirle cariñosamente:

—Ven, Mary, vamos a sentarnos en la cocina para tomar un poco de leche... o mejor aún, preparar un poco de té... para tomarlo con unas galletas.

Cuando la niña tenía seis años y después ocho y diez, paseaba por la casa con ojos llenos de sueño, con sus bucles rebeldes y su pijama arrugado, llevando un caballito de fieltro en brazos; entonces él solía llevarla a la cocina para tomar juntos leche con galletas, contarle un cuento y después llevarla a su camita.

Sam entró en la cocina, dio la luz, puso la tetera en el fogón y sacó las galletas. Ella se sentó ante la mesita, siguiendo con ojos abotargados todos sus movimientos. Su padre preparó las tazas, puso las bolsitas de té y los terrones de azúcar y después vertió el agua casi hirviendo en ellas.

Después se sentó frente a su hija, observándola por encima de su taza mientras ella mordisqueaba una galleta que había mojado en el té. No habían cambiado una palabra desde que salieron del living.

—Mary... —empezó a decir Sam.

Sus miradas se cruzaron y Mary esperó a que prosiguiese.

—...bebiste porque querías sentirte formando parte del grupo, porque querías hacer algo, ya que no deseabas hacer lo otro. ¿No es eso?

—Tal vez sí —repuso Mary.

—¿Pero lo otro aún tiene que realizarse?

—Sí.

—¿Entonces, por qué no dejas este grupo y vas con otros muchachos que tengan mejores valores?

—Papá, estos son mis amigos. Me crié con ellos. No se puede ir a buscar nuevos amigos y amigas, cada vez que una se cansa de los que tiene. Yo siento afecto por todos ellos... son muy buenos chicos... hasta ahora nos hemos divertido... y nos seguiremos divirtiendo... si no fuese por esto.

Después de una breve vacilación, Sam preguntó:

—¿Te explican siempre tus amigas lo que hacen?

—Oh, sí, siempre.

—¿Se sienten... cómo vamos a decirlo... preocupadas o culpables? Quiero decir si les preocupa esta actividad o la encuentran divertida.

—¿Divertida? Claro que no. ¿Qué puede tener de divertida una porquería como ésta... es decir, que te obliguen a hacer una cosa así? Creo que a casi todas mis amigas las deja indiferentes. No lo consideran divertido, pero tampoco lo consideran malo, ni una cosa que deba preocuparlas. Creen que es una de esas cosas aburridas que hay que soportar para complacer a los chicos.

—¿Y por qué es tan importante complacer a los chicos, como tú dices? Si lo consideráis aburrido y desagradable, ¿por qué no os negáis a hacerlo y así viviréis más dichosas?

—Tú no lo entiendes, padre. Es una de esas cosas que hay que soportar para conseguir una felicidad mayor. Quiero decir que así se pertenece al grupo, una se puede divertir de verdad, salir con todos los chicos, reírse mucho, ir a pasear en coche y al cine.

—Pero antes os obligan a pagar el derecho de admisión.

—Bien, si quieres decirlo así... Casi todas las chicas creen que es un precio muy barato por todo lo que permite conseguir. Si todas mis amigas lo hacen, ¿por qué ser tan...?

—Mary —interrumpió él—. ¿Por qué no lo has hecho, esta noche? Porque supongo que él te lo propuso.

—Sí, trató de convencerme...

Sam dio un respingo. ¡Su inocente hijita vestida con el arrugado pijama color de rosa!

—Pero tú no quisiste. ¿Por qué?

—Porque... tenía miedo.

—¿De qué? ¿De tu madre y de mí...?

—Oh, no. Esto no era lo principal. Yo no tenía ninguna necesidad de decírselo. —Bebió el té a sorbitos y con expresión ausente, frunciendo el entrecejo—. No sabría decirlo exactamente...

—¿Entonces, es que tenías miedo de quedar embarazada? ¿O acaso de contraer una enfermedad venérea?

—Por favor, padre. Las chicas no pensamos en esas cosas. De todos modos, he oído decir que los chicos emplean preservativos.

Sam volvió a dar un respingo. Era como si el Niño Azul de Gainsborough hubiese pronunciado una palabra obscena. Contempló con incredulidad a su pequeña Niña Azul.

Mary estaba sumida en sus pensamientos.

—Creo que lo que me asustó fue pensar que no lo había hecho nunca. Para mí era algo misterioso. Una cosa es hablar de ello y otra hacerlo.

—Desde luego.

—Supongo que todas las chicas de mi edad son curiosas, pero no creo que quieran llegar hasta el final. Es decir, esto no nos atrae. Primero en la fiesta y después en el coche, cuando me esforzaba por quitarme sus manos de encima, no hacía más que pensar que debía de ser algo horrible, que me mancharía y haría que ya no volviese a ser la misma.

—No sé si te comprendo, Mary.

—Pues... no sé explicarlo mejor.

—Siempre hemos sido... muy francos en lo concerniente a las

cuestiones sexuales... así, que no sé por qué eso tiene que causarte tal repulsión.

—No. Es otra cosa.

—¿No pudiera ser la frialdad con que él te lo propuso, como si fuese una especie de toma y daca... como si te dijese que si querías continuar con ellos y gozar de su amistad, tendrías que pagar un impuesto...?

—No lo sé, papá, de veras que no lo sé.

Sam hizo un gesto de asentimiento, tomó las tazas y los platillos de ambos, se levantó y los llevó al fregadero. Después regresó despacio junto a su hija.

—¿Y ahora, qué piensas hacer, Mary?

—¿Ahora?

—¿Piensas ver de nuevo a Neal Schaffer?

—¡Claro que sí! —exclamó la niña, poniéndose en pie—. Me gusta.

—¿A pesar de que tenga las manos tan largas y de sus proposiciones?

—No debiera habértelo dicho. Aún lo has hecho parecer más repugnante. Neal no es distinto de los demás chicos del grupo. Es un chico norteamericano normal. Su familia...

—¿Qué piensas hacer la próxima vez? ¿Y si él no se conforma con una negativa? ¿Y si los demás te amenazan con echarte del grupo?

Mary se mordió el labio inferior.

—No les creo capaces de hacerlo. Ya me las arreglaré. Hasta ahora siempre he conseguido arreglármelas. Encontraré la manera de pararle los pies, a él y a los demás. Creo que me aprecian demasiado para...

Se interrumpió de pronto.

—¿Te aprecian demasiado para qué? —quiso saber Sam—. ¿Para esperar hasta que por último cedas?

—¡No! Para respetar mi voluntad. Saben que yo no soy una aguafiestas. No me importa un beso de vez en cuando y... bien, ya me entiendes, divertirme un poco.

—Pero ahora ellos ya saben que bebes.

—Papá, hablas como si tuviese que convertirme en una alcohólica empedernida. No creo llegar a tal extremo. Esta noche he hecho una excepción... y te aseguro que no pienso dar motivos para que te avergüences de mí...

Volvió a tomar el bolso y los zapatos y se encaminó al vestíbulo.

—Mary, sólo quiero decirte dos palabras. Tal vez ya seas demasiado mayor para que te haga sermones y reconozco que tienes tu personalidad y tu espíritu propio. Pero de todos modos, aún eres muy joven. Algunas cosas que ahora te parecen importantes, te lo parecerán mucho menos dentro de unos años, cuando tengas que adoptar decisiones ante otras cosas importantes de verdad. Lo único que puedo decirte es esto y deseo que lo tomes muy en serio. Yo no puedo llevarte de la mano cuando sales con tus amigos. Eres una chica decente e inteligente a la que todos respetan. Tu madre y yo estamos orgullosos de ti. Lamentaría mucho que con tu conducta nos causases una decepción, que por último, te lo aseguro, también tú sentirías.

—Te lo tomas todo demasiado en serio, papá. —Se acercó a él de puntillas, estampó un beso en su mejilla y sonrió—. Ahora me encuentro mucho mejor. Puedes confiar en mí. Buenas noches.

Cuando su hija fue a acostarse, Sam Karpowicz todavía permaneció un momento en la cocina, apoyado en la alacena, con los brazos cruzados, examinando todo el problema. Su hija de dieciséis años y su alocado grupo de amigos. Sabía que no podía apartarla de aquel ambiente. Si se la llevaba a Phoenix, Miami, Memphis, Pittsburgo, Dallas o Saint Paul, acabaría por girar en la órbita de las mismas amistades, los mismos alocados muchachos con diferentes caras. Era el estado de la sociedad juvenil moderna, no de toda ella, pero sí de gran parte, y Sam lo detestaba (cargando con parte de culpa por su existencia) y lamentaba que su hija se moviese en semejante círculo.

Preveía con claridad meridiana lo que ocurriría indefectiblemente. Lo que más temía era el próximo verano, que tendría una importancia capital. Durante los meses siguientes, el grupo estaría aún absorbido por sus tareas escolares, los exámenes y las actividades internas y no se verían mucho ni tendrían demasiado tiempo libre. Cuando llegase el verano y empezasen las vacaciones escolares, todo cambiaría. El grupo se encontraría en libertad y Mary con él, de día y de noche. Era posible que consiguiese defenderse de las solicitaciones que le harían Neal Schaffer y otros tipos como él durante los meses siguientes. Pero el verano estaba que ni pintiparado para el amor. Neal se impacientaría y se disgustaría cuando Mary parase sus escarceos en los labios y en el pecho; se pondría furioso cuando Mary le quitase las manos de encima, cuando tratase de introducirlas bajo su falda. Insistiría y la apremiaría para consumar el acto y si ella rehusaba, se iría con sus deseos y ofrecimientos sociales a otra parte, dejando a Mary. Ésta no tardaría en ser una chica marcada. ¿Tendría bastante fortaleza para resistir esta tentación? Sinceramente, Sam lo dudaba. ¿En realidad, quién podía considerarse capaz de

soportar la amenaza del ostracismo, o culpado por aplazar deliberadamente la soledad?

La bebida era otro peligro. De pronto, Sam se apartó de la alacena, al comprender el motivo que impulsó a Mary a beber. De momento creyó que lo había hecho para demostrar que, pese al apego
que tenía a la virginidad, sabía divertirse como los demás. Entonces
lo vio bajo otra luz, con unos motivos distintos. No había querido
diferenciarse de las demás chicas. Pero tenía miedo de las relaciones
sexuales. Y entonces, probablemente por sugerencia de alguien, de
Leona o de Neal acaso, bebió dos copas para reblandecer su resistencia y hacer posible su capitulación. Aquella noche no consiguió aún
vencer su temor. Pero otra noche, cuando en vez de dos hubiese bebido cuatro o cinco copas...

Sam se sentía mareado y desvalido. Apagó la luz de la cocina. Se
dirigió al vestíbulo y se desvió para apagar la lámpara del living.
Al hacerlo, vio la carta de Maud Hayden. La miró en la oscuridad y
después se encaminó a su dormitorio.

Apartando las sábanas, se metió en la cama.

—Sam... —susurró Estelle.

Él volvió la cabeza sobre la almohada.

—¿No duermes...?

—Sam, lo he oído casi todo. Me levanté para escuchar—. Hablaba
con voz trémula y preocupada—. ¿Qué vamos a hacer?

—La mejor solución posible —repuso Sam con firmeza—. Mañana por la mañana escribiré a Maud Hayden, diciéndole que tenemos
que ir todos, o no cuente conmigo. Si acepta, sacaremos a Mary de
aquí y nos la llevaremos con nosotros a una isla pequeña y apacible,
donde no se hallará sujeta a tentaciones.

—Esto resolverá este verano, Sam. ¿Pero y después?

—Después, ya veremos. Lo único que quiero es que sea mayor.
Hay que empezar por lo primero y más inmediato. Y lo más inmediato es resolver la situación este verano...

* * *

Maud Hayden levantó la vista de la copia de la carta enviada al
Dr. Walter Zegner, que vivía en San Francisco.

—¿Dices qué es esto, Claire? ¿Que por qué invitamos a un médico
para este viaje, preguntas? Pues voy a decírtelo... —Tras una vacilación, dijo con solemnidad—: Quiero que sepas que lo invito porque
el Dr. Zegner está especializado en geriatría, he sostenido una larga

y agradable correspondencia con él y las Sirenas pueden ser un valioso campo de estudios para su especialidad.

Hizo una nueva pausa y una sonrisa asomó a su rostro.

—Ahora voy a decirte la verdad. Es algo estrictamente confidencial y que debe quedar entre nosotras. Te lo diré porque estamos entre cuatro paredes y nadie nos oye. He invitado a un médico, querida, por motivos pura y exclusivamente políticos. Conozco muy bien a Cyrus Hackfeld y el negocio en que se ocupa. Es dueño de una gran cadena de farmacias y uno de los principales accionistas de la empresa farmacéutica que abastece esos establecimientos. Por consiguiente, Hackfeld siente un interés constante por las sencillas pócimas o hierbas que emplean las tribus primitivas... por cualquier menjunje exótico capaz de convertirse en un inofensivo estimulante, en una crema para las arrugas o en un medicamento para quitar el apetito. Así es que, cuando alguien le pide una subvención, suele preguntar si habrá médicos en la expedición científica. He supuesto que esta vez también lo haría y me he anticipado a la pregunta.

—¿Y la doctora Rachel DeJong? —preguntó Claire—. Ella también tiene el título de Doctor en Medicina, además del de analista, ¿no es verdad? ¿No bastaría para satisfacer a Hackfeld?

—Ya he pensado en eso, Claire, pero creo que no —repuso Maud—. Pensé que Rachel se hallaría falta de práctica al frente de la sección de medicina general y tendría exceso de trabajo ocupándose simultáneamente de la psiquiatría, con el resultado de que Hackfeld podría sentirse defraudado. Prefiero no arriesgarme con nuestro mecenas. Necesitamos un médico que se ocupe pura y exclusivamente de la medicina general, nos guste o no nos guste. Confío en que Walter Zegner sea la persona que nos hace falta.

* * *

Eran las ocho menos veinte de la noche y Walter Zegner había dicho que pasaría a buscarla a las ocho. En las diez semanas transcurridas desde que se conocieron y en las nueve semanas con seis días pasados desde que comenzó su íntima amistad, Harriet Bleaska no había tenido que esperar nunca a Walter Zegner después de la hora convenida. A decir verdad, ella recordaba que en tres ocasiones —e incluso entonces el recuerdo hizo acudir una sonrisa a sus labios, él había llegado entre quince minutos y media hora antes a la cita, impulsado por lo que él manifestó ser «un deseo irreprimible».

Sí, llegaría puntual, especialmente esta noche, en que había tanto que festejar. Y ella debía hallarse dispuesta y preparada.

Con un último tirón, alisó el flamante vestido de seda verde botella para cóctel que acababa de comprar y después, haciendo subir
la cremallera por su espinazo y hurgando para sujetarse las presillas
y corchetes, se acercó a la ventana. Desde la altura de su apartamiento, que se alzaba sobre la colina, veía las enormes garras de la
niebla, que de un color grisáceo resaltaba sobre la negrura nocturna
y las luces amarillentas, deslizándose sobre la ciudad que se extendía
a sus pies. Todo San Francisco estaría pronto oscurecido y únicamente las vigas del puente sobre el Golden Gate continuarían siendo
visibles, como barras distantes y aisladas sobre el cielo.

Sabía que Walter aborrecía la niebla y aunque había dicho que
aquella noche bajarían a la ciudad, algo le decía que no pasarían del
restaurante del muelle de pescadores. Después de tomar el aperitivo
y cenar, si hacían las cosas como siempre, volverían directamente a
su cómoda y acogedora habitación única y al amplio lecho que
Walter ayudaría a preparar. No le importaba. A ella le complacía ver
aquel hombre de gran reputación, rico, con influencia, poder (y actualmente con un nuevo e importante cargo) reducido a la igualdad
por su carne, que era la de un animal sensual y desprovisto de complicaciones. Aquel talento que ella poseía para despojarlo de su
orgullo mundano, para reducirlo a su yo sin adornos, a su yo esencial (en su opinión, la mejor parte de él), era su mayor triunfo, su
mayor esperanza.

Apartándose de la ventana, se dirigió al tocador para buscar en
la caja barata y baqueteada donde guardaba sus joyas, alguna combinación adecuada para engalanarse. Probó de aparear varios pendientes propios para trajes de noche con distintos collares... de manera inexplicable, sus amantes siempre le regalaban grandes libros
de arte o pequeñas copas de licor (tenía una teoría que se negaba a
aceptar aunque en el fondo la creía: a saber, que, en general, sus
amantes pensaban que regalarle joyas sería un gasto inútil) y por
último se decidió por unos sencillos pendientes y un collar de perlas,
porque era lo que menos llamaba la atención.

Harriet Bleaska no se contempló en el espejo del tocador para
ver si las joyas realzaban su apariencia. Sabía muy bien que no la
favorecían y no deseaba que el espejo le recordase la falta de corazón que había demostrado la naturaleza. Si tuviese amor propio —en
realidad, lo tenía en grado superlativo—, éste no se veía realzado
por su porte ni, a decir verdad, por ningún atractivo visible en su
figura. Como los lisiados de nacimiento, Harriet aprendió muy pronto
que su aspecto le impedía automáticamente participar en ciertas satisfacciones que proporciona la vida.

Pero esta vez, contraviniendo su propia regla de conducta, contempló su imagen reflejada en el espejo, a fin de comprobar si su maquillaje se conservaba aún en buen estado. La familiar cara que la miraba desde el espejo, a la que en secreto ella llamaba Máscara, pues ocultaba a los ojos de todos su auténtica belleza y sus virtudes, le dirigió una mirada solemne. Si sólo se hubiese visto afligida por la vulgaridad, por una falta de belleza o por algo de tipo indiferente, su situación no hubiera sido tan mala. No era esto lo que la afligía. Durante todo el tiempo que a sus veintiséis años cumplidos podía recordar, Harriet había vivido convencida de que era extraordinamente fea y de facciones ordinarias. Su cara parecía ahuyentar a los hombres de su camino, como una bocina en medio de la niebla. Incluso su atributo más aceptable, representado por su cabello, hubiera sido el peor de los atributos en una mujer agraciada. Los cabellos de Harriet le llegaban hasta los hombros; eran ásperos y de color gris ratón. Además, eran lisos sin remedio. En un intento por peinárselos de algún modo, se había hecho un rígido flequillo sobre la frente. De cabellos para abajo, las cosas no hacían más que empeorar. Tenía los ojos demasiado pequeños y juntos. La nariz tan respingona, que ya dejaba de ser graciosa. La boca era una ancha herida, casi desprovista de labio superior pero con el labio inferior excesivamente carnoso. Tenía el mentón largo y puntiagudo. Suponía que algunas personas debían decir que su fisonomía recordaba la de una yegua belga.

El resto de su persona no ofrecía otras compensaciones. Su cuello tenía la gracia de una tubería de plomo; parecía llevar almohadillas de rugby en los hombros; sus senos no llenaban ni una taza de tamaño «A»; tenía las caderas y los tobillos tan gruesos como los de un percherón que hubiese ganado premio en un concurso, o así se lo parecía. En una palabra, como Harriet dijo en una ocasión, cuando Dios hizo a las mujeres, aprovechó los trozos y retazos sobrantes para crear a Harriet Bleaska.

Se encogió de hombros con resignación —era una mujer demasiado juiciosa y dotada de sentido práctico para sentir amargura—, se apartó del tocador, tomó un cigarrillo con filtro, lo encendió con el mechero plateado que representaba un galeón y que le había regalado Walter y después volvió a dejar el encendedor sobre el enorme y reluciente libro de arte, también regalo de Walter. Como aún le quedaban doce minutos de espera, y no sabía cómo llenarlos, decidió pasarlos enumerando sus bendiciones.

Mientras paseaba por la estancia fumando, llegó a la conclusión de que las cosas no le habían ido tan mal, para ser un patito feo.

Desde luego, había un buen puñado de apuestos caballeros que, basándose en sus investigaciones personales, asegurarían al unísono que no había mujer más hermosa en la tierra que Harriet Bleaska... cuando estaba en la cama.

Tenía que dar gracias a Dios por esta bendición, se dijo, y llorar por todas sus hermanas que eran emocionalmente feas, deformes y tullidas de cintura para abajo.

Sin embargo, el placer que le producía pensar en aquella facultad suya tan incomparable se veía entenebrecido por las duras realidades de la vida. En el mercado de la época, los hombres adquirían hermosas fachadas. Lo que había detrás de las fachadas les parecía menos importante, al menos de momento. Toda una generación masculina se hallaba influida por la poesía, las novelas románticas, la radio, la televisión, el cine, el teatro, los espectáculos, sin olvidar los anuncios de revistas y periódicos, que les hacían creer que si una joven poseía un rostro encantador, un busto prodigioso, una figura bien proporcionada, modales provocativos (boca entreabierta, voz aterciopelada, andar ondulante), sería automáticamente una maravilla en la cama y la mejor compañera que un hombre podía hallar en este mundo. Cuando una joven poseía este exterior, no le faltaba un cortejo de pretendientes, entre los que se mezclaban hombres apuestos, aristócratas, ricos y famosos. Los exteriores más modestos provocaban menos ofertas y así sucesivamente, cada vez más abajo en la escala, hasta llegar al sitio solitario que habitaba Harriet Bleaska.

La estupidez de aquello, aunque no resultase suficiente para amargarla, hacía que en ocasiones sintiese deseos de clamar ante la imbecilidad de los hombres. ¿No podían ver, comprender, darse cuenta, de que la belleza es algo que existe sólo a flor de piel? ¿No eran capaces de suponer que, con harta frecuencia, tras las hermosas fachadas sólo existía egoísmo, frialdad y psicosis? ¿No podían ver que había otras cualidades que eran mejor garantía de felicidad conyugal en el living, la cocina y el dormitorio? No, no podían verlo; los habían educado para que no lo viesen, y ésta era la cruz de Harriet.

Los hombres equiparaban la Máscara —su fealdad— con un matrimonio poco atrayente y una vida sexual sosa. Muy raras veces le permitían demostrar que ella era algo más; y cuando lo hacían, lo cual no era muy frecuente, tampoco bastaba. Había que tener en cuenta que en la sociedad actual se consideraba acertado casarse con una mujer hermosa porque, aunque se supiese que ésta nada valía, aquello simbolizaba éxito a los ojos del mundo. En cambio, se consideraba un error casarse con una mujer fea, aunque ésta fuese virtuosa, porque la fealdad simbolizaba en parte fracaso. Los hombres eran unos necios, la vida una locura, mas así y todo, había ocasiones en que ambos encerraban mayores promesas.

Harriet nació en Dayton (Ohio), en el seno de una familia decente y sencilla de la clase media. Sus padres, que la amaban, eran unos menestrales lituanos que habían trabajado durante toda su vida. En su niñez ella no se percató de lo que la hacía distinta a los demás, pues sus padres y su extensa familia la colmaban de atenciones, regalos y elogios. Cuando llegó a la pubertad, se consideraba una personilla importante, especial y muy querida.

Hasta que su padre, empleado en una empresa tipográfica, fue ascendido y se trasladó a Cleveland, donde ella ingresó en la Escuela Superior de Cleveland Heights, ella no tuvo el primer atisbo de lo que se interponía entre su persona y una vida normal de sociedad. El obstáculo era la Máscara. Su fealdad había alcanzado su pleno desarrollo. Era un cacto entre camelias. Tenía numerosas amistades, principalmente de su propio sexo. Despertaba la simpatía de las muchachas por un motivo inconsciente. Era una perfecta piedra de toque para poner de manifiesto, por contraste, las gracias ajenas. Y durante el primer semestre, los muchachos simpatizaron con ella, en los corredores, en las actividades internas de la escuela, como pudieran haber simpatizado con otro muchacho. A fin de explotar y conservar aunque sólo fuese aquella limitada aceptación por parte de los muchachos. durante varios cursos seguidos ella se volvió aún más desenvuelta.

Cuando inició el último curso en Cleveland Heights, comenzó a reprimir sus modales desenfadados. Sus condiscípulos ya eran muchachos más mayores y no les gustaban los chicos con faldas. Querían chicas. Afligida, Harriet se esforzó en volver a la feminidad. Y se dijo que, ya que no podía proporcionar a los muchachos lo que éstos pedían a las demás chicas, les daría todavía más. Sus amistades femeninas eran tan conservadoras y timoratas como les enseñaron a ser sus padres, y los chicos de Cleveland aprendían muy pronto que sólo podían llegar hasta un límite permisible. Besarse era agradable, incluso a la francesa. Por medio de las caricias podía llegarse muy lejos, pero sólo de cintura para arriba. Era posible arrimarse mucho a la pareja durante el baile, lo cual producía un estímulo considerable, gracias al contacto y al movimiento, pero aquí terminaba todo. Harriet, a causa de sus limitaciones y la libertad con que había sido educada, a causa de la necesidad en que se

hallaba y de su espíritu desenvuelto, pero principalmente a causa
de sus limitaciones, que crearon la necesidad de llegar mucho más
lejos para obtener también mucho más, fue la primera en romper
aquel acuerdo tácito.

Un atardecer, terminadas las clases, en la oscuridad de la última
fila de la galería del vacío hemiciclo, Harriet permitió que un granu-
jiento y despabilado muchacho que acababa de llegar de la Universidad, metiese las manos bajo su falda. Al ver que ella no ofrecía
resistencia y sólo entornaba los ojos con un murmullo de placer,
él se sintió tan estupefacto, que casi no se atrevió a continuar. Pero
lo hizo, y cuando la convulsiva reacción de Harriet a su amor manual lo excitó inconteniblemente, ella le pagó en la misma moneda,
con la mayor naturalidad. Aquel intercambio fue breve, acalorado e
irreflexivo, pero resultó muy útil a Harriet. Por último, le permitió
considerarse una chica.

En su último año de Escuela Superior, Harriet hizo grandes progresos, convirtiéndose en maestra consumada en el arte de la excitación mutua. Los muchachos la consideraban un pasatiempo; las
chicas, una persona sin valor. Harriet, empero, se hallaba satisfecha
al ver que los que consideraba su mejor mitad la aceptaban. Asimismo, durante sus ocasionales acrobacias —aquella vez no llegó hasta
el final, pues tenía sus propias normas— encontraba una liberación
para su naturaleza cálida, afectuosa y amante. Le producía una
profunda satisfacción el hecho de causar placer. En aquellos abrazos
embrionarios, inexpertos por ambas partes, ella nunca tenía que
satisfacer en profundidad. Lo principal era su simple capitulación
y entrega. Con esto bastaba. Sus parejas ni siquiera podían soñar
en su dimensión oculta. En conjunto, Harriet guardó un grato recuerdo del último año y medio que pasó en la Escuela Superior. Solamente un enigma la tuvo intrigada durante aquella época. Pese
a su popularidad nocturna, la popularidad que le proporcionaron
sus sesiones en la galería, en los asientos posteriores y entre los
matorrales del jardín, tenía que pasar sola la noche de fin de curso
y la del baile de graduados. La víspera de cada una de estas solem-
nidades públicas, su legión de enérgicos adoradores la abandonaban
completamente.

Aquel abandono en masa se hizo comprensible dos años después,
en Nueva York, cuando Harriet hacía prácticas en el Hospital Bellevue para convertirse en enfermera diplomada. La decisión de estudiar la carrera de enfermera fue tan natural como elegir entre la
vida y la muerte. Ella deseaba una válvula de escape para su natural cálido y afectuoso, una profesión respetable en que el ofrecimien-

to de cariño fuese bien recibido y aplaudido, un modo de vida en el cual la Máscara ya no ocultase su verdadera belleza interior.

Mientras la mayoría de las quinientas muchachas estudiantes de enfermera alojadas en la residencia de Bellevue gemían y se quejaban por lo mucho que las obligaban a estudiar, Harriet rebosaba satisfacción a causa del trabajo, precisamente. Se sentía muy orgullosa de su uniforme a rayas azules y blancas, completado por medias y zapatos negros y muy satisfecha por el hecho de que le pagasen doscientos cuarenta dólares anuales por aprender una profesión. No tardó en considerar como su casa el comedor que dominaba el East River y la cocina, que frecuentaba a menudo, sin olvidar la bolera a la que asistía con otras compañeras de estudios. Esperaba con ilusión la tradicional ceremonia que se celebraría al final del primer año, durante la cual les darían la toca, acompañada de un ritual de velas encendidas. Y sentía envidia por las estudiantes de segundo año, que ya podían llevar medias y zapatos blancos y que habían pasado de los libros de texto a las prácticas en el quirófano y las salas.

Los únicos momentos tristes eran los fines de semana, en que las demás chicas salían con muchachos y Harriet tenía que quedarse en el hospital, dueña no tan sólo de su habitación, sino de casi todo el dormitorio. Su soledad terminó a mitad del primer año. Un tosco estudiante de segundo año, futuro enfermero, miope, que (según se aseguraba) perseguía todo lo que llevase faldas, la encontró sola en un aula vacía. La besó el cuello sin demasiado entusiasmo y al instante siguiente ella se arrojó en sus brazos, respondiendo a sus caricias con fervor. Tan apasionada fue su reacción, que el enfermero, para quien su cara era apenas una borrosa mancha, se sintió alentado a invitarla al contiguo apartamiento de un amigo, para comprobar si verdaderamente era tan apasionada como demostraba. Incluso antes de apagar la luz, ya pudo comprobar que, en efecto, lo era. No tardó en descubrir más cosas. Durante la velada, noche y madrugada siguientes, se sintió transportado a una nueva y hasta entonces desconocida dimensión del placer. No hubiera podido asegurar si Harriet poseía todo el repertorio de las técnicas amorosas inventadas por el hombre. Únicamente sabía que nunca, en todas sus numerosas y variadas conquistas, había encontrado una mujer que se entregase tan sin reservas. Su instinto, después de aquella primera noche, le impulsaba a pregonar la noticia de aquel increíble descubrimiento a Bellevue y al mundo entero. Pero, aun cuando le costó mucho, se contuvo. Deseaba reservar aquel prodigio para sí. Sus relaciones, raramente verticales, duraron cuatro meses. Al fin de este período, Harriet empezó a creer que había encontrado el compañero de su vida. A medida que se aproximaba al término de su carrera, empezó a hablar de «su futuro». Cuando se llegó a esto, él fue espaciando sus visitas y al terminar la carrera se esfumó por completo.

La herencia que el enfermero le dejó era doble. En primer lugar, antes de poner pies en polvorosa difundió a los cuatro vientos la fantástica historia de su virilidad y las notables dotes de Harriet, haciendo que se enterase más de la mitad de la población masculina de Bellevue. En segundo lugar, contó a un amigo, que a su vez lo contó a otro, que lo repitió a Harriet, picado cuando ésta le apartó las manos, que «es una gran chica, la más sensacional que existe en la tierra, pues empieza donde todas las demás terminan... pero, qué diablos, a quién se le ocurriría casarse con ella para exhibir una chica que hay que mostrar con la cabeza cubierta con un saco, a menos que uno la lleve a una reunión de brujas».

Aunque poseía realismo suficiente para aceptar este veredicto, Harriet no pudo por menos de sentirse interiormente dolida. A partir de entonces, casi todos los enfermeros, internos, empleados e incluso, algunos miembros de la facultad y médicos, rivalizaban conseguir los favores de Harriet. Ella se mostraba recelosa ante todos ellos, muy esquiva, y durante los tres años en que permaneció en Bellevue, sólo en otras cinco ocasiones llegó a creer que sus cortejadores la querían por sí misma y se entregó a ellos... sin perder la esperanza de que esta vez terminaría ante el altar. Con excepción del pretendiente que murió en accidente de automóvil, dejándola en la más completa incertidumbre acerca de sus verdaderas intenciones, todos los demás se portaron de la misma forma. Ofrecían a Harriet palabras cariñosas y unión sexual y ella disfrutaba del placer de sus cuerpos y de frases amables. La llevaban a sitios oscuros, con mucha gente, como Radio City y Madison Square Garden, a restaurantes apartados y night-clubs ocultos en sótanos, pero nunca la acompañaban a desfiles de modelos, fiestas familiares, reuniones con parientes o banquetes importantes. Y cuando Harriet con el mayor tacto los sondeaba para conocer sus verdaderas intenciones, todos se esfumaban. Y ella, con tristeza pero no muy sorprendida, los veía desaparecer para siempre.

Cuando Harriet terminó sus estudios en Bellevue, de donde salió como enfermera diplomada, adquirió, además de su redonda toca, escarolada y almidonada, una gran devoción por su nueva carrera, un talante afable invariablemente bondadoso y la certidumbre práctica pero resignada de la actitud que adoptarían siempre los hombres hacia ella (hasta que su pobre y baqueteado sueño se convirtiese en realidad y apareciese el casi imposible mirlo blanco).

Su primer empleo lo obtuvo en un dispensario de Nashvile, el segundo, ya mejor pagado, en una clínica de Seattle y finalmente seis meses antes consiguió ingresar en aquel enorme hospital de San Francisco. El mundo que la rodeó en Nashville y Seattle parecía estar desprovisto de hombres. La Máscara los asustaba y su reputación no la había precedido aún. En cambio, en San Francisco, las cosas adquirieron un sesgo inesperado e inmejorable casi de la noche a la mañana.

Un día terminó muy tarde una operación cardíaca muy grave y complicada, cuando salió del quirófano, exhausta, el joven anestesista, que también se hallaba agotado, salió con ella. Después de lavarse las manos y asearse, la invitó a tomar café. Ambos lo necesitaban, pero en aquella hora tan avanzada de la noche todas las cafeterías estaban cerradas. Como estaban cerca del apartamiento de Harriet, ella invitó a su vez al anestesista a tomar café en su habitación. Mientras lo saboreaban, descansando de la fatigosa jornada, ella empezó a tirar la lengua de aquel joven desgarbado, torpe e introvertido, haciendo que le contase su vida, que era una sarta de desdichas: huérfano a los pocos años de edad, confiado a la custodia de unos espantosos tutores, años de trabajo agotador a través de diversas escuelas, un matrimonio prematuro que dio por resultado un hijo idiota y la fuga de su mujer con el dueño de la empresa donde ella trabajaba... San Francisco significó un nuevo comienzo para él, lo mismo que para Harriet, que se apiadó de aquel joven tímido. Se dijo que no debía dejarle regresar a su casa tan cansado y a hora tan avanzada. Como en la habitación sólo había una cama, ambos la compartieron.

Aquella noche reveló al anestesista un mundo cuya existencia ignoraba. Después de otras dos noches como aquélla, comprendió que él no era para Harriet ni ella para él. Era un hombre que desconfiaba de la buena suerte y no se consideraba merecedor de aquellos deleites carnales. Además, la habilidad desplegada por Harriet le causaba una sensación de torpeza, pues ponía de relieve su propia falta de maña, lo cual le dejaba muy murrioso. Sin embargo, acaso hubiera continuado adelante —la sesión semanal era irresistible y acallaba sus escrúpulos casi por completo— de no haber visto en Harriet un instrumento para afianzar su propia posición que, después de todo, era lo único que le importaba.

Recién ingresado en el hospital, el anestesista buscaba médicos que solicitasen y pagasen sus servicios para operar a los pacientes más importantes. Tuvo ocasión de conocer al Dr. Walter Zegner, pero hasta entonces éste no había recomendado sus servicios a ningún colega. Sabía que si Zegner decidía hablar de él, su posición en el hospital se hallaría definitivamente consolidada y se abriría ante él un brillante futuro. Lo que hizo que pensara en Zegner no era tanto su reputación profesional como su fama de hombre mujeriego. Así pues, el joven esperó que se presentara la ocasión y cuando ésta llegó, señaló Harriet a Zegner —ésta pasaba en su blanco y almidonado uniforme—, y le dijo todo cuanto pudo acerca de sus extraordinarias facultades. Durante esta exposición, Zegner no quitó la vista de encima a Harriet y su poco agraciada figura, mirándola con expresión ceñuda y dubitativa, sin demostrar que tomase muy en serio las palabras de su interlocutor.

Una semana después, el anestesista fue llamado para participar en una serie de operaciones muy bien remuneradas, para las que había sido recomendado por el Dr. Zegner. Fue entonces cuando comprendió que sus palabras habían surtido el efecto apetecido. A partir de entonces, el anestesista ya no se molestó en seguir visitando a Harriet.

Ésta supo todos los detalles que anteceden de boca del propio Walter Zegner, una noche en que ambos permanecían tendidos y agotados en el diván que ella tenía en el living. De todos modos, no le importó en absoluto. Ambas partes habían hecho un buen negocio y a la sazón ella iba en camino de hacer realidad su esperanza más querida.

Una tarde, diez semanas antes, Harriet estaba tomando café con bollos en la cafetería del hospital. Los taburetes de ambos lados estaban desocupados. De pronto alguien se sentó en uno de ellos. Se trataba nada menos que de la ilustre figura que todos reverenciaban en el hospital: el Dr. Zegner en persona. La conversación brotó con facilidad. Él se mostraba interesado, incluso encantador. Y demostró una alegría infantil cuando, al hablar de sus investigaciones geriátricas, ella demostró hallarse suficientemente enterada del tema para hacer preguntas inteligentes. Tenía prisa, dijo él, pero sentía grandes deseos de proseguir la conversación. ¿Cuándo estaría libre? ¿Aquella noche? Casi mudo de emoción, ella respondió afirmativamente, haciendo un esfuerzo. Él dijo que la esperaría en el aparcamiento reservado a los médicos del hospital.

Cuando ella apareció, temblando de excitación, él la ayudó a subir al Cadillac. Fueron a cenar a un restaurante bohemio de las afueras de la ciudad. Bebieron, comieron ligeramente, hablaron sin cesar y después volvieron a beber. Cuando él la acompañó a su pisito,

ella al pensar en su pobreza se sintió demasiado cohibida para invi-
tarle a subir. Pretextando que necesitaba beber una copa antes de
acostarse, se invitó él mismo. Una vez en la habitación, sentados ante
sendas bebidas, su conversación se hizo menos académica, de un
carácter más personal y equívoco. Cuando por último él se levantó
para darle las buenas noches con un beso, a ella le pareció que
quien la estrechaba entre sus brazos era el Dr. Martín Arrowsmith
o el Dr. Philip Carey, los ídolos de sus fantasías, y se pegó a él, incapaz de desprenderse del abrazo. Pero resultó que él no sentía el
menor deseo de marcharse y pasó aquella noche con ella, sobre la
cama sin deshacer. En ninguna de todas sus anteriores uniones con
hombres, se había abandonado ella tan completamente, y por las
ahogadas frases que él pronunciaba y los confusos e inarticulados
susurros, comprendió que nunca en ningún otro momento de su
vida, se había sentido tan plenamente satisfecho.

Cuando se marchó al amanecer, conjeturó, acertadamente, que
regresaría. Iba a verla tres, cuatro y hasta cinco veces por semana,
y la llevaba a discretos restaurantes, donde bebían, cenaban juntos
y bailaban, regresando después a su apartamiento, para gozar uno
en brazos del otro durante horas. Ella se sentía emocionada y orgullosa. Hubiera deseado pregonar su conquista ante todas las enfermeras y médicos del hospital, sin olvidar a sus pacientes. Pero guardaba celosamente el maravilloso secreto, para no comprometer a
Walter. Lo que más agitación le causaba era escuchar los comentarios que enfermeras e internos hacían, cuando sacaban al retortero,
la vida íntima de los médicos, acerca de las aventurillas de Walter
con damas de la alta sociedad, ricas herederas y todas las mujeres
encopetadas que vivían en las lujosas residencias de Nob Hill. Cuando escuchaba tales chismes la dominaba el irreprimible deseo de
gritar: ¿Pero idiotas, no sabéis que esos estúpidos rumores no son
ciertos? ¿Queréis saber con quién pasa todas esas noches? ¡Conmigo!
Sí, conmigo, desnudo conmigo, acariciándome, amándome como yo
le amo... sí, conmigo, Harriet Bleaska.

Sin embargo, el recuerdo de antiguos y dolorosos desengaños le impedía alimentar aquella remota esperanza. Es decir, se negó a ali-
mentarla hasta el día anterior al mediodía. Entonces, por primera
vez, tuvo el convencimiento de tener tan seguro a Walter, que ya
era imposible que la traicionase. Por primera vez, un hombre había
atisbado tras la Máscara, para ver entera su belleza interior.

El suceso de la víspera estuvo precedido, tres horas antes, por
la sorprendente noticia de que el Dr. Walter Zegner había sido nombrado director del hospital. Al escuchar la extraordinaria noticia,

la cabeza de Harriet empezó a dar vueltas. Que si la influencia de
la familia Fleischer, que si la anciana viuda, que si su hija menor,
etcétera, etcétera. Pero la verdad era que aquello era cierto. Walter
era director del hospital y, de la noche a la mañana, se convertía
oficialmente en uno de los médicos más importantes del Oeste. Ella
no se atrevía a pensar en lo que esto podía significar en sus relaciones. Sería una prueba y prefirió esperar.

Al mediodía, tuvo la anhelada respuesta. Él llegó, se detuvo en
el corredor, todos lo rodearon para felicitarle. Ella se hizo la encon-
tradiza y oyó que la llamaba.

—Oiga, enfermera... miss Bleaska... ¿Es que no va usted a felicitarme? A partir de ahora, soy su nuevo jefe.

El corazón le dio un brinco en el pecho. En presencia de todos,
le tomó la mano con solemnidad y se la estrechó, mientras se le
hacía un nudo en la garganta. Entonces él la tomó por el brazo.

—Ahora, vamos a trabajar —dijo—. ¿Cómo sigue el paciente de
la habitación...?

Con estas palabras la alejó de los demás y después le dirigió una
sonrisa, mientras susurraba:

—Supongo que aún sigue en pie la cita para mañana por la noche, ¿eh?

Ella asintió en silencio. Entonces él prosiguió:

—Muy bien; tenemos que celebrarlo. Iremos a cenar juntos a la
ciudad y... bien, nos veremos luego... Aquí viene el Dr. Delgado.

Aquello sucedió el día anterior al mediodía. Fue para ella una
hora gloriosa. Ahora faltaban tres minutos para las ocho y dentro
de ciento ochenta segundos estaría en brazos de Walter. Esta idea
y las posibilidades que se abrían ante ella, hicieron que sintiese
vértigo.

Con sorpresa se dio cuenta de que ya no paseaba por la habitación fumando, sino que se había sentado en el brazo de la única butaca. Se percató de ello porque sintió dolor en la rabadilla, a causa de
lo incómodo de su posición. Se levantó para desperezarse, se alisó
el vestido de cóctel y después decidió preparar dos whiskies dobles
con hielo, uno para darse ánimos y otro para Walter. Así demostraría
qué esposa tan buena podía ser; qué compañera tan maravillosa
y amante, llegado el momento.

Tomó dos copas de estilo anticuado, sacó varios cubitos de hielo
de la bandeja de su pequeña nevera y después vertió lenta y generosamente el Scotch sobre el hielo, que había depositado en las copas.
Después de dejar la copa para Walter en la mesita contigua al butacón, permaneció de pie, bebiendo y paladeando su whisky.

Cuando faltaba un minuto para las ocho, llamaron a la puerta y ella gozosa fue a abrir a Walter.

Cuando abrió de par en par la puerta, quedó sorprendida al ver que el visitante no era Walter. La figura masculina que se erguía en el umbral tenía un aspecto hispanoamericano. Era un hombre de estatura media, delgado y musculoso, que ella reconoció como el Dr. Herb Delgado, un interno amigo de Walter, que lo sustituía con frecuencia cuando tenía que salir para realizar visitas nocturnas. La primera reacción de Harriet, tras su natural sorpresa, fue de disgusto. El Dr. Delgado no gozaba de muchas simpatías entre las enfermeras del hospital. Las trataba con desdén, con muy poco respeto, como si perteneciesen a una casta inferior.

—Buenas noches, miss Bleaska —dijo, con tanta volubilidad como si ella ya le esperase—. ¿Le sorprende verme por aquí?

—Yo... yo creía que era Wal... el Dr. Zegner...

—Sí, lo sé. Pero como solían decir a la puerta de los locales donde antes se bebía whisky clandestinamente... me envía Walter.

—¿Él le ha enviado?

—Exacto. ¿Me permite que pase un momento?

Sin esperar su invitación, pasó junto a ella y penetró en la estancia, mientras se desabrochaba el gabán.

Desconcertada, ella cerró la puerta.

—¿Y él, dónde está? Tenía que venir a las...

—No puede. —Delgado la atajó con tono risueño—. Le es imposible acudir a la cita. ¿No es así como se dice? —Sonrió antes de añadir—: Lo retuvieron en el último momento y me pidió que viniese para decírselo...

—Podía haberme telefoneado.

—...y sustituirle en lo posible, durante la velada.

—Oh —Harriet seguía aún confusa, pero no pudo por menos de pensar que Walter había tenido una atención para con ella, al enviar aquel sujeto—. ¿Se reunirá con nosotros, más tarde?

—Mucho me temo que no, Harriet.

Ella se preguntó a santo de qué miss Bleaska se había convertido en Harriet y cuánto faltaba para que Harriet se convirtiese en simple enfermera. El Dr. Delgado frunció los labios y prosiguió:

—Los Fleischer decidieron en el último instante celebrar el nombramiento... y Walter, naturalmente, tuvo que asistir a la fiesta..

—¿Tuvo que asistir?

—Son sus protectores.

—Sí, eso oí decir.

—Naturalmente. Así es que, compréndalo usted. —Observó la

copa preparada en el extremo de la mesita—. ¿Es para mí?

—Era para Walter.

—Bien, yo vengo en representación suya. —Tomó la copa y la levantó para brindar—. A su salud.

Apuró el whisky de un trago. Harriet no acercó su copa a los labios.

—Me parece que no saldré, esta noche —dijo.

—Claro que saldrá. Orden del doctor.

—Walter y usted son muy amables, pero prefiero no salir. Cuando Walter esté libre, ya me llamará.

El Dr. Delgado la examinó con suma atención.

—Mire, nena, yo no confiaría en eso. Le hablo con sinceridad, como miembro de la profesión. Yo no confiaría en eso.

Por primera vez, la remota aprensión se convirtió en una aguda punzada de dolor. Un temor innominado agarrotó su estómago y sintió vértigo nuevamente.

—Yo no confío en nada —dijo con voz débil—. Sé que está muy ocupado y que ha contraído nuevas obligaciones. También sé cuáles son sus verdaderos sentimientos. Sin ir más lejos, ayer al mediodía...

—Ayer al mediodía era la Edad Media —dijo Delgado, casi con brutalidad—. Hoy ha empezado una nueva época en su vida. Ha ascendido, ha pasado delante de todos, incluso de mí. Se encuentra en una situación distinta. No puede seguir divirtiéndose por ahí, como antes.

—¿Divirtiéndose? —repitió ella, terriblemente ofendida—. ¿Qué clase de lenguaje es ése? ¿Qué pretende usted decir con estas palabras?

—Bah, dejémoslo —dijo Delgado con impaciencia, mientras ella se percataba de que por último había efectuado la transición de Harriet a enfermera, pasando por nena. Ni siquiera era capaz de conservar los modales propios de un médico en la cabecera de un enfermo—. Tiene usted que saber —agregó— que él me lo ha contado todo.

—¿Y eso, qué quiere decir? —repuso Harriet, tratando de dominar su voz.

—Pues quiere decir que yo soy su más íntimo amigo y que no tiene secretos para mí.

—No me gusta el tono con que habla. Parece como si quisiera insinuar que ha habido algo... inconfesable entre nosotros...

—Nena, lo ha dicho usted, no yo. Yo no me proponía decir eso. Walter la quiere y para obligarme a salir en una noche como ésta, tuvo que explicarme el motivo. Contrariamente a lo que pueda pensar, usted me causa una gran impresión. Sé que Walter y usted se han visto mucho. A eso me refería al decir que ahora no tiene tiem po para diversiones. Esta noche le ofrecen una recepción en casa de los Fleischer, que lo reciben no como médico ilustre, sino como a uno de los suyos. También me han dicho que una de las chicas Fleischer se ha propuesto pescarlo y le aseguro que es muy linda.

Harriet notó el dolor que estas despreocupadas palabras le causaba y después observó otra cosa. La Máscara que había empezado a quitarse, cubría de nuevo su rostro.

—¿Y él... le envió para que me contara todo esto? —consiguió articular.

—Me pidió que tocase de oído. La letra es mía pero los sentimientos son suyos.

—No... no puedo creerlo —dijo ella—. Ayer... precisamente ayer, me dijo...

La voz se quebró y no pudo continuar.

El Dr. Delgado se acercó a ella inmediatamente y pasó un brazo en torno a sus hombros con gesto paternal, tratando de consolarla.

—Mire, nena, lo siento mucho. Créame que lo siento de veras. No se me ocurrió pensar que usted... en fin, no podía imaginar cuáles eran sus proyectos. Los hombres como Walter...

—Los hombres como todos —dijo ella, casi para sí misma.

—Si se detuviera usted a pensar un poco, nena, recordaría el pequeño texto básico que solían citarnos en el primer curso de Psicología. El experimento consistía en tomar un ratón macho y hacerle pasar hambre de dos maneras... impidiéndole acercarse a la comida e impidiéndole acercarse a la hembra. Después lo soltaban en una jaula con comida en un extremo y una hembra en el opuesto. Se trataba de saber si el ratón iría en busca de la comida, que significaba su supervivencia, o iría en busca de la hembra y el amor. Usted ya sabe la respuesta El instinto de conservación se impone siempre.

—¿Dónde quiere usted ir a parar? —preguntó Harriet, que sólo había escuchado a medias.

—Quiero decir que esta vez, el instinto de conservación se ha impuesto también.

—Oh, Dios, no, no...

Sintió que le daba un vahído y trató de sostenerse en el brazo del sillón.

El Dr. Delgado la sostuvo para que no cayese.

—Vamos, mujer, no se lo tome tan a pecho. Esto no significa el fin del mundo. —La ayudó a sentarse en la butaca y le alargó lo que quedaba de su whisky—. Acábeselo. Me parece que lo necesita. Voy a preparar otro para mí.

Ella aceptó la copa. Delgado se quitó el gabán y se esfumó por detrás de Harriet. La joven oyó cómo preparaba la bebida. Escuchó también en la mansión de su alma, un gemido distante. Provenía de Mary Shelley, sentada en el primer piso de Casa Magni, mirando a Trelawny, que acaba de regresar de la playa próxima a Viareggio, donde acababa de identificar el cuerpo que las olas habían arrojado a la arena. Trelawny guardaba el elocuente silencio que sólo significa dolor y malas noticias. Mary Shelley exclamó: «¿No hay ninguna esperanza?» A pesar de que sabía que no la había...

Harriet había leído la escena en una antigua biografía de Shelley, sin acordarse más de ello ni de Mary Shelley durante los últimos años, hasta que en aquel momento acudió de nuevo a su mente.

—¿Se encuentra mejor? —preguntó el Dr. Delgado, de pie junto a ella.

Tomó un sorbo de whisky y dejó la copa sobre la mesa. Lo había asimilado todo y se inclinaba ante el destino.

—Por lo menos —dijo— podría habérmelo dicho él mismo.

Lo único que le quedaba eran estas quejas baladíes.

—No podía. Ya sabe cuán sensible es. Aborrece las escenas. Además, no podía soportar la idea de causarle dolor.

—¿Y no piensa que me lo ha causado igualmente?

—Verá, viniendo la noticia de un extraño...

—Sí, claro.

Él se sentó en el brazo de la butaca y con la mano derecha le acarició el cabello.

—No se trata sólo del hecho de ser yo una enfermera —dijo Harriet, con la vista perdida en el vacío y sin dirigirse a nadie en particular—, sino de que soy como soy. Hay muchos médicos importantes que se casan con enfermeras. Es algo muy corriente. Pero para casarse con ellas, tienen que ser bonitas, ricas o poseer alguna otra cualidad especial. No censuro a Walter. La pena es que los hombres sólo aprecian determinadas cualidades. Yo no correspondo a la imagen exterior que de una esposa se forman los hombres. Para un hombre, la esposa representa su buen gusto, su prestigio y situación social, su buen juicio, su vanidad satisfecha... es su embajador que hace las presentaciones durante el cóctel, o que preside la mesa cuando ofrece un banquete, o que se cuelga de su brazo cuando les invitan a una fiesta... y yo no sirvo para nada de eso... únicamente para la cama.

—Vamos, no diga tonterías. Walter sólo tenía elogios para uste´.

—Sí, para mí en la cama, y nada más. Pero de todos modos, continuaba visitándome, a pesar de mi físico. Los ratos que pasábamos en la cama le cegaron... por un tiempo.

El Dr. Delgado la asió por el hombro con expresión risueña.

—No voy a negar que también me habló de eso. Si no lo conociese muy bien, le consideraría un embustero. No me imagino una mujer capaz de poseer todas las cualidades que él le atribuye.

Ella apenas escuchaba, mirando con tristeza la alfombra, absorta en sus pensamientos.

Él la zarandeó levemente.

—Vamos, nena, sea juiciosa. Ahora la cosa ya no tiene remedio. El rey ha muerto, viva el rey. Walter se ha ido, pero aquí está Herb. ¿Por qué no aprovecha la situación? Usted me parece una chica juiciosa. ¿Por qué no nos reímos juntos y decimos pelillos a la mar? Muchas mujeres me consideran un buen partido. Ellas no pueden tenerme, pero usted, sí.

Ella empezó a prestar atención a sus palabras y le miró con estupefacción.

—Vamos a cenar juntos, como estaba planeado —dijo Delgado—. Después podemos regresar aquí, animarnos y...

—¿Regresar aquí para hacer qué?

Él se interrumpió.

—Pues para animarnos.

—¿Quiere decir que desea acostarse conmigo?

—¿Y eso es un crimen?

—¿Quiere acostarse conmigo esta noche?

—Y todas las noches. No se muestre tan ofendida. Después de todo, usted no es exactamente lo que se dice...

—¡Fuera de aquí!

Él se quedó de una pieza.

—¿Cómo?

Harriet se levantó.

—¡Fuera de aquí, ahora mismo!

El Dr. Delgado se levantó despacio del brazo del sillón.

—Usted no es... ¿Habla en serio?

—Se lo he dicho dos veces.

—Señorita, apéese del burro. ¿Quién se figura que es? Trato de ofrecerle una oportunidad. He venido porque tiene usted muy buena prensa. Representa una magnífica escena, según parece, pero todo se limita a esto. Suprima la escena y morirá por falta de compañía.

—Por tercera y última vez, váyase, o haré que el portero lo eche.

Una desdeñosa sonrisa apareció en la cara del Dr. Delgado. Con insolente deliberación, terminó de beber el whisky, recogió el gabán y se dirigió a la puerta. Mientras sujetaba el picaporte, comentó:

—Reciba mi más sentido pésame.

Cuando ya había abierto la puerta, se volvió de pronto.

—Casi lo olvidaba —dijo. Del bolsillo interior del smoking sacó un largo sobre de papel de avión—. Walter me dijo que le entregase esto. Es una carta para usted.

Le tendió el sobre pero ella no lo tomó. Disgustado, lo tiró sobre la mesita de la lámpara.

—Ya nos veremos en el hospital, enfermera —dijo. Con estas palabras se fue.

Harriet permaneció en el centro de la estancia inmóvil, contemplando fijamente la carta de Walter. No le interesaba lo que ahora él pudiese decirle. Aquello era como besar un muerto, como aquella escena que Hemingway sitúa en Lausana, durante la cual un personaje cuyo nombre ahora no recordaba, besaba a la enfermera Catherine Barkley cuando ésta ya estaba muerta y fría.

Al cabo de un par de minutos, Harriet regresó junto a la alacena cubierta de cortes y muescas, que estaba contigua a la cocinilla, para servirse un nuevo whisky. Con la copa en la mano, tiró de un puntapié sus zapatos de tacón y vagó sin rumbo por la habitación, bebiendo sorbitos de whisky. Fue al armario, dejó la copa y se desnudó. Descolgó después su albornoz de un colgador y se envolvió en él. Permaneció indecisa un instante, pensando si preparaba algo para cenar, aunque sólo fuese un bocadillo, pero decidió continuar bebiendo durante un rato.

Volvió a pasear por la estancia, para finalmente detenerse ante la ventana. Le gustaba ver que la niebla se había espesado. Por lo menos no tendría que salir con aquel tiempo húmedo y desapacible. Cuando se apartó de la ventana, vio el sobre de papel fino puesto sobre la mesita. De pronto apuró el whisky, tomó el sobre y lo rasgó. Mientras lo hacía pensó si Walter habría tenido la osadía de enviarle dinero. Si así fuese, la próxima vez que lo viese le abofetearía. Pero después comprendió que aquella escena no tendría lugar, ya que no le vería más, ahora sería imposible continuar en el hospital.

Dentro del sobre encontró una larga carta, con membrete del Colegio Raynor, dirigida a «Querido Walter» y firmada «Maud». Sujeta con un clip había una notita en cuya parte superior estaba impreso: «Consultorio del Dr. Walter Zegner». Una mano femenina había escrito debajo lo siguiente: «Apreciada miss Bleaska: El doctor me ruega que le envíe la adjunta carta, pues cree que puede ser de gran interés para usted. Escribirá a la doctora Hayden para recomendarla». La nota llevaba la siguiente firma: «*P. O., Miss Snyder*».

Desconcertada, Harriet fue con la carta y la copa vacía al butacón, para sentarse en él. Durante el siguiente cuarto de hora dejó que la carta la transportase en imaginación al irreal mundo de las Tres Sirenas.

Terminada la lectura, comprendió cuán generoso había sido Walter. Quería que se marchara de la ciudad. Durante unos momentos de rebeldía, estuvo tentada de quedarse y seguir en el hospital como conciencia culpable del médico. Pero entonces comprendió que aunque eso consiguiese amargar la vida a Walter, no por ello conseguiría ella ser más feliz.

Releyó la carta de Maud Hayden y de pronto sintió deseos de abandonar San Francisco para siempre. Las Tres Sirenas representaban la perfecta transición para semejante cambio. La divorciarían del presente, que ahora era pasado, para siempre jamás. Deseaba empezar de nuevo, empezar de forma absolutamente distinta.

Veinte minutos después y tras una nueva copa, con un bocadillo de queso en el plato y una taza de café a su lado, sobre la mesilla, desenfundó su bolígrafo azul, tomó una hoja de papel con membrete y empezó a escribir: «*Distinguida doctora Hayden...*»

* * *

Maud Hayden acabó de leer la copia de la carta para el Dr. Orville Pence, que habitaba en Denver (Colorado).

—Bien —observó Maud—, supongo que Marc estará contento.

—Nunca he comprendido qué es lo que ve Marc en ese hombre —dijo Claire.

—Oh... conoces ya a Pence. Lo había olvidado.

—Lo conocí el año pasado, cuando fuimos a Denver.

—Sí, desde luego. Pero creo que es una de esas personas que hay que conocer a fondo para emitir un juicio..

Claire no estuvo de acuerdo.

—Es posible —dijo, agregando—: Marc es más ecuánime que yo, en tocando a los demás. Yo me dejo llevar por la primera impresión. Una vez he formado opinión sobre una persona, me es difícil cambiar. El Dr. Pence me causó la misma repulsión que me inspiran esos animales marinos, rastreros y pegajosos.

La observación hizo gracia a Maud.

—Tienes mucha fantasía, Claire...

—Hablo en serio. Me hace pensar en una solterona remilgada, de esas que no permiten que se fume en la sala. Únicamente sabe hablar de lo mismo: de cuestiones sexuales. Cuando ha terminado, se diría que hacía referencia a una epidemia que va siendo puesta poco a poco en cuarentena para su estudio. Lo despoja de todo aspecto placentero y agradable.

—No me ha preocupado nunca su actitud ante esas cuestiones —dijo Maud con tono cariñoso—, pero como tú sabes muy bien, son su especialidad, toda su carrera. El Consejo de Investigación para las Ciencias Sociales y la Fundación Científica Nacional, tienen buenos motivos para ayudarle. La Universidad de Denver no lo tendría en su facultad, si no gozase de alta consideración. Puedes estar convencida de que sus estudios comparativos sobre las costumbres sexuales le han granjeado una sólida reputación.

—De todos modos, a mí me parece como si estudiase estas cuestiones con métodos de hace cien años.

Maud se echó a reír. Después, más seria, añadió:

—No te dejes llevar por los prejuicios, Claire, y menos después de una sola entrevista... Además, fue Marc quien pensó que las Sirenas podían interesar a Orville Pence, pues se trata de un tema que encaja perfectamente dentro de su especialidad... y sus descubrimientos pueden ser muy valiosos para mi obra.

—Sin embargo, aún no he conseguido reponerme del efecto que aquella espantosa noche me causó. ¡Si conocieses a su madre!

—Pero no la invitamos a ella, Claire.

—Le invitas a él —repuso Claire—, lo cual viene a ser lo mismo.

*   *   *

La ventilada y espaciosa aula de la Universidad de Denver estaba helada, en aquella hora de la mañana, y Orville Pence mientras hojeaba sus notas en el atril, pensó que el frío reinante le recordaba lugares y momentos importantes de su infancia. Se acordó del día en que lo subieron por la escalinata del Capitolio de su estado natal, para indicarle la placa que figuraba en el decimocuarto peldaño, sobre la que se leía: «Altura sobre el nivel del mar: 1 milla»; recordó también el ferrocarril de cremallera que en compañía de su madre, le subió a la cumbre del pico de Pike; y también del día en que fue a visitar en compañía de su madre la tumba de Buffalo Bill y los Cachorros de Boy-Scouts, en el monte Lookout. Recordaba lo aterido que quedaba a causa del frío y la frase favorita de su madre en tales ocasiones: «Es bueno estar arriba, Orville, porque así la gente tendrá que levantar la vista para mirarte». Pero aquella mañana, parecíale como si hubiesen estado siempre tan arriba que nunca hubiese descendido sobre la tierra.

Sin embargo, no era el frío reinante en la sala lo que más turbación le causaba aquella mañana en particular. Lo que más le inquietaba era la muchacha sentada junto al pasillo, en la primera fila de asientos, que tenía la desconcertante costumbre de cruzar constantemente sus largas piernas, primero la derecha sobre la izquierda después cambio de posición, para poner la izquierda sobre la derecha.

Orville Pence mientras daba la clase, trató de apartar su atención de las piernas pero le era imposible dejar de lanzar furtivas miradas. Trató de analizar racionalmente el hecho. El acto de cruzar las piernas era entre mujeres algo universal y natural. Considerado en sí mismo, no tenía nada de malo. Únicamente podía considerarse como tal, cuando se apelaba a una técnica equívoca, o sea inmoral o deliberadamente provocativa. Si una señorita cruzaba las piernas con rapidez, manteniéndolas apretadas y ocultando el movimiento por el simple expediente de tirar hacia abajo el borde de la falda, la acción era decente. Pero si no lo hacía así, podía considerarse sospechosa. En su propia especialidad de estudio, había observado que, cuando determinadas mujeres cruzaban las piernas, levantaban automáticamente la falda o el vestido a bastante altura sobre la rodilla. Si como en el caso de la joven estudiante que tenía ante sí, el vestido era corto, las piernas largas y los movimientos lentos, el observador podía distinguir con su indiscreta mirada, partes que debieran quedar ocultas, como la carne del muslo, que comenzaba al borde de la media de nylon. ¿Qué clase de mujer podía comportarse de manera tan descocada? Miró atentamente a la joven. Era una muchacha alta, y bien conformada, de cabello rojizo muy desgreñado, una carita inocente, un suéter de cachemira color limón y una falda de lana a cuadros, que cuando estaba de pie no le llegaba a la rodilla.

De pronto la joven cambió de posición y volvió a cruzar las piernas, levantándose la falda; centelleó la carne expuesta brevemente. Orville llegó a la conclusión de que se proponía deliberadamente ponerle nervioso. Era un juego al que muchas mujeres se entregaban. Pero él la dominaba, se hallaba en una posición elevada y le daría una lección, no sólo a ella, sino a todas. Levantó la mirada, para contemplar a los demás estudiantes que llenaban el aula. Eran casi una cuarentena, enarbolando sobre sus cuadernos plumas y lápices, esperando a que prosiguiese.

Orville carraspeó, tomó el vaso que había sobre el atril, se lo llevó a los labios y lentamente bebió un sorbo. Después, para recobrar completamente su compostura, sacó el pañuelo y se secó la frente, lo cual le produjo una punzada de dolor al notar que su frente era cada vez más espaciosa. En los últimos años sus entradas se habían hecho muy pronunciadas. La tercera parte de su sonrosado cráneo mostraba calvicie prematura. Metiéndose el pañuelo en el bolsillo, atisbó por encima de las gafas de montura de concha, que se habían deslizado hacia la punta de su nariz de hurón, para inspeccionar la clase. Después, inclinándose sobre sus notas, volvió a dirigir una furtiva mirada a la joven de suéter color limón y largas piernas.

Pensó que no podía tener más de diecinueve años. Él era un solterón de treinta y cuatro y si se hubiese casado a los quince años, aquella chica podía haber sido hija suya. Era ridículo distraerse así. Además, el tiempo pasaba. Su mente vagó hasta Boulder, donde vivía Beverly Moore, experimentando un sentimiento de pesar, después fue hacia su madre, Crystal, con sentimiento de culpabilidad, hacia su hermana Dora, con resentimiento, y por último hacia Marc Hayden, Maud Hayden, el profesor Easterday y el jefe Paoti, con interés, para terminar observando con pesar a la joven, que acababa de cruzar de nuevo las piernas, levantando la falda.

Se dio cuenta de que sus alumnos empezaban a murmurar, lo que no ocurría casi nunca. Por lo general prestaban mucha atención y estaban pendientes de sus palabras, pues el tema que había tratado últimamente consistía en la evolución de la moral sexual durante los últimos trescientos años. Comprendió entonces que la inquietud de sus alumnos se debía únicamente a su propio ensimismamiento, cosa que a veces le ocurría, olvidándose de proseguir la lección. Tosió llevándose la mano a la boca y reanudó el hilo de su discurso, diciendo:

—Vamos a resumir los principales puntos expuestos, antes de continuar comentado la creación de la unidad familiar.

Mietras pasaba revista a los problemas que suscitaba la monogamía, desde los tiempos primitivos hasta la antigua Grecia, Orville observó con complacencia que de nuevo había conseguida captar la atención de la clase. Incluso la joven del suéter color limón se hallaba tan ocupada tomando notas, que olvidó cruzar las piernas. El profesor continuó hablando con tono confiado, pero mientras lo hacía, su activo espíritu se desentendió de la exposición oral y siguió su propio camino. Aquella facultad, que le permitía hablar de un tema y pensar simultáneamente en otro, no era exclusiva de Orville pero sin embargo era su cualidad sobresaliente. Aquella mañana resultó más fácil hacerlo porque la lección, formaba parte de un serie de lecciones que el verano anterior dio en la Universidad de Colorado, radicada en Boulder, donde conoció a Miss Beverly Moore. Mientras hablaba, evocó claramente la imagen de Beverly Moore. Era una muchacha de unos veinticinco años, de cabello oscuro y muy corto, facciones patricias y figura grácil. No la veía desde hacía un mes, pero su imagen continuaba tan clara como si en aquellos instantes... la tuviese enfrente, sí, allí delante, sentada en primera fila, con aquellas piernas extraordinariamente largas.

Cuando fue a Boulder para dar aquellas lecciones, que formaban parte de un curso de verano, Beverly, que trabajaba como secretaria en la Administración de la Universidad, recibió el encargo de acompañarlo y ayudarle en sus necesidades académicas. Aunque él trabajosamente había edificado a su alrededor, en el curso de los años, una fortaleza de ambición y actividad, para protegerse de los asaltos de jóvenes agresivas y peligrosas, había dejado siempre un puente levadizo tendido sobre el foso. Alguna que otra vez había invitado a una joven a cruzarlo. Pero cuando la chica iba en camino de convertirse en una distracción indeseable, era expulsada de su fortaleza. En Boulder, alentó a Beverly —o se lo permitió, no estaba muy seguro al respecto— a que cruzara el puente. Desde el primer momento la seriedad, intelectualismo y sentido común de la joven le causaron una viva impresión. Por encima de todo, ella parecía comprenderle y entender la importancia de su trabajo.

Sus relaciones, completamente cerebrales, fueron madurando durante el verano, hasta el punto de que él llegó a sentir deseos de que no terminasen. Cuando regresó a Denver, comprendió que Beverly se había convertido casi en parte integrante de su ser, en una costumbre, como lo eran su madre, Crystal, o su hermana Dora. Cuando empezó a echarla de menos, hizo algo completamente insólito en él... alteró su rutinaria vida para poder continuar viéndola. Todas las semanas recorría los cincuenta kilómetros que había hasta las Montañas Rocosas, para dirigirse al noroeste y llegar hasta Boulder, donde vivía Beverly. Empezó cada vez más a acariciar una idea que antes le hubiera parecido imposible: casarse con una joven que no introduciría cambios en su vida, ni trastornaría su programa de trabajo, sino que, por el contrario, mejoraría su existencia diaria.

Pero de manera insensible, empezó a verla cada vez menos durante los tres últimos meses. Hacía ya un mes a la sazón que no la veía. Ella telefoneó y aceptó sus excusas de que estaba sobrecargado de trabajo. Cuando telefoneó de nuevo, escuchó con menos amabilidad sus circunloquios y, desde entonces, no había vuelto a llamar.

Al pasar revista a todos esos acontecimientos trató de recordar qué había habido entre ellos. La verdad era que no había habido nada. No se habían peleado y su mutuo afecto no había disminuido. Pero entonces, Orville se acordó de algo, de algo que se le había ocurrido hacía una semana, antes de dormirse, y también la noche anterior, aunque en ambas ocasiones lo había desechado por inverosímil. La insidiosa idea había vuelto y esta vez, armándose de valor, decidió mirarla frente a frente.

Hasta entonces, de manera vaga había creído que si no quería seguir viendo a Beverly ni reforzar los vínculos sentimentales que a ella le unían, se debía a algún defecto en la personalidad de la joven. Este defecto era simplemente su superioridad como ser humano. Era una joven de una pieza, desprovista de complicaciones, segura de sí misma, culta y atractiva. Si se casaba con ella, lo eclipsaría. De momento lo necesitaba, por ser una joven soltera que quería integrar en sociedad por medio de un buen enlace. Esto hacía que de momento él gozase de cierta superioridad. Una vez casados, la íntima convivencia pondría de relieve sus propios defectos... nadie se halla libre de defectos. Al mismo tiempo, el carácter independiente de Beverly, incrementado aún más por la confianza que el matrimonio proporciona a las mujeres y reforzado por el inevitable conocimiento de sus imperfecciones, terminaría por imponerse, amargándole la vida. Ella sería la superior y él, el inferior. Este cambio de posición en el matrimonio redundaría únicamente en su perjuicio. En una palabra... no era persona adecuada para él. Quería una compañera que le fuese inferior y continuase siéndolo siempre, que lo contemplase con admiración, que dependiera de él, que se considerase afortunada de haberlo encontrado. Beverly no pertenecía a esta clase de mujeres. Así es que, la expulsó discretamente de su fortaleza y elevó el puente levadizo.

Estaba convencido de que a ello había que achacar la ruptura de sus relaciones. A la sazón sin embargo, creía que podía haber algo más, aunque lo que acababa de descubrir no invalidaba en absoluto los primitivos sentimientos que ella le inspiró.

Acababa de descubrir que empezó a rehuir a Beverly una semana después de haberla presentado a su madre, su hermana y su cuñado, hacía de ello tres meses.

Resuelto a llegar a una decisión, la sometió a la prueba final, la carrera de obstáculos, como gustaba llamarla. Sólo en otras dos ocasiones había sometido anteriormente otras jóvenes a aquella prueba. Beverly aceptó con entusiasmo. Vino de Boulder por ferrocarril y él fue a esperarla a la Estación Unión, orgulloso de su porte y atavío. Después la llevó a casa de su madre en coche, donde esperaban

heroicamente Dora y Vernon Reid, su marido, que acababan de llegar de Colorado Springs, en compañía de su madre, medio baldada
aún, a consecuencia de un ataque de artritismo y estornudando sin
cesar a causa de la fiebre del heno que había contraído. Pese a lo
apresurado de la entrevista, Beverly salió de ella con matrícula de
honor. Se mostró digna pero cordial. Acaso el nerviosismo que sentía
la hizo hablar más que de costumbre, pero su conversación fue siempre interesante. La velada transcurrió como una seda. Después,
cuando Orville acompañó a Beverly en coche hasta Boulder, experimentó mayor afecto por ella que en ninguna otra ocasión anterior,
considerándola ya como algo muy suyo.

La inicial reacción de sus parientes, cuando a la mañana siguiente
desayunaron todos juntos, fue favorable, según pudo colegir. A
decir verdad, apenas hablaron de ella, limitándose a decir que era
«una criatura simpática y agradable» y «bastante inteligente». A
pesar de todo, la semana siguiente, empezaron a criticar a Beverly.
Orville se percató de esto entonces, ya que de momento le había
pasado desapercibido. Su madre empezó a hablar no de Beverly
en particular, sino de «las jóvenes intelectuales» que «hacen pasar
por el aro a los hombres». Dora nombró a Beverly explícitamente,
diciendo que «tenía ideas propias, vaya, vaya», hecha esta última
observación con cierta sorna. Vernon se refirió a ella de forma bastante irreverente diciendo que era «estupenda» y apostó a que
«sabía mucha gramática parda», diciendo que le recordaba una
condiscípula que tuvo, muy alta y bien plantada, que entendía perfectamente esto de la confraternización. Para añadir: «No interpretes
mal mis palabras, Orville. No quiero dar a entender nada determinado. Únicamente el parecido físico de esa joven con Lydia me hizo
pensar en ella».

Sin saber por qué, en los días que siguieron Orville empezó a
pensar en Beverly con preocupación, preguntándose cuál debió haber sido su pasado y proyectando su fuerte personalidad hacia el futuro. De un modo que no alcanzaba a definir, su perfección aparecía
empañada. Era como si hubiese comprado una escultura obedeciendo
sólo a su instinto, a la amorosa impresión inmediata y no a un frío
examen, para gozar con su presencia hasta que los amigos empezaron
a hacer observaciones casuales acerca de las dudas que su origina-
lidad podía ofrecer, así como su belleza o su valor, haciendo que al
fin uno se sintiese inseguro, el puro gozo se alterase y por último se
disipase, a causa de la excesiva reflexión.

Con súbita claridad, hija de la honradez, un lujo que Orville se
permitía muy raras veces, vio que había terminado rehuyendo a

Beverly, no por los propios defectos de ésta sino por la sospecha
de que pudiera poseerlos, sospecha que había sido inculcada por su
familia. Como ya resultaba normal, le habían hecho un perfecto
lavado de cerebro. Conocía muy bien a su familia desde hacía tiempo,
pero su dependencia hacia ella le había llevado a cerrar los ojos ante
la verdad. Jamás quería reconocer que la táctica empleada por sus
familiares tuviese relación con su estado de soltería.

Su madre estuvo casada cuatro años y tuvo primero a Dora y
después a él hasta que su padre la abandonó para irse con una mujer
más joven, menos exigente y más femenina. Su madre atribuyó la
catástrofe a la concupiscencia, la maldad natural de su padre y aquel
impulso feo, sucio y tortuoso llamado falacidad. Así que Dora alcanzó
la mayoría de edad, se rebeló contra la excesiva tutela materna, se
fue de casa para casarse con Vernon, se instaló en Colorado Springs
y tuvo hijos que se dedicó a tiranizar. Orville, al no contar con el
genio de su hermana mayor para protegerle creció pegado a las
faldas de su madre, como rehén por su errante padre. Diez años
tuvieron que transcurrir después de alcanzada su mayoría de edad,
para que se atreviese a buscar un apartamiento que le permitiera
cierta intimidad... pero incluso viviendo por su cuenta, hablaba por
teléfono con su madre dos veces al día, cenaba con ella tres veces
por semana y la llevaba en coche a visitar su legión de médicos y a
las reuniones de sociedad.

Merced a los rayos Roentgen de esta introspección, Orville pudo
relacionar aquellos seres de su propia sangre con su estado de soltería. Comprendió claramente lo que se proponían al mantenerle soltero. Si se hubiese casado con Beverly o con alguna de las que la pre-
cedieron, su madre se hubiera sentido como abandonada por un
segundo marido, para quedar sola y desamparada. Si se hubiese
casado para vivir por su cuenta, su hermana y cuñado se hubieran
visto obligados a mantener a su madre. Tal como estaban las cosas,
soportaban a su madre durante una semana al año que pasaba en
su casa de Colorado Springs, aportando una módica suma mensual
para ayudarla a pagar su piso en Denver. Ellos ponían dinero, se
dijo amargamente, mientras que él ponía sentimientos. Pagaban en
efectivo, pero él pagaba en libertad. Hallándose solo él en Denver,
se veía obligado a cargar totalmente con el fardo más pesado. Dora
continuaba viviendo al margen, egoísta y encerrada como siempre en
sí misma. Orville comprendió que si se casaba, contaría con un
aliado para defender su independencia y Dora tendría que contribuir
con la parte que le correspondía.

Iluminado con el resplandor de aquel rayo de verdad, Orville detestó a su hermana. No se atrevía a alimentar una emoción tan fuerte como el odio hacia su madre, pero se dijo que si bien no era capaz de odiarla, por lo menos no la amaba. Sabiendo todo esto y dominado por aquellos sentimientos, ¿por qué no corría a Boulder para postrarse de hinojos ante Beverly y pedía su mano? ¿Por qué estaba paralizado? ¿Por qué no actuaba? Conocía la respuesta a estas preguntas y acabó por despreciarse a sí mismo. Sabía que un temor sin nombre, lo mantenía atado. Trató de nombrar y definir aquel temor: sentía miedo de la soledad, miedo de abandonar y acaso perder lo que consideraba seguro y constante, o sea aquellos dos senos, el materno y el sororal, por un seno desconocido y extraño que un día podía llegar a mostrarse tan superior, que ya no le necesitase. Éste era el quid de su indecisión. ¿Qué hacer? Ya lo vería, ya tomaría una decisión.

Volvió su atención al atril, a sus notas, a su clase, a la chica del suéter color limón que en aquel instante descruzaba las piernas y las abría para cruzarlas de nuevo. Orville consultó el gran reloj de pared y vio que faltaban unos segundos para terminar la clase. Terminó lo que estaba diciendo, arregló las notas y añadió:

—La semana que viene trataremos con detalle de las numerosas amenazas que rodean la institución del matrimonio, indicando cuál fue su papel en la evolución de las costumbres sexuales durante las distintas épocas. Para empezar, estudiaremos el papel desempeñado por la mujer que suele llamarse la Otra. Durante varios siglos, la «esposa» ilícita del hombre, casado a veces, soltero otras, ha tenido muchos nombres y caras... adúltera, concubina, cortesana, hetaira, manceba, barragana, entretenida, cocotte, ramera, manfla, querida, amante, favorita, amiga, quillotra, coja, coima, amasia, daifa, tronga, combleza. Todos estos nombres, con ligeras variantes, se han empleado para describir a la misma mujer... la amante. La semana próxima me ocuparé de la amante en la evolución de las costumbres sexuales. Muchas gracias. La clase ha terminado.

Mientras recogía sus notas en medio del bullicio causado por los estudiantes al levantarse, mientras llegaba a su oído rumor de risas y conversaciones, se preguntó si la chica del suéter color limón lo estaría mirando aún para continuar el flirteo. Aunque Orville tenía inclinada la reluciente calva, consiguió mirarla a hurtadillas. La joven estaba de pie, con libros y cuadernos bajo el brazo, vuelta de espaldas a él, esperando a dos compañeras suyas. Después, las tres juntas, se dirigieron a la salida del aula. La chica del suéter color limón, cuyas intimidades conocía, pasó ante él sin tan siquiera mirarle. Hubiérase dicho que Orville era un gramófono neutro que aca-

baba de pararse. Se sintió estúpido, burlado y después, embarazado.
Cuando el aula se hubo vaciado y él cerró su cartera, no se hizo
el remolón como otros días. Por lo general, le gustaba reunirse con
algunos de los más inteligentes miembros de la Facultad para tomar
café, hablar de cuestiones profesionales y chismes universitarios.
Aquella mañana no tenía tiempo. Había prometido a la Comisión de
Censura de la Asociación Femenina de Colorado, que a las once y
cuarto estaría en el local de proyección, donde iban a pasar una
película francesa recién importada, titulada *Monsieur Bel Ami*. No
tenía tiempo que perder.

Salió apresuradamente de la Universidad, perdió algún tiempo
maniobrando para sacar su nuevo Dodge del aparcamiento reservado a los miembros de la Facultad, y por último emprendió el camino. Al pasar por Broadway hacia el centro urbano, recordó la
carta de la doctora Maud Hayden. Casi nunca despachaba la correspondencia por la mañana. Las cartas de índole personal que recibía
en sus señas particulares, las dejaba para leerlas tranquilamente
por la noche; el correo profesional que recibía en su despacho, lo leía
después de comer. El correo de aquella mañana contenía un sobre
con el nombre y señas de la doctora Hayden al dorso y no pudo
resistir la tentación de abrirlo. La historia de las Tres Sirenas lo absorbió tan completamente que, casi por única vez en el curso de una
década, estuvo a punto de olvidar telefonear a su madre. A causa
del tiempo que la carta le robó, sólo pudo hablar cinco minutos con
la despótica señora. Prometió concederle más tiempo cuando ella le
telefonease al despacho, después de comer. Pero entonces, al atravesar el centro urbano, ya no estuvo tan seguro de concederle más
tiempo.

Mientras seguía el Broadway, se puso a meditar el contenido de
la carta de la doctora Hayden. Sus propios estudios acerca de las
costumbres sexuales comparadas, habían sido casi siempre de segunda mano, y estaban basados por lo general, en escritos y memo-
rias de observadores y etnólogos. En cuanto a él, sólo había efectuado
dos modestas expediciones científicas: la primera, para reunir materiales con destino a su tesis doctoral, consistió en seis meses pasados
en una reserva Hopi, mientras su madre se alojaba en un hotel cer-
cano; la segunda, financiada por el Instituto Polar de la Universidad
de Alaska, consistió en una estancia de tres meses en las Aleutianas,
islas que se extienden frente a la costa de Alaska. Esta estancia tuvo
que abreviarse, ya que su madre cayó enferma en Denver. En ninguno
de ambos casos pudo adaptarse bien a la vida en condiciones primitivas. Los pueblos primitivos le atraían tan poco como las incomo-

didades, y, a decir verdad, se sintió muy contento al tener que abandonar las Aleutianas para regresar a la cabecera de su madre. Juró que nunca volvería a vivir como un salvaje. Se dijo que la participación activa y la observación no eran necesarias. ¿Tuvo que asistir Leonardo de Vinci a la Santa Cena para pintarla? ¿Y Sir James Frazer, que era la estrella que lo guiaba, no escribió su obra inmortal, *La Rama Dorada*, sin ver ni visitar jamás una sociedad primitiva? (Una vieja anécdota abonaba este parecer. Una vez, William James pidió a Frazer que le hablase de algunos de los aborígenes que debió conocer. A lo que Frazer contestó: «¡Dios me asista!)

Sin embargo, pese a la aversión que los viajes le inspiraban, Orville tuvo que admitir que la posibilidad de una visita a las Tres Sirenas lo encandilaba, como lo encandilaban las costumbres sexuales imperantes en las islas de los Mares del Sur. Las hallaba más bellas, menos rigurosas y repugnantes, que las costumbres practicadas entre los indios hopis en las Aleutianas. Siempre se había sentido fascinado por la orgía, tal como se practicaba en el grupo Aríoi de Tahití, por el *coitus interruptus* practicado en Tikopia, por la desaprobación de que eran objeto las caricias en el pecho pero la aprobación que merecía el hecho de que las parejas se rascasen durante la cópula, costumbre practicada en Puka Puka, el ensanchamiento del clítoris femenino por el simple expediente de colgarle un peso, que se practicaba en la isla de Pascua, o la aceptación del estupro colectivo, tal como se practicaba en Raivavae.

A juzgar por la carta de la doctora Hayden, las costumbres de la tribu que habitaba las Tres Sirenas eran aún más prometedoras y Orville comprendió que podían ser muy útiles para su obra. Además, aunque sólo conocía a la doctora Hayden superficialmente, tenía bastante amistad con su hijo Marc, con quien se avenía considerablemente, pues ambos tenían mucho en común. Le sería muy agradable colaborar con Marc durante aquella expedición. Sin embargo, al embocar con el Dodge Welton Street, comprendió que soñaba despierto. Era imposible participar en aquella aventura. Su madre no lo permitiría. Su hermana Dora le haría una escena. Y además, si se iba perdería definitivamente a Beverly, si no la había perdido ya. Tendría que declinar aquella misma noche, la invitación, dando las gracias de todos modos a la doctora Hayden, junto con afectuosos recuerdos para Marc y su señora.

Una vez zanjado este asunto, Orville dejó el automóvil en el aparcamiento de Welton y recorrió a pie la media manzana que lo separaba de la calle Dieciséis, donde estaba la sala de proyecciones. Al penetrar en el vacío vestíbulo del cine, se preguntó cuánto duraría aquella película francesa y si valdría la pena. Hacía más de un año, la Asociación Femenina de Colorado, estimulada por los editoriales que publicaba el *Post* de Denver, creó aquella Comisión de Censura y lo invitó a participar como experto en ella. Él colaboró sin remuneración alguna —lo consideraba un servicio a la comunidad— a no ser por una favorable publicidad personal en el *Post*. Hablando en términos generales, aquel cargo le gustaba, pues le permitía ver películas extranjeras y algunas de Hollywood completas, en una forma que el público no vería. Estos conocimientos prohibidos lo convertían en una persona interesante durante las reuniones de sociedad. También le agradaba pensar que salvaba de influencias corruptoras a la ciudad y elevaba su tono moral. Experimentaba cierta satisfacción al compulsar las estadísticas: de treinta películas examinadas durante los últimos doce meses, él era el responsable por la prohibición de cuatro, de que quince hubiesen sido expurgadas a fondo y de que otras seis se hubiesen proyectado con algunos cortes. Sus conciudadanos se beneficiarían de su inteligente vigilancia.

Penetró en el interior del local y encontró esperándole en el patio de butacas a las tres señoras de la Comisión. Con una sonrisa y corteses inclinaciones de cabeza, estrechó la mano de las tres... primero la de Mrs. Abrams, una mujercita vivaracha que parecía una bolita de mercurio escapada de un termómetro roto; después la de Mrs. Brinkerhof, que parecía un jugador de baloncesto tocado con una gris peluca de mujer; y por último la de Mrs. Van Horne, que siempre le hacía pensar en un entrante abundante, mechado y gelatinoso; incluso, le sorprendía ver que no llevaba una trufa en la boca.

Acto seguido, Mrs. Brinkerhof hizo una seña al encargado de la proyección. Las luces se atenuaron y los títulos empezaron a aparecer en la pantalla. Orville se repantigó en la butaca de cuero, se caló bien las gafas y leyó el título: *Producciones Versalles presentan Monsieur Bel Ami, según la obra de Guy de Maupassant*.

Orville se había preparado ya para aquella proyección. La noche anterior leyó una sinopsis de la novela de Maupassant, publicada en 1885 y cuya acción transcurría en aquella época. También leyó el folleto publicitario editado por la distribuidora de la película y supo que el film intentaba remozar la acción de la vieja novela, situándola en el año 1960. Pero todo lo demás permanecía invariable y fiel a la novela, desde los personajes, el truhán periodista Georges Duroy; las mujeres seducidas, Madeleine Forestier, Clotilde de Marelle y Basile Walter, los bienhechores a quienes traicionó, Charles Forestier y M. Walter, incluso, la trama, que refería el ascenso de Duroy desde el periodismo de tres al cuarto hasta la Legión de Honor y la candidatura a la Cámara de Diputados, sin olvidar los escenarios, París y Cannes.

Orville concentró la atención en la pantalla. Apareció la escena panorámica con el avión de transporte militar procedente de Argelia. La escena siguiente mostraba el aterrizaje en el aeródromo de Orly. Los ocupantes del avión, veteranos licenciados del ejército francés combatiente en Argelia, caían en brazos de parientes y amigos. Solamente uno permanecía solitario, sin que nadie saliese a recibirle. Era el alto y apuesto Georges Duroy, que después de mirar a sus compañeros, se dirigía cojeando al autocar que esperaba. Tras un fundido, la escena encadenaba con los Campos Elíseos a media tarde. Venía después un travelling de Duroy paseando y examinando unas tarjetas en busca de una dirección. Nuevo fundido y aparecía la redacción de *La Vie Française*, cuyo director, Forestier, daba cordialmente la bienvenida a su antiguo compañero de armas, Duroy. Seguía un interminable diálogo entre los dos antiguos oficiales, Forestier ofrecía un empleo en el periódico a Duroy y de pronto aparecía Madeleine, la esposa del director, y era presentada al viejo amigo.

Orville estudió a Madeleine al igual que en el film hacía Duroy. Quienquiera que fuese aquella actriz, tenía un busto y unas nalgas formidables y sus ojos eran un auténtico afrodisíaco. Espectador veterano de películas francesas, Orville intuyó que se aproximaba el clímax y metió la mano en el bolsillo para sacar su cuaderno de notas y la pluma provista de bombilla. No había de quedar decepcionado. Forestier invitó a Duroy a su mansión rural, situada en las cercanías de Chartres. A su llegada, Duroy supo que el director estaba en cama, a causa de una bronquitis. En la casa sólo estaba Madeleine para dar la bienvenida a Duroy. Se produjo entonces el fundido que ya era de esperar, y después otro y otro, y de pronto la pluma de Orville entró en gran actividad. Madeleine, luciendo sólo unos breves pantaloncitos de encaje, aparecía tendida en el diván del pabellón de caza, situado a un kilómetro de la mansión principal. Tenía los ojos cerrados, los carnosos labios entreabiertos, los turgentes senos desnudos y Duroy, que en la pantalla sólo se veía de medio cuerpo para arriba, pues estaba desnudo, apareció en escena para sentarse a su lado. Ella se agitó, murmuró algo en francés, y él la acarició, susurrando algo también e inclinándose hacia ella, cada vez más cerca, más cerca...

Después de esto, durante casi hora y media, Orville no dejó de tomar notas ni un momento... La indecencia del placer no disimulado que experimentaba Madeleine, sus entrevistas con Duroy... la desagradable escena entre el acaudalado propietario del periódico, M. Walter y Basile, su esposa, en la que la impotencia de aquél era ridiculizada... La sorprendente manera en que Duroy seducía a Basile, con la mayor sangre fría y desfachatez, en el coche cama de un tren que se dirigía a Cannes... los repugnantes fotogramas mostrando a las desvergonzadas jóvenes francesas que se exhibían en bikini por la Costa Azul... ¡qué ángulos... qué primeros planos...! El encuentro de Duroy y Susana, hija de Basile Walter, sus apasionadas acrobacias en el estrecho y húmedo espacio de una cabaña... El chantaje de que Duroy hacía objeto a sus amantes para alcanzar poder e influencia, sin ninguna recompensa al fin.

Las luces se encendieron. Orville meditó sobre lo que había visto. En su opinión, aquella película debía prohibirse en su totalidad. No obstante, no quería coger el rábano por las hojas. Si a las señoras de la Comisión les gustaba, él no se opondría a que la proyectasen. No quería pasar por puritano.

Se volvió en la butaca para preguntar:

—¿Bien, qué opinan, señoras?

Por sus expresiones arrobadas y ausentes, comprendió que la película les había gustado mucho. Las tres damas estropajosas guardaban silencio, hasta que Mrs. Abrams se atrevió a opinar:

—En algunas escenas es un poquito fuerte y no creo que el protagonista dé muy buen ejemplo, pero... —Tras una breve vacilación, aventuró—: Yo... creo que tiene mérito artístico.

—Sí —repitió Mrs. Brinkerhof, como un eco—, eso es, mérito artístico.

—Habría que declararla «No Apta» —agregó Mrs. Van Horne.

Las damas habían dictaminado y Orville supo lo que tenía que decir. No había que olvidar que los maridos de aquellos esperpentos eran hombres importantes.

—Me alegro de que estemos de acuerdo —dijo con animación—. De todos modos, considero que habría que hacer un corte principal... me refiero a la escena de la impotencia que resulta desagradable y no afecta en nada a la trama... y acaso cinco o seis supresiones menores. ¿Quieren ustedes que se las lea?

Las señoras, experimentaban un sentimiento de culpabilidad colectiva y deseaban expiarla. Se mostraron muy dispuestas a escuchar las supresiones. Orville, con la monótona y doctoral voz que utilizaba siempre en tales ocasiones, les leyó las notas que había tomado. La Comisión aprobó por unanimidad sus sugerencias, con alivio mal disimulado. Resuelto así el asunto, parecieron haberse librado de un peso y se mostraron alegres, enriquecidas en su romanticismo y libres de vergüenzas interiores.

Cuando Orville se despidió de ellas y salió del cine, tras alcanzar una nueva y juiciosa decisión, únicamente un enigma subsistía en su espíritu. Este enigma, antiguo y gastado por el paso de los años, se resumía en una sola palabra: mujer. Él era doctor en Antropología. ¿Cuántos años tendrían que pasar todavía para que pudiese considerarse doctor en aquella nueva asignatura: las mujeres? ¿Cuándo conseguirían entenderlas, él o cualquier otro hombre?

Una vez dentro del automóvil y cuando se dirigía a su despacho, pasó revista al film, a lo que tenía de bueno y a lo que tenía de desagradable, pensó en las pocas mujeres que había conocido y se acordó de su madre, su hermana y Beverly. Después de aparcar en el acostumbrado lugar de Arapahoe Street y mientras se encaminaba a su despacho, situado en el edificio comercial que se alzaba en la esquina de las calles Arapahoe y Catorce, comprendió qué lo desazonaba tan profundamente. En realidad, él no quería ser un nuevo Sir James Frazer, sino otro Georges Duroy. Esto desde luego, no sería del agrado de su madre y de Dora, pero era lo que deseaba en aquellos momentos. Aunque no tenían por qué preocuparse, pues ya se le pasaría.

Su talante cambió tan pronto entró en la sala de espera, alfombrada de azul, de su despacho. Oyó a su secretaria que hablaba por teléfono:

—Un momento, por favor; creo que viene.

Él la dirigió una mirada inquisitiva.

La secretaria cubrió el micrófono con la mano.

—Es su madre, doctor Pence.

Sin consultar el reloj, supo que debían de ser las dos en punto. Lo miró y, en efecto, eran las dos.

—Muy bien, dígale que espere un segundo. —Al dirigirse a su despacho, se acordó de que había olvidado almorzar—. Gale —dijo, volviéndose—. Cuando me la haya pasado, pida unos bocadillos abajo. De bistec... sin salsa. Y leche desnatada.

Después de cerrar la puerta, se quitó el sombrero y el gabán, se instaló en la butaca giratoria, frente a la gran mesa de roble, y tomó el receptor.

—Hola —dijo e hizo una pausa para que Gale, al oír su voz, cortase la línea. Cuando oyó el clic que indicaba que sólo le escuchaba su madre, su voz prescindió de su dignidad profesional.

—Hola, mamá, ¿cómo estás?

Le parecía como si la voz de Crystal se hiciese más chillona a cada nuevo año que pasaba.

—Sabes muy bien cómo estoy, todo sigue igual —dijo ella—. Lo que me importa es saber cómo está mi hijito.

Él dio un respingo al oír «mi hijito»; nunca tuvo valor para recordar a su madre que le habían puesto un nombre de pila. Ella prosiguió:

—Parecías fatigado, esta mañana. ¿Estuviste trabajando por la noche?

Él trató de decir que sí, que efectivamente, había trabajado hasta muy tarde, pero ella no le escuchaba, y entonces él, resignado, se calló ante el torrente de palabras:

—¡Y pensar que tienes el sueño tan fácil... como el de un niño! —prosiguió Crystal—. No sabes cómo envidio a las afortunadas personas que, puf, ponen la cabeza sobre la almohada y se quedan dormidas. Yo no tengo esa suerte. Cuántos más años tiene una, más difícil es conciliar el sueño. Tal vez he vivido demasiado. —Él le aseguró que no había vivido demasiado. Su madre le oyó sin duda, pues dijo—: Cuando quieres eres muy cariñoso; continúa siéndolo hijito. ¡Hay tantos hijos que cuando son grandullones, se olvidan de las únicas personas que les quieren de verdad! Amigos hay muchos, pero se pierden, y no se puede confiar en ellos. Solamente una madre, un corazón de madre, es digno de confianza. ¡Las veces que he leído en el periódico el caso de una madre que ha dado su vida para salvar a sus hijos, metiéndose entre las llamas de un incendio, arrojándose al mar, lo que sea...! Algún día lo entenderás, hijito mío. Pero como te decía... no he podido dormir en toda la noche... las grageas no me sirven... y no hago más que soñar... los que no han sufrido insomnio no lo comprenden. Tienen que ser viejos para comprenderlo. Las grageas de nada sirven, hijo mío, no hay nada contra el insomnio, no confío ni en mi propio médico. Cuando yo era joven, el médico de cabecera era como un miembro de la familia, incapaz de mentir... incapaz de engañar al paciente y aprovecharse de su ignorancia, administrándole terrones de azúcar y hablándole de cosas sin pies ni cabeza, atribuyéndolo todo a trastornos psíquicos. ¡Qué tonterías! Lo que a mí me duelen son los huesos, no el cerebro. Ah, hijito, si supieses lo mal que me siento hoy, el ardor que tengo en los brazos, en los pies, en los tobillos... es una verdadera tortura...

Orville comprendió que su madre no pediría su parecer hasta dentro de tres minutos, por lo menos, pues se hallaba arrebatada por sus propias palabras. Encajó el aparato receptor entre la oreja y el hombro y se puso a toser levemente de vez en cuando, para que

ella pensara que escuchaba con atención, pero en realidad apenas
prestaba oído a su resumen de achaques, que hubieran conseguido
enriquecer la *Anatomía de la Melancolía*, de Burton. Aprovechó aquella forzada inactividad para ver el correo. Dejando a un lado la
carta de la doctora Maud Hayden, que pensaba leer después con
más atención, abrió los demás sobres uno a uno, apartando algunos
para contestar las cartas más tarde, dejando algunas para archivar
y otras para el cesto de los papeles. La última carta que examinó
procedía de París, de un vendedor de ediciones raras, que le anunciaba jubilosamente haber localizado un ejemplar en perfecto estado
de la edición de 1750 de la obra de Freydier, *Alegato contra el empleo
de los cinturones de castidad*. Satisfecho al ver que el precio de la
obra era bastante razonable, Orville escribió al margen de la carta:
«Contestar a vuelta de correo, ordenando compra inmediata». Quedaba el montón de revistas. Como Orville prefería examinarlas con
plena atención, en espera de quedar libre, las puso a un lado.
    Durante otro minuto dejó hablar a su madre a rienda suelta, has-
ta que al fin la interrumpió:
    —Escucha, mamá... escucha, por favor... espero una conferencia
de Pensilvania... tengo que dejarte... sí, mamá, debes ir a visitar ese
nuevo médico, si es como dicen... sí, desde luego, yo te llevaré en el
coche... pasaré a buscarte mañana a las tres menos cuarto... no, no
me olvidaré... sí, te lo prometo. Muy bien, mamá, muy bien. Adiós.
    Colgó y permaneció inmóvil, sorprendido, como siempre lo estaba,
de lo agotado que se encontraba al terminar estas llamadas mater-
nas. Al cabo de un minuto, más repuesto, acercó a la mesa la butaca
giratoria y empezó a abrir las revistas. Orville estaba suscrito a
todas las revistas pornográficas o picantes que se publicaban en el
mundo. Esto formaba parte de la documentación que reunía para
sus estudios comparados sobre las costumbres mundiales. Unos años
antes tuvo ocasión de visitar al doctor Alfred Kinsey, ya fallecido, en
el Instituto de Investigaciones Sexuales que dirigía en Bloomington
(Indiana) y quedó impresionado ante su valiosa colección de temas
eróticos. Deseoso de compilar su propio archivo, inició su propia
colección y a partir de entonces anotó y archivó todas las semanas
diferentes artículos, obras diversas y, lo que era más importante,
dibujos y fotografías.
    Orville encontraba invariablemente que esta parte del día era
la más agradable y la que mayores recompensas le ofrecía. Gale tenía
orden de no molestarle con llamadas telefónicas o visitas durante
la media hora que seguía al fin de la conversación con su madre.
Durante esta media hora, hojeaba sus revistas, sin anotarlas toda-

vía, sino únicamente para hacerse una idea de lo que merecía la
pena y de lo que no ofrecía interés. Durante el fin de semana, las llevaba a su piso y las estudiaba más a fondo, para tomar notas entonces.

Cogió cariñosamente la primera revista de tapas brillantes de la
pila de siete. Era aquélla una de sus publicaciones favoritas, *Clásicos
Femeninos*, una revista quincenal muy bien presentada, publicada
en Nueva York al precio de setenta y cinco centavos ejemplar, y que
representaba una aportación de valor inapreciable para el estudio
de las costumbres sexuales norteamericanas. Pasó despacio las páginas... aquí una pelirroja con pantalones blancos y los brazos cruzados por debajo de los desnudos senos... allá una rubia platino apoyada en el quicio de una puerta, completamente desvestida a no ser
un retazo negro que le cubría la vulva... más allá una morena metida
hasta las rodillas en el agua, con la espalda y las nalgas desnudas
vueltas hacia la cámara fotográfica... después una magnífica doble
página, para dejar ver a una completa belleza posando ante un
lecho provisto de dosel... era una joven cubierta con un suéter lila
que le llegaba hasta las caderas, desabrochado para mostrar sus
enormes pezones, pero abrochado en el último botón para ocultar
sus partes pudentas.

La mirada de Orville quedó fija en la provocadora muchacha, y,
como siempre, no pudo dominar su incredulidad. La modelo tenía
la cara tan suave y casta como la de una Madona. Su complexión, su
tez, su pecho, su vientre y sus muslos eran juveniles y sin tacha.
No aparentaba más de dieciocho abriles. Sin embargo, allí estaba,
exponiéndolo todo, excepto su último secreto, a la mirada turbia y
acalorada de millares de ojos. ¿Cómo era capaz de hacer aquello,
y por qué? ¿No tenía madre, padre, o hermano? ¿No había recibido
instrucción religiosa? ¿No deseaba salvar un vestigio de decencia para
el amor de verdad? Una desnudez tan deliberada, tal postura descocada, eran una constante sorpresa para Orville, que no podía evitar
sentirse escandalizado. Aquella linda jovencita había entrado en
un estudio o en una mansión, para despojarse de todas sus prendas
de vestir y ponerse un ridículo suéter nada más, mientras un hombre desconocido, o varios, le daban instrucciones acerca de la cantidad de pecho que debía revelar y de cómo el último botón debía
taparle el... el... Dios del cielo, ¿cómo era capaz de hacerlo? Cuando
extendía los brazos, andaba por el estudio o asumía diversas poses,
a buen seguro que lo enseñaba *todo* a aquellos extraños. ¿Qué placer
le producía aquello? ¿Cumplidos y adulación? ¿El perverso placer del
exhibicionismo? ¿La exigua cantidad que le pagaría el fotógrafo?

¿La esperanza de que la viese algún productor cinematográfico y la contratase? ¿Por qué lo hacía?

Mientras continuaba examinando la fotografía a doble página, Orville se preguntaba dónde se encontraban todas aquellas lindas muchachas que se despojaban con tal presteza de sus ropas. ¿Podría examinar clínicamente a alguna de ellas... por ejemplo la de la doble página? ¿Se mostraría dispuesta a posar ante una de las primeras autoridades norteamericanas en cuestiones sexuales? ¿Y cuando hubiese posado y tras responder a sus preguntas, accedería a...?

Mirando aquellos desvergonzados pezones rosados, Orville se enfureció de pronto. Joven perra pecadora, se dijo.

Impúdica mujerzuela, pensó, que permaneces ahí de pie, en postura provocativa y salaz, para incitar a una multitud de hombres desvalidos, posando de manera tan indecente para hacer mofa de todo cuanto tiene de sagrado y santo la procreación y el amor. Ningún castigo era bastante riguroso para aquellas desvergonzadas. Una frase y luego otras acudieron al cerebro de Orville: «Una gran merced me ha sido concedida. Anoche tuve el privilegio de llevar un alma descarriada a los amantes brazos de Jesús». ¿Qué era esto? ¿Dónde lo había oído o leído? Entonces se acordó. Lo había dicho el reverendo Davidson, refiriéndose a Miss Thompson.

Con un suspiro, Orville cerró la doble página y continuó hojeando la revista. Cuando terminó la primera, tomó las restantes, una a una, sin permitirse nuevas reflexiones de escándalo, ni nuevas filosofías. Casi media hora después, terminó su labor científica. Colocó pulcramente las revistas con las otras, en lo alto de su librería, donde esperarían la llegada del fin de semana, y regresó a su mesa para leer el *Post* de Denver, antes de comenzar el dictado.

Después de aquellas revistas, Orville encontró insípido su periódico favorito. Recorrió con la mirada las columnas impresas, que trataban de guerra o de política, pasando de la sección de sucesos a la sección de divorcios. Tuvo que llegar a la séptima página para que los titulares que figuraban sobre una gacetilla retuviesen su atención y le obligasen a incorporarse, muy tieso. Los titulares rezaban: BODA DE DISTINGUIDO PROFESOR INGLÉS CON SEÑORITA DE BOULDER.

Una débil campanilla de alarma resonó en el fondo de la mente de Orville. Se inclinó sobre la gacetilla, un suelto que apenas ocupaba cinco centímetros, para leerlo con avidez primero y releerlo después, más despacio. Las palabras caían sobre él como mazazos:

«El Dr. Harvey Smythe, profesor de Arqueología en Oxford, que se encuentra en intercambio de un año en... y Miss Beverly Moore, agregada a la Administración de la Universidad de Colorado... sorprendieron a sus amigos... ayer estuvieron en Las Vegas... para regresar anoche... segundo matrimonio para el novio... establecerán su hogar en Inglaterra, patria del novio donde el año próximo el doctor Smythe... será festejado esta noche por los miembros de la Facultad.

Orville dejó que el periódico cayese de sus manos a la mesa. Permaneció sentado, apenado y silencioso, mirando con ojos secos la gacetilla, ataúd de sus ilusiones.

Beverly Pence era ahora Beverly Smythe, para hoy y para toda la eternidad, para siempre, de modo irrevocable. Lo que Dios ha unido, que no lo separe el hombre.

Pese al dolor que sentía, Orville fue capaz de razonar serenamente. No culpaba a Beverly Moore. Él no era su víctima. La culpa la tenían su madre y hermana. De quienes, sí era víctima, juguete de dos tiranos consanguíneos, su mártir, el mártir de sus pálidos cromosomas y genes.

Después de varios minutos de aturdimiento, dobló el periódico y lo tiró en el cesto de los papeles. Sobre la mesa quedaban los restos del correo que había abierto y, a un lado, la carta de la doctora Maud Hayden.

Orville tomó el teléfono y se lo puso delante. Su primera idea fue llamar a su madre para decirle que mañana tomase un taxi para ir a visitar a su nuevo médico y si no, que se fuese al cuerno. Pero pensó que la llamada a su madre podía esperar. En cambio, ordenó a Gale que le marcase un número de Colorado Springs.

Esperó con pleno dominio de sí mismo, relamiéndose por anticipado.

Cuando oyó la voz de su hermana, notó con agrado que era tan chillona como la de su madre.

—¿Dora? Soy Orville.

—¿Qué es eso de llamar en pleno día? ¿Ocurre algo? ¿Está bien mamá?

Él hizo caso omiso de la última pregunta.

—Lo que ocurre es esto, Dora... este verano me iré... me voy al Pacífico para trabajar en colaboración con la doctora Maud Hayden. He querido que tú fueses la primera en saberlo, para que luego no te quejes y digas que no tuviste tiempo de prepararte... para recibir a mamá en tu casa...

—¡Orville! ¿Estás loco...?

—Me voy, Dora, me voy, y tú y Vernon me substituiréis. Que te vaya bien, Dora, y feliz Día de la Madre.

Depositó el receptor en la horquilla y el agudo chillido de Dora se ahogó en la indiferente garganta del teléfono.

Tenía el corazón destrozado, pero esto no le impidió sonreír, finalmente.

* * *

Cuando Claire Hayden hubo archivado las copias de las cartas dirigidas al doctor Orville Pence, Dr. Walter Zegner, Dr. Sam Karpowicz y doctora Rachel DeJong, y sacó copias de los nuevos datos que habían llegado, descendió con Maud a la planta baja para tomar un tentempié en la cocina, donde Marc se les reunió. Después, él regresó a sus clases, mientras Claire y Maud subían de nuevo al estudio.

Eran las dos menos cinco de la tarde y Claire estaba sentada frente a la máquina de escribir, puesta al lado de su mesita de trabajo. Tecleaba con rapidez, transcribiendo una carta al profesor Easterday que Maud había dictado antes y ella había tomado taquigráficamente. La carta versaba sobre diversos problemas prácticos. Cuando llegó a un punto y aparte, se interrumpió para desabrocharse el suéter de cachemira, quitarse los zapatos planos e inclinarse hacia la mesa para coger un cigarrillo. Mientras lo encendía, vio a Maud reclinada en el sofá, absorta en la lectura y en las notas que tomaba de *Les Derniers Sauvages*, de Radiguet.

Maravillada ante el poder de concentración de Maud, Claire continuó escribiendo a máquina. Acababa de pulsar el tabulador, cuando sonó el teléfono colocado detrás de la máquina de escribir. Tomó el receptor para contestar. La telefonista anunció una conferencia de Los Ángeles.

Escuchó y dijo:

—Un momento, por favor. Ahora se la paso a ella... Maud, conferencia de Los Ángeles. Cyrus Hackfeld quiere hablar contigo.

Maud pegó un brinco en el sofá.

—¡Dios mío, supongo que todo seguirá igual para esta noche!

Claire cedió el receptor y la silla a Maud y empezó a pasear por la estancia, fumando y escuchando.

—¿Mr. Hackfeld? ¿Cómo está usted? —La voz de Maud denotaba una ligerísima ansiedad—. Espero que nada habrá...

Se interrumpió y se puso a escuchar atentamente.

—Vaya, cuánto me alegro de que usted venga. A las ocho me parece muy bien.

Escuchó de nuevo.

—¿Ha dicho usted Rex Garrity? No, nunca he tenido el gusto, pero sé quién es, claro... es un hombre muy conocido... con tantos libros como ha publicado...

Al oír mencionar el nombre de Garrity, Claire, que estaba cerca del sofá, prestó más atención. Ella y Maud escuchaban ahora con suma atención.

Estaba hablando Maud:

—¿Es esto lo único que le preocupa? Pues no tenía necesidad de llamar para decírmelo hombre de Dios. Naturalmente que puede venir. Nos sentiremos muy honrados recibiéndolo en nuestra casa. Únicamente tendremos que poner otro plato en la mesa. Dígale que será una cena sin cumplidos ni ceremonias... al estilo polinesio. —Se echó a reír, escuchó y después preguntó—: Supongo que usted vendrá con su esposa, ¿no es eso? Tengo muchas ganas de verla nuevamente. Por favor, dígale que también estarán los Loomis. Creo que tiene mucha simpatía por él... Hasta esta noche, Mr. Hackfeld. Todos le esperamos con impaciencia. Adiós.

Después de colgar, Maud meditó un momento, mientras se balanceaba en la silla giratoria. Después, al darse cuenta de la curiosidad de Claire, se levantó.

—Quería saber si puede traer otro invitado. Rex Garrity estaba en su despacho, Hackfeld mencionó casualmente las Tres Sirenas y Garrity manifestó deseos de acompañarle. —Hizo una pausa—. ¿Sabes quién es Rex Garrity...?

—Leerlo equivale a odiarlo —dijo Claire, risueña—. Cuando aún iba a la Escuela Superior, un verano, durante las vacaciones leí todas sus obras. Entonces me pareció la figura más romántica de la época. Cuando pasé a la Universidad, tuve que releer algunas de sus obras para un estudio que preparaba, y aún no había llegado a la mitad cuando tuve que salir en busca de Biodramina.

—No acabo de entenderte.

—Para evitar las náuseas producidas por el mareo, causado a su vez por tanto viaje. ¡Qué dramones tan teatrales, truculentos y falsos! Viene a ser una especie de Richard Halliburton pasado por agua, si es que tal cosa es posible. *El Camino de la Aventura*, donde atraviesa nadando el canal de Suez y asciende al Ixtacchihuatl... la Mujer Dormida... para decir que la ama; una noche pasada en la tumba del rey Tut... ¿Qué títulos tenían las demás obras? Ah, sí, ya me acuerdo... *Tras las huellas de Aníbal, Tras los pasos de Marco Polo, Siguiendo la sombra de Ponce de León, La huida de Lord Byron*... qué sarta de falsedades... y con ese estilo de revista, rodeado por un bosque de signos de admiración.

Maud se encogió de hombros.

—Supongo que tiene un lugar, de todos modos...

—En el cubo de la basura.

—...después de todo, sus obras se venden a millares.

—Eres demasiado objetiva al enjuiciar a las personas —dijo Claire—. Este hombre y los restantes escritores melodramáticos corrompieron a una generación con sus mentiras y su romanticismo trasnochado, ocultando la verdad acerca de las realidades del mundo en que vivimos. Y ten en cuenta que hablo como romántica, tú lo sabes muy bien.

Maud vacilaba.

—Reconozco que no he leído muchos libros suyos, pero los que leí... sí, me parece que estoy de acuerdo contigo. Sin embargo, esto no quita que pueda ser un compañero de mesa muy agradable.

—Muy bien, Maud; esperemos que tengas razón.

Maud regresó pensativa al sofá.

—Lo que más me preocupa, de verdad, es que me será muy difícil hablar a solas con Cyrus Hackfeld en presencia de Garrity... y también de Lisa Hackfeld. No puedo confiar demasiado en que los Loomis los acaparen.

—Pero puedes confiar en Marc y en mí —dijo Claire—. Tú quédate con Hackfeld después de cenar, que yo atenderé a nuestro autor de libros de viajes y a Mrs. Hackfeld. A decir verdad, no es Garrity quien me preocupa. Estoy segura de que nada debe gustarle más que hablar de sus viejos triunfos. Lo que me preocupa... —y miró a Maud—. Lisa Hackfeld es quien más me preocupa. No sé si podremos congeniar. La única vez que te oí hablar de ella, dijiste que la considerabas una mujer frívola.

—¿Frívola? ¿Eso dije?

—Creo que sí...

—Es posible. Pues sí, esa fue la impresión que me produjo. Aunque reconozco que puedo haberme equivocado porque, en realidad, apenas la conozco. —Movió la cabeza, turbada—. Ojalá la conociese.

Hasta aquel momento, Claire no comprendió plenamente la importancia que aquella velada tenía para Maud. En cierto modo, Claire imaginaba que, si tan necesaria fuese la ayuda financiera de Hackfeld para efectuar la expedición, Maud iría a visitar al potentado en su despacho. Pero Claire se dio cuenta entonces de que su madre política no quería discutir el presupuesto acordado para la expedición en un ambiente de negocios, donde Hackfeld era el amo y estaba acostumbrado a contestar con negativas. Maud había querido servirle la cuestión en bandeja, durante la sobremesa, para que la encontrase tan agradable como un aromático coñac, en una atmósfera suave y desprovista de tensión, donde un duro y tajante «no» quedase fuera de lugar. Al comprender esto y la importancia que tenía obtener una buena tajada, Claire decidió calmar la desazón de su madre política.

—No quiero preocuparme más por lo de esta noche —dijo, con decisión—. Los ricachos no hacen lo que no les gusta. Si Mrs. Hackfeld no sintiese interés por ti y por la expedición, no se molestaría en venir aquí esta noche. Esto es un tanto a nuestro favor. Maud, confío en que todo irá bien si la dejas a ella —y también a Garrity— al cuidado de Marc. Yo haré lo que pueda para ayudarlo, aunque no sé si será mucho. Verás como cuando hayamos terminado de cenar, ya habremos podido conquistar a Lisa Hackfeld... y después nos divertiremos todos como locos.

* * *

A las cinco y cinco de la tarde, Lisa Hackfeld al volante de su Continental blanco penetró en la entrada para coches de la enorme mansión de dos plantas de Bel-Air, que daba a Bellagio Road, y se detuvo frente a la puerta de servicio.

Tuvo que tocar dos veces el claxon para que acudiese Bretta, su doncella, a sacar varios paquetes que de la casa I. Magnin llevaba a su lado en el asiento. Después se apeó del lujoso automóvil y entró con aire cansino en la mansión. En el vestíbulo se quitó el pañuelo de seda con el que había protegido sus rubios cabellos, lo dejó caer sobre el banco estilo Directorio, se despojó de su abrigo de piel de leopardo y, llevándolo medio a rastras, penetró en el espacioso y soberbio living, y lo tiró sobre el brazo de la butaca más próxima. Examinó distraídamente el correo, puesto sobre la repisa de la chimenea, se acercó después a las revistas, colocadas sobre la mesita del café y hojeó sin interés el último *Harper's Bazaar*. Y por último se dirigió al sofá, para dejarse caer sobre los mullidos cojines, esperando con impaciencia que apareciese Averil, el mayordomo.

Al cabo de medio minuto vino Averil con el doble Martini seco acostumbrado sobre la bandejita de laca.

—Buenas tardes, señora. No ha llamado nadie.

—Gracias, Averil —dijo, tomando el Martini—. Sólo lo que ha prescrito el doctor—. El mayordomo se dispuso a marchar, mientras ella paladeaba la fría y agria bebida, pero Lisa lo llamó—. Tráigame otro dentro de un cuarto de hora. Y diga a Bretta que me prepare el baño.

—Sí, señora.

Cuando el mayordomo se hubo marchado, bebió medio Martini, hizo una mueca al probarle —parecía que oliese a sales— y después notó con agrado el calorcillo que esparcía por sus miembros. Era aún demasiado pronto para notar su benéfico efecto. Tenía que dar tiempo a la poción. Hizo girar la copa entre sus dedos, hipnotizada por el brillo de la aceituna y después la dejó sobre la mesita, a su lado.

Inclinándose hacia adelante con los codos apoyados en las rodillas, recriminó en silencio al Martini, por no poseer el poder mágico que hubiera podido curarla.

Aquel poder mágico no existía en el mundo, como sabía muy bien. Lloró de ojos para adentro, para que no se viera su llanto. Oh, Señor, rompió en llanto... Oh, Mentiroso, tú no me dijiste que sería así, no me dijiste lo que ocurriría. Sin embargo, así es, sollozó. Hoy es el último día de la Vida y mañana empieza el largo, lento y tortuoso descenso hacia el Olvido. Mañana, a las nueve y tres minutos de la mañana, el Viejo revisará y apuntará sus últimos bienes en el Libro del Día del Juicio y la anotación que hará mañana rezará: Tiene Cuarenta Años.

¿Qué artes mágicas podían impedir esta anotación que el Sumo Hacedor efectuaría al día siguiente? Cuando una mujer llegaba a los cuarenta años de vida, sus efectivos se acumulaban con rapidez y pronto era cincuenta, después sesenta, hasta que por último Él se quedaba con todo y la mujer no tenía nada porque nada era y el dedo del destino borraba su nombre en el Libro del Juicio Final.

Lisa sabía que había perdido miserablemente el día, porque se ocultara donde se ocultase para proteger el último día de sus treinta y nueve años, sabía que el Viejo estaba allí, empujándola sonriendo con su boca desdentada y esperando en cada Samarra.

Desde el momento en que el sol, filtrándose a través de las persianas, acarició sus párpados a las diez de aquella mañana, ella supo que el día estaba predestinado, lo mismo que ella, y que ya nunca jamás volvería a ser joven. Lo supo porque al despertarse por completo y pasar a la ducha, se puso a pensar no en aquel día en particular, sino en todos los días anteriores, hasta el punto donde alcanzaban sus recuerdos.

Evocó su infancia en Omaha, cuando se llamaba Lisa Johnson y su padre era dueño de la ferretería que se alzaba cerca de las instalaciones de la Unión Stock. Estaba muy satisfecha de ser la niña más linda en la escuela de primeras letras, después la muchacha más popular en la escuela de segunda enseñanza y la actriz más joven que tuvo un papel en el teatro de Omaha. Necesitó muy pocas lecciones

para convertirse en la mejor cantante y bailarina, y en la más atractiva de la ciudad. De manera completamente natural sus aptitudes
la llevaron a Hollywood, donde fue con una amiga que, como ella,
tenía poco más de veinte años, dispuesta a convertirse en estrella
de la noche a la mañana.

Quedó muy sorprendida al ver que, pese a ser la mejor cantante
y bailarina y la más atractiva muchacha de Omaha, no obtuvo una
situación parecida en Hollywood, ya que en Cineápolis había jóvenes
agraciadas como ella a espuertas. Se convirtió en una del montón.
Tuvo numerosas amistades y una de éstas, agente teatral, hizo de
ella una corista y pasó a trabajar en cuatro vistosas comedias musi-
cales producidas por uno de los principales estudios. No consiguió
pasar de allí y continuó haciendo carrera, participando en emisiones
comerciales y actuando como vocalista en algunos de los night-
clubs menos selectos. Gastó parte de sus ahorros tomando varias
lecciones de arte dramático en un teatrito de La Brea Avenue, al
cual Cyrus Hackfeld acudió como espectador, cuando después de
la guerra fue licenciado honorablemente con el grado de oficial de In-
tendencia. Fue allí donde la vio por primera vez, quedó prendado
de ella y consiguió hábilmente serle presentado. Aunque tenía quince años más que ella, Cyrus se mostraba más juvenil que los jóvenes
con quienes Lisa salía. Tenía mayor vivacidad, más dinamismo, mayor prosperidad. Después de un año de relaciones continuadas, se
casó con él muy contenta, experimentando un sentimiento de gran
seguridad y amparo.

Recordó todo esto mientras se duchaba y no pudo por menos de
sorprenderse al pensar con cuánta rapidez habían transcurrido los
diecisiete años de su vida conyugal. Durante aquellos años lo único
de sus antiguas aficiones que conservó, fue un gran interés por la
danza. Continuó tomando algunas lecciones de manera esporádica,
cada vez con más irregularidad cuando su hijo Merrill, que poseía
su talante despreocupado en vez de la férrea energía de su padre,
ingresó en la escuela preparatoria de Arizona. Y, por increíble que
pareciese, allí estaba, con un sólo día interponiéndose entre ella y los
cuarenta años.

Durante toda aquella mañana, se esforzó por tomarlo con filosofía y reflexionar profundamente, proceso desconcertante que solía
dejar para los conferenciantes que tomaban la palabra en la reunión
mensual titulada Foro de los Grandes Libros, a la que ella nunca
dejaba de asistir. Aquella particular mañana se aventuró por su
cuenta en esta peligrosa estratosfera. Se puso a pensar que, si bien
se miraba, los calendarios eran obra humana y por lo tanto arbi-

trarios y sujetos a error. Si no se hubiesen inventado los calendarios ni los relojes y los hombres no se hubiesen puesto a contar las idas y venidas de la Luna, nadie sabría con certeza su edad, con el resultado de que todos serían siempre jóvenes. ¿Cómo era posible, que de la noche a la mañana una se volviese vieja? Ello se debía a lo engañoso del sistema empleado para medir el tiempo.

Pero sus profundas cavilaciones no le aportaron el menor consuelo. En primer lugar, se puso a pensar en el pasado, lo cual, según todos decían, era señal segura de vejez. En segundo lugar, se puso a pensar en Merrill y se dio cuenta de que no podía tener un hijo tan mayor, pretendiendo al propio tiempo ser una mujer joven. Después pensó en Cyrus, recordando que, si bien antes, su marido era corpulento, a la sazón se había convertido en un paquidermo y que si cuando le conoció sólo tenía la primera fábrica, actualmente poseía veinte o treinta empresas, sin olvidar su Fundación; sólo los hombres ricos y viejos creaban fundaciones, los hombres jóvenes y ambiciosos no lo hacían y aunque ésta se hallase libre de impuestos y representase un pasatiempo, también significaba que habían transcurrido muchos años. En último lugar, pensó en sí misma.

Hubo un tiempo en que tenía un cabello sedoso de un rubio natural, pero ahora no tenía ni idea de cómo era en realidad, después de una década de champús, lavados de cabeza y tintes. En cuanto al resto de su persona, si por esta vez quería ser sincera, tenía que reconocer que había ido cambiando poco a poco, con el resultado de que el semblante de la joven más linda de Omaha se convirtió en el rostro de una mujer madura, de facciones marchitas, que había estado expuesto al sol demasiados años, redondo y carnoso, con arrugas en la frente, patas de gallo junto a sus ojazos y alguna que otra arruguita aquí y allá. Lo que estaba peor eran la garganta y las manos, pues habían perdido su primitiva tersura. Su figura ya no podía llamarse tal, a menos que se considerase la O una figura, había engordado, desdibujando las curvas, haciéndose cada vez más informe, aunque no podía decirse aún que estuviese obesa, no, eso no. Sin embargo, pese a las emboscadas que le tendía la naturaleza, su íntimo ser no había sucumbido al paso de los años. Una frase certera y penetrante, que había oído en una de aquellas conferencias mensuales, resumía a la perfección sus actuales sentimientos. La frase era de uno de aquellos autores teatrales ingleses que disfrazaban la verdad bajo el manto de la comedia. Probablemente, casi sin ninguna duda, Oscar Wilde. ¿Cuál era la frase? Sí: La tragedia de la vejez no consiste en que uno es viejo, sino en que uno es joven. ¡Sí, exacto!

Así transcurrió aquella aborrecible mañana.

Había llegado la tarde y allí estaba ella paladeando el Martini a sorbitos, mientras pensaba en las catastróficas horas transcurridas entre el despertar y aquel momento. Trató de huir de los recuerdos del pasado y de los espejos que poblaban su mansión, yendo en coche a Beverly Hills, intentando estar ocupada, creando demasiada actividad para poder pensar profundamente.

Mientras degustaba el Martini, pasó revista a las primeras horas de la tarde, como si participase de nuevo en todas las acciones y acontecimientos, como si de nuevo se actualizase todo, y de este modo dejase de ser pasado.

Volvió en espíritu a las doce y media.

A la una estaba citada con Lucy y Vivian para ir a almorzar a un nuevo restaurante escandinavo de Beverly Hills, *The Great Dane*, pero a las doce y media pensó que anularía el compromiso, si pudiese convencer a Cyrus para ir a comer juntos. Llevaba su última adquisición, un vestido verde jade que caía en suaves pliegues, con el resultado de suprimir kilos y años y era una lástima malgastar aquel vestido luciéndolo ante personas de su propio sexo.

Marcó el número y la pusieron inmediatamente con su esposo.

—Dime Lisa.

—Hola, querido. Tuve ganas de llamarte.

—Me has pescado por casualidad. Ahora mismo salía para encontrarme con Rex Garrity en el Club.

—Oh. Eso quiere decir que tendrás que comer con él.

—Concertamos el compromiso hace unos días. Vino en avión para dar una conferencia y dijo que quería verme para hablar de algo relacionado con la Fundación. No estaré mucho tiempo con él... después volveré aquí y... —Hizo una pausa—. ¿Por qué lo dices? ¿Te gustaría comer con nosotros?

—No, no. Sólo quería decirte hola.

—Te gustaría conocerle. Es un gran conversador.

—Te lo agradezco mucho, querido pero no. Estoy citada con Lucy y Vi.

—Lo siento. ¿Qué harás, hoy?

—De momento, ir a comer con ellas. Después al peluquero. Iré de compras. En fin, nada importante.

—Bien. Tengo que irme ahora. Hasta luego.

—Sí, hasta luego. Adiós, querido.

Después tomó el coche para dirigirse a Beverly Hills. Cyrus había sido muy amable al invitarla, pensó, teniendo en cuenta lo atareado que estaba siempre. Pero no tenía paciencia para soportar aquel autor de libros de viajes, al que no había leído, ni conocía, y tampoco sentía deseos de conocerlo o leer sus obras. Deseaba estar a solas con Cyrus, para sentarse y charlar, de nada concreto, acaso de ellos mismos. Habían hablado tan poco aquellos últimos años, tal vez porque él hablaba durante todo el día en su despacho o quizá porque ella vivía tan apartada de su trabajo (o de cualquier cosa interesante) que a la sazón apenas sabían de qué hablar, como no fuese de Merrill, los amigos comunes y las últimas noticias.

Lucy y Vivian la esperaban ya en la mesa reservada, cuando ella llegó al restaurante escandinavo. Ambas admiraron su vestido. Ella admiró los suyos. Invirtieron algún tiempo pidiendo el aperitivo y escogiendo el menú. Luego se pusieron a hablar de una amiga común que se había separado del marido e hicieron cábalas para conjeturar si había otro hombre de por medio. Comentaron después la obra representada por una compañía de cómicos ambulantes en el Biltmore. Después hablaron del último best-seller, preguntándose lo que habría en él de autobiográfico y si la heroína se basaba e inspiraba en una actriz cinematográfica, famosa por sus escándalos. Luego hablaron del nuevo peinado que lucía la primera dama de la nación. Cuando sirvieron el entrante, Lucy y Vivian se pusieron a hablar de sus respectivas hijas, y cuando Lisa vio que aquello llevaba trazas de nunca acabar, empezó a sentir fastidio y aburrimiento. Las conversaciones acerca de la educación de los hijos la aburrían tanto, como hablar de testamentos y le producían la misma depresión. El único tema que le hubiera interesado comentar con sus amigas era el de su cumpleaños, pero éstas no hubieran comprendido su angustia, de momento al menos, pues Lucy tenía treinta y seis años y Vivian sólo treinta y uno. Ambas poseían aún aquel lujo llamado tiempo.

Cuando faltaban sólo diez minutos para ir al peluquero, que le había dado hora para las dos y media, dejó con alivio su parte de la nota en el platito y se despidió de sus amigas. Hubiera podido ir a pie, pero prefirió recorrer en el Continental las cinco manzanas que la separaban de Rodeo Drive y aparcó en la zona especial reservada detrás del Salón de Belleza Bertrand's.

Una vez en el interior, dejó el abrigo en el guardarropa, se puso la bata que le entregó la señorita y penetró en el tocador particular. Después de quitarse el vestido y de ponerse la bata, salió para dirigirse al último lavabo, donde la esperaba su peinadora acostumbrada. Por el camino agradeció el cariñoso cumplido que Bertrand le dirigió en francés y contestó al saludo que le hizo con la mano Tina Guilford, que tenía la cabeza dentro del secador.

Al llegar frente al lavabo, se recostó en la butaca extendida, para lavarse la cabeza con champú. El agua y el jabón produjeron en ella un efecto apaciguador. Lo que más le gustaba de aquel salón de belleza era el ritual con que la belleza femenina se mantenía y se hacía resaltar. Aquello le producía una agradable euforia, que disipaba todas las preocupaciones y ansiedades de su espíritu. Una se convertía en un objeto pasivo, que no tenía que adoptar decisiones. Su único deber consistía en permanecer allí, existiendo como una simple presencia, sometida a los cuidados de manos expertas. Una llegaba a sentirse como... como madame Pompadour.

Lisa se trasladó maquinalmente a su cubículo particular, tomó el gorro perforado, y notó cómo sacaban delicadamente las hebras de su cabello por los orificios. Mientras la peluquera atusaba y coloreaba sus cabellos, ella extendió las piernas y se levantó la combinación hasta la cintura, mientras la segunda joven, que había traído el tubo de cera, le deshacía las medias, las enrollaba, le quitaba los zapatos y luego las medias de nylon. Ella contempló sus torneadas pantorrillas, satisfecha al comprobar que no la habían abandonado, como hiciera la juventud. Después perezosamente miró cómo la joven, arrodillada, extendía las tiras de cera sobre sus piernas con el instrumento de madera, para tirar luego de ellas con rapidez, depilándola completamente al arrancar de raíz los pelos indeseables.

Cuando sus cabellos estuvieron coloreados y tuvo las piernas finas como el alabastro, avanzó por la cadena de montaje, con espíritu ausente. Entonces vino el segundo y más completo lavado con champú, seguido de masaje, enjuague, el cepillo duro y la blanda toalla. Después pasó quince minutos en manos de Bertrand, que la peinó, le mesó los cabellos y los cepilló, manipulando los rulos de metal, dejándole por último el cabello preparado para la permanente.

Con la red puesta, permaneció una hora sentada bajo el secador. Empezaba a sacudirse el depresivo estado de la mañana, cuando de pronto vio que Tina Guilford, ya vestida para irse, se acercaba a ella. No le importaba hablar con Tina, pues según le parecía, ésta debía de haber cumplido ya los cincuenta, lo cual confería cierto sentimiento de superioridad a Lisa. Tendió la mano para desconectar el secador.

—Lisa, querida —dijo Tina con excitación—, no quiero robarte un minuto, pero acabo de enterarme de algo verdaderamente milagroso que ha ocurrido en Pasadena. Un cirujano plástico suizo, diplomado, ha abierto allí un consultorio y todas las señoras están entusiasmadas. Es caro, carísimo, pero todas dicen que vale la pena. Es un nuevo método descubierto en Zurich. Es rápido y no deja la menor señal. Una sesión y se han acabado las papadas, las bolsas bajo los ojos y, si quieres que te arregle el busto, querida...

—¿Qué te hace pensar que yo necesito sus servicios? —preguntó Lisa en tono glacial.

—Verás, querida, yo pensé que... todas hablan de él y me dije que... cuando se tiene nuestra edad...

Lisa sintió la tentación de decir: ¿Nuestra edad? Será la tuya, idiota. Pero se contuvo y dijo:

—Gracias, Tina. Si alguna vez creo que lo necesito, ya te pediré más detalles. Ahora perdóname, pero tengo ganas de acabar pronto.

Puso nuevamente el secador en marcha y las últimas palabras de Tina se perdieron en el zumbido del aparato.

Cuando su amiga se fue, el buen humor de Lisa también se desvaneció. Estaba furiosa ante el descaro de Tina. ¡Mira que aquel vejestorio de cincuenta y pico de años, atreverse a compararse con una joven de treinta y nueve como ella! Casi instantáneamente, su cólera se disipó, convirtiéndose en melancolía. Lo único que Tina había pretendido era serle útil y darle un buen consejo. Los cuarenta años ya debían ser evidentes, se dijo Lisa, todos debían verlos ya. Se sintió muy desdichada y decidida a escapar de aquel mundillo de chismes.

Una vez tuvo el pelo seco y Bertrand le quitó los rulos, para peinarla con destreza, sin dejar de hablar de los grandes triunfos que había alcanzado en París, ella pasó al vestidor. Pagó en caja, dio tres espléndidas propinas y regresó al automóvil, preguntándose cómo debía ser el método que aquel cirujano facial suizo había inventado. Tal vez tuviese el secreto de la belleza eterna. Quizás había descubierto el medio, también, de procurar la juventud interior. Esta clase de cirugía, pese a las frasecitas de Oscar Wilde, bien valdría toda su cartera de acciones y obligaciones.

Cuando llegó al coche, se dio cuenta de que sólo estaba a una manzana y media de la tienda de Jill's. Hacía más de un año que no visitaba aquel elegante establecimiento de prendas deportivas. Le hacían falta una juvenil y fina taleguilla de torero o unos capris para primavera y verano, para llevarlos en su finca de Costa Mesa. Llena de creciente optimismo ante el futuro, se dirigió a Jill's.

Había olvidado los sentimientos que le inspiraba aquel establecimiento, hasta que penetró en él. Así que atravesó la gruesa alfombra hasta llegar al centro de la enorme sala cuadrada rodeada de espejos, deseó dar media vuelta y huir corriendo. Jill Clark, propietario de la tienda pero que nunca estaba en ella, sentía debilidad por los ambientes rudos y juveniles y esto se reflejaba en la decoración, en el mobiliario, aquellos condenados espejos, el corte de los shorts, los tejanos y los bañadores, pero principalmente en las dependientas. Lisa las vio reunidas junto a una columna, charlando por los codos. Todas ellas eran jovencísimas y virginales, pues sus edades oscilaban entre los diecisiete y los veintiún años. Su tez no necesitaba maquillaje, pues era tersa y brillante, todas tenían los pechitos altos y derechos, nada de estómago, caderas esbeltas y todas eran lisas por detrás. Fumaban, lucían atrevidas blusas, capris, sumarias sandalias doradas y atendían a la clientela con la insolencia y arrogancia de la juventud. Eran insoportables.

Antes de que Lisa pudiera dar media vuelta y marcharse, una flexible y ágil adolescente se aproximó a ella. Aquella joven llevaba un brazal de identidad sobre el que podía leerse «Mavis». Era una rubia platino, de facciones pequeñas, pefectas, cuerpo grácil y esbelto. Al detenerse frente a Lisa, la miró con expresión caritativa y condescendiente, como si se enfrentase a una pobre mujer harapienta que acudiese a su puerta huyendo de la nieve.

—¿En qué puedo servirla, señora?

—Esos capris violeta del escaparate... Enséñeme un par.

—¿De qué medida los desea?

—Tienen ustedes todas las medidas en mi ficha, de costado, de arriba y de abajo. Busque la ficha de Mrs. Cyrus Hackfeld.

Pronunció su nombre con tono retador, pero Mavis permaneció impertérrita, como si no lo conociera. Se dirigió al mostrador del cajero, mientras Lisa se acercaba a los pantalones, echando espumarajos de rabia.

Sin prisa alguna, transcurrido un largo intervalo, Mavis regresó con una tarjeta.

—Sus últimas medidas fueron tomadas hace tres años —dijo con tono significativo.

Lisa explotó.

—Pues utilícelas.

—Como usted desee, señora.

Mavis rebuscó entre los pantalones colgados y finalmente sacó unos capris violeta.

—¿Desea usted probárselos, Mrs. Hackworth?

—Sí. Pero me llamo Hackfeld.

—Hackfeld. Ya me acordaré. Por aquí haga el favor.

Temblando de ira y finalmente sola en el probador, Lisa se apresuró a despojarse del abrigo de piel de leopardo, del vestido, de su media combinación y se puso el apretado pantalón capri. Después trató de cerrarlo con la cremallera, pero no hubo forma de hacerlo.

Intentó abrocharse la cintura, pero el botón quedaba a cinco centímetros del ojal. Dio media vuelta y se observó en el espejo, viendo que los pantalones le estaban demasiado ajustados, de una manera excesiva, pues formaban feos bultos en las caderas y muslos. Sintiendo compasión por sí misma, Lisa se bajó los capris y se los quitó con esfuerzo.

De pie, con sostenes y portaligas, llamó a la dependienta.

A los pocos segundos, Mavis entró en el probador, fumando.

—¿Cómo le van, Mrs. Hack... Hackfeld?

—Me ha dado usted un tamaño demasiado pequeño.

—Es el tamaño que le corresponde —dijo la implacable Mavis—. Es el que corresponde a las medidas que figuran en su tarjeta.

La furia consumía a Lisa, al notar que la joven se burlaba de ella.

—Es igual, no me van, así es que déme la medida siguiente.

Mavis le dirigió una sonrisa de simpatía.

—Lo siento muchísimo, Mrs. Hackfeld, pero ésta es la medida mayor que tenemos en existencia. Miss Jill no quiere tamaños mayores. Mucho me temo que tendrá que buscar lo que desea en otro establecimiento.

El furor de Lisa había dado paso a un sentimiento de humillación y pena. Notaba sus mejillas arreboladas y aborrecía tener que rendirse así.

—Muy bien, gracias —dijo.

La dependienta salió y Lisa volvió a quedarse sola. Mientras se vestía, se sentía perpleja. Era la primera vez que no encontraba nada que le sentase bien en Jill's. Pero mientras se ponía el abrigo se dijo también, era asimismo la primera vez que iba a cumplir cuarenta años.

Salió casi corriendo de la tienda, mirando fijamente hacia adelante, pero dándose perfecta cuenta de que aquel grupo de estúpidas jovencillas la miraban con expresión irónica. Al cruzar la puerta de entrada, pensó que había una cosa ante la cual la riqueza era impotente: los años. Aquellas estúpidas mocosas eran más ricas que ella. Adiós, Jill, adiós para siempre. Y te aseguro que un día tú también sabrás lo que es cumplir cuarenta años.

Casi a ciegas se dirigió a su Continental blanco y, subiendo a él, se fue a Magnin's, donde sí que se sentía verdaderamente a gusto. Recorrió la tienda haciendo compras a diestro y siniestro, adquiriendo artículos de tocador que no le interesaban en absoluto. Cuando estuvo cargada de compras innecesarias, salió por la puerta posterior, esperó que le trajesen el automóvil, dio una propina excesiva al botones y en su vehículo se dirigió al Wilshire Boulevard.

Mientras estaba parada ante un semáforo, su reloj le recordó que aún le quedaba bastante tiempo libre entre las cuatro y cuarto y las seis y se preguntó en qué podría emplearlo. Por un momento pensó en dirigirse hacia el Este, por Wilshire, hasta el Edificio Hackfeld, para dar una sorpresa a Cyrus. Pero inmediatamente desechó la idea. No se sentía capaz de afrontar a los empleados de su marido, a la señorita de la recepción, a sus secretarias, más jovenzuelas estúpidas, las mocosas que habían heredado su perdida juventud. Cuando ella hubiera pasado, todas se darían codazos y hablarían en susurros, diciendo... ahí va *la* señora Hackfeld, la esposa del jefe... ¿Cómo consiguió pescarlo?

En lugar de dirigirse al Este, hizo girar el volante y se marchó en sentido opuesto. Pasaría por el Club de Tenis de la Costa, pues le pillaba de camino a casa... ella y Cyrus eran miembros honorarios... y tal vez tomaría algo, jugaría una partida de canasta o de bridge. Diez minutos después, al notar la opresión que le causaba aquel cielo plúmbeo, decidió que había hecho muy bien en dirigirse al Club de Tenis. Dejando el coche, entró en aquel ambiente de refugio de montaña, con chimenea y todo, pero donde el derecho de admisión era muy limitado. El resplandeciente ascensor la subió al primer piso y, mientras escuchaba a medias los compases de *Cóctel para Dos*, que interpretaba la orquesta, se dijo que no quería pensar en el mucho tiempo que hacía que no había bailado a los acordes de aquella música.

Arriba la terraza cubierta estaba medio vacía... dos mesas con caballeros maduros que jugaban al rummy y bebían gin, una mesa con dos apuestos jóvenes con aspecto de pertenecer a una empresa de publicidad, enfrascados en una grave conversación y bebiendo, y otra mesa con señoras, todas ellas caras familiares, jugando al bridge.

Lisa indicó con un ademán al camarero uniformado que se alejase y se quedó de pie junto a la ventana, contemplando las pistas de tenis de tierra rojiza. Todas estaban desiertas a causa del frío, excepto una, en la que un joven y una muchacha, ambos con blancos pantalones cortos, corrían y golpeaban la pelota con la raqueta, riendo, saltando y haciendo payasadas. Con un suspiro, Lisa se apartó de la ventana para dirigirse a la mesa de bridge. Las caras familiares la saludaron efusivamente, como a una de ellas, y una de las reunidas se levantó de pronto para ceder su sitio a Lisa. Casi en el mismo instante, Lisa perdió todo interés por aquellas estúpidas cartulinas numeradas. Rechazó cortésmente la invitación, explicando que sólo había entrado para ver si Cyrus estaba allí y no se quedaría más que un momento. El camarero le había acercado una silla para que se sentase a ver el juego y ella aceptó, encargándole al propio tiempo una limonada.

Durante el siguiente cuarto de hora, mientras mordisqueaba las pajas de colores de la limonada, trató de concentrarse en la partida de bridge, esforzándose en compartir la alegría o el disgusto de las jugadoras cuando alguna de ellas daba un capote inesperado, pero sólo se daba cuenta de que la mirada de alguien estaba posada en ella.

Mirando por el rabillo del ojo, hacia la pared opuesta, le pareció ver al más atractivo de los dos jóvenes publicitarios mirándola a hurtadillas. Notó que un escalofrío de excitación le recorría el cuerpo y, tratando de hacerlo con disimulo, irguió la cabeza para que la línea del cuello resultase más airosa, se enderezó en la silla para sacar el pecho y cruzó las piernas (sus mejores triunfos) para exhibir su esbelta pantorrilla. Volvía a sentirse como la lejana muchacha de Omaha, sensación verdaderamente agradable y placentera. Se animó más y empezó a hacer comentarios y bromear con sus amigas acerca del juego. Notaba que la mirada del joven continuaba posada en ella y se arriesgó a echar otro furtivo vistazo. Sí, ahora la miraba fijamente con sus profundos ojos negros; tenía una boca irónica y una mandíbula cuadrada. Sonrojada por su atrevimiento, decidió devolver la mirada para ver qué sucedía. Lo miró de hito en hito, pero no se produjo ninguna reacción en el joven. En aquel instante se dio cuenta de que sus miradas no se cruzaban. Se le cayó el alma a los pies y dio media vuelta, tratando de seguir la línea de su mirada, pues comprendió que no era a ella a quien se dirigía, aunque le pasaba muy cerca. Entonces vio el bar. Sentada en un alto taburete, que antes estaba vacío, estaba la joven, no tendría más de veinticinco años, que ella había visto jugando al tenis. Era pelirroja y parecía escandinava. La fina tela de su blusa hacía resaltar su pecho y los ajustados pantaloncitos blancos ponían de relieve sus piernas espléndidas y musculosas. Bebía whisky con soda. Devolvió la mirada al joven del otro lado del salón, mientras sonreía con expresión pícara y después siguió bebiendo.

Lisa se sintió avergonzada y dolorida: Era una loca, una loca ni joven ni vieja, a la que aquellas cosas estaban vedadas, por lo que sólo podía ser espectadora o intrusa. Su estúpida equivocación la hizo sonrojar y, en aquel día de huida, volvió a desear únicamente la fuga. Unos instantes después, salió del Club de Tenis, tan abrumada por la derrota como si fuese un granadero de Napoleón durante la retirada de Rusia.

Al notar la discreta tosecita se incorporó, dándose cuenta con asombro de que se encontraba en el sofá amarillo de su propio living, saliendo del reciente pasado y entrando en el presente, mientras el impecable Averil permanecía de pie ante ella con un segundo Martini seco doble.

La copa de cóctel que tenía en la mano estaba vacía. Con ademán huraño, la cambió por la copa llena.

—Gracias, Averil. Nada más de momento.

Cuando Averil se hubo marchado, ella se puso a beber, pero sin resultado alguno. La flotante euforia no acudía. En cambio, el Martini hizo que se sintiese blanducha, empapada, saturada, como un periódico mojado y arrugado.

La distrajo el ruido de una llave en la cerradura de la puerta principal. Ésta se abrió y, unos segundos después, Cyrus se materializó en el living, mientras se despojaba del gabán. Mostraba aún un aspecto activo y enérgico; todavía no se había desprendido de su aire de hombre de negocios importante y su corpulenta humanidad se acercó a ella con paso firme y vigoroso, para detenerse y darle un beso en la frente.

—¿Cómo estás, querida? —preguntó—. Me sorprende encontrarte aún aquí. Suponía que ya estarías vistiéndote.

Sí, vistiéndome, pensó ella... vistiéndome en mi mortaja plisada.

—¿Vistiéndome? ¿Para qué?

—¿Para qué? —repitió Cyrus con expresión severa—. Para ir a Santa Bárbara. Vamos a cenar en casa de Maud Hayden.

—¿De veras? —preguntó ella con aire estúpido—. No me acordaba...

—Vamos, Lisa, lo sabes desde hace quince días. Últimamente lo he mencionado varias veces.

—Debo de haberlo olvidado. He estado pensando en otras cosas.

—Pues date prisa. Rex Garrity se empeñó en acompañarnos y yo no me opuse. Nos distraerá durante las horas que pasaremos en la carretera. Estará aquí dentro de media hora o cuarenta minutos. Y nos esperan para cenar a las ocho.

—¿De verdad tenemos que ir, Cyrus? Yo no tengo muchas ganas. Empiezo a tener jaqueca.

—Ya se te pasará. Toma algo. Lo que tú necesitas es salir un poco más. Encerrándote en casa como una ostra no te encontrarás mejor. Esta velada es muy importante.

—¿Y por qué es importante, se puede saber?

—Mira, querida, yo no soy nadie al lado de Maud Hayden. Esa mujer es uno de los primeros antropólogos del mundo. Está empeñada en que vayamos a su casa. Quiere que esta noche sea una verdadera solemnidad. Ha descubierto unas islas tropicales... creo que ya te lo expliqué hace unas semanas. Las llaman las Tres Sirenas y están en el Pacífico. Las visitará en compañía de un equipo formado por primeras figuras y nuestra Fundación le concede una importante subvención. Yo me apuntaré un gran tanto cuando ella presente su comunicación a la Liga Antropológica Americana. Los Ford y los Carnegie se darán cuenta entonces de quién es Hackfeld. Y el libro que escribirá será un best-seller seguro y además...

—Cyrus, por favor, ahora no estoy para eso...

Averil se presentó, trayendo un Bourbón con soda y Cyrus lo engulló como si fuese agua. Se atragantó, tosió y se esforzó por seguir hablando, pese a los accesos de tos.

—Además, en las últimas semanas no he hecho más que pensar en esta velada. Maud tiene una lengua de oro. A su lado, Scheherezada es una joven pesada, tímida y medio tartamuda. Pensé que la tribu de las Tres Sirenas te interesaría tanto como a mí, con todas esas tonterías sexuales... como eso de la Cabaña de Auxilio Social, donde al parecer tienen un truco para resolver todos los problemas sexuales de las personas casadas... y la semana de fiestas que celebran a finales de junio, que se distinguen por su manga ancha y durante la cual...

Lisa se incorporó a pesar suyo.

—¿Cómo? —preguntó—. ¿Qué dices? ¿No lo habrás inventado?

—Lisa, por amor de Dios, te di el resumen de Maud, en el que expone los puntos principales de la cultura y costumbres de estas islas. ¿No recuerdas esas páginas mecanografiadas que te di a leer? ¿Pero es que no las has mirado?

—Pues... la verdad, no lo sé. No, creo que no las miré. No me pareció interesante... sólo uno de esos pesados estudios sociológicos.

—¿Pesado? Ni por asomo. Lo que probablemente hacen allí esos indígenas, mestizos de blanco y de polinesio, haría parecer la Casa de Todas las Naciones tan grave y sosegada como el palacio de Buckingham.

—¿Es cierto... lo que has dicho... acerca de la cabaña de Auxilio Social?

—Maud cree que es cierto. Su fuente de información es buena. Irá allí al frente de un equipo, durante seis semanas de junio y julio, para verlo por sí misma. Esta noche nos reunimos para hablar de ello. Por esto nos invita a cenar. —Se frotó su cara rubicunda y pequeña—. Voy a afeitarme y vestirme. —Empezó a maniobrar con su corpachón, que parecía un dirigible, para dar la vuelta y marcharse, cuando de pronto se volvió a su esposa—: Querida, si de verdad tienes jaqueca, en ese caso... bien, no insisto...

Pero Lisa se levantó, casi con tanta energía como su marido.

—No... no te preocupes. Ya empiezo a encontrarme mejor. Sería un crimen perder una velada con Maud Hayden. Tienes razón. Voy a tomar un baño, y me vestiré volando.

Cyrus Hackfeld sonrió.

—Así me gusta. Que seas buena chica.

Lisa pasó su brazo por el doblado brazo de Cyrus, para agradecer lo de «buena chica» y después se preguntó si las mujeres cuarentonas se considerarían viejas en las Tres Sirenas. En compañía de su esposo, ascendió después al primer piso, dispuesta a acicalarse para su última noche de juventud...

* * *

La cena fue servida en el comedor de los Hayden a las nueve y cuarto y Claire observó, mientras Suzu servía el postre, consistente en tartas de cereza, que eran casi las once menos veinte.

A Claire le parecía que la cena se había desarrollado de manera maravillosa. La sopa china de huevo, fue consumida hasta la última cucharada. El pollo a la Teriyaki acompañado de arroz, los guisantes chinos con castañas de agua y bolas de melón, acompañado de sake o aguardiente de arroz japonés, servido caliente en diminutas tacitas blancas. La cena fue del agrado general y todos los comensales repitieron, a excepción de los Loomis. Incluso Rex Garrity, que se consideraba un gourmet internacional, felicitó a Maud por la cena, admitiendo que no había probado una mezcla de platos chinos y japoneses preparada con tanto arte desde que visitó Shangai en 1940, cuando las fuerzas de ambas naciones ocupaban la ciudad. La conversación también fue admirable bajo todos los aspectos, cordial y de un interés sorprendente. Claire disfrutaba tanto, que todo cuanto oía le parecía nuevo. Al comenzar la velada, durante el aperitivo y los entremeses —Suzu había preparado Rumaki, bollos de queso y cangrejo asado—, se produjo una breve y aguda escaramuza, un torneo verbal, entre Garrity y Maud. Ambos eran los que entre los reunidos, habían visto más mundo, ambos estaban llenos de experiencia y de conocimientos, los dos estaban acostumbrados a ser escuchados y rivalizaron entre sí para llevar la voz cantante aquella noche, enzarzándose en una centelleante esgrima. Aquel asalto entre dos maestros consumados resultó fascinante. Garrity parecía ansioso por impresionar a Hackfeld y Maud, con sus dotes de hombre de mundo y su importancia. Maud estaba decidida a ser el centro de la velada y a conseguir que Hackfeld se sintiese orgulloso de financiar la expedición a las Tres Sirenas. Cuando Suzu anunció que la cena estaba servida, Garrity, que había bebido más de la cuenta y estaba desconcertado por la terminología científica que esgrimía Maud, comprendió que los invitados sentían más interés por la dueña de la casa que por él. Bajando su lanza, se retiró de la liza.

Durante toda la cena, Maud llevó la voz cantante y la manera como supo sacar partido de su victoria y presentó su nuevo hallazgo, acapararon la atención general. Después de poner a salvo su orgullo profesional confirmando, de autoridad a autoridad, varias de las disgresiones que hizo Maud al hablar de su viaje, Garrity se consagró por entero a la cena. Dos o tres veces hablando en voz baja, inició un *tête a tête* con Marc, que parecía escucharlo absorto.

A Claire le gustó ver que Garrity era exactamente como esperaba que fuese, a no ser porque se mostraba aún más lastimoso y patético. No le produjo ninguna sorpresa. Para Claire la verdadera sorpresa de la noche fue Lisa Hackfeld. Con la sola excepción de su atavío, Lisa no tenía nada de frívolo. Se mostró desenvuelta, agradable, falta de pretensiones e interesada por lo que se decía. Acudió dispuesta a postrarse a los pies de Maud, lo cual quería decir que se presentó sin darse aires de falsa importancia. Sus conocimientos etnológicos eran muy escasos y lo mismo podía decirse en lo tocante a las expediciones científicas y la Polinesia y ella lo reconocía, pero deseaba saber más, saberlo todo inmediatamente, asimilar el mayor número posible de información. Durante toda la cena hizo numerosas preguntas a Maud, especialmente sobre las Tres Sirenas, con gran placer por parte de Maud y tranquila satisfacción por parte de Hackfeld.

A la sazón, mientras apenas probaba el postre —estuvo demasiado nerviosa durante toda la velada para comer debidamente —Claire estudió a hurtadillas a sus invitados. Al redactar aquella tarde las tarjetas que debían ponerse frente al lugar que ocuparía cada comensal, Claire preguntó a Maud si debía colocar a los caballeros y las señoras alternados, pero Maud respondió negativamente. Deseaba disponer a los invitados del modo más ventajoso para ella. Así, Maud ocupó la cabecera de la mesa, con Cyrus Hackfeld a su derecha y Lisa a su izquierda. En aquellos momentos, se dedicaba a profetizar las condiciones de vida que encontraría el equipo científico en las Tres Sirenas.

Junto a Lisa se sentaba el presidente Loomis, de Raynor, que recordaba bastante al achacoso presidente Woodrow Wilson. En aquellos momentos estaba dedicado a la importante tarea de cortar su tarta de cereza. Frente a él, haciendo lo propio, estaba su esposa, que no se parecía a nadie en particular. En una ocasión, cuando sirvieron el segundo vino y también mientras tomaban la sopa, Loomis intentó exponer sus opiniones sobre los contrastes que ofrecía la educación universitaria norteamericana y soviética, sin que viniese a cuento, pero al ver que nadie le prestaba atención, excepto Claire, se encerró en la actitud de oyente culto, lo mismo que su esposa. Ambos permanecían silenciosos, tomando el postre, convertidos en dos distinguidas columnas de sal. En el lado opuesto de la mesa, frente a Garrity, estaba Claire, sentada junto al presidente Loomis y al otro lado de ésta, al extremo de la mesa, Marc escuchaba atentamente al autor de libros de viajes, inclinado hacia él y asintiendo ante sus palabras, que llegaban a Claire en un confuso susurro.

Al ver que todos se hallaban ocupados, Claire examinó a Rex Garrity con mayor atención. Antes de aquella noche ya había conjeturado cómo era, pero entonces comprendió que lo conocía mucho más y que sabía quizás todo cuanto había que saber. Al verle inclinado y absorto en su conversación con Marc, se dijo que en otro tiempo debió de ser un hombre muy apuesto, como un antiguo poeta griego que hubiese sido también vencedor en las Olimpiadas. En la flor de la vida, o sea un cuarto de siglo antes, debió de ser un joven agraciado y esbelto, de cabellos rubios y ondulados, facciones finas y angulosas y modales curiosamente afeminados en aquel cuerpo fuerte y nervioso. El tiempo fue su peor enemigo y bajo más de un aspecto, según sospechaba Claire. Tenía aún el cabello rubio y ondulado, pero rígido como briznas de paja y de aspecto tan artificial como si gastara tupé. En su cara se leían mil batallas libradas para adelgazar y probablemente estuvo lucida y chupada muchas veces consecutivas; en la actualidad estaba tan ajada por las vanidades de la vida y la bebida, que la piel le pendía fláccidamente y su tez aparecía congestionada y surcada por pequeñas venas. En cuanto a su figura, era una triste ruina de aquella esbelta y gallarda apostura de Yale, de los antiguos tiempos en que sus obras conocieron éxitos sin precedentes. Aún tenía los hombros anchos y las caderas estrechas, pero poseía una grotesca y saliente panza como si el vientre hubiese sido la única parte de su anatomía que se hubiese rendido al paso del tiempo.

Mientras Claire lo sometía a este implacable examen, calculó que su edad debía de oscilar entre los cuarenta y ocho y los cincuenta y dos años. Y se dijo, completamente convencida, como si de algo propio se tratase, que se encontraba en el peor período de su vida.

Poco después de que llegara Garrity, escuchó sin proponérselo una breve e irónica conversación entre aquél y Cyrus Hackfeld. La discusión le reveló que Garrity había ido aquel mismo día a ver a Hackfeld para pedir que la Fundación le subvencionase un viaje, pero Hackfeld contestó con una negativa, añadiendo que la Fundación no disponía de fondos para empresas carnavalescas que no tuviesen carácter científico. Claire sospechaba que lo peor de todo, para Garrity, era que el mundo había seguido adelante, dejándolo a un lado del camino, donde él se quedó con su viejo repertorio, sin que el mundo se interesara ya por el histrión que había abandonado.

Durante los años treinta hubo un público para Garrity. En aquel período de entreguerras aún perduraba la resaca de los felices veintes que, combinada con la gran depresión económica, provocó deseos de evasión en los hombres, felices de adoptar una identidad distinta. Garrity les proporcionó una identidad romántica que les permitiera disfrazarse y huir. Personificó por un tiempo todos los sueños y anhelos de lugares remotos y aventuras exóticas. Siguió las pisadas de los caballeros errantes, evitando la muerte, salvando doncellas afligidas, descubriendo ruinas ocultas, escalando inaccesibles montañas, musitando oraciones a la sombra y al claro de luna de los Taj Mahals de la tierra. Pero además describió en sus libros estas heroicas aventuras juveniles y habló de ellas en sus conferencias, mientras millones de seres humanos pagaban para salir de su envoltorio carnal y acompañarle en sus quiméricas empresas.

El declive empezó para Garrity en los años cuarenta y los años cincuenta le asestaron el golpe de gracia. En la década anterior, los hijos de sus lectores se vieron obligados a salir de su insularidad para recorrer el mundo, visitando las viejas ciudades de Francia, Italia y Alemania, los arenales africanos, las junglas del Pacífico, viendo todos estos lugares bajo la dura y cínica luz de la realidad. Así, visitaron todos los lugares descritos por Garrity y supieron que sus románticas aventuras no eran más que una sarta de mentiras. Conocieron mejor que él la verdad sobre los lugares remotos y les faltó paciencia para seguir soportando a Garrity, pese a la permanente credulidad de sus padres, que no sabían otra cosa. Al comenzar los años cincuenta, su antiguo público iba en disminución y el nuevo no le hacía caso. Este nuevo público y sus descendientes no se sentían inclinados a leer relatos de aventuras, suponiendo que aún quedasen aventuras en el mundo, cuando en el tiempo que necesitaban para leer un libro de Garrity podían visitar en persona, después de volar en turborreactor, las ruinas de Angkor, la isla de Rhodas y la torre inclinada de Pisa. El mundo se hizo de pronto demasiado pequeño, demasiado accesible en todas sus partes, para que las gentes sintieran interés por novelas de viajes de segunda mano. Cuando fue posible ver el interior de la caja del prestidigitador, mientras éste aserraba a la joven por la mitad, aquellos trucos dejaron de tener interés. La guerra mundial y el turborreactor enterraron a Garrity.

Estas reflexiones hicieron que Claire sintiese casi compasión por aquella reliquia. Aún seguía publicando libros, pero apenas se vendían; continuaba dando conferencias, pero casi nadie acudía a oírle. Aún explotaba su nombre, pero entre los que tenían menos de cincuenta años, apenas nadie lo recordaba o le importaba. Aquel ídolo de las masas había quedado arrinconado, pero se negaba a creerlo. Llevaba su pasado siempre consigo y lo mantenía vivo en alcohol y fantásticos proyectos. Mientras hablaba con Marc, hacía ademanes y gestos que aún eran más afeminados que antes. A consecuencia de una súbita revelación, Claire vio lo que había permanecido oculto durante tanto tiempo, pero que entonces, a causa del miedo irrefrenable a fracasar, se manifestaba con frecuencia. Garrity era un homosexual, siempre lo había sido, pero antes sus viriles novelones le habían proporcionado un oportuno camuflaje. Aquella noche, sin aquella máscara, la verdad se hizo evidente con claridad meridiana.

Claire se apresuró a analizar el juicio que le merecía Garrity, visto bajo aquella nueva luz. Ella no abrigaba sentimientos de repulsión hacia los invertidos. Los pocos que había conocido en su breve vida le habían parecido más agudos, más inteligentes y sensitivos que los hombres normales. Asimismo, se sentía más tranquila con ellos, más segura y confiada, porque no representaban una amenaza. No, desde luego, no era la evidente desviación de Garrity lo que hacía que Claire abandonase el desagrado que le inspiraba para substituirlo por la compasión. Era su deseo de aparentar lo que ya no era lo que despertaba su conmiseración.

Mientras observaba de nuevo al escritor, situado al otro lado de la mesa, renunció a la comprensión en favor de sus pimeros sentimientos de desaprobación. Se recostó en su asiento, acercándose la servilleta a los labios, para preguntarse de nuevo cómo era posible que Marc se hallase tan absorto en lo que le contaba aquel medio hombre que no era más que un bluff, que sólo se sostenía en pie gracias a amarillentos recortes de prensa y antiguos agasajos.

Volvió la cabeza para mirar al otro extremo de la mesa, mientras quitaban los platos del postre y observó que Maud la miraba. De manera casi imperceptible, Maud le hizo una leve inclinación de cabeza, que Claire contestó del mismo modo.

—Bien —dijo Maud, dirigiéndose a los reunidos—. Creo que estaremos mucho mejor en el living. Claire, por favor...

Claire ya se había levantado, mientras el presidente Loomis hacía ademán de ayudarla.

—Sí, me parece muy bien. Mrs. Hackfeld... Mrs. Loomis... y Marc... perdóname, Marc, siento interrumpiros, pero iremos a tomar el café y los licores al living...

Todos los invitados se levantaron de la mesa. Claire, de pie junto a la arcada del living, invitó a pasar a los Loomis y después a Garrity y a Marc. Cuando tomó por el brazo a Lisa Hackfeld, vio por encima del hombro que Cyrus Hackfeld también se disponía a pasar al living. Pero Maud, que estaba hablando con él, dijo algo más; Hackfeld le dirigió una mirada interrogadora, hizo un gesto de asentimiento y se alejó con ella hacia la ventana del comedor, situada en el extremo opuesto. Había llegado la hora de la verdad, pensó Claire. Deseando suerte a su ilustre suegra, pasó con Lisa Hackfeld al salón, para llevar a cabo su maniobra diversiva.

Mientras Marc servía licor de albaricoques y Cointreau, con unas gotitas de Armagnac, Benedictine y brandy, los invitados se dispersaron con incertidumbre por el amplio y espacioso living, Claire pensó que aquello recordaba los momentos iniciales de una comedia, antes de que los principales actores hagan su aparición en escena, cuando suena el teléfono y la doncella va a contestar, mientras los comparsas cruzan el escenario diciendo frases convencionales, para ganar tiempo. El público, ansioso, espera entretanto que salgan las estrellas. Sin embargo, Claire tenía una misión que realizar y se hallaba decidida a cumplirla.

Tomó asiento junto a Lisa Hackfeld.

—Mrs. Hackfeld, me pareció oír que usted hacía una pregunta a mi mamá política acerca del festival de las Tres Sirenas, ¿no es eso?

—Sí —repuso Lisa—. Me parece algo extraordinariamente fascinante y creo que deberíamos implantarlo entre nosotros.

Marc hizo una pausa, mientras servía los licores.

—Nosotros ya tenemos nuestras fiestas... el Cuatro de Julio, por ejemplo —dijo, torciendo el gesto. Y al ver la estupefacción pintada en el semblante de Lisa Hackfeld, se apresuró a explicar, con una sonrisa forzada—: Desde luego, estoy bromeando. Pero hablando en serio, en el interior de nuestra civilizada nación tenemos las formas más variadas de festejar un acontecimiento. Para bien o para mal, tenemos sitios donde... podemos ir a beber, divertirnos, pasar el tiempo de mil maneras...

—No es lo mismo, Marc —intervino Claire—. Todas estas diversiones son artificiales y poco naturales. Bromeabas al referirte a nuestras festividades, como el Cuatro de Julio, pero esto constituye un buen ejemplo de la distancia que nos separa de las Tres Sirenas. Nosotros celebramos el Cuatro de Julio con fuegos de artificio..., pero en las Sirenas, los indígenas son los que se convierten en fuegos de artificio vivientes.

Lisa Hackfeld dirigió a Claire una mirada radiante.

—¡Exacto, Mrs. Hayden! Nosotros no tenemos nada comparable...

—Porque, como acaba de indicar el Dr. Hayden, nosotros somos un pueblo civilizado —terció Garrity. Su rostro congestionado asumió la solemnidad de un cardenal leyendo una encíclica del Papa—. Yo he visitado esas islas. En todas se celebran festivales que no son más que una excusa para resucitar sus antiguas costumbres bestiales. Es la manera que tienen para burlar a los misioneros y los gobernadores, para encenagarse en las más bajas pasiones. Yo no puedo soportar a los sabihondos y etnólogos que dan toda clase de interpretaciones elevadas y fantásticas a estos juegos y bailes festivos, que no son más que vergonzosas e impúdicas exhibiciones. La civilización ha puesto freno a sus indecentes costumbres, pero ellos se valen de cualquier excusa para quitar ese freno.

Claire quedó consternada.

—¿Y esto le parece mal?

Marc se apresuró a intervenir.

—Vamos, Claire, cualquiera diría que...

Claire no daba su brazo a torcer.

—¿Defiendo a los salvajes? A veces desearía serlo, pero no lo soy. —Se volvió a Lisa Hackfeld, que escuchaba, mirándola con los ojos muy abiertos—. Usted me comprende, ¿no es verdad, Mrs. Hackfeld? Estamos todos tan pisoteados, tan cohibidos y amordazados, en lo que se refiere a nuestras emociones... Esto no es natural. No es que tenga nada contra las leyes, las normas de conducta y las prohibiciones, pero de vez en cuando debería ser posible gritar y mandarlo todo a paseo. Todos nos sentiríamos mucho mejor.

—Me ha quitado usted las palabras de la boca —dijo Lisa Hackfeld, satisfecha—. No podemos estar más de acuerdo.

—Bien, todo depende de cómo se mire —dijo Marc, reflexivo y pesando cuidadosamente las palabras—. Es posible que Mr. Garrity no ande muy lejos de la verdad. Los estudios recientes han demostrado que los habitantes de esas islas suelen valerse de sus antiguas costumbres para disimular su erotismo. Tomemos los de Fidji, por ejemplo. Durante sus festividades, ponen en práctica un juego llamado *veisolo*. En principio, se trata de que las jóvenes invadan las casas de las personas de su misma edad pero de sexo opuesto para robarles la comida. Pero nadie se llama a engaño acerca de la verdadera finalidad del juego. No hay duda de que se trata de un pretexto para... sostener relaciones sexuales. Basil Thomson ya describió este juego en 1908. Una rozagante moza fidjiana penetró en la cabaña de un joven para robar comida y se encontró rodeada por los ocupantes masculinos de la choza. «Entonces tuvo lugar una escena, escribió Thomson, indicadora de que esa costumbre tiene un significado sexual, pues la joven fue despojada de sus ropas y cruelmente violentada, de una manera que no puede describirse». Ahora bien, yo, como etnólogo, encuentro esto muy interesante. Y el único juicio que me merece sería... —Se volvió completamente hacia su esposa y Mrs. Hackfeld—. Supongo, Claire, que no irás a decir que esto es divertido o una práctica que se debe implantar en nuestro país... para que todos la siguiesen, ¿no?

Claire le conocía y sabía que estaba dominando su irritación, por el ligero retintín de su voz, por su ceño fruncido, que no estaba de acuerdo con su media sonrisa. Comprendió que tenía que resolver la situación.

—Marc, parece mentira... deberías conocerme mejor. ¿No te has dado cuenta de que estaba bromeando? ¿Acaso me crees capaz de proponer en serio semejante cosa?

Oyó el suspiro de decepción que dejaba escapar Lisa Hackfeld, como si acabase de perder un aliado. Mientras ablandaba a su marido, Claire trató al mismo tiempo de conservar la fe que Lisa había depositado en ella.

—Pero volviendo a ese festival de las Tres Sirenas, sin duda debe de ser bueno para ellos, ya que llevan tanto tiempo practicándolo. Aunque, desde luego, no nos hallamos en situación de opinar, porque apenas nadie sabe nada de ese pueblo. —Sonrió a Lisa Hackfeld y le hizo un guiño—. Le prometo darle un informe completo en agosto.

Después de esto, la conversación se hizo menos animada, más forzada y lenta. Lisa Hackfeld hizo algunas tímidas preguntas acerca de la música y los bailes polinesios y Marc se las contestó con pedantería, citando diversos estudios publicados sobre la cuestión. El presidente Loomis sacó a colación el tema de Kabuki, pero Garrity lo redujo al silencio, cuando se puso a referir una aventura que una vez le sucedió en un harén de bailarinas de hula, en Waikiki.

Mientras terminaba su relato, resonaron unas pisadas. Cyrus Hackfeld muy risueño penetró en el salón y se dirigió a la bandeja del brandy. Inmediatamente después entró Maud. Por la forzada sonrisa de su madre política, Claire dedujo que no estaba satisfecha. Se interpuso por un instante entre Marc, Claire y sus invitados, tapándolos físicamente, para quedarse frente a su hijo y su nuera, momento que aprovechó para hacer un rápido gesto, cerrando el puño con el pulgar hacia abajo, al propio tiempo que hacía una rápida mueca.

A Claire se le cayó el alma a los pies. Maud quería decir que Hackfeld había rechazado su solicitud de una subvención más elevada. Claire se preguntó qué iba a ocurrir. Aquello no significaba que la expedición se cancelase, pero ésta habría de ser más limitada, reducida y dispondría de nuevos medios. ¿Querría decir también que algunas de las cartas que se habían dirigido a diversos expertos, invitándoles a participar en la expedición, tendrían que quedar sin efecto? Claire se preguntó también por qué Maud se había arriesgado a anunciar su fracaso. ¿Confiaba aún en invalidar aquella decisión? ¿Esperaba que Claire o Marc consiguiesen obtener lo que a ella le había sido negado?

Confundida ante el inesperado fracaso, Claire se encerró aún más en sí misma. Había perdido sus risueños modales de sociedad. Se hundió en la butaca, y se dedicó a escuchar.

Oyó la voz de Garrity, extraordinariamente fuerte y aguda, dirigiéndose a Maud.

—Dra. Hayden —decía—, voy a explicarle por qué vine a Los Ángeles. La agencia que organiza mis conferencias, Busch Artist y Lyceum Bureau, me han conseguido una serie fabulosa de contratos para el año que viene... pero, francamente, a condición de que presente un nuevo tema. A decir verdad, yo también deseo encontrarlo. Empiezo a estar cansado de los viejos. Bien, la verdad es que se me ocurrió una idea y empecé a estudiarla. Me pareció maravillosa. Digan lo que digan, incluso en nuestra época la gente desea escapar, hundir la cabeza en la arena. Los avestruces son muy maltratados, pero la verdad es ésta. Así fue cómo se me ocurrió que para escapar de toda esta horrible cháchara sobre cuestiones nucleares y lluvia radiactiva, a mis lectores les gustaría acompañarme por una noche a la Ciudad de Oro, en las selvas inexploradas del Matto Grosso brasileño. Como usted sabe, se asegura que esa ciudad existe. Decidí entonces organizar una pequeña y modesta expedición, con guías, un equipo cinematográfico, etc., y subir por el Amazonas, siguiendo la antigua ruta de Fawcett, para vivir una rara aventura. Pero para estas cosas hace falta dinero y entonces pensé en Cyrus, que es un viejo amigo mío, y le expuse la idea, pero Cyrus opinó que no era lo bastante científica...

Hackfeld se agitó con desazón.

—Yo no, Rex, sino el Consejo de Administración, el Consejo de la Fundación.

—Bien, sea como sea, sigo creyendo que se equivocan —dijo Garrity, a quien la bebida había desatado la lengua—. No importa, no importa; de todos modos, ya he desechado la idea. —Se volvió de nuevo hacia Maud—. Usted me ha convencido esta noche, doctora Hayden, de que la Ciudad de Oro no vale nada al lado de sus Tres Sirenas.

—Muchas gracias, pero no son mías —contestó Maud.

—No sabe usted lo que tiene, doctora Hayden. Se trata de una aventura, de un tema interesantísimo y al propio tiempo... perdóneme... puede ser tomada como empresa científica... es ciencia, pero con la taquilla preparada para la venta de localidades.

Claire se estremeció al pensar en el efecto que esta observación produciría a su madre política, pero sabía también que Maud tenía los nervios muy templados.

—No estoy de acuerdo con la descripción que ha dado a nuestro estudio etnológico, Mr. Garrity —dijo Maud, muy tiesa.

—No se ofenda —replicó Garrity—. Interprételo como un cumplido. Dígame... ¿no tratamos los dos, usted y yo, con el público? De todos modos, voy a ir ahora mismo al grano... tiene que saber que siempre voy derecho al grano. Me gustaría ir con usted a las Tres Sirenas. Hablaba de ello con Marc durante la cena. Me ha convencido usted. Se trata de un tema completamente nuevo. Podría ser sensacional. Nada menos que una isla desconocida convertida en laboratorio donde se experimentan nuevas formas de vida sexual y conyugal. Estoy seguro de que el número de mis contratos se duplicaría... se triplicaría... y escribiría un best-seller que podría rivalizar con el suyo, porque ambos se ayudarían mutuamente, se lo aseguro. Yo puedo ayudarla mucho. A decir verdad, estoy dispuesto a ofrecerle un royalty sobre todos mis...

—No —atajó secamente Maud.

Garrity se balanceó sobre una frase y no llegó a pronunciarla, quedándose con la boca entreabierta.

—Pero...

Marc se volvió hacia su madre.

—Matty, acaso más tarde podríamos hablar de ello con Mr. Garrity.

—No, de ningún modo —dijo Maud.

Todas las miradas se concentraron en ambos e inmediatamente Marc trató de defender su posición como científico.

—Lo que yo quiero decir, Matty, es que... sí, estoy completamen-

te de acuerdo contigo en que debemos rehuir cualquier forma de
publicidad barata... pero se me ocurrió que puede haber otras zonas... no sé, zonas más reducidas, en las que Mr. Garrity podría
resultarnos beneficioso y donde nosotros podríamos... —Se interrumpió, alzó las manos con las palmas hacia fuera y se encogió
de hombros—. Me limitaba a sugerir que acaso sería mejor hablar
de ello en otro momento.

Maud contestó:

—Agradezco tu sugerencia, Marc, pero la verdad es que no hay
que dejar nada para otro momento. —Pronunció estas últimas palabras con una leve sonrisa, que desapareció cuando se volvió para
dirigirse a Garrity—. Respeto su situación y sus deseos, Mr. Garrity,
pero usted debe hacer lo propio conmigo. Vamos a visitar un pueblo único en el mundo, que habita en una isla ignorada, *bajo la
condición* de que se conserve para siempre su incógnito y no se
revele la situación de la isla...

—¡Yo no la revelaría! —dijo Garrity con fervor.

—...y que el relato que de su vida y costumbres se haga no pe-
que de sensacionalista —prosiguió Maud—. Debido a su propia actitud ante la vida y a los éxitos que se ha apuntado como divulgador,
podría usted querer sacar partido de las Sirenas en forma que a la
larga resultase perjudicial. Estoy decidida a mantener enteramente
esta empresa dentro del terreno científico. Cuando más adelante me
refiera a ella, redacte libros o artículos sobre este pueblo, y lo
mismo puedo decir de los demás miembros de mi equipo, será
siempre dentro del terreno etnológico y las interpretaciones serán
puramente sociológicas. Confío de esta manera presentar a esta
tribu bajo la luz apropiada y hacer que su estudio resulte útil. Me he
comprometido a no salirme de estos límites. Le ruego, por Dios,
Mr. Garrity, que no se lo tome como un desprecio... usted tiene un
lugar... usted y sus obras... y nosotros tenemos otro, pero no creo
que sea posible una colaboración entre ambos... Marc, sirve otro
brandy a Mr. Hackfeld.

A partir de aquel momento, Garrity cesó de intervenir en la
conversación general y se hundió en un sombrío silencio, moviéndose únicamente para llenar de nuevo su copa con Armagnac. Lisa
Hackfeld recuperó su animación, acribillando a Maud con nuevas
preguntas acerca de lo que esperaba encontrar en las Tres Sirenas
y la vida en la Polinesia. Hackfeld parecía satisfecho al ver a su
cara mitad tan interesada.

Poco antes de medianoche, Claire oyó que Garrity con voz ronca
preguntaba a Marc dónde estaba el teléfono, pues tenía que llamar

para una cuestión de negocios. Marc amablemente se levantó y acompañó al escritor por el vestíbulo hasta el teléfono, instalado en la sala donde estaba también el aparato de televisión. Hacía cinco minutos que ambos habían salido, cuando Hackfeld se levantó pesadamente.

—Querida —dijo a su esposa—, nos espera un largo viaje de regreso.

—¿Ya se van? —preguntó Maud.

—Con gusto me quedaría un poco más, se lo aseguro —dijo Lisa, levantándose—. Hace años que no sostenía una conversación tan interesante.

Los Loomis también se pusieron de pie y Claire fue al vestíbulo a buscar los abrigos. Desde el guardarropa vio a Marc y Garrity de pie dentro de la pequeña sala de la televisión, enfrascados en una animada conversación sostenida en voz baja. Qué raro, se dijo Claire. Garrity no quería telefonear, sino hablar con Marc... Se detuvo con los gruesos abrigos al brazo.

—Mr. Garrity —dijo—. Los señores Hackfeld se van.

Garrity salió de la habitación haciendo signos afirmativos, dirigió una falsa sonrisa a Claire y atravesó el vestíbulo para regresar al living.

Marc le siguió, con aire pensativo, pero Claire se interpuso entre su marido y Garrity.

—Marc, ayúdame a llevar los abrigos.

Mientras él lo hacía, quedaron a solas.

—¿Qué estáis tramando, vosotros dos? —preguntó Claire.

La mirada de Marc se animó.

—Me hablaba de sus conferencias. Dice que con un tema como el de las Tres Sirenas, podría conseguir para todos nosotros, más de un millón de dólares, ¡un millón, imagínate! y sólo para empezar.

—¿Para todos nosotros?

—Es decir, caso de que Maud acepte su participación...

—Ese hombre sería la ruina de la empresa. Lo encuentro horrible.

—Deja por un momento tus juicios precipitados, Claire. Cuando se le conoce, es muy agradable. Y la fortuna le sonríe. A decir verdad, creo que es más pacato y conservador de lo que parece. En mi opinión, lo que a ti y a Matty os disgusta son sus modales en público.

—Es una sanguijuela —dijo Claire—. Hay docenas de chupadores de sangre como ése, desprovistos de talento, que viven gracias a personas que como tú y Maud, lo tenéis. Os engañan con el espejuelo de las ganancias fabulosas, exactamente como hace Garrity, y...

—Cuidado, Claire —dijo Marc, mirando con nerviosismo a su alrededor—. Puede oírte.

—Que me oiga.

Se dispuso a regresar al living, pero Marc la retuvo.

—Mira, sostengo lo que he dicho. Desde luego, no nos interesa hacer sensacionalismo con nuestros descubrimientos, pero... en fin, tú sabes tan bien como yo cuántos datos innocuos hay sepultados en los archivos. Creo que podríamos pasar los que no nos interesaran a Garrity, sin que eso significase comprometernos. Yo pienso que vale la pena aprovechar una ocasión como ésta, ¿no te parece? Me gustaría comprar un coche para ti, tener un guardarropa mejor provisto...

—A mí también —repuso Claire— pero debe haber medios más fáciles. Por ejemplo, atracar un Banco... No seas infiel a tus principios, Marc. Deja que Mefistófeles se busque otro Fausto.

—Oh, no eran más que figuraciones, querida. Simple charla.

—Como la de Garrity. —Le tiró de una manga—. Vamos, que esperan.

Cinco minutos después, Maud Hayden estaba de pie junto a la puerta, despidiendo a sus invitados. Claire se situó a su lado, sin poder dominar un escalofrío al contacto del frío aire nocturno. Pudo ver un extraño cuadro frente a la casa. El coche de los Loomis ya se había ido, pero el lujoso Cadillac de los Hackfeld estaba aún parado junto a la acera. Garrity ya se había instalado en el asiento delantero y el chófer permanecía de pie junto a la abierta portezuela posterior. Lisa Hackfeld había llevado a su marido a cierta distancia del automóvil, y ambos parecían estar discutiendo.

—Me gustaría saber qué pasa —comentó Claire.

—A mí también —repuso Maud—. Lo único que sé es que, por mi mala suerte, me ha dado un «no», diciendo que aún sabemos muy poco sobre las Sirenas para ampliar la subvención.

—¿Cómo habrá que interpretar eso?

—Pues, verás...

Se interrumpió. La maciza figura de Cyrus Hackfeld se acercaba lentamente por el sendero, mientras su esposa se metía en el automóvil. El magnate se detuvo a unos metros.

—Doctora Hayden —dijo—. ¿Puedo hablar con usted un momento?

Maud se apresuró a abrir completamente la puerta corredera.

—Espera —dijo Claire— voy a buscarte un suéter.

—No, no importa...

Con estas palabras descendió hasta el sendero. Claire la siguió un momento con la mirada, vio que empezaba a hablar con Hackfeld, después que asentía y Claire abandonó la entrada para que no creyeran que estaba fisgoneando. Ayudó a Marc, llevando botellas y copas a la cocina, y vació los ceniceros, hasta que finalmente su madre política regresó.

Maud cerró la puerta de entrada y se apoyó de espaldas en ella, mientras frente a la casa el Cadillac se ponía en marcha, calentaba un momento el motor y después se alejaba, haciendo crujir la grava. Claire y Marc trataron de leer en el semblante de Maud cuándo ella se acercó despacio a la mesita de café. Su expresión era de alivio, pero no de alegría.

—Bien, hijitos —dijo— nos amplían la subvención... pero tendremos que cargar con Lisa Hackfeld.

Marc fue el primero en reaccionar.

—¿Qué demonios significa eso, Matty?

—Pues significa que Lisa Hackfeld se ha divertido esta noche como nunca se había divertido. Es una mujer rica que se aburre sin hacer nada y todo cuanto aquí se ha dicho esta noche sobre las Sirenas le ha fascinado. Mañana es su cumpleaños y ha pedido a su marido como único regalo, que la permita acompañarnos. Sí, quiere ir con nosotros. Está decidida a ello. Necesita tomarse unas vacaciones pero cree también que puede resultar de utilidad para nosotros. Dice que ha estudiado danza. Hackfeld haría cualquier cosa por complacerla. A decir verdad, no me dio ni tiempo de presentar objeciones. Me dijo: «Naturalmente, doctora Hayden, si usted tiene que llevar a otra persona, eso significará más gastos y yo tendré que aumentar la subvención, ¿no le parece? Muy bien, vamos a dejarlo en la suma que usted solicitó después de cenar. La pondré de mi propio bolsillo e incluso añadiré cinco mil más. ¿Le parece bien?». — Maud lanzó un bufido—. ¿Qué podía hacer yo? Tuve que decir que sí. Seremos un grupo extraño y abigarrado, pero lo importante, hijitos, es que iremos. ¡Esto es lo único que cuenta!

* * *

Aunque eran ya más de las dos de la madrugada y estaba físicamente cansada, Claire, a decir verdad, no estaba demasiado cansada para *aquello*. Sabía que él la deseaba, como siempre que le dirigía taimadas indirectas y se le comía el busto con los ojos, aunque justo era reconocer que ello no sucedía con mucha frecuencia.

Ambos se habían desnudado y Claire estaba ya en la cama de matrimonio, con el leve y blanco camisón de nylon de finos tirantes y falda completamente plisada. Él estaba aún en el cuarto de baño y entretanto ella, tendida de espaldas lo esperaba. A excepción de la tenue luz que esparcía la lamparilla de la mesita de noche, en la estancia reinaba una íntima semioscuridad y un agradable calor, pero ella esperaba con la mente y no con sus miembros inferiores, y se preguntó por qué sería. En realidad, lo sabía muy bien, pero le disgustaba reconocerlo. Siempre le había disgustado tener que reprocharse algo. La verdad era que aquel acto no le producía placer, sino únicamente la romántica idea que lo justificaba. Su realización era un símbolo. Aquella íntima unión hacía que se sintiese una mujer casada y normal, que vivía al unísono con las demás mujeres de la tierra. La simple unión carnal no le producía placer físico. En los últimos meses, temió que él adivinase sus verdaderos sentimientos. De no ser así, ¿por qué acudía a ella tan de tarde en tarde?

Marc salió del cuarto de baño, vistiendo su pijama a rayas y cuando ella volvió la cabeza en la almohada para mirarlo, vio por su expresión y movimientos que ya se hallaba dispuesto. Permaneció tendida, esperándolo sin tensión ni expectación, porque aquello le era ya familiar. Él empezaba por sentarse al borde de la cama, después se quitaba las zapatillas, se deslizaba entre las sábanas, apagaba la lamparilla y se tendía a su lado. Luego su mano avanzaba hacia ella, y de pronto se volvía para besarla en la boca, bajando al propio tiempo los finos tirantes, para besarle después los senos y asir finalmente el extremo inferior de su camisón. A los pocos minutos, todo había terminado y ella volvía a estar como antes. Valía cualquier cosa ser una persona normal y casada, se dijo Claire, mientras lo esperaba.

Él se sentó al borde de la cama y se quitó las zapatillas.

—Hemos pasado una velada muy agradable, querido —dijo Claire—. Me alegro de que todo haya ido tan bien.

—Sí —asintió él, pero una sombra de desaprobación cruzó su semblante—. Aunque hay una cosa que...

Se deslizó entre las sábanas pero permaneció medio incorporado sobre un codo.

Claire lo miraba con expresión intrigada.

—...hay una cosa que me preocupa, Claire. ¿Qué te pasa, qué tienes para hablar tan libremente delante de personas completamente desconocidas? Me refiero a todas esas tonterías que dijiste al manifestar tu aprobación a esos obscenos festivales, diciendo que ojalá los tuviésemos aquí. ¿Qué pensarán los que te oyeron? Sin duda les produjo muy mal efecto. Como no te conocen, no podían saber que bromeabas.

Tendió la mano hacia la lampailla y la apagó.

—No bromeaba, Marc —dijo ella en aquellas súbitas tinieblas—. Yo creo que vale la pena hablar con más respeto de esas fiestas de los pueblos primitivos. Si me callé, lo hice únicamente al ver que tú te enfadabas.

Unos segundos antes, la voz de Marc, pese a censurar sus acciones, aún estaba cargada de deseo. De pronto cambió, y el deseo se convirtió en disgusto.

—¿Qué quieres decir, con eso de que me enfadaba? ¿Dónde quieres ir a parar?

—No quise decir nada, Marc. Dejémoslo, por favor...

—No, te exijo que me expliques qué querías decir.

—Pues que cada vez que menciono el tema sexual —y lo hago muy raramente—, tú te disgustas conmigo. Siempre es así... no sé por qué será ni por qué motivo.

—¿Por qué motivo? Vaya.

—Vamos, Marc, no hagamos una montaña de un grano de arena. No sé ni lo que digo... estoy cansada...

—Desde luego, es verdad que no sabes lo que dices. Me gustaría saber lo que piensas en realidad, pero voy a decirte una cosa: valdrá más que te esfuerces por convertirte lo antes posible, en una persona responsable, como corresponde a una mujer casada, en vez de...

Ella se sentía débil y agotada.

—¿En vez de qué, Marc?

—Bueno, dejémoslo. Yo también estoy cansado.

La cama se movió cuando él incorporándose se sentó en el borde. Buscó a tientas las zapatillas, se las puso y se levantó en la oscuridad.

—Marc, ¿qué te pasa...? ¿Adónde vas?

—Voy abajo a beber algo —dijo con tono hosco—. No puedo dormir.

Cruzó a tientas la habitación, chocando contra una silla y Claire le oyó salir y bajar las escaleras.

Claire continuó tendida de espaldas, con el inútil camisón blanco, inmóvil. Estaba triste, aunque tampoco era la primera vez que aquello sucedía. Por extraño que resultase, la verdad era que aque-

llas explosiones ocasionales de mal humor tenían un ritmo. Cada
vez que ella repetía algo que había oído, un chiste o un chisme de
carácter más o menos picante, cada vez que ella decía con franqueza
lo que pensaba, él se disgustaba. La última escena ocurrió dos semanas antes, en un momento de intimidad como aquél. Ambos fueron al cine, a ver una película cuyo protagonista era un campeón
de boxeo. Cuando ella comentó después la cinta y trató de analizar
en qué consistía el atractivo que el apolíneo campeón ejercía sobre
las mujeres, Marc tomó a mal estas observaciones y se enfadó con
ella. Sí, la verdad era que cada vez que Claire hacía alguna referencia favorable al sexo o a cualquier aspecto de la sexualidad,
Marc lo tomaba como una afrenta personal, un insulto a su virilidad. En aquellos momentos, su talante bondadoso y afable, su espíritu sólido de hombre cultivado, se esfumaban en un santiamén, quedando tan sólo una tensa y defensiva petulancia. Gracias a Dios,
aquello no era frecuente, pero sin embargo sucedía, sumiéndola
como entonces, en la mayor confusión. Qué ridículo resultaba que
él hiciera eso, se dijo, preocupada. ¿Qué le ocurría cuando se ponía
así? Se preguntó si aquellas explosiones de mal genio serían también frecuentes entre los demás hombres...

Soñolienta, recordó sus antiguos sueños sobre el amor y el matrimonio, los sueños que acarició en Chicago, cuando tenía once y
doce años, después en Berkeley cuando tenía dieciséis, y después en
Westwood, cuando tenía dieciocho y diecinueve, y por último cuando conoció a Marc a los veintidós. En cierto modo, podía relacionar
sus sueños con la realidad actual. El matrimonio proporcionaba
cierto bienestar y seguridad, especialmente de día. De noche, y sobre todo en noches como aquélla, el abismo que separaba los sueños de la realidad era insondable.

Sabía que Marc estaba abajo, bebiendo coñac. Esperaría allí a
que ella se durmiese, antes de volver a la cama.

Durante una hora se esforzó en conciliar el sueño, sin conseguirlo.

Cuando él finalmente regresó al dormitorio, ella fingió dormir.
Quería que Marc fuese feliz...

Capítulo III

Como el ave colosal de las leyendas polinesias, el hidroavión anfibio se cernía sobre el oscuro y vacío caos inicial, preparándose para dar nacimiento al Principio.

Existían muchos mitos cosmogónicos en Oceanía, pero aquel en que aquella noche creía Claire Hayden era el siguiente: en el ilimitado universo sólo existía el cálido mar original, sobre el que volaba un ave gigantesca, que dejara caer un huevo colosal en las aguas. Cuando la cáscara se rompía, de ella salía el dios Taaroa, que creaba los cielos y la tierra por encima y por debajo del mar, junto con el primer hálito de vida.

Para Claire, amodorrada en una agradable dormivela, no era difícil imaginar que el hidroavión del capitán Ollie Rasmussen era el ave parda de las leyendas polinesias, que se disponía a dar nacimiento al paraíso de las Tres Sirenas que iba a ser el único universo, sobre las aguas del Pacífico Meridional.

Partieron de Papeete de noche y Claire sabía que aún no había amanecido, pero como había dormido a ratos, no tenía la menor idea de dónde estaban ni de la distancia que habían recorrido en vuelo. Sabía también que desde el primer momento, Rasmussen se había propuesto conservar el misterio.

Sintiéndose muy incómoda en el gastado y duro asiento, uno de los diez que Richard Hapai, ayudante de Rasmussen, había vuelto a instalar —la cabina principal se empleaba antes de su llegada para transportar carga—. Claire se incorporó, estiró las piernas y trató de acostumbrar su vista a la tenue luz de la lámpara alimentada por pilas. Tratando de no molestar a Maud, que dormitaba en el asiento de su derecha, ni a Marc, que roncaba suavemente al otro lado del pasillo, a su izquierda, buscó a tientas bajo el asiento y después en el pasillo su espacioso bolso con la tira para colgárselo del hombro y, cuando consiguió localizarlo, sacó un cigarrillo y el encendedor.

Cuando ya bien despabilada se puso a fumar, Claire se volvió para contemplar el interior de la abarrotada cabina. Además de ellos tres y sin contar a Rasmussen y Hapai, que estaban en la cabina de pilotaje, había en el avión otros siete miembros del equipo. Contó sus cabezas aquella luz mortecina, buscando sin darse cuenta otro que estuviese despierto y dominado por la misma expectación que ella sentía.

Hundido en el asiento contiguo a Marc, estaba Orville Pence, con su ridículo salacot gris tirado hacia adelante, tapándole la calva y sus diminutos ojillos. Vio que se había quitado sus gafas de concha y roncaba débilmente, a dúo con Marc. A pesar de que había encontrado a Pence más cordial y menos obsesionado por cuestiones sexuales que la vez que se lo presentaron en Denver, no podía encontrar razón que los uniese, aunque era evidente que Marc no opinaba lo mismo. Lejos del fantasma amenazador de su madre y de su ambiente acostumbrado, Pence era menos repulsivo, aunque no por ello dejaba de ser menos ridículo.

Detrás de Pence y Marc estaban Sam Karpowicz y su hija Mary. El padre dormía a pierna suelta, como hombre ya acostumbrado a aquellos precarios medios de transporte, mientras su hija tenía un sueño inquieto, como si sintiese temor ante lo desconocido, sentimiento que Claire compartía. Al observar a los Karpowicz, sin olvidar a la madre, Estelle, dormida en el asiento de atrás, Claire recordó haber experimentado una simpatía inmediata por ellos, en el mismo momento en que se los presentaron. Experimentó simpatía por Sam, alto y huesudo, un Ichabod Crane de aspecto intelectual, con fervientes ideas liberales y gran entusiasmo por sus cámaras fotográficas y prensas para plantas. Sintió simpatía por Estelle, blanda y complaciente, porque inspiraba confianza, como la Madre Tierra. Mary, con sus dieciséis años, tenía el mismo carácter que su padre; era franca, inteligente, entusiasta y activa. Sus negros ojos de Rebeca, resaltaban en su tez sin mácula, sonrosada como el alba, y se combinaban con su figura virginal para convertirla en un decorativo complemento del equipo.

Sentada junto a Estelle Karpowicz, muy tiesa y completamente despierta, masticando lentamente un chiclé, estaba Lisa Hackfeld. A semejanza de Orville Pence, que llevaba corbata y cuello duro con su traje de calle, color negro humo, Lisa Hackfeld vestía con incongruencia. Su vestido Saks, muy caro y poco práctico, era de nívea tela blanca, muy adecuado y a la última moda en el Club de

Tenis de Palm Springs, pero completamente absurdo en una expedición antropológica, cuyo punto de destino era una isla salvaje de la Polinesia. Una de las solapas del níveo vestido mostraba ya una mancha de grasa y tenía numerosas arrugas en la cintura. Claire trató de captar la mirada de Lisa, sin conseguirlo, pues ésta se hallaba sumida en una profunda introspección subterránea.

En el fondo se sentaban Rachel DeJong y Harriet Bleaska. Claire consiguió verlas con gran dificultad. Dormitaban o trataban de descansar. Desde el primer momento, Claire no supo a qué atenerse respecto a los sentimientos que le inspiraba Rachel DeJong.

Al asociar la profesión de psicoanalista de Rachel con su porte, frío, preciso y formal, resultó difícil a Claire sostener una conversación con ella. Lo que más sorprendía a Claire era que Rachel DeJong fuese joven y agraciada. Sin embargo, su aire rígido y dominante la hacía parecer mucho mayor de sus treinta y un años, y endurecía su cabello castaño, sus ojos vivos, sus facciones de una regularidad clásica y su esbelta figura.

Claire volvió su atención a la enfermera, llegando a la conclusión de que Harriet Bleaska era un caso muy distinto. Cuando uno se reponía de la impresión inicial causada por su fealdad, era posible discernir en ella excelentes cualidades. Harriet Bleaska era una mujer extrovertida, apacible, amable y cariñosa... Deseaba agradar y si bien este rasgo quedaba forzado y opresivo en algunas personas, en Harriet era natural y sincero. Quienes la conocían se sentían contentos y cómodos en su compañía. A decir verdad, estas virtudes internas eran tan dominantes que, al cabo de poco tiempo, parecían eclipsar la fealdad de su propietaria.

Claire empezaba a sentir gran simpatía por Harriet Bleaska y estaba contenta de que Maud se hubiese visto obligada a aceptarla en la expedición. Cuando ésta quedó aumentada con la inclusión de Lisa Hackfeld y fue necesario aceptar también a la familia de Sam Karpowicz, Maud se hallaba dispuesta a rechazar a la enfermera Harriet como sustituta del doctor Walter Zegner, médico e investigador. Se produjo una última protesta familiar, ante Marc y ella. Maud dijo, en aquella ocasión, que el equipo perfecto era el formado por una sola persona, dos o tres a lo sumo y que su plan original, consistente en un equipo de siete personas, fue una concesión a la munificencia de Hackfeld, pero que de ese límite no se podía pasar. Con la presencia de la esposa del mecenas, la de Karpowicz y Harriet Bleaska, la empresa de investigación corría el riesgo de convertirse en una opereta, con grave daño para sus finalidades científicas. Si la presencia de los Karpowicz y de Lisa era inevitable, al menos

Harriet, una enfermera desconocida, podía quedar al margen. Nueve era más factible que diez.

—Sé que ya lo he dicho antes, pero ahora lo repito —protestó Maud—: un grupo numeroso de antropólogos que caiga de pronto en el seno de una pequeña cultura, puede alterar y destruir dicha cultura. Tenemos un clásico ejemplo sucedido recientemente. Se sabe que un equipo formado por doce etnólogos se presentó en dos autómoviles con el propósito de estudiar una tribu indígena. ¿Sabéis qué sucedió? Que los echaron a pedradas de la aldea. Representaban una invasión, no unos cuantos participantes que hubieran podido integrarse en el poblado. Si a las Sirenas vamos diez, acabaremos convirtiéndonos en una colonia norteamericana en medio de un grupo de indígenas, seremos incapaces de mezclarnos con la vida de la tribu, de convertirnos en parte integrante de ella, y acabaremos estudiándonos nosotros mismos.

Maud se presentó ante Cyrus Hackfeld con su lista de nueve personas y el mecenas encontró a faltar inmediatamente el nombre de Zegner. Maud le señaló que la doctora DeJong había terminado la carrera de Medicina hacía bastantes años, pero Hackfeld siguió en sus trece, insistiendo en que Harriet Bleaska reemplazase a Zegner. Exigió la presencia de una profesional que estuviese familiarizada con los últimos adelantos de la Medicina, como salvaguardia para su esposa, pues ésta nunca había estado en lugares primitivos ni islas tropicales. Maud, que no estaba acostumbrada a ningún Waterloo ni a un Appomattox, y que tenía fama de poseer un carácter combativo y belicoso, comprendió que no le tocaba otro remedio que rendirse. Así, pues, tuvo que aceptar a Harriet, con la cual se redondeó el número hasta diez.

El hidroavión, que acababa de caer en un bache aéreo, dio un salto y tembló. Los dos motores aumentaron su zumbido y el aparato se estabilizó de nuevo. Claire percibió la sacudida en su asiento y miró a Marc, para ver si el bache le había despertado. Marc seguía durmiendo, sin roncar ya, pero respirando profundamente. Claire lo observó mientras dormía. Sus tensas facciones parecían más apacibles. A decir verdad, exceptuando su ruidosa respiración, le pareció tan atractivo como en los días de antes de conocerle bien; con su cabello cortado casi al cero, hubiérase dicho que era un aseado colegial, saludable y enérgico. Su modo de vestir aumentaba esta impresión. Llevaba una ligera chaqueta de sarga con seis bolsillos, una camisa a cuadros, lavable y muy fina, pantalones caqui y desgarbadas botas de paracaidista.

Esforzándose por admirarlo, por sentirse orgullosa de él, recordó varias de las últimas conversaciones que habían sostenido en casa. Teniendo en cuenta que el Dr. Walter Scott Macintosh había asignado a Maud un lugar destacado para que leyese su comunicación sobre las Sirenas en la reunión que celebraría en otoño la Liga Antropológica Americana (y estaba seguro de que anularía la candidatura de Rogerson para el puesto de director de *Culture*), Marc empezó a trazar ambiciosos planes para su propio futuro. Cuando su madre abandonase el Colegio Raynor, él heredaría la importante cátedra de Etnología. Aunque obtendría este cargo gracias a ella y al apellido que llevaba, se vería libre de Maud y Adley y podría actuar por su cuenta, con su propia identidad y sus propios adulones. Éste era su principal objetivo: actuar por su cuenta, ser alguien. No lo había expuesto a Claire exactamente en estos términos, pero ella sabía que éstos eran sus sentimientos y a lo que se refería cuando hablaba del futuro inmediato y de la necesidad de que la expedición a las Sirenas constituyese un éxito.

El calor del cigarrillo encendido llegó a los dedos manchados de nicotina y Claire se inclinó hacia adelante para tirarlo aplastando la colilla con la suela de su zapato plano. Sacó un nuevo cigarrillo y, tras de encenderlo, se recostó en el asiento, con las piernas extendidas y cruzadas por los tobillos, para ponerse a considerar lo irreales que eran aquellos momentos. Hasta entonces, pese a las investigaciones preliminares efectuadas, su objetivo final polinésico y aquel lugar llamado Las Tres Sirenas no habían pasado de ser una quimera, un oasis para las vacaciones parecido tal vez a uno de los restaurantes hawaianos de imitación que visitaba de vez en cuando en compañía de Marc, cuando iban a Los Ángeles o San Francisco. A la sazón, en aquel viejo hidroavión, la mañana y el atolón que era su destino convergían, y ella se sentía algo confusa acerca de lo que la esperaba y de cómo sería su vida durante seis semanas. Por motivos que no se había detenido a analizar profundamente, aquel viaje y el lugar que se convertiría pronto en su hogar temporal habían asumido para ella una importancia crucial. Le parecía como si estuviese a punto de cambiar los embotados cuchillos de la rutina y la costumbre, y sentía cierta satisfacción, por algo afilado como una navaja que, de un solo golpe, la seccionaría del pasado, permitiendo que penetrase en compañía de Marc en un nuevo y más dichoso nivel de vida.

Embutida en el duro asiento cóncavo, sentía una tirantez en el pecho, que se extendía incluso a sus brazos, por debajo del suéter azul pálido. ¿Sería preocupación por lo que no le sería familiar, por lo desconocido, como sospechaba ocurría a la joven Mary Kar-

powicz y Lisa Hackfeld? ¿O sería, sencillamente, la fatiga natural
después del frenesí que había precedido aquellos últimos días? Llegó
a una solución intermedia. Eran ambas cosas, un poco de cada una.

Sólo cinco días antes, el equipo se había reunido por primera
vez en Santa Bárbara, en casa de los Hayden, y el presidente Loomis
proporcionó amablemente a los visitantes alojamiento en la residencia universitaria. Los diez se reunieron y, después de las mutuas
presentaciones, empezaron a sondearse, a tratar de descubrir sus
distintas personalidades y acto seguido Maud en su calidad de directora de la expedición, dio una serie de instrucciones, tras lo
cual se abrió lo que podría llamarse un período de ruegos y preguntas. A última hora, hubo que reunir precipitadamente unos artículos
necesarios para la expedición y en los que nadie había pensado hasta
entonces y, después de una considerable labor de embalaje, se celebró un almuerzo ofrecido a los expedicionarios, por Loomis y los
miembros de la Facultad.

A última hora de aquella misma tarde, en tres automóviles faci-
litados por Cyrus Hackfeld (dos para los expedicionarios y uno para
el equipaje) fueron al Beverly Hilton Hotel, que se alzaba al pie
de Beverly Hills. Hackfeld les había mandado reservar habitaciones
—su esposa no quiso regresar con él a su mansión de Bel-Air y, a
pesar de su oposición, se quedó con los expedicionarios—, y después
se celebró una conferencia de prensa, dirigida por la experta mano
de Maud, que fue seguida por una cena de despedida, organizada por
Hackfeld de acuerdo con varios miembros de la Fundación.

A las once de la noche, los automóviles particulares les llevaron,
por las calles casi sin tránsito, hasta el distante Aeropuerto Internacional, de Sepúlveda Boulevard. En la vasta y moderna estación
aérea, donde Maud comprobó los pasaportes, visados, certificados
de vacunación antivariólica, lista del equipaje y otros detalles, todos se sintieron dominados por una sensación de soledad, como si
estuviesen agrupados en el corredor de un hospital cuando todos se
habían acostado ya. Solamente Cyrus Hackfeld acudió a despedir-
los. Llegó un telegrama de Colorado Springs para Orville Pence, y
Rachel DeJong recibió aviso de que un tal señor Joseph Morgen la
llamaba al teléfono. A excepción de esto, todo indicaba que los antiguos vínculos empezaban a aflojarse. Parecía que el mundo conocido les abandonase.

Por último fue anunciado el vuelo número 89 de la TAI, y, en
medio de un grupo de otros cansados y soñolientos pasajeros, desfilaron hacia la pista y penetraron en la cabina metálica del reactor DC-8 de la Compañía de Transportes Aéreos Intercontinentales,

que iba a partir en vuelo sin escalas de Los Ángeles a Papeete, isla de Tahití. Viajaban en clase económica y no en primera. Maud insistió cerca de Hackfeld, para que así fuese y consiguió salirse con la suya gracias al apoyo de Lisa. Así, esta diferencia de clase, que en realidad significaba muy poca privación, les permitía ahorrar 2.500 dólares en total, en el viaje de ida y vuelta. En la clase económica, las mullidas butacas de tela estaban en número de tres por cada lado del pasillo, con el resultado de que pudieron sentarse en filas de seis, ocupando casi dos filas. Los dos asientos sobrantes en la segunda fila fueron ocupados con un atento dentista de Pomona que iba de vacaciones y un joven obeso, bien vestido y barbudo, que celebraba así el término de su carrera.

Una hora justa después de medianoche, el reactor empezó a moverse, para avanzar lentamente, ganar después velocidad, y lanzarse por último rugiendo por la pista de cemento. El aparato no tardó en despegar. Las lucecitas amarillas de la gran metrópolis desaparecieron, cruzaron después sobre otras brillantes agrupaciones urbanas, para verse disparados como en una catapulta a gran altura sobre el océano Pacífico, empezando a volar por espacios tenebrosos.

Aquella parte del viaje fue muy sosegada. Sentada entre su marido y su madre política, Claire empezó a leer una gruesa guía de Oceanía, mientras Maud y Marc hojeaban las revistas en tres idiomas que la TAI facilitaba amablemente a sus pasajeros. Después pidieron unas copas de champaña Mumm, que la compañía proporcionaba a precios reducidos y que les fue servido por una azafata tahitiana de cabello negro como ala de cuervo, que lucía un *pareo* de algodón azul.

El champaña dio a Maud una sensación de bienestar y su rechoncha persona relajó su tensión, mientras se volvía locuaz. Al hallarse de buen talante, terminó por aceptar de buen grado el número de personas que formaban el equipo e incluso, pensó que la diversidad de expertos reunidos podía resultar beneficiosa para la empresa.

—Diez personas es un verdadero récord, ¿sabéis? —dijo—. Una vez, un joven muy rico, que, según creo recordar, pertenecía a una familia de banqueros, se fue al Africa con un equipo de veinte personas... de veinte, fijaos bien, y creo que la expedición tuvo éxito. El joven en cuestión vestía de una manera tan atildada como nuestro doctor Pence. En Africa, llevaba camisa de cuello duro, corbata y un traje hecho en Brooks Brothers. Según lo que un día me contaron, los indígenas de una tribu africana invitaron a aquel opulento joven a comer con ellos. La *pièce de résistance* era una empanada frita en cuya composición entraban diversas hortalizas, verduras y barro. Cuando más tarde el joven refirió el episodio, alguien le preguntó: «¿Pero usted la comió?» Levantando las manos, él dijo: «¡Ni por pienso! ¡Con decirle que ni siquiera me gusta la comida que preparan en el club de Yale!»

Claire, Marc y Lisa Hackfeld, que estaban al otro lado del pasillo, soltaron la carcajada y Maud siguió contando anécdotas durante otra media hora. Por último se cansó de hablar y se volvió de costado para descabezar un sueñecito. Poco a poco y como no había otra cosa que hacer ni nada que ver, casi todos los expedicionarios fuéronse quedando amodorrados, arrullados por la monotonía del vuelo, por el champaña y por los sedantes.

A las seis y media de la mañana los despertaron uno a uno. Las últimas tinieblas nocturnas ocultaban aún la Polinesia y entonces ellos pasaron a los lavabos, se dedicaron a recoger sus cosas y a desayunar. Durante todo este tiempo, la noche fue batiéndose en retirada, el sol apareció sobre el horizonte y a gran profundidad se distinguió el amplio y brillante océano. El altavoz dio instrucciones: colóquense los cinturones, apaguen los cigarrillos, dentro de unos minutos llegaremos a Tahití.

Para Claire, la legendaria isla evocaba un amasijo de lecturas, en las que se mezclaban Cook y Louis-Antoine de Bougainville, el capitán Bligh y Christian, Melville y Stevenson, Gauguin y Pierre Loti, Rupert Brooke y Somerset Maugham y, con la cara pegada a la ventanilla, trató de avistar aquel lugar encantado. Al principio sólo vio el cielo pálido y sin nubes que se confundía con el mar cerúleo y después, como una débil y distante transparencia salida del pincel frágil y delicado de Hiroshige, surgió Tahití, con un color verde esmeralda oriental proyectado sobre un telón de aire.

Claire quedó sin aliento al ver cómo aumentaban visiblemente las dimensiones de aquella encantadora acuarela. Por un fugaz momento sintió una punzada de dolor al pensar que aquella isla había estado tanto tiempo sobre la tierra y ella había vivido hasta entonces sin conocerla. Pero reconoció su buena suerte al poder contar con semejante recuerdo y recordó con exactitud, como epígrafe para aquella escena, las palabras de Robert Louis Stevenson: «El primer amor, el primer amanecer, la primera isla de los Mares del Sur, son recuerdos aparte, que poseen una virginidad para los sentidos». Ella le dio las gracias en silencio por haber interpretado tan a la perfección sus propios sentimientos.

Lo que después dominó el panorama fue el aterciopelado verde del altivo Monte Diadema, lo último que vieron antes de aterrizar. Maud se inclinó hacia la ventanilla, tapándola en parte y Marc llamó a Claire para darle unas instrucciones. A causa de ello, después de distinguir fugazmente las techumbres pardorrojizas de Papeete, ya no pudo ver nada más.

Se produjo el silbido y el fragor acostumbrados de todo aterrizaje, el avión fue aminorando su marcha en la pista y por último se detuvo. Todos se pusieron de pie con sus bolsas de viaje y salieron al neblinoso y tibio aire matinal. En el aeropuerto les esperaba una indescriptible confusión de morenos tahitianos, flores perfumadas y música. Las sonrientes y lindas jóvenes tahitianas, tan graciosas y flexibles con sus pareos de vivos colores y sandalias de correas, con flores blancas en las orejas, como si fuesen joyas, se veían por doquier. Una de ellas colocó una guirnalda de flores en torno al cuello de Claire y otra besó riendo a Marc y le dijo «*Ia orana*», la salutación de bienvenida tahitiana.

Claire identificó a Alexander Easterday inmediatamente, aún antes de que se lo presentasen, maravillándose una vez más ante la gran memoria de Maud y lo fiel de su descripción. Al observar a Easterday, mientras éste estrechaba la mano de Maud, Claire vio un hombrecillo rechoncho, con andares de ganso y tipo germánico, tocado con un salacot de corcho y un traje tropical muy bien planchado pero usado. La puso nerviosa ver cómo sus precarias antiparras y su canoso bigotillo bailoteaban a ambos lados de su nariz de patata, roja como un pimiento. También le pareció increíble que aquella caricatura de un Herr Professor, tan incongruente entre aquel derroche de flores y pareos, fuese el causante de que ellos diez se encontrasen en aquellos momentos en la isla de Tahití.

Se produjo una nueva sacudida, que arrancó a Claire de los recuerdos de su llegada a Tahití, para volverla de nuevo a la realidad del duro asiento del avión de Rasmussen, que en aquellos momentos volaba hacia las Tres Sirenas. Cambiando de posición, Claire vio que Maud se había despertado ligeramente a consecuencia de la sacudida, pero cerrando con decisión sus párpados sobre sus cansados ojos, continuaba durmiendo. Al otro lado del pasillo, Marc continuaba dormitando como si tal cosa, pero Pence se había despertado y trataba de orientarse.

Claire había consumido el cigarrillo en una tercera parte. Sacudió la ceniza, se lo llevó a los labios y aspiró una bocanada, decidida a acabar de fumarlo con la mente en Tahití. Acto seguido se esforzó en continuar evocando la fantasía de la víspera, que había pasado con tal rapidez. Fue un día caleidoscópico y no hacía más que dar

vueltas en su mente, escogiendo los fragmentos de cristal coloreado
e intentando reconstruir la verdadera forma de todo cuanto había
visto.

El multicolor dibujo no quería adquirir forma y cambiaba en
su memoria, con el resultado de que sólo podía ver piezas sueltas.
Recordaba que las formalidades de aduana fueron muy rápidas. Después los llevaron, en unos Peugeots de alquiler, a las afueras de la
ciudad, donde había un racimo de chozas con techumbre de bálago
y palmeras, a orillas de una laguna que daba al océano. En realidad,
aquello era el «Hotel Les Tropiques», donde se les habían reservado
varios bungalows, y quienes lo desearan podrían cambiarse o descansar.

El almuerzo, que tomaron muy temprano en el patio, era a base
de pescado al vapor, pollo asado, ron de la Martinica y poi caliente,
consistente en taro con ananás, plátanos y papaya con crema de
coco. Desde allí se divisaba un bello panorama hacia el lado de
Moorea, al otro lado de la bahía, a diez millas de distancia. Easterday dijo que el capitán Ollie Rasmussen vivía en Moorea y vendría
después de cenar en la lancha.

Easterday dio a Maud el horario que había organizado para el
grupo. Se había tomado la libertad de preparar una visita en automóvil a la isla de Tahití, lo cual significaba un recorrido costero de
ciento sesenta kilómetros. Esto, junto con la visita a Papeete y las
compras que allí efectuarían, les ocuparía la tarde. Confiaba que
los Hayden se dignarían aceptar su invitación para cenar. Los demás miembros de la expedición cenarían en el hotel, naturalmente.
Dejó la noche libre, permitiéndose indicar la conveniencia de que
descansaran, pues necesitarían hallarse frescos y descansados para
el viaje a las Sirenas. A medianoche acompañaría a Maud, sola, al
«Café Vaima», situado en el muelle, para presentarle a Rasmussen,
mientras los demás serían conducidos en automóvil, junto con los
equipajes al puerto, para subir a bordo del hidroavión. Easterday
creía que despegarían rumbo a las Sirenas una o dos horas después
de medianoche, para llegar a su destino al amanecer. Por intermedio de Rasmussen, ya había organizado con Courtney y Paoti todo lo
referente a la estancia en las Sirenas, donde se proporcionaría alojamiento al equipo, durante las seis semanas convenidas. Easterday
agregó que había otro pequeño detalle, sólo un detalle más... El
compromiso de guardar el secreto de la situación de las Sirenas debía entrar en vigor a partir de aquel mismo momento. Nadie debía
irse de la lengua. Rogó a Maud que hiciese ver la importancia del
secreto a todos los miembros del equipo y ella así lo prometió.

Para Claire, el resto de las diecisiete horas que pasó en Tahití fue algo vertiginoso. No tuvo tiempo de descansar ni reflexionar para adaptarse al súbito cambio. En una sola noche había pasado del mundo de Raynor, Suzu, Loomis, Beverly Hilton, al mundo de la Polinesia, Easterday, Rasmussen, Les Tropiques.

Efectuaron la vuelta a la isla. Los coches de alquiler se dirigieron hacia el Norte, en aquella atmósfera cálida. Visitaron la tumba del último rey de Tahití, Pomare V, tan aficionado al licor, que la reproducción en coral de una botella de Benedictine coronaba su tumba, situada entre árboles aito; contemplaron el espléndido panorama que se divisaba desde la punta de Venus, donde en 1796 se situó el capitán Cook para observar el paso de la luna frente al sol; fueron después a la distante cascada de Faaru, que daba la impresión de una serie de hebras blancas balanceándose a impulsos de la brisa; almorzaron muy tarde, en el comedor de bambú del Restaurante Faratea, embalsamado por el aroma de las acacias rosadas; para experimentar luego la frescura de la gruta de Maraa, con su estanque interior, y ver las paredes de lava negra del Templo de las Cenizas, donde los sacerdotes celebraban ritos paganos, para terminar visitando el grupo de chozas que constituía la segunda población de la isla, Taravao, con los próximos surtidores marinos.

Cuando hubieron dado la vuelta completa a la isla y regresaron a Papeete, los fragmentos de vidrios de colores que formaban el calidoscopio mental de Claire reflejaban una curiosa mezcla de imágenes: los espumeantes arrecifes de coral; el Bar de la carretera donde servían vino argelino; la mansión colonial rodeada de árboles del pan de espeso follaje verde; las blancas iglesiucas de campanario color de herrumbre; las cajas que parecían buzones puestas junto a la carretera, para la recogida de barras de pan al estilo francés y la leche pasteurizada; el desvencijado autobús indígena, abarrotado de colegialas vestidas de azul marino, que llevaban barras de hielo sobre el techo; las verdes gargantas, centelleantes arroyuelos y rojas buganvillas, que se veían por doquier.

De Papeete recordaba solamente las rollizas y risueñas muchachas con pareos multicolores, que paseaban en parejas; los scooters que corrían zumbando por las anchas calles de tierra apisonada; las goletas que transportaban copra, los yates, las barcas de pesca y un trasatlántico gris atracado en el muelle; las letras de bambú que rezaban «Quinn's» a la puerta de un ruidoso night-club; los comercios franceses y chinos y el amasijo de artículos exóticos que tenía Easterday en su tienda de la Rue Jeanne d'Arc.

A la hora de cenar, se sentía muy cansada, le pesaban los párpa-

dos, le dolían las piernas, sus sentidos estaban fatigados y durante
la cena con Easterday en Chez Chapiteau, se dedicó a comer su
filet mignon con patatas fritas, sin escuchar apenas a Maud y Marc,
mientras éstos hablaban de Rasmussen y las Tres Sirenas con su
anfitrión. De regreso a Les Tropiques, se dejó caer sobre la cama,
para quedar dormida como un tronco hasta medianoche. Cuando
Marc la zarandeó para despertarla, y le dijo que Maud ya había ido
al Café Vaima para reunirse con Rasmussen, y que un joven polinesio llamado Hapai esperaba fuera para conducirlos en coche al
hidroavión.

Había dado ya la una de la madrugada cuando el aparato hendió
las aguas, dejando atrás las luces, la música y el bullicio de Papeete,
y se elevó hacia el cielo, para conducirles en dirección a las Tres
Sirenas. Después del despegue, vio a Rasmussen un momento. Dejando a Hapai en los mandos, Rasmussen entró en la cabina y Maud
se encargó de hacer las presentaciones. A Claire le gustó su aspecto:
era un tipo rudo de marino tocado con una gorra mugrienta, una
camisa blanca, abierta y de mangas cortas, pantalones azules y unos
sucios zapatos de tenis. Sus ojos inyectados en sangre eran reumá-
ticos y su cara escandinava, llena de cicatrices y sin afeitar, era
un campo de batalla para la disipación. Hablaba con voz ronca y
sin atenerse demasiado a las normas gramaticales, pero de un
modo directo, serio y desprovisto de humor. Una vez efectuadas las
presentaciones, desapareció por donde había venido, metiéndose en
la cabina de pilotaje, sin dejarse ver más.

El cigarrillo de Claire se había consumido totalmente y ella lo
dejó caer junto a sus pies.

Oyó crujir un asiento, a causa del movimiento de Maud y volviéndose, vio que ésta se había incorporado y se desperezaba con
los brazos en alto, moviendo la cabeza como si quisiera sacudir su
somnolencia.

—Debí dormir como un tronco —dijo Maud, bostezando—. ¿Tú
no has dormido nada?

—No. He estado siempre despierta. Afortunadamente, pude descansar después de la cena.

—¿Qué ha pasado? ¿Ha vuelto a entrar Rasmussen?

—No. Ha habido mucha calma. Sólo Mrs. Hackfeld y yo hemos
estado despiertas.

Maud consultó su gran reloj de pulsera, de acero inoxidable.

—Son más de las seis y Rasmussen ha dicho que llegaríamos al
amanecer. Ya debemos de estar cerca.

—Ojalá.

Maud observó a Claire.

—¿Te encuentras bien?

—Desde luego. ¿Por qué no había de encontrarme bien?

Maud sonrió.

—La primera expedición es para una muchacha joven, como la primera cita con un chico. O sea algo nuevo e importante. Es natural que se sienta inquieta. ¿Qué la espera? ¿Cómo reaccionará y cómo se portará?

—Estoy muy bien, Maud. —Vaciló—. Únicamente...

No terminó la frase.

—Prosigue. ¿Qué ibas a decir...?

—Únicamente me preocupa pensar que tal vez no seré de utilidad, en este caso. Quiero decir que... ¿Cuál es mi especialidad? ¿Ama de casa?

—Por Dios, Claire, a veces la esposa de un etnólogo puede ser más importante en una expedición que su marido. Y por innúmeras razones. Un equipo formado por marido y mujer parece menos intruso, menos extraño, más aceptable entre muchas culturas. Además, una mujer puede averiguar más cosas puramente femeninas y comprenderlas mejor, que su marido. Ya sabes... cuestiones domésticas, puericultura, cocina... para ella resulta más fácil darse cuenta de las diferencias que existen en estas cosas y asimilarlas. Y quizá sea aún más importante el hecho de que... verás, existe un gran número de sociedades que han erigido tabús contra los hombres, es decir, los hombres extranjeros, que deseen observar y entrevistar a sus mujeres. No sé si esta regla se aplicará en las Tres Sirenas, pero pudiera ser que a Marc no quisieran explicarle nada acerca de... por ejemplo, la menstruación, las relaciones sexuales, el embarazo, los sentimientos íntimos de esas mujeres, sus pasatiempos, antipatías, deseos... por la sencilla razón de que él es un hombre. Pero su esposa podría ser aceptada entre ellas e incluso, recibida con agrado. En este caso, tú puedes realizar una labor que a mí me está vedada por mis otras muchas ocupaciones. Así es que tendrás mucho que hacer, Claire, y de verdadero valor.

—Te doy las gracias por tu magnífico discurso —dijo Claire, poniéndose el suéter sobre la blusa y abrochándolo.

—Además, confío en que continuarás ayudándome a tomar notas y...

—Claro que sí, Maud. —La ansiedad que su madre política demostraba por ella le hacía gracia—. ¿Quieres que te diga la verdad? Ya me siento abrumada de trabajo.

—Eso es bueno —dijo Maud, levantándose del asiento—. Vamos, Claire, a ver si averiguamos dónde estamos.

Levantándose, Claire precedió a Maud por el pasillo. Avanzaron despacio en la semioscuridad que reinaba en el interior del avión, y así pasaron junto al compartimiento que contenía el equipo de desembarco, frente a las secciones del correo y equipajes, frente al lavabo, frente a la puerta principal y de pronto se encontraron con Rasmussen y Hapai en la cabina de pilotaje del hidroavión, llena de humo.

Al oír que se aproximaban, Rasmussen soltó prontamente los mandos y, como si fuese un niño travieso sorprendido detrás del granero jugando con un clavo de ataúd, trató de ocultar el cigarro que fumaba. Apartó la nube de humo azulado con la mano que tenía libre e inclinó la cabeza en un gesto de salutación.

—Hola, ¿cómo están? —dijo, apartándose a un lado para aplastar el extremo del puro en un cenicero de metal que había en el piso de la cabina.

—Supongo que no le molestará que venga a curiosear... —empezó a decir Maud.

—En absoluto, señora. Usted paga y por lo tanto tiene derecho a mirar lo que quiera.

Claire se esforzó por introducirse entre Maud y los asientos de los pilotos. Su mirada pasó del complicado tablero de instrumentos al parabrisas y trató de ver lo que había más allá de los dos motores gemelos. Aún era de noche, ya no cerrada, sino teñida de tintas grises, como si una densa niebla se levantase y aclarase. El océano todavía era invisible.

—Está amaneciendo —dijo Claire a Maud.

—Sí, pero no se ve nada...

—Tenga usted paciencia un cuarto de hora más, señora —tercíó Rasmussen— y verá asomar el sol y podrá mirarse también en el viejo Pacífico.

—Ejem... capitán... —Incluso a Maud le era difícil darle ese rango—. ¿Nos queda aún mucha distancia?

—Como le digo, quince minutos para que amanezca... y otros cinco minutos hasta ver las Sirenas.

Conversar con Rasmussen era tan fácil como arrastrarse por una ciénaga, pero Maud no se arredró y continuó, impertérrita.

—¿Quién les bautizó con el nombre de las Tres Sirenas?

Rasmussen se tapó la boca para ocultar un eructo y después pidió disculpa en un confuso murmullo.

—Sería más propio preguntarlo a Tom Courtney, pero la verdad es que yo también lo sé, ya que él me lo contó. Resulta que en 1796, cuando el viejo Wright, o sea el primero de ese nombre, zarpó de su patria chica, en busca de algún sitio donde establecerse, mataba el tiempo con la lectura... es decir, leía todos esos viejos librotes. Y cuando el vigía, al ver unas islas desconocidas, las mismas a las que ahora nos dirigimos gritó tierra... el viejo Wright estaba tumbado en su litera, leyendo un libro de ese autor que sólo tiene un nombre... sí, Homero... ¿Conocen ustedes a Homero...?

Maud y Claire hicieron un grave gesto de asentimiento.

—...pues estaba leyendo ese libro, que nunca puedo recordar cómo se llama, en el que aparece un sujeto que va de una parte a otra, pasando un sinfín de penalidades para volver a su casa, donde le espera su señora...

—La *Odisea* —aclaró Maud con tono indulgente.

—Sí, creo que así se llama; pues como decía, el viejo Wright estaba allá abajo leyendo ese libro, en el capítulo donde dice que el tal sujeto pasa frente a unas islas en las que cantan unas *vahinés*, tratando de seducirlo —usted perdone— y entonces él se pone cera en los oídos para no oírlas y hace que lo aten al mástil... después ya no me acuerdo qué pasa...

Empezó a dar vueltas en su mente al pasaje, tratando de hallar la continuación y entonces Claire citó, haciendo acopio de valor:

—Circe dijo a Ulises: «Primeramente te saldrán al paso las Sirenas, esas encantadoras que fascinan a todos los hombres que se acercan a sus costas. ¡Desdichado el imprudente que se detiene a escuchar sus cantos! Jamás vuelve a ver su morada...»

—¡Sí, eso es! —gritó Rasmussen. Miró a Claire bizqueando los ojos, como si acabara de hacer un admirable descubrimiento—. Es usted muy lista, señora, casi tan lista como Courtney.

A ella le gustó ser casi tan lista como Courtney.

—Gracias, capitán.

—Pues sí —prosiguió Rasmussen— entonces el viejo Wright subió al puente y al ver aquellas islas tan hermosas dijo que, si se quedaban en ellas, les pondría el nombre que había encontrado en aquel libro que usted ha dicho... las Sirenas... Y como eran tres, las llamó las Tres Sirenas. Y ahí lo tiene usted explicado.

Claire encontró tan absurda aquella conversación, teniendo en cuenta el abismo cultural que mediaba entre los interlocutores, suspendidos a dos o tres mil metros sobre el nivel del mar, que no pudo contener una sonrisa.

—Capitán Rasmussen —dijo Maud—. ¿Me permite que le haga una pregunta de carácter personal?

El curtido y ajado rostro del aventurero mostró una expresión suspicaz, que le hizo parecer desdentado.

—Depende de qué pregunta sea.

—El profesor Easterday y todos ustedes han impuesto un secreto tan riguroso en todo cuanto concierne a las Sirenas, rodeándolas de un telón de silencio, que me pregunto si habrá alguien, fuera de las islas, que conozca su existencia. ¿Cómo la conoció Courtney, por ejemplo? ¿Y usted? ¿Cómo supo que existían?

Rasmussen arrugó la frente, como si examinara la respuesta que debía dar. Sin duda, pensar representaba para él un proceso lento y laborioso. Necesitaba tiempo para contestar. Cuando por último habló, dijo:

—No quiero hablar por Tom Courtney. Esto es cuenta suya y tal vez no quiera decir cómo vino a parar aquí. Eso pregúnteselo a él. Tendrá tiempo más que suficiente para hacerlo. Es muy dado a hablar y conversar, como todos los que vivimos por estas latitudes, pero no le gusta mucho hablar de sí mismo. Así es que, usted pregúnteselo.

—¿Pero, y usted? —insistió Maud.

—¿Quién, yo? No tengo por qué ocultarlo, y en especial teniendo en cuenta que usted se dirige allí. ¿Yo, dice? Pues verá, hace mucho tiempo que no pensaba en ello, ni me acordaba. Ocurrió hace unos treinta años, cuando yo aún era casi un muchacho, que metía las narices en todas partes, a veces para recibir un sopapo. Entonces trabajaba al servicio de importantes plantadores de copra... los que se quedaron con la empresa de J. C. Godeffroy e Hijo, y aquellos ingleses, los Hermanos Lever... conseguí un buen paquete de acciones y las cosas me iban muy bien. Compré entonces una goleta — una preciosidad— y me puse a trabajar por mi cuenta. Pues tiene usted que saber que en uno de mis viajes abandoné las rutas comerciales, para fisgonear un poco... y una mañana, he aquí que vemos a un joven polinesio a la deriva en una canoa de balancín, con una vela de pándano desgarrada y navegando sin gobierno. Lo subimos a bordo, lo reanimamos, y nos contó que iba no sé a dónde cuando de pronto se puso malo y perdió el conocimiento. Luego, tendido en la canoa, sufrió una insolación. Yo no sabía qué hacer con él, pues me dijo que se moriría si no lo llevávamos a su casa que, según aseguraba, estaba cerca. Dijo que allí le curarían. Nos indicó dónde estaba su isla y yo pensé que la enfermedad le había hecho perder el juicio, pues yo nunca había oído mencionar aquel sitio, y mire que los conozco casi todos. En fin, que lo llevamos hacia donde él nos indicaba y, sí, señor, allí estaban las Sirenas y nosotros echamos el ancla frente a la playa. Cuando llevé el chico a tierra —entonces ya se encontraba mejor—, él estaba muerto de miedo, porque me había dado aquellas explicaciones mientras deliraba y hasta entonces nadie conocía la existencia de su isla, donde los extranjeros se consideran tabú. Pero como yo también era un muchacho irreflexivo, dije que me importaban un pepino todas esas tonterías de los indígenas y como veía que aquel muchacho apenas podía tenerse en pie y mucho menos desembarcar, fui con él a tierra y lo llevé casi en brazos hasta el poblado. Y entonces, en lugar de cortarme la cabeza, aquellos indígenas me consideraron casi como un héroe, porque el chico que había salvado era pariente del jefe. Además, es —bien, era, porque ha muerto— el padre de Dick Hapai.

Maud y Claire siguieron con la mirada el dedo de Rasmussen, que les indicaba al atezado joven de cabello negro inclinado sobre los mandos. Se volvió a medias, sus miradas se cruzaron brevemente y asintió con la cabeza.

—Así es, en efecto —dijo.

—Resumiendo —continuó Rasmussen—, el médico de la tribu consiguió salvar al padre de Hapai, que aún vivió algunos años. En cuanto a mí... no querían que me fuese... me dieron vino y me atiborraron hasta que apenas podía moverme... y para anular el tabú, celebraron diversos ritos y me hicieron miembro honorario de la tribu. ¿Qué les parece?

—Sí, a veces hacen eso —dijo Maud.

—Lo hicieron por mí. A decir verdad, no pudieron hacer más. Yo podía tomar todo cuanto se me antojase. Al cabo de un par de años, empecé a acostumbrarme a hacerles una visita de vez en cuando, sólo para divertirme... es un sitio donde uno lo pasa muy bien, pues hay muchas diversiones, esperen y verán... y así fui sabiendo cosas acerca de la isla y aquella gente. Hasta que un día, descubrí que tenían un producto especial que en seguida vi que era mejor que la copra, las perlas o las conchas y pedí permiso para exportarlo y venderlo en exclusiva, pagándoselo con cambio por artículos que necesitan y que se encuentran en otras islas. Y esto es lo que he hecho desde entonces. En los primeros tiempos, yo tocaba en la isla con mi goleta unas cuatro veces al año, pero después de esta última guerra, vi que lo que se imponía eran la velocidad y los aviones. Y entonces, aprovechando una buena ocasión, compré este viejo cacharro, que me hace añorar los viejos y tranquilos días de las goletas...

—¿Y los hombres de su tripulación? —preguntó Maud—. ¿No es-

parcieron la noticia a los cuatro vientos? ¿No hicieron correr la
voz de las Sirenas?

Rasmussen lanzó un bufido.

—¿Mi tripulación? ¿Qué tripulación? Sólo iban conmigo un par
de chinos borrachos, incapaces de interpretar las indicaciones del
compás. Nunca tuvieron la menor idea de dónde nos hallábamos y
además, cuando arribábamos a estas aguas, yo ya tenía buen cuidado de que estuviesen como cubas. No desembarcaron ni una sola
vez. Más tarde, cuando los chinos murieron, Paoti me preguntó que
por qué no empleaba a hombres de su tribu, para que así la cosa
fuese más segura, y por eso tengo a Hapai conmigo y antes tuve a
su primo. Son buenos muchachos. Por esto hemos podido mantener
el secreto. Yo nunca se lo revelé a nadie, excepto una vez, pero eso
es cuenta mía. Siempre guardé el secreto, porque así conservaba
también la exclusiva del producto que exporto, pero no es ése el
verdadero motivo, señora. Comprenda, ahora yo formo parte de esta
gente, soy miembro honorario de su tribu, y moriría antes de traicio-
narles... o permitir que los forasteros echasen a perder la isla. Por
esto me puse furioso cuando el profesor Easterday la descubrió por
casualidad y me obligó a revelar mi secreto.

—Capitán Rasmussen —dijo Maud— no tiene usted que temer
nada en cuanto a nosotros. Todos, del primero al último, nos hemos
comprometido a guardar el secreto de las Sirenas. Y aunque uno de
nosotros cometiera una indiscreción, no sabemos ni tenemos el menor indicio de dónde estamos.

—De todos modos, es mejor que tengan cuidado —dijo Rasmussen—, porque ahora ya conocen aproximadamente la zona donde se
encuentran las islas. Si alguien lo sabía y se dedicaba a buscarlas,
tarde o temprano daría con ellas.

—En la obra que pienso escribir —dijo Maud— diré únicamente
que se encuentran en la Polinesia.

—Capitán —preguntó Claire—. Lo que me sorprende es que nadie
las descubriese durante la última guerra. El Pacífico estaba lleno de
aviones y barcos tanto japoneses como americanos. Y desde entonces...

—Estoy seguro de que las han visto docenas de aviadores y de
navegantes —dijo Rasmussen—. Pero desde el mar, parecen desha-
bitadas y quienes las ven, ven también que no son gran cosa, no
tienen puerto natural ni aguas con calado suficiente, sin contar con
que a veces el oleaje es muy fuerte. En cuanto a los aviones, más de
uno ha volado sobre las Sirenas, pero tampoco han visto nada...
esto es lo más fantástico de estas islas... que, debido a su especial

configuración, su único poblado es prácticamente invisible desde el cielo o el mar... o sea que siempre parecen desiertas. En cuanto al presente, podemos decir lo mismo y además se encuentran lejos de las principales rutas marítimas, sin olvidar que la gente prefiere visitar las islas conocidas, pues creen que lo bueno es lo conocido y lo demás no vale nada. Esto fue lo que nos salvó.

Maud se disponía a decir algo más, cuando Hapai puso la mano sobre el brazo de Rasmussen.

—Capitán —dijo el joven polinesio—. Las islas de las Sirenas por la proa.

Todos miraron al exterior. La noche había desaparecido y se alzaba el sol. A sus pies se extendía el océano, de un color gris azulado y ribeteado de oro por los rayos del sol naciente. Las aguas parecían cubrir una extensión interminable. La mirada de Claire recorrió aquel universo líquido y en un punto próximo al infinito, exactamente como Easterday había descrito hacía algunos meses, en su carta, vio una vaga silueta frente al horizonte. Eran unas tierras que describían un arco. Saboreó la frase con que había sido anunciada su presencia: las islas de las Sirenas por la proa.

Maud sólo consiguió verlas unos segundos después. Lanzó un suspiro de satisfacción.

—Ya las veo, capitán. ¿Cómo llamaría usted a esas islas... un atolón sumergido a medias o una antigua isla volcánica?

—Yo las llamaría de las dos maneras y no andaría muy lejos de la verdad —contestó Rasmussen, que se había vuelto de espaldas a ellas—. En realidad, lo más correcto sería decir que es una isla elevada, a causa de su pequeño volcán apagado... ¿lo ve usted? Ahí donde se amontonan las nubes blancas... pero la isla principal no es tan abrupta ni boscosa como acostumbran a ser casi todas las islas montañosas de esta zona y, aunque tienen un cinturón de coral, también posee algunas marismas y más vegetación que los atolones. Lo bueno que tiene, bajo el punto de vista de sus habitantes, claro, es que es muy abrupta y acantilada y resulta difícil penetrar en ella, como pasa con Aguigan y Pitcairn. —Hizo una pausa—. Pronto lo verán.

Claire y Maud permanecían inmóviles, muy impresionadas, mientras cruzaban velozmente sobre la brillante y tensa seda que era el Pacífico, por el que ascendía y se ensanchaba la parte superior del amarillento disco solar, enmarcando dentro de su círculo la isla principal, como un fragmento de jade, áspero y sin pulir, inmóvil en la calma tropical.

Casi estaban encima... luego se deslizaron sobre la isla y descri-

bieron una curva a su alrededor. Claire pudo ver con claridad lo
que había contemplado Easterday: abruptos y negros acantilados
que ascendían en terrazas esculpidas por la erosión, la lluvia y el
tiempo; una lujuriante alfombra color de orín que cubría una meseta; una montaña hendida que se alzaba altiva y orgullosa, como
las ruinas de un antiguo castillo; el brillo de lagunas violáceas; barrancos excavados por la «mano paciente de las edades» de que
hablaba Pierre Loti; laderas cubiertas de árboles, arroyos cristali-
nos, verdes y lozanos valles encajonados. Pero Claire pudo ver que
todo estaba delicadamente miniaturizado, hasta los menores detalles, como si fuese un cuadro surgido de los pinceles de un Brueghel
polinesio.

En su vuelo, dejaron atrás los dos atolones próximos y regresaron hacia una hendidura que se abría en las rocosas murallas de la
isla. Claire distinguió las hileras de cocoteros, cuyas copas parecían
alegres y diminutas explosiones en el cielo. Más allá se extendía el
mar de cobalto, cuyas aguas se hacían cada vez más verdes y brillantes mientras se aproximaban a una cinta de playa, estrecha
extensión arenosa que centelleaba y lucía al sol. Todo parecía ina-
nimado, exceptuando la espuma blanca que hervía al pie de los
acantilados que cerraban la pequeña extensión de playa... todo es
taba tranquilo, a excepción del oleaje y algunas trazas de movimiento que se veían allá abajo, en la playa.

A Claire el corazón le dio un brinco en el pecho.

—¿No es gente eso que hay ahí abajo, en la playa?

Rasmussen lanzó un gruñido.

—Sí, probablemente es Courtney, que acude a darnos la bienvenida, con algunos habitantes del poblado que cuidarán de llevar el
equipaje. —Rasmussen estaba entonces muy ocupado con los mandos—. Vamos a amerizar. Valdrá más que vayan a despertar a sus
amigos y después siéntense. A veces el agua es blanda y suave como
una almohada, pero otras parece una carretera llena de baches.

Maud fue la primera en irse y Claire se hizo la remolona.

Por un instante más, sus ojos contemplaron con placer aquel
lugar primitivo, el arco iris luminoso que se extendía bajo el ala
del aparato y murmuró entre dientes para sí misma: «Ia orana».
Después arrancó su mirada de la visión, virgen para sus sentidos,
y volvió a la razonable seguridad que le ofrecían su marido y sus
compañeros.

Cuando Claire regresó a su asiento, vio que Marc y los demás
habían despertado ya, les dirigió un gesto vago, todavía bajo el
embrujo de aquella visión y se sentó, en el momento en que el apa-

rato se inclinaba hacia abajo. Se sujetó fuertemente al asiento, contemplando las ventanillas y descendió con la enorme ave polinesia; notó cómo ésta entraba en contacto con el agua, rebotando y deslizándose, hasta que los motores tosieron por última vez de manera espasmódica antes de detenerse, y quedaron posados, llenos de pasmo y maravilla, frente a la arenosa playa de las Tres Sirenas.

El huevo de la Creación había sido lanzado, pensó Claire. Esperó que el cascarón se rompiese y la liberase, para que al fin pudiera comenzar la vida...

* * *

La mañana no había hecho más que empezar, pese a que ya llevaban más de una hora esperando sobre la arena de la playa, mientras Rasmussen y Hapai ayudaban a nueve muchachos indígenas de las Sirenas a trasladar las cajas con los efectos de la expedición, así como los equipajes, desde el hidroavión, que se balanceaba en las aguas, hasta la costa.

El sol era ya un globo ardiente y las ondas de calor que irradiaba casi eran visibles. La atmósfera era tranquila e incandescente, empapada apenas por un leve vapor, como si algo hirviese lentamente. Era un calor insólito en aquellas regiones de Oceanía.

Claire permanecía de pie, con el suéter al brazo, notando la agradable caricia del sol en cara y cuello y los cálidos granos de arena, que cubrían a medias sus sandalias. A su lado, Rachel DeJong y Lisa Hackfeld parecían estar mucho menos cómodas. Rachel ofrecía un aspecto lamentable con su vestido de lanilla negra y empezó a quitarse la chaqueta. Inspirada por esta falta de cumplidos, Lisa Hackfeld también empezó a quitarse su chaquete blanca.

—Debe de ser la humedad —dijo Lisa, como si quisiera disculparse—. Hace un calor sofocante.

—Tendremos que acostumbrarnos a vestir ropas apropiadas —dijo Rachel DeJong.

Claire observó a un joven indígena de gran estatura, de color de madera de arce, más moreno que sus compañeros y que en aquel momento se inclinaba hacia adelante, con las manos en las rodillas, a punto para recibir la larga canoa que regresaba. Visto por detrás, el indígena parecía estar completamente desnudo. Mostraba sin recato sus arqueados hombros, el rosario del espinazo, sus largos flancos y delgadas nalgas. Únicamente en su cintura se veía el cordel del que pendía la bolsa púbica.

Cuando la ayudaron a embarcar en la canoa y vio por primera

vez aquellos nativos, con su masculinidad más bien acentuada que
oculta por aquellas bolsas, Claire apartó la vista con embarazo.
Temió llegar a la playa, pues sabía que allí estaría Tom Courtney,
el hombre blanco, esperándola en compañía de Maud, que se había
ido la primera, cuando llegaron las canoas. En los indígenas, aquel
sumario atavío, si bien resultaba algo embarazoso, era por lo menos aceptable, teniendo en cuenta que, al fin y al cabo, pertenecían
a otra raza, a otro pueblo y lugar. No admitían comparación con
la gente que ella conocía, que podía identificar o imaginar. Pero
resultaría violento ver a un hombre de su propia raza ataviado de
aquella guisa tan reveladora.

Claire no podía apartar de sí aquella aprensión mientras la canoa
se deslizaba por el agua hacia la playa. Era incapaz de prestar atención al escenario ni a los remeros. Por último llegó a la arena, Maud
le presentó a Mr. Thomas Courtney y, con gran alivio por su parte,
vio que éste no iba en traje de Adán, sino que era la decencia civilizada en persona.

—Bienvenida a las Sirenas, Mrs. Hayden —dijo.

Y mientras ella le estrechaba la mano, rehuyendo mirarle el
rostro, vio que llevaba una fina camiseta de algodón, ya empapada
en sudor, unos arrugados y bastos pantalones azul pálido enrollados
en los tobillos y sus pies desnudos lucían unas sandalias de cuero.
Sólo más tarde, cuando él las dejó para atender otras ocupaciones,
vio que su rostro correspondía a la imagen mental que se había
formado de él, basándose en la descripción dada por Easterday en
su carta. Claire esperaba que tuviese cabello pajizo, pero vio que
lo tenía de un tono castaño más oscuro de lo que imaginaba, lo mismo que sus ojos, y además espeso y enmarañado. Sus facciones eran
más largas, más sensitivas y joviales de lo que había dicho Easterday, y tenía el rostro maravillosamente curtido con arrugas muy
marcadas en las comisuras de los labios, a causa de la vida al aire
libre, las inclemencias atmosféricas y el comienzo de la edad madura. Era un hombre talludo, probablemente fuerte, pero se movía
por la playa dando largas zancadas más bien desgarbadas, como
si fuese excesivamente alto y tímido. Claire observó que, cuando
estaba quieto, poseía el don del reposo, el arte de relajarse, de mostrarse engañosamente indolente... en contraste con Marc, que siempre estaba tenso y rígido.

De pie junto a Rachel DeJong y Lisa Hackfeld, mientras observaba al indígena vuelto de espaldas a la orilla del agua, Claire tuvo
la sensación de que aquél y los demás nativos llevaban un atavío de
acuerdo con el clima y lugar, mientras que no podía decirse lo mis-

mo de ellos. Por un momento, al notar el agradable calor matinal, sintió deseos de quitarse la blusa y la falda, para tirarlas lejos de sí y experimentar el placer completo del sol, el aire y el agua.

Lisa se había quejado, diciendo que hacía un calor sofocante. Rachel había dicho que habría que buscar ropa apropiada y entonces Claire comentó en tono festivo:

—Bien, doctora DeJong... tal vez tendremos que aprender a desnudarnos... para imitar a los indígenas.

Rachel sonrió sólo de dientes afuera.

—Lo dudo, Mrs. Hayden. O mucho me equivoco, o nos hallamos en la misma situación que los ingleses que en los tiempos del Imperio vivían en Malasia y se vestían de etiqueta para cenar en la selva.

—Fue una suerte que existiesen personas así —comentó Lisa Hackfeld—. ¿Y éstos... cómo es posible que vayan por el mundo de esta manera?

—Por lo general, no tienen compañía —dijo Claire.

Rachel DeJong desvió la conversación:

—Creo que ahora llegan nuestros equipajes. Espero que tengan cuidado al desembarcarlos.

Todos contemplaban la aguzada proa de la canoa, que avanzaba rápidamente, a impulso de los canaletes manejados con vigor por ocho membrudos indígenas. En el centro de la canoa se amontonaban los equipajes de la expedición.

—No acabo de acostumbrarme a su aspecto —dijo Lisa—. Esperaba que fuesen más morenos, más «indígenas».

—Son mestizos de inglés y polinesio —le recordó Claire.

—Ya lo sé, pero de todos modos... Lo que tiene gracia es que el americano... me refiero a Mr. Courtney... es más moreno que ellos. Me gustaría ponerme tan morena. Al regresar, sería la envidia de todas mis amigas.

Rachel DeJong no quitaba ojo de la canoa que se aproximaba.

—Es posible que su tez sea clara —observó— pero sus facciones me parecen completamente polinesias. Todos son corpulentos y musculosos, tienen el cabello negro, la nariz ancha, labios más bien carnosos, lo cual no impide que tengan cierto aire afeminado, debido, supongo, a la gracia y soltura con que se mueven.

—Yo los encuentro muy masculinos —dijo Claire, dirigiendo una furtiva mirada hacia donde estaba Marc, temerosa de que la oyese.

—Desde luego, sobre eso no hay duda —dijo Rachel secamente.

La canoa, de diez metros de longitud, quedó varada en la arena y los remeros agitaron frenéticamente los canaletes en el agua para ayudar a su compañero que tiraba de la proa para vararla en la playa.

—Quiero comprobar si mis cosas están ahí —dijo Lisa, encaminándose por la arena hacia la canoa.

—Yo también voy a verlo —dijo Rachel DeJong, yéndose en seguimiento de Lisa.

Claire de momento, no sentía interés por su equipaje. Siguió con la mirada a Rachel y Lisa hasta la canoa y después se volvió para ver qué hacían los demás. A la sombra de un peñasco, Maud, Marc y Orville Pence se hallaban enzarzados en una discusión. Cerca de ellos estaba Courtney, agachado al lado de Hapai, repasando una lista, mientras Rasmussen estaba de pie, escuchando y secándose la frente con un pañuelo. A cierta distancia, a la orilla del mar, Mary Karpowitz andaba con el agua hasta los tobillos, mientras sus padres la miraban embelesados.

Claire pensó por un momento en ir a reunirse con su marido pero luego pensó que prefería estar sola. Volviéndose de espaldas a los demás, recogió su bolso de la arena y, balanceándolo perezosamente por la larga correa, cruzó con paso lento frente a la canoa que estaban descargando. De allí se dirigió hacia un grupo de encorvados cocoteros y cuando llegó al primero, se tendió en la arena, sacó un cigarrillo del bolso, lo encendió y después se apoyó en la base del árbol, para ponerse a mirar con expresión soñadora el paisaje que la rodeaba. Resultaba fácil despoblar aquel escenario, devolverle su prístino y virginal estado, pues tenía una magnífica grandeza que anulaba las figurillas que entonces lo poblaban temporalmente.

Al verse encerrada entre aquellos imponentes acantilados, la vegetación libre y desbordada, sintió por primera vez que había cortado todo contacto con la civilización, con todo cuanto le era familiar y conocido. Era como si hubiese abandonado el mundo seguro en que habitaba para lanzarse al espacio cósmico y ser la primera en posar su planta en un cálido y desconocido planeta. Había desaparecido el mundo pasteurizado, higiénico, antibiótico, de aluminio, de plástico, eléctrico, automático y constitucional de toda su vida anterior. Se hallaba en el primer mundo, el primigenio, libre de reglas, sin trabas, aún no dominado, inculto, indómito, ignorante, desprovisto de cultura y de inhibiciones. Habían desaparecido las costumbres de los gentiles, la vida sofisticada y el proceso, sustituidas por las normas de la naturaleza, toscas, primordiales, paganas.

Por primera vez desde su infancia se hallaba a merced de otros. ¿Cómo podría existir? Volvió en espíritu a su abrigada y protegida vida reciente, su existencia fácil y muelle, el blando lecho de plumón

del que se levantaba, el cuarto de baño con sus esplendorosos croma-
dos, la cocina con sus maravillas mecánicas, el living y el estudio
con sus telas, sus cueros y su mobiliario de lujo, con discos, libros
y obras de arte. En su casa recibía la visita de amigos civilizados
a quienes podía entender, que iban decorosamente vestidos y que
estaban tan enterados de las amenidades y se mostraban tan obedientes ante las normas sociales como los caballeros del tiempo de
la reina Victoria.

El pasado había sido arrinconado. ¿Qué quedaba ahora en su
lugar? Una isla volcánica, una extensión de tierra y selva, tan perdida en un mar inconmensurable que ni siquiera figuraba en los
mapas. Un pueblo con una cultura tan extraña que no sabía lo que
eran un policía, un voto, una lámpara eléctrica, un Ford, una película, una lavadora, un traje de noche, un Martini, un Supermercado,
un premio literario, una boca de riego, un parque zoológico, una
canción de Navidad, unos sostenes, una vacuna contra la poliomie-
litis, una pelota de fútbol, un corsé, un aparato de alta fidelidad, un
New York Times, un teléfono, un ascensor, un Kleenex, una tarjeta
de seguros sociales, una llave Phi Beta Kappa, una cena con televisión, un emplasto para los callos, la afiliación a un club de alta
sociedad, un desodorante, una bomba nuclear, un lápiz, una operación cesárea... Todo esto, todas estas cosas, se habían esfumado de
su vida, y allí estaba ella sobre aquellas arenas desoladas, en una
mota de tierra perdida en la inmensidad de Oceanía, disponiendo
únicamente de su metro sesenta y dos de estatura, sus 51 kilos
de peso y sus veinticinco años de existencia superprotegida, su-
percivilizada, poco preparada y defendida. Únicamente treinta y
dos horas separaban el cómodo paraíso mecanizado de los Estados
Unidos de las rudas y primitivas islas de las Tres Sirenas. Había
franqueado el tiempo y la distancia en cuerpo y alma. ¿Podría fran-
quearlos asimismo en espíritu y corazón?

A pesar del resplandor del sol que le daba en la cabeza, se estremeció. Después de dar una última y prolongada chupada al cigarrillo, lo enterró en la arena y se puso en pie, para mirar al otro
extremo de la playa. El grupo se estaba reuniendo cerca de los equipajes, amontonados junto a la canoa y comprendió que Maud necesitaría el inventario que ella llevaba en el bolso. Volvió a recorrer
la arena con paso más enérgico que antes, y al hacerlo recordó la
orilla del lago que en Chicago recorría de niña. A los pocos instantes
volvía al grupo integrado por su madre política, su marido y los
demás miembros del equipo.

Si bien se permitió a los expedicionarios que conservasen sus efectos personales, hasta un límite de dieciocho kilos, en sus propias maletas, el equipo científico se había reunido y embalado en cajas de madera. Después de que Maud hubo ayudado a todos a identificar los equipajes respectivos, llamó a Claire y pidió el inventario del equipo científico.

Claire, con la lista en la mano, permanecía de pie detrás de Maud, mientras ésta examinaba el exterior de las cajas.

—Parecen estar bien —declaró Maud—. Vamos a ver si están todas. Tú lee la lista en voz alta y yo las iré identificando.

—Una caja con sacos de dormir, lámparas, pilas y magnetofón portátil —leyó Claire—. Después...

—Ya está —dijo Maud.

—Una caja con los instrumentos de herborizar del Dr. Karpowicz, prensas para plantas...

—Vale.

—Una caja con el recibo fotográfico del Dr. Karpowicz... cámara tomavistas, dos cámaras fotográficas, trípodes, laboratorio de revelado portátil, película...

—Adelante.

—Una caja... no, dos cajas... con los botiquines de Miss Bleaska, otros medicamentos, insecticidas...

—Sí, aquí están, Claire.

—Después, seis cajas de provisiones variadas... conservas, leche en polvo...

—Espera, Claire, sólo he localizado dos..., no tres... un momento.

Al ver a Maud de rodillas buscando las cajas, Claire recordó cuán curioso le había parecido tener que traerse la comida. Maud le explicó que, por lo general, comerían lo mismo que los habitantes de las Sirenas, pero resultaría útil disponer de una despensa limitada, con sus propias provisiones de boca. A veces, añadió Maud, puede ocurrir que el pueblo que se visita pase un período de escasez o incluso, hambre y al disponer de víveres, no se les priva de los suyos. Otro motivo que le impulsó a traer aquellas provisiones era pensar que la exótica cocina nativa tal vez no fuera del agrado de algunos miembros del equipo, que preferirían pasar hambre antes que comer lo que les repugnaba o tal vez les sentara mal. Maud tenía un mal recuerdo de una expedición que realizó con Adley, durante la cual se vio obligada a comer rata de bosque hervida, pues se encontraba en la alternativa de insultar a su anfitrión negándose a comerla, o morir de hambre.

—Muy bien, Claire, continúa —dijo Maud.

Claire consultó su lista.

—Vamos a ver. Aquí, ya está. Una caja de artículos de escritorio... máquina de escribir portátil, varias resmas de papel, los tests del Dr. Pence, tus cuadernos de apuntes y lápices...

Maud asentía mientras rebuscaba entre las cajas.

—Sí, Adley solía decir: «Lo único que yo necesito de verdad en la expedición son lápices y jabón de afeitar...» Vale, ya lo tengo.

—Libros —dijo Claire—, una caja de libros.

Ella había preparado y empaquetado personalmente las obras fundamentales que, en número de algunas docenas, constituían la pequeña biblioteca de la expedición... *El esquema de materiales culturales*, las *Notas sobre el terreno*, de Kennedy, las *Notas y preguntas para antropólogos*, del Museo Británico, el *Manual*, de Merk (propiedad de Miss Bleaska), los *Argonautas del Pacífico Occidental*, de Malinowski, la *Sociedad Primitiva*, de Lowie, el *Varón y Hembra*, de Mead (propiedad del Dr. Pence), fueron los primeros títulos que se le ocurrieron, pero los expedicionarios también se habían traído libros de carácter más ligero, destinado a matar el tiempo. Orville Pence había traído algunas novelas pornográficas, explicando que realizaba un estudio sobre aquel tema. Harriet Bleaska había metido en la caja media docena de novelas de misterio, en edición popular. Claire se había llevado consigo el *Typee*, de Melville, el *Noa Noa*, de Gauguin, los *Viajes*, de Hakluyt, las *Sombras Blancas de los Mares del Sur*, de Frederick O'Brien, obras que eligió por considerarlas lectura apropiada para aquel viaje.

Ya encontré los libros —dijo Maud.

Claire continuó leyendo apresuradamente su inventario. Las restantes cajas contenían artículos heterogéneos, como equipo topográfico, jabón, purificadores de agua, cintas métricas de acero, mapas en colores, álbumes fotográficos de indígenas pertenecientes a otras culturas, cartas marinas, aparejos de pescar, juguetes infantiles, todo ello destinado a ser empleado en estudios particulares. Finalmente Maud se enderezó y empezó a darse masaje en los riñones. Claire guardaba el inventario en el bolso, cuando Tom Courtney con su elevada estatura surgió entre ellas.

—¿No falta nada? —pregunto.

—Todo está aquí y nosotros también estamos aquí —dijo Maud con jovialidad—. ¿Qué hay que hacer ahora, Mr. Courtney?

—Ahora, doctora Hayden, hay que prepararse a andar —dijo sonriendo—. El camino no es muy largo, pero en algunos lugares el paso es difícil. El sendero asciende gradualmente hasta la meseta después desciende para volver a ascender por un lugar muy abrupto y por último desciende nuevamente hasta el pueblo. Son unas cinco horas de camino, poco más o menos, contando tres o cuatro descansos durante la marcha. —Indicó las cajas y el equipaje—. No tienen que preocuparse por eso. Ahora vendrán de la aldea una docena de jóvenes, para ayudar a los nueve que ya están aquí. Llevarán el equipo por otro camino, un atajo, pero es demasiado abrupto para ustedes, a menos que sean escaladores.

—Iremos por el camino más largo y menos difícil —decidió Maud.

Marc se unió entonces a Claire y su madre, mientras casi todos los miembros del equipo se congregaban detrás de Courtney para escuchar lo que éste decía. Parecían bisoños soldados de infantería reunidos en torno al sargento, para escuchar ansiosamente sus palabras, que disiparían incógnitas y les tranquilizarían acerca de lo que de momento había que hacer.

Lisa Hackfeld levantó la mano y cuando Courtney la invitó a hablar, ella dijo con voz trémula:

—El camino que vamos a seguir... ¿está frecuentado por fieras?

—Aquí no hay fieras, señora —aseguró Courtney—. Como en muchas de estas pequeñas islas del Pacífico, la fauna es muy limitada y casi toda está formada por animales marinos, concentrados en las costas: tortugas, cangrejos, algunos lagartos inofensivos... A medida que penetremos hacia el interior, acaso vean algunas cabras, perros de pelo corto, gallinas y gallos, descendientes de los animales domésticos traídos aquí por Daniel Wright en 1796. Esos animales vagan en completa libertad. Las ovejas se extinguieron. Después hay algunos verracos silvestres y cerdos muy flacos, propios de la isla y bastante dóciles. Es tabú matarlos, a excepción de los que se destinan a los festines del jefe y a la semana de las fiestas.

Mientras Courtney hablaba, una hermosa ave de largas patas descendió de un acantilado para posarse sobre un tronco de árbol empapado, desde donde tranquilamente les contempló.

—¿Qué pájaro es ése? —inquirió Claire.

—Es un chorlito dorado —repuso Courtney—. También verá, de vez en cuando, gran variedad de charranes, palomas de Noé, palomas coronadas. Éstas son casi todas las especies de aves de la isla. —Su mirada se volvió a Lisa Hackfeld—. No tiene usted que temer a nada, excepto a una insolación.

—Parece tan seguro como una merienda campestre —dijo Maud, risueña.

—Le garantizo que así es —dijo Courtney. Pero al ver aún cierta inquietud pintada en los rostros de sus oyentes, reflexionó un momento y dijo—: Bien, ahora que el equipo ha desembarcado, ustedes conocen la ruta que vamos a seguir y también saben algo sobre la fauna, no creo que haya mucho que añadir de momento. Comprendo que todo esto les parezca extraño y que desearían saber muchas más cosas, pero no creo que esta playa sea el lugar más adecuado para hablar de ella. El sol calienta más a cada minuto que pasa y aquí no podemos refugiarnos a la sombra. No quiero que se asen antes de empezar. Tendré mucho gusto en responder, por intermedio de la doctora Hayden o directamente a todas las preguntas que deseen hacerme, cuando estemos cómodamente instalados en el poblado.

—¿Cómodamente, dice usted? —preguntó Marc, sardónico.

Courtney pareció sorprenderse por la pregunta.

—Pues no faltaría más, Dr. Hayden. Comodidad relativa, desde luego. No es un poblado norteamericano, con agua corriente, caliente y fría, bombillas eléctricas o *drugstore*, pero tampoco es esta playa solitaria, desde luego. Encontrarán cabañas preparadas para alojarlos, sitios para sentarse, tenderse y comer, y buena compañía, sobre todo.

Maud, que miraba a su hijo con el ceño fruncido se volvió a Courtney con una sonrisa forzada.

—Estoy segura de que será muy agradable, Mr. Courtney. Muchos de nosotros ya hemos estado en otras expediciones y sabemos que no es lo mismo que estar en nuestra propia casa. Si fuese esto lo que hubiésemos querido, ya no hubiéramos venido. Y como ya le dije, nos sentimos muy honrados y privilegiados de que se nos permita venir y de que el jefe Paoti acepte nuestra presencia aquí.

—Muy bien —dijo Courtney, inclinando levemente la cabeza. Su vista se paseó por las caras de los reunidos y por último se posó en las ansiosas facciones de Claire—. Es posible que algunos de ustedes se sientan desconcertados y aislados del resto del mundo. No me sorprendería que esto ocurriese, porque fueron los sentimientos que yo experimenté al pisar por primera vez el suelo de las Sirenas, hace cuatro años. Por experiencia propia, puedo asegurarles que esos sentimientos mañana ya se habrán disipado. Pero quiero que sepan esto: No están tan aislados como suponen. El capitán Rasmussen ha accedido a incrementar su contacto con nosotros, efectuando un vuelo semanal a la isla. Según creo, el profesor Easterday se encarga de recogerles el correo, y el capitán lo traerá todas las semanas, para llevarse las cartas que ustedes deseen mandar desde Papeete. Además, si ustedes encuentran a faltar algo, que sea fácilmente transportable, el capitán lo adquirirá en Tahití y lo podrán tener al cabo de una semana. Creo que con eso...

—¡Eh, Tom!

La inconfundible voz aguardentosa de Rasmussen llegó desde la playa.

Courtney dio media vuelta y todos siguieron su mirada. Rasmussen y Hapai señalaban a Sam Karpowicz. El botánico con las piernas muy abiertas, estaba en la húmeda arena al borde del agua, con una diminuta máquina fotográfica plateada, enfocando el hidroavión posado sobre el mar.

—¡Ese tipo está haciendo fotografías! —gritó Rasmussen.

Courtney se separó inmediatamente del grupo, pasó junto a Pence y Lisa Hackfeld y echó a correr hacia Sam Karpowicz, que estaba a unos metros de distancia. Las voces que daba Rasmussen alcanzaron al botánico y bajó la cámara, confuso ante aquella interrupción y al ver cómo se aproximaba Courtney. Maud, seguida p·. Marc y Claire, echó a correr en pos de Courtney.

—¿Puede saberse qué hace usted? —preguntó Courtney, con tono perentorio.

—Pues... yo... yo... —En su aturdimiento, Sam no encontraba palabras para responder—. Sólo hacía unas cuantas fotografías. Siempre llevo esta Minox en el bolsillo. La tengo sólo...

—¿Cuántas ha hecho?

—¿Qué quiere usted decir? ¿Cuántas he hecho, aquí?

—Sí, aquí.

Al observar el tono acusatorio de Courtney, su expresión dura y severa, la súbita aspereza de su voz, Claire se sintió turbada. Lo consideraba afable y bondadoso, un hombre de buen talante incapaz de encolerizarse y aquella escena la asustó. Con asombro, se preguntó qué le habría hecho cambiar.

—Yo... yo... —Sam Karpowicz volvió a tartamudear—. Yo únicamente quería hacer un documental completo del viaje. He hecho dos o tres fotografías de la playa... y luego una del avión... y...

Courtney tendió la mano:

—Déme la película.

Sam vaciló.

—Pero... usted... la velará...

—Démela.

Sam metió la uña en la tapa posterior de la Minox y la abrió. Luego dejó caer el diminuto rollo de negativo en la palma de su mano y lo entregó a Courtney.

—¿Qué piensa hacer con él? —preguntó.

—Voy a tirarlo.

Los ojos miopes de Sam miraban tras de las gafas cuadradas sin montura, con la expresión de un corzo herido.

—No puede usted hacer esto, Mr. Courtney... esas películas son de cincuenta fotografías... y ya hice veinte fotografías en Papeete.

—Lo siento —dijo Courtney, apartándose para echar el brazo hacia atrás y arrojar el diminuto rollo de metal al agua, donde cayó describiendo un gran arco. Con un minúsculo chapoteo, la película se hundió en el mar.

Sam se quedó mirando al agua, mientras movía tristemente la cabeza.

—¿Pero... por qué...?

Courtney se volvió de nuevo hacia el botánico y después miró a sus compañeros. Su rostro ya no tenía una expresión encolerizada, pero estaba muy serio.

—Convencí a Paoti y a toda la tribu para que les permitieran venir. Les di mi palabra de que no harían absolutamente nada que pudiera revelar su situación o poner en peligro su seguridad.

Marc protestó:

—Vamos, Mr. Courtney, yo no creo que unas cuantas fotografías inofensivas de una playa primitiva... igual a centenares de otras playas...

—No es igual —repuso Courtney con firmeza—. Al menos, no lo sería para un conocedor de los Mares del Sur. Para unos ojos experimentados, cada centímetro cuadrado de cada atolón posee sus características, su individualidad. Cada uno es distinto. Esas fotografías de la playa y de la región vecina, una vez conocidas y publicadas, podrían proporcionar un indicio a un conocedor de estas latitudes... una pista concreta...

Sam asió a Maud por el brazo, como si apelase al tribunal supremo.

—Nos dijeron que podíamos hacer fotografías...

—Desde luego que sí —atajó Courtney, dirigiéndose también a Maud—. Doctora Hayden, yo tengo alguna experiencia de la labor que usted realiza... comprendo la importancia que para usted tienen las fotografías. Estoy de acuerdo con el jefe Paoti para que usted fotografíe lo que le plazca en el interior de la isla... todo y cuanto desee... paisajes... los habitantes... la flora, la fauna, danzas, la vida diaria del poblado... en una palabra, todo, excepto lo que pudiera delatarles. Estoy seguro de que usted me comprende. Sería arriesgado publicar fotografías del perímetro costero de la isla. También lo sería, fotografiar puntos fáciles de identificar... los restos del cono volcánico, por ejemplo, o fotografías con teleobjetivo de los dos

pequeños atolones próximos... pero en cuanto a lo demás... considérese aquí como en su estudio y haga lo que desee.

Maud escuchó esta última parte de la perorata haciendo ademanes de asentimiento y después miró a Karpowicz.

—Tiene razón, Sam —dijo—. Toda la razón. Han establecido
ciertas reglas y debemos atenernos a ellas—. Volvió su atención a
Courtney—. Verá usted que no hay persona más dispuesta a cooperar y dotada de más buena voluntad que el Dr. Karpowicz. Su equivocación —estoy segura de que los demás también cometeremos
alguna— se debió únicamente a la ignorancia de las limitaciones im-
puestas. Le ruego, Mr. Courtney, que me informe lo antes posible
de las prohibiciones para darlas a conocer a los demás miembros
del equipo.

Mientras escuchaba estas palabras, el semblante de Courtney
perdió totalmente su severidad y Claire, que lo observaba, volvió
a experimentar simpatía por él.

—Me parece muy bien, doctora Hayden —dijo Courtney. Sacó un
pañuelo del bolsillo posterior de sus pantalones y se secó la frente—. Ahora será mejor que nos vayamos de la playa y nos dirijamos
al interior.

Dio una orden en polinesio a los indígenas de la canoa y uno
de ellos respondió con un ademán que significaba asentimiento.
Luego separándose del equipo, Courtney dio unos pasos hacia Rasmussen y Hapai.

—Gracias, capitán —dijo Courtney—. Y a ti también, Dick. Nos
veremos de nuevo la semana que viene, en el día acordado.

—Sí, hasta la semana que viene —dijo Rasmussen. Su mirada
se separó de Courtney, para fijarse en Maud y Claire. Luego sonrió
haciendo un guiño—. Espero que se encontrarán bien con faldellín
de hierba.

Maud hizo como que no oía la observación.

—En nombre de todos, capitán, le damos las gracias.

Courtney palmoteó para dar una orden.

—¡Oigan todos! ¡Nos vamos al poblado!

Esperó a que Maud se pusiera a su lado y entonces se volvió de
espaldas a los otros y al mar y comenzó a caminar por la arena, en
dirección a una grieta que se abría entre los gigantescos peñascos.
Los otros nueve avanzaron siguiendo a la pareja y pronto llegaron
todos al estrecho sendero que ascendía entre paredes de roca en
dirección al interior de la isla.

Claire cerraba la marcha, con Marc a su lado. Notó que su marido la sujetaba por el codo.

—¿Qué te parece, Claire?

Ella se detuvo, subiéndose la correa del bolso por el hombro, para evitar que cayese.

—¿Qué me parece, qué?

—Todo esto... el sitio... ese Courtney.

—No sé que decirte. Es todo tan extraño... Nunca había visto una cosa así en mi vida... muy bonito pero distinto a todo.

—Sí, es un sitio muy solitario —asintió Marc. Su mirada se dirigió al sendero que los demás seguían con paso lento—. Lo mismo que nuestro nuevo amigo.

—¿Quién? ¿Mr. Courtney?

—Sí. Este hombre me desconcierta. Confío en que será un informador de confianza.

—Parece culto y juicioso.

—No dudo de que sea culto —dijo Marc—. En cuanto a eso de que sea juicioso, depende de lo que entiendas por ello. Desde luego, parece práctico y eficiente. Entonces, ¿por qué se ha desterrado voluntariamente aquí? Si fuera un leproso, o tuviera una enfermedad incurable, o huyera de la justicia, o fuera un pelagatos, lo comprendería. Pero parece un hombre normal...

—No sé, Marc, pero sin duda debe tener motivos muy fundados para estar aquí.

—Tal vez sí... tal vez no —repuso Marc, meditabundo—. Creyendo que podía iniciar unas relaciones francas y cordiales con él desde el primer momento, le pregunté qué hacía en un lugar como éste. ¿Y sabes qué me contestó? Pues dijo: «Me limito a vivir». Debo reconocer que esta respuesta me dejó de una pieza. ¿Qué clase de persona se conformaría con desterrarse a miles de kilómetros de la civilización, para vivir entre primitivos semidesnudos, dedicándose a no hacer nada, a vegetar?

Claire no contestó. Pero ella también se preguntaba lo mismo. Entonces, cuando Marc penetró por el sendero, se volvió para dirigir una última mirada a la playa y al mar. Y se preguntó entonces algo más. La próxima vez que viese aquel paisaje, ¿habría cambiado el escenario o alguno de ellos?

Con gesto decidido, inició el ascenso del sendero que pronto la llevaría a lo que tantas veces había eludido en sueños.

* * *

Llevaban andando casi cuatro horas y media, arrastrando los pies y avanzando penosamente bajo aquel calor sofocante.

Durante la primera parte del camino, cuando Claire todavía no había malgastado sus fuerzas y no estaba cansada, cuando sus sentidos estaban aún frescos y alerta y podían absorber por completo los nuevos espectáculos y sensaciones, gozó con el paseo. El primer ascenso entre los erosionados y altivos peñascos de lava, rodeados de una vegetación cada vez más tupida, con densos arbustos y enredaderas colgantes, en un camino sin sol, sin luz y muy estrecho, resultó fácil, incluso vigorizante, mientras desperezaba sus descansados músculos.

El magnífico verdor de la meseta llana, que se trocó después en grandes barrancos y profundas gargantas, cubiertos de una espesa y húmeda vegetación, también resultó agradable. Ante sus ojos desfilaban los árboles del pan, las finas enredaderas que indicaban la presencia de ñames silvestres, las cañas de azúcar, las hojas de pándanos, los cocoteros, los plátanos, las espesuras de bambúes, los mangos, las acacias amarillas y blancas, las ciénagas pobladas de taros, formando todo ello espectáculos exóticos y abigarrados. La visión que formaban fue oscureciéndose gradualmente, a medida que su cansancio aumentaba. Lo único que por último percibió fueron los aromas, la brisa marina, de un débil olor salino, dominada por la fragancia de las flores tropicales, las frutas, las plantas y las nueces de coco.

Acabó por sentirse cansada de la abundancia que observaba en la isla, fatigada por tanta belleza, movimiento y sol. Tenía los músculos y los sentidos doloridos.

Después del último descanso, efectuado una hora antes, Claire se situó al lado de Harriet Bleaska, unos pasos detrás de Courtney y Maud, que abrían la marcha y no parecían estar nunca cansados. Como un caballo de tiro que siguiese a otro uncido a un carro, ella se esforzaba en avanzar al compás de los pasos militares que marcaba Maud —¿qué se había hecho de su artritismo?— y del paso monótono y balanceante de Courtney, que parecía avanzar a sacudidas. Ascendían una loma redondeada, cuya ubérrima ladera abundaba en pándanos y escévola (según afirmó Sam Karpowicz) hasta alcanzar su cumbre plana. Una vez allí, se aproximaron a un frondoso árbol del pan, que ofrecía una buena sombra y junto al cual discurría un arroyuelo que descendía saltando por la pendiente de la colina.

Courtney aminoró el paso, levantó un brazo y después se volvió hacia ellos.

—Bien, vamos a descansar aquí a la sombra... será la última vez antes de llegar al poblado... que no está a más de veinte o treinta minutos de marcha. Además, a partir de ahora andaremos cuesta abajo, lo que resulta más descansado. Si tienen sed, pueden beber agua del arroyo, que es muy buena.

Sin esperar a que se lo dijeran dos veces, Mary Karpowicz salió de la fila y se dirigió al agua, seguida al instante por su madre, que resollaba y después por Orville Pence y Lisa Hackfeld.

Claire, que los estaba mirando, se dio cuenta de pronto que Courtney se había acercado y la contemplaba, con expresión preocupada.

—¿Está usted muy cansada, verdad?

—¿Tan mala cara hago?

—No, pero...

—Sí, lo estoy —dijo ella—. No lo entiendo. No soy ninguna atleta, pero en los Estados Unidos suelo mantenerme en forma... juego al tenis y practico la natación...

Él movió la cabeza.

—No es cansancio físico... sino nervioso... demasiadas impresiones al mismo tiempo. Es como visitar París o Florencia y querer verlo todo el primer día, sin tomar aliento. La cabeza le empezaría a dar vueltas, sentiría vértigo y le dolerían la espalda y las piernas.

—¿Es usted adivino o algo parecido? ¿Cómo lo ha sabido?

—Porque a mí me sucedió lo mismo, cuando vine el primer día. Después de descansar me encontré perfectamente y por la noche ya volvía a ser el de siempre. Esta noche usted también se encontrará bien.

—Estoy segura que sí —dijo Claire—. De todos modos, me molesta que se note.

—Le aseguro que no se nota. Si no me cree mírese al espejo. Únicamente lo he adivinado... Pero vaya a sentarse a la sombra con los demás. Estos diez minutos de descanso le harán bien y dentro de un momento estaremos allí. Entonces, podrá descansar en su cabaña.

Claire sentía una verdadera simpatía por aquel hombre y se preguntó si sus atenciones tenían un carácter personal o eran simplemente una muestra de deferencia que igualmente hubiera tenido con Rachel DeJong o Lisa Hackfeld, si por casualidad éstas se hubiesen encontrado cerca de él. Se encaminó entonces al arroyo pensando que la muestra de atención de Courtney no tenía carácter personal. Acercándose al árbol del pan, se tendió en la hierba, a pocos metros de Maud.

El alivio que experimentó tendida a la fresca sombra, la reanimó un poco. Por primera vez, casi desde que abandonaron la playa,

sintió interés por saber qué hacían sus compañeros, tendidos entonces en la hierba como ella. Con excepción de Courtney, todos habían regresado del arroyo. Claire se metió en la boca reseca una pas-
tilla de limón, y entonces se dedicó a observar a sus compañeros,
haciendo cábalas acerca de lo que estaban pensando los que permanecían callados, y escuchando la conversación de los que hablaban.

Observó que Maud permanecía silenciosa, sentada a la moruna,
semejando una rechoncha estatua de Buda, mientras sus anchas
facciones mostraban la huella del ejercicio y el calor. Se balanceaba
ligeramente con la mirada perdida en el vacío, recordando algo del
pasado. Claire conjeturó que pensaba en Adley. En la expedición
que realizaron a Fidji hacía casi diez años, en compañía del ser
amado, y que en el presente volvía a hallarse en Polinesia, pero
esta vez sola.

Claire dedicó su atención a la familia Karpowicz. Estelle y Sam
estaban tendidos en la hierba. Mary estaba de rodillas, parecía irritada por algo. Claire escuchó su conversación.

—¿Cómo quieres que lo sepa, padre? —decía Mary con impaciencia—. Aún no he visto nada... sólo unos cuantos árboles y unos cuantos indígenas que estaban bárbaros...

—Mary... por Dios —dijo Estelle—. ¿Dónde aprendes estas expresiones?

—Deja de tratarme como a una niña, mamá.

Estelle dirigió una implorante mirada a su marido.

—Sam...

El interpelado miró con severidad a su hija.

—Mary, esto te aprovechará diez veces más que un verano en
los Estados Unidos. Recuerda que te lo aseguré.

—Oh, desde luego —dijo Mary con sarcasmo.

—Leona Brophy y todas tus amigas te envidiarán.

—Sí... sí, claro...

—Y puedes estar segura que Neal Schaffer no te olvidará. No se
irá con otras chicas. Sólo le interesas tú y esperará que vuelvas.

—Sí, seguro, me esperará sentado en un rincón. —Indicó con la
mano el paisaje—. Este sitio es estupendo para pasar unas vacaciones. Muy bueno. Volveré a casa con una anilla en la nariz y tatuajes.
Vosotros podéis decir lo que queráis, pero no estuvo bien obligarme
a venir aquí...

Claire dejó de escuchar y contempló con piedad a Lisa Hackfeld,
que se veía agotada y desgreñada. Su inmaculado atavío estaba
sucio y arrugado. Bajo sus rubios cabellos, tenía la cara abotargada,
ajada y hacía esfuerzos desesperados por reparar los estragos su-

fridos por su maquillaje. Claire observó a Lisa mientras se miraba en el espejo de su polvera. ¿Qué estaría pensando? Claire lo adivino: pensaba por primera vez que su aspecto correspondía a su verdadera edad y que su cuerpo acusaba los años, después de largo viaje en avión y la fatigosa marcha, pues antes se dirigió a Claire para decirle con tristeza que acababa de cumplir cuarenta años. Piensa, se dijo Claire, que los años pesan como una mochila cargada con cuarenta piedras, y que resulta aún más pesada al sentirse dominada por la fatiga. Piensa, se dijo Claire (como ella misma se había dicho en la playa), que ha cometido una equivocación, que ahora desaparecido ya el entusiasmo inicial, y la alegría con que trazó los planes de viaje y lo inició, han desaparecido también el salón de belleza, el Continental, los criados, Saks y el Club de Tenis y aquí está ella, sudando a mares, rodeada de palmeras y sin salas de té dotadas de aire acondicionado.

Claire vio después que Rachel DeJong y Harriet Bleaska estaban hablando. Harriet tenía la cabeza erguida y aspiraba el aire fresco con los ojos cerrados. Rachel mostraba una expresión desdichada. Claire prestó oído.

—...me encanta —estaba diciendo Harriet—. Nunca me había sentido más llena de vigor y energía. No sabe usted el bien que me han hecho estos días... poder escapar de hospitales y... de la gente que una encuentra en ellos... lo que para mí ha representado el sentirme libre sin depender de nadie...

—Desde luego, la envidio —dijo Rachel—. Yo no tengo ese carácter. No sabe usted la suerte que esto significa... poder prescindir de las preocupaciones. Yo... he abandonado muchas cosas a medias. Me refiero a mis pacientes y a... asuntos personales. No debiera haberlo hecho. He demostrado cierta irresponsabilidad.

—¡Deje usted de preocuparse y empiece a vivir, doctora, o terminará en cama! ¡O peor aún en un diván de psiquiatra!

Harriet rió complacida con el chiste que había hecho y oprimió el brazo de Rachel para demostrarle que era sólo una broma.

Claire dejó de escuchar y se volvió para observar a Courtney, que había vuelto del arroyo y se había puesto en cuclillas al lado de Marc y Orville Pence. Inmediatamente Claire prestó atención a lo que decían:

—Estaba diciendo a Marc —dijo Orville— que la belleza de las mujeres polinesias se exagera mucho. Al menos, por lo que puedo juzgar después de mi primera visita a Tahití. Ya sé que de esto, sólo hace un día, pero he leído mucho sobre este tema. El mundo se ha dejado influir por la propaganda, por los cuentos de hadas, las novelas y las películas. Esas jóvenes tahitianas me parecieron muy poco atractivas, la verdad.

—¿En qué sentido? —preguntó Courtney.

—Oh, quiero decir que tienen narices anchas y chatas de tipo negroide —repuso Orville—, dientes de oro, cintura muy gruesa, lo mismo que los tobillos. Además, tienen juanetes, ampollas y callos en toda la superficie de los pies... Ahí tiene a sus bellezas de los Mares del Sur.

—Yo casi estoy de acuerdo con Orville —dijo Marc con pedantería—. Las investigaciones que he efectuado me han convencido de que toda esa leyenda fue creada por los primeros exploradores y navegantes, que, después de pasarse meses enteros en alta mar sin ver a una mujer, experimentaron una reacción muy fácil de comprender ante las primeras que encontraron, que les parecieron hermosísimas... y más teniendo en cuenta las facilidades que les dieron. Confío Mr. Courtney, que el elemento femenino de las Sirenas tendrá algo más que ofrecernos.

—Yo no soy un experto en lo tocante al sexo débil —dijo Courtney, sonriendo apenas—. No obstante, las mujeres del poblado no son polinesias puras... pues por sus venas corre sangre inglesa, con el resultado de que poseen los mejores atributos físicos —y también los peores— de ambas razas. La verdad es que no estoy de acuerdo con ninguno de ustedes dos. En mi opinión, las polinesias son las mujeres más bellas del mundo.

—¿Esos marimachos? —dijo Orville Pence—. Vamos, hombre, usted bromea.

Marc dio un codazo a Orville.

—Lo que pasa, es que Mr. Courtney debió de estar mucho tiempo en alta mar.

Sin hacer caso de la puya, Courtney dijo:

—He terminado por descubrir que la verdadera belleza de una mujer no reside en su físico, sino que es interior... Y bajo este punto de vista, la mujer polinesia en general y la de las Sirenas en particular, poseen una belleza incomparable.

—¿Belleza interior? —dijo Marc con desazón—. ¿Cómo hay que entender eso?

Courtney plegó los labios en un rictus malévolo.

—Ustedes son antropólogos —dijo, incorporándose—. Ya lo verán por ustedes mismos.

Un poco tarde, Marc se avergonzó. Entonces dijo con mansedumbre:

—Haremos lo que podamos, con la ayuda de todos.

Claire dejó de escuchar, interrogándose de nuevo sobre Thomas Courtney. Alisó sus negros cabellos con ademán ausente y trató de imaginarse cómo vería Courtney, a ella y a las demás mujeres del grupo, y cómo las juzgaría, al compararlas con las mujeres de las Sirenas. De pronto se sintió insegura de su propia femineidad y el inmediato futuro le pareció hostil. Aquellas mujeres tenían belleza interior. ¿Y ella, qué tenía en su interior?

Courtney se acercaba.

—Andando, amigos —dijo—. La última etapa, y habremos llegado.

Claire se levantó con los demás. Aquel interrogante la absorbía por completo y acto seguido tuvo la respuesta, sintiéndose tentada de proclamarla: Mr. Courtney, ya lo sé... tengo belleza interior... pero, como está encerrada dentro de mí, nadie puede verla... ni siquiera Marc... ni usted... ni yo... pero siento que existe... es decir, si para usted es lo mismo que para mí.

Mas no estaba muy segura de lo que era la belleza interior para ella. Desechó aquel enigma por el momento y echó a andar en pos de Maud y Courtney.

* * *

Durante los veinte minutos siguientes, el camino fue menos fatigoso, para Claire y sus compañeros, que la primera parte del recorrido.

Avanzaban en fila india, subiendo y bajando suavemente, como si avanzasen por unas montañas rusas. El sendero atravesaba una densa espesura de un verde brillante. En una ocasión cruzaron un prado en el que pastaban unas cabras. El paseo resultaba agradable, como una caminata matinal por la campiña inglesa, igual que una dulce frase inglesa, sobre colina y cañada... qué consolador debió de ser aquel paisaje para el primer Daniel Wright, el Daniel Wright, Esq., de Skinner Street.

El inmenso resplandor dorado del sol parecía llenar todo el firmamento azul y su ardor les perseguía implacablemente. Claire vio que la blanca camiseta de Courtney se había convertido en una mancha de sudor pegada a su musculoso torso. Ella tenía el cuello, el pecho y el canal entre ambos senos empapados. Sin embargo, se sentía mejor que antes, y aquel calor producía una transpiración que debía ser saludable.

Fueron ascendiendo despacio, cada vez más arriba, entre la vegetación, que también se volvía más frondosa. Avanzaban a la sombra de unas hileras de acacias y moreras, mezcladas con otros árboles que, según Karpowicz, se llamaban kukui. Su avance por aquel fragante túnel asustó a media docena de aves de brillante plumaje, que remontaron el vuelo. No tardaron en salir otra vez a la luz del sol, para encontrarse al borde de un ancho precipicio poco profundo. Courtney se detuvo, se cubrió los ojos con la mano, para mirar al otro lado y después se volvió, a medida que los miembros de la expedición iban saliendo del sendero, para decirles:

—Desde aquí podrán ver el poblado.

Claire, con Harriet Bleaska y Rachel DeJong pisándole los talones, se acercó corriendo al borde del precipicio y, mirando hacia abajo, lo vio.

La única población de las Tres Sirenas se extendía ante ellos, sobre la hierba y las laderas del largo valle. La aldea formaba un rectángulo perfecto. En el centro había una plaza de tierra cubierta de hierba partida por el hilillo de un arroyuelo cruzado por una docena de diminutos puentes de madera. A ambos lados de la plaza, situadas en filas paralelas, se alzaban las herbosas chozas de la aldea, hechas con fibras vegetales trenzadas y que parecían cestas cuadradas puestas boca abajo. No era una sola hilera de chozas, sino varias, una después de otra, pero lo bastante separadas para permitir que cada choza estuviese rodeada por su propio extensión de césped. Entre las chozas había caminos y árboles esparcidos, que parecían eucaliptos.

Todas las viviendas situadas a ambos lados de la vasta plaza habían sido construidas bajo enormes salidizos del monte, que les proporcionaban sombra y una techumbre natural. A Claire se le ocurrió pensar que aquellos gigantescos salientes fueron probablemente la causa de que hacía siglos, la tribu se estableciese allí. A excepción del punto en que entonces se hallaban, el poblado se hallaba al abrigo de miradas indiscretas que tratasen de descubrirlo desde otras alturas, oculto a la vista de los exploradores que se hubiesen aventurado tierra adentro y también, en época moderna, oculto a las miradas de los aviadores. Esto, fue, en opinión de Claire, además de la presencia del arroyo y la zona llana donde se asentaba el poblado, lo que motivó que el pueblo de las Sirenas se estableciese allí y no en parajes más elevados.

Claire sacó del bolso las gafas oscuras y se las puso, pues el brillante resplandor solar ocultaba el extremo del poblado en una bruma. A través de las gafas ahumadas, Claire distinguió claramente aquella distante porción del poblado y pudo ver lo que antes no veía: tres enormes cabañas, una de ellas tan grande, como una casa de campo, pero las tres, de una sola planta, y largas como orugas. Además, se hallaban rodeadas por una arboleda.

Claire se quitó las gafas de sol. Durante aquellos momentos la escena le había parecido extrañamente desprovista de vida, como si fuera una ciudad fantasma tropical, pero entonces distinguió a dos diminutas y bronceadas figuras, probablemente masculinas, que penetraban en el poblado, seguidas por un perro. La pareja cruzó un puente corto y, pasando al otro lado del arroyo, desapareció dentro de una choza.

Se volvió para preguntar dónde estaban los indígenas y vio que Courtney y Maud, que habían estado hablando en voz baja, se separaban para satisfacer la curiosidad del grupo.

—Ahí lo tienen, amigos —dijo Courtney—. Si les interesa saber donde están los habitantes, les diré que están dentro de las chozas, comiendo o haciendo la siesta, como es normal a esta hora. Los que no están en el poblado se encuentran en el monte, cumpliendo su jornada de trabajo. En circunstancias normales, ustedes verían a más gente yendo y viniendo por el poblado, pero hoy es una ocasión especial... Y la ocasión la han facilitado ustedes con su llegada. Yo les dije que ustedes llegarían alrededor del mediodía, como así ha sido, en efecto, y como señal de respeto para ustedes —Paoti, el jefe, les ha proporcionado un *mana* especial para vencer el antiguo *tabú* contra los extranjeros— están todos en sus casas. Ya sé que en los Estados Unidos toda la gente se echa a la calle para celebrar la llegada de personajes importantes... se organizan desfiles, se tira confeti, se les ofrecen las llaves de la ciudad... pero aquí la señal de respeto y bienvenida consiste en ofrecer al visitante, el día de su llegada, la libertad de recorrer el poblado sin que nadie le moleste ni le mire. ¿Entienden ustedes?

—Sí, todos entendemos estas muestras de hospitalidad —dijo Maud.

—En realidad —dijo Courtney— muchos de ellos se pondrán esta noche sus trajes de gala, en su honor. Sé que el profesor Easterday les dijo que en las Sirenas, los hombres suelen llevar bolsas púbicas, las mujeres faldellines de hierba y que los niños van desnudos. Así es, en realidad, salvo algunas excepciones. En la enfermería, en la escuela, y en varios otros lugares, los hombres llevan calzones, taparrabos, faldas o como ustedes quieran llamarlos, y en estos lugares las mujeres se ponen justillos además de sus faldellines de hierbas o de tapa. Los niños y los ancianos pueden ataviarse como gusten. Durante las festividades y en ocasiones especiales, como la recepción de bienvenida que les ofrecerán esta noche, se ponen sus mejores galas.

Orville Pence levantó la mano para hacer una pregunta.

—Mr. Courtney... además del profesor Easterday, el capitán y usted... ¿somos nosotros los primeros extranjeros... blancos, naturalmente... que llegan a estas islas?

Varias arrugas se formaron en la frente de Courtney. Meditó antes de contestar:

—No —dijo por último—. Además de las tres excepciones que usted ha citado, no son ustedes los primeros blancos que han visto desde que Daniel Wright se estableció aquí y sus descendientes se cruzaron con los polinesios. Según sus leyendas, una partida de españoles desembarcó unos cinco años después de hacerlo Wright... o sea aproximadamente hacia 1801. Los intrusos actuaron con gran crueldad, tratando de llevarse a viva fuerza algunas muchachas. Los indígenas les tendieron una emboscada cuando regresaban a la playa y pasaron a cuchillo hasta el último hombre. Los que quedaban en el barco eran atacados de noche y perecieron también En época más reciente, a comienzos de este siglo, un anciano y barbudo navegante solitario, que daba la vuelta al mundo encalló con su balandro en la playa. Consiguió llegar al poblado y cuando quiso marcharse, los indígenas no lo dejaron partir. Se resignó a quedarse aquí, pero falleció de muerte natural antes de que transcurriera un año.

—¿No era acaso el capitán Joshua Slocum con el *Spray?* —preguntó Claire.

Courtney se encogió de hombros.

—No quedó constancia de su nombre. Aquí no escriben, y la historia se conserva por tradición oral, de generación en generación. Yo también pensé que pudiera ser Slocum. Pero efectuadas las oportunas averiguaciones, descubrí que había desaparecido en el Atlántico durante 1909. ¿Es posible que hubiese llegado hasta tan lejos sin que nadie lo supiese? Quizás, pero no probable.

—Pero debe haber alguna prueba, una tumba, una lápida, algo, en fin —insistió Claire.

—No, nada —repuso Courtney—. Como ya tendrán ocasión de saber, sus ritos funerarios requieren la absoluta y total cremación del cadáver, junto con todos los efectos personales. —Courtney se volvió, para dirigirse a Orville Pence—. Durante la segunda guerra mundial, un bombardero japonés efectuó un aterrizaje forzoso en la meseta, pero hizo explosión y se incendió. No hubo supervivientes. Más tarde, durante la misma guerra, un avión de transporte norteamericano, que se extravió de noche, chocó contra la cumbre del volcán.

Tampoco hubo supervivientes. Con excepción de estos casos, su grupo es, por lo que sé, el primero que visita la isla procedente del mundo exterior... y espero también que sea el último.

Maud se dedicó a examinar el poblado.

—Dígame, Mr. Courtney: ¿Todos los miembros de la tribu viven en ese poblado?

—Sí, todos viven aquí —dijo Courtney—. Hay algunas chozas desperdigadas por la isla, simples refugios nocturnos para los que se dedican al laboreo, a la caza o la pesca lejos del poblado, y cerca de la cumbre hay algunas columnas de piedra, restos de un antiguo *marae* sagrado, pero la que ven ustedes es la única población de la isla. Las Sirenas son muy pequeñas y este pequeño poblado reúne todas las ventajas que son de desear. Según el último censo, viven aquí doscientos veinte nativos. El poblado está compuesto de cincuenta o sesenta chozas. El mes pasado se construyeron otras cuatro y se desocuparon dos más, a fin de acomodarles a ustedes diez.

Mary Karpowicz, que estaba absorta contemplando el poblado, preguntó de pronto:

—¿Y de qué están hechas... las chozas? Parece que el menor soplo podría derribarlas.

—Mas adelante se podrá dar usted cuenta de que son mucho más fuertes y sólidas de lo que parecen —dijo Courtney, sonriendo—. No tienen paredes propiamente dichas, sino que el armazón es de madera sólida, por influencia de la arquitectura inglesa del siglo XVIII, mientras que la techumbre es de bálago indígena, hojas de pándano extendidas sobre un cañizo o un enrejado de bambú y los tabiques se construyen de forma parecida, pero más reforzada. Casi todas las chozas tienen dos habitaciones y algunas tres.

—Mr. Courtney —dijo Maud, señalando la arboleda del extremo de la aldea—. ¿Y esos grandes edificios...?

—Ah, sí. Pudiéramos decir que son las dependencias municipales del poblado. En realidad, desde aquí no pueden verlas en su conjunto. Entre esos árboles está la Choza Sagrada, en realidad una especie de museo y lugar de culto para algunos. Hay también algunas chozas mayores, unidas, que constituyen la escuela. El almacén de víveres también está allí. En el mismo centro del poblado hay otras dos importantes construcciones. Una es el dispensario médico. La otra es la choza de Paoti, el jefe, grande y espaciosa, con numerosas estancias para su familia, para celebrar asambleas y festines. Desde aquí no pueden verla bien.

—¿Pero y la mayor y más larga, esa que está en el fondo, con una cúpula de bálago? —preguntó Maud.

Courtney la miró con detenimiento por un instante antes de responder con voz grave:

—Esa es la Cabaña de Auxilio Social de que le habló el profesor Easterday.

—El burdel —dijo Marc con una sonrisa.

Su madre se volvió hacia él encolerizada, para reprenderlo.

—Vamos, Marc, es lamentable que digas esas cosas.

—Era una broma —dijo Marc, pero su sonrisa se hizo insegura y después pareció como si pidiera que le perdonasen su intempestiva observación.

—Con estas salidas de tono desorientas a los demás —observó Maud. Volviéndose a Courtney, prosiguió—: Como etnólogos, hemos estudiado a fondo lo que significan las casas de placer de la Polinesia. En Mangareva, se llama a esta casa *are popi* y en la isla de Pascua, *hare nui*. Supongo que esa cabaña cumple funciones similares, ¿no es eso?

—Sólo hasta cierto punto —respondió Courtney con vacilación—. Por lo que sé, no existe en el mundo nada parecido. En realidad, existen aquí muchas otras cosas que no se conocen en el mundo. Para mí, para la mayoría de nosotros, representan un... un modo de vida ideal... cuando menos en el aspecto amoroso... que ojalá alcanzásemos algún día en Occidente. —Dirigió una mirada al poblado con expresión amorosa—. Pronto tendrán ocasión de verlo y comprobarlo. Hasta que lo hagan, todo cuanto yo pueda decirles será perder el tiempo. Permítanme acompañarles a las viviendas que les han asignado. El camino hasta allí, es muy abrupto, pero es seguro. Dentro de diez minutos estaremos abajo.

Se dirigió al borde del precipicio y desapareció al otro lado de un peñasco, seguido por los demás, que avanzaban en fila. Claire se dispuso a bajar y vio que su marido adelantaba a Orville Pence. Marc soltó una risita, como las que se cruzan entre los hombres cuando están solos, pensó Claire, y dijo a Orville:

—Sigo diciendo que es un burdel.

Desapareció tras el peñasco en compañía de Orville y en aquel momento Claire no deseó acompañarlo.

Estaba furiosa con Marc, por su broma tan fuera de lugar. En el fondo de su corazón sabía que el doctor Adley R. Hayden también se hubiera puesto furioso y aún la hubiera querido más, al ver que ella compartía sus sentimientos.

Esperó a que hubiesen doblado el recodo y entonces se puso a andar. Quería entrar en el poblado de las Tres Sirenas sola.

En el poblado era media tarde.

Claire Hayden, más fresca ahora con su vestido de dacrón gris sin mangas, estaba apoyada en el umbral de la cabaña que ocuparía con Marc, y se dedicaba a observar distraídamente a los hombres del grupo, Marc, Orville y Sam que, utilizando las herramientas que habían traído ayudaban a dos de los jóvenes portadores indígenas a abrir la última de las cajas de madera.

Su mirada se dirigió a los dos jóvenes nativos, tan esbeltos y graciosos, porque mirarlos le producía una especie de anhelante imaginación. Al ver moverse a aquellos jóvenes, que tan pronto se inclinaban como se incorporaban, ella estaba segura de que de un momento a otro iban a partirse los cordeles que les rodeaban la cintura y que sujetaban las bolsas púbicas en su debido lugar, con el resultado que era de presumir. No podía comprender por qué esto no sucedía, pero la verdad es que los cordeles no se rompían.

De pronto se avergonzó de pensar estas cosas y, apartando su mirada de los hombres y las cajas, la dirigió hacia el centro del poblado. A la sazón se veían ya algunos habitantes. Por último habían salido las mujeres y los niños. Los pequeñuelos que corrían, brincaban y jugaban, iban completamente desnudos. Las mujeres, como Easterday había asegurado, iban desnudas de cintura para arriba y sus breves faldellines apenas ocultaban sus partes pudendas. Sólo unas pocas mujeres ancianas tenían pechos colgantes. Las jóvenes, en cambio, e incluso las de media edad, tenían senos altos, firmes y extraordinariamente puntiagudos. Al andar —lo hacían dando breves pasitos muy femeninos, sin duda para evitar que se agitasen en demasía sus faldellines de hierbas— sus senos cónicos bailaban y sus faldas de hierba ondulaban, para revelar de vez en cuando parte de las nalgas. A Claire le extrañó que las mujeres pudiesen ir de aquel modo, con todo al aire, y que los hombres pudiesen cruzarse constantemente con ellas sin excitarse o abalanzarse sobre ellas para violarlas.

Al observarlas desde lejos —eran aún demasiado tímidas y corteses, demasiado correctas para acercarse—, Claire se sintió inquieta. Se pasó maquinalmente la mano por el vestido que, pese a ser tan fino, la cubría completamente, lo mismo que sus sostenes y pantaloncitos, lo cual hacía que se sintiese ridícula y poco femenina. Continuó observando a las mujeres de las Sirenas, de lustrosa cabellera negra como ala de cuervo, senos puntiagudos y oscilantes, caderas seductoras, piernas largas y desnudas, y sintió vergüenza al ir vestida de un modo tan púdico, como si fuese la mujer de un misionero.

Se dispuso a no seguir mirando aquellos reproches vivientes, para continuar deshaciendo el equipaje, cuando oyó a Marc.

—Hola, Claire.

Él venía hacia la cabaña, secándose el sudor de la frente con el dorso de la mano.

—¿Qué estabas haciendo?

—Estaba quitando las cosas de las maletas. Mientras descansaba un momento, me puse a mirar a la gente.

—Yo también —dijo Marc, mirando hacia el centro del poblado—. Courtney puede estar equivocado en muchas cosas, pero desde luego, tiene razón por lo que se refiere a estas mujeres.

—¿Qué quieres decir?

—A su lado, las tahitianas parecen hombrunas... poco femeninas. Estas son estupendas. No se presentan más guapas a la elección de Miss América. No he visto nunca nada parecido en los Estados Unidos. —Al ver la cara que ponía Claire, añadió con tono festivo—: Mejorando lo presente.

Algo le quedaba a ella de su antiguo resquemor, al que se añadió entonces el disgusto que estas palabras le produjeron. Quiso contestar adecuadamente, hiriéndole donde más le dolía.

—Lo mismo puede decirse de los hombres —comentó—. ¿Has visto en algún sitio hombres tan atléticos y de aspecto tan viril?

El rostro de Marc se ensombreció, como ella sabía que sucedería.

—¿Qué quieres decir con esas observaciones tan tontas?

—Son las mismas que tú haces —repuso ella, dando media vuelta y regresando con su triste victoria al interior.

—Escucha, Claire, no te pongas así —la llamó él, contrito—. Hablaba sólo como etnólogo.

—Muy bien —dijo ella—. Te perdono.

Pero no salió a reunirse con él.

Durante unos minutos, sin saber bien lo que hacía, se dedicó a transportar sus ropas y artículos de tocador de la habitación delantera a la trasera, hasta que se hubo calmado, recuperando el equilibrio espiritual y consiguiendo apartar de su mente las estúpidas palabras de Marc. Deteniéndose, dirigió una mirada a su alrededor. La habitación delantera era espaciosa, pues medía sin duda seis metros por cuatro y medio y, aunque calurosa, era mucho más fresca que el exterior. Las paredes de caña proporcionaban una sensación de intimidad y las esterillas de pándano que recubrían casi todo el piso enarenado eran blandas y mullidas. No había mobiliario de gran tamaño, como mesas o sillas. Tampoco había adornos, pero Sam Karpowicz había suspendido del techo dos lámparas alimentadas por pilas. Había una ventana que miraba hacia la choza de Maud. Una especie de visillo de tela oscura, que podía sujetarse a un lado, defendía la estancia del sol y del calor.

Poco antes, un adolescente indígena, vestido con un sumario taparrabos, trajo agua fresca en dos cuencos de arcilla, explicando en un defectuoso inglés que uno contenía agua para lavarse y en el otro para beber. Después le entregó un manojo de hojas fuertes y anchas. Cuando Claire preguntó para qué servían, él dijo que debía emplearlas como platos. Claire llegó a la conclusión de que aquella estancia tenía que ser su living, su comedor y su estudio, todo en una pieza.

Con los brazos cruzados sobre el pecho, Claire se encaminó lentamente a la parte posterior, pasando a un corredor de unos dos metros. Vio allí una rendija en el techo, por la que se escaparía el humo cuando en el interior se cocinase. Bajo la rendija, junto a una esterilla, había un horno de tierra, consistente en un orificio redondo practicado en el suelo y que podía llenarse de piedras calientes, para taparlo luego con enormes hojas, de las que se veían varias al lado. El extremo de este pasadizo, daba a una habitación más pequeña, parecida a la pieza delantera, pero con una ventana. Fue allí, sobre las esterillas de pándano, donde ella colocó los dos sacos de dormir, pero le parecieron tan engorrosos y gruesos que, pensó que, si por la noche hacía el mismo calor que entonces, dormiría tendida sobre el saco en vez de meterse en él, o incluso sobre las colchonetas indígenas, formadas por varias esterillas de pándano superpuestas, que sin duda hacían las veces de cama.

Hogar, dulce hogar, pensó, mirando con aprensión aquella choza primitiva. Tan pronto entró en ella, Marc se quejó de su tosquedad y falta de mobiliario, e incluso ella se preocupó por un instante ante su inevitable incomodidad, pero a la sazón ya la adoraba y no deseaba otra cosa.

Se arrodilló para ordenar sus ropas, poniendo las de Marc a un lado y las suyas al otro, en varias pilas. Luego, cansada de nuevo, abandonó su posición para sentarse sobre las colchonetas, con las piernas dobladas bajo el cuerpo. En esta posición, sacó el paquete de cigarrillos y los fósforos del bolsillo de su vestido.

Cuando empezó a fumar tranquilamente y mientras pensaba lo maravilloso que era no tener teléfono, ni lista de la compra, ni compromisos sociales, ni automóvil que conducir, escuchaba los susurros de la brisa que danzaba un vals con las pajas del techo. Armonizando con aquel susurro, llegaban de lo lejos cristalinas risas, demasiado débiles y femeninas para pertenecer a las que estaban frente a la puerta. Aquellos suaves rumores, junto con el exótico aroma vegetal que invadía la estancia, confortaron del todo a Claire dándole una sensación de felina languidez.

Entonces pudo sondear ya sus emociones internas, comparándolas con lo que sintió al entrar en el poblado tres horas antes. A excepción de Maud, animada por la perspectiva de una nueva labor científica y de la infatigable Harriet Bleaska, el talante del grupo era de decepción mezclada con interés. Los sentimientos de Claire corrían parejas con los del grupo. A la sazón les comprendía mejor. Ningún paraíso real puede ser igual a un soñado paraíso. Los paraísos soñados son perfectos. Al abandonar un sueño, cada vez se desciende más... hasta alcanzar la tierra... y la tierra tiene dedos torpes y nudosos que estropean las construcciones nacidas de un delicado sueño.

Claire se sentía ya mejor porque la parte más útil y bien engrasada de su mecanismo movía todo cuanto la rodeaba, para adaptarlo a sus propias necesidades, para que todo fuera compatible con ella. Esta era su fuerza, o acaso su debilidad: el talento de abandonar de manera tan automática los detalles de un sueño largo tiempo acariciado para ordenar nuevamente la fría realidad de acuerdo con los restos de aquel sueño. En otras personas, ella hubiera calificado esto de flexibilidad, facultades de adaptación o de compromiso. ¡Eran tantos los sueños románticos, las elevadas e interminables esperanzas, anhelos y deseos que le habían conferido veteranía! Sin hablar de la experiencia conferida por innumerables decepciones... Y así desde hacía mucho, muchísimo tiempo, se había armado con la maquinaria de la reconciliación. Vio que todavía funcionaba; si así no fuese, ¿cómo hubiera podido seguir sonriendo en las mañanas de su matrimonio? Pero recientemente, y con cierta frecuencia, la maquinaria funcionaba de una manera menos silenciosa, crujía y protestaba. En aquel día particular funcionaba bien a la perfección. En cierto modo, el paraíso le parecía el sueño siempre renovado de toda la primavera.

Encendió otro cigarrillo con el que estaba fumando, apagando éste en una rota corteza de coco que se procuró como cenicero. Mientras hacía esto, se preguntó si las demás personas del equipo habrían efectuado un ajuste similar al suyo. Recordando algunas de sus reacciones inicales al llegar al poblado, y mientras lo recorrían en seguimiento de Courtney, y las palabras que pronunciaron al penetrar en sus alojamientos, abrigó serias dudas al respecto.

Courtney les había mostrado las seis chozas que ocuparían durante las seis semanas de su estancia allí. Las pequeñas construcciones estaban alineadas bajo el saliente de roca blanquecina y daban directamente a la plaza del poblado, más hacia la entrada del mismo que al centro, donde se alzaba la imponente casa de Paoti. Los Karpowicz ocuparon la primera choza, que era exactamente igual, por dentro y por fuera, que la que asignada a Claire y Marc, con la sola diferencia de que en la habitación posterior había una pequeña partición tras de la cual se alojaría Mary. Claire y Maud acompañaron a Courtney y los Karpowicz, mientras éstos examinaban por primera vez su temporal morada. Sam sólo se mostró consternado por la falta de cámara oscura y Courtney al instante le prometió procurarle los materiales y la mano de obra necesarios para construirle una. Aparte de esto, él y Estelle encontraron las condiciones de la vivienda, sino igual que las que tuvieron en Saltillo el año anterior, al menos aceptables para una permanencia tan breve. En cambio, Mary quedó aterrada por la falta de intimidad y por el desnudo y destartalado interior.

—¿Qué voy a hacer aquí todo el verano? ¿Estarme mano sobre mano? —preguntó, irritada.

Lisa Hackfeld se alojó en la choza contigua, que, por deferencia a la ayuda económica prestada por su esposo a la expedición se le permitió ocupar a ella sola. Después de echar una rápida ojeada, se fue en busca de Maud, para decir boquiabierta y jadeante:

—No he podido encontrar el cuarto de baño... no hay cuarto de baño.

Courtney la oyó, y trató de ablandarla.

—Hay un lavabo público cerca. En realidad, hay uno cada diez chozas —explicó—. El que le queda más cerca está a unos treinta metros, detrás de la choza que ocupará la doctora DeJong. No tiene pérdida. Lo verá perfectamente. Parece más una choza circular de hierba que un retrete.

Lisa se horrorizó ante la idea del lavabo público pero Courtney le dijo que podía darse por muy afortunada de tenerlo. En los años anteriores a la llegada de Daniel Wright, que introdujo los W. C. públicos en la isla, los indígenas no los conocían, limitándose a hacer sus necesidades en el bosque. Muy alicaída, Lisa se retiró a su castillo sin cuarto de aseo, para meditar en silencio sobre sus desventuras, en espera de que llegase el equipaje.

Orville Pence, que nunca había estado en la Polinesia, al entrar en su choza confesó que, no sabía por qué, había esperado encontrar alojamientos provistos de auténticas ventanas —en Denver siempre había dormido con las ventanas cerradas a cal y canto, pues era muy propenso a las congestiones bronquiales— con algún mobiliario de oficina y estanterías para sus libros. Allí lo dejaron, en el centro de la estancia, solo y paralizado por el estupor.

La choza siguiente estaba reservada a Rachel DeJong y Harriet Bleaska, que la compartirían. A Harriet la vivienda la encantó, encontrándola mucho más pintoresca que los solitarios apartamientos que había ocupado en Nashville, Seattle y San Francisco. En cuanto a Rachel, quedó mucho menos impresionada. Si bien no profirió ni una queja y mostró indiferencia ante las condiciones de vida del lugar, la disgustó la falta de intimidad de que dispondría para su trabajo.

—No es necesario el famoso diván —dijo torciendo el gesto— pero sí que es necesario encerrarse en un lugar aislado con el paciente o, en este caso, con el sujeto.

Deseoso de complacerla, Courtney le prometió encontrar una choza vacía que pudiera utilizar como consultorio permanente.

Después de esto, Claire y Marc visitaron su residencia y Maud se fue con Courtney a la choza que haría las veces de despacho y vivienda para ella, que estaba situada al lado. Media hora después llegaron los equipajes y como los indígenas no les habían ofrecido comida, Marc abrió la caja que contenía Spam y distribuyó latas de este producto junto con abrelatas por todas las chozas.

Al recordar aquellas quejas y disgustos, una frase perdida, un tópico maravilloso, cruzó el espíritu de Claire: trabajan como negros. Sin saber por qué, la frase la encantó. Allí estaba ella, entre los «negros», y no eran éstos los que trabajaban, ni mucho menos. Los que trabajan son los «sabios», se dijo, los pobres sabios, que después de asarse por el camino tienen que echar ahora los últimos bofes.

Maud, la fuerte Maud sería la única que estaría imperturbable, tan resuelta como uno de los graníticos perfiles del monte Rushmore (1), pensó. Experimentó de pronto un inmotivado deseo de ver a Maud, de que se le contagiase su entusiasmo. Su cansancio se había desvanecido. Claire se incorporó y se puso en pie. No oía trabajar a los hombres frente a la choza. Atravesó su morada y salió al exterior, confiando en encontrar a Marc, pero si bien Orville Pence y Sam Karpowicz trabajaban con los jóvenes nativos, Marc no se veía por parte alguna. ¿Dónde se había metido? Quiso averiguarlo, pero después renunció a su intento, pues ya lo sabía. Se había metido

(1)   Monte donde se hallan esculpidas las cabezas gigantescas de varios presidentes norteamericanos. (N. del T.)

en el pueblo, para ver los senos denudos de las indígenas. Que se fuesen todos al diablo, se dijo; no los senos de las indígenas sino los hombres; no los hombres en general, sino Marc en particular.

Llegó frente a la choza ocupada por su madre política cuando la puerta de cañas se abrió de pronto, y estuvo en un tris de alcanzarla. Dio un salto atrás, viendo salir a Courtney. Le sorprendió que hubiese estado tanto tiempo con Maud.

—¿Qué tal, Mrs. Hayden? —dijo Courtney—. ¿Ha podido descansar?

Ella experimentó una súbita timidez y dificultad en hablar.

—Sí.

—¿Puedo servirla en algo...?

—No.

—Entonces, pues, si me permite...

Ambos estaban de pie a la puerta, mirándose con embarazo como dos muñecos a los que se les hubiese acabado la cuerda, incapaces de moverse en ningún sentido, ni siquiera para alejarse.

—Yo... iba a entrar... —empezó a decir Claire.

—Sí, yo también...

Una voz gritaba a lo lejos y parecía irse acercando:

—¡Eh, Claire... Claire Hayden!

Aquellos gritos les galvanizaron y, separándose, se volvieron para ver de donde procedía aquel clamor femenino. Era Lisa Hackfeld, que avanzaba renqueando hacia ellos, desmelenada y acalorada.

Se detuvo sin aliento frente a Courtney y Claire, con el horror y la incredulidad pintados en el rostro. Miraba a Claire con tal intensidad, que apenas se dio cuenta de la presencia de su compañero.

—Claire —dijo jadeante, tan trastornada que no recordó que no habían decidido tutearse todavía—. Claire, ¿has estado en el lavabo?

La pregunta resultó tan inesperada, que Claire no supo qué contestar.

Lisa Hackfeld estaba demasiado desesperada para esperar su respuesta.

—¡Es... es colectivo! —barbotó—. Quiero decir que es... para todos... una tabla con agujeros y cuando yo entré... había tres hombres y una mujer allí sentados... hablando... *juntos.*

Estupefacta, Claire se volvió a Courtney, que se esforzaba por contener la risa. Consiguió mantenerse serio e hizo a Claire un gesto afirmativo y después otro a Lisa Hackfeld.

—Sí, es cierto —dijo—; los retretes son colectivos, y los utilizan hombres y mujeres al mismo tiempo.

—¿Pero cómo es posible...? —imploró Lisa Hackfeld.

—Es la costumbre —se limitó a responder Courtney— y, si quiere
que le diga la verdad, la encuentro buena.

Lisa Hackfeld parecía a punto de desfallecer.

—¿Buena? —tartajeó.

—Sí —repuso Courtney—. Cuando en 1796 Daniel Wright vino aquí,
descubrió que los nativos no hacían melindres acerca de estas cuestiones, que consideraban naturales, y no vio motivo alguno para
alterar sus costumbres cuando construyó los primeros retretes públicos. En esta sociedad, sencillamente, no se considera que tenga
nada de malo sentarse en el retrete al lado de una persona del sexo
opuesto. La costumbre resulta chocante para los forasteros, pero
una vez uno se acostumbra, una vez se prescinde del pudor, uno se
siente a sus anchas haciendo sus necesidades de esta forma. Los demás
no se fijan en uno y uno no tiene por qué fijarse en los demás.

—Pero hay cosas que requieren intimidad —insistió Lisa Hackfeld—. Esto sería un escándalo, si se implantara entre nosotros.

—Esto depende de la parte del mundo, Mrs. Hackfeld. La práctica
resulta familiar en algunas regiones de Europa e Iberoamérica. Y no
hace tanto tiempo, en la refinada Francia de María Antonieta, las
grandes damas mandaban parar sus carrozas a un lado del camino,
para apearse y evacuar sus necesidades a la vista de los transeúntes
y de su séquito (1).

—Es imposible, no puedo creerlo.

—Le aseguro que es cierto, Mrs. Hackfeld. Comprendo su reacción.
Todo esto le resulta muy extraño y algunas cosas las encontrará repe-
lentes. Recuerdo que cuando vine aquí, también me llevé una sorpresa
mayúscula la primera vez que visité el excusado. Pero a medida
que fue pasando el tiempo, comprendí el valor que tenía esta costumbre obligando a prescindir de una vergüenza que no hay por qué
tener, pues es falsa. Desde entonces, he descubierto que estos retretes
colectivos poseen otro valor. Son el gran rasero igualitario de la
naturaleza. Cuando vine, todas las jóvenes nativas, atractivas y des-
deñosas, me intimidaban. Yo quería hablarles, pero pertenecían a
familias importantes, ellas eran las jóvenes más distinguidas y el
resultado es que yo no me atrevía. Poco tiempo después, me encontré
un día junto a una de esas jóvenes en el retrete colectivo. Esto sirvió
para suprimir de golpe todos mis temores y mi actitud cohibida. Si
esta institución se hiciese universal... sería la única democracia

(1) Los romanos también tenían grandes excusados colectivos, algunos
de ellos muy lujosos, con asientos de mármol, en los cuales se hablaba de
política, del tiempo, etc., mientras se aliviaba el vientre. (N. del T.)

auténtica. Hoy no puede hablarse de igualdad. Por un lado tenemos a los escogidos, a los ricos, los inteligentes, los poderosos, los sabios y por el otro el resto de la humanidad, o sea los inferiores. Pero con esto tendríamos el único rasero igualitario, ya que como le digo, es el único lugar donde reyes y campesinos, actrices y amas de casa, santos y pecadores, conocerían la igualdad absoluta.

—No hablará usted en serio, Mr. Courtney.

—Hablo completamente en serio, Mrs. Hackfeld. —Después de una pausa, dirigió una mirada de soslayo a Claire y sonrió—. Espero no haberla escandalizado, Mrs. Hayden.

Aunque tan turbada como Lisa Hackfeld por lo de los retretes, Claire no quiso pasar por aliada de Lisa en gazmoñería.

—No —mintió a Courtney—. Todo lo contrario; reconozco que acaso tenga usted razón.

Courtney, pese a que parecía tener sus dudas, hizo un ademán de asentimiento ante su independencia de criterio y se subió los pantalones. Después dijo a Lisa:

—A menos que tenga usted unos riñones increíbles, me permito indicarle que se sirva de lo que podemos ofrecer. —Se disponía a irse cuando se volvió y dijo, en un susurro burlón de conspirador—: Pero, hablando de persona ex-timorata a una que lo es, permítame indicarle que visite el retrete colectivo después de que hayan tocado las campanas que llaman al desayuno, al almuerzo y a la cena... o sea a las siete, a las doce y a las siete de la tarde... pues a esas horas lo encontrará completamente vacío y desocupado, al menos por parte de los nativos.

—¿Sucederá lo mismo con nuestros propios hombres? —preguntó Lisa, siguiéndole la corriente.

Courtney se sujetó la barbilla con la mano.

—Sí —dijo— ése será un problema. Bien, ahora voy a decirle lo que vamos a hacer, Mrs. Hackfeld. Como pura muestra de deferencia por unas costumbres atrasadas, conseguiré que se haga una concesión. Antes de que termine el día de mañana, verán ustedes, detrás de las chozas que ocupan, dos flamantes cobertizos, a la puerta de una de los cuales podrán leer *Caballeros* y en la otra, *Señoras*. ¿Qué le parece?

Lisa Hackfeld lanzó un suspiro de alivio.

—Oh, gracias, Mr. Courtney.

—De nada, Mrs. Hackfeld. Buenas tardes y... buenas tardes, Mrs. Hayden.

Las dejó para con su andar desgarbado adentrarse por el poblado, en dirección a la gran cabaña de Paoti, el jefe.

—Qué hombre tan raro —murmuró Lisa—. Supongo que habrá querido burlarse de mí al decir todas esas cosas, ¿no?

Claire movió afirmativamente la cabeza, despacio, sin apartar los ojos de la figura que se retiraba.

—Supongo que sí —dijo—. Aunque tratándose de él, no me atrevería a asegurarlo.

—Bien —dijo Lisa—. De todos modos, ha sido muy amable. Mañana tendremos nuestros propios servicios higiénicos... Tengo la intención de escribir diariamente a Cyrus, para llevar una especie de diario del viaje, que el capitán Rasmussen recogerá todas las semanas. Esta pequeña anécdota me dará tema para empezar.

Claire volvió de nuevo su atención a Lisa.

—Desde luego —asintió.

Lisa movió la cabeza, como si acabase de efectuar una profundísima observación.

—Sólo hay que ver su cara —dijo—. Es sorprendente, por refinados que nos creamos, pensar cuánta mojigatería tenemos aún.

—En efecto —asintió Claire.

Lisa se abanicó la cara con la mano.

—Espero que no hará siempre tanto calor. Me parece que voy a huir del sol. Hasta luego.

Claire la miró mientras regresaba a su cabaña y al pensar en lo que aún tendría que soportar sintió simpatía por ella. Después, al acordarse de lo que se proponía hacer, Claire abrió la puerta de cañas y entró en la choza para ver a su madre política.

Al abandonar la radiante claridad exterior para penetrar en aquel interior sombreado, Claire vio, una vez su vista se hubo acomodado a aquella semioscuridad, que no había nadie en la habitación delantera. Esta se parecía a la de su propia choza, con la diferencia de que era mucho mayor y ya había algunos artículos de oficina. Bajo la tapada ventana había una sencilla mesa de madera, cuya superfice era lisa y suave, pero cuyas patas de color avellano, apenas desbastadas, daban la impresión de haber sido colocadas recientemente, a toda prisa. Sobre la mesa había el magnetofón portátil, de metal plateado, y el dictáfono redondo y aplanado. Junto a estos objetos vio un calendario y una lámpara de pilas, a un extremo de la mesa, dos medias nueces de coco, una llena de lápices nuevos y sacapuntas baratos y la otra vacía, destinada sin duda a cenicero. La mesa se complementaba con una silla sin terminar, extremadamente tosca, pesada y provista de un respaldo muy elevado de madera, que sin duda había sido construida por manos inexpertas, pues sus piezas se hallaban sujetas por cuerdas y no por clavos. A la derecha había dos largos y bajos bancos, hechos con bastos tablones que no parecían haber sido cortados con sierra.

Claire se disponía a llamar a Maud cuando ésta se materializó, risueña y animada, por el pasillo del fondo. Iba cargada de grandes cuadernos con tapas de tela.

—Oh, Claire... me disponía a ir a ver qué hacías.

—Pues estaba haraganeando. Todo está por hacer... me siento culpable.

—No digas tonterías. —Tiró los cuadernos sobre la mesa—. Esto se debe a mi neurótico sentido del orden. Tú haces bien. Hay que tomarse las cosas con calma, al menos durante el día, en una isla tropical. —Con una de sus rollizas manos indicó la mesa y continuó el ademán hasta abarcar toda la estancia—. ¿Qué pensaba? Mr. Courtney me ha dicho que esto es un verdadero lujo en las Tres Sirenas. Hace varias semanas, el jefe Paoti insistió en que, puesto que yo también soy un jefe, debían tratarme como tal. Según Mr. Courtney, el jefe posee los únicos muebles occidentales que hay en la isla... una silla como ésta, que utiliza como trono, y una enorme mesa para los festines. Ahora yo también tengo una silla, una mesa muy práctica para despacho, gracias a Mr. Courtney, y bancos para mis súbditos. —Hizo una mueca—. Tal vez no debiera haber aceptado todo esto. No sólo puede despertar celos entre otros miembros del equipo, sino que evita hasta cierto punto que yo viva como un nativo, que participe en la vida de la tribu. Aunque debo confesarte que facilita mucho mi labor.

—Yo quiero pertenecer a la clase rica —dijo Claire—. Eso nos da un objetivo en la vida.

—He dicho a Mr. Courtney que necesitamos una mesita para tu máquina de escribir. Mañana hará que nos fabriquen una.

—¿Te importaría que la instalara aquí, Maud? Yo lo preferiría. Me gustaría mantener nuestras dos habitaciones como están, completamente auténticas e indígenas. Nuestra choza me encanta y me gusta que sea así, abierta, ventilada, sin nada de mobiliario. A propósito, Maud, ya que hablamos de Mr. Courtney...

Entonces Claire refirió el incidente ocurrido ante su puerta entre Lisa Hackfield y Courtney, explicándole también la digresión que hizo éste para extenderse sobre el valor de los retretes colectivos y de lo que representaría el excusado público como gran liberador de la sociedad.

Maud la escuchó sonriendo.

—Pobre Mrs. Hackfield. No sólo ella, sino todos nosotros, nos llevaremos otras sorpresas mayúsculas, me parece. Sí, recuerdo que hace unos años, Adley y yo nos encontramos con el primero de estos retretes públicos en una de nuestras expediciones. Mr. Courtney tiene razón, desde luego. Habría mucho que decir en favor de esta costumbre. Su memoria histórica, en cambio le ha fallado un poco. El episodio de la dama que se apeó del carruaje, abandonando a sus acompañantes y séquito para hacer sus necesidades junto al camino a la vista de todos, se sitúa, en realidad en la Inglaterra del siglo XVII. Entonces esto era allı algo común y ordinario. En cambio, en la Francia del siglo XVII las damas aristocráticas se sentaban al lado de los caballeros en el retrete, para conversar amigablemente mientras hacían sus necesidades. Estas cosas ocurrían en el período de la Restauración, cuando Cromwell fue depuesto del poder. Era una época que se distinguía por su rebelión contra el falso pudor. Las damas llevaban unos senos artificiales de cera muy provocativos y prescindieron de los pantalones. Nunca olvidaré la anécdota acerca de la visita que efectuó Casanova a Madame Fel, la cantante, pues representa a la perfección la moralidad de las clases elevadas. Casanova vio que tres niños jugueteaban entre las faldas de Madame Fel y le sorprendió ver que no había parecido alguno entre ellos. «Desde luego que no lo hay, dijo Madame Fel. El mayor es hijo del duque de Annecy, el segundo del conde de Egmont, y el tercero es hijo del conde de Maisonrouge». Casanova se disculpó. «Perdonadme, Madame, supuse que eran hijos vuestros». Madame Fel sonrió. «Pues claro que lo son», repuso.

Claire no ocultó la gracia que le causó la anécdota.

—¡Es estupendo! —exclamó.

—Lo que es estupendo, Claire, es que las dos estemos aquí, bajo un techo de hierbas, en el centro del Pacífico, recordando la relajada moral que existía en la Francia y la Inglaterra civilizadas de hace más de tres siglos... y comprobando que corresponden bastante a la moralidad que impera en el seno de una tribu medio polinesia. Al menos, en lo que se refiere a excusados.

Claire no podía apartar de su mente la alta figura de Courtney. Lo mencionó con indiferencia:

—Fue Thomas Courtney quien inició esta conversación. Me sorprendió verle salir de aquí tan tarde. ¿Estuvo contigo todo ese tiempo?

—Sí, antes de que nos trajesen los muebles, estuvimos sentados en la colchonetas de pándano, hablando. Es un hombre cautivador... ha leído mucho, tiene una gran experiencia de la vida y ha prescindido de gran número de prejuicios. Me explicó ante todo, cuáles son los tabús más importantes, lo que se puede y lo que no se puede hacer, lo que se considera *mana*, o sea que confiere prestigio, y lo que se tiene por sagrado entre los indígenas. Me explicó algunas de sus costumbres diarias y su modo de comportarse, para que no nos resulte chocante. Fue una conversación muy útil. Tomaré unas notas y convocaré una reunión de todos nosotros mañana temprano. Creo que conviene que todos sepamos lo que se puede y lo que no se puede hacer y el modo de conducirse en general. Mr. Courtney me ofreció explicaciones muy claras y provechosas. Será de un valor inapreciable. para nosotros mientras permanezcamos aquí.

—¿Dijo algo... acerca de sí mismo?

—Ni una palabra. No reveló nada y evitó cualquier alusión personal. En cambio, me preguntó acerca de ti y de Marc. Tú pareces haberle causado una impresión favorable.

Instantáneamente Claire se puso sobre aviso.

—¿Te preguntó por mí y por Marc? ¿Qué preguntó?

—Cuánto tiempo lleváis de casados... si tenéis hijos... dónde y cómo vivíais... en qué se ocupa Marc.. qué haces tú... en fin, esa clase de preguntas.

—¿Y tú se lo dijiste?

—Lo mínimo para no pasar por descortés. Me pareció que no era yo quien debía revelar vuestras cosas.

—Gracias, Maud. Has hecho bien. Dime... ¿Hizo preguntas similares respecto a los demás?

—Sí, también preguntó algo. Quiso saber cuál era cada una de nuestras especialidades, qué deseamos estudiar, para así poder facilitarnos las cosas. Pero las únicas preguntas de tipo personal que hizo, se refirieron exclusivamente a ti y a Marc.

Claire, pensativa, se mordisqueó el labio inferior.

—Qué extraordinario resulta... que este hombre se encuentre aquí... a pesar de que es... no sé, un hombre tan diferente a todos bajo muchos aspectos. Me gustaría saber más cosas de su vida y su manera de ser.

Maud acercó la silla a la mesa, se sentó y empezó a arreglar sus cuadernos.

—Esta noche se te presentará ocasión para ello —dijo—. Paoti, el jefe, nos ofrece una gran fiesta de bienvenida en su casa. Se trata de una fiesta de gala, muy importante. El jefe asistirá a ella con su esposa Hutia, su hijo Moreturi, su nuera Atetou y una sobrina que ahora vive con ellos... Tehura, así es como se llama. Yo estoy invitada con mis parientes más próximos, o sea tú y Marc. Mr. Courtney actuará como... intermediario... se encargará de hacer las presentaciones.

—¿Cómo será esa fiesta? —quiso saber Claire—. ¿Qué tenemos que ponernos y qué...?

—Ponte el vestido mejor y más ligero que tengas. Piensa que allí dentro hará calor. En cuanto a la fiesta propiamente dicha, según ha indicado Mr. Courtney, creo que consistirá en un par de discursos, música y un banquete interminable, compuesto de comida y bebida indígenas, con un poco de espectáculo y un rito de amistad. Después de esto, poseeremos oficialmente *mana* y podremos circular con entera libertad por el poblado, siendo considerados como nuevos miembros de la tribu. La cena empezará al anochecer. Di a Marc que procure no retrasarse. Y tú lo mismo. Mr. Courtney pasará a buscarnos alrededor de las ocho. Te divertirás, Claire, y será algo totalmente nuevo para ti, te lo prometo.

* * *

En un momento indeterminado, que podía situar entre las diez y las once de la noche —en su estado presente era incapaz de distinguir la hora exacta en la diminuta esfera de su reloj de pulsera de oro—, Claire se ocordó del vaticinio que había hecho Maud y reconoció para sus adentros que había acertado. Todos y cada uno de los exóticos segundos que pasó sentada a la mesa de Paoti, el jefe, resultaron divertidos e interesantes todos y cada uno de los minutos que pasó bajo el techo de bálago de la inmensa construcción de bambúes amarillos, representaron algo nuevo para ella.

Sabía que no era ella misma, es decir, que había desechado su yo anterior y que el nuevo yo que surgía, por sorprendente que resultase, no hacía más que aumentar su placer.

Tras su fallido intento por conocer la hora exacta, su cuello pareció dispararse hacia arriba —«¡Ahora me extiendo como el mayor telescopio del mundo!», gritó Alicia en el País de las Maravillas, hacía ya mucho tiempo, cuando alcanzó los tres metros de estatura—, y, como la cabeza de Alicia, la de Claire casi tocó el techo, pero después quedó flotando, libre y a gran altura, en un planeta casi independiente, que mostraba señales de poseer vida humana. Desde lo alto, su alargadísima persona miró hacia abajo, para contemplar los huidizos contornos de su mundo crepuscular. Vio el pulimentado piso de piedra, el humeante horno de tierra y en el centro, entre el horno y la plataforma, el rectángulo bajo la mesa real, donde aún se amontonaban restos de lechoncillo asado, el pahua en escabeche, budines calientes de taro y crema de coco, frutos del árbol del pan cocidos, ñames y plátanos rojos. En torno a la mesa, sentados sobre esterillas, con las piernas cruzadas (a excepción del jefe Paoti Wright, que ocupaba la cabecera de la mesa, sentado en su silla baja, cuyas patas tenían solo un palmo de altura), se hallaban los nueve expedicionarios, incluyendo aquél a cuyo cuerpo pertenecía la cabeza que en aquellos momentos se cernía sobre los presentes.

Su cabeza era el ojo que todo lo veía, pero su cuerpo era la esponja carnosa que se empapaba en aquel torrente de palabras pronunciadas en inglés y polinesio, en los cantos y las palmas de los cantantes masculinos, el ritmo erótico de las flautas y los instrumentos de percusión de bambú, cuyos sones llegaban desde la estancia vecina, la fragancia de los pétalos multicolores que flotaban en los grandes cuencos llenos de agua, el susurro causado por los pasos presurosos de las doncellas indígenas que servían la mesa, vestidas con tela de tapa, lo mismo que los comensales.

Fue la combinación de dos bebidas diferentes, se dijo Claire, lo que envió su cabeza volando por encima de la mesa. El banquete empezó con la complicada ceremonia consistente en preparar y servir la kava. La verde planta de la kava, junto con raíces de pimentero, fueron presentadas al jefe en un enorme recipiente. A una señal dada, cinco jóvenes que exhibían blancas dentaduras entraron en la estancia, se arrodillaron en torno al recipiente y, blandiendo cuchillos de hueso, pelaron con rapidez la kava y cortaron las raíces en pequeñas rebanadas. Luego, mientras sonaba la música, se metieron pedazos de kava en la boca para masticarlo a conciencia, depositando después los bolos masticados en un cuenco de arcilla. Echaron luego agua en el cuenco, uno de ellos mezcló y revolvió el brebaje y por último el verde fluido fue estrujado a través de una bolsa confeccionada con fibras de corteza de hibisco. Terminada esta operación, la lechosa kava fue ofrecida a cada uno de los invitados en una ornamental copa de coco.

Claire encontró aquella pócima fácil de beber y engañosamente suave. Oyó que Courtney explicaba que, al no ser una bebida fermentada, la kava no emborrachaba. Más bien era como una droga, un benigno narcótico de efectos por lo general estimulantes, que sólo animaba los sentidos sin afectar la cabeza, aunque no era raro que despojase los miembros de su fuerza. Después de la kava, Claire fue invitada a beber una bebida fermentada, que Moreturi, sentado a su lado, llamó «zumo de palma»; era una bebida alcohólica hecha con la savia de la palmera, un líquido que recordaba al whisky y la ginebra. El zumo de palma, que le escanciaron en abundancia, afectó en Claire lo que la kava había dejado indemne: la cabeza, la vista, el oído y el sentido del equilibrio. El efecto que produjo en la joven era el de un cóctel de drogas. Sus sentidos se desperdigaron y se separaron, yéndose unos para arriba, otros para abajo y ella se sintió irresponsable, satisfecha y algo contenta. Sus facultades sensitivas se vieron agudizadas. Todo se desenfocó para ella —por ejemplo, le era completamente imposible calcular la hora—, pero conservó un enfoque más restringido, como si el diafragma de su espíritu se hubiese cerrado en parte, con el resultado de que veía, oía, olía y sentía menos, pero todo cuanto llegaba hasta su cerebro le parecía más agudo, más profundo y más verdadero.

Después de intentar una vez más, situarse en el tiempo, Claire trató de repasar ordenadamente la serie de acontecimientos inmediatos. Pese a la dificultad que esto ofrecía, lo consiguió en parte. Al oscurecer, Courtney, con una camisa sport blanca, abierta, zapatos de tenis y pantalones igualmente blancos, pasó a buscarlos acompañado de Maud. Marc se puso camisa azul con corbata y pantalones azul marino y ella llevaba su vestido favorito, de shantung amarillo, sin mangas y muy descotado, con el medallón de brillantes engarzados en oro blanco de catorce quilates, que Marc le regaló el primer aniversario de su boda. Se fueron los cuatro juntos por el poblado, que estaba iluminado por antorchas colocadas junto al arroyo y ristras de nueces encendidas, que hacían las veces de velas y parpadeaban a través de las paredes de cañas de las viviendas. Tras un breve recorrido, entraron en la gran cabaña del jefe, donde sus anfitriones les esperaban. Courtney los presentó a todos, después tomaron asiento y por último entró el jefe en persona, que inclinó la cabeza hacia cada uno de ellos a medida que le iban dando sus nombres.

Entonces tuvo una sorpresa, que no fue tal, en realidad, porque Courtney ya se lo había explicado. En vez de las bolsas púbicas, los dos nativos, el jefe y su hijo Moreturi, llevaban amplios faldellines afelpados, lo mismo que sus acompañantes. Y las mujeres no lucían el pecho desnudo ni llevaban faldas de hierbas, sino que se habían arrollado en torno al pecho y cintura, vistosas telas de tapa, que les dejaban al aire los hombros, el estómago, las piernas y los pies. Siguieron luego discursos por parte del jefe y su hijo. Después música. Después kava, servida de una manera diferente de lo que ella había leído en los libros, pues se servía indistintamente a hombres y mujeres y como parte del festín. Después zumo de palma. Después una serie interminable de platos, el lechón asado, que fue sacado del horno de tierra lleno de piedras calientes y después el resto del banquete, todo él formado por platos extraños, que tuvo que comer con los dedos, secándoselos en una hoja, mientras todos hablaban y hablaban, principalmente el jefe y Maud, aunque a veces Courtney y Marc también metían baza en la conversación. Entre tanto, las mujeres guardaban silencio y Moreturi se mostraba reservado, pero amable e incluso divertido. Y a la sazón, más platos. *Poi* con salsa de coco.

Debían ser las diez y media, decidió Claire.

Fue contrayendo el cuello poco a poco, la cabeza descendió sobre los hombros, se restregó los ojos, se serenó y miró a su alrededor. Todos comían absortos y satisfechos. A la cabecera de la mesa, que estaba a su derecha, dominándoles a todos sobre su ridícula silla, comiendo de manos de una niña postrada de hinojos, estaba Paoti Wright, el jefe de la tribu. A la luz que de las vacilantes nueces de coco se reflejaba, su tez arrugada y apergaminada parecía más morena que la de los restantes indígenas asistentes al banquete. Su rostro era esquelético, de facciones hundidas, lo mismo que sus ojos, mejillas y boca casi desdentada. Sin embargo, su cabello cortado casi al rape, gris como el de un banquero, la expresión alerta y vivaz de su mirada, sus ojos coronados por cejas blancas y pobladas, la perfecta, pero poco natural precisión de su inglés, ora arcaico ora coloquial, la importancia de su persona —todos corrían y se inclinaban a su alrededor—, le conferían la dignidad de un monarca, de un jefe indio, de un presidente de consejo de administración inglés, de un multimillonario griego. Calculó que debía de frisar los setenta y se dijo que sin duda su bondadoso exterior ocultaba una gran astucia y severidad.

Tenía a Maud Hayden a su izquierda, al lado de ésta Marc y después venía ella. Y, donde terminaba aquel lado de la mesa, se sentaba Moreturi, el heredero. Cuando se lo presentaron, Claire recordó la descripción de Easterday: cabello negro y ondulado, facciones anchas, de ojos oblicuos, labios carnosos y tez morena, cuerpo fuerte y musculoso, esbelto y de caderas estrechas. Según Easterday, debía tener unos treinta años y medir un metro ochenta. Al conocerlo, Claire trató de rectificar la imagen que se había formado de él. No había ni un solo detalle que rectificar, como no fuese que era menos esbelto y algo más corpulento de lo que había supuesto. Sin embargo, le parecía diferente de la imagen que se había formado y de pronto comprendió por qué. Ella lo había clasificado mentalmente como un hombre fuerte y silencioso. Era este el tipo de hombre que esperaba encontrar. Con gran sorpresa por su parte, no era ni fuerte ni callado. A pesar de sus abultados músculos, no tenía aspecto de atleta. Su piel estaba desprovista de vello, sin grasa ni arrugas y esto le confería una tersura natural aliada con una silueta graciosa

y bella. En cuanto a lo de silencioso, conjeturó, por las cosas que
de vez en cuando decía, y ante todo por sus reacciones ante lo que
decían los demás, que era un extrovertido que se estaba divirtiendo
mucho y al que le gustaba divertirse. Adivinó que, si no se hubiera
encontrado en presencia de su padre y de no ser por la solemnidad
del banquete, sería alocado y bullicioso.

Tal como había hecho Easterday, Claire trató maquinalmente de
comparar a Moreturi y Courtney, su amigo blanco. Cuando su vista
pasó de Moreturi a Courtney, la mirada de Claire tuvo que pasar
también sobre la mujer que se sentaba frente a Moreturi. De todos
los reunidos, era la persona que Claire menos conocía. Se la presentaron como Atetou, esposa de Moreturi. Era la única que no había
pronunciado palabra desde que empezó el banquete. Rehuyendo las
miradas de su marido y dejando sin contestar los comentarios que
Courtney le hacía, se consagró por entero a comer, beber y sostener
secretos soliloquios.

Claire llegó a la conclusión de que Atetou era bella pero no atractiva. Sus facciones, pequeñas, regulares y firmes, estaban esculpidas
en una tez de color marfileño oscuro. Había algo sombrío y decepcionado en ella, en sus facciones endurecidas había la expresión
propia de una persona de más edad, y ella no podía tener más de
veintisiete o veintiocho años. Parecía encarnar a todas las mujeres
que habiéndose casado jóvenes, llenas de grandes esperanzas e ilusiones, se veían amargadas por el fracaso económico o amoroso de
sus compañeros. Claire escrutó su semblante, pensando: pobre Atetou,
los chistes de su marido ya no le hacen gracia.

Por último Claire miró a Thomas Courtney. Se había propuesto
compararlo con Moreturi, como había hecho Easterday, pero vio
que no había comparación posible, pues apenas había el menor
parecido entre ellos, de no ser que ambos eran varones y de talante
bondadoso.

El instinto de Claire le dijo que Courtney era el más maduro
de los dos. Esto no tenía nada que ver con el hecho de que tuviese
más cultura o más años. Tampoco tenía únicamente que ver con
su cara más llena de arrugas, afilada y reflexiva. Tenía únicamente
que ver con la clase del sentido del humor de Courtney, comparada
con la de Moreturi. La socarronería de Moreturi no pasaba de ser pura
jovialidad juvenil. El aire complaciente y divertido de Courtney era
propio de un adulto, tenía profundas raíces, que se extendían en
múltiples capas de experiencia, que le permitían efectuar una comprensiva introspección y un ajuste filosófico. Acaso fuese cínico, se
dijo, pero no estaba totalmente amargado. Era posible que fuese

sardónico, pero no podía ser cruel. Claire se perdió así en conjeturas, mientras saboreaba la kava y el zumo de la palma.

Se percató de pronto que miraba a dos personas, pues la que estaba al otro lado de Courtney, la muchacha más joven y más agraciada de cuantas se sentaban a la mesa, sobrina del jefe, se inclinaba mucho hacia Courtney, para susurrarle algo al oído. Mientras la escuchaba, él no dejaba de sonreír, haciendo gestos de asentimiento y luego Claire se apercibió de algo más. La sobrina del jefe, llamada Tehura, mientras hablaba en susurros, acercó distraídamente la mano que tenía más cerca de Courtney a la pierna de éste, y empezó a acariciársela suavemente, con ademán íntimo y posesivo. Claire sintió una punzada de envidia y pesar: envidia de Tehura por la naturalidad de su acción, pena por sí misma, por ella, por Marc y por su estado excesivamente consciente.

Deseosa de adquirir datos sobre Tehura, como lección en el arte del candor, Claire la examinó con más atención. La sobrina de Paoti era exquisita. Melville la hubiera identificado inmediatamente como hija de Fayaway, pero la mezcla de dos razas había aumentado aún más su belleza. Su perfección, se dijo Claire, podía medirse por el aturdimiento que demostró Marc cuando se la presentaron. Por la mañana, Marc y Orville habían zaherido a Courtney acerca de las mujeres polinesia, hablando con desprecio de su chata nariz, sus fuertes mandíbulas, su gruesa cintura y sus macizos tobillos. Courtney se defendió de estos ataques diciendo que la belleza de aquellas mujeres era interior. Si el encanto y la gracia de las jóvenes del poblado, entrevistas desde lejos por la tarde, ya vino en apoyo del aserto de Courtney, la presencia de Tehura allí, aquella noche, como primera prueba viviente de su refutación, le confería casi el triunfo. Claire aún no podía percibir la belleza interior de Tehura, pero con su físico esplendoroso bastaba. Desde luego, bastó para reducir a Marc al silencio. Mientras comían *poi*, Claire se dio cuenta de que su marido no quitaba los ojos de Tehura. Pero Claire no estaba celosa, como tampoco lo hubiera estado de ver a su marido arrobado en la contemplación de una obra salida del cincel de un escultor clásico.

Tehura se enderezó, apartándose de Courtney, para terminar la cena y Claire trató de localizar las causas de su belleza. En primer lugar, poseía una belleza resplandeciente: tenía el cabello lustroso, negro como el azabache y suelto sobre la espalda; sus ojazos eran líquidos, brillantes y traviesos; su tez ebúrnea y tersa lucía como cobre bruñido. Sus facciones, delicadas como un retrato de Romney, sólo se veían desmentidas por la línea sensual del cuello y hombros redondeados. El pecho, muy apretado por la tela de tapa, parecía pequeño, pero el vientre que exhïbía sobre la línea de la falda y la silueta de las caderas que comenzaban por debajo del nudo, eran plenas y opulentas. Claire calculó que no debía de tener más de veintidós años. La joven poseía otras características que podían calificarse de anómalas. Cuando no prestaba atención a lo que se decía, Tehura parecía dominada por una gran languidez. En cambio, cuando hablaba o escuchaba, daba muestras de gran vivacidad. Sus delicadas facciones, lo mismo que su porte, daban una impresión de inasequible virginidad, pero esto parecía desmentido viendo con qué atrevimiento, próximo al flirteo o al desenfreno, trataba a Courtney.

Después de terminar el *poi*, Tehura apartó su atención de Courtney para escuchar lo que le decía su tía, la esposa de Paoti, el jefe. La mujer del jefe, Hutia Wright, poseía una humanidad sólida y considerable. Tenía una cara redonda y seria, sin una arruga a pesar de que debía frisar los sesenta años. Su perfil aún mostraba restos de su juvenil belleza. Hablaba un inglés tan preciso como el de su esposo, tomaba muy en serio su alcurnia, midiendo el contenido de cada observación, y actuaba como delegado de su esposo, según oyó decir Claire, en una de las más importantes comisiones administrativas del poblado.

Hutia Wright acabó de hablar con Tehura y volvió de nuevo su atención a su marido y Maud. Tehura, sin comida ni conversación a qué atender, miró distraídamente a su alrededor y sus ojos sorprendieron la mirada de Claire, posada con atención sobre ella, para estudiarla. Casi como si agradeciese la admiración de que era objeto, la joven mestiza sonrió, revelando su blanca y brillante dentadura. Sintiendo cierto embarazo por haber sido descubierta, Claire se esforzó por devolverle la sonrisa y después, sonrojándose, inclinó la cabeza sobre el *poi* intacto, buscó una cuchara con gesto maquinal, sin encontrarla, y empezó a tomar con sus dedos torpes lo que pudo.

Con los ojos bajos y sin nada que pudiera distraerla, Claire pudo concentrarse de nuevo en la conversación, mientras oía el retintín de los instrumentos de percusión que tocaban en la estancia contigua. Oía también el ruido que hacían los cuencos de coco sobre la mesa. Y por último, oyó también las voces de los que hablaban a su alrededor y prestó atención.

—...pero la nuestra es una sociedad insular... sí, insular... y que por fortuna se encuentra aislada del mundo exterior. —Era la voz de Paoti Wright, que proseguía con una cantinela aflautada—: Este sistema nos da unos resultados tan magníficos, que siempre nos hemos opuesto a cualquier... a cualquier... ¿Cuál es, Mr. Courtney, esa expresión jurídica que usted suele emplear?

—Allanamiento de nuestra intimidad, señor —repuso Courtney.

—Sí, eso es... Nuestra vida transcurre de manera tan apacible, que siempre nos hemos opuesto a cualquier allanamiento de nuestra intimidad. Sin embargo, reconozco que nuestra insularidad tiene también sus inconvenientes. Acaso vivimos demasiado encerrados en nosotros mismos. Quizá somos demasiado blandos. Un exceso de dicha puede debilitar la fibra de un pueblo. Para ser fuerte y combativa, una sociedad tiene que tener sus altibajos, la desdicha al lado de la felicidad, luchas y conflictos. Así avanza el progreso, mediante la supervivencia en la guerra. Pero tiene usted que comprender, doctora Maud Hayden, que nosotros no necesitamos esa fortaleza porque no tenemos que progresar más, ni sobrevivir a una guerra ni rivalizar con nadie, fuera de nuestra pequeña comunidad.

—¿Y no siente usted curiosidad por saber exactamente lo que pasa fuera de aquí? —preguntó Maud.

—No mucha —contestó Paoti.

—¿Me permite usted un momento, señor? —dijo Marc y Claire irguió la cabeza dispuesta a apoyar a su marido—. Me gustaría ampliar un poco la pregunta que le ha hecho mi madre. Por satisfecho que usted pueda sentirse con lo que tiene, ¿no ha pensado alguna vez que un conocimiento de las islas más civi... más refinadas de la Polinesia podría contribuir a mejorar su propia comunidad? ¿O que podría ganar mucho adoptando ideas progresivas de América o Europa? Como usted sin duda sabe, hemos realizado grandes y rápidos progresos desde el siglo XVIII.

Una leve sonrisa paternal plegó los labios del viejo jefe.

—Ya lo sé —dijo—. Habeis efectuado progresos tan rápidos y considerables, que antes de vuestra hora ya estáis al borde de la tumba. Un paso más y... No me consideréis arrogante y jactancioso al referirme a nuestras costumbres. Tenemos nuestros defectos... sí, nuestros defectos, y, en mi opinión, podemos aprender mucho, los dos. No obstante, estos beneficios pueden traer consigo... sí, pueden traer ciertos males, ciertos castigos que los anularían. Por lo tanto, preferimos mantenernos apegados a nuestras tradiciones —Carraspeó—. Pudiera añadir que el mundo exterior no es un misterio completo para nosotros, los que vivimos en las Sirenas. Desde hace un siglo, nuestros jóvenes han salido con sus largas canoas de balancín hacia alta mar, con permiso de las autoridades del poblado, para tocar con frecuencia en las islas próximas, sin revelar jamás de donde venían. Todavía lo hacen alguna que otra vez, para demostrar sus dotes marineras. Siempre han regresado a la isla con agrado, trayéndonos gran número de datos acerca de las islas más avanzadas de la Polinesia. En algunas ocasiones han llegado a la isla personas de vuestra raza, y lo que éstas nos han revelado ha aumentado nuestro conocimiento del mundo exterior. Asimismo, el capitán Rasmussen, aunque no sea un observador de primera fila, ha aumentado nuestros conocimentos y Mr. Courtney, aquí presente, ha tenido la bondad de facilitarnos numerosas informaciones acerca de su propio país de origen. Sentimos una gran admiración por la técnica existente en su patria, o sea Norteamérica. Pero admiramos mucho menos el modo de vida que es consecuencia de dicha técnica, y tampoco admiramos demasiado sus costumbres.

Claire no dejó de percatarse de la desazón demostrada por Marc mientras escuchaba las palabras de Paoti. Y entonces Marc se decidió a hablar, tratando de dominar el tono de su voz.

—Ignoro lo que Mr. Courtney le habrá contado de nuestra cultura, señor. Todos y cada uno de nosotros tenemos nuestros propios prejuicios y puntos de vista particulares y es posible que la Norteamérica que él le ha descrito no sea la misma que mi madre y yo podemos presentarle

Paoti reflexionó, mientras asentía lentamente con su canosa testa.

—Sí, es cierto... es cierto... sin embargo, lo dudo —Volvió su atención de Marc a Maud—. Como usted sabe, doctora Maud Hayden, nos sentimos muy orgullosos del éxito duradero que ha tenido nuestro sistema conyugal, de cuyas ventajas todos nos beneficiamos. Es el verdadero meollo de nuestro felicidad —Maud asintió con la cabeza, sin interrumpirle. Paoti continuó—: Mr. Courtney me ha informado con detalle sobre su propio sistema conyugal. Es posible que Mr. Courtney haya teñido los hechos con su propia personalidad, como indica su hijo. Pero si lo que me ha contado es más o menos cierto, debo confesar que me sorprende. ¿Es cierto que vuestros niños no reciben ninguna clase de educación práctica sobre el arte de amar, antes de alcanzar la madurez? ¿Es cierto que la pureza es muy admirada en las mujeres? ¿Es cierto que un hombre casado no debe cortejar a otra mujer, y que si lo hace esto constituye una práctica secreta que recibe el nombre de «adulterio» y se considera con cierta desaprobación por la ley y la sociedad? ¿Es cierto que no existe un método organizado para complacer a un hombre o a una mujer a quienes el acto amoroso haya dejado insatisfechos? ¿Es todo esto más o menos cierto?

—Sí, todo esto es cierto —dijo Maud.

—En ese caso, creo que su hijo poco podrá añadir a lo que nos ha contado ya Mr. Courtney.

Marc se inclinó hacia él.

—Un momento, lo que yo...

Sin hacerle caso, Maud tomó la palabra:

—Aún hay más que decir, jefe Paoti, pero todo cuanto usted ha citado es cierto.

Paoti asintió.

—En tal caso, es muy poco lo que desearíamos adoptar de vuestra sociedad. Por otra parte, sin embargo, son vuestras costumbres y yo las respeto. Y como son vuestras costumbres, acaso las queréis así y las preferís a cualquier otra cosa. No obstante, doctora Maud Hayden, a medida que usted vaya conociendo nuestras costumbres, interesará conocer también su opinión al compararlas en todos sus detalles con las costumbres de su propio país. Le he dicho que no siento gran curiosidad por el mundo exterior y ahora se lo repito. Con todo, siento orgullo por mi pueblo y por nuestro sistema y sus comentarios me interesan.

—Estoy segura de que nuestras conversaciones resultarán muy interesantes.

Claire, achispada por la bebida y aún más por las palabras de Paoti, se inclinó de pronto hacia adelante para decir:

—Mr. Courtney, por favor...

Courtney se volvió hacia ella, sorprendido

—¿Por qué no nos cuenta usted —dijo Claire— lo que les refirió acerca de nuestras costumbres conyugales?

Volvió a recostarse en su asiento, expectante, sin saber a ciencia cierta qué la había impulsado a hablar, pero sonriendo al propio tiempo para que él comprendiese que ella no estaba aliada con Marc, ni ponía en duda sus afirmaciones.

Courtney se encogió de hombros.

—Es algo muy prolijo... y todos los que hemos vivido en los Estados Unidos lo conocemos.

—¿Por ejemplo? —insistió Claire—. Cite algo importante sobre nuestras costumbres conyugales que sea distinto a las de aquí. Sólo una cosa. Me interesa mucho.

Courtney permaneció un momento con la vista fija en la mesa. Después levantó la mirada y dijo:

—De acuerdo. En Norteamérica vivimos metidos en una olla a presión sexual y no puede decirse lo mismo de aquí.

—¿Qué quiere usted decir? —preguntó Claire

—Pues quiero decir que en nuestra patria nos hallamos sometidos a una gran presión sexual, causada por toda clase de estupideces, actos de ignorancia y tonterías, por mil clases de inhibiciones, indirectas, palabras malsonantes, puritanismo, secreto, el culto de los senos opulentos, etc.

—Esto acaso sea cierto para las mujeres —repuso Claire— pero no para los hombres; para ellos es fácil. —Al notar que Tehura y Hutia Wright la escuchaban con interés, explicó—: Los hombres tienen menos problemas que las mujeres en nuestra sociedad porque...

Notó que la mano de Marc se posaba en su brazo.

—Claire, éste no es el momento de divagaciones sociológicas...

—Es que el tema me fascina, Marc —repuso ella, volviéndose de nuevo hacia Courtney—. Me fascina totalmente. ¿No cree que tengo razón?

—Verá usted —dijo Courtney—. En realidad, yo expuse al jefe Paoti cómo era nuestra moralidad, tomada en su conjunto... cómo era toda nuestra sociedad...

—¿Y le dijo que los hombres se hallan sometidos a menos presiones?

—A decir verdad, no, Mrs. Hayden —replicó Courtney— porque no puedo asegurar que sea cierto.

—¿Que no puede asegurarlo? —dijo Claire, más ansiosa por saber lo que pensaba que sorprendida—. Durante todo el curso de la historia occidental, los hombres han impuesto la castidad a sus mujeres, mientras ellos se entregaban a toda clase de devaneos, costumbre que aún sigue practicándose. Ellos disfrutaban de la vida mientras las mujeres...

Y abrió las manos en gesto de risueña desesperación.

—Si de veras desea conocer mis opiniones... —dijo Courtney, paseando la vista a su alrededor como si quisiera disculparse, al ver que todos lo miraban con suma atención.

—Prosiga, por favor, Mr. Courtney —dijo Maud.

—Bien, ustedes lo han querido —dijo él, sonriendo. Al momento adquirió un aire solemne—. Creo que Mrs. Hayden tiene razón en una cosa. Desde la época del hombre de las cavernas hasta la época victoriana, puede decirse que los hombres han hecho lo que les ha venido en gana. El mundo, ciertamente, era de ellos. La mujer no era más que la esclava del hombre en todos los aspectos de la vida, incluso el amor. El objetivo supremo que se pretendía alcanzar era la satisfacción del hombre. En la unión amorosa, la mujer tenía por misión proporcionar placer, no compartirlo. Si ella también gozaba, esto ocurría de una manera incidental. Estas eran las normas imperantes en otras épocas.

Mientras escuchaba, a Claire se le fue pasando el aturdimiento y se esforzó por analizar las palabras de Courtney. Una silenciosa servidora se le acercó por la espalda, ofreciéndole con discreción otro medio coco lleno de zumo de palma. Claire lo aceptó maquinalmente.

—¿Y cree que esto ha cambiado? —preguntó a Courtney. Se daba perfecta cuenta de que sus preguntas molestaban a Marc, como también que le disgustaba que hubiese aceptado la nueva bebida. En abierto desafío a su marido, empezó a beber, mientras esperaba la respuesta de Courtney

—Sí, creo que la situación ha cambiado mucho, Mrs. Hayden —repuso Courtney—. En los tiempos de Freud y Woodrow Wilson nació la época de la emancipación, el liberalismo y la concesión. La mujer obtuvo la igualdad de derechos, públicos y privados. Esta situación se reflejó de las urnas y pasó de la oficina al lecho conyugal. Las mujeres no sólo conquistaron el derecho al sufragio, sino el derecho al orgasmo. Disfrutaron de su descubrimiento. lo susurraron a todos los oídos y lo emplearon como una vara para medir su felicidad. Pareció como si de la noche a la mañana las tornas se cambiasen. Los hombres, que durante tanto tiempo habían hecho las cosas a su antojo, tuvieron que dar a cambio de recibir, satisfacer para ser satisfechos. Tuvieron que reprimir su instinto animal, que les llevaba a satisfacer su propio egoísmo en el amor, esforzándose por mostrarse considerados. Resultó de pronto que su modo primitivo de gozar pasó a depender del placer de su pareja. A esto me refiero cuando hablo de la presión a que están sometidos los hombres en nuestra sociedad actual.

Claire escuchó esta exposición haciendo gestos de asentimiento, pero el jefe Paoti, al dirigirse a su madre política, distrajo su atención.

—Doctora Maud Hayden —decía el jefe—: ¿Está usted de acuerdo con lo que ha observado Mr. Courtney?

—Más o menos —repuso Maud—. La observación de Mr. Courtney es válida, pero resulta demasiado esquemática. Por ejemplo, subordina la virilidad de un hombre a su facultad de producir el orgasmo en una mujer. Yo no considero este criterio válido para aplicarlo en América, Inglaterra o Europa. Nuestras mujeres poseen diversas definiciones de la virilidad. Un hombre que vele por su familia, que sea de confianza y seguro, puede ser considerado como hombre de verdad más que un gran amante. En un plano diferente, un hombre que posea riqueza, poder o prestigio encontrará que estos dones constituyen unos sustitutos muy efectivos de la virilidad conferida por la cualidad de provocar placer.

Paoti se volvió hacia Courtney.

—Un interesante comentario a sus observaciones, ¿no es cierto?
Courtney asintió.

—Desde luego, doctora Hayden —dijo—. Los hombres ricos o famosos se hallan exentos de estas presiones. Aunque sean incapaces de
proporcionar placer sexual, siguen siendo capaces de proporcionar
otros placeres que en nuestra sociedad se consideran incluso más
valiosos. Incluso me atrevería a afirmar que las clases superiores
e inferiores sufren menos presiones de esa índole que la clase media.
Las clases superiores o altas disponen de otros medios para satisfacer
a sus mujeres. En cuanto a las clases bajas, por lo general son demasiado pobres e incultas para preocuparse mucho por la ausencia de
orgasmos mutuos. Entre las mujeres aquejadas por la miseria, el
deseo de alcanzar una seguridad económica domina al deseo de
placer y considerarán que basta con que el hombre les proporcione
esa seguridad. Esta clase de mujeres buscan ante todo la seguridad
económica. Consideran los demás placeres como refinamientos hijos
de la ociosidad.

—¿Pero, y la clase media? —preguntó Paoti.

—En este caso, la presión no cesa, al menos sobre los hombres.
El ciudadano medio, de modesta economía, suficientemente culto
para hallarse enterado de la nueva igualdad, que goza de una suficiente seguridad económica gracias a su sueldo, pero desprovisto
de riqueza, prestigio, o de la obsesión económica, que podrían sustituir hasta cierto punto la virilidad, es el miembro de nuestra
sociedad que se halla sometido a mayores tensiones. En nuestros días
se las arregla para ir tirando, cuando es casado, dándose perfecta
cuenta de que debería esforzarse por ser atento y considerado, como
dicen en los libros, consiguiéndolo en ocasiones, fracasando en su
empeño la mayoría de veces, y sin dejar de percatarse ni un momento de que esto no es tan agradable como lo fue para sus abuelos.
A veces pienso que esta nostalgia del pasado es lo que explica el
actual florecimiento de las prostitutas, *call girls,* chicas de moral
libre que satisfacen a los hombres de las clases media y superior.
Esas muchachas significan una regresión a la joven esclava de
antaño. Proporcionan placer sin exigirlo a cambio, pidiendo únicamente, por los agradables momentos que proporcionan, un regalo,
un obsequio o dinero en efectivo.

Durante unos instantes reinó silencio en la gran sala de bambú.
De no haber sido por la música distante, el silencio hubiera sido
total. Mientras Claire paladeaba el zumo de palma, se preguntaba
qué pensarían sus anfitriones nativos de aquella conversación. Estaba convencida de que, en líneas generales, todo aquello era cierto.

Claro que, se dijo, Courtney había omitido hablar de las mujeres, del aburrimiento y la insatisfacción universales de casi todas las mujeres casadas, sin tratar de averiguar sus causas y sus problemas. ¿Quién dijo que la tragedia final del amor era la indiferencia? Sí, fue Somerset Maugham. La tragedia final del amor es la indiferencia. Claire sintió deseos de abordar ese tema, pero se contuvo a causa de Marc, que aparecía inquieto y desazonado a su lado. En vez de esto, dejó el medio coco sobre la mesa, resuelta a averiguar lo que aún tenía que decir Courtney acerca de las presiones a que se hallaban sometidos los hombres.

—Mr. Courtney, yo... es decir, usted parece haberse referido únicamente a la situación de los hombres en Norteamérica... en Occidente...

—Así es, en efecto.

—¿Es que los hombres no se hallan sometidos a las mismas presiones en todos los lugares de la tierra, incluso aquí, en las Sirenas?

—No. Ni los hombres, ni las mujeres.

—¿Y por qué no?

Courtney, vacilante, miró a Paoti, que permanecía sentado, a la cabecera de la mesa, dominándolos a todos...

—Quizá el jefe Paoti estará más calificado que yo para...

Paoti movió su frágil mano en ademán negativo

—No, no, le cedo la palabra, Mr. Courtney. Usted es más elocuente y habla mejor que yo... podrá explicar con más claridad las cosas a sus compatriotas.

—Muy bien —se limitó a decir Courtney. Su grave mirada pasó de Maud a Marc y a Claire—. Hablo con la experiencia que me confieren cuatro años de permanencia entre esta gente. Esas presiones no existen en las Tres Sirenas a causa del modo como han sido criados sus moradores, de la educación que han recibido y de sus costumbres tradicionales, todo lo cual contribuye a crear una actitud más sana y más realista ante el amor y el matrimonio. En los Estados Unidos o Inglaterra, por ejemplo, nuestras prohibiciones en lo tocante a cuestiones sexuales han originado un interés morboso y exagerado por ellas. Aquí en las Sirenas, las prohibiciones son tan pocas e insignificantes, el modo como se considera esa cuestión tan natural, que ha pasado a ser parte normal y corriente de la vida diaria. Aquí, cuando una mujer desea comer algo, lo toma, sin que el acto de comer le parezca nada malo o especial. Del mismo modo, cuando desea amor, lo toma, y asunto concluido. Pero lo importante es que lo obtiene de la mejor manera, sin avergonzarse ni experimentar sentimientos de culpabilidad. En las Sirenas, los niños aprenden

los rudimentos del amor en la escuela, no sólo en teoría, sino en
la práctica, con el resultado de que el amor es para ellos una disciplina igual que la historia y el lenguaje. Los adolescentes no sienten
una malsana curiosidad por las cuestiones sexuales, pues nada se
les ha ocultado. Tampoco sienten represiones. Si un joven desea a
una mujer o una muchacha quiere a un hombre, ninguno de ambos se
siente frustrado. Y el coito premarital es un acto alegre, apasionado
pero gozoso, un gran pasatiempo, porque no existen tabús creadores
de sentimientos de culpabilidad o pesar, ninguna necesidad de mostrarse furtivo o asustado. En el matrimonio, ambos cónyuges se
sienten siempre plenamente satisfechos, si ambos así lo desean; la
comunidad vela por ellos. Incluso se han adoptado medidas para
satisfacer a los viudos y viudas, a las solteronas y a los célibes. Aquí
no existe homosexualidad, ni violencias, raptos, abortos, palabras
obscenas escritas en las paredes de los retretes, adulterio, deseos
alimentados en secreto y sueños eróticos no satisfechos. Gracias a que
han sido conservadas las antiguas y libres costumbres polinesias, y se
han entretejido con las liberales ideas sociales de Daniel Wright,
que han contribuido a mejorarlas, todo cuanto se relaciona con el
sexo, el amor y el matrimonio, es sinónimo de felicidad en las Tres
Sirenas.

—Esas prácticas también pueden ser satisfactorias en los Estados
Unidos —observó Marc fríamente.

—Desde luego que sí y a veces lo son —replicó Courtney—. No obstante, con mi experiencia de abogado que ha visto muchos casos y
por lo que he podido conocer, creo que en Norteamérica la felicidad
escasea bastante. Volviendo la vista atrás, después de haber tenido
ocasión de vivir en estas dos sociedades tan opuestas, creo que lo
que me parece más increíble es esto... que nosotros, los que vivimos
en las naciones que se llaman civilizadas, con toda nuestra técnica,
nuestra cultura, nuestro saber, con nuestras comunicaciones y recursos de todas clases, con nuestras máquinas lavadoras y secadoras,
con nuestras máquinas para correr de una parte a otra del país,
y nuestras máquinas para ver el interior de nuestro cuerpo mediante
los rayos X, y con otras que lanzan a un ser humano sustrayéndolo
a la acción de la gravedad... con todas esas maravillas, no hayamos
conseguido inventar la máquina más sencilla, o hayamos conseguido mejorar la máquina humana, que nos permita educar nuestros
hijos de un modo juicioso, hacer felices a los matrimonios e infundir
calma y sosiego en la vida. Y sin embargo aquí, en esta remota isla,
donde no hay ni una sola máquina, ni un traje ni un vestido y
apenas unos cuantos libros, donde las palabras *órbita, gravedad,*

rayos X y reactor no poseen el menor significado, estas gentes han conseguido crear y perpetuar una sociedad en la que padres e hijos gozan de una felicidad sin límites

—Y permítanme que diga otra cosa, para terminar. Aunque los seres humanos son los mamíferos más complicados por lo que se refiere a sus emociones, a semejanza de los demás mamíferos, son de suma sencillez en el acto de la cópula. Uno es cóncavo y el otro es convexo. La unión de ambos tendría que originar placer de manera automática, y a veces la procreación. Sin embargo, en Occidente no hemos sabido dominar las instrucciones que nos ha dado la sabia naturaleza. Unimos como podemos el cóncavo y el convexo, y aunque el resultado de tal unión suele ser la procreación, muy raramente produce placer. A pesar de toda nuestra técnica, nuestro progreso y nuestro genio, no hemos conseguido resolver este problema tan primario, que se plantea a todos los pueblos de la tierra. Sin embargo aquí, en esta mota de tierra perdida en el Pacífico, dos centenares de personas morenas y semidesnudas, casi analfabetas, han sabido resolverlo. Tengo la casi seguridad de que dentro de tres semanas todos ustedes estarán de acuerdo conmigo. Así lo espero... De todos modos... —desvió su atención de Paoti y Maud para volverla hacia Claire— le pido que disculpe mi premiosa disertación, Mrs. Hayden. Así aprenderá usted a no hacerme preguntas sobre mi tema favorito. He hablado más esta noche que en los últimos cuatro años. Lo atribuyo al kava, al kava y al zumo, y a un creciente deseo de convertirme en misionero.

Claire abrió mucho los ojos.

—¿Misionero?

—Sí. Quiero ir a Nueva York, Londres y Roma, al frente de un grupo de píos sacerdotes de las Sirenas, para convertir a los infieles y hacerles abrazar las normas dictadas por la naturaleza.

Claire se volvió hacia su marido, bizqueando hasta conseguir verle bien.

—Conviértete, Marc

—No tan de prisa, querida —repuso Marc—. No me gusta cerrar un trato a ciegas. Es posible que Mr. Courtney exagere y se tome ciertas licencias poéticas al proferir elogios tan desmedidos de esta isla.

Marc está enfadado, pensó Claire, y por eso habla tan fuerte.

Pero Marc mostraba una expresión reposada cuando prosiguió, dirigiéndose a su esposa, pero en realidad hablando para que todos le oyesen:

—Mirando bien las cosas, ¿hubiera abandonado por tanto tiempo su país, Mr. Courtney, de no hallarse descontento? ¿Y no es posible que, al llevar aquí tanto tiempo, no vea ya las cosas con la debida perspectiva?

Al decir esto, Marc miró a Courtney, cuya expresión era benévola y apacible.

—Mr. Courtney le ruego que no interprete mal mis palabras —prosiguió Marc—. Me limito a repetir lo que ya he dicho esta mañana... que los marineros que llevaban mucho tiempo en alta mar, llegaron a estas islas abatidos y cansados, para encontrarlas más placenteras de lo que en realidad eran. No pretendo decir que usted haya hecho una novela. No es mi intención discutir. Pero tenga usted en cuenta que me ocupo en el estudio de las ciencias sociales, que casi todos los que formamos este equipo dominamos una disciplina científica y estamos acostumbrados a estudiar todos los fenómenos de un modo imparcial, objetivo y científico. Lo único que quiero decir es que prefiero reservar mi juicio hasta haberlo visto y estudiado todo por mí mismo.

—Me parece muy bien —dijo Courtney.

Durante toda esta conversación, las mujeres indígenas no pronunciaron palabra, permaneciendo sentadas con la inmovilidad de estatuas. De pronto Tehura, agitando su larga cabellera negra, se incorporó hasta ponerse de rodillas y tomó el brazo de Courtney.

—¡Esto no es justo, Tom! —exclamó, mirando de hito en hito a Marc, sentado frente a ella—. Es innecesario ese estudio científico de que usted habla. Todo eso es cierto —lo de América no lo sé— pero lo de las Sirenas, sí, y le aseguro que es cierto. Todo cuanto ha dicho Tom es verdad, en lo referente a nuestro pueblo. Yo pertenezco a él y puedo asegurarlo.

Marc se convirtió de pronto en la imagen de la galantería.

—Ni por asomo se me ocurriría contradecir a una señorita tan linda como usted.

—Entonces no le importará escuchar, por un momento, a esta señorita, que le contará una bonita historia sobre Thomas Courtney y Tehura Wright.

Marc cruzó los brazos con gesto impasible, mientras en su cara aparecía una sonrisa artificial. Maud inclinó la cabeza en la devota actitud que adoptan los etnólogos ante sus informadores. Sólo la expresión de Claire era reflejo de la excitación interior que la dominaba, como si esperase que se alzase un telón, antes de comenzar el drama que revelaría la verdad acerca de Courtney, el enigmático.

Tehura cruzó su brazo con el de Courtney y prosiguió con vehemencia:

—Cuando Tom llegó aquí, hace tanto tiempo, no era el que ahora ven ustedes. Parecía un alma distinta. Estaba... no sé con que palabra podría describirlo... triste, sí, estaba triste y.. ¿Tom, cómo lo expresarías, tú?

Courtney la miró con afectuosa indulgencia. Como demostración de que aquello le complacía interiormente, dijo:

—Puedes decir que era un Odiseo con una camisa lavable y traje de hilo a rayas blancas y azules, con las cintas de combate de Ogigia, Ilion, Eolia y otras Madison Avenues en el bolsillo y que resolvió que, puesto que ninguna Penépole lo esperaba, no había motivo alguno que le obligase a regresar a Itaca. Así es que consiguió desatarse del mástil de su nave para escuchar a las Sirenas y sucumbir a su canto. Algún dios malévolo, parecido al Poseidón que perseguía a Odiseo, sembró en su alma el cansancio, el desaliento, el cinismo y la falta de confianza en la vida. Se ofrendó a las Sirenas porque estaba cansado de sus errabundeos, rogando que éstas le confiriesen fuerzas para continuar... o para quedarse.

Tehura oprimió el brazo de Courtney.

—Exactamente. —Ambos cambiaron una mirada teñida de significado y después la joven volvió su atención a los reunidos—. Cuando lo trajeron al poblado y se convirtió en uno de los nuestros, su negro humor le abandonó. Convivió con nosotros, sintió curiosidad y un renovado interés por la vida. Deseaba saber todo lo que hacíamos y por qué lo hacíamos. Nuestra vida es un ritmo antiguo... es como la música y, transcurridos muchos meses, Tom desechó sus viejas ideas, del mismo modo en que acabó por desechar sus ropas estúpidas y calurosas, para convertirse en un hombre más lleno de comprensión. Yo lo deseé desde el primer día, y, cuando él empezó a comprendernos, cuando se mostró más abierto, yo pude hablarle de mi amor. Entonces me enteré de que él sentía una gran pasión por mí e inmediatamente nos amamos. Fue muy hermoso, ¿verdad, Tom?

Courtney le acarició la mano.

—Sí, Tehura, muy hermoso.

—Pero no de momento —prosiguió Tehura, dirigiéndose a los demás—. Al principio no era bueno... rebosaba bondad, pero en su abrazo no se mostraba bueno. Era demasiado circunspecto, siempre estaba preocupado y era brusco...

Courtney, que tenía la vista fija en la mesa, la interrumpió.

—No dudo que lo entenderán, Tehura. Ya hemos hablado de las presiones amorosas existentes en mi país... a las que se hallan sometidos ambos sexos... y que son una mezcla de alcohol y drogas, hostilidad y sentimientos de culpabilidad, con tanta ansiedad y temor, esfuerzo y tensión...

—Pero yo era distinta... yo no había sufrido estas cosas y sólo conocía la felicidad que proporciona el amor —dijo Tehura a los Hayden—. Y entonces me dediqué a aleccionar a Tom con lo que a mí me habían enseñado, hasta que aprendió a disfrutar con el juego amoroso, sin el espíritu embargado por preocupaciones, con cuerpo ágil y ligero, siendo tan natural como el movimiento de las olas y tan libre como el viento que sopla por la selva. Así pasaron muchos meses y ambos alcanzamos la ternura, la pasión y la vida que compartimos en nuestra propia cabaña...

Marc la miraba con expresión extraña.

—¿Entonces, son ustedes casados?

La expresión de Tehura se transformó.

—¿Casados? —dijo, con un grito de júbilo—. ¡Oh, eso no! Nosotros no nacimos para casarnos, pues por muchas causas no somos el uno para el otro. Nos amamos únicamente de aquella manera corporal, hasta el año pasado, en que nuestras relaciones terminaron. Yo ya tenía bastante del cuerpo de Tom. Él ya tenía bastante del mío. Ya no necesitábamos nuestro mutuo amor. Además, yo experimentaba sentimientos más profundos por otro —por Huatoro— pero esto pertenece al futuro. Ahora Tom y yo ya no somos amantes, pero somos amigos. Cuando algo me preocupa, voy a su casa a hablar con él y me aconseja. Cuando él, a su vez, desea comprender algo de mi pueblo, acude a mi casa y ambos nos sentamos para comer taro y hablar de mi pueblo y el suyo. Les digo esto de Tom y de mí, porque me siento orgullosa de nuestro antiguo amor. La primera vez que lo dije a las demás personas del poblado, Tom se sorprendió, afirmando que en su país las mujeres no revelan a los demás sus amores corporales antes de casarse, pero tienen ustedes que saber, como él ya sabe, que nosotros no consideramos que eso sea malo, y así todos somos dichosos y yo puedo enorgullecerme de ello.

—Y yo también, Tehura —dijo Courtney en tono apacible.

Paoti tosió.

—Ya hemos hablado bastante por ser la primera vez. Se está haciendo tarde. Ya es hora de que comience la ceremonia propia del rito de la amistad.

Buscó a tientas el nudoso bastón que tenía apoyado en la silla y, levantándolo sobre la mesa, la golpeó dos veces. Después apuntó con el bastón al estrado colocado frente a Moreturi y Atetou.

Todos se volvieron para mirar. Claire, que no apartaba la vista de Tehura y Courtney, vio que Maud y Marc se volvían hacia ella y trató de leer en aquellas caras familiares. Era evidente que Maud había gozado con el relato sencillo, franco y desenvuelto de Tehura, viendo en él un rico material para su estudio. Marc tenía las mandíbulas apretadas y Claire conjeturó que aquellas gentes abiertas y sencillas empezaban a serle antipáticas. Volviéndose hacia el estrado, Claire trató de analizar sus propios sentimientos ante la confesión de Tehura. En realidad, lo que sentía era desazón y una sensación de inferioridad. Era una emoción que a veces había experimentado en algunas reuniones de sociedad de Santa Bárbara y Los Angeles, cuando otro matrimonio hacía alguna velada referencia a su vida íntima, presentándola como superior a la de los demás. Claire experimentaba entonces aquellos sentimientos. Aquella pareja poseía el mágico secreto, que ella no tenía. Ellos eran sanos. Ella estaba enferma. Sufría aun más por Marc, más vulnerable que ella. Y entonces apartó a Tehura de su pensamiento.

Una alta, esbelta y estatuaria joven, que no tendría más de diecinueve años, se había materializado en el centro de la plataforma. Permanecía inmóvil, con los brazos extendidos y las piernas muy separadas. Dos brillantes guirnaldas de hibisco pendían de su cuello, ocultando en parte los senos juveniles y pequeños. De la cintura le colgaban dos breves tiras de tela blanca de tapa, una delante, entre las piernas, y otra detrás, mostrando totalmente las desnudas caderas y los muslos.

Los instrumentos de percusión y de viento llenaban la estancia de música, con sones que resbalaban y se insinuaban entre los que se sentaban a la mesa. A medida que el compás de la música se fue haciendo más animado, la alta joven morena de la plataforma empezó a moverse, sin abandonar ni un momento su sitio, dejando que todo su cuerpo se animase, a excepción de sus pies descalzos. Sus brazos parecían serpientes que acariciasen el aire y todas las partes de su cara y cuerpo empezaron a danzar, primero una, luego otra, hasta que todas se animaron en movimientos sensuales. Le bailaban los ojos en la cabeza, abría y cerraba la boca y sus pequeños senos aparecían y desaparecían entre las flores, mientras su vientre temblaba y meneaba sus seductoras caderas. Al principio las ondulaciones eran lentas pero poco a poco fueron haciéndose más intensas, su expresión se hizo arrobada y un convulsivo temblor se extendió por su figura, hasta que pareció explotar en el aire, para caer lentamente hasta quedar agazapada sobre la plataforma.

Hechizada, Claire comprendió el significado de la representación: el loco éxtasis del amor satisfecho. Lo que entonces trataba de

representar la joven era la procreación, la labor que originaría el nacimiento de una amistad.

La danzarina permanecía tendida sobre la espalda, en el estrado,
levantando las piernas para alzar únicamente el torso al aire. Los
músculos pelvianos casi desnudos hacían un esfuerzo visible y se
hinchaban al compás de la música. Claire se apretaba fuertemente
los brazos, sintiendo la sequedad de la boca, el terrible palpitar de
la garganta y el deseo que le inundaba el cuerpo. La embriaguez y sus
ojos húmedos le impidieron ver con claridad aquella excitante escena
y sintió envidia por lo que simbolizaba, deseando un hombre, el que
fuese, que la quisiera, que entrara en ella para dejar la simiente
de una nueva vida. Y cuando de pronto la música cesó y la bailarina permaneció erguida y petrificada, Claire reprimió el sollozo
que pugnaba por brotar de su pecho y consiguió conservar su aplomo.

La danzarina permanecía de nuevo inmóvil sobre el estrado. Dos
jóvenes, transportando entre ambos un gran recipiente humeante
de madera, se acercaron a la plataforma para depositarlo ante la
danzarina. Paoti golpeó con su bastón la mesa del banquete.

—Doctora Maud Hayden —dijo— llegamos ahora a la culminación de nuestro tradicional rito de amistad, que se ha celebrado
muy pocas veces en los últimos siglos. Una mujer de vuestra sangre
y una de la nuestra subirán juntas al estrado, colocándose a ambos
lados de la bailarina. Entonces se despojarán de las vestiduras que
les cubren la mitad superior del cuerpo y dispondrán su pecho desnudo para ungirlo en la sagrada ceremonia que sellará la amistad
de nuestros pueblos y suprimirá el tabú entre los extranjeros. Para
representar a nuestra sangre, escojo a la joven hija de mi difunto
hermano que se llama Tehura.

Tehura hizo una inclinación de cabeza en dirección a Paoti y,
descruzando las piernas, se puso ágilmente en pie, para subir al escenario a fin de colocarse a un lado de la bailarina.

Paoti volvió a dirigirse a Maud.

—¿Qué mujer de vuestra sangre designaréis para representaros?

Maud frunció los labios, pensativa, y luego dijo:

—Creo que yo soy la más indicada para representar a mi familia y a nuestro grupo.

—Matty, por Dios... —exclamó Marc.

—No seas ridículo, Marc —dijo Maud con voz tensa—. Cuando tu
padre y yo efectuábamos expediciones científicas, realicé ritos similares más de una vez. —Se dirigió de nuevo a Paoti—: Estamos fami-
liarizados con los ritos de aceptación en muchas culturas. Escribí una
vez un trabajo sobre los Mylitta, que tienen la costumbre de dar la

bienvenida a los visitantes ofreciéndoles una de sus muchachas. Estas reciben una moneda a cambio de su amor y después de esto, la amistad ya se ha sellado.

Maud empezó a levantarse trabajosamente pero Marc la retuvo.

—Que no, Matty, que no quiero que subas ahí... que suba otra...

Maud no ocultó su disgusto

—Marc, no sé lo que te pasa. Se trata de una costumbre de la tribu.

Mientras aturdida contemplaba el forcejeo, Claire experimentó ante los nativos una súbita vergüenza por ella y por su esposo. Sabía que ella tampoco podía permitir que Maud subiese al estrado para descubrir su pecho fláccido y marchito. Sabía también que era ella, Claire la equivalente de Tehura, quien debía realizar aquella ceremonia. Esta idea la fue dominando y, ayudada por la kava y el zumo de palma, acabó por incorporarse y ponerse en pie.

—Lo haré yo, Marc —dijo con una voz que le parecía extraña.

Empezaba a dirigirse con paso vacilante al estrado cuando Marc trató de detenerla, sin conseguirlo y cayendo cuán largo era sobre la esterilla.

—¡Claire, vuelve!

—Quiero hacerlo —respondió ella—. Quiero que seamos amigos de ellos.

Tropezando subió al estrado y por último consiguió situarse al lado opuesto de la inmóvil danzarina. Tuvo un fugaz atisbo del círculo de caras que la miraban desde abajo... Moreturi con expresión aprobadora, Marc furioso, Maud preocupada, Paoti y Courtney totalmente imperturbables.

La alta danzarina se acercó a Tehura y empezó a desatar sin prisas el ceñidor de tapa que le cubría el pecho. La tela se aflojó y cayó al suelo. Cuando le quitaron aquella prenda, los senos de Tehura aparecieron en toda su opulencia. Claire trató de no mirar hacia allí, pero la curiosidad la consumía. Debía saber qué había ofrecido a Courtney Tehura que tanto sabía del amor. Con el rabillo del ojo, Claire examinó a su oponente y pudo ver que los hombros suaves y torneados habían mantenido su promesa, al confundirse sin solución de continuidad con las dos armoniosas curvas de los senos turgentes, con sus marcados y rojos pezones.

La bailarina se volvió hacia Claire; ésta comprendió que el momento había llegado y, con gran alivio por su parte, comprobó que no tenía miedo. Y entonces supo por qué, pero, antes de que pudiera pensar en ello, comprendió que debía ayudar a la joven indígena. La bailarina de tez morena ignoraba los misterios del vestuario occi-

dental. Claire hizo un gesto de asentimiento y comprensión. Después
se llevó las manos a la espalda, desabrochó la parte superior del vestido de shantung amarillo, corrió la cremallera hacia abajo y movió
los hombros para hacer caer la parte superior del vestido, que
descendió hasta su cintura. Se alegró de llevar su nuevo sostén de
encaje transparente. Se apresuró a llevar de nuevo las manos a su
espalda y lo desabrochó. Dejando caer ambos brazos a los lados,
permaneció inmóvil. La joven nativa comprendió lo que debía hacer
y, tomando los sueltos tirantes del sostén, los hizo bajar por los
brazos de Claire, con lo cual apartó la prenda de su cuerpo y ella
quedó desnuda hasta la cintura.

Cuando la joven le hubo quitado el blanco sostén, Claire se enderezó con expresión altiva. Vio que Tehura, la Tehura que ella había
envidiado, la miraba con admiración y entonces Claire comprendió
por qué no tenía miedo. En un mundo donde las glándulas mamarias
opulentas, su capacidad y su contorno eran otras tantas marcas de
belleza femenina, ella debía de aparecer muy bien dotada. El tamaño,
la curvatura y la firmeza de sus pechos, la circunferencia de sus
pardos pezones, entonces blandos, acentuados con el centelleo del
medallón de diamantes que se había colocado en el profundo cañal
intermedio, era el exponente de su femineidad, el modo que ella tenía
de pregonar sus cualidades amorosas. Expuestas así a la mirada de
todos, ya no era la inferior de Tehura, sino su igual y, a los ojos
de los espectadores, tal vez era incluso superior.

La joven bailarina se arrodilló para introducir ambas manos en
el recipiente, lleno de cálido aceite. Vertiendo un poco de aceite en
las manos abiertas de Tehura y otro poco en las de Claire, les indicó
por señas que se acercasen, para reunirse sobre la vasija de la amistad. Tehura extendió la mano y aplicó suavemente el aceite sobre
el pecho de Claire y ésta, comprendiendo que debía hacer lo propio,
frotó también con aceite el espléndido pecho de Tehura. La joven
polinesia sonrió y dio un paso atrás. Claire se apresuró a imitarla.

La bailarina pronunció una sola palabra en polinesio.

Paoti, el jefe, golpeó la mesa con su bastón y se puso en pie con
cierta dificultad.

—La ceremonia ha concluido —anunció—. Sed bienvenidos al poblado de las Tres Sirenas. De ahora en adelante, nuestra vida es la
vuestra y todos somos como hijos de una misma sangre

* * *

Un cuarto de hora después, cuando faltaba poco para la medianoche, Claire atravesó el poblado al lado de Marc. Todo estaba oscuro y dormido; la única iluminación provenía de unas cuantas antorchas de llama vacilante, colocadas a ambos lados del arroyo.

Desde que se vistió y se despidió de sus anfitriones, y desde que salieron juntos al poblado —Maud se quedó atrás con Courtney—, Marc no la miró ni dijo una sola palabra.

Siguieron andando en silencio.

Cuando llegaron ante su cabaña, ella se detuvo y vio que su esposo tenía las facciones contraídas por la ira.

—Esta noche me odias, ¿verdad? —le dijo de pronto.

Él movió los labios pero no llegó a pronunciar palabra, hasta que de pronto rompió a hablar con voz temblorosa.

—Como odiaría a cualquiera... sí, a cualquiera que se embriagase vergonzosamente... provocando conversaciones obscenas... portándose como una prostituta.

Pese a la apacible atmósfera de la noche, sus duras palabras causaron a Claire un agudo dolor, y permaneció vacilante, avergonzada de él... sí, muy avergonzada de Marc. Nunca, en ninguna ocasión, durante casi dos años de matrimonio, le había hablado con una furia tan ilimitada. Sus censuras siempre habían sido comedidas y, cuando Claire se sintió objeto de ellas, siempre supo tomarlas sin darles demasiada importancia. Pero entonces, en aquel terrible momento, todo cuanto había sucedido, todo cuanto ella había visto, oído y bebido, acudió en su ayuda, concediéndole la extraña y segura libertad de ser ella misma por una sola vez, de decir al fin lo que verdaderamente sentía.

—Y yo —dijo en voz baja y sin temor—, yo detesto a todos cuantos se muestran como seres pedantes, mojigatos, que sólo ven porquería en todas partes.

Se detuvo, sin aliento, esperando que él la pegaría. Pero comprendió que era demasiado pusilánime para pegarla. Se limitó a dirigir una mirada cargada de odio, volvió la espalda y entró en la choza dando un portazo.

Claire se quedó donde estaba, temblando de pies a cabeza. Por último sacó un cigarrillo del bolsillo de su vestido, lo encendió y se dirigió lentamente hacia el arroyo y empezó a pasear del riachuelo a la choza y de ésta al riachuelo, fumando sin cesar y evocando lo que había sido su vida antes de conocer a Marc y lo que fue después de conocerlo, imaginándose a Tehura cuando vivía con Courtney, representando de nuevo en su imaginación la ceremonia de la amistad y reviviendo después antiguos sueños y caras esperanzas. Transcurrida media hora se hallaba ya más calmada y cuando vio que las luces de la cabaña estaban apagadas, se encaminó a la puerta.

Marc se había embriagada tanto como ella y sin duda estaría dormido. Se sintió más dispuesta a perdonarlo, más indulgente ante todo, y, cuando penetró en la choza, ya estaba segura de que a la mañana siguiente ambos estarían serenos y dispuestos al perdón.

CAPÍTULO IV

Claire durmió como sumergida en las profundidades de un pozo, envuelta en un aire negro y mefítico, con sueño tranquilo, sin la agitación ni las vueltas propias de la dormivela. Lo que al fin la despertó fueron los finos y largos dedos del sol del nuevo día, que penetraban a través de las paredes de mambú hasta encontrarla, acariciándola y calentándola con sus yemas, obligándola finalmente a abrir los ojos. Tenía el brazo y la cadera izquierdos envarados y doloridos después de la primera noche pasada sobre la dura esterilla. Se notaba los labios resecos, la lengua apergaminada e hinchada, hasta que recordó los sucesos de la víspera. Buscó su reloj de pulsera. Eran las ocho y veinte de la mañana

Al oír pasos, se tumbó de costado y tiró hacia abajo la chaqueta de su pijama de nylon que se había subido hasta encima de su pecho público (también se acordaba de aquello), entonces vio a Marc junto a la ventana trasera, sosteniendo un espejo ovalado y peinando meticulosamente su corto cabello. Estaba ya vestido, con camisa de sport, pantalones de algodón, zapatos con suela de caucho y, si se dio cuenta de que ella estaba despierta, no lo demostró. Para Claire, el sol que entraba a raudales, el frescor del día, el aspecto limpio y atildado de su esposo, hacían que los acontecimientos y palabras de nueve horas antes pareciesen algo distante, remoto, imposible.

—Hola, Marc —dijo—. Buenos días.

Él apenas apartó la vista del espejo.

—Has dormido como un tronco.

—Sí.

—¿No oíste venir a Karpowicz? Estuvo aquí con un recado de Matty. Quiere que a las diez estemos todos en su despacho.

—Tengo tiempo —dijo ella, incorporándose, aliviada al notar que no tenía resaca—. Marc...

Esta vez él se volvió en respuesta a su llamada, pero su expresión continuaba siendo severa.

Ella tragó saliva e hizo un esfuerzo por soltarlo.

—Marc, creo que anoche bebí demasiado. Siento lo que pasó.

Él depuso un poco su expresión ceñuda.

—No importa.

—No quiero estar toda la mañana reprochándomelo. También... también pienso mucho todas las cosas que nos dijimos.

Él se inclinó para dejar espejo y peine con sus demás efectos personales.

—Bien, bien, querida... pelillos a la mar. Yo no dije lo que dije y tú tampoco dijiste nada. Borrón y cuenta nueva. Solamente que... tratemos de no olvidar quiénes somos y de no rebajarnos ante los ojos ajenos. Esforcémonos por mantener nuestra dignidad.

Claire no dijo nada, deseando que él se decidiese a acercarse para levantarla y darle aunque sólo fuese un beso. Marc ya estaba a la puerta de la antecámara y se disponía a irse, dejándola, sólo con una simple nota de recordatorio.

—Procura ser puntual, Claire. La fiesta ha terminado y volvemos a trabajar.

—Seré puntual.

Cuando él se hubo marchado, Claire alisó y plegó los sacos de dormir, observó que él había apartado pulcramente sus ropas usadas, que tenían que ir a la colada y después, distraídamente, se desabrochó la tibia chaqueta del pijama No sentía interés alguno por sus senos públicos pero advirtió entonces que el medallón de brillantes aún colgaba entre ambos. Se lo quitó, arrollándose para guardarlo en su joyero de cuero. En aquella postura no podía dejar de notar sus senos y, contemplando su blanca turgencia, no pudo por menos de pensar en los ojos masculinos —de Moreturi, Paoti, Courtney (¡un americano nada menos!)—, que los habían visto así y entonces, en el embarazo que le producía la luz diurna, se sintió impúdica y desvergonzada. En aquel instante no pudo reprochar a Marc por la cólera que experimentaba. Ella era una mujer casada, una esposa norteamericana —estuvo a punto de añadir «y madre», pero no lo hizo— y se había comportado, la primera noche que estuvo allí, como una ninfómana. Hasta entonces, ella había conseguido encerrar en su cabeza, aquellas fantasías procaces y desvergonzadas, debidamente clasificadas en el gabinete de consignas señaladas con los nombres de «Educación esmerada», «Los hombres respetan a una mujer decente» y «Amor, Honor y Obediencia». Su muro de contención estaba construido con Pudor, Decencia, Castidad y otro sillar... sí, Timidez. ¿Cómo y por qué pudo derribarlo la noche anterior? Se portó de forma desenfrenada, y a la sazón al reconstruir el derruido muro, sillar sobre sillar, se sintió incapaz de presentarse a la vista de Courtney o de sus compañeros. ¿Qué pensarían de ella?

Decidió que debía exponer claramente a Marc la vergüenza que sentía. Era lo menos que podía hacer. Entonces, mientras rebuscaba entre sus vestidos la blusa y los blancos shorts de tenis, se dijo que siempre estaba disculpándose ante Marc por una u otra cosa... por pequeñas tonterías, por indiscreciones de palabra, por fallos de memoria, por faltas de conducta y la verdad, no resultaba agradable ni tampoco era justo, estar siempre a la defensiva. Pero lo de anoche no era cosa baladí, sino una falta grave y ella estaba dispuesta a presentarle sus cumplidas disculpas tan pronto lo viese. Se vistió con rapidez para dirigirse después, sin excesiva prisa, al retrete colectivo. Penetró cautelosamente y dio gracias a Dios de encontrar allí sólo a Mary Karpowicz, ceñuda y monosilábica. Después Claire avanzó despacio bajo los cálidos y maravillosos rayos del sol hacia su cabaña. Se arregló en la habitación delantera y, después de pintarse los labios, vio que alguien, Marc o un servidor indígena, había traído un gran cuenco lleno de fruta y carne asada fría para desayunar. Cerca del cuenco se apilaba su ración de conservas y bebidas. Comió un poco de lo que contenía el cuenco, y cuando eran cerca de las diez, salió de nuevo al exterior, bañado por los radiantes rayos solares, para buscar a Marc, pedirle disculpas y reunirse con los demás en el despacho de Maud.

Con excepción de los niños que jugueteaban en el arroyo, la calle contigua estaba desierta. Parecía haber cierta actividad humana, algunas idas y venidas, en el extremo más alejado del poblado, frente a la cabaña de Auxilio Social y la escuela. Vio entonces dos figuras frente a la cabaña de Maud. Eran Marc y Orville Pence, enfrascados en animada conversación.

Al aproximarse, sintió deseos de hablar en privado con Marc, para presentarle sus excusas.

—Marc...

Él volvió la mirada y su cara se entenebreció de pronto. Tocó el brazo de Orville y se acercó a ella.

—Marc —dijo Claire— estaba pensando en...

Él la atajó con un ademán que abarcó toda su persona.

—Pero por Dios, Claire... ¿Dónde vas así?

Desconcertada, ella se llevó la mano a la garganta.

—¿Qué... qué pasa, ahora?

Él puso los brazos en jarras para examinarla, moviendo la cabeza con exagerado disgusto.

—Esos pantaloncitos de tenis —dijo—. Míralos... subidos hasta la ingle. ¿Puede saberse qué te pasa? A quién se le ocurre ponerse shorts en una expedición científica.

Ella quedó tan estupefacta ante estas censuras que no supo qué contestar.

—Pero... pero Marc, yo no sabía...

—Claro que lo sabías. Oí muy bien lo que en Santa Bárbara os dijo Matty a todas. Siempre está citando al viejo Kroeber... cuidado con las cuestiones sexuales, no llevéis pantalones cortos, no tentéis a los indígenas. Por lo visto tú no escuchas a nadie o, si lo haces, prefieres llevar la contraria y saltarte a la torera todas las reglas. Ayer te dedicaste a incitar a todos los hombres y hoy te exhibes en shorts... Supongo que ahora sólo te falta acostarte con un indígena.

—Vamos, Marc —dijo ella con voz quebrada, conteniendo a duras penas el llanto—. Lo hice... lo hice sin pensar. Me pareció que era lo más adecuado con este calor. Estos pantalones me tapan. Son cien veces más decentes que esas faldas de hierba...

—Tú no eres una primitiva, sino una mujer civilizada. Este atavío no sólo es una falta de respeto, pues los indígenas esperan más de ti, sino que es deliberadamente provocativo. Cámbiate ahora mismo y mejor será que te des prisa. Todos están esperando en el despacho.

Ella ya le había vuelto la espalda, pues no quería darle la satisfacción de que viese cómo le habían herido sus palabras. Sin decir nada más, se regresó a la cabaña. Le parecía tener las piernas de madera. Se despreciaba por haber querido disculparse y lo despreciaba por hacer imposibles todos y cada uno de sus días. O él empeoraba, se dijo, o ella perdía facultades como esposa. Debía ser una cosa u otra... aunque existía una tercera posibilidad que tenía más visos de verosimilitud: la influencia de las Tres Sirenas, desde el día en que las islas penetraron en sus vidas, con la carta de Easterday, hasta aquel mismo momento en el poblado. El embrujo de las islas había ejercido su acción sobre Marc y sobre ella, haciendo surgir lo más bajo de la naturaleza de su esposo, junto con todas sus debilidades y defectos, y dándole a ella una visión más aguda e implacable, con el resultado de que ya no veía el yo esencial de Marc a través del prisma de sus propias faltas. También a sí misma se veía con mayor claridad, y de igual manera valoraba su vida en común tal como había sido, como era y como sería.

Tuvo que esperar a encontrarse frente a la puerta de su cabaña para erguirse plenamente retadora, en abierta rebeldía a las imposiciones de su marido. Enderezó los hombros, la blusa se distendió sobre su pecho y se sintió orgullosa por lo de la noche anterior. ¡Ojalá los hombres la hubiesen contemplado con atención y largo tiempo!

¡Ojalá hubiesen apreciado su belleza! Estaba cansada, hasta de no ser bastante, a pesar de que era tanto, de que sería tanto para quien pudiera comprenderla...

Cuando un cuarto de hora después Claire regresó a la cabaña-oficina de Maud, con el aceptable uniforme etnológico compuesto de blusa y falda plisada de algodón, encontró que estaban todos reunidos, con excepción de Maud. Se hallaban repartidos por la estancia en grupitos; Marc, con su inseparable Orville Pence, cerca de la mesa y en torno a los bancos o sentados en ellos, los restantes miembros de la expedición, enfrascados en animadas conversaciones.

Haciendo caso omiso de Marc y Orville, Claire cruzó el piso cubierto por esterillas, y se dirigió al grupo formado por los Karpowicz y Harriet Bleaska. Estaban hablando de la fiesta a la que asistieron la noche anterior y que les fue ofrecida por Oviri, pariente próxima de Paoti, encargada de organizar los festejos de la próxima semana. Todos se hallaban muy absortos evocando la pantomima histórica que habían presenciado. Claire pasó por su lado como una sombra y fue a sentarse junto a Rachel DeJong y Lisa Hackfeld en el banco del fondo.

Tan afligida se hallaba Lisa que apenas saludó a Claire, aunque Rachel le hizo un risueño guiño. Claire trató de comprender la causa de la aflicción de Lisa.

—...no se puede imaginar lo que esto me trastorna, la preocupación que significa para mí —decía Lisa—. Yo misma empaqueté esas preciosas botellas, que tenían que durarme seis semanas, poniendo guata alrededor para protegerlas...

—¿De qué eran esas botellas? —preguntó Claire—. ¿De whisky?

—De algo mucho más importante —dijo Rachel DeJong, haciendo una mueca de buen humor a Claire—. La pobre Mrs. Hackfeld se trajo una buena provisión de agua oxigenada para el cabello y esta mañana, cuando abrió la caja, encontró todas las botellas rotas.

—No había ninguna entera —gimió Lisa—. Y aquí no puedo encontrar nada parecido. De buena gana me echaría a llorar. No sé, Claire —¿me permites que te llame Claire?—, no sé si tú tendrás algo...

—Ojalá lo tuviese, Lisa —repuso Claire—, pero no tengo ni una pizca.

Lisa Hackfeld se retorció las manos.

—Desde que... durante toda mi vida me he teñido el pelo. No he dejado de hacerlo ni una semana. ¿Qué va a ser de mí, ahora? Dentro de quince días, volverá a su color natural. Nunca me he visto así... Ay, Jesús... ¿Y si resulta que tengo canas?

—Mrs. Hackfeld, hay otras cosas peores —dijo Rachel, esforzándose por tranquilizarla—. Muchas señoras se tiñen el pelo de gris para estar más elegantes.

—Cuando no se tienen canas, es una cosa, pero cuando se tienen, es muy distinto. —Contuvo el aliento—. Ya no soy una jovencita —dijo—. Tengo cuarenta años.

—No puedo creerlo —observó Claire.

Lisa la miró con expresión de sorprendido agradecimiento.

—¿No puedes creerlo? —Pero al acordarse de su tragedia dijo con amargura—: Ya lo creerás dentro de un par de semanas.

—Mrs. Hackfeld —dijo Rachel— dentro de un par de semanas usted estará demasiado ocupada para pensar en esas nimiedades. Estará... —Se interrumpió de pronto y señaló hacia la puerta—. Ahí viene la doctora Hayden. Debe tener cosas muy interesantes que decirnos. Estoy segura de que todos estamos impacientes por empezar.

* * *

Todos tomaron asiento, en los bancos o en las esterillas del piso, a excepción de Maud Hayden, que se quedó de pie junto a la mesa, esperando que cesasen todas las conversaciones. Pese a su ridículo atavío —llevaba sombrero de paja, de ala ancha, bajo el cual asomaban mechones de cabellos grises; no mostraba maquillaje en su abotargado rostro tostado por el sol, lucía varios collares de cuentas multicolores en torno al cuello, un vestido estampado sin mangas del que asomaban sus fláccidos brazos, calcetines caqui de boy-scout que le llegaban hasta la rodilla, zapatos cuadrados que le daban aspecto de marciano—, tenía un aspecto más profesional y lleno de celo que cualquier otro de los presentes.

Cuando sus colegas callaron, Maud Hayden empezó a dirigirles la palabra en un tono que oscilaba de lo animado y científico a lo sencillo y maternal.

—Me imagino que casi todos ustedes estarán ansiosos por saber lo que nos aguarda —dijo— y he convocado esta primera reunión para decírselo. He pasado toda la mañana, desde la salida del sol, en compañía del jefe Paoti Wright y su esposa Hutia, que son dos personas encantadoras y cordiales. Si bien Hutia se muestra algo temerosa y por consiguiente manifiesta ciertas reservas acerca de lo que podemos ver y hacer, el jefe Paoti ha acabado por imponer su punto de vista. Ya que estamos aquí, está resuelto a que veamos y hagamos todo cuanto deseemos. Fía mucho, según manifestó sin lugar a dudas, en la palabra dada por Mr. Courtney, de que respetaremos sus costumbres, su modo de vida, su dignidad y sus tabús, describiendo todo cuanto observemos y aprendamos honrada y científicamente, conservando al propio tiempo el secreto que nos hemos comprometido a guardar acerca de la situación aproximada de estas islas.

»Ahora bien, tengamos en cuenta que no todo se nos ofrecerá en bandeja, por así decir. Al principio recibiremos toda clase de guía, informaciones, consejos y ayudas. Pero después tendremos que obrar por nuestra cuenta. No se regatearán esfuerzos para que nos incorporemos al poblado y a su vida diaria. Lo he pedido muy expresamente. No quiero que se nos tengan consideraciones especiales, como tampoco que se nos hagan concesiones y se introduzcan cambios para complacernos. No quiero que nos consideren como visitantes de un parque zoológico. Y tampoco quiero que ninguno de ustedes considere los moradores de este poblado como una colección zoológica. Que quede bien sentado que, en la medida de lo posible, estamos aquí como visitantes procedentes del otro lado de la isla. Soy realista y por lo tanto sé que éste es un ideal imposible, pero Paoti ha prometido hacer todo cuanto pueda por nosotros y yo, en nombre de todos ustedes, he prometido corresponder con la misma actitud. En una palabra, no estamos aquí como meros observadores forasteros, sino como observadores que forman parte del poblado y que, en la medida de lo posible, comeremos, trabajaremos, pescaremos, cavaremos los campos y nos divertiremos con ellos, participando en sus ritos igual que en sus juegos, deportes y festivales. A mi juicio, es éste el único medio que existe para abordar su cultura y hacerla nuestra. El grado en que lo consigamos determinará para cada uno de nosotros, la importancia de su respectiva aportación a la etnología y a sus respectivas disciplinas en este estudio de las Tres Sirenas.

»Entre ustedes son muy pocos los que han participado en expediciones científicas. Los Karpowicz, Sam, Estelle y Mary, han efectuado varias expediciones, Marc realizó hace algunos años una y Orville —creo que a partir de este momento todos debemos empezar a tutearnos—, Orville ha realizado varias expediciones de este género. Pero Claire no ha participado en ninguna y lo mismo podemos decir de Rachel, Harriet y Mrs... y Lisa. Y así, aunque es posible que lo que diga no tenga interés para los experimentados, pido a todos un poco de paciencia mientras me dirijo especialmente a los que no están acostumbrados a esta clase de expediciones. En algunos casos, desde luego, los ya veteranos podrán dar valiosos consejos a los novatos. Por lo tanto, pido de nuevo un poco de paciencia por parte de todos, en la seguridad de que cuando haya terminado, todos comprenderéis mejor cuál es vuestra misión aquí, qué se espera de vosotros y ante todo qué podéis y qué no podéis hacer, así como lo que a todos nosotros nos aguarda.

»En primer lugar, diré que la etnología y el estudio de otras sociedades humanas es más antiguo de lo que os imagináis. Uno de los primeros en abandonar su casa —en este caso situada en Oneida, cerca de Nueva York— para ir a estudiar con espíritu científico otra sociedad, fue un joven sabio llamado Henry Schoolcraft. Vivió entre los indios chippewa, tomando notas, excelentes notas, en las que recopiló numerosas costumbres fascinadoras... por ejemplo, anotando que cuando una mujer chippewa tocaba un objeto, éste se consideraba inmediatamente impuro y todos los hombres de la tribu lo rehuían

»Sin embargo, son muchos los que consideran a Edward Tyler, un cuáquero inglés, como el creador de la verdadera etnología científica. En el curso de su larga vida efectuó numerosas expediciones, siendo una de las más notables la que realizó a México. Nos legó dos importantes doctrinas, a saber: la de la recurrencia, según la cual se encuentran las mismas o parecidas costumbres y leyendas desde el Canadá y el Perú hasta Egipto y Samoa, lo cual nos proporciona una clave para reconstruir la prehistoria, y la de la supervivencia, según la cual ciertas costumbres al parecer sin objeto, que han sobrevivido de otras épocas, probablemente tuvieron una finalidad concreta en tiempos más antiguos. Estos precursores dieron su verdadera finalidad a la labor que en adelante desarrollarían las futuras expediciones científicas.

»Por las caras que algunos ponéis, veo que estáis temiendo que la vieja Maud se embarque en una larga conferencia. No tenéis por qué preocuparos. Éste no es momento ni lugar para dar clases de etnología. Intento únicamente haceros comprender el impulso histórico que por encima de un gran océano os ha lanzado en este lugar remoto. Permitidme una o dos referencias históricas más y después os prometo que pasaremos a tratar de cuestiones prácticas. El primer equipo semejante al nuestro que realizó una expedición científica para estudiar otra cultura, fue organizado y dirigido por Alfred C. Haddon en 1898. Unos años antes, Haddon, había visitado la volcánica isla de Murray, situada frente a las costas de Nueva Guinea, donde convivió con los papúes. En su segunda visita iba acompañado por un equipo de expertos, entre los que se contaban dos psicólogos, un fotógrafo, un musicólogo, un lingüista, un médico y un antropólogo, personificado en este caso por él mismo. Los psicólogos efectuaron test de dibujo y percepción sensorial con los indígenas —fueron los precursores de la tarea que llevarán a cabo Rachel y Orville— mientras Haddon y sus restantes compañeros, la isla había sido algo corrompida por los misioneros y funcionarios blancos, se esforzaban por resucitar los antiguos ritos y ceremonias, de cuando los papúes iban desnudos y sus mujeres llevaban sólo faldellines de hojas. El equipo trabajó ocho meses en la isla y al regresar a Cambridge con sus resultados, quedó demostrado el valor del trabajo de un equipo de expertos y quedó abierta al propio tiempo una nueva senda para los futuros etnólogos.

»Podría pasarme horas enteras hablando de los grandes etnólogos y exploradores, responsables indirectos de que todos nos encontremos aquí reunidos esta mañana. Desearía tener tiempo para hablaros de Franz Boas, el genial alemán que fue mi maestro y el maestro de Ruth Benedict, Margaret Mead y Alfred Kroeber y que me hizo ver la importancia que tiene recoger incansablemente el mayor número de datos. ¿Sabéis, por ejemplo, que una vez, Boas se interesó por el encanecimiento del cabello humano y empezó a recorrer las barberías de Nueva York, hasta recoger y clasificar más de un millón de clases de cabellos? Tengo la impresión de que no le gustaba la vida al aire libre, pero se hallaba determinado a comprobar todas las teorías, efectuando averiguaciones sobre el lugar. Por lo tanto, pasaba su vida viajando por tierras remotas y salvajes, desde su primera estancia entre los esquimales del Ártico, que tuvo lugar cuando tenía veinticinco años, hasta su última expedición entre los indios, organizada a sus setenta años. Lo que podríais aprender de Boas y de los demás gigantes de la etnología, como Durkheim, Crawley, Malinowski, Lowie, Benedict, Linton, Mead y mi llorado esposo, Adley Hayden, es incalculable, pero debe bastaros saber que nosotros somos sus herederos y que, gracias a lo que ellos nos enseñaron, nos hallamos hoy en disposición de estudiar la sociedad de las Sirenas con ciertas garantías de probidad científica.

»Naturalmente, podéis poner en tela de juicio la validez de nuestros descubrimientos, considerados bajo el punto de vista científico. Desde luego, reconozco que la etnología paga los platos rotos de las interminables querellas entre ciencias y humanidades. A los hombres de ciencia les gusta afirmar que somos demasiado chapuceros en nuestros métodos de estudio y nos critican diciendo que tratamos de calibrar cualidades que no pueden someterse al análisis estadístico. Los humanistas, en cambio, nos echan en cara que nos entrometemos en los dominios de los poetas, al intentar reducir la infinita complejidad de la vida humana a insípidas categorías descriptivas. Yo siempre he afirmado que debemos recordarla a todos, que sólo nosotros podemos ser el puente que reúna ciencias y humanidades. Verdad es que muy raramente puede confiarse por entero en nuestros informadores nativos. También es verdad que, si bien podemos medir el diámetro de una choza o un índice cefálico, nos es imposible medir los más profundos sentimientos de un salvaje acerca del amor y el odio. Y si es cierto que intentamos comunicar nuestros hallazgos al prójimo y a veces conseguimos interesar y conmover a nuestro público, somos muy malos trovadores, porque estamos obligados a limitarnos a los hechos. Éstas son nuestras limitaciones y sin embargo, a pesar de ellas, debemos continuar reuniendo datos con métodos científicos, traduciendo de una manera humanista nuestros descubrimientos, al mundo expectante.

»Y aquí estamos ahora y vosotros os preguntaréis qué vamos a hacer. Os lo voy a decir. Los investigadores que he citado nos han enseñado —y yo también lo sé por experiencia— que es mala política mostrar excesivo dinamismo o actividad durante una expedición. Por lo general resulta poco eficaz convocar a los indígenas a horas determinadas, sentarse con ellos durante tres o cuatro horas y tratar de exprimirles lo que saben. Tampoco es aconsejable tratar de intimidarlos. Quien tal hiciese, correría el riesgo de buscarse la alianza con la facción menos aconsejable del poblado, ganando la hostilidad de la mayoría, que rehuirían su contacto. El modo más juicioso de enfocar las cosas consiste en estudiar la estructura social de la comunidad y escoger con cuidado los informadores que merezcan más confianza. La mejor manera de establecer relaciones es no presionar a nadie. Hay que establecerse en el seno de la sociedad y esperar sin prisas, confiando en la curiosidad natural de los indígenas y en el propio instinto, para saber cuándo es oportuno actuar. El principal problema consiste siempre en encontrar al informador de más confianza, aquella única persona que une en sí el pasado y el presente, que sabe hablar, que es honrada, que desea hablar sin trabas de su mundo y siente curiosidad por saber cómo es el mundo del etnólogo.

»Por lo que se refiere a nuestras relaciones sociales, podemos darnos por muy afortunados. Nos han facilitado la entrada. A decir verdad, nos han invitado a venir. Anoche nos aceptaron como miembros de esta sociedad. Y para empezar, no sólo disponemos de un informador clave, sino de dos. Tenemos al jefe Paoti Wright, principal personaje del poblado y hombre sabio y juicioso, y tenemos además, a Thomas Courtney, que ha vivido aquí mucho tiempo y conoce por igual sus costumbres y las nuestras. Yo deseo trabajar con Paoti, pues creo que nuestras relaciones personales llegarán a ser excelentes. En cuanto a Mr. Courtney, se ha mostrado dispuesto para atender a todos vosotros, guiándoos y ayudándoos en vuestros respectivos estudios.

»Se han adoptado algunas medidas para facilitaros el trabajo, pero por lo general tendréis que arreglaros por vuestra cuenta. Cuando surja un problema que no podáis resolver solos, os aconsejo que vengáis a sometérmelo o lo comentéis con Mr. Courtney. Dentro de media hora, Mr. Courtney estará aquí para que podamos empezar a trabajar. Os presentará a todas las personas del poblado, os mostrará los lugares dignos de verse, las actividades que deseéis observar o compartir, los informadores que, por conocer ya vuestra misión, puedan seros útiles. Una vez realizada esta labor preliminar, gozaréis de independencia y tendréis que progresar por vuestra cuenta.

»Voy a hablar ahora personalmente con cada uno de vosotros. Empezaré por ti, Harriet. No es obligatoria la participación de enfermeras en expediciones de esta naturaleza, pero en otras ocasiones han participado en ellas y a menudo su presencia ha resultado muy útil. Recuerdo que cuando Robert Redfield fue al Yucatán para estudiar la aldea maya de Chan Kom, llevó consigo una enfermera. Los mayas les hicieron un recibimiento muy poco amistoso pero la enfermera supo granjearse su amistad curando a varios enfermos miembros de la tribu e introduciendo la higiene moderna entre ellos. Esto causó gran impresión entre los salvajes, que a partir de entonces se desvivieron por atenderlos. Veréis que las Sirenas poseen una clínica bastante primitiva pero muy espaciosa, en cuyo dispensario trabaja un joven llamado Vaiuri. Mr. Courtney os lo presentará luego. El jefe está de acuerdo en que tú, Harriet, le ayudes en su trabajo. Si bien una de tus misiones aquí consiste en cuidarnos, tu misión más importante será indagar lo que puedas acerca de las enfermedades locales y los remedios de que dispone el poblado, tomando abundantes notas sobre estos particulares. Al propio tiempo, si Vaiuri se muestra dócil, puede introducir nuevos métodos terapéuticos e higiénicos, mientras no vayan contra ninguna de sus queridas costumbres ni contravengan sus tabús.

»En cuanto a ti, Rachel, tengo que decirte que sudé tinta tratando de explicar a Paoti y Hutia lo que es el psicoanálisis. Para ellos es una idea que no tiene pies ni cabeza. La consideraron infantil. Pero creo que llegué a convencerles de que es una clase especial de magia que obra maravillas en las personas afectadas por preocupaciones. De todos modos, si bien no parece haber auténticos psicópatas en la isla, hay en ella una pequeña minoría de personas desdichadas o mal ajustadas al medio. Hutia encabeza un grupo de cinco ancianos de ambos sexos llamado La Jerarquía Matrimonial, que examina todas las quejas que los hombres y mujeres casados presentan, junto con las solicitudes de divorcio. Eso quiere decir que es ella quien posee las historias clínicas que se fallan todos los meses. Está de acuerdo en dejarte seleccionar tres pacientes entre media docena o más de casos corrientes, para que trates de curarlos utilizando tus propios métodos. Hoy te reunirás con Hutia para interrogar a algunos de los casos, elegir los que creas conveniente y empezar el trabajo. Mr. Courtney dispondrá una choza aislada para que sirva de consultorio... estará disponible a partir de esta tarde.

»En cuanto a ti, Lisa, les dije que deseabas estudiar las danzas primitivas. Paoti se mostró encantado y dijo que no podías haber venido en momento más oportuno, pues ahora van a empezar los ensayos de su festival anual. Como la danza es el plato fuerte de estas festividades, tendrás ocasión de presenciar lo mejor que pueden ofrecerte en este terreno, e incluso de participar en las danzas. La encargada de la parte coreográfica es una mujer llamada Oviri, que hace las veces de profesora de danza. La conocerás muy pronto y verás lo que puedes hacer.

—Orville, tu situación aquí es esencialmente distinta, pues tu especialidad, la sexología, está relacionada con nuestras respectivas disciplinas. Me imagino que harás más o menos lo que hizo Cora DuBois en la isla de Alor en 1937... aplicar las técnicas psicodinámicas a estos indígenas. Sé que DuBois empleó con éxito la Rorschach y supongo que contigo sucederá lo mismo. Hemos hablado de tu posible horario de trabajo y hemos resuelto que durante el primer día recibirás una orientación general sobre las costumbres sexuales de la comunidad —creo que hoy mismo te enseñarán la cabaña de Auxilio Social— y te presentarán una serie de indígenas de ambos sexos. Después puedes intentar ya, establecer unas relaciones y escoger los informadores más idóneos para interrogarlos o hacerles tests, según te parezca.

»Pasemos ahora a la familia Karpowicz. Sería una perogrullada, Sam, que yo tratara de aconsejar a un gato viejo como tú. Mr. Courtney dice que tendrás una cámara oscura, instalada detrás de tu cabaña, a partir de pasado mañana. Puedes hacer películas y fotografías en el poblado y por los alrededores del mismo según te plazca, sin restricción alguna. Pero si desearas ir más lejos —recuerda el incidente de la playa— deberán acompañarte Mr. Courtney, Moreturi o una persona por ellos designada. En cuanto a tus estudios botánicos, puedes ir donde se te antoje.

»No he preparado nada concreto para ti, Estelle. Supongo que como siempre, querrás ayudar a Sam. Si deseas hacer otras cosas, los quehaceres domésticos de las mujeres indígenas, la limpieza, la cocina, la colada, coser, todas esas cosas, resultará muy útil para mí. Creo que será mejor hablemos de eso a solas luego, para ver lo que puedes hacer. En cuanto a la sugerencia que tú y Sam me hicisteis acerca de vuestra hija, aceptada y adelante... No pongas esa cara de aprensión, Mary. Es algo muy interesante, que te dará un gran tema de conversación cuando regreses a Albuquerque. En la parte más alejada del poblado hay una escuela bastante primitiva, formada por una serie de chozas, a la que asisten un grupo de alumnos comprendidos entre los catorce y los dieciséis años. Si te parece, puedes asistir a estas clases, en las que no se utilizan lápices, libros ni pizarras, ni se dan deberes para casa, pues todo se limita a las explicaciones y demostraciones que hace un inteligente maestro, Mr. Manao. Me parece que te gustará conocer a los jóvenes de tu edad de las Sirenas y estudiar durante seis semanas lo que ellos estudian. El maestro espera que vayas hoy a verlos y, por supuesto, me gustará que hagas un completo informe de cuanto hayas visto y oído. Prometo citarte en mi obra... y hacerte un buen regalo en Navidad.

»Y con esto pasemos a mi propia familia. Marc, quiero que te consagres principalmente a un solo informador, como es mi propósito hacer. Paoti, el jefe, te espera esta mañana para ofrecerte algunas sugerencias. Podrías empezar con una persona de su familia o una de las personas secundarias del poblado. En cuanto a ti, Claire, confío en que me ayudarás —a decir verdad, casi cuento con ello— y también en que actuarás como una especie de enlace entre el jefe Paoti, Mr. Courtney y yo.

»Como ya he dicho a todos, vuestra participación no estará limitada y gozará de completa libertad, dentro de los límites impuestos por algunos tabús muy arraigados. Por mi conversación con el jefe Paoti, colegí que la Cabaña de Auxilio Social y la Cabaña Sagrada, son tabús y sólo es posible entrar en ellas con autorización expresa del propio Paoti. También la visita a los dos atolones próximos es tabú, ya que se consideran habitados por los antiguos dioses, aún adorados por los elementos más conservadores. Pero el tabú no reza para los que van acompañados de un miembro de la aldea. En algunas chozas veréis ídolos de basalto gris oscuro o negro. También es tabú tocarlos o examinarlos. Las relaciones de parentesco, según las cuales los niños pertenecen a un amplio grupo familiar formado por padres, tíos, tías y demás parientes próximos, hacen que el incesto se considere extraordinariamente tabú, lo mismo que la violencia física. Por más que a uno le provoquen o le maltraten, no hay que golpear al prójimo ni hacerle daño. En tales casos, hay que denunciar el hecho al jefe. El asesinato, aunque sea en venganza de un tremendo crimen, se considera un acto de barbarie. Los indígenas creen que los enfermos están invadidos por espíritus muy elevados que los someten a juicio y por lo tanto los enfermos son tabú para los simples mortales, a excepción de los que tienen *mana*, que gozan de extraordinarios privilegios. Todo el mar que rodea la isla se considera tabú para los extranjeros. Por consiguiente, no se permite la entrada en la isla principal ni la salida de ella, a no ser por consentimiento del jefe. Es probable que existan unos cuantos tabús de menor importancia que el jefe ha olvidado mencionar. Cuando los conozca, os los comunicaré a todos.

»Y ya que hablamos de ello, debo añadir que la etnología también tiene unos cuantos tabús —o restricciones, si lo preferís así— por lo que respecta a determinadas prácticas y conductas. No se trata de reglas rigurosas e implacables, sino que representan un código moral nacido tras larga experiencia. En primer lugar, nunca, bajo ningún pretexto, hay que mentir a los indígenas, ni en lo tocante a uno mismo o a nuestras propias costumbres. Si descubren que se les ha mentido, harán el vacío alrededor del mentiroso. Cuando comprendáis haber hecho una afirmación equivocada, reconoced al instante vuestro error y aclarad lo que pretendíais expresar. No os enfadéis si os hostigan o se burlan de vosotros, ni si os hacen objeto de chacota, porque acaso os estén probando. Esforzaos por salir airosos de estas situaciones y ello cimentará vuestro prestigio. Si os cierra el paso una de sus supersticiones, no tratéis de intimidarlos ni de discutir con ellos acerca de sus creencias. No ataquéis la superstición y retiraos prudentemente. Recuerdo que en el curso de un viaje que efectuamos a las islas de Andamán, Adley trató de hacer fotografías, con gran espanto por parte de los indígenas, convencidos de que la cámara les robaba el alma. Adley tuvo que abandonar la máquina fotográfica y no pensar más en ella. Al tratar con el pueblo de las Sirenas, tratad de no mostraros excéntricos, altivos ni pedantes. Con condescendencia no iréis a ninguna parte. Si bien se mira, ¿quién puede afirmar que nuestras costumbres sean superiores o las suyas?

»En general os aconsejaría que mostraseis moderación y templanza. No conozco vuestras costumbres personales, pero si alguno de vosotros es aficionado a los narcóticos o a la bebida, yo le aconsejaría que practicase en lo posible la abstinencia durante las próximas semanas. Por supuesto, no os neguéis a acompañarles cuando os inviten a beber. Pero incluso en tales casos, procurad no embriagaros. Si perdieseis el dominio de vuestros actos, podríais cometer acciones ridículas u ofensivas.

»Teniendo en cuenta que en nuestro grupo de diez personas, somos siete mujeres, contándome a mí, creo que no estará de más decir algo acerca del papel, que debe desempeñar la mujer en estas expediciones. Debéis vestir como vestís en la vida normal, de una manera cómoda y discreta. Si el calor aumentase, podéis prescindir de la ropa interior pues los hombres de las Sirenas no se hallan dominados por una ávida curiosidad en lo que respecta a las partes ocultas... Como habéis visto, aquí apenas se oculta nada y todos muestran la mayor naturalidad en su aspecto. Casi todas las comunidades de esta clase, sienten antipatía por las mujeres belicosas, pesadas o faltas de humor. Yo lo tendría presente en todo momento.

»Llegamos ahora a un tema delicado, que con harta frecuencia concierne a las mujeres que participan en expediciones científicas. Me refiero a la cohabitación con los indígenas. Todos nosotros hemos crecido en el seno de una sociedad en la cual la actividad sexual es esporádica y fluida. Existe un grupo minoritario de etnólogos que opina que las mujeres deben acoger con agrado las relaciones amorosas, en lugar de rehuirlas. La cohabitación con un indígena, puede en efecto, ser algo sencillo, fácil y que no tenga nada que objetar. Los indígenas no menospreciarán a la mujer que se entregue a uno de ellos; por el contrario, es posible que esto les cause una gran complacencia. A pesar de que es posible que semejante experimento proporcione no sólo nuevos conocimientos, sino placer a quien lo practique, es mi obligación señalar los inconvenientes que ofrece. Si las relaciones se mantienen en secreto, este hecho constituirá una inhibición que pesará sobre la labor científica de la mujer en cuestión, que se sentirá incapaz de decir la verdad. Si las relaciones provocan los celos de una mujer indígena, esto le puede granjear la enemiga del resto de la comunidad. Pero aún existe otro problema. Voy a ilustrarlo con un ejemplo. Hace unos años, hallándome con Adley en África, en compañía de tres jóvenes que habían terminado la carrera, dos muchachos y una chica, ésta se enamoró de un joven negro y cohabitó con él. No trató en absoluto de ocultarlo. Los restantes miembros de la tribu estaban encantados, al ver que se comportaba como sus propias mujeres. Además, al ser ella una mujer blanca, que visitaba la tribu, dotada de prestigio y poder, consideraron aquellas relaciones como el summum de las costumbres democráticas. En este caso, el problema no consistió en el efecto que el asunto produjo entre los indígenas, pues ella no hacía más que adaptarse a sus costumbres, sino en el efecto que produjo entre los miembros masculinos de nuestro equipo. Éstos se molestaron mucho por su acción y como consecuencia de ello, se originaron entre nosotros innumerables roces y resquemores.

»Permitidme decir una última palabra acerca de la cohabitación... y me dirijo a todos vosotros con excepción de Mary. Conocéis ya las ventajas y los inconvenientes. No puedo deciros más. Yo no soy persona para considerar semejante acción escandalosa, lo sabéis perfectamente, pues, si tachase de escandalosa esta conducta, emitiría un juicio moral que no puedo ni quiero formular. Allá cada cual con su conciencia, y obrad como mejor os parezca.

»Y ya que hablamos de cuál debe ser vuestra conducta, hay algo en lo que sí deseo imponer mis normas morales. Quiero que todos y cada uno de vosotros os comprometáis solemnemente, en vuestro fuero interno y ante mí, a no tratar de alterar con propósitos egoístas ningún aspecto de esta sociedad. En los tiempos heroicos de la etnología, hubo ciertos individuos —entre ellos el etnólogo alemán Otto Finsch, que visitó los Mares del Sur entre 1879 y 1884—, que sembraron el desorden en varias tribus con su donjuanismo activo e indeseable. Hubo otros individuos que emborrachaban con whisky a los indígenas para obligarles a ejecutar ante ellos antiguas prácticas orgiásticas y eróticas. Yo no permitiré que estos cordiales indígenas sean seducidos por un desvergonzado galanteo o por el alcohol, como medios para satisfacer nuestras necesidades de investigadores. Hace algunos años, la Universidad de Harvard envió un equipo de etnólogos al valle Baliem, en la Nueva Guinea holandesa, para estudiar la vida primitiva. Según los misioneros, este equipo, en su deseo de filmar todas las fases de la vida indígena, fomentaron una guerra entre las tribus, que costó varias vidas, pero ellos quedaron muy satisfechos porque habían reunido un «material» muy interesante. No podría asegurar que esto sea verdad, pero fue muy divulgado. Lo que no quiero, es que un equipo dirigido por Maud Hayden pueda ser objeto de acusaciones semejantes.

»A decir verdad, no estoy dispuesta a permitir ni la menor provocación. Sé que un investigador tan respetable como Edward Westermarck, a quien Adley y yo conocimos antes de su muerte, sobrevenida en 1939, empleó en Marruecos trucos elementales de prestidigitador para intimidar a los moros y adquirir datos sobre sus normas éticas. Sencillamente, no estoy dispuesta a admitir tretas de ninguna clase. Un triquitraque infantil puede ser un peligroso explosivo en manos inexpertas.

»Y sobre todo, no quiero a ningún Leo Frobenius en esta empresa. Si bien reconozco que efectuó una brillante labor etnológica en

África, sus métodos y prejuicios dejaban mucho que desear. Hablaba a los sacerdotes de Ibadan con altivez, explotaba a los pobres quedándose con sus posesiones religiosas, se infiltró en una sociedad secreta de asesinos para poder denunciarla y trataba a los indígenas africanos como miembros de una raza inferior, en especial los semicivilizados, a los que se refería con el término despectivo de «negros con pantalones». Me opongo absolutamente a que estas cosas ocurran aquí. No permitiré la explotación sentimental o material, de este magnífico pueblo y no estoy dispuesta a permitir, mientras me sea posible impedirlo, que ninguno de nosotros adopte actitudes de superioridad hacia ellos.

»Si no os sentís capaces de respetar este pueblo, será mejor que os marchéis. Como dijo Evans-Pritchard, debéis efectuar un intento de adaptación intelectual y emocional, tratando de pensar y sentir como los indígenas a quienes estudiáis, hasta hacer vuestra su sociedad, hasta sentirla dentro de vosotros y no solamente en vuestros cuadernos de apuntes. Os citaré unas líneas de Evans-Pritchard que me sé de memoria: «Un etnólogo podrá considerar que ha fracasado si cuando se despide de los nativos, no hay por ambas partes el dolor de la despedida. Es evidente que sólo podrá alcanzar tal grado de intimidad si se convierte hasta cierto punto en miembro de su sociedad...»

»Por lo que respecta a la participación, Malinowski opinaba que existen ciertos datos que ni el interrogatorio más hábil puede concebir. Debéis buscar —empleó una frase magnífica— «los imponderables de la vida diaria...» es decir, convertiros en parte integrante de la vida diaria en las Sirenas, saber lo que sienten los indígenas cuando trabajan en el bosque, conocer sus vanidades y antipatías, averiguar cómo cuidan de su cuerpo, lo que les inspira temor, qué clases de relaciones sostienen con sus esposas, sus vástagos y entre ellos. Para alcanzar esta identificación, debemos esforzarnos por no encerrarnos en nosotros mismos, ni convertirnos en un grupo aislado procedente de tierras remotas. El peligro que representaba venir con un gran equipo era el de que, terminado el trabajo del día, tendiésemos a buscar exclusivamente nuestra propia compañía, en lugar de consagrarnos a la comunidad.

»Uno de vosotros —creo que fuiste tú, Rachel— me preguntó cómo podríamos pagar al pueblo de las Sirenas el tiempo que nos dedicarán y las molestias que les ocasionaremos. Les debemos algo, sin duda. ¿Qué podremos darles a cambio? No podemos pagarles sus servicios. Si la ayuda que nos prestan se pudiera pagar con dinero, destruiríamos en gran parte estas relaciones recíprocas que hemos iniciado. Los regalos, dados sin ton ni son, pueden ser tan perjudiciales como el dinero. Yo me permito indicar que lo más adecuado sería algún que otro regalito sencillo, algunos dulces, juguetes para los niños, ofrecido espontáneamente. Pero creo que aún más que eso, resultaría más adecuado que les ayudemos, del modo que nos sea posible... por ejemplo, Marc o Sam pueden ayudarlos en la construcción de una choza o en las labores del campo, Harriet puede cuidar de los enfermos, Rachel darles consejos cuando haga falta, Mary enseñarles juegos... todo esto será una forma de indemnizarles. También creo conveniente que les devolvamos siempre su hospitalidad. Anoche, estuve invitada con mi familia en casa del jefe Paoti. A la primera ocasión que se presente, le invitaremos a él y a sus familiares a nuestra casa, para que prueben comida americana.

»Unas últimas observaciones. Orville me preguntó qué actitud debemos adoptar cuando algún habitante de las Sirenas nos ofrezca algo que no podemos aceptar. Estas cosas suelen suceder durante las expediciones científicas. Cuando Westermarck vivió entre los árabes, éstos le ofrecieron varias esposas. Como él no deseaba rechazar el ofrecimiento de plano, se le ocurrió decir que ya tenía en su tierra media docena de esposas y no podía permitirse el lujo de mantener otras. Como muestra de hospitalidad puede ocurrir que una familia intente ofreceros un niño para que lo adoptéis o una de sus hijas como esposa. La manera más fácil de afrontar estas situaciones es decirles que en vuestra sociedad adoptar un niño ajeno es tabú, y también tomar otra esposa. Inventáis el tabú necesario para resolver el problema y en este caso apenas se puede considerar como mentira. Una vez esto bien sentado, nadie se dará por ofendido.

»Unas palabras finales, y termino. Casi todos nosotros somos sociólogos de un tipo u otro y es posible que nos preguntemos qué hacemos aquí, ansiosos y preocupados en esta atmósfera desconocida, soportando incomodidades físicas y afanándonos por recoger datos durante el día, para anotarlos hasta el amanecer. Desde luego, es posible que hayáis estudiado una carrera científica y participado en esta expedición por motivos puramente materiales. Es una de las maneras que existen de ganarse la vida. A causa de todo cuanto veréis aquí, vuestros conocimientos profesionales aumentarán, ganaréis dinero en vuestra carrera, al servicio del Estado o por la publicación de vuestros estudios. Pero el provecho personal debe ser el motivo más ínfimo. Existen otros mucho más importantes. Por ejemplo, los motivos científicos, humanitarios y filosóficos que os impulsan. Deseáis adquirir conocimientos y transmitirlos a vuestros semejantes. Vuestro campo de estudio abarca toda la amplitud de las costumbres humanas. Deseáis refrescar vuestros conocimientos, obtener una visión distinta del mundo, en el seno de una nueva cultura. Pero esto aún no lo es todo. Nos anima cierto romanticismo de raíces muy profundas. Somos unos románticos dotados de una inteligencia inquieta. No somos ratas de biblioteca. No somos lo que Malinowski llamaba etnólogos de oídas. Nos atrae el brillo y el estímulo que nos ofrecen los ambientes exóticos. Hemos desechado la rutina para explorar mundos nuevos y atrayentes, penetrando por un momento en las vidas de pueblos exóticos y convirtiéndonos, aunque sea por breve tiempo, en parte integrante de los mismos.

»Pero por encima de todo, sean cuales fueren las diversas rutas y motivos que nos han llevado aquí reuniéndonos todos bajo este techo, hemos venido a esta isla impulsados por la misma razón que una mañana de agosto de 1914, llevó al solitario Bronislaw Malinowski a Boyawa, una isla del grupo de las Trobriands, próxima a Nueva Guinea. Tengo la sospecha de que los motivos que lo impulsaban no diferían grandemente de los nuestros. «Quizá, se dijo, al comprender la naturaleza humana en una forma muy distante y extraña para nosotros, conseguiremos arrojar un poco de luz sobre nuestra propia naturaleza.»

»A esto yo digo... amén. Y a vosotros os digo... manos a la obra.»

* * *

Marc Hayden con aspecto indeciso permanecía de pie en el centro de la sala de recepción de la gran choza del jefe Paoti, donde Courtney lo dejó mientras pasaba a otra estancia. Marc no reconocía la cámara de la noche anterior. El piso estaba compuesto por losas de piedra, resbaladizas a consecuencia de la exposición al mar. Esparcidas por toda la habitación había gruesas esterillas de palma, que a juicio de Marc hacían las veces de sillas. Exceptuando el ídolo de piedra grisácea que se alzaba en un ángulo, la pieza estaba vacía.

Marc se acercó al ídolo para examinarlo. La cabeza y el cuerpo deformes representaban un personaje masculino, probablemente un dios, y la figura daba la impresión de ser un aborto nacido de la colaboración de Modigliani y Picasso, ambos borrachos. Al apartarse del grotesco ídolo de cabeza alargada, Marc comprendió por qué lo encontraba tan repelente. La figura, pese a sus extravagantes rasgos, representaba un falo de más de un metro de altura.

Lleno de disgusto ante lo que le recordaba nuevamente la obsesión dominante en el poblado, Marc le volvió la espalda. Luego empezó a describir círculos impacientes por la habitación, en una ostensible muestra de desprecio por el ídolo. Seguía aún de muy mal talante. Desde que recibió la carta de Easterday, hacía ya tanto tiempo, dijérase que las cosas, en realidad minucias y pequeños detalles, habían ido de mal en peor. Estaba cansado de soportar las pesadas cadenas que lo ligaban a la Etnología, cuya aburrida esclavitud siempre había aborrecido, y envidiaba a seres como Rex Garrity, espíritus libres rebosantes de vida, que hacían bailar al mundo a su antojo como si fuese un yo-yo. Marc sabía que a los aventureros como Garrity no había cadenas que los atasen. No hacían vida de grey. Tenían personalidad. Además, Garrity se dedicaba a una actividad muy popular, que no sólo confería fama a los que la practicaban, sino que podía hacerlos ricos de la noche a la mañana. El propio Garrity permitió que Marc vislumbrase estas posibilidades durante la famosa velada en honor de los Hackfeld, insinuando una posible asociación de ambos y permitiendo que por un momento Marc se remontase en su compañía muy por encima del prosaico y limitado mundo académico de la antropología y ciencias afines, mundo en el que Marc siempre quedaría eclipsado por sus ilustres progenitores y en el que nunca llegaría a descollar.

Experimentó un nuevo resentimiento hacia su madre por haber apartado a Garrity, cerrándole el acceso a todas aquellas posibilidades, para mantenerlo unido a ella como si fuese un pseudo-Adley. Su resentimiento fue creciendo y se vio como el servidor de su madre, que todavía se empeñaba en continuar el matrimonio espiritual con aquel hombre mediocre y engreído a quien él tuvo que llamar padre. Estaba cansado de que su madre anduviese siempre sermoneándole. La conferencia que media hora antes pronunció en su ridícula oficina se dirigía a él, no a los demás. ¿A quién sino iba dirigida toda aquella cháchara altisonante acerca de Leo Frobenius y los aires de superioridad que éste se daba ante los indígenas... a quién iba dirigido aquello, sino a él?

Al evocarlo mentalmente, Marc se enfureció con su madre a causa de su insoportable objetividad y su liberalismo... por la manera que tenía de poner a los demás a la defensiva, y presentarse ella, solamente ella, como la persona pura y el científico intachable. Que se fuese al cuerno.

Y puesto a mandar a los demás al cuerno, Marc también lo hizo con su esposa. Claire lo llevaba de decepción en decepción. Durante el año anterior, se volvió demasiado exigente... exigente por el modo como le miraba con aquellos ojos de cordero degollado... exigente por sus silencios, con los que parecía recriminarlo... demasiado exigente, sí, y demasiado empalagosa. ¡Y demasiado femenina, qué diablo! Como su madre, como tantas mujeres, sólo servía para inspirar sentimientos de culpabilidad... exactamente... eso es lo que eran; inspiradoras automáticas de culpabilidad, con el resultado de que uno siempre se sentía en falso, como si no hubiese hecho bastante... siempre inseguro, inquieto y ansioso. Pero lo que más dolía a Marc era su conducta reciente. Mostraba un aspecto de su personalidad cuya existencia él sospechaba desde antiguo, pero que aún no había podido ver claramente. Ya le había puesto sobre aviso su alusión constante a temas sexuales, cuando estaban en su casa, pero la desvergonzada exhibición de la víspera era algo imperdonable. El modo como mostró y realzó sus desarrolladas glándulas mamarias, para provocar la erección de aquel joven mono llamado Moreturi y del vago de Courtney, era algo repugnante. Y sólo lo hacía por hostilidad a su marido. ¿Y aquella puta quería ser madre? Gracias a Dios, se dijo, que él no le había permitido echarle al cuello aquellas nuevas cadenas.

Al evocar el incidente de aquella mañana, Marc se puso aún más furioso. Primero los pechos desnudos, después los pantaloncitos cortos y las nalgas al aire. ¿Y después, qué? Después, una de aquellas faldas de hierba, para que todos los hombres pudieran ver lo único que quedaba por ver. Perra, más que perra. Y ahora resultaba que tenía a Matty de su parte, como todas aquellas perras la tenían, con permiso además para fornicar. Evocó la voz de su madre, y le pareció oírla de nuevo: «Desde luego, la cohabitación con un indígena puede ser una cosa fácil, sencilla y que no despierte objeciones». ¡Buen Dios!

Marc se dio cuenta de que ya no estaba solo. Courtney había vuelto. Marc se apresuró a ocultar su ira y adoptó con rapidez su sonrisa profesional.

—Le recibirá ahora mismo —dijo Courtney—. Saldrá a su encuentro. Con Paoti sobran las ceremonias. Hable con naturalidad. Le he dicho lo que necesita y él le dirá lo que es posible hacer.

—Gracias. Le agradezco mucho lo que usted...

Courtney le atajó desde la puerta, volviéndose a medias.

—No vale la pena. Tengo que volver a la choza de su madre para ayudar a los demás.

Con estas palabras se marchó, y Marc, aliviado, pudo de nuevo dar rienda suelta a su odio.

Pero inmediatamente el jefe Paoti penetró en la estancia.

—Buenos días, buenos días, Dr. Hayden. —Paoti, con el torso

desnudo, y descalzo, sólo llevaba un sencillo taparrabos blanco. Aunque su aspecto era frágil, avanzó con paso decidido y vigoroso.

—Buenos días, señor —respondió Marc—. Le estoy muy agradecido por su amabilidad al ayudarme.

—He podido comprobar que uno siempre ayuda a los demás... para ayudarse a sí mismo. En interés propio, deseo que se lleve usted la mejor impresión posible de mi pueblo. —Se dejó caer sobre la gruesa esterilla de palma y cruzó sus delgadas piernas—. Siéntese, por favor, siéntese —ordenó a su visitante.

Marc se sentó a duras penas en la esterilla, frente al jefe.

—Mr. Courtney me ha dicho que desea usted pasar algún tiempo dedicado a la tarea de interrogar a algunos de los míos.

—Sí, necesito un informador, una persona que posea el don de la palabra y esté muy versada en su historia, sus leyendas y sus costumbres... alguien que me explique las cosas con sinceridad y le guste hablar de la vida en la isla.

Paoti movió sus desdentadas encías.

—¿Tiene que ser varón o hembra?

De manera inexplicable, el empleo que hizo Paoti de la palabra *hembra* pulsó una cuerda intacta en la memoria de Marc. Le pareció oír de nuevo la música primitiva de la noche anterior y ante él surgió la imagen de la joven nativa de pie sobre el estrado, con sus rojos pezones distendidos, su ombligo hendido, su carne brillante y sus torneadas pantorrillas. Su figura no se apartaba de sus ojos, contoneándose de manera sensual. Tehura, así se llamaba, Tehura, la de los redondos talones.

Paoti, con sus arrugadas manos cruzadas en el regazo, esperaba pacientemente. Marc barbotó:

—Hembra.

—Muy bien.

—De preferencia, joven —añadió Marc—. Como usted será el informador de mi madre, estoy persuadido que ella se formará una imagen completa de esta sociedad, vista a través de los ojos de un hombre maduro. A fin de conseguir un contraste, creo conveniente conocer el punto de vista de alguien más joven, por ejemplo una muchacha de veintitantos años.

—¿Casada o soltera?

—Mejor soltera.

Paoti reflexionó.

—Hay tantas...

Marc ya había tomado su decisión, inspirada por las fantasías que cruzaban por su cerebro. Tenía que ser entonces o nunca.

—Señor, había pensado en alguien como... como su sobrina, por ejemplo.

Paoti demostró cierta sorpresa.

—¿Tehura?

—Me pareció una joven muy desenvuelta e inteligente.

—Desde luego, lo es —repuso Paoti, sin dejar de reflexionar.

—Pero si usted tiene alguna objeción... si cree que a ella no le gustaría o tendría vergüenza... en tal caso, cualquier otra serviría...

—No, no tengo nada que objetar. Sí, Tehura es muy desenvuelta; es una muchacha tan decidida como un joven, no tiene miedo y le gusta todo lo nuevo... —Su voz se fue apagando, como si hablase consigo mismo. Después su vista se fijó en Marc—. ¿Qué se propone hacer exactamente con Tehura? ¿Qué procedimiento piensa emplear?

—Nos limitaremos a conversar amistosamente —dijo Marc—. Una hora o dos a lo sumo todos los días, cuando nada la retenga. Nos sentaremos como usted y yo ahora, y le haré preguntas que ella contestará. Entretanto, yo tomaré extensas notas. Y esto será todo.

Paoti pareció darse por satisfecho.

—Si esto es todo... muy bien, ella le servirá. Por supuesto, la decisión de colaborar con usted tiene que salir de ella. No obstante, si sabe que puede contar con mi aprobación, no dudo de que dará su consentimiento... ¿Cuándo desea empezar?

—Hoy, a ser posible. Ahora mismo. Son necesarias unas cuantas sesiones cortas para que se acostumbre y adquiera práctica.

Paoti se volvió a un lado y, formando bocina con la mano ante la boca, gritó:

—¡Vata!

Como impulsado por un resorte, un muchacho muy flaco de unos catorce años salió disparado de la pieza contigua. Entró corriendo, hizo una media reverencia a Paoti y luego hincó una rodilla en tierra ante él. Paoti le habló en polinesio, con una cadencia que hizo pensar a Marc que recitaba un largo poema. Al cabo de un minuto, el joven Vata, que había permanecido todo aquel tiempo con la cabeza inclinada, murmuró una palabra de asentimiento, se incorporó y se retiró a la pared.

Paoti se volvió a Marc.

—Es un muchacho muy listo, hijo de un primo mío. Se acordará de lo que le he dicho y se lo explicará a Tehura. Ella decidirá por sí misma. Ahora le acompañará junto a ella. Mi sobrina pertenece a esta casa pero, como no le gusta vivir con tanta gente, ha conseguido que yo le busque otra vivienda para ella sola. La hija de mi hermano saca de mí lo que quiere. Siempre he sido débil e indulgente

con ella. —Hizo un gesto de despedida con la mano, cubierta de
abultadas venas—. Vaya a verla. El muchacho le acompañará.

Marc se puso trabajosamente en pie.

—Le estoy muy agradecido...

—Si hoy o más adelante, ella se negara a ayudarle, vuelva a verme y encontraremos otra.

—Gracias, señor.

El muchacho mantenía la puerta abierta y Marc salió por ella
al soleado exterior. El mozalbete lo precedió brincando, para mos-
trarle el camino. Por primera vez, Marc visitó el extremo opuesto
del poblado. Como la víspera, antes de la comida del mediodía, la
aldea aparecía totalmente desierta. Sólo se veía un grupo de niños
desnudos correteando a orillas del arroyo. Dos viejas, cargadas con
cuencos llenos de fruta, caminaban a la sombra. Tres hombres, con
sendos haces de cañas al hombro, cruzaban un puente de madera.

Después de aproximarse a la enorme cabaña de Auxilio Social, el
muchacho torció bruscamente a la izquierda, cruzó un puente e hizo
una seña a Marc para indicar que lo siguiese. Así llegaron ante una
hilera de grandes cabañas y, después de ascender por una cuesta, a
la segunda hilera de viviendas, colocadas a mayor profundidad bajo
el saliente rocoso.

El muchacho se detuvo a la puerta de una pequeña choza.

Cuando Marc llegó a su lado, dijo:

—Tehura aquí. Tú esperar. Yo decir palabras de Paoti.

—Muy bien.

Vata golpeó la puerta de cañas, después arrimó el oído a ella
y, al escuchar una apagada voz femenina, asintió satisfecho, y mirando a Marc, desapareció en el interior.

Marc esperó bajo el sol, preguntándose qué tendría que decir
el muchacho y qué respondería ella. La idea de valerse de Tehura
para obtener información se le ocurrió de repente; fue una decisión
adoptada de un modo impremeditado. En su calidad de etnólogo,
no debiera haber actuado con tanta precipitación. Tehura acaso fuese demasiado joven y superficial para proporcionar informaciones
de valor. Lo más prudente hubiera sido tantear el terreno, tomarse
más tiempo, conocer a varios posibles informadores, esperar hasta
descubrir la persona indicada —que quizá estuviese de punta con la
tribu—, con ideas propias y dispuesta a hablar. Lo lógico hubiera
sido también buscar un hombre, preferentemente de una edad semejante a la suya. Con una persona de su propio sexo, era más fácil
establecer relaciones inmediatas. Con una mujer, en cambio, y además tan joven. las relaciones podían resultar difíciles de establecer,

pues las mujeres no suelen mostrarse francas con los hombres. Sin embargo, Tehura demostró una gran franqueza la noche anterior, incluso excesiva. Al recordar su pequeño discurso, casi estuvo seguro de que había exagerado, tratando de causar efecto. En una palabra: aquella joven era excesivamente vanidosa y algo desvergonzada, lo cual aún contribuía más a que sus cualidades de informadora resultasen muy dudosas. ¿Entonces, por qué había solicitado su cooperación? Lo sabía perfectamente. Le importaba un comino su papel de etnólogo. Lo único que le importaba era su papel como hombre. Aquello era su rebelión, el primer acto de desafío contra Adley, contra Matty y contra Claire.

Vio salir al muchacho que mostraba una amplia sonrisa.

—Ella decir sí, ella ser contenta mucho ayudar —dijo Vata.

—Bien. Gracias.

—Ella decir esperar. Salir pronto. Yo decir jefe.

El muchacho se fue corriendo y pronto se perdió de vista entre las chozas. Marc continuó mirando el sitio por donde Vata había desaparecido. Se sentía lleno de júbilo. Las cosas salían a pedir de boca e incluso estaba contento de no tener consigo el cuaderno de notas y el lápiz. Preparó lo que podía preguntar a la muchacha. En realidad, los temas no faltaban. Le interesaba conocer su moral, su actitud ante los hombres, las proezas de que se había jactado la noche anterior. ¿Sería tan sincera, de día, sin la ayuda que le prestaran la kava y el zumo de palma?

La puerta de cañas se abrió a sus espaldas, con un golpe, y él giró sobre sus talones. Tehura se dirigía a su encuentro. Marc quedó sin respiración. Había olvidado por completo la belleza de la joven. También había olvidado el modo como vestían las mujeres indígenas.

No llevaba nada, nada para cubrirse, ningún adorno, como no fuese el breve faldellín de hierbas, que le ponía nervioso al alzarse y caerse de acuerdo con el movimiento de sus muslos. Verla así, era como contemplar a una bailarina que saliese a escena llevando únicamente el tutú, sin corpiño ni mallas. Desesperado, intentó no mirar los senos, que se balanceaban suavemente cuando ella andaba, pero le era imposible no hacerlo.

—Hola —le dijo ella—. No sabía quién de ustedes deseaba hablar conmigo. Ahora ya lo veo. Es el que no cree en nuestra manera de amar.

—No es exactamente eso lo que dije anoche...

—No importa —le atajó ella—. Mi tío desea que responda a sus preguntas.

—Sólo en caso de que usted también lo desee —repuso Marc con embarazo.

Ella se encogió de hombros, indiferente.

—Me da igual. Pero deseo complacer a mi tío. —Su mirada se cruzó con la de Marc y le preguntó—: ¿Qué hará usted con mis palabras? ¿Contará a mucha gente de Norteamérica lo que yo le explique?

—A miles de personas. Todas la conocerán a través de mí... del libro de la doctora Hayden. Cuando se publique, enviaré un ejemplar al capitán Rasmussen para que se lo traiga.

—No hace falta que se moleste, pues no sé leer. Sólo unos cuantos saben leer aquí... Paoti, Manao el maestro, algunos de sus alumnos... y Tom, que tiene una montaña de libros. Yo considero que aprender a leer es perder el tiempo.

Marc hubiera querido saber si se burlaba de él, pero la expresión de Tehura era grave. Se dispuso a salir en defensa de la cultura y la Semana del Libro.

—Yo no diría que...

—Uno que lee, es como si se hiciese el amor a sí mismo —prosiguió la joven—. Le impide hablar con los demás y escuchar lo que éstos tengan que decirle. Una buena conversación es más agradable... ¿De veras desea que usted y yo hablemos?

—A eso he venido.

—Hoy no tengo mucho tiempo. En los próximos días, si la cosa me interesa, veré de disponer de más tiempo. —Atisbó el cielo, visible entre las aberturas del saliente rocoso, sombreándose los ojos con la mano—. Hace demasiado calor al sol. Parece usted un pez asado a fuego lento.

—Me siento como si verdaderamente lo fuese.

—Quítese la ropa, pues. Se sentirá mejor.

—Verá, es que...

—Bien, no importa —dijo ella—. Ya sé que no puede. Tom me ha contado cómo son los norteamericanos.

Marc experimentó una súbita cólera dirigida contra ella y contra todos.

—¿Y qué le dijo?

Ella volvió a encogerse de hombros.

—No tiene importancia... Venga, iremos a un sitio más fresco.

Se dirigió hacia la izquierda, precediéndole por un sendero que pasaba entre varias cabañas, en dirección paralela al poblado, hasta que dejaron atrás el saliente rocoso y la choza de Auxilio Social. El sendero se dirigía entonces al monte. Tehura saltaba ágilmente, trepando por el sendero, y Marc la seguía, pisándole los talones. Por dos veces, al sortear grandes piedras, el faldellín de hierba se agitó violentamente y Marc vio con toda claridad las dos curvas gemelas de sus nalgas. Aunque todavía le duraba la irritación que le produjeron sus palabras, volvió a encontrarla deseable.

Llegaron a lo alto de la elevación y junto al sendero, Marc vio una verde y jugosa hondonada, cuya gruesa alfombra de hierba estaba rodeada por árboles del pan, cuyas anchas hojas formaban un umbroso dosel.

—Aquí —dijo Tehura.

Se acercó al árbol más corpulento y se sentó en la hierba, cruzando las piernas a un lado bajo el faldellín. Marc la siguió y se dejó caer al suelo frente a ella, sin olvidar ni por un momento que la joven iba semidesnuda.

—Pregúnteme lo que quiera —dijo ella, con tono majestuoso.

—Para serle sincero, aún no he pensado en... preguntas concretas. Necesito saber más cosas para irle haciendo preguntas. Hoy sólo pensaba romper el hielo y charlar de una manera general.

—Hable usted. Yo escucharé.

Y levantó la vista al amplio abanico que formaban las hojas del árbol del pan.

Marc se quedó de una pieza. Tehura no parecía la personilla alegre y desenvuelta que habló durante el festín de Paoti. Le intrigaba la transformación experimentada por ella. Marc sabía que si no resolvía la situación sin tardanza, sus relaciones serían muy breves.

—Tehura —dijo—. Me resulta difícil hablar con usted. Parece como si me demostrase una hostilidad deliberada. ¿Por qué me trata con tal altanería?

Estas palabras la obligaron a bajar la mirada de repente. Lo contempló con muestras de mayor respeto.

—Tengo la sensación de que no le somos simpáticos —dijo— y que lo desaprueba todo.

La clarividencia de Marc le ganó el respeto de la joven, y a su vez, la que demostró poseer Tehura al adivinar sus más íntimos sentimientos, que aún no había manifestado a nadie, hizo que él la mirase también con respeto. Hasta aquel momento, para él no había sido más que una cabeza de chorlito, una salvaje desnuda, que se entregaba al primero que pasaba, y nada más. Pero evidentemente era algo más, mucho más, y resultaría un valioso adversario.

—Se equivoca usted —dijo, midiendo sus palabras—. Siento haberle dado esa impresión. Estaba muy cansado y anoche el vino se me subió a la cabeza, volviéndome quisquilloso. Naturalmente, su cultura me resulta chocante, lo mismo que la mía debe parecerle rara a usted. Pero yo no he venido aquí dispuesto a cambiar ni hacerla cambiar a usted, como tampoco para erigirme en juez. He venido aquí a aprender... única y exclusivamente a aprender. Si usted me ayuda sólo un poquito, verá que soy un discípulo aprovechado.

Ella sonrió por primera vez.

—Me es usted más simpático.

Marc sintió que los tensos resortes de su interior se aflojaban y su disgusto se calmó. Buscó el fino cigarro que llevaba en el bolsillo, empapado de sudor, mientras pensaba: «Palabras, palabras, palabras», como dijo Hamlet a Polonius, en la escena segunda del segundo acto. Pensó también: ningún arma masculina, ni el físico más apuesto, ni la destreza, ni nada, pueden seducir más fácilmente a una mujer que las palabras. Acababa de demostrarlo. No debía olvidarlo a partir de entonces.

Así es que dijo:

—Esto me gusta, porque quiero que lleguemos a simpatizar. No sólo para que me ayude en mi trabajo, sino porque, sencillamente, quisiera despertar su simpatía.

—Y la despertará si se muestra simpático.

—Así me mostraré —prometió, sin saber qué añadir. Sostuvo el cigarro empapado entre sus dedos—. ¿Le molesta que fume?

—En absoluto. Ya estamos acostumbradas. El viejo Wright introdujo esta costumbre aquí. Nuestros hombres cultivan tabaco negro y lo enrollan para fumar. A mí me gusta más la pipa. Tom Courtney fuma en pipa.

Aquella era la ocasión que él esperaba y no la desaprovechó.

—Ese Courtney —dijo— sigue siendo un enigma para mí. ¿Qué le hizo venir a la isla?

—Pregúnteselo a él —respondió ella—. Tom habla por sí mismo. Tehura habla por sí misma.

—Pero anoche habló de él con mucha libertad...

—No de él, sino de nosotros dos. Es muy diferente.

—Me impresionó la manera cómo habló de su... de su...

—¿De nuestro amor?

—Sí, eso es. ¿Me permite que le pregunte si duró mucho tiempo...?

—Dos años —respondió Tehura con prontitud—. Fue mi vida durante dos años.

Marc reflexionó y se dispuso a poner a prueba su sinceridad:

—Recuerdo algo más que dijo anoche. Dijo que Courtney tenía bondad, pero no hacía bien el amor. ¿Qué quiso decir con eso?

—Quise decir que al principio yo no gozaba. Él tenía fuerza pero le faltaba... le faltaba... —Arrugó el entrecejo, buscando la palabra exacta, hasta que la encontró—: Tenía fuerza, pero le faltaba delicadeza. ¿Me entiende? Entre nosotros, el amor florece desde el primer don de las flores de tiaré, pasando por la danza, el contacto y el abrazo completo de dos seres desnudos. Es algo natural, natural y sencillo. Y luego, como el abrazo nos ha sido enseñado y lo hemos practicado hasta hacer de él un arte, resulta bueno... es como la danza... el hombre se balancea en nuestro interior, y la mujer participa libremente en la danza con la cintura, las caderas, las piernas... muchas posiciones para un solo abrazo, no una sola, sino muchas...

Mientras ella continuaba hablando, Marc sentía un calor sofocante, pero sabía que no era únicamente a causa del sol. Experimentaba un temblor a flor de piel, una pasión por lo que nunca había conocido. Cesó de mirarla a los ojos y fingió mirar más allá de ella, por encima de sus hombros, asumiendo la actitud docta y atenta del pedagogo que escucha con corteses gestos de asentimiento. Pero con el rabillo del ojo veía sus agitados senos que le apuntaban y no sabía por cuánto tiempo podría contenerse aún. Mordisqueaba el cigarro y trató de concentrarse en lo que ella decía:

...—pero Tom era tan diferente... Daba tal importancia al abrazo amoroso, que parecía como si fuese algo fuera de lo normal. Parecía estar en deuda conmigo por el amor que le había dado. Esto era lo que yo sentía. Y siempre se esforzaba demasiado. Tenía fuerza, sí, pero se necesita más. Me dijo que los norteamericanos no aprenden a hacer el amor... lo aprenden sobre la marcha, siguiendo su instinto. Esto está mal, le dije; es algo que hay que aprender, un arte, y no basta con el instinto. Él sólo quería hacerlo de una manera, dos a lo sumo, y eso también estaba mal. Hacía cosas estúpidas, como apretar sus labios contra los míos, y acariciarme el pecho y otras cosas inútiles que nosotros no hacemos. El deseo es suficiente preparación y una vez da comienzo el abrazo, con la danza basta. —Hizo una pausa, como si evocara algún recuerdo, y agregó—: Ha aprendido a amar como nosotros y esto le ha hecho bien en los restantes aspectos de su vida.

En lo más profundo de su ser, Marc aborrecía a Courtney por haber aprendido y experimentado aquellas cosas. Trató de hablar con voz tranquila:

—Creo entender que por último aprendió a satisfacerla... físicamente, ¿no es eso?

Tehura denegó vigorosamente con la cabeza.

—No, no y no. Esto no es lo más importante. En las Tres Sirenas, todas las mujeres son capaces de llegar con facilidad a semejante entrega y abandono. Esto se debe a ciertos preparativos que se hacen en su cuerpo durante la infancia. Lo principal no es la satisfacción física, sino que Tom aprendió a ser más espontáneo y más tranquilo, como casi todos nosotros. Aprendió que cuando se ama a una mujer, no se le debe nada, no se hace nada malo ni prohibido, sino que sólo se ha cumplido aquello para lo que nos preparó el Sumo Espíritu.

Habiendo conseguido ya soltarle la lengua, Marc se preguntó hasta dónde se atrevería a seguir sonsacándola. Arriesgó otra pregunta:

—Tehura, parece haber dado a entender que hubo otros hombres antes que Courtney. ¿Fueron muchos?

—No los he contado. ¿Acaso contamos la fruta del pan que comemos o las veces que nadamos o bailamos?

Marc parpadeó, mientras pensaba: el Dr. Kinsey se hubiera ido de aquí sin escribir ni una línea y el Dr. Chapman no hubieran podido redactar ningún informe. Era evidente que la isla de las Sirenas no podían ofrecer a las estadísticas amores reprimidos. Pero él no hacía estadísticas, se dijo, sino que haría algo mejor que eso. Al observar a Tehura, constató su juventud y frescor e intuyó en ella algo cándido e intacto, que parecía contradecir su afirmación de que se había entregado a innumerables hombres. Tenía que cerciorarse de haberla entendido bien.

—Tehura... ¿Cuándo tuvo por primera vez relaciones sexuales con un hombre?

—¿Amor corporal?

—Sí, creo que es así como aquí lo llaman.

Sin vacilar, ella respondió:

—Todas las realizamos por primera vez a la misma edad. A los dieciséis años. Las que lo desean pueden continuar asistiendo a la escuela para estudiar otras cosas hasta los dieciocho años, pero a los dieciséis ya lo saben todo acerca de cómo se hace el amor. Hasta esa edad, se les explica y se les demuestra. La iniciación a la pubertad consiste en practicarlo.

—¿Practicarlo? Vaya. Dicho de otro modo, después de los dieciséis años ninguna joven es virgen.

—¿Virgen? —Tehura estaba genuinamente horrorizada—. Ser virgen después de los dieciséis años sería una desgracia. Una enfermedad en la parte inferior del cuerpo, como otros la tienen en la parte superior, en la cabeza. Una joven no puede crecer ni hacerse mujer si es virgen. Siempre sería una niña. Los hombres la despreciarían.

Marc pensó en sus amigos de facultad en el Colegio Raynor, y en sus amigos de Los Ángeles, y en lo que disfrutarían con aquella conversación. Su mente volvió a California, y de allí a Nueva York, viendo la nación que se extendía entre ambas regiones, y pensó en la sensación y el júbilo que causarían aquellas palabras entre públicos inmensos. De la noche a la mañana, él se convertiría en... Después, fríamente, hizo estallar la burbuja de su fantasía, sabiendo que con aquella información no se convertiría en nada. Matty también la conseguiría, de otras fuentes, y sería la primera en revelarla a la nación, acaparando la atención general. Y él seguiría siendo lo que siempre había sido... su ayudante, su eco, su sombra...

Así que había que desechar toda esperanza. Pero, dejando aparte el sensacionalismo de la información, había en ésta varios elementos que le intrigaban personalmente

—¿Y qué le pasó a los dieciséis años, Tehura?

—La ceremonia acostumbrada —repuso la joven—. Me llevaron a la Choza Sagrada. Una anciana de la Jerarquía Matrimonial me sometió a un reconocimiento físico excepcional y me declaró apta para penetrar en la Cabaña de Auxilio Social. Entonces me pidieron que escogiese pareja entre los jóvenes solteros, de edad superior a la mía y que ya poseían experiencia en aquellas lides. Yo me sentía muy atraída por un atlético joven de veinticinco años y fue a éste a quien señalé. Nos llevaron a la Choza Sagrada y nos dejaron solos durante un día y una noche. Sólo salíamos para ir al retrete y en busca de comida y bebida. Yo había sido perfectamente aleccionada y en teoría el amor no tenía secretos para mí ni me inspiraba temor. Practicamos el amor corporal seis o siete veces, no lo recuerdo bien, pero yo quedé exhausta y al día siguiente ya era una mujer.

—¿Y después de esto, quedó en libertad de hacer el amor con quien quisiera?

—No, no con quien quisiera. Las jóvenes solteras sólo pueden buscar el placer con jóvenes solteros... los hombres casados son tabú, excepto durante una semana al año o cuando tienen necesidad de acudir a la Cabaña de Auxilio Social. No tengo tiempo de contárselo todo, hoy, lo haré en otro momento. Pero voy a responder a su pregunta. Sí, quedé en libertad de hacer el amor con quien deseara, a condición de que no estuviera casado. No se forme una idea equivocada sobre esto. Tom se la formó al principio, hasta que supo la verdad. Fue él quien me enseñó la palabra *promiscuidad* y lo que significa, como también la palabra *selectivo*. Nosotros no practicamos la promiscuidad. Somos selectivos. Yo nunca me he acostado con un hombre al que no quisiera.

—¿No se ha casado?

—No. Ya me casaré. Es posible que un día desee hacerlo y entonces me casaré. Ahora vivo mejor así. Soy dichosa.

Se alisó la hierba de la falda y echó su larga cabellera hacia atrás, sobre los hombros, disponiéndose a levantarse para regresar al poblado.

Marc tiró la colilla del cigarro.

—Ojalá hubiésemos tenido más tiempo. Deseo hacerle tantas preguntas...

—Me las hará la próxima vez. —Se levantó con ligereza y después se desperezó como una gata, separando las piernas y alzando los brazos, lo cual ensanchó y aplanó sus senos. Dejando caer los brazos a los costados, contempló a Marc por un momento.

—Yo también deseo hacerle una pregunta.

Marc estaba de pie, sacudiéndose el polvo de los pantalones. La miró sorprendido

—¿Una pregunta? A ver, diga.

—Anoche usted se enfadó con su esposa cuando subió al tablado conmigo y mostró los senos. ¿Por qué se enfadó?

—Verá... —Tenía ante sus mismos ojos los senos de Tehura, y le pareció ver también los de Claire. Debía tener cuidado en explicar por qué los de ésta le molestaban sin insultar a aquélla—. Usted ya sabe ahora, Tehura, que las costumbres de mi país son muy diferentes de las que se practican en su aldea. En mi país, por diversos motivos —históricos, religiosos, morales, el clima— las mujeres en público casi siempre llevan el pecho cubierto, salvo cuando se trata de bailarinas o artistas.

—¿Ah, sí? Entonces, hay algo que no entiendo. Tom me enseñó una vez unas revistas ilustradas americanas... en las que se ve cómo visten las mujeres. Todas llevaban el cuerpo tapado excepto por delante, donde el vestido era tan bajo, que mostraba medio pecho...

—Sí, eso se llama el escote. Como nuestras mujeres saben que esto atrae a los hombres, muestran parte del pecho, pero no todo. Todo el pecho, sólo lo enseñan en privado.

—¿Y por eso se enfadó usted con su esposa? ¿Porque faltó a ese tabú?

—Exactamente.

Tehura le dirigió una dulce sonrisa.

—No le creo.

Marc sintió una punzada de temor en el pecho. Se irguió dispuesto a contrarrestar la amenaza.

—¿Qué quiere dar a entender con esto?

—Sencillamente, que no le creo. Vámonos, ahora...

Él le cerró el paso.

—No, espere... quiero saber por qué cree que me enfadé con mi esposa.

—No puedo explicárselo. Tengo la sensación de que existen otros motivos. Se trata también de algunas cosas que Tom me ha contado sobre los hombres norteamericanos. Quizá algún día podré decírselas. Ahora, no. Vámonos, que es tarde.

Con expresión sombría a causa de la superioridad que ella demostraba, Marc se puso a caminar a su lado.

Tehura le miró con ojos risueños.

—No debería estar siempre tan enfadado con todo el mundo y consigo mismo. Usted no puede quejarse. Es un hombre apuesto...

—Gracias por el cumplido.

—...que tiene una bella esposa. Yo también soy bella, y me enorgullezco de serlo, pero al compararme con ella, anoche, me sentí menos bella.

—No me diga que envidia a una pobre norteamericana.

—Oh, no. Yo tengo otras cosas que Mrs. Hayden no tiene. No siento celos de ninguna mujer. ¿Qué más puedo desear? —Empezó a dirigirse hacia el sendero, se detuvo y se volvió lentamente—. Ese adorno brillante que le pendía del cuello. Nunca había visto una cosa así...

—¿Se refiere al medallón de brillantes?

—¿Es un objeto raro?

—Es caro, pero no se puede llamar raro. En Norteamérica son innumerables las mujeres que reciben esta clase de objetos como regalo de sus novios y maridos.

Tehura asintió, pensativa.

—Estas cosas son muy hermosas para una mujer... sí, muy hermosas.

Dio media vuelta y continuó por el sendero. El corazón de Marc empezó a palpitar desordenadamente. Hasta aquel mismo instante, la suficiencia y supremacía de Tehura le habían parecido inexpugnables. En el centelleo de los brillantes de Claire, pudo ver la hendidura que presentaba la armadura de la joven indígena. Aquella hija de la naturaleza, que parecía la perfección y el aplomo en persona, también era vulnerable. Era una mujer como todas, que podía seducirse y atraerse para ser finalmente comprada y conquistada.

Andando casi con vivacidad y con las manos en los bolsillos, Marc tomó el sendero siguiendo a la joven y pensando, por primera vez, que el futuro quizás le reservaba agradables sorpresas.

* * *

Media hora después del almuerzo, la Dra. Rachel DeJong, de pie
en el vestíbulo de la cabaña vacía que Courtney le había conseguido
para que le sirviera de consultorio, meditaba tristemente acerca de
lo mucho que le faltaba.

En la desnuda estancia no había diván ni sillas, como tampoco
mesas ni lámparas, librería ni archivadores, teléfono ni cuaderno
para anotaciones. Si bien el primitivo consultorio era única y exclusivamente para ella, y tabú para todos cuantos no fuesen pacientes,
no podía existir la necesaria atmósfera de intimidad a causa de los
rumores de la aldea —gritos de la chiquillería, conversaciones de
mujeres, voces de hombres y piar de aves—, que penetraban a través de las endebles paredes de caña.

¡Qué lejos estaba aquello del sosiego y el silencio que reinaban
en su consultorio de Beverly Hills!, pensó Rachel. ¡Si sus doctos
colegas, con sus interminables fines de semana en Ojai, su vida de
sociedad, sus automóviles de sport y sus decoradores, pudiesen
verla! Esta idea hizo sonreír a Rachel, pues la encontró cómica. Con
mirada práctica estudió la habitación, tratando de imaginar qué
podía hacer para mejorarla con vistas a sus futuras consultas.

Como no había otra cosa que las esterillas de pándano, se puso
a arreglarlas. Trajo todas las esterillas sobrantes arrinconadas junto a las paredes y, formando un montón con ellas, construyó una especie de diván sin patas ni almohada, que elevaría al paciente a
varios centímetros de altura sobre el suelo. Para sí misma, junto a
la cabecera pero algo detrás de ella, se construyó una silla también
sin patas mediante otras esterillas. Con esto quedaron agotadas sus
posibilidades en cuanto a la fabricación de nuevo mobiliario.

El reloj indicó a Rachel que dentro de diez minutos llegaría el
primero de sus tres pacientes.

Tan económica en lo tocante al tiempo como lo era con sus ingresos y sus emociones, Rachel se dispuso a aprovechar a fondo los
diez minutos que le quedaban. Sacó la pluma y el cuaderno taqui-
gráfico que llevaba en el bolso y, sentándose en su improvisada
silla, continuó escribiendo su diario, suplemento a las notas clínicas,
cuya redacción inició la tarde de la víspera.

«La mañana empezó con una conferencia de orientación que nos
ha dado la doctora Hayden. Me ha gustado, pero como oradora,
Maud me parece un cruce entre Mary Baker Eddy y Sophie Tucker.

Casi todo fueron indicaciones de orden práctico, como las que Baden-Powell dirigía a los novatos. No haré caso de su consejo de que no influyamos emocionalmente en los indígenas. ¿Es que no sabe que son ellos quienes deben exponerme sus emociones y sentimientos, y no lo contrario? De todos modos, estuvo muy bien lo que dijo acerca de la necesidad de establecer relaciones con ellos y de observar su vida mediante una participación activa en la misma. Esto debo tratar de cumplirlo, dominando mi tendencia natural a mantenerme al margen, viendo las cosas de lejos y considerando a mis semejantes como ejemplares digno de estudio. Supongo que ésta fue la muralla que se alzó entre Joe y yo. (Será mejor que dé un tono menos personal a este diario o de lo contrario apenas se ocupará de las Tres Sirenas).

»Después de la conferencia, Courtney acompañó a Marc Hayden a la casa del jefe. Marc no deja de ser atractivo, pero su amabilidad parece forzada —me hace sospechar una esquizofrenia paranoide larvada... una excesiva egolatría maltrecha... una posible defensa paranoide ante una latente homosexualidad... aún no estoy segura.

»Después, Courtney se fue con Orville Pence al otro lado del pueblo, donde está la Cabaña de Auxilio Social. Pence me parece un diccionario de tendencias reprimidas. Casi me parece verle escribir la carta que John Bishop envió a Increase Mather: «Que el Señor confunda a este espíritu mundano, terrenal, profano, que anda suelto por el país...» ¡Me gustaría conocer sus fantasías! Aún despierta mayor curiosidad en mí esa Cabaña de Auxilio Social... curiosidad personal, para saber cómo es en realidad, y curiosidad respecto a Orville, para conocer sus reacciones. Lo oculta todo tras la máscara de su profesionalismo. Salvo sus ojos, que centellean. No hay duda de que es un *voyeur*.

»La Cabaña de Auxilio Social parece una pequeña montaña hecha de bambúes entretejidos. Yo no sabía qué encontraríamos dentro. ¿Francachelas? ¿Orgías? Pero resultó ser tan limpia y ordenada como la Casa del León de Brigham Young, salvo en una cosa. La abundancia de jóvenes de ambos sexos desnudos. La cantidad excesiva de carne vigorosa, confería al centro un carácter sensual. ¿Cómo describiré esta mansión de placer? Su interior es comparable al de un enorme gimnasio con muchas habitaciones provistas de armarios. En realidad, existen habitaciones particulares, compartimientos abiertos y varias grandes salas de actos. Vimos a jóvenes de aspecto saludable y a hombres más maduros, sentados en cuclillas o reclinados, fumando y charlando. No pudimos saber por qué no trabajaban. Vimos también a seis o siete mujeres haciendo la siesta o comiendo. Yo diría que las edades de esas mujeres oscilaban entre los diecinueve años y los cincuenta (de esa edad había sólo una).

»Según Courtney, la cabaña de Auxilio Social, es un punto central de reunión, una especie de club privado, destinado al esparcimiento de los indígenas solteros, divorciados o viudos, de ambos sexos. Allí pueden hallar pareja y sostener relaciones sociales y sexuales. Tiene otra finalidad, insinuada por Easterday, un método verdaderamente único de proporcionar plena satisfacción sexual a los habitantes de la aldea, pero Courtney se ha negado a revelar cuál es este método. Prefiere que esta información nos sea facilitada directamente por un indígena. La cabaña de Auxilio Social no se halla regida por cara· binas, como podría esperarse, sino por personas encargadas de su administración y que adoptan las decisiones oportunas... una mu· jer de cuarenta y cinco años, Ana, y un hombre de cincuenta y dos, Honu. La mujer no estaba presente, pero el hombre sí... un sujeto erguido, enjuto de carnes y muy amable, que despertó mi simpatía instantánea. Honu se ofreció para enseñarnos la casa con más dete· nimiento, pero Courtney me había preparado una cita con la Jerar· quía Matrimonial y como esto concernía a mi tarea inmediata, me fui con él. Orville Pence se quedó con Honu y tendré que averiguar lo que éste le contó».

A Rachel le dolían los dedos de tanto escribir y dejó momentá· neamente de anotar los hechos del día para darse masaje en la mano. Mientras lo hacía, releyó lo que había escrito y se preguntó si Joe Morgen tendría ocasión, algún día, de leer su diario. ¿Qué pensaría de él, de su evidente capacidad para analizar francamente los sentimientos amorosos, con la objetividad clínica que la caracte· rizaba, a pesar de que era incapaz de afrontarlos en su propia vida?

Cuando envió una larga carta para informarle —si aún seguía estando interesado— del viaje de seis semanas que efectuaría a los Mares del Sur, aludiendo a ciertos problemas suyos que se hallaban en la raíz de su separación, él se apresuró a contestar. Se encontra· ron en terreno neutral, un tranquilo salón de té, y él se portó con mucha formalidad, pero sin poder ocultar su preocupación, que ins· piraba risa y lástima a la vez. ¡Pobre oso desconcertado! Le aseguró que no estaba interesado por ninguna mujer (no mencionó a la star· let italiana), salvo Rachel. Mantenía en pie su proposición de matri· monio. Su mayor deseo era pasar la vida a su lado.

Aliviada al oír esto, y agradecida a su fidelidad, Rachel le reveló más aspectos de su yo secreto que en ninguna otra ocasión anterior, exponiéndole el miedo que le causaba sostener unas relaciones de verdad con un hombre y afrontar las consecuencias que estas relaciones podían causar en su matrimonio. Había llegado a pensar, le dijo, que podría resolver su problema gracias a aquel viaje. Si lo lograba, al regreso no tendría inconveniente en ser su esposa. Pero si no lograba, se lo diría, y aquello significaría el fin de sus relaciones. Aquel compás de espera, el viaje, que le daría tiempo para pensar en un ambiente distinto y durante seis semanas, le permitiría forjarse una visión exacta de sí misma, y también de Joe en relación a ella, y si éste se hallaba dispuesto a esperar, le prometía hacer todo cuanto pudiera. Él se lo prometió. Por su parte, Rachel prometió escribirle.

Sintió deseos de hacerlo en aquel mismo instante, sólo para establecer contacto con él, para cerciorarse de que ambos existían y de que ella no le olvidaba. Pero sabía que primero era el diario. Aún faltaban cinco días para que pasasen a recoger el correo y tendría mucho tiempo para explicarle sus aventuras, que aún no estaba muy segura de que pudieran ser de algún provecho.

Durante unos instantes, miró sin ver, el cuaderno que tenía en el regazo, recordó luego lo que deseaba anotar y continuó escribiendo su diario:

«En una estancia de la cabaña del jefe, me recibieron los cinco miembros de la Jerarquía Matrimonial, tres mujeres y dos hombres; todos parecen frisar en los sesenta años. Su portavoz era una dama rolliza y de porte muy digno (lo que era un verdadero triunfo, pues no llevaba más que la falda de hierba y sus carnes eran obesas y fláccidas) que se llama Hutia y es la esposa del jefe. Cuando Courtney hubo hecho las presentaciones y se marchó, Hutia me explicó cuál era, en términos generales, la finalidad de la asamblea, comisión o como queramos llamarla. En realidad, se destina a regular las relaciones matrimoniales y los divorcios que se producen en las Sirenas, y a investigar y arbitrar las disputas conyugales. Viene a ser algo así como un servicio asesor para los casados, aunque no puedo afirmarlo con certeza.

»Hutia me pidió que les explicara lo que deseaba y cuáles eran mis artes mágicas. Maud ya me había prevenido y por lo tanto me hallaba dispuesta a contestar. Desde luego, ninguno de ellos había oído hablar jamás de Freud y del psicoanálisis, y no me resultó fácil explicárselo con relación a su vida diaria. Creo que por último se imaginaron que yo podía exorcizar a los demonios, obligándoles a abandonar los cuerpos de las personas poseídas. O algo así. Hutia me dijo que tenían seis solicitudes de divorcio y que la Jerarquía aplazaría el estudio de las tres que yo escogiera para analizarlas según mis propios métodos.

»Los solicitantes fueron conducidos a la estancia de uno en uno
y se sentaron a mi lado, mientras la Jerarquía permanecía en el fondo de la habitación. A medida que entraban, Hutia hacía una breve
reseña biográfica del interesado. Por ejemplo, cuando entró un
hombre bajito de unos cuarenta y cinco años, Hutia dijo: «Éste es
Marama, leñador, cuya primera esposa falleció hace cinco años,
cuando contaba veinte. Últimamente ha tomado, por consentimiento
mutuo, una segunda esposa mucho más joven que él, y ahora solicita
el divorcio». Me concedieron un par de minutos para que interroga-
ra al solicitante.

»De los seis nativos que interrogué tan brevemente, hubo cuatro
sobre los que pude formar un juicio inmediato. El tal Marama resultó bueno, como también una mujer de treinta y tantos años llamada
Teupa. Otras dos mujeres me parecieron más dudosas, y las recha-
cé. Así es que me quedaban dos, y yo estaba indecisa acerca de cuál
elegir. Uno de ellos era un joven de aspecto apacible, que no me pareció demasiado inteligente y al que podría manejar con facilidad.
El otro joven se llamaba Moreturi, y Hutia dijo que era el hijo del
jefe, y sin duda también su propio hijo. Esto convertía a Moreturi
en un personaje importante, pero yo no sabía si los miembros de la
Jerarquía verían con buenos ojos que le escogiese.

»Moreturi es un hombre alto y fuerte, pero sus modales y su personalidad me resultaron muy poco atrayentes. Sonrió con condescendencia mientras lo estuve interrogando y contestó mis preguntas con tono zumbón, como si tratara de burlarse de mí. Yo lo con-
sideré como una velada muestra de hostilidad ante la idea de que
una mujer pueda poseer magia y autoridad para resolver sus problemas o darle consejos. Antes de que hubiésemos terminado, yo
ya había decidido elegir al otro, que me parecía más dócil. Cuando
Moreturi se levantó, sonriendo con afectación, para salir de la estancia, yo me volví a la asamblea para decir que elegía al otro y no a
Moreturi. Pero sin saber cómo, lo hice al revés. Fue un lapsus tan
involuntario como el que cometí hace unos meses en Beverly Hills.

»Y ahora, aquí sentada, trato de analizar por qué, después de cometer la equivocación, no traté de corregirla ante la Jerarquía y
dar el nombre del otro sujeto. Supongo que eso se debe a que prefería inconscientemente estudiar al hijo del jefe. No creo que esto
tenga nada que ver con su alta posición social, que me conferiría prestigio en la aldea. Tampoco lo creo debido a que su posición confiera
brillo especial a mi estudio. Creo que lo escogí a causa de su insolencia. Sí, eso fue lo que me impulsó a hacerlo. Y además, para
demostrarle que no soy inferior a él, por el hecho de ser mujer. Nada

me irrita tanto como tropezar con esos hombres que sólo consideran a las mujeres buenas para una cosa. (En realidad, quizás esto forme parte de su problema.) De todos modos...»

Llamaron fuertemente a la puerta. Sorprendida, Rachel levantó la mirada y vio que la endeble puerta de cañas temblaba, aporreada por alguien.

—Adelante... adelante —dijo.

La puerta se abrió de golpe y Moreturi ocupó el umbral por entero, para mirarla sonriendo con expresión inquisitiva, desde su altura varonil. Hizo una lenta inclinación de cabeza, entró, cerró la puerta con cuidado y esperó, balanceándose sobre sus pies descalzos.

—Me han dicho que usted me eligió —dijo con voz monótona—. Aquí me tiene.

Su inesperada aparición —ella se imaginaba no sabía por qué— que los primeros serían Marama o Teupa, y el hecho de que se presentase en el instante preciso en que confiaba a las páginas de su diario, la impresión que le había producido, le causó embarazo y desconcierto. Era como si la hubiese sorprendido con las manos en la masa. No pudo evitar que un vivo rubor afluyese a sus mejillas.

—Sí —dijo—. Yo... sí, podríamos empezar.

De momento quedó sin habla. No encontraba las palabras rutinarias y familiares. Echaba de menos el diván, el paciente que la respetase, el enfermo desesperado que buscaba su ayuda. Aquella persona era distinta a todas cuantas había conocido hasta entonces. No llevaba una pulcra corbata, camisa y traje de estrechas hombreras, sino que ante ella tenía el noble salvaje de Rousseau,, sin una sola prenda encima, salvo la bolsa blanca, que destacaba entre sus piernas. Su mirada preocupada se cruzó con la mirada burlona que le dirigían sus ojos oblicuos.

—¿Qué quiere usted que haga, Miss Doctor?

Pronunció este título con énfasis especial, como si quisiera demostrar que la consideración que le merecía no excluía el cinismo.

Ella se apresuró a cerrar el diario y lo guardó en el bolso. Luego se arregló el cabello, se sentó muy tiesa sobre su improvisada silla y recuperó un vestigio de su perdida compostura.

—Permítame que le explique, Moreturi —dijo, tratando de asumir un tono doctoral—. En mi país, cuando alguien se encuentra obsesionado por un problema y necesita los cuidados de un psiquiatra, acude a mi consultorio. Yo tengo un diván —es como una cama o un lecho— y el paciente se tiende en él, mientras yo me siento en una silla a su lado... Así es como lo hacemos.

—¿Qué tengo que hacer, ahora? —preguntó él con terquedad.

Ella le indicó la pila de esterillas

—Tiéndase aquí, por favor.

Él pareció encogerse de hombros, más con los ojos que con otra cosa. Como si deseara complacer los caprichos de un niño, pasó junto a ella, se arrodilló y extendió su cuerpo musculoso sobre las esterillas, quedándose boca arriba.

—Póngase bien cómodo —dijo Rachel, sin mirarle.

—No es fácil, Miss Doctor. Nosotros sólo nos tendemos así para dormir o hacer el amor.

Ella se hallaba excesivamente consciente de su presencia y sabía que no podía rehuirla. Con toda deliberación, se volvió a medias hacia él y casi inmediatamente lo lamentó. Se proponía mirarle únicamente al rostro y fijarse en su tez morena, pero por un reflejo casi inconsciente, su mirada se posó en su poderoso pecho de suaves líneas, sus estrechas caderas y la visible bolsa púbica.

Se apresuró a apartar la mirada y la fijó en el suelo.

—No es necesario tenderse así, pero es preferible —dijo—. Resulta más cómodo. Este tratamiento se propone aliviar la tensión del paciente, hacerle más dichoso, más equilibrado, librarlo de sentimientos de culpabilidad y de dudas, para ayudarle a corregir juicios equivocados y dominar sus... impulsos. El paciente recibe el nombre de analizando. Yo soy el analista. Yo no puedo curarlo. Únicamente puedo aconsejarlo y ayudarle a que usted mismo se cure.

—¿Qué tengo que hacer, Miss Doctor?

—Pues tiene usted que hablar, hablar sin prevención, diciendo todo cuanto le pase por la cabeza, lo bueno igual que lo malo. Nosotros llamamos a esto una libre asociación de ideas. No debe pensar en mí. No debe permitir que nada interrumpa ni obstaculice el curso de sus recuerdos, de sus sentimientos, de sus ideas. No se preocupe por cuestiones de cortesía. Sea tan grosero o franco como desee. Diga aquellas cosas que, por lo general no se atrevería a mencionar en voz alta, ni siquiera a su esposa, a sus familiares o amigos. Hábleme de todo, aunque le parezca trivial, aunque lo considere secreto o importante. Y si vacila en repetir alguna idea, imagen o recuerdo, piense que yo también quiero oírla, y quiero que la exprese en voz alta, pues puede tener su significado.

—Bueno, yo hablo —dijo Moreturi—. ¿Y usted qué hará mientras yo hablo, Miss Doctor?

—Yo escucharé —respondió ella, mirándole finalmente a la cara—. Yo escucharé, comentando a veces algunas cosas, dándole algunos consejos, pero casi siempre limitándome a prestar atención a lo que usted diga.

—¿Y eso me será de ayuda?

—Probablemente, sí. Aunque no sabría decirle hasta qué punto, en sólo seis semanas. Pero de sus pensamientos confusos, inconexos, entremezclados y al parecer desprovistos de significado terminará por aparecer, primero para mí y luego para usted, un hilo conductor. Una cosa encajará con otra, descubriremos una relación entre ellas y montaremos el rompecabezas. Surgirán más hilos conductores, por los que sacaremos el ovillo y hallaremos su origen. Y así, por último, llegaremos a la raíz del mal.

El porte desdeñoso y altivo de Moreturi había desaparecido.

—No existe ningún mal —dijo.

—¿Entonces, por qué ha venido?

—Porque me han dicho que me mostrara amable y hospitalario y...

Se interrumpió de pronto.

—¿Y qué? ¿Qué otros motivos ha tenido, Moreturi?

—Usted —contestó él—. Siento curiosidad por conocer a una mujer norteamericana.

Rachel experimentó una súbita inquietud mezclada con un sentimiento de incompetencia.

—¿Y por qué le inspiran tal curiosidad las mujeres de mi país?

—Las veo a todas ustedes y me pongo a pensar que... que... —Se interrumpió—. Miss Doctor... ¿Hablaba usted en serio, cuando dijo que le dijera todo lo que pienso?

Ella lamentó entonces haberle hecho aquella invitación profesional, pero hizo un gesto de asentimiento.

—Pues pienso que son sólo mujeres a medias —dijo Moreturi—. Hacen trabajos propios de los hombres. Hablan como los hombres. Se cubren todas las partes bellas del cuerpo. No son mujeres completas.

—Comprendo.

—Por eso siento curiosidad.

—¿Así, se propone usted examinarme mientras yo trato de ayudarle? —preguntó Rachel.

—Yo me propongo ayudarla a que me ayude —la corrigió él, no sin gracia.

Adiós, Décimoseptima Enmienda a la Constitución —se dijo Rachel. Si a Roma fueres..., pensó.

—Muy bien —dijo—. Quizás podamos ayudarnos mutuamente.

—Pero usted no lo cree —observó el indígena.

Sed sinceros con ellos, les había advertido Maud; no les mintáis.
—Sí, lo creo —mintió Rachel—. Quizá usted me ayudará. Ahora
es usted quien me preocupa. Si usted también está preocupado por
sí mismo, ya podemos continuar.
—Sí, continuemos —dijo él, súbitamente ceñudo.
—Dice usted que no existe ningún mal. Dice que ha venido por
otros motivos. Vamos a ver: Entonces, ¿por qué ha solicitado la
ayuda de la Jerarquía?
—Para divorciarme de mi esposa.
—¿Ve usted como existe un problema?
—Pero el problema no es mío, sino de ella.
—Eso ya lo averiguaremos. ¿Por qué ha solicitado el divorcio?
Él la examinó con suspicacia
—Tengo mis motivos.
—Pues dígamelos. Para esto estoy aquí.
Él empezó a cavilar con expresión sombría y la vista fija en el
techo. Rachel esperaba pacientemente. Calculó que había pasado
por lo menos un minuto en completo silencio cuando él volvió la ca-
beza para mirarla.
—Usted es una mujer —dijo— y no entenderá los motivos que
puede tener un hombre.
—Usted mismo me ha dicho que no soy como sus mujeres, sino
sólo una mujer a medias, más parecida a un hombre. Considéreme
como tal: como un médico.
Lo absurdo de la situación pareció hacer gracia a Moreturi, que
sonrió por primera vez desde hacía bastante tiempo. Ella comprendió que aquella sonrisa no era de burla, como la anterior, sino de
auténtico buen humor.
—Me resulta imposible —dijo— le quito las ropas con la mirada y
veo que es una mujer.
Por segunda vez, su impertinencia hizo que se sonrojase. La
reacción dejó perpleja a Rachel. Comprendió entonces que no era
la impertinencia la causante, sino la arrogancia masculina que Moreturi demostraba.
—Voy a decirle una cosa, Moreturi —prosiguió—. Mirémoslo desde otro lado. Hábleme un poco de su matrimonio ¿Cómo se llama
su esposa? ¿Cómo es? ¿Cuándo se casó con ella?
Él respondió sucintamente a aquellas preguntas concretas:
—Mi esposa se llama Atetou. Tiene veintiocho años. Yo tengo
treinta y uno. No es como las demás jóvenes de la aldea. Es más
seria. Yo no soy así. Llevamos seis años de casados.
—¿Por qué la eligió por esposa? —quiso saber Rachel.

—Porque era diferente a todas —respondió Moreturi sin vacilar.

—¿Se casó usted con ella porque era diferente, y ahora quiere divorciarse porque es diferente?

Una expresión astuta cruzó por el rostro de Moreturi.

—Usted juega con las palabras —observó.

—Pero lo que he dicho es cierto.

—Sí, quizás —concedió él.

—¿Fue Atetou su primer amor, cuando se casó con ella?

—¿Mi primer amor? —preguntó Moreturi, estupefacto—. Cuando me casé con ella, yo ya era viejo y había tenido a veinte muchachas.

—Esto no responde a mi pregunta. Yo no le pregunto cuántas muchachas conoció anteriormente. Yo le pregunto si Atetou fue su primer amor.

—Pues yo ya le he contestado —insistió Moreturi, agresivo—. Atetou no fue mi primer amor porque antes tuve a veinte muchachas y las amé a todas Yo no me acuesto con una mujer si no la amo con toda mi alma y todo mi cuerpo.

Hablaba con vehemencia y sin la menor arrogancia varonil.

—Ya comprendo —dijo Rachel.

—Amé incluso a la primera, que tenía quince años más que yo.

—¿Cuántos años tenía usted entonces?

—Dieciséis. Fue después de la ceremonia de la virilidad.

—¿Cómo es esa ceremonia?

—Se celebra en la Choza Sagrada. Tomaron mi... mi...

—Sus partes genitales —dijo ella con apresuramiento.

—Sí. Tomaron eso que usted dice y cortaron la piel del extremo.

—¿Cómo la circuncisión que se practica en América?

—Tom Courtney me dijo que no. Ustedes lo hacen de manera diferente... cortan toda la piel sobrante y nosotros sólo abrimos la parte superior. Después la herida cicatriza y antes de que la costra caiga, nos llevan a la Cabaña de Auxilio Social, donde nos ponen en manos de una mujer mayor y experimentada. —Sonrió, como si evocase un recuerdo agradable—. Yo elegí una viuda de treinta y un años. Aún entonces, cuando no era más que un muchacho, yo ya era fuerte como un roble. Pero ella aún era más fuerte. No tardé en perder la costra. Sentí afecto por ella. Después, durante un año, en la Cabaña de Auxilio Social, sólo la elegía a ella, a pesar de que tenía otras muchas a mi disposición.

En la estancia había humedad y Rachel confiaba en que Moreturi no la vería sudar a mares.

—Ya veo —dijo, añadiendo, por decir algo—: ¿Qué clase de anti-conceptivos emplean ustedes?

Viendo que él no la comprendía, le hizo la pregunta con más detalle:

—Cosas para retardar... para evitar que las mujeres queden encinta.

—La primera me enseñó a frotarme las partes genitales con el ungüento de prevención.

—¿Un ungüento?

—Tiene por fin debilitar la esperma masculina. Es lo mejor para retardar la procreación, aunque Tom dice que ustedes, en América, disponen de medios más eficaces.

—Muy interesante. Tendré que verlo. —Tras una vacilación, dijo—: Habíamos empezado a hablar de su esposa...

—Que no fue mi primer amor —observó él, sonriendo.

—Esto está claro —dijo ella con sequedad—. Y ahora no la quiere porque es diferente... ¿Porque ha cambiado, no es eso?

Él se incorporó sobre un codo y Rachel retrocedió instintivamente.

—Después de hablar de cuestiones amorosas, ya puedo hablar con más franqueza de Atetou —dijo Moreturi—. A ella no le gusta hacer el... el, no recuerdo la palabra empleada por Tom... se refiere al abrazo...

—¿El coito?

—Sí, eso es... no le gusta, y en cambio a mí es algo que siempre me produce deleite. No estoy enfadado con Atetou. El Sumo Espíritu no hace a todas las personas iguales, pero las que son distintas no deben unirse. Cuando yo deseo ese goce, mi esposa no lo desea. Esto crea dificultades y yo me veo obligado cada vez más a valerme del Auxilio Social. Y cada vez más, sueño por las noches en las mujeres que he visto de día. También espero con demasiada impaciencia la festividad anual.

Rachel hubiera querido hacerle cien preguntas a la vez, pero supo reservarlas de momento. La lascivia de Moreturi la repelía. No deseaba seguir escuchando aquellas procaces palabras. Y lo que aun era peor, por primera vez Atetou había cobrado vida en su espíritu y tenía un rostro, que era precisamente el suyo propio. Recordó a la glacial Miss Mitchell tendida en el diván de su consultorio californiano. Después otras pacientes. Y de nuevo Atetou, para volver finalmente a sí misma... a la mujer a medias.

Consultó su reloj.

—Siento haberle retenido tanto tiempo, Moreturi... —Con el rabillo del ojo vio como se sentaba y distinguió su cuerpo atlético.

Tragó saliva—. Yo... me he formado una imagen más clara de sus problemas inmediatos.

—¿Y no me censura porque quiera divorciarme?

—En absoluto. Ustes es como es. No tiene la culpa de ser tan... ardiente.

Las facciones de Moreturi reflejaron una leve admiración.

—Es usted más de lo que creía. Es una mujer.

—Gracias.

—¿Volveremos a hablar? Hutia dice que desea verme todos los días a esta hora. ¿Es verdad?

—Sí, a usted y a los demás. Continuaremos... analizando todo esto, a fin de conseguir comprender mejor sus conflictos conscientes e inconscientes, y también los de su esposa.

Él se levantó del todo.

—¿También quiere ver a Atetou?

Rachel no tenía necesidad de una segunda Miss Mitchell, pero sabía cuál era su deber.

—Todavía no lo he decidido. Deseo pasar más tiempo con usted. Más tarde, es posible... bien, ya que se trata de un divorcio, quizás desee celebrar consulta con ella.

—Cuando la conozca, me comprenderá mejor.

—Estoy segura de que ella tiene su versión de los hechos, Moreturi. Después de todo, el problema quizás se deba a su propia neurosis...

Pero se interrumpió, porque la jerga científica no significaría nada para aquel hombre de las Tres Sirenas, y porque sabía que defendía a Atetou pensando en sí misma.

—De todos modos —agregó—, deseo concentrarme en su versión de los hechos durante las próximas semanas. Trate de recordar lo que pueda acerca de su pasado. Y usted me ha hablado también de sueños. Son muy valiosos para ver lo que pasa en su subconsciente. Los sueños pueden ser símbolos de... de temores subconscientes.

Él la dominaba, con los brazos puestos en jarras.

—Yo sólo sueño en otras mujeres —dijo.

—Estoy segura que debe de soñar otras cosas, además...

—No, sólo en mujeres.

Rachel se levantó también y le tendió la mano.

—Pronto lo sabremos. Gracias por la ayuda que me ha prestado hoy.

Él tomó su mano en su manaza, le dio un apretón y la soltó. Luego se dirigió a la puerta, muy a pesar suyo, según le pareció a Rachel, la abrió y después se volvió, con expresión seria.

—¿Sabe que soñé, anoche? —dijo—. Soñé con usted.

—Vamos, déjese de bromas, Moreturi. Ayer no me conocía.

—La vi entrar en el poblado con sus compañeros —respondió gravemente—. Anoche soñé con usted. —Sonrió de nuevo—. Usted es una mujer... Sí, vaya si lo es.

Y con estas palabras, se fue.

Rachel se sentó lentamente, disgustada por el sudor que le cubría la frente y el labio superior, y temiendo la noche que no tardaría en llegar. Tenía miedo de soñar...

* * *

Mary Karpowicz, rodeando las rodillas con los brazos, se balanceaba sentada en el suelo. Ocupaba un lugar de última fila en el aula principal y deseaba tener veintiún años para hacer lo que le viniese en gana.

Si bien estaba resentida con su padre por haberla traído a aquella estúpida isla, si quería ser una hija justa, no podía censurarlo por haberla obligado a asistir a la escuela. Sólo podía censurarse a sí misma. Lo que la impulsó a asistir a las clases fue el puro aburrimiento, y el convencimiento final de que aquello le permitiría distinguirse de las demás chicas de su grupo, pues le proporcionaría un ambiente exótico que en cierto modo compensaría su virginidad.

Sin mover la cabeza, limitándose a hacer girar los ojos de un lado a otro en las órbitas, contempló la mitad de la pieza circular de bálago que se extendía ante ella. Vio las espaldas desnudas de las dos docenas de alumnos, las muchachas vestidas con sus pareos y los chicos con taparrabos, casi todos muy atentos, pero zahiriéndose y riendo de vez en cuando. El cuadro se completaba con la caricatura de un profesor que les hablaba en inglés, y con ella, hastiada y cansada del aburrido espectáculo.

Tres horas antes, tuvo al menos la esperanza de que sucedería algo distinto. Fue cuando se separó de su padre, de cuyo cuello colgaban las cámaras fotográficas como si fuesen medallones, para seguir con nerviosismo a Mr. Courtney a la construcción que desde lejos parecía un trebol de tres hojas cubierto de musgo. Entraron en una estancia fresca y sombreada, muy parecida a las de su propia choza, salvo que aquélla era redonda en vez de cuadrada. Esperaba encontrar mobiliario, pero sólo había alacenas y estantes junto a las paredes, en los que se amontonaban los libros del profesor y otro material pedagógico.

Mr. Manao, el maestro, se apresuró a entrar en la habitación al oírlos llegar, y le hizo una reverencia cortesana cuando Courtney lo presentó. Mr. Manao era un hombre flaco y casi calvo —se le podían contar las costillas, visto por delante, y las vértebras, cuando se volvía de espaldas—, un poco más bajo que su padre. Gastaba unas anticuadas antiparras con montura de acero, que cabalgaban casi sobre la punta de su nariz, se envolvía en una holgada sábana y calzaba sandalias, lo cual le confería un gran parecido con Gandhi. Aunque también hubiera podido ser un diácono del siglo XIX en el momento de ir a tomar el baño, envuelto en un púdico lienzo. Ella supuso que su inglés era perfecto, como el de un libro de texto, aunque sus inflexiones producían la impresión de que conjugaba al hablar.

Mr. Courtney, al que la chica admiraba por su aspecto enigmático y despreocupado y por no hablarle con tono indulgente, como si fuese una niña y no una mujer, trató de romper el hielo contando un chiste realmente divertido y que no tenía nada de pedagógico. Aún le hizo más gracia a Mary al ver el desconcierto que producía en el pobre Mr. Manao. Después de presentarlos y contar el chiste, Mr. Courtney se despidió y el dickensiano Mr. Manao —sus estudios de literatura clásica, pensó Mary, empezaban a dar su fruto— la acompañó para enseñarle la escuela.

El esquelético pedagogo le explicó que la estancia en que se encontraban era al propio tiempo su estudio y la vivienda que ocupaba con su esposa. Un vestíbulo comunicaba con la sala circular contigua, donde la mujer del maestro y dos profesores auxiliares batallaban con los alumnos de ocho a trece años. Otro vestíbulo les condujo a la última sala, que era también la mayor, donde acababan de entrar los alumnos de catorce a dieciséis años. Mr. Manao presentó a Mary a las jóvenes nativas de su propia edad, y ella se sintió algo cohibida en su presencia. Las muchachas le hicieron una acogida tímida, pero amistosa, y se esforzaron por no mirar con demasiada insistencia su vestido azul de dacron, sus calcetines arrollados en los tobillos y sus apretados pantalones.

Le indicaron que se sentase en el fondo entre una joven indígena y un agraciado muchacho también nativo que, según había de saber pronto, se llamaba Nihau y tenía su propia edad. Tuvo que soportar tres monótonas clases. La primera estaba consagrada a la historia y las leyendas de la tribu de las Sirenas y Mary tuvo que escuchar una larga y aturulladora lista de nombres de antiguos jefes y sus hazañas, junto con elogiosas referencias a Daniel Wright, de Londres. La segunda clase era de trabajo manual; chicos y chicas se separaban y los primeros aprendían actividades prácticas como caza, pesca, construcción y agricultura, mientras las muchachas recibían lecciones sobre el arte de tejer, cocina, ceremonias domésticas e higiene. La tercera y última clase versaba durante una parte del año sobre instrucción oral en inglés y polinesio, otra porción del año sobre la flora y la fauna y la tercera parte del año se consagraba a *faa hina aro*, que Mary no se molestó en interpretar.

Lo mejor de aquellas tres horas fueron los recreos entre las clases, en que la mayoría de jóvenes salieron al exterior, algunos para ir al lavabo, otros para tenderse bajo los árboles y algunos para conversar o flirtear. Durante el segundo recreo, Mary se encontró acompañada del muchacho que estaba sentado a su izquierda en la clase, el que respondía al nombre de Nihau, quien la invitó tímidamente a probar una bebida de frutas. Cuando le trajo la bebida en medio cascarón de coco y tartamudeando le dijo el placer que todos sentían en la aldea por el hecho de que ella y sus padres asistiesen a las festividades anuales, Mary se apercibió de él por primera vez, como persona y como contemporáneo suyo. La sobrepasaba algunos centímetros en estatura y, más que moreno de natural, su tez estaba bronceada por el sol. Tenía los ojos almendrados, la nariz algo aplastada, un mentón voluntarioso, cuello y pecho robustos, como los jugadores de rugby que había visto en Albuquerque. Mary, que tenía una gran sensibilidad para captar el interés que despertaba en los chicos, llegó a la conclusión de que Nihau sentía interés por ella. Permanecía reservada y poco comunicativa, porque aún no estaba segura de si el interés que despertaba se debía sólo a ella como individuo, o como ejemplar femenino procedente de allende el océano.

Al pensar entonces en Nihau, se fijó en su perfil: de hombre paleolítico, pero de labios sensibles y mirada inteligente, fija en Mr. Manao, el profesor, que ocupaba el extremo de la clase. Mary decidió que lo menos que podía hacer por él, y también por el amable Mr. Courtney, era ser cortés y demostrar atención. Así es que atisbó entre los dorsos desnudos que tenía enfrente hasta localizar a Mr. Manao, y se esforzó por entender de qué estaba hablando. No tardó en comprender que había terminado la clase de la tarde y hablaba del nuevo tema que estudiarían mañana a la misma hora, pero sólo para los alumnos de dieciséis años.

—El estudio del *faa hina aro* —decía el bueno de Mr. Manao— se iniciará mañana y durará tres meses. Como todos vosotros sabéis, es la culminación de lo que hasta ahora habéis estudiado sobre la materia. Constituye la enseñanza final, la práctica que sustituye a la teoría, antes de que aquellos de vosotros que tenéis dieciséis años realicéis las tan ansiadas ceremonias que harán de vosotros hombres y mujeres. El tema del *faa hina aro...*

Aquella referencia a las ceremonias de la pubertad picaron la curiosidad de Mary. Inclinándose hacia Nihau, le susurró al oído:

—¿Qué significan esas palabras?

Nihau continuó mirando hacia delante pero con la comisura de los labios replicó en voz baja:

—En polinesio, significan amor físico. La traducción al inglés norteamericano es, según creo, relaciones sexuales.

—Ah.

Inmediatamente y por primera vez, Mary fue todo oídos para escuchar a Mr. Manao.

—En los tiempos antiguos, antes de que nuestros antepasados Tefaunni y Daniel Wright modificasen y mejorasen nuestra educación —decía Mr. Manao—, los jóvenes polinesios de la tribu, aprendían el *faa hina aro* por tradición. Ninguno de ellos era ignorante entonces, como tampoco lo son ahora. En aquellos tiempos, todos los miembros de la familia vivían en una sola habitación, y así los jóvenes podían observar a sus padres durante el abrazo amoroso. Asimismo, en aquellos tiempos, con frecuencia podían verse apareamientos espontáneos en los lugares públicos del poblado, especialmente en las épocas de festivales, y los jóvenes podían aprender por observación directa. Existían además las danzas rituales que representaban todas las facetas del amor, desde la unión al nacimiento. Estas danzas también tenían un gran valor instructivo. En aquellos días, cuando los jóvenes llegaban a la pubertad, uno de sus vecinos mayores del sexo opuesto les daba las últimas lecciones. Cuando Daniel Wright se estableció aquí, introdujo muchas ideas recogidas en las obras de los filósofos europeos, en especial Platón y Sir Thomas More, entre otros. Según estas ideas, las uniones tenían que realizarse según las normas de la eugenesia, los futuros esposos tenían que verse desnudos antes de consumar el matrimonio, y tenían que vivir juntos durante un tiempo, practicando el amor libre, antes de la ceremonia de esponsales. Si bien algunas de las ideas que aportaba Daniel Wright no eran muy aceptables, consiguió que la educación amorosa se convirtiese en una de las asignaturas normales de la escuela. Cuando terminéis el estudio de *faa hina aro* dentro de tres meses, aquellos de vosotros que hayan cumplido dieciséis años pasarán a la Cabaña de Auxilio Social y la Choza Sagrada para poner en práctica durante el resto de vuestras vidas lo que aquí se os ha enseñado. El conocimiento del amor y el arte para practicarlo son tan necesarios para vuestra futura salud, como para vuestro gozo. En las semanas venideras, aprenderéis las últimas clases mediante la descripción, la observación y las demostraciones, y cuando os marchéis de aquí, ya no habrá misterios para vosotros, poseeréis amplios conocimientos y os hallaréis preparados para enfrentaros con las verdades de la vida.

Mary escuchaba sin aliento, pendiente de los labios del profesor, esperando que pronunciase la frase siguiente, para asimilarla con lentitud. En su interior experimentaba sensaciones similares a las que conoció a principios de año, cuando Leona Brophy le entregó a escondidas un ejemplar de *El Amante de Lady Chatterley* con los pasajes más escabrosos señalados con lápiz. Aquella tarde se abrió para ella una puerta sobre el mundo de los adultos, en la intimidad de su dormitorio, y entonces, en aquella extravagante clase, empezaba a abrirse una puerta más grande, que al día siguiente se abriría de par en par, para revelarle los últimos misterios de la vida humana.

Lo que más la sorprendió, mientras escuchaba ávidamente todas las palabras que pronunciaba Mr. Manao, fue su inesperada franqueza y la indiferencia con que la acogieron los alumnos indígenas. Cuando estudiaba en el instituto, aquel tema nunca se abordaba abiertamente. Era una de aquellas cosas ocultas que parecen estar proscritas. Cuando veía en los corredores a Neal Schaffer y sus amigos, muy juntos y hablando en susurros, sospechaba que hacían groseras y falaces referencias a *aquello* y a las chicas que eran su objeto. En cuanto a Leona Brophy y a otras de sus amigas, hablaban de ello con tono furtivo y haciendo guiños picarescos al saber nuevas cosas, como si *aquello* fuese un vicio prohibido. Todas aquellas actitudes cristalizaron en el interior de Mary en la opinión de que *aquello* era algo reprobable, pero propio de las personas listas, y que era una enorme rendición que había que soportar si se quería alcanzar la paz y llegar a ser una persona de mundo.

El resultado era que Mary lo consideraba como una experiencia desagradable por la que tendría que pasar, tarde o temprano. La ofrenda de sí misma, era el precio que tendría que pagar para que se le abriesen las puertas del mundo de los adultos. Era una verdadera renunciación. Pero la afirmación extraordinaria de Mr. Manao, en el sentido de que *aquello* era algo bueno, algo deseable y necesario para alcanzar la salud futura y el goce, dejó a Mary sumida en un mar de confusiones. Y por si aun no fuese bastante, el maestro había afirmado que se trataba de un «arte», de algo que podía aprenderse, como el arte culinario o la dicción. En Albuquerque, las chicas se limitaban a hacerlo o a no hacerlo y, en el primer caso, todo se dejaba en manos del chico, que era por quien en realidad se hacía.

Mary notó que la tocaban en el brazo. Era Nihau, que le decía:

—La clase ha terminado por hoy.

Miró a su alrededor y vio que los demás alumnos se levantaban charlando para marcharse. Ella y Nihau eran casi los últimos que permanecían sentados. Se levantó de un salto y se dirigió a la puerta. Cuando salió, vio que Nihau la seguía.

Aminoró el paso instintivamente y el muchacho aceptó la tácita invitación.

Mientras cruzaban el prado en dirección al pueblo, él preguntó con ansiedad:

—¿Te ha gustado nuestra escuela?

—Oh, sí —replicó ella cortésmente.

—Mr. Manao es un profesor muy bueno.

—Me ha gustado —dijo Mary.

Esta frase de aprobación gustó al joven indígena y pareció desatarle la lengua.

—Aquí son pocos los que saben leer. Él es el que más sabe. Siempre está leyendo. Es la única persona en las Tres Sirenas que lleva gafas de tipo occidental.

—Ya que lo dices, en efecto, ahora me doy cuenta de que es raro que lleve gafas.

—Mr. Courtney se las compró en Papeete. A Mr. Manao le dolían los ojos de tanto leer y Mr. Courtney dijo que necesitaba gafas para vista cansada. Como Mr. Manao no podía salir de aquí, Mr. Courtney le graduó la vista. —¿Así se dice, verdad?— Y hace dos años fue a Tahití con el capitán, a buscarle las gafas. No son exactamente las que necesita, pero de todos modos le permiten leer de nuevo.

Llegaron ante el primer puente de madera. Nihau esperó que Mary lo cruzase y después la siguió al otro lado del arroyo.

—¿Vas a tu cabaña? —preguntó.

Ella hizo un ademán de asentimiento.

—Mi madre querrá que le explique cómo me ha ido el primer día de escuela.

—Me gustaría acompañarte.

La chica se sentía halagada, aunque no estaba todavía muy segura de si el interés que sentía Nihau era personal o estaba motivado por el hecho de que fuese una chica extranjera.

—No faltaba más —repuso.

Atravesaron despacio el poblado, que dormitaba bajo el sol abrasador. Andaban con la timidez propia de los adolescentes y separados más de un palmo. Ella hubiera deseado hacerle preguntas sobre las cosas que había explicado Mr. Manao. Le hubiera gustado saber con más detalle cómo eran las clases de *faa hina aro*. Pero le daba vergüenza preguntárselo y la timidez como si fuese un enorme tapón rojo, retenía las cien preguntas que quería hacerle.

Le pareció oír un borboteo y, volviendo la cabeza, vio que él se esforzaba por dirigirle la palabra.

—Ejem... ejem... Miss Karpa... Karpo...

—Me llamo Mary —dijo ella.

—Miss Mary...

—No. Mary.

—Ah... Mary...

El esfuerzo por darle un trato familiar resultó tan agotador, que no parecían quedarle fuerzas para hacer la pregunta.

—¿Qué me ibas a preguntar, Nihau?

—¿Las escuelas de América son como ésta?

—No. La de Albuquerque, a la que yo asisto, es completamente distinta. Nuestra escuela de Segunda Enseñanza es tremenda... de ladrillo y piedra... tiene tres pisos y centenares de alumnos. Y muchos profesores. Tenemos un profesor distinto para cada asignatura.

—Que bueno. ¿Y las asignaturas, son las mismas que nosotros estudiamos?

Ella meditó antes de responder.

—Pues verás... sí y no. Estudiamos historia como vosotros, aunque se refiere a nuestra patria... las vidas de los norteamericanos famosos... Wáshington, Franklin, Lincoln... y la historia de otros países.. con sus reyes, etc...

—¿Reyes?

—Sí, lo mismo que vuestros jefes... También tenemos clases de trabajos manuales sobre cosas prácticas, como vosotros, y estudiamos idiomas extranjeros. La principal diferencia es que abarcamos más temas.

—Sí, vivís en un mundo más grande.

Al esforzarse por recordar las demás disciplinas que estudió en la escuela, comprendió que había una que no se hallaba incluida entre ellas. Buena ocasión para apartar con delicadeza el rojo tapón de la timidez y hacer varias preguntas. El momento era apropiado. No tenía por qué avergonzarse de preguntar, por ejemplo, cuál era su opinión.

—Hay un tema que nosotros no tocamos. No nos dan clases de educación sexual.

El rostro del muchacho mostró una expresión de incredulidad.

—¿Es posible? Pero si esto es lo más importante de todo.

Mary se sintió dominada por una oleada de patriotismo y se apresuró a rectificar su anterior afirmación.

—Espera, quizás exagero un poco. Nos explican algunas cosas, desde luego. Nos hablan de los animales inferiores... y también de las personas... del modo como se efectúa la fecundación...

—¿Pero no os enseñan cómo se hace el amor?

—Pues... exactamente, no —repuso Mary—. Es decir, no. Naturalmente, tarde o temprano estas cosas se aprenden. Quiero decir que...

Pero Nihau no se dejaba convencer.

—Hay que aprenderlas en la escuela. Tienen que demostrarse. Es algo muy complicado y no hay otra manera de hacerlo. —La miró cuando ambos pararon frente a la adornada cabaña del jefe—. ¡Cómo... cómo lo aprendéis en Norteamérica, Mary?

—Oh, es fácil. A veces nos lo explican los padres, o las amigas. Además, en mi país casi todo el mundo sabe leer y existen millones de libros que lo describen.

—Pero esto no es lo mismo que la realidad —dijo Nihau.

Mary recordó la noche anterior al día en que supo que iría a las Sirenas, la noche en que fue a la fiesta de cumpleaños que daba Leona. Se embriagó, en lugar de ponerse a flirtear, para demostrar que ella también se atrevía a todo y después, en el coche, cuando Neal y ella estuvieron solos, él quiso *hacerlo*, diciendo que todos lo hacían, pero ella no quiso, porque no estaba verdaderamente enamorada del muchacho, no quería tener un niño, tenía miedo de que se supiese y sobre todo estaba asustada. Pero para no hacerse la remilgada ni la niña, permitió que le metiese la mano bajo la falda, sólo un momento, confiando que con esto él se conformaría. Después de aquella noche, los chicos la trataron mejor. Sin duda, Neal se lo había explicado, presentándolo como una conquista a medias, y ella se convirtió en una posibilidad y por lo tanto en una chica más aceptable. Todo era cuestión de tiempo, debían de pensar los chicos. El momento adecuado llegaría en verano, pero el verano había llegado, ella no estaba allí y, la verdad, se sentía muy aliviada.

Concentró de nuevo su atención en su reciente amigo.

—Aprendemos de otras maneras —dijo, sin pensar—. Quiero decir que... bien, tarde o temprano queremos hacerlo y entonces sucede del modo más natural.

—Así no sirve —dijo Nihau—. ¿Crees que una mujer, de la noche a la mañana, aprende a cocinar o a coser por inspiración divina? Esto es imposible. Primero tiene que aprender. Entre nosotros, el amor se produce de una manera natural... pero sólo después de haberlo apren-

dido... y así ninguno de nosotros es torpe ni se siente decepcionado...
Ni tampoco confundido.

Llegaron frente a la cabaña de los Karpowicz, que era la última
de aquel lado de la aldea. Salieron del sol para colocarse bajo la
fresca sombra que proyectaba el saliente de roca y se detuvieron ante
la puerta.

Mary ya no sabía que más decir. Habló con un hilo de voz:

—¿Y... nos contarán todo esto en la clase de mañana?

—Sí. Empezarán a contárnoslo mañana. Lo sé por mis hermanos
y mis amigos mayores. Es algo muy bueno. Nos enseñan muchas cosas.

—Entonces, lo espero con mucho interés, Nihau.

El muchacho estaba radiante.

—¡Cuánto me alegro! —dijo—. Ha sido un honor para mi conocerte. Espero que seremos amigos.

Dejando al joven y el sol a sus espaldas, Mary penetró en el oscuro interior de la habitación delantera, tan pasmada que apenas se
daba cuenta de donde estaba.

En el vestíbulo, cerca del fogón de tierra, encontró a su madre
agachada sobre un cuenco, cortando verduras. La mujerona levantó
la mirada.

—¿Ya ha terminado la clase? ¿Qué tal ha ido, Mary?

—Oh, muy bien. Como en los Estados Unidos.

—¿Qué hicisteis?

—Nada, mamá, absolutamente nada. Ha sido una lata... un tostón.

Apenas podía esperar a encontrarse a solas en su habitación.
En su interior bullían profundas ideas, y deseaba analizarlas antes
de la clase del día siguiente.

* * *

El gemido de un paciente que se encontraba detrás de uno de
los tabiques de cañas, obligó a Vaiuri, el indígena que ejercía la medicina en las Sirenas, a disculparse para irse corriendo. Harriet Bleaska
quedó sola en lo que suponía era sala de espera y consultorio de la
enfermería, todo de una pieza.

Mr. Courtney la trajo allí media hora antes. Por el camino,
Mr. Courtney le dio una idea de lo que iba a encontrar en la enferme-
ría-dispensario. Aquella destartalada clínica estaba dirigida por un
joven de treinta años llamado Vaiuri. Heredó el cargo de su padre,
quien a su vez lo había heredado del suyo. Hasta allá donde sabía
Mr. Courtney, la salud de los habitantes de las Sirenas había estado

desde tiempos inmemoriales en manos de la familia Vaiuri. Antes de que llegase el conspicuo Daniel Wright a aquellas playas, los oscuros antepasados de los Vaiuri ejercieron las funciones de brujos de la tribu; eran unos Merlines semidesnudos, que ahuyentaban a los malos espíritus con su mana y sus ensalmos. Por toda medicina, aquellos remotos antecesores se valían de hierbas silvestres, que escogían por el expeditivo método de probar sus efectos en los pacientes. Algunos practicaban una especie de cirugía con dientes de tiburón en vez de bisturí. Daniel Wright, en cuyo equipaje figuraba un manual de Medicina sobre *Viruelas y Sarampión* junto con otro sobre el *Tratamiento de Heridas y Fracturas*, un tomo de los *Elementos de Fisiología del Cuerpo Humano* (edición de 1766), de Albrecht von Caller, y un estuche con instrumental quirúrgico y medicamentos escogidos por un ayudante de John Hunter, proporcionó a las Tres Sirenas un resumen elemental de la terapéutica moderna.

En realidad, según Courtney explicó a Harriet, Vaiuri fue el primer miembro de la familia que pudo beneficiarse de una educación médica más o menos perfecta. En su adolescencia acompañó a Rasmussen a Tahití, donde permaneció un mes. Por intermedio de la esposa del escandinavo, Vaiuri conoció a un practicante indígena que había estudiado Medicina en Suva. A cambio de algunos abjetos de artesanía fabricados en las Tres Sirenas, durante aquellas pocas semanas el practicante a ratos libres enseñó lo que pudo a Vaiuri. Así el muchacho aprendió a hacer primeras curas, vendajes, operaciones sencillas y nociones de higiene personal y sanidad pública. Vaiuri regresó a sus lares con aquellos escasos conocimientos, algunas jeringuillas hipodérmicas, medicinas y un folleto de medicina casera. Como apenas sabía leer, Manao, el maestro del pueblo, le leyó en voz alta el folleto varias veces, hasta que se lo supo de memoria.

Vaiuri empezó ayudando a su padre en la enfermería, y cuando éste murió de vejez, le sustituyó, tomando dos muchachos en calidad de ayudantes y aprendices. A cambio de los artículos de producción local que le entregaba, Rasmussen mantenía el pequeño dispensario de Vaiuri bien surtido con drogas contra el paludismo, aspirinas, sulfamidas, antibióticos, vendas e instrumentos. Gran parte de este surtido no se aprovechaba porque ni Vaiuri ni nadie, en las Sirenas, tenía suficientes conocimientos para establecer diagnósticos o indicar un tratamiento adecuado. Courtney tuvo que admitir ante Harriet que, en diversas ocasiones, tuvo que prestar su ayuda a Vaiuri, apelando a lo que recordaba de medicina forense y en lo que pudo aprender respecto a primeras curas en el ejército. Por fortuna, agregó Courtney, las Sirenas no hubieran sido ningún paraíso para un médico, porque sus habitantes eran sanos y fuertes. Además, no se conocían allí las epidemias ni las enfermedades contagiosas, ya que en la isla no se habían introducido gérmenes patógenos en todo el curso de su historia.

Pero Harriet recordaba que Courtney dijo:

—De todos modos, usted puede realizar aquí un gran servicio, refrescando los conocimientos de Vaiuri, explicándole nuevos métodos y enseñándole cómo debe utilizar su arsenal de medicamentos. A cambio, usted podrá aprender muchas cosas sobre sus métodos de curación, y las hierbas y ungüentos que emplean, lo cual será sin duda útil para la Dra. Hayden y también,. qué duda cabe, para Cyrus Hackfeld.

Harriet estaba de un humor excelente desde su llegada a la isla. La herida causada por el abandono de Walter Zegner había ido cicatrizando con el tiempo y la distancia, pero entonces, al atravesar el poblado con Mr. Courtney y acercarse a la enfermería, sintió una momentánea turbación al ver a los indígenas que iban y venían, entregados a sus quehaceres. Todos ellos eran magníficos ejemplares humanos, en especial los que tenían una edad más o menos como la suya. Harriet estaba segura de que aquí la apostura exterior se admiraba tanto como en su propio país. No tardarían en señalarla y distinguirla de las demás, llamándola la fea, y nadie sería capaz tampoco de ver lo que ocultaba la Máscara. En resumidas cuentas, era su propia prisionera.

El ligero malhumor que esto le produjo no la abandonó durante parte de la media hora que permaneció con Vaiuri. Este resultó ser un joven de tez clara, delgado pero fuerte, un par de centímetros más bajo que ella, de músculos que parecían cables de acero. Tenía perfil aguileño, pero sin la ferocidad de un ave rapaz. Por el contrario, parecía un águila activa y bondadosa, de talante grave, abnegado y tranquilo. Harriet, acostumbrada, a los médicos norteamericanos, consideró que su aspecto era muy poco facultativo, sobre todo porque le costaba imaginarse a un médico vestido con un sarong (o como se llamase) y calzando sandalias.

Con calmosa cortesía, Vaiuri habló con ella de su labor y de los problemas que ésta presentaba. Ella lo notaba distante y remoto. La preocupaba el hecho de que no la mirase mientras hablaba (echando la culpa de ello, como siempre, a la Máscara). A causa de la inseguridad que le producía el que su interlocutor esquivase su mirada, se esforzó por congraciárselo. Hizo todo cuanto pudo por hacerle ver que se hallaba dispuesta a renunciar en parte a su independencia y a ofrecerle su amistad. Salvo algún que otro parpadeo de sus ojos serenos, y la leve arruga que apareció una vez en sus comisuras, Vaiuri se mantenía reservado. Con todo, demostró verdadera preocupación cuando uno de sus pacientes lanzó un gemido, y corrió en su ayuda, lo cual agradó a Harriet.

Abandonada por el momento a sus propios recursos, Harriet se levantó y trató de alisar su inmaculado uniforme blanco de enfermera. Se preguntó si el uniforme le daría un aspecto demasiado formidable o si tal vez resultaría poco práctico. Aunque de todos modos, pensó, con sus mangas cortas y su tela fruncida a rayas blancas y azules, apenas podía llamarse uniforme. Y si a esto se añadía que sólo calzaba unas simples sandalias, todavía parecía menos una enfermera. En los Estdos Unidos, su atavío era promesa de cuidados y atenciones. Pero en cambio, en las Tres Sirenas el uniforme blanco resultaba chocante, y no podía imaginar qué promesa significaría para sus moradores. Sin embargo, aunque resultara extraño, no podía serlo más para los indígenas que el vestido de algodón estampado de vivos colores que llevaba Claire Hayden. En cuanto a su carácter práctico, era de dacrón y facilitaba la transpiración. Además, podía lavarlo en el arroyo todas las noches. Lo importante era que, vistiéndolo, se sentía una enfermera.

Se moría de ganas de fumar un cigarrillo, pero pensó que no estaba bien que lo hiciese en el dispensario. Además, quizás Vaiuri lo consideraría como una falta de respeto. Tenía que averiguar si las mujeres que fumaban se consideraban masculinas. Maud les advirtió que no se pusieran pantalones. Quizás con los cigarrillos pasaba lo mismo.

Reparó en las grandes cajas cuadradas y abiertas que había al otro lado de la pieza, y se acercó a ellas para ver qué contenían. En su interior vio frascos y cajas de medicamentos básicos. Las etiquetas ostentaban el nombre de una farmacia de Tahití. Inclinándose, hurgó entre los frascos, para hacer su inventario, y seguía entregada a esta tarea cinco minutos después, cuando regresó Vaiuri.

Avergonzada de que la hubiese encontrado fisgoneando, Harriet se incorporó con presteza, disponiéndose a disculparse.

—¿Le interesa mi pequeña colección? —preguntó Vaiuri como si estuviese un poco preocupado.

—Perdone. No hubiera debido...

—Nada de eso. Su interés me agrada. Es bueno que alguien... que otra persona...

No terminó la frase.

—Tiene una farmacia muy surtida —dijo Harriet, confiando en

haber roto finalmente el hielo—. Veo que tiene antibióticos, penicilina, desinfectantes...

—Pero en cambio aun sigo empleando pócimas de hierbas —dijo Vaiuri.

Harriet percibió cierto tono de disculpa en aquella afirmación, y el primer atisbo de una debilidad que podía tomarse como el primer gesto amistoso, y estuvo contenta.

—Bien, pero hay algunas hierbas que tienen valor medicinal...

—La mayoría no sirven para nada —interrumpió él—. No suelo emplear las medicinas modernas por ignorancia. Tengo miedo de emplearlas mal. Mr. Courtney se ha esforzado en ayudarme, pero no es bastante. No poseo los conocimientos adecuados. Sólo estoy un poco por encima de mis pacientes.

El instinto de Harriet le dijo que debía esforzarse por asegurarle que ella estaba allí para ayudarlo. Pero no lo hizo. La razón refrenó su instinto. Si en Norteamérica, a los hombres les molestaban las mujeres sabias, los varones de las Sirenas podían pensar lo mismo. Se contuvo, pues. ¿Pero, cómo podía ofrecerle su ayuda? Él mismo le resolvió el dilema.

—Estaba pensando... —empezó a decir. Tras una breve vacilación, continuó—: No tengo derecho a robarle tiempo, Miss Bleaska, pero estaba pensando lo mucho que podría usted hacer por mí y por el poblado, si pudiese enseñarme la farmacopea moderna...

Experimentó una oleada de afecto por Vaiuri, al ver que valía más que tantos norteamericanos que ella había conocido.

—Lo haré con mucho gusto —dijo con fervor—. Yo no he estudiado la carrera de Medicina, desde luego... no piense que lo sé todo... pero, como enfermera diplomada, he trabajado en hospitales durante varios años, en diversas salas, y he leído mucho, para estar al día. Además, llegado el caso, podría asesorarme la Dra. DeJong. Así, si usted está dispuesto a disculpar y aceptar mis limitaciones... sí, me encantará hacer lo que pueda.

—Que buena es usted —dijo él con sencillez.

Ella deseó recompensarle con un cumplido:—

—Y usted puede hacer mucho por mí —dijo—. Deseo tomar notas sobre todas las enfermedades de la isla, sus historias clínicas y aprender lo que pueda de usted... y de esos medicamentos a base de hierbas que usted mencionó... en fin, quiero saber todo cuanto sea posible sobre la medicina indígena... es decir, local.

Él inclinó la cabeza.

—Con excepción del tiempo que me roben mis pacientes, el resto es totalmente suyo. Considérese como en su casa en mi enfermería.

Entre y salga de ella a su gusto. Durante su estancia, la consideraré mi colaboradora en el dispensario. —Indicó un corredor que conducía al interior del local—. ¿Quiere que empecemos ahora mismo?

Vaiuri, con paso suave, precedió a Harriet al interior de una espaciosa sala que contenía siete pacientes: dos mujeres, cuatro hombres y una niñita. Esta y una mujer parecían dormir y los demás pacientes se hallaban tendidos en el suelo, en diversas posiciones. La entrada de una mujer desconocida vestida de blanco les hizo incorporarse con curiosidad.

Vaiuri acompañó a Harriet entre sus pacientes, indicándole a varios que padecían de úlceras, otro con un corte infectado causado por las rocas de coral, uno con un brazo fracturado y dos convalecientes de enfermedades intestinales. La atmósfera de la húmeda sala parecía la de una celda ocupada por abatidos presos. Cuando la abandonaron, Harriet, que echaba de menos las voces de la radio y la televisión, preguntó:

—¿Y qué hacen durante todo el día?

—Duermen, sueñan con el pasado y con el futuro, conversan, me vienen con sus quejas y se distraen con juegos tradicionales. Tiene que saber usted que la gente de nuestro pueblo no está acostumbrada a ver cortada de este modo su actividad. Ahora, Miss Bleaska, le enseñaré las habitaciones particulares donde tengo a mis pacientes graves, los contagiosos o los... en fin, los incurables. Tenemos seis de estas pequeñas habitaciones. Afortunadamente, sólo dos de ellas están ocupadas. Aquí es más fresco, ¿verdad?

Vaiuri abrió la primera puerta de cañas, revelando una habitación angosta pero reducida, provista de ventanas y ocupada por un anciano demacrado que roncaba tendido en una colchoneta.

—Supongo que tiene tuberculosis —dijo Vaiuri—. La contrajo durante una visita que efectuó a otra isla.

Continuaron por el corredor hasta la puerta del fondo.

—Este caso me entristece mucho —dijo Vaiuri, antes de entrar—. Aquí tenemos a Uata, que había sido uno de los primeros nadadores de la isla. Es un joven de mi edad. Fuimos a la escuela juntos, celebramos la ceremonia de la pubertad la misma semana, hace muchos años. A pesar de su fortaleza física, hace dos meses se debilitó de pronto y yo le traje aquí. Por lo que he leído, aunque apenas sé leer, se lo confieso, creo que se trata de una dolencia cardíaca. Después de descansar, vuelve a encontrarse bien y recupera fuerzas, para perderlas al sufrir un nuevo ataque. No creo que pueda salir vivo de aquí.

—Lo siento mucho —dijo Harriet, y su saludable corazón se volcó hacia el del enfermo, aunque todavía no lo había visto—. ¿Cree usted que es prudente molestarlo?

Vaiuri movió la cabeza.

—No le molestaremos en absoluto. Agradecerá la compañía. En las Tres Sirenas, los enfermos están aislados y no pueden recibir visitas. Es un antiguo tabú. Sólo los miembros varones de la familia del jefe, pueden visitar a un pariente suyo. El padre de Uata es primo del jefe Paoti, y a consecuencia de esto, varios miembros de la familia pueden venir a visitarlo. Sí, Uata estará muy contento de recibir una visita —sus ojos parecieron contemplar una visión secreta y divertida— especialmente del sexo femenino. —Y se apresuró a añadir—. Aunque también le estará muy agradecido por su diagnóstico.

Abrió la puerta y penetró en el diminuto cubículo, seguido por Harriet. Cerca de la ventana, vuelto de espaldas a ella, un tronco macizo, que parecía un enorme fragmento de caoba clara, yacía en un jergón.

Al oírles entrar, el paciente, que parecía un grabado de Milón de Crotona, dio la vuelta y sonrió a su amigo, para demostrar después perplejidad e interés a la vista de Harriet.

—Uata —dijo Vaiuri— tú ya sabes que han venido a visitarnos unos norteamericanos, ¿verdad? Uno de ellos es esta señorita, que conoce mejor que yo el ejercicio de la medicina. Colaborará conmigo durante un mes y medio. Vengo a presentártela. —Vaiuri se apartó—. Uata, te presento a Miss Bleaska, de los Estados Unidos.

Ella sonrió.

—Prefiero que ustedes dos me llamen por mi nombre de pila, que es Harriet. —Vio que aquel Goliat hacía esfuerzos por incorporarse, sin conseguirlo y, llevada por su reflejo profesional, corrió hacia él, se arrodilló a su lado y le puso las manos en los hombros—. ¡No se mueva! quiero que se esté tranquilo y quietecito hasta que lo haya examinado. Tiéndase de espaldas. —Él intentó protestar y luego renunció con una lastimosa sonrisa y un leve encogimiento de hombros. Harriet, rodeando con su brazo izquierdo la ancha espalda, le ayudó a tenderse de nuevo—. Eso. Así me gusta.

—No estoy tan débil —dijo Uata, desde el suelo.

—Claro que no lo está —asintió Harriet— pero es mejor que ahorre sus fuerzas. —Aún arrodillada, se volvió hacia Vaiuri—. Me gustaría reconocerlo ahora mismo, si a usted no le importa...

—Excelente idea —dijo Vaiuri—. Voy a buscarle el estetoscopio y todo lo que pueda serle útil.

Cuando él salió de la pieza, Harriet se volvió a su paciente. Sus ojos ovalados y brillantes no se apartaban de su rostro, contemplándola con avidez, y ella experimentó un júbilo inenarrable. El pecho del joven se movió afanosamente varias veces, y esto la preocupó.

—¿Le cuesta respirar? —preguntó.

—Estoy bien —contestó él.

—No sé si... —Apoyó la palma de la mano sobre el pecho de Uata y la bajó hasta el apretado cinto que retenía su breve taparrabos; introduciendo la mano bajo la tira, la apartó de su estómago—. ¿Respira mejor, así?

—Estoy bien —repitió él—. Su visita me ha producido... —buscó la palabra adecuada y dijo—: *Hiti ma ue*, o sea... excitación.

Ella retiró la mano.

—¿Y por qué, si puede saberse?

—Hace dos meses que no recibo la visita de una mujer. —La observación resultaba muy interesante—. Y no es esto sólo. Usted tiene simpatía, lo cual es raro en las mujeres. Su simpatía me ha llegado al alma.

—Gracias, Uata —dijo ella, tomándole el pulso—. Ahora voy a tomarle el pulso.

Lo hizo esforzándose por ocultar su preocupación y después le soltó la mano, dándose cuenta de que él seguía mirándola.

—¿Me ve diferente a las mujeres de aquí? —le preguntó.

—Sí.

—¿A causa de mi vestido... porque vengo de tan lejos?

—No.

—¿Entonces, por qué?

—Usted no es como otras mujeres que he conocido y admirado. No es tan bella como ellas en el aspecto corporal, pero su belleza está oculta en su interior, es muy profunda y por lo tanto no la perderá nunca.

Mientras ella escuchaba estas palabras, le pareció que dejaba de respirar. Había tenido que recorrer miles de millas para encontrar un hombre tan distinto a todos que, pese a su apariencia de bruto, se hallase dotado de visión para atravesar la Máscara y ver lo que ésta ocultaba.

Sintió deseo de decirle que era un poeta, por decir algo, pero, antes de que pudiera hablar, se abrió la puerta y volvió Vaiuri con una concha de tortuga llena de instrumental médico.

Mientras Vaiuri permanecía de pie a un lado, Harriet inició un minucioso reconocimiento de Uata, palpándolo y golpeándole el torax mientras le hacía preguntas acerca de sus dificultades respiratorias, los vértigos que sentía y la visión doble que sufría algunas veces. Observó que tenía los tobillos hinchados y preguntó desde cuándo los tenía así. Tomó el estetoscopio y lo aplicó primero al pecho y después al espinazo, escuchando con atención.

Terminado su reconocimiento se levantó y miró a Vaiuri.

—En mi cabaña tengo aparatos para tomar la presión sanguínea —dijo—. También tengo heparina... un anticoagulante... por si lo necesitamos. Y algunos medicamentos diuréticos, que acaso estén indicados. Me gustaría volver a visitarlo mañana.

—Como usted desee —dijo Vaiuri.

Puso el estetoscopio en la concha y salió de la habitación. Harriet se disponía a seguirlo, cuando Uata la llamó. Vaiuri había desaparecido, y Harriet, que estaba cerca de la puerta, volvió a quedarse a solas con el paciente.

—No debe usted engañarme —dijo el joven con voz tranquila—. Mi vida ha sido dichosa y llena hasta ahora y no me importará dejarla.

—Nunca se sabe hasta que...

—¿Me dirá usted la verdad?

—Sí, Uata.

—No me refiero a mi estado —prosiguió él—. Lo que más sentiría sería tener que pasar mis últimos días solo y aislado. No puede usted saber la alegría que me ha producido su visita. Las mujeres no pueden acompañar a un solitario como yo. Y para mí, las mujeres han sido todo el placer de la vida.

Sintió deseos de acariciarlo para consolarlo, para devolverle el consuelo que él le había prodigado, pero se contuvo. Se preguntó si debía decirle que hablaría con Maud para que ésta intercediese cerca del jefe para levantar el tabú, a fin de que Uata pudiese recibir a sus amigas y pasar sus últimos días con ellas. Mientras trazaba estos planes en silencio, oyó que alguien entraba y se volvió hacia la puerta.

Un joven indígena, muy apuesto y de cabellos negros, acababa de entrar en la pieza, con modales desenvueltos y familiares. Uata le presentó al visitante, que era Moreturi, su mejor amigo e hijo del jefe.

Los dos hombres cambiaron algunas frases alegres en inglés y de pronto Uata dijo algo a Moreturi en polinesio. Inmediatamente, el recién llegado apartó la mirada de su amigo y la fijó en Harriet, que se sintió violenta al sentirse examinada con tal atención por los dos hombres. Uata había dicho algo sobre ella. Se preguntó qué sería, pero, en vez de tratar de averiguarlo, se apresuró a disculparse y se fue.

En la gran sala del dispensario encontró a Vaiuri paseando con nerviosismo. Con gran sorpresa vio que fumaba una especie de cigarro indígena.

—Mr. Courtney me ha dicho que las mujeres norteamericanas fuman. ¿Quiere uno de los nuestros?

—Gracias, pero, si no le importa, fumaré uno de los míos.

Después de encender el cigarrillo, vio que Vaiuri la miraba con ansiedad, esperando que hablase.

—Su amigo está muy grave —dijo Harriet.

—Ya me lo temía —repuso Vaiuri.

—No quiero afirmar nada —se apresuró a añadir ella—. No soy más que una enfermera, no un especialista del corazón. Sin embargo, los síntomas de trastornos cardiovasculares son tan evidentes, que me sorprende que aún viva. Después del segundo reconocimiento sabremos más cosas. Sin embargo, creo que no podré decirle con exactitud qué clase de dolencia cardíaca padece... tanto puede ser reumatismo cardíaco como una enfermedad degenerativa o un defecto congénito que ahora se ha manifestado. Dudo que pueda hacerse nada, pero por mi parte no va a quedar. Intentaré hacer todo cuanto esté en mi mano. Hay la posibilidad de que fallezca de repente. Creo que debería usted preparar a su familia.

—Ya esperan lo peor. Incluso se han vestido de luto.

Ella movió tristemente la cabeza.

—Es una verdadera pena. Un hombre tan magnífico. —Tiró el cigarrillo a medio fumar en una concha llena de agua que ya contenía otras colillas—. Bien, que se le va a hacer. Muchas gracias por su amable recibimiento, Vaiuri. Puede usted creerme si le digo que me gusta mucho estar aquí... Hasta mañana.

Él se apresuró a acompañarla hasta la puerta y la despidió con una inclinación de cabeza. Durante unos segundos, Harriet permaneció inmóvil a la sombra que proyectaba la enfermería, pensando en el paciente y sintiéndose sinceramente apenada por él. Dio un respingo al oír crujir la puerta a sus espaldas y después unos pasos. A los pocos instantes, Moreturi estaba a su lado.

—Quiero darle las gracias por el interés que ha demostrado por mi amigo —le dijo.

Llevada por un súbito impulso, ella preguntó:

—¿Querría usted aclararme una cosa? Uata le dijo algo en su idioma antes de que yo me fuese y entonces ambos me miraron.

—Tiene usted que perdonarnos.

—¿Se refirió a mí?

—Sí, pero no se si...

—Le ruego que me lo diga.

Moreturi asintió.

—Muy bien. Pues dijo en nuestro idioma: «Moriría contento si pudiese decir antes de fallecer, aunque solo fuese una vez, *Here vau ia oe* a una mujer que poseyese su belleza».

Harriet miró de hito en hito al hijo del jefe.

—*Here vau ia oe?*

—Quiere decir «Te amo». En nuestro idioma tiene un significado más profundo que en el suyo.

—Comprendo.

—¿Se siente usted ofendida?

—Por el contrario, yo...

La puerta crujió de nuevo. Vaiuri asomó la cabeza con expresión inquisitiva.

—¿Pasa algo?

—No, todo va bien —respondió Harriet. Luego, llevada por un segundo impulso dijo—: Vaiuri...

—Diga usted.

—En vez de mañana, me gustaría volver a visitarlo esta noche. Uata me preocupa profundamente. Quiero ver lo que puede hacerse.

—Me parece muy bien —contestó Vaiuri—. Esta noche yo no estaré, porque estoy invitado a casa de unos parientes, pero habrá aquí un chico esperándola.

Cuando Vaiuri hubo desaparecido, Moreturi miró a Harriet con preocupación.

—¿Cree usted que puede salvar a mi amigo?

Harriet notó el soplo de la brisa en sus mejillas y con él volvieron a ella las palabras pronunciadas por Maud por la mañana: decir siempre la verdad, no mentirles jamás.

—¿Salvarlo? —dijo maquinalmente—. No, no creo que pueda salvarlo. Lo único que puedo hacer... yo o cualquiera... pues es sencillamente esto... no permitir que muera solo como un perro.

Con estas palabras, Harriet se separó de Moreturi, salió de la sombra y descendió por la cuesta hacia el soleado pueblo indígena. Sumida en sus pensamientos, sin percibir el disimulado interés que despertaba con su uniforme blanco, cruzó el arroyo. Por último decidió que debía hablar de Uata con la Dra. Maud Hayden, para tratar de que ésta intercediese cerca del jefe para que éste levantara el tabú que impedía visitas de mujeres a la enfermería. Entonces avivó el paso.

No había ido muy lejos cuando oyó que la llamaban. Deteniéndose, se volvió a medias para ver quien era y vio a Lisa Hackfeld, que le hacía señas con el brazo levantado. Mientras la joven esperaba que la señora se acercase, se dio cuenta de que nunca había visto con aquel aspecto a la esposa del mecenas de la expedición.

Lisa Hackfeld, en verdad, aparecía transformada. Ya no vestía con esmero y había desaparecido su porte inmaculado, rico y lujoso, su cuidadoso peinado, su manicura y su cintura enfajada, toda ella tan propia de Beverly Hills. También había desaparecido la expresión aburrida y melancólica que irradiaba su rolliza persona. La Lisa que se colgó del brazo de Harriet era una mujer que parecía haber sobrevivido los efectos de un huracán y se sintiese jubilosa por su victoria. Sus rubios cabellos parecían un nido revuelto, la cara había perdido su costra de maquillaje pero tenía un aspecto más juvenil a causa de la excitación y el sonrojo que disimulaban sus escasas arrugas, tenía la blusa de seda manchada, le faltaban dos botones en la parte delantera y por detrás le asomaba fuera de la falda.

—Harriet —exclamó—. Me muero de ganas de contárselo a alguien...

Dándose cuenta de que la enfermera la contemplaba con estupefacción, se desasió de su brazo y con gran rapidez, empleando ambas manos, se arregló el cabello, se metió los faldones de la blusa en la falda y trató de poner cierto orden en su persona.

—Debo de estar hecha una zarrapastrosa —murmuró. Pero luego exclamó, exasperada—. Pero qué importa. Nadie se fija en mí. Estoy entusiasmada y esto es lo que cuenta.

—¿Pero qué ha pasado? —quiso saber Harriet.

—Acabo de bailar, querida. —Cuando ambas se pusieron a andar juntas, Lisa continuó manifestando su júbilo—. Es increíble. No me había divertido tanto desde que vivía en Omaha e iba a mis primeros bailes. Pero lo que tiene más gracia es que esta mañana me sentía extraordinariamente deprimida. Tú probablemente no te diste cuenta, pero mientras estaba sentada en el banco de aquella habitación, donde apenas cabíamos todos, escuchando a Maud, yo venga pensar... ¿Qué hago aquí?, me decía? No hay intimidad. No hay lavabos. No hay luces. No hay ni una sola comodidad. Bonita manera de pasar el verano. ¿Por qué me habré metido en este berenjenal? Con lo bien que podría estar en nuestra finca de Costa Mesa, tomando el cóctel con Lucy y Vivian —son unas amigas mías— y pasándolo en grande, en cambio, he venido a meterme en este agujero. Cuando Maud terminó de hablar, me sentí tentada de ir a decirle que me iba y que no contase conmigo, porque regresaría con el capitán la próxima vez que viniese, para tomar en Tahití el avión para mi querida California.

IRWING WALLACE

Lisa se quedó sin aliento después de esta parrafada y, mientras trataba de rehacerse, Harriet le preguntó:

—¿Y qué te hizo cambiar de idea?

—¡El baile, querida, el baile! —Rebuscó en sus bolsillos y dijo—. Hasta he perdido los cigarrillos. ¿Me das uno?

Después de llevárselo a los labios y encenderlo, Lisa continuó su relato:

—Incluso cuando el tal Courtney me acompañó al lugar donde ensayan el festival, no sentí deseos de ir. No hacía más que repetirme: ¿Por qué me habré metido en estas aventuras? ¿Y qué me importan a mí ese hatajo de indígenas semidesnudos bailoteando al sol? Pero nuestro simpático amigo vino a decirme que me divertiría y yo, para no desairarlo, decidí seguirle la corriente. Llegamos a un claro que está a un cuarto de hora del pueblo y vimos unos veinte indígenas de ambos sexos que empezaban a reunirse. Courtney me entregó a los cuidados de una joven arisca, una especie de Katherine Dunham que se llamaba Oviri y que es la directora del espectáculo. Pues bien, la verdad es que ella se sentó en la hierba a mi lado, sin mostrarse nada huraña y me explicó un poco en qué consistía esa semana de fiestas. Te aseguro que llegó a interesarme. ¿Te han contado en qué consiste?

—No mucho, la verdad —repuso Harriet—. Sólo lo que Maud nos dijo acerca de un gran baile, y acontecimientos deportivos y un concurso de belleza para participantes desnudos. También dijo que se levanta la veda para los casados...

—No sólo para los casados, sino para todo el mundo —la atajó Lisa—. Ya sabes lo que pasa entre nosotros. Antes de casarse, una puede ver un hombre interesante, en la calle, en una tienda o al otro lado de un bar, pero ahí termina todo. Quiero decir que una no puede ir ni abordarlo. Una sólo puede tratar con las personas que le presentan y que conoce. Cuando una se casa y tiene algunos añitos, tú aún no lo sabes por experiencia, Harriet, pero te aseguro que así es, la cosa aún es peor. Es algo espantoso y tristísimo. Hay docenas de personas que hacen lo que pueden. Hay muchas formas de infidelidad, Harriet, y de engañar al marido. Estoy segura de que Cyrus me ha sido infiel más de una vez, aunque yo nunca le he hecho eso, ni pensarlo. Lo considero muy feo, peligroso y además una gran equivocación. Pero así va envejeciendo una, sin que surja una sola ocasión, hasta que se va muriendo poco a poco.

Se sumió en sus reflexiones por un momento, mientras Harriet aguardaba. Sin dejar de andar, Lisa levantó la vista, que tenía posada en el césped.

—Estaba pensando que... no es exactamente morirse poco a poco, sino que... verás, no tenemos más que una vida... y ésta nos va abandonando como el aire que se escapa de un balón mal atado. Hasta que no queda nada. ¿Me entiendes, Harriet? Y mientras esto sucede, a veces se conoce a otro hombre en una fiesta o donde sea, y él piensa que una vale algo, y una piensa que él es un hombre agradable y encantador. Y entonces una se pregunta... una desea... lo piensa, claro... mira, aquí quizás tienes a alguien que podría atar el balón y evitar que continuara escapando la vida. Tú serías nueva para él, y él sería nuevo para ti. Todo volvería a ser terso y juvenil, en vez de viejo y ajado. Cuando una lleva tantos años de matrimonio como yo, Harriet, colecciona los golpes y las heridas de la vida. Cada vez que una se acuesta con su marido, se mete bajo las sábanas con las cicatrices de todas las peleas, de todas las faltas de comprensión, de todos los disgustos. También se hallan presentes todas sus debilidades, sus fallos, sus actitudes hacia su madre, su padre o su hermano, las chapuzas que cometió con el primer socio que tuvo, su estúpido comportamiento con su hijo, el modo como aquella noche le vio en la playa, su empeño infantil en meterse en aquel club, el miedo que tiene de resfriarse y el que le causan las alturas, su manera desmañada de bailar, su incapacidad para nadar y el mal gusto que demuestra al elegir sus corbatas. Pero bajo las sábanas también está una, con su vejez incipiente, sintiéndose negligida y abandonada, y sabe que él piensa lo mismo de una —si es que piensa—, y sólo recuerda los malos ratos, las cicatrices, sin acordarse de los buenos momentos. Y así, a veces, una anhela a alguien... no se trata sólo de variar o de que una sea una desvergonzada... sino el deseo de ser una novedad para alguien, que también sea una novedad para una. Alguien que no nos muestre sus cicatrices y que no pueda ver las nuestras. ¿Pero qué pasa cuando una encuentra un candidato que reúne estas condiciones? No sucede absolutamente nada. Al menos, con mujeres como yo, demasiado respetuosas con los convencionalismos.

Parecía haberse olvidado de su compañera, cuando de pronto miró a Harriet.

—Me parece que estaba divagando —dijo Lisa— aunque tal vez no. De todos modos, lo que yo quería decir es que aquí en esta isla, el problema no existe. Esa festividad anual es su válvula de escape. Sirve para que todos vuelvan a inflar su balón. Según me contó la directora de la danza, durante esa semana cualquier hombre o cualquier mujer, casados o solteros, puedan ir con quien les dé la gana. Por ejemplo, imagínate a una indígena que lleva diez o quince años de casada y que se sienta fascinada por el marido de otra. Pues todo se limita a que ella le entregue un regalo —me parece que dijo un collar de conchas— y si él se lo pone, eso significa que sus sentimientos son recíprocos. Entonces, pueden encontrarse a la luz del día y, si quieren acostarse juntos, pues van y lo hacen. Si lo que únicamente desean es su mutua compañía, pues ahí termina todo. Una vez terminado el festival, la mujer vuelve con su marido y la vida continúa como si tal cosa, sin recriminaciones. Es la tradición, que a mí me parece perfectamente sana y aceptable. Es algo magnífico.

—¿Estás segura de que no hay recriminaciones? —preguntó Harriet—. Los hombres suelen ser dominantes y celosos.

—Aquí, no —dijo Lisa—. Han practicado siempre estas costumbres y las encuentran normales. Oviri, la danzarina, me dijo que a veces es necesario realizar algún arreglo, apelar a la Jerarquía para resolver alguna desavenencia conyugal producida durante esas festividades, pero es muy raro. Sí, yo lo considero magnífico. ¡Imagínate, hacer lo que a una le venga en gana durante una semana, sin sentirse vigilada y sabiendo que a nadie le importa un pepino! ¡Y además, sin que una se sienta culpable!

—Es fantástico. Nunca había oído nada semejante.

—Pues lo veremos, ya que estamos aquí. Oviri me dijo también que las fiestas empiezan con las danzas rituales que se celebran la primera noche y que tienen por fin crear una atmósfera de... júbilo y libertad. Esto es lo que les vi ensayar hace una hora. Cuando Oviri me dejó para ir a ensayar con su grupo —había algunos nuevos que aún tenían que aprender los pasos—, yo me quedé allí sentada a un lado, bastante impresionada por lo que había oído, pero solitaria, como te digo y sin que nadie me hiciese compañía. Cuando empezaron a bailar, ya no pude quitarles la vista de encima. Yo tengo algunas nociones de baile, pero, chica, te aseguro que nunca he visto nada parecido. Lo nuestro es un juego de niños, la exhibición de unas patosas. Ensayaban la danza de la fecundidad. Había una línea de hombres frente a otra línea de mujeres... todo estaba sincronizado y previsto... una pareja de músicos empezaron a tocar la flauta y un tambor de madera... y las mujeres se pusieron a dar palmadas y a cantar, echando la cabeza muy hacia atrás y adelantando pecho y vientre, mientras todos sus músculos se movían con frenesí. Los hombres, entretanto, hacían girar las caderas... era algo estremecedor. Me sorprende que no terminasen en una orgía. Yo debía de mostrarme muy impresionada, pues sin duda lo miraba con los ojos muy abiertos y dando palmadas en las caderas, porque Oviri se me acercó y me tendió la mano. La verdad, yo ni por asomo había pensado ponerme a bailar con ellos... a mi edad... y además llevo muchos años sin practicar la danza... pero el ritmo se me contagió y empecé a contonearme como ellos hacían. A los pocos minutos hicieron una pausa, gracias a Dios, porque yo ya tenía la boca reseca, me dolían los brazos y las piernas y estaba a punto de desmayarme. Nos dieron de beber, un líquido lechoso hecho de hierbas, Oviri nos explicó el número siguiente y yo no pensaba participar, pero sin saber cómo, me encontré preparada y dispuesta a intervenir. Todos formamos un círculo y empezamos a patear y dar vueltas, yendo adelante y atrás yo capté el ritmo y... en fin, fue de locura. Me alegro de que Cyrus y mis amigas no pudiesen verlo, pues debía de dar un espectáculo. Se apoderó de mí tal frenesí —estaba completamente empapada de sudor—, que sentí envidia de aquellas mujeres indígenas, que sólo llevaban sus falditas de hierba. Por suerte, no perdí del todo la cabeza, pero tiré de un puntapié mis zapatillas de ballet y, sin dejar de girar y contorsionarme, saqué los faldones de la blusa, traté de desabrocharla y finalmente los arranqué, hasta quedarme sólo en sostenes y falda, como una loca. Yo tengo mucha retentiva y aprendí enseguida los pasos. Te aseguro que hace años que no me sentía tan libre, sin que nada me importe la opinión ajena, ni siquiera la mía propia... sólo me importaba el baile. Y cuando terminó, ya no estaba cansada ni afligida. ¿No te parece extraordinario? Parece que yo les gusté mucho, y ellos también me gustan mucho a mí. He prometido a Oviri asistir a los ensayos todos los días. Desde luego, tengo que tomar notas para Maud... conviene que lo sepa. Ahora te voy a decir algo muy curioso. Ese baile frenético sólo es para la gente joven. Al menos, entre nosotros lo sería. Las mujeres casadas de mi edad y que tienen un hijo que hace el preuniversitario, no bailan como la joven Zelda Fitzgerald o Isadora Duncan. Pero tienes que saber que cuando me iba, hice acopio de valor y le pregunté a Oviri cuántos años tenía. Resulta que es mayor que yo... tiene cuarenta y dos años... ¿Te imaginas? Creo que se conserva así por la danza. Y también por la suelta anual. Ya querría que fuese mañana.

Al escuchar a Lisa Hackfeld y verla tan entusiasmada, Harriet estuvo muy contenta por ella. Como de costumbre, la felicidad ajena era lo que más anhelaba. Casi había olvidado su reciente aflicción pero entonces, al imaginarse aquellas danzas rituales, le pareció ver al pobre Uata participando en ellas. Qué abandonado debía de estar, pese a encontrase tan lleno de vida...

Aquello le recordó su deber y se detuvo, al percatarse de que habían dejado atrás la cabaña de Maud.

—Parece algo sensacional, Lisa —dijo—. Un día tienes que acompañarme a verlo... Escucha, casi lo había olvidado, pero tengo que ver a Maud para hablarle de algo muy importante. ¿Me disculpas, verdad?

—No faltaba más. Perdona la tabarra que te he dado.

Se habían distanciado unos pasos cuando Lisa se acordó de lo que imponía la buena crianza.

—¿Y tú, Harriet? ¿Cómo has pasado el día?

—Como tú, he asistido a un baile, a un baile verdaderamente magnífico.

Sabía que Lisa no captaría su tono irónico y si lo captaba no lo entendería.

* * *

Eran un poco más de las cuatro de la tarde —hora que, cuando estaba en Norteamérica, era siempre el purgatorio del día, cuando lamentaba lo que había hecho o lo que había dejado de hacer hasta aquel momento, cuando se insinuaba la proximidad de la noche con todas sus decepciones —y Claire Hayden se alegraba de hallarse ocupada en aquellos momentos.

Como no tendría su mesa lista hasta el día siguiente, se sentó ante la de Maud, terminó de mecanografiar la tercera carta, sacó la hoja de la máquina y preparó la siguiente, con papel carbón y una copia. Antes de irse a ver a Paoti, Maud le dictó siete cartas para sendos colegas de los Estados Unidos e Inglaterra, breves pero substanciosas, pues insinuaban la posibilidad que encerraba el estudio que estaban realizando.

Las cartas de Maud eran muy meditadas y había medido todas y cada una de sus palabras para que provocasen comentarios y cábalas favorables en el mundillo etnológico. El Dr. Fulano de Tal abriría su carta en Dallas, lisonjeado al recibir una misiva de la legendaria Maud Hayden, lleno de curiosidad por la «isla secreta» desde la cual le escribía, y terminaría diciendo a otros colegas: «¿Sabes quién me escribió la semana pasada, Jim? Maud... Maud Hayden... la vieja luchadora está en los Mares del Sur en una especie de expedición secreta de gran magnitud... para que todos sepamos que aún sigue existiendo y actuando, y que hay que contar con ella». Preparando así el terreno, Maud crearía la atmósfera apropiada para su teatral aparición ante la Liga Antropológica Americana en octubre de aquel año, para leer la comunicación con los resultados de su estudio. De este modo daría armas al Dr. Walter Scott Macintosh, nuevas armas para que la apoyase. De paso, anularía la amenaza que representaba el Dr. David Rogerson. Y así, se abriría ante ella el ambicionado puesto de directora de *Culture*. Su hija política sabía que, de aquel día en adelante, las teclas de la máquina de escribir ya no iban a permanecer inactivas.

Satisfecha de ayudarla a conquistar aquel puesto y ganar aquel merecido ascenso, que por ende conferiría a Marc una situación mejor y les permitiría tener casa propia, por primera vez desde que estaban casados —aunque en aquel día particular Claire no estaba tan segura de desearlo—, introdujo las hojas en blanco en la máquina y las arrolló al cilindro.

Cuando se inclinaba para leer sus notas taquigráficas, la puerta se abrió de pronto y una oleada de sol la envolvió y cegó momentáneamente. Se tapó los ojos con la mano, oyó cerrarse la puerta, los descubrió y vio que había entrado Tom Courtney, muy agradable y atractivo con su camisa de manga corta y pantalones azules.

Denotó sorpresa al ver a Claire allí.

—Hola... —dijo.

—¿Hola, qué tal?

—Yo... esperaba encontrar aquí a Maud.

—Está con el jefe. —Cambió inmediatamente de parecer y comprobó que no tenía ganas de trabajar. Deseaba compañía—. Volverá de un momento a otro —se apresuró a añadir—: ¿Por qué no se sienta?

—Gracias, pero veo que está muy ocupada...

—Hoy ya he terminado.

—Muy bien, pues. —Se dirigió al banco, sacando la pipa y la bolsa del tabaco del bolsillo trasero del pantalón, y, sentándose empezó a llenar la cazoleta de la pipa—. Discúlpeme por haber entrado sin llamar. Pero es que aquí nadie se anda con cumplidos. Poco a poco, uno se olvida de... los buenos modales que ha aprendido en América.

Ella le miró mientras acercaba el encendedor a la pipa y se preguntó qué debía de pensar de ella... si es que pensaba algo. Salvo su esposo y su médico, ningún otro hombre blanco, exceptuando aquel extraño, la había visto medio desvestida. ¿Qué debió de pensar?

Se volvió en la silla de cara a él, bajándose la falda. Courtney que ya echaba bocanadas de humo, la miró, sonrió con expresión pícara y cruzó sus largas piernas.

—Bien, Mrs. Hayden... —empezó a decir.

—Le cambio Claire por Tom —dijo ella—. Llámeme Claire. En realidad, usted me conoce casi tan íntimamente como mi marido.

—¿Qué quiere usted decir?

—Temo haber dado un espectáculo anoche. «Señoras y señores, pasen y vean la nueva reina del strip-tease de las Tres Sirenas».

Él mostró una expresión algo preocupada.

—¿De veras la inquieta eso?

—A mí, no. A mi marido, sí. —En aquel día particular no le importaba mostrarse desleal con Marc—. Cree que este sitio es un mal ejemplo para mí.

Pronunció estas últimas palabras con volubilidad, pero la respuesta de Courtney estaba desprovista de humor.

—Tenía que hacerse, y usted era la más indicada para ello —dijo—. En mi opinión, lo hizo con mucha dignidad. Produjo un efecto magnífico en Paoti y los demás indígenas.

—Menos mal —comentó ella—. Tendrá que escribir usted una declaración jurada para mi marido.

—Los maridos son muy especiales —observó Courtney—. Suelen ser muy exclusivistas y suspicaces.

—¿Cómo lo sabe usted? ¿Ha sido marido, acaso?

—Casi. Pero en realidad, no. —Dio varias chupadas a la pipa—. El conocimiento que tengo de esta curiosa especie humana no es directo —dijo, hablando lentamente como si se dirigiese a la pipa. Levantó la mirada—. Era abogado especializado en divorcios.

—Sellers, Woolf y Courtney, abogados, Chicago, Illinois. Estudió en las universidades del Noroeste y Chicago. Estuvo con la aviación militar en Corea en 1952. Partió hacia las Sirenas en 1957.

Él parpadeó muy sorprendido, como si aquello lo pillase de improviso.

—¿De dónde dijo que venía...? del 221 B Baker Street? (1).

—No tiene nada de misterioso —contestó Claire—. Maud hace siempre las cosas a conciencia y efectúa averiguaciones a fondo sobre Daniel Wright, Esquire, sin olvidar tampoco a Thomas Courtney, Esquire.

Él asintió.

—Comprendo. Ahora es imposible guardar ningún secreto. Incluso el sujeto más gris y anodino debe de tener su ficha en alguna parte. Tiene usted que saber, Mrs. —¿de veras puedo llamarla Claire?—, pues muy bien, Claire tiene usted que saber que a veces, cuando trabajaba en aquel bufete, preparando expedientes de divorcio, me sorprendía lo mucho que podía llegar a saber de una persona, sin necesidad de conocerla personalmente. Por ejemplo, acudía a nosotros un individuo para que le tramitásemos una solicitud de divorcio y, a pesar de que yo no conocía a su esposa, lo sabía todo sobre ella... y probablemente con precisión... gracias a papeles, documentos... re-

(1) Casa donde Conan Doyle situó la residencia de Sherlock Holmes. (N. del Traductor).

cibos de la contribución, papeles del Monte de Piedad, estados de situación, recortes, es decir, cosas así, además de lo que me contaba el marido. Por lo tanto, no me sorprende ver que mi vida también es un libro abierto.

A Claire le gustaba aquel hombre. Le gustaba su cortesía y su ir. eligencia. Y también su amabilidad. Hubiera deseado saber más cosas sobre él, muchas cosas.

—Usted no es como un libro abierto —observó—. Nuestros informes nos dicen cuándo se fue de Chicago. Pero no nos dicen por qué se fue... ni por qué se estableció allí... ni por qué causa residió tanto tiempo en esa ciudad. Aunque supongo que todo eso no me concierne...

—En realidad, no tengo secretos. Es decir, ahora ya no. Lo que ocurre es que soy tímido y no creo que a nadie le interesen mis... digamos motivos.

—Muy bien, pues. A mí sí me interesan. Le adopto como mi informante clave. Estoy escribiendo un ensayo etnológico sobre abogados especializados en divorcios y su sociedad.

Courtney rió de buena gana.

—No es tan dramático como usted supone.

—Déjeme juzgar por mí misma. Un día está usted disparando contra los MIG sobre Corea y el siguiente forma parte de una razón social de abogados importantes y encopetados. Y luego, de la noche a la mañana, se destierra voluntariamente a una isla desconocida de los Mares del Sur. ¿Es normal eso, entre los abogados que se dedican a tramitar divorcios?

—Entre aquellos que han llegado a perder la fe en el prójimo, sí.

—¿En el prójimo? ¿Quiere usted decir el resto de la humanidad?

—En realidad, me refiero a las mujeres. Dicho así, de buenas a primeras, parece una niñería. Sin embargo, lo digo muy en serio.

—Basándome en las pruebas que poseo —me refiero a Tehura y en lo que dijo anoche— yo más bien diría que usted no tiene nada de misógino.

—Hablo en pasado. En los últimos tiempos de mi estancia en Chicago, era un misógino convencido. Las Tres Sirenas me reformaron, dándome una perspectiva más exacta de las cosas.

—Bueno, pero ahora que ya está curado, ¿por qué no se vuelve a casita?

Él vaciló.

—Me he acostumbrado a vivir aquí. Este sitio me gusta. Es una vida fácil, con muy pocas exigencias... puedo tener toda la soledad o toda la compañía que desee. Trabajo, tengo mis libros...

—Y sus mujeres.

—Sí, eso también. —Se encogió de hombros—. Resultado, que me quedo.

Ella lo miró de hito en hito.

—¿Y esto es todo?

—Puede haber otros motivos —repuso él, despacio. Después sonrió—. Dejemos algo en reserva, para que así tenga una excusa para hablar de nuevo con usted.

—Como usted quiera.

Él se enderezó en su asiento.

—¿Quiere saber por qué me fui de Chicago? No me importa decírselo. En realidad, me gustará hacerlo. Nuestras actitudes y prejuicios suelen formarse muy temprano. Así ocurrió con mi actitud hacia las mujeres y el matrimonio. El de mis padres fue un fracaso. Vivían bajo el mismo techo, pero era como si ocupasen dos casas distintas. Cuando se encontraban en una habitación, era como si se encontrasen dos gallos de pelea en un pozo. Por lo tanto, es natural que yo creciera convencido de que el matrimonio no es lo que se llama un paraíso. Y cuando resulta que, además, quien lleva los pantalones es la madre, la prevención se hace aún más arraigada. Llegué a pensar que Disraeli tenía razón, cuando dijo que todas las mujeres deberían casarse... pero los hombres, no. Yo pasaba mucho tiempo con chicas, compañeras de estudios, y después también, pero siempre con mucho cuidado. Hasta que a finales de 1951 encontré una que redujo a la nada mis defensas y nos prometimos formalmente. Fue entonces cuando me fui a Corea. Nos juramos amor eterno, fidelidad, que nos esperaríamos. Ella, desde luego, me esperaba a mi regreso. Nos casamos. Pero una vez celebrada la ceremonia, descubrí que me había engañado con otro, antes de casarnos. En realidad, yo le importaba un bledo. Necesitaba un bobo, un imbécil cualquiera que pudiera dar un nombre legítimo al hijo que esperaba. Así que lo supe, comprendí hasta qué punto me había tomado el pelo. El resultado fue que la abandoné y solicité la anulación del matrimonio. Por esto le dije antes que no tengo un conocimiento directo del papel de marido, y ahora lo sostengo, porque no llegué a considerarme casado.

—Lo siento muchísimo, Tom. Fue una pena que esto ocurriese.

Se sentía más a sus anchas con él, con mayor familiaridad, después de conocer aquel triste tropiezo, que él mismo había revelado.

—Desde luego, yo debiera haberlo evitado, pero no lo hice.

—Es lo de siempre... Basta una mujer mala para que todas lo parezcan y para convertir un hombre en un amargado.

—No es eso. La cosa no termina ahí. Después de aquel escarmiento, que en realidad es algo bastante corriente, pero que contribuyó a reforzar la opinión de la vida que me había formado en casa de mis padres, haciéndome desconfiar de todos mis semejantes, me concentré más que nunca en mi labor profesional. En poco tiempo, conseguí que me nombrasen socio de la empresa, que entonces pasó a llamarse Sellers, Woolf y Courtney. Pero empezó a producirse un curioso desplazamiento en mi trabajo. Hasta entonces, me había ocupado principalmente de asuntos fiscales y de la renta, asesorando sociedades, etc. Hasta que poco a poco empecé a ocuparme de casos de divorcio, que mis asociados tenían en estudio. Así me convertí en especialista de aquellas cuestiones, viendo centenares de litigios y pronto me concentré totalmente en esta especialidad jurídica. Viendo las cosas con la debida perspectiva, ahora comprendo por qué lo hice. En realidad, deseaba reunir pruebas de primera mano que corroborasen mis propias ideas acerca de las mujeres y el matrimonio en general. Me negaba a ver su lado bueno... formado por los matrimonios sanos y felices, pues eso hubiera hecho que me sintiese como la excepción, el fracasado. Metiéndome hasta el cuello en aquel mundo de desavenencias conyugales —no puede usted imaginarse la pena que dan los hombres y mujeres que acuden a solicitar el divorcio, la hostilidad, el odio, la ruindad y el veneno que destilan—, formando parte integrante de aquel mundo, imaginándome que esto era lo normal, traté de hallar una justificación a mi recalcitrante celibato. En realidad, tenía una visión falseada y mezquina de las cosas. No puede usted suponer qué imagen tan falsa de la vida puede uno formarse metido en aquel mundo de litigios y pleitos, de pensiones que pasa uno de los dos cónyuges al otro, de reparto de bienes, de niños confiados en custodia, de demandas y más demandas, de pleitos y más pleitos de divorcio. Uno termina por decirse que no se puede confiar en ninguna mujer, que todas son falsas o neuróticas, y los hombres lo mismo, y al diablo todos. ¿Me comprende?

—¿Y aún sigue pensando lo mismo? —preguntó Claire.

Courtney reflexionó por un momento.

—No —repuso—. No creo.

Sumióse nuevamente en hondas reflexiones, muy ensimismado, mientras encendía la pipa con ademán ausente.

—De todos modos —dijo por último, volviendo la cabeza hacia Claire— llegué a estar tan por encima de las personas que me visitaban todos los días, y que siempre me contaban los mismos hechos, monótonos y lamentables, y me causó tal repugnancia aquel mundo de embrollos y ruindades, que un día examiné mi cuenta del Banco, vi que tenía bastante, y me marché, abandonando la sociedad. Cada seis meses uno de mis antiguos socios me escribe, para preguntarme si he vuelto a mis cabales, si estoy dispuesto a enterrarme de nuevo entre aquellas oscuras paredes verdes y los montones de legajos, pero yo siempre le contesto con una negativa. Últimamente ya no me escribe tanto.

—¿Vino inmediatamente aquí. cuando abandonó su trabajo?

—Primero fui a Carmel, en California, con la idea de descansar, meditar y escribir la biografía de Rufus Choate, bajo el punto de vista de un abogado. Este extraordinario personaje histórico me interesaba ya cuando iba a la escuela y guardaba montones de notas sobre él... pero no estaba con ánimos para trabajar. Además, en Carmel encontré la misma clase de personas que tanto conocía de Chicago, y esto me hizo pensar que aún tenía que ir más lejos. Por último me fui a San Francisco, me uní a un grupo que iba a recorrer el Pacífico y embarqué en el vapor *Mariposa* para Sydney. Cuando tocamos Tahití para bajar a tierra, yo fui el único que se entusiasmó con la isla. Los demás pasajeros esperaban mucho y yo no esperaba nada, con el resultado de que ambos nos llevamos un chasco. Ellos se quedaron decepcionados ante el ambiente chillón, turístico y comercial. A mí me llenó de júbilo descubrir el primer lugar de la tierra donde uno podía sentirse lleno de... languidez... mientras todas las toxinas me iban abandonando. Allí era posible tenderse al sol y dejar que el mundo se fuese al infierno. Así, cuando el *Mariposa* levó anclas, yo me quedé allí... Y aquí tiene usted toda la historia de Courtney, sin quitarle ni añadirle nada. ¿La dejamos por el momento?

Claire, que apenas se había movido durante todo aquel tiempo, hizo una débil protesta.

—No estoy de acuerdo —dijo—. Eso no es toda la historia. Hemos dejado al protagonista tumbado al sol en Tahití, entregado a la vida muelle e indolente. Pero durante los últimos tres o cuatro años ha estado en las Tres Sirenas, no en Tahití. ¿Pretende usted escamotearme ese período de tiempo?

—Tiene usted razón, pero no pretendo escamotearle nada, permanecí en Papeete varios meses, sin hacer nada y bebiendo como una cuba. Cuando uno se aficiona a la bebida, no tarda en encontrar amigos, y a veces muy buenos. Uno de éstos fue el capitán Ollie Rasmussen. Bebíamos juntos y entre nosotros nació una estrecha amistad. Aquel viejo borracho cínico y gruñón, me gustaba, y él sentía simpatía por mí. Llegué a conocer muy bien su vida, excepto lo que se refería a su trabajo, que por otra parte no me interesaba. Lo único que yo sabía era que cada quince días se iba en busca de mercancías de importación. Se produjo una de sus ausencias y yo esperé que volviese durante un par de días. Al ver que no aparecía y cuando ya había transcurrido toda una semana, empecé a sentirme preocupado por él. Cuando ya empezaba a efectuar indagaciones su esposa me mandó un mensaje desde Moorea. En él me decía que Ollie estaba enfermo y que deseaba verme enseguida. Yo acudí corriendo en la lancha. Encontré al capitán en la cama, débil y demacrado. Supe que había contraído una pulmonía hacía un par de semanas. Al propio tiempo, su ayudante Dick Hapai se había producido un profundo corte en un pie, que se le infectó, y aún seguía en el hospital. Como resultado de ello, el capitán no había podido efectuar sus dos últimos viajes, lo cual quería decir que llevaba casi un mes, por lo menos, sin poder visitar a los isleños con los que comerciaba. Mientras él hablaba, no hacía más que mirarme y de pronto me tomó la muñeca y me dijo: «Tom, quiero pedirte una cosa...»

Courtney se interrumpió, evocando la escena en su interior, y tiró las cenizas de su pipa en un cenicero de coco. Escrutó las facciones atentas de Claire y prosiguió su relato.

—Lo que el capitán Rasmussen quería pedirme era si aún me acordaba de pilotar un avión. Sabía que había pilotado un caza sobre el Yalu. Yo le dije que aún me sentía capaz de ello. Luego me hizo otra pregunta. ¿Sabría pilotar su Vought-Sikorsky? Yo respondí que probablemente podría hacerlo, con tal de que antes me explicase su manejo. Eso no sería problema, dijo el capitán. Aún se sintió demasiado débil para empuñar los mandos, pero si yo le ayudaba podría acompañarme para explicármelo. Yo acepté, pero me extrañaba tanta prisa por partir en el hidroavión. ¿No podía esperar a encontrarse bien y en disposición de empuñar nuevamente los mandos? Aquél fue el momento decisivo de nuestras relaciones. Él quería saber si podía confiarme un secreto. Aquel secreto ponía en juego no solamente su honor, sino su medio de vida. Apenas esperó a que le contestara. Sabía perfectamente que podía confiar en mí. «Muy bien, Tom —me dijo— voy a contarte algo sobre un sitio del que nunca has oído hablar... que ni siquiera mi mujer conoce... un sitio que se llama las Tres Sirenas.» Durante dos horas me lo refirió todo, sin olvidar ni una coma. Yo escuchaba maravillado aquel relato, sintiéndome como un muchacho a los pies de Estrabón o Marco Polo. ¿No fue eso lo que usted experimentó al leer la carta del profesor Easterday?

—No estoy muy segura de cuáles fueron mis sentimientos —contestó Claire—. Parecía demasiado maravilloso para ser realidad. Tal vez se debiese a lo lejos que estaba la Polinesia. Me parecía algo fantástico.

—Pues yo estaba más cerca y, expuesto en el lenguaje prosaico y vulgar de Ollie Rasmussen, parecía completamente real —observó Courtney—. Después de hablarme de las Sirenas, me dijo que la última vez que vio a Paoti, el anciano jefe tenía miedo de que se produjese la primera epidemia en la historia de la isla. El capitán le prometió regresar con los medicamentos necesarios. A la sazón, llevaba ya más de un mes de retraso y no quería esperar más tiempo. Alguien tenía que pilotar su avión hasta las Sirenas. El resultado de todo aquello fue que dos días después, yo me hallaba a los mandos del aparato, con Ollie Rasmussen macilento y debilitado, en el asiento contiguo. Efectué el vuelo y el aterrizaje sin dificultades. Mi inesperada aparición fue acogida con cierta hostilidad en las Sirenas. Cuando Ollie explicó quién era yo y qué había hecho, Paoti se dio por satisfecho; me invitaron a una fiesta y me dieron la bienvenida como a un bienhechor. Durante los meses siguientes reemplacé a Hapai y acompañé a Ollie en todos los vuelos que efectuó a las Sirenas. Los isleños terminaron por aceptar mi presencia, como la del propio capitán. Aquellas visitas empezaron a producirme un curioso efecto, al encontrar allí la antítesis misma de lo que más aborrecía del mundo civilizado. Y si bien Tahití, con su vino y sus vahines, constituyó un escape, mi antigua amargura y sensación de agotamiento aún no me habían abandonado. Las Tres Sirenas produjeron en mí el efecto de un sedante, jubiloso y apaciguador. En el curso de una visita, pedí a Ollie que me dejase permanecer allí hasta que él volviese. A su regreso, encontró que ya había renunciado a mis ropas y a otras inhibiciones. No tenía el menor deseo de volver a Papeete, ni siquiera para recoger mis pertenencias. La verdad es que no regresé. El capitán me trajo mis escasos efectos personales. Poco después, pasé la ceremonia de iniciación a la tribu. Me asignaron una cabaña. A causa de mi cultura, consideraban que poseía *mana*. Salvo alguna que otra escapada a Tahití, para comprar libros y tabaco, no me he movido de aquí desde entonces. —Hizo una pausa y dirigió una sonrisa de disculpa a Claire—. Su presencia ha sido muy efectiva. Hacía años que no exponía una autobiografía tan detallada a nadie.

—Me siento muy halagada —repuso Claire—. Sin embargo, no creo que haya sido completamente autobiográfico. Más bien creo que sólo me ha dicho lo que quería decirme, y nada más.

—Le he dicho lo que sé de mí mismo. En cuanto al resto, está siendo objeto de inventario y clasificación.

—¿Pero, se siente completamente satisfecho de vivir aquí?

Hizo la pregunta con indiferencia, evitando herir su susceptibilidad.

—Todo lo satisfecho que se puede sentir un hombre. Sólo puedo decirle que espero con agrado el día siguiente, que siempre me trae algo bueno.

—Dicho de otro modo, no se propone usted volver a Chicago.

—¿A Chicago?

Courtney repitió la palabra como si la leyese escrita en la pared de un retrete.

Claire se dio cuenta de su mueca de asco y se sintió obligada a salir en defensa de su infancia, la época más entrañable de su vida.

—Pues no es tan mala ciudad —dijo—. Yo me divertía mucho en el Paseo Exterior, yendo a nadar al lago Michigan y subiendo al Loop los sábados. Aún me acuerdo de los paseos que daba a caballo por Lincoln Park. La verdad, yo...

—¿No dirá en serio que usted también nació en Chicago? —preguntó él, con la incredulidad pintada en el rostro.

—¿Y qué hay de raro en ello?

—No sé. La verdad, no lo parece. Yo hubiera dicho que provenía de California.

—Eso se debe a que he vivido más tiempo allí. Viví en Chicago sólo hasta los doce años, cuando mi padre fue... cuando murió en un accidente. Me llevaba a paseo en coche por todas partes. Era una época maravillosa. Yo era muy popular en el palco de la prensa del campo Wrigley y también en el Campo del Soldado...

—¿Acaso era crítico deportivo?

—Sí. Se llamaba Emerson. No sé si usted...

Courtney se dio una palmada en la rodilla.

—¡Las críticas deportivas de Alex Emerson! ¿Con que era su padre?

—Exactamente.

—Claire... es extraordinario... me parece increíble estar sentado aquí con usted, en esta choza tropical, hablando de Alex Emerson. Él me formó. Mientras los demás muchachos leían Tom Swift, Huck Finn y Elmer Zilch, yo devoraba los grandes filósofos: Grantlan Rice, Warren Brown y Alex Emerson. Jamás olvidaré su reseña del combate —creo que se celebró en 1937— en que Joe Louis noqueó a James J. Braddock en el octavo asalto—. Courtney la miró—. ¿Cuántos años tenía usted entonces?

—Sólo tenía tres semanas —repuso Claire.

—¿Y dice que su padre falleció cuando usted tenía doce años?

Claire asintió.

—Siempre lo he echado de menos... sus modales lánguidos... su risa franca...

—¿Y después, qué fue de usted?

—Teníamos unos parientes en California... en Oakland y en Los Ángeles. Mi madre me llevó con los parientes de Oakland y vivimos con ellos. Cuando yo tenía catorce años, mamá volvió a casarse, esta vez con un militar, un coronel destinado en el Presidio. Era un hombre que aplicaba sus ideas militares a la vida de familia. A mí me guardaba tan celosamente como si fuese una virgen vestal. Aquella vida recluida continuó hasta el día en que salí de la escuela superior. Mi padrastro quería que ingresase en la Universidad de California, que como usted sabe se encuentra en Berkeley, para que pudiera seguir bajo su vigilante tutela. Pero yo me rebelé y alcanzamos una solución intermedia. Me permitían vivir con mis parientes en Los Ángeles e ir a estudiar a la Universidad de California de Westwood. No puede usted imaginarse el júbilo que me produjo verme libre de la tutela del coronel. Pero no resultó fácil. Yo sólo he conocido la vida a través de los libros. Para mí fue una experiencia muy amarga ver que a veces la ficción no concuerda con la realidad.

—¿Cuándo se conocieron, usted y su marido?

—Ya había terminado mis estudios y quería seguir los pasos de mi padre, dedicándome al periodismo. Conseguí finalmente obtener un empleo de taquígrafa en un periódico de Santa Mónica. Escribí docenas de artículos y conseguí publicar algunos. Empezaron a encargarme reportajes, casi siempre entrevistas con personajes que ofrecían cierto interés humano. Fue entonces cuando la imponente doctora Maud Hayden vino a dar una conferencia y yo recibí la misión de hacerle una entrevista. Ella estaba muy ocupada pero su hijo se ofreció a hablar en su lugar. Así fue como Marc y yo nos conocimos. Yo me sentía terriblemente intimidada. En primer lugar, tenga usted en cuenta que se trataba del hijo de Maud Hayden, y etnólogo por añadidura. Además, tenía diez años más que yo, parecía un hombre de mundo, pero afable y reposado. Supongo que debió de encontrarme muy ingenua... con muy poco mundo y, sin duda, esto le gustó. Sea como sea, poco tiempo después volvió a presentarse en Los Ángeles y me llamó por teléfono, para pedirme si quería salir con él. Y así fue como empezó todo. Nos vimos con asiduidad durante largo tiempo. Poco a poco, Marc se fue acostumbrando a la idea del matrimonio, hasta que finalmente, se decidió. Dentro de quince días, hará dos años que soy Mrs. Hayden. —Extendió las manos con las palmas hacia arriba—. Ahí tiene usted. Ya sabe todo de mí.

—¿Todo? —dijo él, un poco burlón, como si Claire también hubiese puesto en duda la profundidad de su propio relato.

—Ni más ni menos que lo que sé de usted.

—Sí, desde luego. Apuesto a que nunca pudo soñar que celebraría su aniversario de boda en una isla tropical. Resultará extraño, ¿verdad?

—Sí, pero la idea me gusta. Cuando me casé con Marc, estaba convencida de que visitaríamos muchos países exóticos, teniendo en cuenta que él era etnólogo. Pero en realidad, no le gusta viajar fuera de los Estados Unidos. Los viajes le ponen nervioso. Yo casi había dejado de pensar en ello, cuando de pronto surgió esto. Me parece maravilloso. ¡Hay en este pueblo tantas cosas que deseo ver y saber! No sé por qué me parece que todo se relaciona de un modo u otro conmigo, con mi propia vida. Paso a máquina las cartas de Maud, que constituyen un estímulo para mí. No hago más que decirme: Si pudiera visitar un sitio así... y entonces me doy cuenta de que estoy aquí.

—¿Qué sitios le gustaría más visitar?

—Todo. Es decir, todo lo que figura con dos estrellas en el Baedeker... el Louvre, el Kremlin, las Cataratas del Niágara... entre otras cosas.

Courtney sonrió, complacido.

—En las Tres Sirenas no tenemos ningún Louvre, pero sí tenemos algo que merecería también dos estrellas. Tiene usted que visitar la Choza Sagrada. En ella da comienzo todo lo de esta sociedad. Allí los jóvenes ingresan en la pubertad; allí se inician las costumbres de la tribu. ¿Cuándo desea verla?

—Cuando usted tenga un momento para acompañarme.

—Ahora lo tengo —dijo Courtney, descruzando las piernas y levantándose—. No es necesario que espere a Maud Hayden, realmente. Prefiero enseñarle esto. ¿Y usted, qué dice?

—Que no quiero perdérmelo por nada del mundo.

Claire quitó las hojas en blanco de la máquina de escribir y las colocó cuidadosamente a un lado.

A los pocos minutos, salió con Courtney al poblado. El rectángulo formado por los abrasadores rayos solares, ocupaban aún el centro del poblado. Pero a medida que avanzaba la tarde, el sol se iba poniendo y el fuego que caía de lo alto había cesado. Sintiendo menos calor que antes, Claire acompañó a Courtney por la aldea.

—Hay una cosa que me sigue intrigando —dijo Claire—. El capitán y los marineros del bergantín que desembarcó a Daniel Wright y a los suyos en las Sirenas, debían de tener cartas y mapas de su ruta. ¿Cómo fue que jamás revelaron la situación de las Sirenas al mundo exterior?

—Lo hubieran hecho, desde luego, de haber vivido —repuso Courtney— Mrs. Wright incluso llegó a pedir al capitán del buque que regresara a los dos años para recogerlos, si aquel país de Utopía hubiese resultado un fracaso. Pero el bergantín no había de regresar jamás. Un día el mar arrojó a la playa de las Sirenas algunas tablas y
barricas, entre las cuales figuraba una con el nombre del barco. Según parece, poco después de desembarcar a Wright y los suyos, el
bergantín sufrió los embates de un huracán tropical. El buque nau-
fragó y todos sus tripulantes perecieron. Por esto, el único hilo
conductor que hubiera permitido dar con el paradero de Daniel
Wright se perdió. Aquel huracán preservó el aislamiento de esta sociedad desde 1796 hasta nuestros días. —Courtney alzó la mano para
señalar con el índice—. La Choza Sagrada está al otro lado de esos
árboles.

Penetraron por un sendero que serpenteaba a través de una densa
y fresca arboleda y de pronto, sin ninguna advertencia previa, se
dieron casi de manos a boca con una choza circular coronada por un
extraño pináculo, que parecía haber tenido por modelo el cucuru-
cho de una bruja.

—Ésta es la Choza Sagrada original, construida según las indicaciones de Daniel Wright y Tefaunni en 1799 —dijo Courtney—. En
realidad, creo que sólo se conserva el armazón de madera. El techo
de bálago y las cañas han sido reemplazados muchas veces, cuando
las inclemencias del tiempo las han deteriorado. Entremos.

La elevada puerta de entrada tenía un pestillo de madera. Courtney lo abrió, tiró de la puerta hacia sí y luego indicó a Claire que lo
siguiera.

Ella quedó sorprendida ante la pequeñez y la oscuridad que había en la redonda estancia. Comprendió entonces que no había ventanas, sólo largas rendijas para la ventilación, situadas a gran altura,
en el lugar donde las paredes curvadas se inclinaban hacia dentro al
alcanzar el techo cónico.

—Es la construcción más alta del poblado —comentó Courtney—.
Es para llevarlo más cerca del Sumo Espíritu.

—¿El Sumo Espíritu? ¿Es así como se llama su dios?

—Sí, salvo que rinden culto a más de una deidad. El Sumo Espíritu no tiene altares ni se representa por medio de imágenes... reina
sobre las demás divinidades, que tienen misiones concretas. —Señaló tres ídolos grises, de varios palmos de altura, que se distinguían
confusamente en la oscuridad contigua a una de las curvadas paredes—. Ahí tiene los dioses del placer sexual, de la fecundidad y del
matrimonio.

Aquellas tres esculturas de piedra recordaron vagamente a Claire sendas representaciones de Quetzalcoatl, Siva e Isis.

—La religión local —continuó Courtney— no constituye un código riguroso de creencias. Concede un papel preponderante al sexo y aboga por su práctica. Éste es un detalle importante, porque en Occidente, por regla general, la religión se opone a la vida sexual, exceptuando la procreación. A su llegada, Daniel Wright tuvo la discreción de no oponerse a esta religión tan laxa ni a intentar imponer creencias propias. Su oposición sólo hubiera reforzado los cultos indígenas, dividiendo a los polinesios de los colonos ingleses. En cambio, Wright proclamó a los cuatro vientos que debían permitirse todas las formas de culto y que cada grupo creyese en lo que fuese de su agrado, sin que se permitiese el proselitismo. Y la situación aún se mantiene. Esta Choza Sagrada es lo más parecido a un templo que tiene la isla, pero exceptuando los ritos de la pubertad que en ella se celebran, no es más que un símbolo de los poderes superiores. En ocasiones señaladas, los indígenas celebran ceremonias religiosas de carácter muy sencillo para el nacimiento, la muerte y el matrimonio, pero siempre en la intimidad de su hogar, ante sus ídolos domésticos.

La mirada de Claire pasó de las estatuas a una gran vitrina parecida a las que se ven en las joyerías. Aquel objeto moderno resultaba tan incongruente sobre aquel fondo primitivo, que apenas pudo contener una exclamación:

—¿Qué es eso? —dijo Claire, indicando la vitrina—. ¿Cómo ha llegado aquí?

—Ollie Rasmussen y yo la compramos en Tahití y la trajimos en el avión —dijo Courtney—. Permítame que le muestre...

Se dispuso a cruzar la estancia en su seguimiento, pero de pronto su pie se hundió en las esterillas que cubrían el suelo, perdió el equilibrio y dio un traspiés. Courtney la sujetó por el brazo, impidiendo que cayese.

Claire miró al suelo.

—Nunca había visto una alfombra tan gruesa. Parece que andamos sobre un colchón.

—Exactamente —dijo Courtney—. Su finalidad es proporcionar un ambiente cómodo y lujoso. No olvide que aquí es donde los adolescentes efectúan su iniciación y practican por primera vez el acto amoroso.

Claire tragó saliva.

—Oh —exclamó. Trató de no mirar al suelo mientras Courtney la tomaba por el codo para acompañarla ante la vitrina. Bajo la tapa de vidrio, sobre bandejas forradas de terciopelo azul, vio las reliquias de Daniel Wright. Entre aquellos tesoros había un descolorido libro de piel marrón... el *Eden Resurrecto*, escrito por D. Wright, Esq., un libro mayor con tapas de cuero verde claro, sobre el que estaba escrito con tinta «Diario 1795-96», y un viejo manuscrito de páginas deterioradas.

—A mi llegada, encontré estos curiosos objetos amontonados en un tronco ahuecado, en el piso de esta choza —explicó Courtney—. El tiempo y los elementos ya habían ejercido su acción. Indiqué a Paoti que hiciese algo para conservar estas rarezas, a fin de que pudieran admirarlas las futuras generaciones. Él accedió. A mi siguiente visita a Papeete, adquirí a un joyero la vitrina de segunda mano. También encargué que me preparasen una solución de gelatina para conservar mejor esos objetos. De todos modos, los papeles de Wright se conservan en muy buen estado, teniendo en cuenta su fragilidad y antigüedad. Están en un lugar seco, a salvo del calor y la humedad. Además, él utilizaba un fuerte papel de barba fabricado a mano... no el pésimo papel de pulpa de celulosa que hoy gastamos... y la verdad es que se ha conservado. Esto ha permitido que se conservasen también todas las extraordinarias ideas de Wright, no sólo por tradición oral, sino también en estas páginas. Durante el primer año, pasé mucho tiempo sacando copias de todos los manuscritos que aquí se guardan. Tengo esta copia en una cámara acorazada de un Banco de Tahití. Hace tiempo que renuncié a escribir la biografía de Rufus Choate, pero algo me dice que un día escribiré la obra definitiva... en realidad la única... sobre Daniel Wright, de Skinner Street. No creo que esto sea meterme en el terreno del estudio científico que piensa escribir su madre política. Ella se referirá a la sociedad resultante de las ideas de Wright. Yo me propongo estudiar al propio Wright, al idealista londinense que se estableció con su familia a vivir entre los primitivos.

—¿Tenía una familia muy numerosa?

Courtney dio la vuelta a la vitrina y sacó la bandeja de terciopelo. Con gran delicadeza, tomó el ajado libro mayor y lo abrió. Indicó a Claire la primera página:

—Lea usted, Claire: «A 3 de marzo de 1795... Yo, Daniel Wright, Esquire, filósofo de Londres, escribo lo que sigue, hallándome a bordo de un bajel en el puerto de Kinsale, de donde nos haremos a la mar antes de una hora, para Nueva Holanda, colonia de los Mares del Sur. Desaprobando el Gobierno mis principios, voy en busca de un clima de completa libertad. Me acompañan mis seres queridos: mi esposa Priscilla, mi hijo John, mis hijas Katherine y Joanna. Se hallan también conmigo tres discípulos, a saber: Samuel Sparling, carpintero, Sheila, su esposa y George Covert, mercader».

Courtney cerró el libro y volvió a colocarlo en la bandeja.

—Los colonos fueron muy prolíficos. Los tres hijos de Wright se unieron con jóvenes de las Sirenas y se dice que el patriarca llegó a tener veinte nietos, aunque esta cifra no consta por escrito. Los Sparling tuvieron cuatro hijas que, en el curso de varias décadas, les dieron veintitrés nietos. En cuanto a George Covert, que era célibe a su llegada, se casó sucesivamente con tres mujeres polinesias, adoptando cada vez el nombre de familia de su esposa y teniendo con ellas catorce hijos. Esto es lo que yo llamo integración racial.

—¿Quién es su dios de la fecundidad? —preguntó Claire—. Envíelo a casa a pasar una temporada.

Vio que Courtney la miraba con el rabillo del ojo pero, haciendo ver que no se apercibía de la mirada, se inclinó sobre la vitrina para examinar el manuscrito.

—¿Y esto, qué es?

—¿El manuscrito? Las notas de Wright en las que éste apuntaba ideas y prácticas para su sociedad ideal. Aproximadamente una tercera parte de las mismas se implantaron en las Tres Sirenas. Descartó las restantes a favor de las costumbres propias de la tribu, o bien Tefaunni las rechazó. —Con el mayor cuidado, Courtney levantó las primeras hojas del manuscrito y las extendió sobre la tapa de vidrio. Pasó algunas páginas y murmuró—: Qué arcaísmos tan maravillosos... locuciones con sabor del siglo XVIII. Escuche: «Para los que se hallan sujetos a destemplanza del ánimo... podéis tomarlo por un petrimetre... sufrió tales mortificaciones... el aciago escorbuto... les hizo una perorata... recado de escribir... sus gajes y otras adehalas». — Levantó la mirada—. Es estupendo poder leer esto en el texto original y aquí.

—Sí, lo es —asintió Claire—. ¿A qué clase de prácticas se refiere en estas páginas?

—A casi todos los aspectos de la sociedad humana. Por ejemplo: yo siento interés por el Derecho. Pues tiene usted que saber que el viejo Wright era partidario de que se estableciesen tribunales y jueces, pero no podía ver a los abogados ni en pintura. Esta actitud le viene de Sir Thomas More, quien la expone en su *Utopía*. Es aquí, vamos a ver... —Courtney empezó a pasar páginas y de pronto su dedo se detuvo sobre una línea—. Sí, aquí es. Wright dice que abunda en el parecer expuesto por Thomas More en 1516. Cita las siguientes palabras de More sobre los habitantes de Utopía: «No tienen abogados entre ellos, porque los consideran como personas cuya profesión consiste en falsear los asuntos y torcer las leyes; y por consiguiente consideran mucho mejor que cada cual defienda su propia causa y la someta al juez».

—Pero seguramente usted, como abogado, no suscribe esas palabras, ¿verdad?

—Pues esto es lo que se hace actualmente en las Sirenas —repuso Courtney—. Los habitantes del poblado defienden sus propias causas, no ante un juez, sino ante el jefe. Por supuesto, este sistema no daría resultado en las sociedades demasiado evolucionadas, cuyas leyes se han hecho tan complejas que sólo pueden entenderlas e interpretarlas los técnicos, quienes forman parte del cuerpo jurídico. Si yo tuviese que hacer de Daniel Wright entre nosotros, no suprimiría los abogados sino los jurados, tal como los tenemos organizados. Eso no quiere decir que no crea en el sistema de jurados, pero no tal como hoy está constituido. ¿Qué personas forman los jurados corrientes? Simples aficionados en cuestiones de Derecho, que cumplen con su deber, que roban tiempo a su trabajo para ganarse cuatro cuartos, o bien haraganes que no trabajan. Son hombres y mujeres ordinarios sometidos a las mismas dosis de neurosis y prejuicios que todos tenemos. En una palabra: son grupos en los que hay cierta inteligencia y buenas intenciones, pero que se hallan dominados por la inexperiencia y la falta de criterio sólido.

—Pero al menos es un procedimiento democrático —observó Claire.

—Con eso no basta. Voy a decirle lo que habría que hacer. Del mismo modo que se estudia para obtener el título de abogado, habría que estudiar para obtener el título de jurado. Sí, tendría que crearse la profesión de jurado en los Estados Unidos... convirtiéndola en una carrera como el Derecho, la Medicina, la Contabilidad, el periodismo o las matemáticas. Así, un joven podría decir que quiere ser jurado y sus padres lo enviarían a la Universidad para que estudiase y se preparase, aprendiendo leyes, psiquiatría, filosofía, un método objetivo e imparcial y por último, cuando consiguiese el título, pasaría al escalafón federal o del Estado, de donde saldrían los futuros jurados, con unos emolumentos anuales escalonados, según el tribunal o los casos a los que le tocase asistir. Esto redundaría en beneficio del sistema judicial. Desde luego, sería un sistema tan bueno como el que tenemos en las Sirenas. —Courtney hizo una pausa y sonrió—. Lo que sí puede decirse en favor del viejo Wright, es que le obliga a uno a pensar.

—Desde luego.

Courtney reunió la porción del manuscrito ante él, la puso sobre la bandeja y cerró la vitrina.

—Aunque por otra parte, más de la mitad de los escritos de Daniel Wright versan en torno al noviazgo y el matrimonio, que estudia con el mayor detalle. Wright se mostraba partidario de la educación sexual, no aprobaba las uniones entre consanguíneos, veía con buenos ojos la monogamia y opinaba que los niños debían quitarse a los padres para educarlos en un centro común. Los polinesios ya practicaban casi todas estas ideas, pero de forma menos rigurosa. Los padres no se separaban de sus hijos, pero la familia era tan extensa en sus relaciones de parentesco, que era como si los niños perteneciesen a todo el poblado. Wright quería que las uniones se hallasen presididas por la eugenesia, pero esto aquí resultaba imposible y él tuvo que acceder, apelando a una especie de selección que dio igualmente buen resultado. Creía que la pareja que desease contraer matrimonio debía convivir primero durante todo un mes. Llamemos a esto matrimonio a prueba, si le parece. Este concepto tan radical estaba inspirado sólo en la mentalidad anglosajona. En la Polinesia no era necesario, pues la vida sexual ya era lo bastante libre, pudiéndose elegir y experimentar sin necesidad de formular una ley para alcanzar el mismo resultado. ¿Ha oído usted hablar del código matrimonial de Wright?

—No. ¿Qué es eso?

—Confiaba hacer la vida conyugal más feliz hallando un motivo racional para hacer el matrimonio más perfecto o hallar justificación para el divorcio. Trató de reducir la vida conyugal a una fórmula. Ahora no recuerdo las cifras —figuran en el manuscrito— pero llegó a trazar gráficas de rendimiento y de requerimentos mínimos. Esperaba que todas las parejas que contrajesen matrimonio entre los dieciséis y los veinticinco años hiciesen el amor tres veces por semana como mínimo, a menos que, por mutuo acuerdo, prefiriesen una actividad menor. En las personas comprendidas en este grupo, el tiempo mínimo de la cópula era de cinco minutos, y sólo podía ser inferior por acuerdo mutuo de ambos contrayentes. Si uno de éstos se mostraba insatisfecho porque el otro no le hiciese el amor tres veces por semana o menos de cinco minutos cada vez, podía solicitar y obtener la separación, mientras el otro contrayente se sometía a un período de educación sexual. Las parejas comprendidas entre los veintiséis y los cuarenta años aplicaban otros tiempos, y así sucesivamente. Wright deseaba mucho introducir este sistema, pero Tefaunni y la Jerarquía lo pusieron en ridículo, arguyendo que los números no eran aplicables al amor y que las estadísticas no eran garantía de placer y felicidad. Tefaunni hizo ver a Wright que las personas casadas de la isla eran bastante felices; en cuanto a los célibes, ya disponían de la Cabaña Comunal. Wright se interesó en ésta y vio cómo podría perfeccionarla mediante la aplicación de sus ideas. Terminó por convencer a Tefaunni de que añadiesen nuevas funciones a la Cabaña Comunal, convirtiéndola en la actual Cabaña de Auxilio Social. Esto fue también una reforma radicalísima. Si Maud Hayden permite que se conozcan estas funciones en Estados Unidos, Inglaterra y Europa, tendrá más éxito del que se imagina.

—¿Qué quiere usted decir? —preguntó Claire—. Yo ya tengo una idea bastante clara de lo que es la Cabaña de Auxilio Social, pero... ¿cuáles son esas funciones o servicios suplementarios a los que todo el mundo alude con tanto misterio? ¿Qué pasa en ella?

—Todo está en el manuscrito. Algún día se lo dejaré leer.

—¿No puede decírmelo, ahora?

Era evidente que Courtney no tenía deseos de continuar.

—No sé...

—¿Es algo muy fuerte o muy escandaloso? Estoy a prueba de bomba. Supongo que no me toma por una mojigata, ¿verdad?

—No, no creo que lo sea, pero... verá, después de lo de anoche... no desearía que su esposo creyera que se está corrompiendo.

Claire se enderezó, muy rígida.

—Me acompaña usted a mí, no a Marc —observó.

—Muy bien —se apresuró a conceder Courtney—. Wright había visto demasiada insatisfacción sexual en la Gran Bretaña. Si bien en las Sirenas las cosas estaban mejor, él aspiraba a la perfección. No quería que nadie quedase insatisfecho. En su manuscrito hay varios pasajes muy elocuentes sobre el particular. Sabía que las innovaciones que proponía no resolverían todos los problemas maritales, pero en su opinión, constituirían unos cimientos más sólidos para la dicha común. Fue entonces cuando introdujo la idea de una segunda pareja amorosa, o participante, siempre que hiciese falta.

Courtney esperó para ver si Claire lo comprendía. Viendo su expresión interrogadora, supo que no había comprendido.

—Soy muy poco lista —dijo la joven—. Sigo sin entender lo que esto significa.

Courtney lanzó un suspiro y continuó:

—Wright comprobó que, con excesiva frecuencia, después del coito, uno de los cónyuges quedaba satisfecho pero el otro no. Por lo general el hombre había gozado, pero su compañera permanecía insatisfecha. Algunas veces era al contrario. De acuerdo con la nueva costumbre, si esto ocurría, la pareja insatisfecha, vamos a suponer la mujer, podía decir a su marido que se iba a la Cabaña de Auxilio Social para terminar el acto amoroso. Si él creía que su esposa no tenía razón en su proceder y que sólo lo hacía por vicio, tenía el derecho de acusarla y protestar ante la Jerarquía, solicitando un juicio. Pero si creía que tenía razón, que era lo más corriente, la dejaba ir, daba media vuelta y se echaba a dormir. En cuanto a la insatisfecha mujer del ejemplo, se dirigía a la Cabaña de Auxilio Social. Frente a ésta había dos cañas de bambú con una campanilla al extremo y ambas atadas al suelo. Si el visitante era un hombre, desataba y soltaba un bambú, que se enderezaba y hacía tintinear la campanilla. Si el visitante era una mujer, soltaba ambas campanillas, que se oían perfectamente en el interior. Entonces penetraba en una estancia oscurecida, sin que nadie la viese, donde la esperaba un hombre muy bien dotado. Así, lo que su marido había iniciado, otro lo acababa. Ahí lo tiene usted.

Claire escuchó la última parte del relato con creciente incredulidad.

—Increíble —dijo—. ¿Y aún siguen practicándolo?

—Sí, pero la práctica se ha modificado desde comienzos de siglo. Las campanillas fueron suprimidas, pues resultaban demasiado ruidosas... en realidad su tintineo intimidaba a los que se servían de ellas. Hoy en día, la persona insatisfecha va sencillamente a la cabaña de Auxilio Social, donde escoge abiertamente un hombre, un soltero o un viudo como pareja, y se retira con él a una estancia privada.

—¿Y nadie siente embarazo o humillación ante esto?

—En absoluto. No olvide que es una costumbre reverenciada y aceptada. Todos la conocen desde su infancia. Todos participan en ella, tarde o temprano.

—¿Y dónde quedan la ternura y el amor? —le espetó Claire.

Courtney se encogió de hombros.

—Estoy de acuerdo con usted, Claire. Esto parece algo frío y mecánico, incluso repugnante, a una persona perteneciente a otra cultura que no lo ha vivido desde la infancia. Yo sentí lo mismo. Lo único que puedo decir, es que para esta gente parece dar resultado. Como usted sabe, el viejo Wright era un hombre inteligente. Sabía muy bien lo que eran la ternura y el amor de verdad... casi entidades abstractas, que no podían tocarse ni medirse. Su espíritu, de tendencias materialistas, se proponía resolverlo todo de un modo práctico. Así fue cómo estableció esta costumbre, que no ha conseguido eliminar los problemas fundamentales ni resolver plenamente las necesidades amorosas, pero fue un intento muy loable. El resultado es que hoy no hay matrimonios mal avenidos. La Jerarquía interviene al instante cuando se entera de alguna desavenencia y concede el divorcio inmediato. Ninguno de ambos cónyuges tiene mucha dificultad en hallar nueva pareja más conveniente. Lo que es éstas no faltan.

Claire hizo un mohín.

—¿Ah, sí?

Courtney asintió con gravedad.

—Eso creo —y añadió—: El único problema, entre nosotros, es que los convencionalismos nos impiden a veces encontrar la persona adecuada. Aquí esto es más fácil.

Claire miró vagamente a su alrededor. Había oscurecido.

—Ya es tarde, sin duda —dijo—. Tengo que ir a cenar. —Vio que Courtney la observaba—. Sí, estoy algo confusa con todas esas extrañas prácticas... la cabeza me da vueltas. Termina una por no saber lo que está bien y lo que está mal. Lo que sí sé, es que he pasado una tarde interesantísima. Me alegro de que me haya enseñado esto. Y también me alegro... bien... de que ahora seamos amigos.

Él dio la vuelta a la vitrina para acompañarla a la puerta.

—Yo también me alegro de que lo seamos.

Al llegar a la puerta, se detuvo y ella también, extrañada.

—Claire —dijo él—. Es posible que anoche y hoy no haya sabido defender muy bien la causa de las Sirenas. No nos confunda usted con un burdel erótico o un lugar de depravación. Se trata de un experimento progresivo, fruto de la colaboración entre las ideas mejores y más avanzadas de dos culturas distintas... ha dado buen resultado durante mucho tiempo y continúa dándolo.

Las facciones de Claire aflojaron su tensión. Estrechó la mano de Courtney entre las suyas, con un ademán impulsivo, como para tranquilizarlo.

—Lo sé, Tom —dijo—. Sólo le pido que me dé tiempo.

Cuando él hubo cerrado la puerta, regresaron por el bosquecillo al poblado. El disco del sol ya no se veía, pero aún había luz. Las mujeres y los niños habían desaparecido... estaban preparando la cena, pensó Claire... y grupos de hombres corpulentos y semidesnudos venían de los campos. Claire oía el rumor del agua en el arroyo y se sintió tentada de sentarse en la orilla, descalzarse y meter los pies en la fresca corriente. Pero una mirada al reloj de pulsera la volvió a la realidad. Marc debía de estar esperándola en la cabaña, hambriento y con una bebida en la mano. Y ella aún tenía que preparar la cena en el tosco fogón de tierra. ¿Sabría hacerlo?

Se dirigió hacia su choza y Courtney continuó a su lado.

—La acompañaré hasta la casa de Maud —dijo—. Tengo que verla.

Continuaron andando en silencio. Aunque ella y Courtney ya se conocían mejor, Claire se sentía aún algo intimidada en su presencia y le parecía como si él juzgase sus menores actos, lo cual acababa de cohibirla. Aquellas emociones no dejaban de ser familiares, y recordó cuando las experimentó por primera vez. Una tarde, en su segundo año de instituto en Oakland, el capitán del equipo de rugby, un muchacho que tenía *mana*, la acompañó a su casa. Fue una prueba insignificante pero inexplicable como aquélla.

Cuando llegaron frente a la vivienda de Maud, Claire dijo de pronto:

—Yo también entraré a saludarla.

Courtney le abrió la puerta y ella entró. Inmediatamente se detuvo. Marc estaba sentado ante la mesa, escuchando con expresión disgustada al atildado Orville Pence, que hablaba sentado en un banco. Aquel inesperado encuentro la desconcertó. Entonces vio que había algo más que aumentaba su desazón. Era el hecho de que Courtney le hubiese franqueado el paso, además de sutil intimidad, y que ella hubiese entrado con Courtney sin saber que allí estaba su marido con un amigo. Había perpetrado un pequeño acto de infidelidad, porque ella sabía perfectamente, incluso desde antes de venir a la isla, que Marc había formado un frente unido con Pence contra la corrupción indígena, y que consideraba a Courtney como un traidor a la decencia y a la civilización.

—Vaya, mira quién hay aquí —dijo Marc, haciendo caso omiso de Courtney.

—Venía a ver si Maud... —empezó a decir ella.

—Ha entrado, ha salido, ha vuelto a entrar y ha vuelto a salir —dijo Marc—. Te he estado buscando por todas partes. Quería decirte que no te preocupases por la cena. El hijo del jefe y su esposa han invitado a Maud y a nosotros a cenar con ellos a las siete.

—Muy bien —dijo Claire, nerviosa—. Pues yo... salí a dar una vuelta con Mr. Courtney. Ha tenido la amabilidad de enseñarme algunas cosas.

—Verdaderamente es muy amable —dijo Marc, mirando hacia la puerta—. Gracias, Mr. Courtney. ¿Dónde fueron?

Courtney se adelantó, hasta colocarse junto a Claire.

—Mostré el pueblo a su esposa, después la llevé a la Choza Sagrada.

—Sí, ya he oído hablar de ella —dijo Marc—. Según creo, se parece bastante a la Cabaña de Auxilio Social. Orville ha pasado todo el día en ella...

—Es muy buena para abrirle los ojos a uno —comentó Orville, dirigiéndose a Courtney.

—...y me estaba explicando para qué sirve —continuó Marc—. Siéntese, haga el favor. Desde luego, usted la conoce mejor que nosotros, ¿verdad, Mr. Courtney?

—No, lo que me interesa es conocer la reacción del Dr. Pence.

Courtney se apoyó en la pared y se puso a llenar y encender la pipa, mientras Claire se sentaba con mucha circunspección en el banco, a unos palmos de Orville Pence.

—Estaba diciendo a Marc que pude examinar dos de las antiguas cañas de bambú con campanillas al extremo que los visitantes de esa cabaña utilizaban en otros tiempos —dijo Orville a Courtney—. Debo reconocer que se trata de unas reliquias fascinadoras.

Marc se movió en la silla, con una leve sonrisa en los labios.

—Sólo que en la actualidad, si te he entendido bien, Orville, el sistema es más eficaz. Nada de campanillas. Los clientes entran en la estación de servicio, para engrase general y reparación.

—Así es, en efecto —asintió Orville.

Sin hacer caso de su esposa y de Courtney, Marc continuó mirando a Orville y empezó a mover la cabeza lentamente.

—No sé, Orville, pero yo... —Tras una vacilación, prosiguió—: ¿Por qué no ser franco? No hago más que decirme que soy un científico, un estudioso de las ciencias sociales, a prueba de impresiones, y que debo conservar algún vestigio de mi objetividad, pero me considero capaz de emitir un juicio prematuro que acaso te parezca excesivamente riguroso. No conozco otro lugar de la tierra tan dominado por la obsesión sexual como esta isla. Piensa qué mentalidad tiene que haber sido la que ha imaginado algo como la Cabaña de Auxilio Social. Te digo que...

—No corras tanto, Marc —interrumpió Orville—. En general estoy de acuerdo contigo, pero en este caso concreto no pisas terreno muy sólido. Ten en cuenta que las chozas de placer son algo muy...

—Sé muy bien lo que son —atajó Marc con impaciencia—. Y también lo que no son. Las casas de placer polinesias corrientes son válvulas de escape para los jóvenes, los adolescentes y los célibes. Pero esta de aquí...

Se interrumpió y su mirada se dirigió a Courtney y Claire. Como si deseara poner fin a una conversación desagradable, asió los bordes de la mesa y retiró ruidosamente las sillas.

—Qué demonios, cada cual tiene su opinión. ¿Por qué yo no puedo tener la mía? No hablemos más de la Cabaña de Auxilio Social. Digamos que es una curiosidad. Clasifiquémosla como más material para el libro de Matty. No es una sola cosa, sino toda la atmósfera de esta isla lo que yo encuentro repugnante.

—Marc —le dijo Claire—. Como etnólogo...

—Querida, sé perfectamente lo que pienso como etnólogo. Pero es que además resulta que soy también un ser humano, normal y civilizado, y como tal —repito— la atmósfera de esta isla me parece repugnante. Está muy bien estudiar de manera científica las instituciones y los individuos de la isla, andar entre esos sujetos con compases y la caja de pigmentación, para tratarlos como si fuesen conejillos de Indias que nos facilitan datos. Santo y bueno, pero es que además se trata de personas, o de seres que parecen personas y actúan como tales, pero cuando trato de hallar algún nexo entre ellos y nosotros, la verdad es que me resulta imposible hallarlo. Las normas sociales de esta gente son deplorables. Sencillamente, no pueden aceptarse bajo ninguna norma ética. —Hizo una pausa, dispuesto a defenderse ante su esposa—. Sí, sé que esto es un juicio muy duro y que a Matty se le pondrían los pelos de punta, pero lo formulo. Te digo, Claire, que si realmente conocieses algunas de las depravantes prácticas que se celebran en la Cabaña de Auxilio Social...

Claire no pudo seguir aguantando aquel discurso en presencia de Courtney.

—Marc, lo sé todo. Mr. Courtney ha tenido la bondad de explicármelo en detalle.

Marc quedó boquiabierto y su mirada pasó lentamente de Claire a Courtney. Examinó por un momento al enemigo, mientras cerraba y apretaba las mandíbulas, y luego dijo con voz temblorosa:

—Y supongo que también trató de convencer a mi esposa de que todo esto es civilización.

Courtney permaneció apoyado en la pared.

—Así es, en efecto —contestó con voz tranquila.

—Somos un equipo de expertos en muchas ciencias —dijo Marc— y tenemos experiencia en el estudio de otras sociedades. Pues bien: puedo asegurarle que ésta es una de las más bajas en la escala del progreso que he conocido...

Claire inició un tímido ademán en dirección a su marido.

—Marc, por favor, no vayamos a...

—Déjame terminar la frase, si no te importa, Claire —prosiguió Marc con firmeza, volviéndose de nuevo a Courtney—. Quería decir que sólo llevo aquí dos días, pero dudo que pueda aprender mucho más en los cuarenta y dos restantes. ¿Qué tenemos, en este lugar tan atrasado por todos conceptos? Un hatajo de mestizos analfabetos que circulan con faldas de hierba y suspensorios, adorando ídolos de piedra y con el espíritu lleno únicamente de supersticiones y escenas lujuriosas. ¿Y usted tiene la osadía de llamar a esto civilización?

—Sí —contestó Courtney.

Marc lo miró con expresión de exagerada conmiseración.

—Señor mío, lo dije antes y ahora lo repito... lleva usted demasiado tiempo fuera de los Estados Unidos.

—¿Ah, sí? —dijo Courtney—. ¿Y usted considera los Estados Unidos como una utopía?

—Comparado con esta isla, desde luego que sí. Sean cuales sean nuestras pequeñas faltas y defectos, hemos progresado, nos hemos ilustrado y refinado, mientras que aquí...

—Un momento, Dr. Hayden.

Courtney se enderezó, hasta alcanzar toda su estatura.

—La verdad, no me gusta que alguien trate de sembrar la confusión en los valores morales de mi esposa... —prosiguió Marc, tratando de refrenar su ira.

—Un momento —insistió Courtney—. Déjeme hablar ante el tribunal. Usted ha venido aquí con un equipo de etnólogos para denunciar a esta sociedad en términos violentos, proclamando que es atrasada y poco civilizada si la comparamos con la sociedad progresiva de la cual procede.

—Eso es, Mr. Courtney. Es mi privilegio como hombre, si no como antropólogo

—Muy bien —dijo Courtney sin alzar la voz—. Invirtamos la oración por pasiva y supongamos que la sociedad de las Sirenas está en su lugar y usted en el suyo. Supongamos que un equipo de expertos de las Tres Sirenas cruzan el Pacífico en un barco de vela con objeto de estudiar una sociedad extraordinaria de cuya existencia se han enterado... una tribu compuesta por unos indígenas pertenecientes al grupo del *Homo americanus*. ¿Cuáles serían sus conclusiones definitivas?

Marc permanecía muy rígido, tamborileando con los dedos sobre la mesa. Orville Pence se mostraba interesado. Claire, afligida y avergonzada por los exabruptos de su esposo, abría y cerraba las manos con los ojos fijos en la esterilla del suelo.

—Los antropólogos polinesios dirían en su informe que la inmensa tribu norteamericana vivía repartida en muchas ciudades y pueblos... las ciudades eran sofocantes mausoleos de cemento, acero y vidrio, con la atmósfera emponzoñada por el humo, los gases, los olores de comida y el olor de los cuerpos sudorosos. En estas ciudades sin aire, sin sol, ruidosas y abarrotadas, los indígenas norteamericanos trabajaban durante largas horas en habitaciones confinadas y provistas de luz artificial, afanándose en constante temor de los que estaban por encima suyo y recelosos de los que estaban por debajo.

»De vez en cuando, los indígenas abandonaban su vida rutinaria para entregarse a guerras estúpidas e insensatas. Pese a que en los domingos les enseñaban a amar al prójimo y ofrecer la otra mejilla, se lanzaban sobre sus hermanos con armas explosivas para liquidarlos destrozarlos y esclavizarlos. Cuando un hombre había dado muerte a muchos semejantes suyos, se le honraba colgándole un trocito de metal del pecho de su vestido.

»La vida resultaba tan difícil para el *Homo americanus*, que para sobrevivir tenía que drogarse durante parte del día, ya fuese con alcohol que tomaba por vía interna y gracias al cual se embriagaba, o con cápsulas médicas que lo calmaban por medios antinaturales o le proporcionaban el olvido temporal.

»La tribu estaba compuesta por gran diversidad de varones y hembras. Algunas de éstas, ataviadas de negro, que habían hecho votos de castidad eterna y habían contraído esponsales con una divinidad de otros tiempos. Había también jóvenes que ofrecían su cuerpo por diversas sumas de dinero al primer hombre que las telefonease. Otras mujeres, más viejas, pertenecían a grupos especiales llamados clubs, donde se pasaban la vida ayudando a los demás y negligiendo a sus propias familias y cabañas. Había también hombres que habían hecho votos de castidad y que escuchaban sin ser vistos los pecados que otros les confesaban. Algunos hombres, que no habían hecho votos de castidad, se sentaban sin ocultarse para escuchar a sus pacientes, que en medio de grandes sufrimientos devanaban ante ellos recuerdos y sentimientos caóticos. Existían hombres que habían estudiado muchos años para conseguir poner en libertad a un asesino o enseñar al prójimo cómo se podía burlar el pago de los impuestos. Había hombres que hacían monigotes semejantes a los que dibujan los niños, pero que les reportaban millones, y otros que escribían libros que nadie entendía, pero se convertían en ídolos de las masas. Había hombres elegidos para gobernar a los demás, pero no por su sabiduría, sino por sus dotes oratoriales, su talento para la intriga o su parecido a una paternal imagen universal.

»Curiosa sociedad, aquélla, que sólo descansaba cada siete días, que celebraba una fiesta para todas las madres, una fiesta para Cupido y una fiesta del trabajo. Una sociedad que rendía culto a un rufián llamado Robín de los Bosques, a otro llamado Jesse James y a un tercero llamado Billy el Niño, y que también rendía culto a las mujeres en razón al desarrollo de sus glándulas mamarias.

»En aquella tribu medieval proliferaban las supersticiones. Se alzaban grandes edificios desprovistos del piso número trece. La gente evitaba pasar bajo las escaleras, consideraba aciaga la vista de un gato negro o verter la sal, o silbar en ciertas habitaciones. Durante una boda, el novio no solía ver a la novia durante todo el día anterior a la ceremonia.

»Aquellos indígenas no permitían que se diese muerte a un toro en público. Pero aplaudían un espectáculo consistente en la lucha de dos hombres con los puños recubiertos de cuero, uno de los cuales derribaba al otro, lo lesionaba y a veces lo asesinaba, e igualmente disfrutaban con un deporte en el que veintidós adultos perseguían un balón de piel de cerdo, dándose empellones, derribándose y causándose a veces graves lesiones.

»Era una sociedad de muchos en la que algunos sufrían hambre, una sociedad que comía caracoles y carne de vaca, pero tenía un tabú que le impedía comer gatos y perros. Era una sociedad que temía y apartaba a aquellos de sus miembros que tuviesen la tez oscura, pero esto no impedía que los que la tuviesen clara considerasen signo de riqueza y holganza tenderse al sol para ennegrecerse la piel. Era una sociedad donde las personas inteligentes se consideraban sospechosas y eran objeto de burla, donde los hombres ansiaban tener cultura pero no daban dinero para fomentarla, donde se gastaban grandes fortunas en medicinas para mantener vivos a unos hombres, mientras otras sumas ingentes se gastaban para matar a otros hombres por medio de la electricidad.

»Las costumbres sexuales de la tribu fueron lo que resultó más incomprensible. Los hombres casados habían prestado juramento de fidelidad conyugal, pero se pasaban casi todas las horas en que estaban despiertos entregados a pensamientos y actos rayanos en la infidelidad, que por lo general se cometían en secreto y yendo contra las leyes de la tribu. Era una sociedad en que los hombres hablaban en susurros de los temas sexuales, que constituían su comidilla y pasto para sus bromas, lo mismo que materia de sus lecturas. Sin embargo, consideraban las conversaciones y los escritos abiertos y públicos sobre esos temas como algo indecente y repugnante. Era una sociedad que se esforzaba, al anunciar sus artículos y celebridades, en despertar las bajas pasiones en los hombres y la complacencia en las mujeres, especialmente entre los jóvenes, pese a prohibir con severidad que se entregasen a los placeres resultantes.

»Pese a tantas muestras de hipocresía, a tantas contradicciones y males, a tantas costumbres bárbaras, el equipo polinesio, si actuase con imparcialidad, vería que aquella sociedad había producido muchas maravillas. De aquel montón de basura se habían alzado figuras eminentes como Lincoln, Einstein, Santayana, Garrison, Pulitzer, Burbank, Whistler, Fulton, Gershwin, Whitman, Peary, Hawthorne, Thoreau. Si se tratase de un estudio comparativo, el equipo polinesio tendría que admitir que ningún miembro de su raza, de piel achocolatada, había obtenido el Premio Nobel, había escrito una sinfonía o puesto en órbita un ser humano. En el terreno creador y material, la Polinesia y las Sirenas no han ofrecido nada a la historia... salvo dos cosas, si el hombre occidental quiere tomarse la molestia de examinarlas. Las Sirenas han inventado y mantenido un sistema de vida que proporciona la paz del espíritu y la alegría de vivir. En el curso de su larga historia, el hombre occidental, pese a todo su genio e industria, no ha logrado estos dos objetivos. En este sentido, el equipo polinesio llegaría a la conclusión de que su civilización era más elevada y superior que aquella que acababan de visitar.

Courtney se interrumpió. Las comisuras de sus labios se plegaron en una sonrisa que era una oferta de armisticio al fin de una batalla, y concluyó:

—Usted llama burdel a las Sirenas Yo le llamo un paraíso... Aunque, desde luego, no se trata de esto, lo reconozco. Yo sólo intento hacerle ver lo que usted ya pretende saber... o sea que una sociedad no puede considerarse mejor ni peor que otra, por el simple hecho de ser distinta. Desde luego, esto es lo que ha dado a entender siempre su señora madre en sus obras. Éste es también mi punto de vista. Y sospecho que igualmente es el suyo, pese al antagonismo que parece inspirarle todo lo nuevo y extraño... Perdóneme la alegoría y el discurso, buenos días.

Dirigiendo una fugaz sonrisa a Claire, dio media vuelta y abandonó con rapidez la cabaña.

Claire seguía con la vista fija en el suelo. Le era imposible mirar a Marc, de puro humillada. Pero entonces tuvo que oírle explicarse:

—Ese condenado hijo de perra... ¿Quién se cree que es, con todas sus frases altisonantes? —dijo Marc, airado—. ¿Quién se cree que es, para venir a sermonearnos? —Y entonces oyó cómo pedía aliados—. Imaginaos a ese Don Nadie tratando de decirnos a nosotros —a nosotros— lo que está bien y lo que está mal en nuestras vidas—. Y entonces su rabia se convirtió en un gruñido—. Creo que aún tendremos que acabar haciendo labor de misioneros aquí, ¿no crees, Orville?

* * *

La noche había caído sobre las Tres Sirenas.

El poblado aparecía desierto y silencioso. El único signo de vida eran unas antorchas alineadas a ambas orillas del arroyo. Ya había pasado hacía mucho tiempo la hora de la cena, propicia a la conversación y, salvo alguna que otra vela de nuez de coco que ardía en su soporte de bambú, casi todo el poblado se había entregado al sueño. Solamente en un cubículo de la enfermería reinaba cierta actividad humana. Bajo el círculo de luz que le proporcionaban sus lámparas, Harriet Bleaska concluía su meticuloso reconocimiento de Uata.

Durante la tarde, Harriet celebró una breve consulta con la doctora DeJong acerca de su paciente. Más tarde, trató de convencer a Maud para que la ayudase a levantar el tabú que pesaba sobre Uata y que le impedía recibir visitas femeninas. Harriet se refirió al estado de Uata y a sus necesidades, que podían ser su último deseo, añadiendo que su instinto la impulsaba a buscar a alguien que lo complaciese. Pero Maud dijo a Harriet, con firmeza, que no debía intentar levantar aquel tabú.

—Ya sé que se trata de una obra de caridad, Harriet —dijo la etnóloga—, pero eso sería ir contra las costumbres locales. Y acaso todos tuviésemos que arrepentirnos.

Poco tiempo después de esto, Harriet ingirió una cena frugal en compañía de Rachel DeJong y Orville Pence. Mientras sus dos compañeros hacían girar la conversación en torno a los ritos de la Cabaña de Auxilio Social, Harriet que sólo les escuchaba a medias, continuó pensando en el pobre Uata, encerrado en la enfermería. Una vez les preguntó, pese a que sabía muy bien cuál era la respuesta, si el Auxilio Social extendía sus servicios a la enfermería. A lo que Orville contestó, como ya había hecho Maud, que todo contacto con los enfermos era rigurosamente tabú. Pero ella consiguió llevar la conversación a ese terreno, como era su deseo. Harriet pasó revista entonces a varios casos que había visto en la enfermería, reservándose el de Uata para el final. Con el tono más indiferente que pudo fingir, preguntó si un paciente aquejado por una dolencia cardíaca podía efectuar el coito. Rachel, que parecía muy bien informada al respecto, dijo que eso dependía de la naturaleza de la enfermedad. En su opinión, muchos pacientes cardíacos podían efectuar el coito, con ciertas limitaciones, mientras no se realizasen excesivos juegos eróticos preliminares y mientras se mantuviesen tendidos sobre el costado durante el acto. Satisfecha, Harriet, dejó que la conversación siguiese por otros derroteros.

Cuando terminaron de cenar, se cambió y se puso un vestido de algodón de vivos colores, fue a lavar el uniforme al arroyo y después, con un maletín en la mano, se dirigió lentamente a la enfermería. Durante todo el camino, meditó sobre aquel problema y cuando llegó ante la puerta de la enfermería, ya había adoptado su decisión.

El humanitarismo pesaba más que la superstición, se dijo, y proporcionaría a Uata la mujer que él más anhelaba. Ambos desafiarían al tabú y la mujer destinada a calmar su fogosa naturaleza participaría en el complot ultrasecreto.

Todo aquello había sucedido hacía más de una hora, y a la sazón, terminado su reconocimiento, y mientras guardaba el esfigmomanómetro en el maletín, lo que había descubierto no hizo más que afianzarla en su resolución. En su opinión Uata sufría un defecto cardíaco congénito que sólo se había manifestado recientemente. Aunque en lo exterior gozaba de un físico espléndido, la enfermedad había progresado mucho interiormente. Sus trastornos cardiovasculares debieran haberle causado la muerte hacía varias semanas. Era indudable que no viviría mucho. Era un enfermo incurable y Harriet se acongojaba al pensar en el pobre joven y en tantos que eran como él.

Durante el examen, Uata permaneció quieto y sin protestar tendido de espaldas, permitiendo que Harriet hiciese lo que quisiera y observándola constantemente con sus ojos brillantes. La seguía mirando mientras guardaba su instrumento y sacaba el alcohol y una gasa.

—Esto es refrescante —le dijo— y le permitirá dormir completamente tranquilo.

Mientras ella le aplicaba el alcohol al pecho, Uata preguntó:

—¿Cómo estoy? ¿Como antes? —Y se apresuró a añadir—: No, no es necesario que responda.

—Sí, responderé —dijo Harriet, frotándole más abajo con la gasa, en el abdomen—. Está enfermo. No sabría decirle hasta qué punto. Mañana iniciaremos una serie de inyecciones.

Se arrodilló a su lado para frotarlo con mano experta y así llegó hasta la cintura. Maquinalmente desató su taparrabos y se lo quitó y, al notar entonces su excitación, pensó que no podría proseguir. Pero recordó que era una enfermera y él su paciente, e hizo un esfuerzo por continuar. Le aplicó con rapidez el alcohol al torso y riñones desnudos y se puso a hablar apresuradamente.

—Sé que necesitas una mujer, Uata. He resuelto encontrarte una. Dime su nombre, y te la traeré.

—No —repuso él, con una voz que parecía surgir de lo más hondo de su garganta—. No, no puedo tener a ninguna. Es tabú.

—No me importa.

—No quiero a ninguna mujer —dijo él con voz ronca—. Te quiero a ti.

Harriet sintió una calma y un alivio repentinos. Terminó de fro-

tarle los muslos. Tapó el frasco de alcohol, lo metió en el maletín
y lo cerró. Después se puso en pie.
Los negros ojos de Uata estaban más brillantes que nunca.
—Te he ofendido —dijo.
—Estate quieto —ordenó Harriet.
Se dirigió a la puerta, la entreabrió y escrutó el corredor. En las
tranquilas tinieblas, a la tenue luz del pábilo que ardía en aceite de
coco al extremo, distinguió la silueta dormida del adolescente que
ayudaba a Vaiuri. Le pareció que todos los pacientes también dormían.
Volviendo al interior del cubículo, cerró la puerta. Luego se volvió al gigante postrado sobre la esterilla al pie de la ventana, que
aún tenía el taparrabos abierto, tal como ella lo había dejado. Con
movimientos lentos y deliberados, avanzó hacia él, haciendo correr
al propio tiempo la cremallera de su vestido estampado, cuyas hombreras le cayeron sobre los brazos. Se lo quitó con lentos ademanes,
luego liberó sus menudos senos del sostén y por último la banda
elástica de sus pantaloncitos azules de nylon e inclinándose, se los
quitó.
Desnuda ante él, pudo permitirse la verdad: lo que había hecho,
lo que se disponía a hacer, todo había sido planeado aquella tarde
y aquella noche.
Se arrodilló a su lado y se inclinó hacia los brazos morenos tendidos hacia ella, notando con placer el poderoso apretón de las manos sobre su espalda. Con su ayuda, se tendió cuan larga era a su
lado, mientras con una mano le acariciaba el rostro y con la otra el
cuerpo. Él lanzaba gemidos de pasión y ella le obligó a tenderse de
costado, frente a ella, abrumada por su gigantesco cuerpo, y deseán-
dolo ardientemente.
—Te quiero, Uata —susurró, atrayéndolo aún más hacia ella y
clavando después las uñas en su hercúlea espalda, sollozando.
Después de aquello, y durante los primeros tiempos de su amor,
ella vivió dominada por el temor de haber roto un tabú. Pero cuando
desechó aquel temor, la preocupó lo que él pudiera pensar de ella
por la manera desenfrenada como se entregó a él. Pero después, al
ver su rostro extasiado y notar el ritmo de su entrega, vio y comprendió que aún la tenía en concepto más alto que antes y que se
sentía plenamente colmado. Aliviada, pudo por último cerrar los
ojos y dejar de pensar. Salvo una cosa... Qué bueno era ser nuevamente hermosa.

CAPÍTULO V

Fue al comenzar la mañana de su décimotercer día de estancia en las Tres Sirenas, inmediatamente después de haber terminado su solitario desayuno consistente en budines calientes de taro y café, cuando Maud Hayden decidió que ya era hora de empezar a pensar en la carta que se proponía escribir al Dr. Walter Scott Macintosh.

Sentada ante su mesa le era fácil ver el pequeño maletín de lona que descansaba apoyado en la pared cerca de la puerta y que contenía el correo. Al día siguiente, el capitán Rasmussen tocaría en la isla por segunda vez desde su llegada. Se presentaría con vituallas y los últimos chismes, y traería a Maud cartas de los Estados Unidos, que cambiaría por las que ella había escrito y que llenaban a medias la maleta. Y Maud sabía que en aquel correo no podía faltar una carta para Macintosh.

Eso no quería decir que hubiese descuidado indebidamente a su protector de la Liga Antropológica Americana. Durante la semana anterior, dictó a Claire un pintoresco resumen de sus primeros descubrimientos en las Sirenas. El original pulcramente mecanografiado por su nuera, junto con dos copias —el original era para Macintosh, la primera copia para Cyrus Hackfeld y la segunda para el archivo— estaban puestos a un lado, sobre la mesa. Lo que entonces hacía falta era una breve misiva de tono personal y directo, una especie de carta de introducción que acompañase el informe.

¿Disponía de mucho tiempo? Por la ventana abierta veía que el cielo grisáceo del alba adquiría tintes amarillentos, indicio de que el sol ascendía por el horizonte. El reloj de su mesa indicaba las siete y diez. Estaba citada con Paoti a las siete y media. El día prometía ser muy ajetreado. Se proponía pasar toda la mañana interrogando al anciano jefe. Por la tarde, exceptuando la visita a la guardería infantil de la comunidad, se dedicaría a pasar en limpio y ordenar sus montones de notas, para darles un aspecto coherente en su cuaderno-diario.

Tomó el micrófono plateado del magnetofón portátil, oprimió el botón del aparato que indicaba «grabar», miró por un momento cómo la cinta parda pasaba de una bobina a otra, y después empezó a hablar...

—Claire, esto es una carta que tiene que acompañar al original del resumen. Envíala al Dr. Macintosh. Al pasarla a máquina, procura evitar que parezca dictada. Si haces algún error, no lo corrijas. Limítate a tacharlo. Bien, ahí va la carta...

Hizo una pausa, sin apartar la vista de la cinta que giraba y, en un tono de voz más confidencial, habló dirigiéndose al micrófono:

—Mi querido Walter: Ya habrás recibido mi carta de Papeete y las cuatro letras que te envié el segundo día de estancia en las Sirenas. Han pasado ya casi dos semanas, una tercera parte del tiempo que podremos permanecer aquí, y te digo muy sinceramente que lo que hemos encontrado en esta isla sobrepasa mis más fabulosas esperanzas... Punto y aparte, Claire... El informe adjunto, demasiado prematuro aún para que pueda ser nada más que un primer resumen, representa una sinopsis de todo cuanto hemos descubierto hasta la fecha. Como verás, el marco cultural de esta sociedad presenta varias costumbres desconocidas hasta hoy para la etnología. Estoy convencida de que estos hechos, cuando se conozcan, atraerán tanta atención como las que produjeron en su tiempo las *Ceremonias de la Pubertad en Samoa* y *La Herencia de la Bounty*... Punto y aparte... De todos modos, Walter, no creo que tengas que lamentar ponerme en el programa de las tres sesiones matinales que se celebrarán durante nuestra reunión anual. Estoy muy contenta de saber que presidirás la primera sesión, consagrada a «Cultura y Personalidad», y te agradezco que me concedas una hora. Durante esa hora pienso lanzarme a fondo. Los dos simpósiums de los días siguientes me vendrán de maravilla para redondear el tema. Estoy tan segura como tú de que borraremos del mapa al Dr. Rogerson, en especial si consigues prepararme esa conferencia de prensa monstruo que piensas organizar. Siento vivos deseos de conocer tus impresiones sobre el informe adjunto. Me gustaría oírte decir que confirma tu fe en esta pequeña excursión y en mi futuro inmediato... Punto y aparte... Y ya que hablamos de ello, debo confesarte que esta expedición que me causaba tantas aprensiones, se ha desarrollado mejor de lo que yo pudiera soñar. Este nuevo contacto con la naturaleza, sola por primera vez, es decir, sin Adley, me ha infundido un vigor renovado... Claire, suprime esa última frase y déjala así: Este nuevo contacto con la naturaleza, después de todos esos años de vida sedentaria y de luto, me ha infundido nuevo vigor. ¡Qué contento estaría Adley! Me es imposible mentir a un viejo amigo como tú, Walter. Lamento mucho que Adley no pueda acompañarme. Y lo comprenderás. De noche, cuando estoy sola y todos duermen, yo me dedico a tomar notas y a veces voy a comentar algo con Adley, sin darme cuenta, y entonces me sorprende no verlo sentado a mi lado. Tengo que inclinarme ante la dura realidad de la vida. No sé si con el paso de los años esto cambiará. Sencillamente, Adley es insustituible y dudo que nunca deje de serlo. Pero le estoy agradecida por sus dones, por haberme dejado compartir generosamente su sabiduría, por las fuerzas que me ha infundido... Punto y aparte... No interpretes mal mis palabras, Walter. No tengo motivos de queja. Poseo una riqueza inestimable en mi trabajo y en mi familia, que adoro. Mi nuera, Claire, a quien tú aún no conoces, se ha adaptado maravillosamente a la vida en campaña. Posee mi propia sed de conocimientos y muchas dotes naturales. Me ha sido de un valor inestimable. En estas últimas semanas, ha tomado taquigráficamente todas mis notas y correspondencia, que luego ha pasado a máquina. Ha sido mi enlace con otros miembros de nuestro grupo. Ha pasado un tiempo considerable en compañía de Mr. Courtney, haciéndole preguntas y facilitándome unas informaciones que de lo contrario yo no hubiera poseído. En cuanto a Marc, ha sido...

Su mente empezó a divagar. Había sido... ¿qué? Maud vio cómo la cinta continuaba desenrollándose y no supo qué decir a Walter Scott Macintosh. Se apresuró a oprimir el botón de parada. De pronto la cinta se detuvo, esperando que continuase.

Marc la desconcertaba. De niño siempre fue dócil y ya hombre hecho y derecho se mostró sumiso, aunque a veces de talante sombrío y huraño. Pero desde la muerte de Adley —no, en realidad, desde que se casó o, más exactamente, desde el año anterior—, se mostró en abierta rebeldía. Cada vez con más frecuencia, Maud lo notó sarcástico y mordaz en público. Y en privado, su talante cada vez más sombrío y sus estados depresivos más prolongados. Pese a todos sus esfuerzos por ser discreta, por fingir que no se daba cuenta de nada, Maud no pudo por menos de advertir que el matrimonio de su hijo no era de los más felices. Se preguntaba con frecuencia cuál debía de ser la causa de su infelicidad y a menudo se respondía que acaso se debiese a su propia presencia. Llegó a pensar que la solución de sus problemas conyugales consistiría en que ella se separase de Marc y Claire. Mas desde que habían llegado a las Sirenas, estaba menos segura de que con aquella separación se resolviese gran cosa. El comportamiento de Marc, desde que empezó a planearse la expedición hasta el momento actual, especialmente durante las dos semanas pasadas en las Sirenas, fue causa de creciente alarma para ella. Ocurrió algo en aquella expedición, quizá el efecto que le causó aquella sociedad, que aumentó el desequilibrio de su yo íntimo. A colegir por las afirmaciones que Marc había hecho con inexplicable hostilidad, por las cosas que dijo a Claire y a varias otras personas del equipo, era evidente que Marc perdía su ecuanimidad por momentos, lo cual era deplorable. Había dejado de ser un etnólogo o un caballeroso invitado, para convertirse en un enemigo declarado de las Sirenas.

¿Y si le hablase? ¿Qué hubiera hecho Adley en su lugar? Como etnóloga, Maud era confiada y decidida. Como madre, se sentía confusa y desorientada. Así que tenía que establecer comunicación con aquel fruto de sus entrañas en un plan emocional, más profundo que el de su simple trabajo, se le ataba la lengua. Sin embargo, algo había que hacer para acallar sus manifestaciones públicas y su desaprobación. Quizás si se le presentaba ocasión, encontraría medio de llevar a Marc aparte, para darle unos cuantos consejos. ¿Y si primero lo consultase con Rachel DeJong, que sin duda tenía gran experiencia en estos estados anímicos? Pero entonces Maud comprendió que no podía consultar un psicoanalista. Si Marc lo supiese, se pondría furioso por lo que consideraría un trato humillante. No, no había medio de rehuir una entrevista de madre e hijo cara a cara. Esperaría que se presentase la oportunidad. Ya vería lo que hacía.

Maud pulsó el botón de «atrás» vio cómo la bobina giraba en sentido contrario y la detuvo inmediatamente. Acto seguido oprimió el botón de «voz». Y escuchó.

Su voz, con un tono gangoso que no le era familiar, brotó por el altavoz: «...facilitándome unas informaciones que de lo contrario yo no hubiera poseído. En cuanto a Marc ha sido...»

Detuvo el aparato, pulsó de nuevo el botón de «grabar» y se acercó el micrófono a la boca para dictar «...extremadamente útil», experimentando un sentimiento maternal, protector y por lo tanto justificado, en su intento por conferir mérito a la actuación de Marc y ayudarle en su carrera.

—Pasa varias horas al día hablando con una valiosa informadora: la sobrina del jefe. No he visto las notas de Marc pero, por lo que me dice en nuestras conversaciones, esa joven habla muy bien. El resultado de ello será una importante aportación a nuestro estudio acerca de las costumbres de los jóvenes célibes de esta sociedad. Los datos que Marc obtiene de Tehura, junto con los que Claire obtiene de Mr. Courtney, complementan maravillosamente los informes que me proporciona Paoti el jefe. He hecho que me refiera la historia de su pueblo y sus tradiciones. Ayer lo animé para que me hablase de su propia vida y se dedicó a evocar su juventud. Confío en continuar mis fructíferas conversaciones con él durante otra semana, por lo menos... Punto y aparte... En cuanto a los restantes miembros del equipo...

Se interrumpió para pensar en lo que habían hecho durante aquella semana y en lo que entonces hacían. La cinta se enrollaba sin grabar. Con ademán distraído, pulsó el botón de «Stop».

Pasó rápidamente revista al equipo, esforzándose por ver sus actividades de una manera organizada a fin de exponérselas al Dr. Walter Scott Macintosh. De todas las personas que lo componían, la que produjo una mayor sorpresa a Maud fue Lisa Hackfeld. Maud aceptó su presencia con una silenciosa protesta, pensando que resultaría inútil por completo, pues la consideraba una mujer mimada y superficial y, cuando menos lo podía esperar y tras un comienzo insípido, resultó que se adaptaba perfectamente a aquella vida rigurosa. Y lo que aún es más, adoptó con entusiasmo su papel de observadora activa. Dejó de quejarse por falta de tinte para el pelo, aunque empezaban a aparecer hebras grises en la raíz de sus cabellos. No hizo nuevas objeciones al tosco retrete nuevo, ni se quejó por la falta de muebles ni por la ausencia de vajilla para la cena. Había vuelto a descubrir la Danza, no por dinero, fama o salud, sino por el placer que proporciona al cuerpo. De la mañana a la noche, un día tras otro, estaba acaparada por los ensayos que realizaba el grupo de Oviri. Ni siquiera tuvo tiempo, había dicho a Maud el día anterior, de escribir su carta semanal a Cyrus.

De Lisa, la mente de Maud saltó a los elementos profesionales de su equipo. Rachel DeJong llevaba a cabo sus prolijas consultas psicoanalíticas con Moreturi, Marama y Teupa. Salvo dos breves entrevistas que tuvo con Maud, para comentar con ella el papel que tenían los *morais* y otras veneradas reliquias en la actual sociedad, Rachel mantuvo una gran reserva acerca de sus pacientes y los descubrimientos realizados, lo que, por otra parte, ya era de esperar. Iba de una parte a otra en un estado perpetuo de preocupación. Su familiar aspecto flemático incluso pareció aumentar en aquellos trece días. Maud no podía saber si estaba satisfecha o insatisfecha, pero era indudable que su trabajo la absorbía.

Harriet Bleaska, en cambio, poseía una personalidad más transparente. Antes de emprender el viaje, mostró la extroversión jactanciosa propia de tantas solteronas feas, y en la que ella tenía mucha práctica. En aquella sociedad fundamentalmente extrovertida, parecía hallarse como el pez en el agua. Exceptuando una sola ocasión en que demostró hallarse preocupada por un moribundo y quiso que se levantase un tabú para complacerlo. Maud no la vio seria jamás. Harriet trabajaba con regularidad en la enfermería en colaboración con Vaiuri, un joven nativo muy formal que atendía el dispensario. En sus momentos libres, Harriet estudiaba las leyendas de las plantas utilizadas en la farmacopea indígena y que Sam Karpowicz se dedicaba a recolectar, pues la enfermera tenía muy en cuenta que su presencia en la expedición era debida, en parte, a la misión de ayudar con algo útil a la empresa de productos farmacéuticos de Cyrus Hackfeld. Harriet tomaba unas notas muy meticulosas aunque bastante prosaicas y todos los viernes las sometía, escritas en papel rayado y con una pulcra caligrafía, a Maud, su directora. En su mayoría eran historias clínicas de los pacientes acogidos en el pequeño hospital. Una pequeña proporción de aquellos materiales resultaba útil, pues ponía de manifiesto cuáles eran las enfermedades más comunes en las Sirenas. El día anterior, Harriet informó a Maud, con mucha calma, que uno de los pacientes sometidos a su cuidado había fallecido. Ella fue la única, de todo el equipo, invitada para asistir al entierro. Maud estaba muy satisfecha y al mismo tiempo un tanto sorprendida de constatar lo bien que los indígenas habían aceptado a la enfermera Harriet Bleaska.

Los Karpowicz se confundieron con el ambiente con la misma perfección que si hubiesen sido tres camaleones. Maud apenas los veía ni se enteraba de lo que hacían. Sam Karpowicz resolvió dejar la mayor parte de sus estudios de botánico para las últimas tres semanas de la expedición. Hasta entonces, concentró casi todas sus energías en la fotografía, fija y cinematográfica. Pasó varios días haciendo un reportaje gráfico de la Cabaña de Auxilio Social, la Choza Sagrada, la casa del jefe, la vida cotidiana en el poblado y una reunión de la Jerarquía Matrimonial. Las copias que enseñó a Maud, no todas con brillo, como competía a un profesional, mostraban menos preocupación por los detalles de la composición artística y la luz, que por ofrecer una imagen viva de aquella comunidad ignorada. Los indígenas de las Sirenas parecían hablar, en las fotografías de Sam. Pero a éste aún le esperaba una gran labor, en el terreno fotográfico. Dijo a Maud que se proponía fotografiar la enfermería, la escuela, las diversas festividades, pasar un día con los artesanos locales, otro con los pescadores y otro, acompañado de Courtney, en las montañas y los islotes próximos, otro dedicado a filmar la vida de una joven típica como Tehura y una tarde consagrada a fotografiar sin truco alguno a la propia Maud, dedicada a su trabajo de investigación.

A su manera discreta y callada, Stelle Karpowicz también ponía su granito de arena, mas culinario que científico, justo era reconocerlo. Cuando no leía o se dedicaba a las labores domésticas, recogía recetas indígenas, llevada por su interés personal por los platos exóticos. Sin embargo, Maud comprendió que algunos de sus descubrimientos podrían figurar como notas al pie de las páginas de su futuro estudio.

Al principio, Maud pensó que, además de Lisa, había otra persona que no congeniaría con el grupo, y esta era la joven Mary Karpowicz. Puso mala cara durante todo el viaje a través del Pacífico, sin ocultar su absoluta falta de interés por aquella estúpida empresa de gente mayor. Maud temió que su actitud desdeñosa terminase por influir en otros. Pero como Lisa, la jovencita cambió radicalmente al segundo día de estancia en la isla. Si bien era poco comunicativa, dada a responder con monosílabos, y se hallaba dominada por el apasionamiento propio de la adolescencia, se había convertido en una criatura dócil y tratable. Asistía de buen grado a las clases de la escuela y con frecuencia se la veía sentada bajo un árbol, enfrascada en animada conversación con uno de sus condiscípulos llamado Nihau. Stelle estaba encantada y Maud satisfecha.

El último miembro del equipo, Orville Pence, pasó los primeros diez días efectuando un cuidadoso estudio de la Cabaña de Auxilio Social, sus orígenes, historia, reglamentos y forma de funcionar. Consagraba el resto de su tiempo libre a anotar lo que había descubierto. Dos o tres días antes, inició una nueva fase en este estudio: empezó a hacer un test con un grupo mixto de indígenas, sin usar para ello los tests Rorschach normales a base de manchas de tinta ni el test de Apercepción temática, sino varios de su propia creación. Uno de estos test según explicó a Maud con su tono pedante y doctoral acostumbrado, consistía en presentar una carpeta con reproducciones eróticas occidentales a los indígenas, para estudiar sus reacciones. Este método no era desconocido para Maud quien, con Adley, había enseñado con frecuencia libros de imágenes de otra cultura o forma de vida a los indígenas de una cultura determinada, a fin de estimular la discusión. La idea de Orville, consistente en mostrar grabados y fotografías de tema erótico a los miembros de una sociedad de los Mares del Sur, notable por su libertad de costumbres sexuales, era un verdadero hallazgo. Maud se dijo que no debía olvidar observarlo así en su carta a Macintosh. Dejando aparte su trabajo profesional, Orville Pence considerado como ser social no se sentía tan a sus anchas como los restantes miembros del grupo. Exceptuando el aperitivo que tomaba todas las noches con Marc, apenas alternaba con sus restantes colegas. Su carácter de célibe recalcitrante, su talante altanero y su suficiencia, que Claire nunca dejaba de observar, imposibilitaban que fuese un observador sincero y ecuánime. Aunque su trabajo con los indígenas era verdaderamente útil, se mantenía apartado de ellos y Maud tenía la sensación de que no les tenía el menor afecto y de que ellos le pagaban en la misma moneda.

Pero al menos, se dijo Maud, Orville tenía el buen gusto y el suficiente dominio de sí mismo, para no salirse de su papel de científico puro. Si sentía desagrado o disgusto, no lo mostraba en público y trataba de adaptar su conducta a las normas preestablecidas. Bajo este aspecto, su conducta era intachable y más correcta que la de Marc.

Maud dejó escapar un involuntario suspiro de tristeza en la solitaria habitación. Precisamente su Marc, su hijo Marc, instruido, experimentado, que sabía perfectamente cuáles eran sus deberes y sus derechos, tenía que ser él, de todo el equipo, quien hiciese labor derrotista. Tenía que hablar muy seriamente con él, desde luego.

Lanzó otro suspiro al inclinarse hacia delante, oprimir el botón de grabar y acercarse el micrófono a la boca para concluir su carta espontánea y amistosa al Dr. Walter Scott Macintosh...

* * *

Había llegado para Marc Hayden aquel momento con Tehura en el que había estado soñando durante casi todos los días y todas las noches. Su respiración se hizo jadeante al escuchar sus provocativas palabras y esperó que terminase de hablar, para hacer la acción decisiva.

Se encontraban ambos a gran altura sobre el poblado, en una solitaria arboleda protegida del sendero por una espesura de maleza y arbustos. El calor del mediodía los dominaba. Marc casi podía percibir con el olfato el deseo que se exhalaba de su propia carne y la sensualidad que desprendía el cuerpo de Tehura. Él permanecía sentado a la moruna en la hierba, escuchando a la joven, y ésta estaba tendida a unos pasos de él, recostada sobre la espalda, con una pierna extendida y la otra doblada por la rodilla, con el resultado de que el breve faldellín de hierba quedaba tentadoramente alzado. Marc se preguntó si aquella postura sería deliberada, si ella conocía sus dotes de seducción femenina y el desesperado anhelo que lo dominaba, o si lo hacía con toda inocencia. No podía creer que ella no supiese el efecto que aquello le producía, no sólo aquel día, sino todos. Si lo supiese, el resultado final podría ser posible.

Su vista se fijó hipnotizada en su pecho. Tehura tenía un brazo doblado bajo la cabeza, para apoyarse en él sobre la hierba. El otro estaba libre y le servía para hacer fluidos ademanes al hablar de la vida social en las Tres Sirenas de muchachas como ella. Cuando movía el brazo libre y el hombro para subrayar algunas de sus frases, sus senos se balanceaban a compás del brazo.

Exhausto por su deseo contenido, Marc se tapaba los ojos y asentía con gestos lentos y pensativos, en una pose de profunda meditación doctoral. No quería que ella le viese los ojos. Todavía no.

Trató de no oír lo que ella decía, para recordar el camino que lo había conducido tan cerca del momento culminante. La familiaridad engendra tentativa, se dijo, felicitándose por la ingeniosa frase. Llevaba dos semanas viéndola con regularidad todos los días. Casi siempre subían a pasar un par de horas en aquella arboleda. Él empezaba con algunas preguntas que traía preparadas, a las que ella contestaba con sorprendente franqueza y candor. A veces iban a pasear por los bosques, enfrascados en su conversación, y uno de tales paseos les ocupó toda una tarde. Por dos veces, ella lo invitó a frugales colaciones, que preparó en el fogón de tierra. En una ocasión, él la acompañó a buscar comida al almacén de la comunidad y, como un escolar que llevase los libros de su amiguita, llevó su ración de ñame y frutos del árbol del pan a su cabaña.

En su presencia, representaba un papel que había creado para enmascarar su verdadera personalidad. Lo representaba con la pasión sostenida de un gran actor que encarnase a Hamlet la noche de un estreno. Cuando no escuchaba se metía en el papel de aquel Marc Hayden de su propio cuño. Y siempre que se le presentaba ocasión, trataba de llamar la atención de la joven hacia aquel personaje imaginario.

Afortunadamente, si bien se sentía obligado a hacerle preguntas acerca de sí misma y de su vida en las Sirenas, ella demostraba mayor interés por la vida de Marc en aquella singular, fantástica y distante tierra de California, en la que él se proyectaba como una figura mítica de importancia nacional y poder inmenso. Como Tehura nunca había estado allí, no podía contradecirlo. Desde luego, su visión del hombre norteamericano estaba adulterada en parte a causa de lo que le había contado el cretino de Courtney, pero en aquellos quince días Marc se esforzó por corregir la visión que aquél había dado de su medio ambiente. Marc creía que sus esfuerzos se hallaban coronados por el éxito, o iban en camino de estarlo, porque Tehura era joven, poseía una imaginación volcánica y deseaba creer en cuentos de hadas... y también porque, de una manera sutil, había conseguido socavar la autoridad de Courtney.

Marc intentó señalar, del modo más discreto posible, que las opiniones que sustentaba Courtney no eran corrientes, porque su autor tampoco era un tipo corriente. Además, ¿por qué había huido Courtney de un país en el que millones de seres vivían contentos y felices? ¿Qué le llevó a desterrarse de su propio pueblo? ¿Y por qué mencionaba tantas lacras espirituales? Courtney era un fracasado, un Don Nadie, afable, atractivo, pero derrotado, y había tenido que huir de su patria. Por lo tanto, sus palabras reflejaban su amargura personal y no la verdad diáfana y transparente. Marc nunca se refirió a Courtney en estos términos; por el contrario, fingía sentir afecto y piedad por él, que a fin de cuentas era su compatriota, pero esa era la impresión que se esforzó por inculcar en Tehura.

La personalidad imaginaria que se atribuyó, era de un carácter más afirmativo. Explicó a la joven polinesia que los hombres de ciencia eran la verdadera aristocracia de Occidente, y que él era un hombre de ciencia de talla muy notable. A causa de la debilidad que demostró una vez Tehura por los aspectos materiales de la vida, Marc se pintó a sí mismo y la posición que ocupaba en Norteamérica en términos puramente materiales. Se refirió a la gran universidad que regentaba, y a los estudiantes y solicitantes que bebían afanosamente sus sabias y doctas palabras y corrían a cumplir sus órdenes. Habló de la mansión junto al mar, donde vivía con su familia, con servidores y mágicos aparatos que atendían todas sus necesidades. Habló de sus automóviles, sus aviones, sus barcos. Habló de las mujeres que habían desfallecido de amor por él y que aún lo perseguían, y de como entre todas ellas se decidió coronar a Claire con ademán augusto. Gracias a su varita mágica, ella gozó de una vida muelle y lujosa. Mencionó el mobiliario que le había regalado, su espléndido lecho, su cocina en la que no faltaba nada, su fastuoso guardarropa, sus joyas, sus derechos inalienables: Él la había creado y él tenía el *mana* de hacerla desaparecer, si lo deseaba. Bastaba una sola palabra suya para que cualquier mujer de la tierra se sintiese muy dichosa por haber sido elegida para compartir su elevado trono.

Cuando él exponía estas magnificencias autobiográficas, Tehura se limitaba a escuchar en silencio. Salvo sus ojos, muy atentos, su expresión no mostraba interés, ambición ni deseo. A veces, hablando sin inflexiones en la voz, rasgo poco natural en ella, hacía una o dos preguntas, pero a esto se limitaban sus reacciones. A otra persona le hubiera parecido ligeramente aburrida o un poco incrédula, aunque cautivada por la retórica. Para Marc, que creía conocer su psicología, estaba muy impresionada ante el mundo y la vida que él le descubría, pero era demasiado altiva para mostrarlo. Sólo alguna que otra vez, él dudaba de que hubiese conseguido convencerla. Por ejemplo, cuando ella tildaba una costumbre norteamericana de inferior a la suya correspondiente, pero esta clase de objeciones se hacían cada vez menos frecuentes.

Lo que Marc no manifestaba, refrenándose y esperando a tenerla completamente desarmada, era el fuego abrasador que lo consumía. Su instinto le decía que si actuaba prematuramente, la asustaría o haría que se sintiese repelida. El momento adecuado sería aquel en que le inspirase tal temor y ella se sintiese tan intimidada ante todo cuanto él representaba, que sucumbir a él sólo sirviese para llenarla de orgullo. En espera de que llegase aquel momento, Marc vivió durante dos semanas una vida totalmente imaginaria en compañía de la joven, de la que ésta nada sabía en absoluto. No tuvo tiempo para tomar tediosas notas; Matty se hubiera quedado estupefacta de saber que no tomó ni una sola nota desde su llegada a la isla, y tampoco tenía paciencia para soportar a su madre ni sentía interés por su esposa. Su espíritu estaba totalmente lleno de la seductora Tehura.

Entre las retorcidas neuronas de su gris materia cerebral, se había acostado con la desnuda Tehura sobre las esterillas de su choza, entre la hierba de la arboleda, sobre la arena de la playa; se acostó con ella en Papeete, en Santa Bárbara y en Nueva York; lo hizo en esta posición, en aquélla y en la otra; una hora, diez horas, cien horas, y ella siempre se abrazó a él con frenesí y él dejó que lo abrazase, gozando más por su apasionada súplica que por su arte consumado. En su cerebro pululaban las partes más eróticas de su anatomía al desnudo, y cuando juntaba todas aquellas partes, las públicas y las privadas, ella siempre aparecía reclinada con expresión amorosa, y aquella primera seducción era el instante que él más fantaseaba y que más ansiaba por alcanzar en la realidad diaria.

El momento se acercaba. Él seguía sentado en la hierba, cubriéndose los ojos con la mano y esperando con impaciencia.

—...y así, cuando nos criamos con tal libertad, forzosamente todos sentimos lo que yo siento —decía ella—. Nuestra vida amorosa es sencilla, como todo cuanto hacemos.

Él apartó la mano de los ojos.

—Comprendo todo cuanto dices, Tehura. Sólo una cosa me sorprende. Tú y todos los de la isla os referís al amor como un arte.

Así lo has hecho hace unos minutos. Sin embargo, reconoces que tú
y todos vosotros no creéis en los preliminares, lo que nosotros, en
Norteamérica, llamamos escarceos. No creéis en los besos ni permitís
que vuestra pareja os haga caricias de cintura para arriba...

Ella se incorporó para volverse hacia él, poniéndose de costado,
con lo que le vio plenamente los senos.

—Yo no he dicho eso, Marc. Claro que tenemos eso que tú llamas
preliminares. Lo que pasa es que son distintos de los vuestros. En
tu país, las mujeres van vestidas y se quitan sus ropas para excitar
al hombre. Como vosotros no veis los senos, cuando los veis descu-
biertos, os excitáis. Aquí todas llevamos lo mismo, apenas podemos
quitarnos nada y, al mostrar siempre el pecho, ya no produce excitación alguna. Entre nosotros, un hombre demuestra su ardor trayéndonos regalos...

—¿Regalos?

—Flores de tiaré bellamente dispuestas. O guirnaldas, o piezas
cazadas por él. Si la mujer se siente atraída, se encuentra con él y
ambos bailan juntos. ¿No conoces nuestra danza? Excita mucho más
que vuestra estúpida costumbre de unir vuestros labios. Después de
la danza, la mujer se tiende para recuperar aliento, y el hombre
la acaricia el cabello, los hombros y los muslos. Entonces, la mujer
ya está dispuesta.

—¿Y nada más? ¿Ningún beso, ninguna caricia?

Ella movió la cabeza negativamente.

—Marc, Marc... ¿cuándo querrás entenderlo? ¡Si pudiera hacértelo
entender, enseñártelo...!

Marc se agitó con desazón.

—Ojalá pudieras hacerlo.

—Eso, tiene que hacerlo tu esposa. Primero tiene que aprenderlo
ella y después podrá darte lecciones, si tú te hallas dispuesto a aprender nuestras costumbres.

—Quiero comprenderlo a través tuyo. Quiero ser como tú. Ensé-
ñamelo tú, Tehura.

Ella aún seguía tendida de costado. Fue a decir algo, se contuvo
y luego apartó la vista.

Había llegado el momento, se dijo. Una vieja máxima resonaba
en su cabeza: Quien calla otorga. Ahora, se dijo Marc. Todo su cuerpo estaba lleno de deseo. Cambió lentamente de posición, tendiéndose
a su lado y mirándola al rostro, mientras ella desviaba la vista de
sus ojos brillantes.

—O deja que te enseñe yo —dijo en voz baja.

Ella permaneció silenciosa e inmóvil.

Tendió la mano hacia el brazo de la joven, que ésta tenía sobre su turgente pecho.

—Tehura, si yo... si yo te tocase los senos, ¿estás segura de saber lo que sentirías?

—Sí. No sentiría nada.

—¿Estás segura?

—Sería lo mismo que si me tocases el codo o un dedo del pie... o pusieras tu boca sobre la mía... nada.

—Déjame demostrarte que te equivocas —dijo él con intensidad.

Su mirada se cruzó con la de Marc y éste leyó confusión en ella.

—¿Cómo? —preguntó—. ¿Qué quieres decir?

—Esto —contestó él, sujetándole el brazo y tendiéndose impetuosamente sobre ella. Su boca encontró sus labios abiertos y sorprendidos y mientras la besaba con fuerza, por último pudo poner la palma de la mano sobre uno de sus senos.

Le sorprendió que ella no luchase y se aprovechó de esta ventaja, besándola rabiosamente, bajando la mano hasta el faldellín de hierbas y después hasta el muslo. Cuando empezaba a subirla centímetro a centímetro, ella lo apartó bruscamente, empujándolo en mitad del pecho con la mano.

—No —dijo, en el tono con que hubiera regañado a un chiquillo.

Después, se sentó, bajándose el faldellín.

Anonadado, Marc se enderezó.

—Pero, Tehura, yo creía que...

—¿Qué creías? —dijo ella con voz tranquila y sin la menor cólera—. ¿Que tus escarceos me preparaban para el amor? No, ya te he dicho que estos estúpidos contactos no provocan en mí el deseo. Te he permitido hacerlo para ver si me lo despertaban, pero ha sido inútil. Y cuando proseguiste, tuve que pararte las manos.

—¿Y por qué tuviste que parármelas? Ya ves que te necesito, que te quiero...

—Es cierto, en lo que a ti concierne. Pero para mí eso no basta. Yo aún no te quiero.

—Yo creía que no te era indiferente. Estos últimos días...

—Despiertas mi interés. Eres diferente a los otros que conozco. Tienes mana. Pero entregarme a ti sin deseo... eso, no.

Las palabras lo habían llevado hasta allí, y estaba decidido a que terminasen por darle la victoria. Le asió el brazo.

—Tehura, escúchame... ya te he dicho que... en Norteamérica yo soy muy... en fin... cien, mil jóvenes como tú se volverían locas si yo las hiciese objeto de mis atenciones.

—Tanto mejor para ellas y para ti. Yo no estoy en Norteamérica.

—Tehura, quiero demostrarte mi amor. ¿Cómo podré convencerte de que esto no es un simple pasatiempo? ¿Cómo podré demostrarte que hablo en serio?

Ella le dirigió una ladina mirada.

—Tienes una mujer. En las Tres Sirenas, los hombres casados son tabú.

—Desde luego, tengo una mujer. Pero si hubiese sabido que tú existías, hubiera esperado y ahora no la tendría. Haré lo que tú quieras. Te trataré lo mismo que a ella.

—¿Sí? ¿Cómo?

—Dándote todo cuanto ella tiene. Te compraré vestidos caros, todo lo que tú quieras...

—¿Vestidos? —Ella lo miró como si estuviese loco—. ¿Qué haría yo con esas estúpidas prendas aquí?

—Otras cosas, pues. Dices que aquí, los hombres dan a sus enamoradas toda clase de regalos... cuentas... ¿quieres cuentas?... lo que tú desees. —Entonces se acordó—. El broche de brillantes... el medallón que llevaba mi mujer. El que a ti tanto te gustaba. Te regalaré uno igual. Lo encargaré y haré que lo traigan en avión. Me costará una fortuna, pero no importa. ¿Te gustaría eso?

Ella vaciló, frunciendo el ceño, antes de replicar con tono excesivamente ligero.

—No te molestes.

La ansiedad que lo dominaba le ponía frenético.

—Pues di lo que quieres, caray. ¿Qué puedo hacer para impresionarte?

—Nada.

—Tu me dijiste... que entregaste tu amor a Courtney... y a todos esos hombres. Incluso piensas ir con ese nuevo... ¿cómo se llama?

—Huatoro. Sí, me gusta.

—¿Y por qué tiene que gustarte? ¿Quién demonios es? ¿Por qué tienes que considerarlo más que a mí?

—En primer lugar, es libre. Después, me quiere...

—Yo también —interrumpió él.

—Tú eres importante en Norteamérica, pero aquí Huatoro tiene más *mana*. Será nuestro primer atleta en el festival. Ganará la carrera de natación, y todas mis amigas lo querrán. Y yo también lo quiero.

—¡Qué ridiculez! ¿Y te entregarás a un hombre porque gane una estúpida carrera de natación?

Ella pareció ofenderse.

—Para nosotros, esto es importante —dijo—. Es tan importante para nosotros ganar esta carrera como en Norteamérica meter mucho dinero en el banco o tener una casa o un rascacielos.

—De acuerdo, te concedo la importancia que eso tiene —se apresuró a responder Marc—. Pero, ¿quién te asegura que él ganará la carrera? Estoy seguro de que si yo lo intentara, le sacaría una milla de ventaja. En California, yo formaba parte del equipo de la universidad, teníamos más candidatos para ese equipo que habitantes tiene este pueblo y desde entonces no he dejado de nadar. Me veo capaz de vencer a cualquiera de mis compañeros de facultad y también a casi todos los estudiantes. —Le disgutaba rebajarse al nivel juvenil de Tehura—. ¿Me permitirá tu tío que participe en la carrera?

—Todos en la isla pueden participar en ella. Serán de diez a veinte. Tom concurrió algunas veces, y siempre perdiendo.

—Muy bien —dijo Marc con truculencia—. Contad conmigo. Y si venzo a tu amigo Huatoro —y lo venceré, puedes estar segura— si lo venzo. ¿Qué pasará entonces? ¿Me tratarás como hubieras tratado a él?

Ella se puso en pie riendo.

—Primero gánalo —dijo— y después veremos.

Con estas palabras echó a correr y desapareció entre los árboles, mientras él se quedaba rabiando y chasqueado, pero consolándose con la idea de que el momento que tanto ansiaba quizá no podía darse aún enteramente por perdido.

* * *

Mary Karpowicz contuvo el aliento, rogando al cielo que nadie, ni siquiera Nihau, sentado a su lado en la última hilera de la clase, notase su turbación.

El profesor, Mr. Manao, acababa de sacarse sus antiparras; jugueteó con ellas un momento y, después de colocarlas de nuevo sobre su nariz, cerca de la punta, declaró:

—Hoy podemos dar por terminada la fase preliminar de nuestro estudio del *faa hina aro*. Durante doce días he comentado la evolución del apareamiento en los animales, de las especies inferiores a las superiores. En la clase de hoy trataremos del orden más elevado de la vida... el ser humano. Como hemos hecho con los animales, nuestro método insistirá en los aspectos prácticos, más que en los teóricos. En mi cuarto tengo dos voluntarios de la Cabaña de Auxilio Social. Voy a buscarlos y empezaremos.

Recogiéndose el taparrabos, que resbalaba por su flaca anatomía, Mr. Manao salió de la estancia.

Los alumnos de primera fila empezaron a hablar en susurros y Mary Karpowicz hizo un esfuerzo por bajar los hombros, que involuntariamente había alzado hacia su cabeza como un caparazón de tortuga y lanzó un profundo suspiro. Hubiera deseado dirigirse a Nihau, siempre tan amable con ella, para preguntar qué iba a pasar luego. Sin embargo, tenía miedo de traicionarse. Y, por encima de todo, no deseaba mostrar su ingenuidad.

Mantuvo la vista fija ante sí, mientras pasaba revista a lo que Mr. Manao les había enseñado los días anteriores. Lo que dijo de los animales no dejaba de ser interesante, pero le produjo cierta decepción, porque no veía que tuviese relación alguna con su propia vida. Eran cosas curiosas. Pero se podían deducir las mismas enseñanzas útiles, leyendo entre líneas, el *Reader's Digest* o un libro de texto de Biología. Desde luego, nada de lo que aprendió allí le podía ser de utilidad en Albuquerque. No podría considerarse la igual de Leona Brophy sólo por conocer el período de gestación del oso silvestre. Hubiera querido aprender cosas sobre sí misma sobre los misterios que *aquello* encerraba, y, llena de gran expectación, asistió puntualmente a las clases todos los días, informando fielmente a sus padres sobre todo cuanto le explicaban, pero sin mencionar aquel tema, que había resuelto mantener en secreto. Y a la sazón, lo que tanto había anhelado, la clave de su propia seguridad interior, estaba a punto de revelársele. Y ella tenía miedo y echaba de menos las explicaciones sobre el oso silvestre.

Los susurros cesaron en el aula y los alumnos tendieron el cuello y se esforzaron por ver bien lo que iba a suceder. Mr. Manao había regresado, seguido por la pareja de la Cabaña de Auxilio Social. Mary enderezó la espalda y deseó llevar anteojeras protectoras. La pareja era de una belleza nada vulgar. El joven frisaba en los treinta años, era de estatura media y muy bronceado. Tenía las facciones anchas y bondadosas, hombros hercúleos y todo su cuerpo desnudo, por encima de los suspensorios blancos, estaba recubierto de músculos semejantes a las placas óseas de un armadillo. La muchacha, de veintitantos años, era de pura raza polinesia, de negra cabellera que le caía en cascada sobre los hombros, senos perfectamente redondos que parecían dos melones y opulentas caderas, ceñidas de manera muy precaria por el cinto de su faldellín de hierbas.

Mary oyó que Nihau susurraba en su oído:

—Los dos son muy conocidos en el poblado. Él es Huatoro, uno de nuestros mejores atletas y triunfador en todos los festivales. Tiene veintiocho años. Ella es Poma y, aunque sólo tiene veintidós años, ya es viuda y muy apreciada por los hombres a causa de sus modales.

Mary dio las gracias a Nihau, con un simple movimiento de cabeza, sin apartar la vista de las dos esculturas vivientes.

Mr. Manao asió por el codo a la joven llamada Poma y la condujo hasta cosa de un metro de la primera fila de alumnos. Su compañero Huatoro, el atleta, quedó en segundo término, sentado en la esterilla y en espera de que llegase su turno.

Sin soltar el codo de Poma, el instructor se dirigió a la clase.

—Empezaremos por la hembra —dijo—. Si bien todas las partes del cuerpo se hallan relacionadas con el placer sexual y la procreación especialmente ciertas zonas sensitivas, al principio nos dedicaremos tan sólo al aparato genital, externo e interno. —Soltó el codo de la joven, dio un paso atrás y se volvió para mirarla—. Cuando quieras, Poma.

Mary, que miraba desde la última fila, no daba crédito a lo que sus ojos veían. Cerró fuertemente los puños, que tenía en el regazo de su vestido veraniego. Poma se llevó ambas manos atrás y de pronto el faldellín de hierbas se apartó a un lado, como una pantalla. Luego lo tiró al suelo y quedó completamente desnuda, con su amplia figura erguida, los brazos pendiendo a los costados y la vista perdida sobre las cabezas de los alumnos. Como el faldellín de hierbas le había protegido la región pelviana del sol, tenía la tez más clara desde la cintura a la parte superior de los muslos.

Aquella descarada exhibición llenó a Mary de una desazón infinita. En su patria, ella y sus amigas se desnudaban en los vestidores del gimnasio y cuando dormían juntas, sin darle mayor importancia a la cosa. Hasta entonces, Mary nunca había visto una joven desnuda ante un público mixto. Sentía menos vergüenza por la propia Poma que por sí misma y por su propia femineidad, que se reflejaba tan sin tapujos frente a los alumnos masculinos, en especial el que tenía al lado. ¿Qué vería en ella la próxima vez que la mirase?

A Mary le dolía la espalda, en la base del cogote, y trató de darse masaje con la mano.

Como si viniese de muy lejos, oyó la voz del profesor que se dirigía a la clase. Se dio cuenta entonces de que su oído no había captado las palabras preliminares de su descripción y que su vista había permanecido posada en el suelo. Haciendo un esfuerzo, alzó la mirada. Vio fugazmente lo que allí sucedía: Poma, de pie, tan indiferente como la modelo de un artista; Mr. Manao, indicando con el índice a guisa de puntero, mientras designaba y explicaba *aquella* parte de la anatomía femenina. A Mary le daba vueltas la cabeza. ¡Era increíble!

Apartó de nuevo la mirada, pero en sus tímpanos resonaba el im-

pacto de las palabras científicas y las frases descriptivas de los
órganos femeninos, términos y expresiones que ella había encontrado en sus lecturas, pero que muy raramente había oído pronunciar. Pero allí estaban las implacables frases de Mr. Manao, que indicaban con precisión, con insoportable detalle, las causas, las finalidades, el funcionamiento, el uso de todas y cada una de las partes...
¡Oh, si pudiese ser sorda por unos momentos!

Con terquedad se esforzó por hacerse impermeable a la explicación. Lo consiguió unos instantes, pero el esfuerzo fue demasiado
grande para ella y finalmente la voz atravesó sus defensas. Por fortuna, adivinó que Mr. Manao casi había terminado de describir la
anatomía más íntima de Poma.

Oyó su monótona voz:

—En otras partes del mundo, el diminuto órgano que se encuentra
sobre el órgano principal permanece de dimensiones muy reducidas,
durante toda la vida de la mujer. Sé que esto os parecerá increíble,
pues así la excitación de esta zona se hace mucho más difícil. Entre
nosotros es costumbre, como saben las chicas de esta clase, desarro-
llar y alargar su superficie durante la infancia, lo cual es garantía
de plena satisfacción en la edad adulta. Lo que podéis observar en
Poma en cuanto al desarrollo de esta parte, es típico de todas las
jóvenes de la isla. Y ahora vamos a continuar, para que todo quede
claro, los jóvenes sepan lo que tienen que esperar y las muchachas
comprendan cómo funciona su propio mecanismo del placer...

Mary mantuvo la vista baja, pero el oído avizor, durante esta
última y descarnada revelación. Muy resuelta a dominarse, adoptó una
actitud de aparente atención y tranquilidad. Trató muy especialmente
de mantener esta actitud cuando Mr. Manao hizo aquella observación
acerca de las mujeres de «otras partes del mundo», comparándolas
a las de las Tres Sirenas. Imaginó que los ojos de todos estaban posados en ella, pues era la única que tenía algo «increíble»; ella era la
extranjera, el fenómeno. Aquellas palabras constituyeron un cal-
vario para ella. Temió el momento en que se hallaría sometida a las
miradas de todos, durante el recreo.

Levantó la vista para observar a sus compañeros. Todos los ojos
estaban concentrados en el espectáculo que tenían delante. Nadie
podía impedirle que cerrase los ojos y se taponase los oídos, pero
no se atrevía a hacerlo, aunque nadie lo advertiría. Su mirada volvió
a fijarse en la espalda desnuda del chico que tenía enfrente. Luego,
apelando a unas fuerzas ignoradas, consiguió que la voz de Mr. Manao
se convirtiese en un murmullo monótono y seguido, que la arrulló
hasta sumirla en un estado de somnolencia.

Cuando la voz del maestro cesó, ella levantó la cabeza, aliviada, preguntándose si al fin habría llegado la hora del recreo. El desnudo femenino ya no se exhibía a los alumnos y sólo vio al maestro en actitud de espera. De pronto el atleta, Huatoro, penetró en su campo de visión, mientras tiraba a un lado un trapo blanco. Acto seguido se volvió hacia ella. Mary contuvo el aliento al ver lo que hasta entonces nunca había visto. Desobedeciendo a todos los censores de su cerebro, miró como hipnotizada. Sólo cuando Mr. Manao señaló a Huatoro para proseguir tranquilamente la clase, sólo entonces, ella bajó la cabeza, esforzándose en defenderse de nuevo ante la intrusión de sus palabras, pero éstas corrían hacia ella, precisas, científicas e indiferentes. Sintió deseos de levantarse y echar a correr; casi empezó a hacerlo, pero no lo hizo, porque entonces el espectáculo hubiera sido ella, y no el joven indígena que se exhibía desvergonzadamente.

Cuando terminó la clase, ella se puso en pie sin ver nada. No quería ver a nadie, ni quería que nadie la viera. Se sentía desnuda, todos estaban desnudos y aquello estaba muy mal hecho en público. Su único deseo consistía en ocultarse.

Saliendo al luminoso exterior, pensó en huir. Deseaba interponer la mayor distancia posible entre ella y aquella indecente casa. Los alumnos que la habían precedido y formaban grupos en el césped anejo a la escuela, le imposibilitaban la fuga. Con la mayor rapidez posible y rehuyendo las miradas de todos, Mary zigzagueó entre sus compañeros, para dirigirse a toda prisa hacia el poblado.

Al irse de aquella manera, comprendió que Nihau la echaría de menos. Durante los últimos quince días se habían encontrado durante los dos recreos, por acuerdo tácito e informulado. Si ella salía de la clase antes que él, le esperaba al pie de un árbol y a los pocos segundos el muchacho aparecía puntualmente, sonriendo con timidez y con sus sólidas facciones más encogidas que nunca, trayéndole en la mano dos medios cocos llenos de zumo de frutas. Entonces se sentaban a la sombra del árbol, a veces en compañía de otros alumnos, y hablaban de lo que habían tratado en clase o evocaban recuerdos de sus jóvenes vidas. Mas por primera vez, ella no lo esperaría bajo el árbol. ¿Qué pensaría Nihau?

Aunque en realidad, poco le importaba lo que él o los demás pudiesen pensar. La sorprendente fealdad de lo que acababa de ver en la escuela, había acallado la voz de la razón. Sólo deseaba hallarse lejos de aquello, para poder respirar libremente.

Descendió la cuesta con paso presuroso, perdió de vista el patio de la escuela cubierto de hierba y por último, echó a correr. Al llegar al borde del poblado, se detuvo, jadeante, sin saber hacia dónde dirigirse. Si se iba a su choza, su madre, su padre o ambos se encontrarían allí y conocerían su agitación. Al saber que volvía de la escuela, le harían preguntas y se vería obligada a revelarles la existencia de la ciase que tan celosamente les había ocultado. Y en aquellos momentos no se sentía capaz de hacerlo.

—¡Mary!

Al oír su nombre se volvió y vio a Nihau que bajaba corriendo en pos de ella. Al llegar a su lado, vio que el rostro sensitivo del muchacho estaba serio y lleno de preocupación.

—Yo no estaba muy atrás cuando salimos de la clase —dijo—. Y vi que tú te ibas a toda prisa. ¿No te encuentras bien?

—Ahora no tengo ganas de hablar.

—Lo siento... lo siento mucho... no deseo molestarte... ni ofenderte...

Su aspecto era tan suplicante que a ella se le ablandó el corazón.

—Desde luego, no creo que haya para tanto, Nihau. Lo que pasó es que... —Miró a su alrededor—. ¿No podríamos sentarnos, por aquí?

Él indicó a la izquierda.

—Allí, cerca de la Choza Sagrada.

Se alejaron en aquella dirección, por el borde del poblado, sin pronunciar palabra. Cuando hubieron penetrado en el bosquecillo, él indicó el primer claro en semicírculo, rodeado de umbrosos árboles.

—¿No te parece bien ahí? —preguntó.

—No quiero retenerte —dijo Mary—. Llegarás tarde a la clase siguiente.

—No importa.

Se sentaron en la fresca hierba, pero Mary no supo qué decir. Cruzó sus dedos y empezó a balancearse, con expresión apurada en sus juveniles y límpidas facciones.

—Me molesta tener que confesarlo —dijo—. Me vas a tomar por un crío.

—¿De qué se trata, Mary?

—De lo que acabamos de ver en clase... nunca había visto una cosa así.

Sólo muy lentamente la comprensión se hizo en la mente de Nihau.

—¿Te refieres a Poma y Huatoro?

—Sí.

—Pero sin duda ya has visto otras personas desvestidas. A niños. A tus amigas. A tus padres.

—Pero eso es distinto. Lo de hoy ha sido tan... tan... crudo.

—Tiene que empezar de algún modo, Mary. Todos tenemos que aprenderlo.

—No sé, acaso no sepa explicarme —dijo ella—. Quizás he vivido demasiado recluida y soy demasiado... romántica. Pero la manera como lo han hecho... quitándose las prendas frente a un grupo de chicos y chicas, de día, para señalar después sus... a todas las partes... no sé. Me pareció que de pronto todo lo que se refiere a eso perdía todo su atractivo. Era como si me lo impusiesen a la fuerza. Es lo mismo que te dije al hablarte de mi pandilla... de mis amigos y amigas de Albuquerque. Yo soy una de las que aún se mantienen apartadas, hasta cierto punto, porque... verás, no creo que haya que ver o hacer ciertas cosas sólo porque es necesario verlas o hacerlas. Para mí, lo primero es desearlas. Hay que hacer las cosas cuando se desea hacerlas, en el momento adecuado. ¿Me entiendes, Nihau? No, ya veo que no. Estoy hecha un verdadero lío. Quiero decir que esas cosas, vistas así, de sopetón, más bien echan a perder el amor.

Se sintió aliviada después de pronunciar aquel largo párrafo. ¿La habría entendido, él? Nihau permanecía inmóvil, mirándose las manos y analizando aquella importante emoción.

Al cabo de un momento levantó la cabeza.

—Comprendo tus sentimientos —dijo—. Tiene que ser difícil pa·sar de un sitio donde las cosas se mantienen ocultas a otro donde todo se expone claramente. Es natural que te sientas confusa. Noso·tros estamos preparados para recibir esas enseñanzas, pero tú no. A mí, a todos los de la clase nos han criado en este ambiente, en que nada se oculta. Yo estoy cansado de ver hombres y mujeres de todas las edades sin una sola prenda encima. He visto con frecuencia cómo se hacen el amor. Para todos nosotros, la visión de Poma y Huatoro desnudos no fue ninguna novedad. Manao nos los mostró como en tu escuela el profesor descolgaría un mapa de la pared o enseñaría un esqueleto. Deseaba enseñarnos con la mayor exactitud lo que nosotros encontraríamos más tarde, en la vida, y explicárnoslo de manera pre·cisa. —Meditó antes de proseguir—. Comprendo que, si esto es nuevo para ti, tenga que haberte asustado. Lamento que creas que puede echar a perder el amor. No es así, Mary. Lo que puede echar a perder el amor es la vergüenza, el temor y la ignorancia. Ver lo que has visto y aprender lo que aprenderás no echará a perder nada, el día que es·tés verdaderamente enamorada. Entonces el hombre que hayas escogi·do será para ti como el primer hombre que hayas visto o conocido jamás. Si eres juiciosa y no tienes miedo, gozarás más con él y lo con·tentarás más, y serás feliz desde el principio, pues vuestra unión ha·brá comenzado bien.

Nihau le ofreció una visión tan distinta de *aquello*, que se sintió confortada. En su mente aparecían ya más difusas, retocadas y menos

duras, las fotografías de Poma y Huatoro desnudos, lo mismo que las
vívidas descripciones que Mr. Manao había hecho de su anatomía.
Y por último, las fotografías terminaron por ser atractivas.

Nihau permanecía pendiente de sus palabras, como si de sus
labios tuviera que surgir una decisión trascendental.

La sonrisa de Mary tornóse al fin tan pudorosa como la del joven.

—Gracias, Nihau. Ahora, será mejor que vuelvas a la escuela.

Él vaciló.

—¿Y tú?

De pronto sintió que todo se había arreglado, los misterios iban
en vías de disiparse y ella sería pronto una mujer hecha y derecha,
juiciosa, confiada, superior y más sana a todos los de su grupo de
Albuquerque. El temor y la vergüenza se habían disipado. Esperaba
con impaciencia el momento de ser una mujer adulta. Sintió deseos
de echar a correr hacia la casa. ¡Ojalá que todos los días de apren-
dizaje se pudiesen condensar en uno solo, para saberlo todo de la
noche a la mañana!

—Hoy no, Nihau —dijo—. Prefiero quedarme aquí sentada, pensando. Pero mañana, sí... mañana nos veremos en la escuela.

* * *

Durante más de una hora, Harriet Bleaska, vestida con su inmaculado uniforme blanco de enfermera, permaneció de pie bajo el
sol abrasador del principio de la tarde, asistiendo a los funerales de
Huata sin verter una lágrima.

Antes de asistir a la ceremonia, Harriet se sentía muy preocupada
por la invitación, pese a que Maud le había asegurado que aquellos
ritos funerarios eran muy sencillos en casi todas las islas de la Polinesia. Los ritos que se celebraban en las Tres Sirenas, explicó Maud,
consistían principalmente en la ceremonia destinada a separar el
alma de Huata de su alojamiento terrenal y purificarla antes de su
ascenso al Walhalla, para reunirse con el Sumo Espíritu.

Harriet fue la única persona de la misión norteamericana invitada
a la ceremonia. Ella esperaba hallar algunos de sus compañeros,
pero no fue así y Harriet se encontró sola frente a la choza de
Huata, situada en la cuesta, a cincuenta metros de la enfermería.
La rodeaban veintitantos habitantes del poblado, todos ellos parientes
del muerto. Respondió a las breves inclinaciones de cabeza del jefe
Paoti y su esposa, Moreturi, Tehura y otros varios conocidos. Supuso

que el rollizo y anciano caballero y la mujer de facciones ajadas situados en primer término del duelo eran los padres de Huata.

La aparición de Harriet no llamó excesivamente la atención. Esto la alivió, pero seguía sin comprender por qué Moreturi la había distinguido con aquella invitación especial. La atención general se dirigía a la choza de Huata. A los pocos minutos, media docena de jóvenes de la edad del difunto aparecieron ante la vista de todos y se abrieron paso entre el respetuoso duelo, transportando en hombros al finado, encerrado en un largo cesto de mimbres. De esta manera cubrieron la breve distancia que separaba la enfermería de su morada. Con gran diligencia, depositaron los restos mortales en medio de la cámara delantera de la cabaña. Así que lo hubieron depositado en el suelo, salieron y cerraron la puerta, para ponerse a demoler con celeridad la choza. Blandiendo afilados cuchillos de bambú, cortaron las cuerdas de fibra vegetal que aseguraban el techo de hojas de pándano y las paredes, empujando las ramas entrelazadas, que cayeron hacia el interior. Así se formó sobre el difunto y sus bienes un montón de hojas de pándano y cañas de bambú rotas. Entonces Paoti aplicó una antorcha a la pila funeraria, que pronto ardió con altas llamaradas, para consumirse enteramente al poco tiempo, aunque las columnas de humo y polvo ascendieron hacia el cielo durante largo rato. Harriet supuso que, según las creencias de aquellas gentes, el alma de Huata, a la que el fuego había liberado y purificado había ascendido al cielo, mezclada con las columnas de humo.

Harriet asistió apenada a la cremación, pero sin experimentar un dolor excesivo. La suerte de Huata le pareció tan evidente, después de examinarlo, que su fallecimiento, sobrevenido dos noches antes, no constituyó sorpresa para ella. Había cohabitado con Huata no una sino tres veces, en gloriosa unión, antes de su muerte, y se enorgullecía de haberle proporcionado aquella última dicha, por la que no se hacía el menor reproche.

Cuando el fuego se extinguió y las brasas se enfriaron, dejando únicamente montones irregulares de cenizas, Harriet se preguntó qué tenía que hacer. ¿Debía ir a consolar a los padres y demás parientes? ¿O debía desaparecer discretamente? Pero antes de que pudiera adoptar una decisión, Moreturi se acercó a ella. Vio que servía bebidas y que le tendía una concha llena hasta el borde.

—Es para celebrar su feliz ascensión al cielo —dijo Moreturi—. Sólo tiene que beber un sorbo. —Cuando se disponía a alejarse, se volvió para decir—: Quiero darle las gracias, Harriet.

Perpleja, ella mojó sus labios en la espesa substancia y dejó la concha aún llena sobre la hierba. Al incorporarse, vio que ante ella se había formado una hilera de nativos, encabezados por los padres de Huata. Todos desfilaron ante ella y, después de decirle «Gracias» con voz muy grave y baja, se alejaron. Luego el jefe Paoti efectuó la misma ceremonia, seguido por Hutia Wright y después otros varios ancianos, seguidos por una docena de jóvenes de ambos sexos, todos los cuales dieron las gracias a Harriet.

Terminada esta singular ceremonia, la enfermera observó que el duelo se daba por despedido. Ella también se apresuró a irse y bajó al poblado, siguiendo los lugares en sombra hasta llegar a la enfermería.

Encontró a Vaiuri rebuscando entre las medicinas. Cuando la oyó entrar, se levantó de un salto, con talante grave y compuesto.

Ella sacó un pañuelo del bolso y se secó la frente.

—Hace calor —dijo.

—Sí, el sol quema —contestó Vaiuri—. Voy a buscarte agua.

—No, gracias... ya he bebido algo. Estoy bien. Lo único que necesito es un cigarrillo. —Sacó uno del bolso y Vaiuri se acercó a darle lumbre. Harriet exhaló una bocanada de humo.

—¿Qué tal, la ceremonia?

—Triste pero muy digna.

—Sí. Por lo general, nadie llora. Vivimos. Morimos. Quizá volvemos a vivir.

Ella dio una chupada al cigarrillo y resolvió preguntarle.

—Vaiuri, quiero preguntarte algo relacionado con esa ceremonia.

—Pregunta. Con mucho gusto te contestaré.

—Después de la cremación todos se acercaron a darme las gracias. ¿Por qué a mí, precisamente?

Vaiuri no pudo ocultar su asombro.

—¿Es que no lo sabes?

—No tengo ni la más remota idea.

—Tú eres famosa en esta isla.

—¿Famosa?

Vaiuri asintió.

—Sí, tú tienes *mana*. Endulzaste los últimos días de vida de Huata. Fuiste muy buena con él. Lo complaciste. Todos estamos en deuda contigo.

¿Era verdad lo que estaba oyendo?

—¿Quieres decir que... Huata reveló que nos habíamos hecho el amor?

—Se sentía orgulloso de ello. Aquí, esto no tiene nada de malo. Él era un hombre que sólo vivía para el cuerpo y los sentidos. Esto era lo único que necesitaba para morir dichoso. Pero la costumbre no lo permitía. Únicamente tú, en tu calidad de forastera, podías romper esa costumbre, y lo hiciste. Su familia, sus deudos, te reverencian como si fueses una divinidad. Y también... —Se interrumpió de pronto—. Y por eso te dieron las gracias.

—¿Y también qué, Vaiuri? Ibas a decir algo más.

—No deseo ofenderte, aunque en realidad no se trata de nada ofensivo sino de algo de lo que hay que enorgullecerse.

—No debe haber secretos entre nosotros, Vaiuri. Trabajamos juntos. Además, ahora ya sabes lo que... lo que hice... Sabes que hice el amor con uno de tus pacientes. Por eso me invitaron al funeral, ¿no es cierto?

—Te consideraban pariente de Huata.

—Por favor, dime lo que ibas a decir. No me ocultes nada.

—Desde la primera noche, y las que siguieron, Huata confesó sus relaciones contigo tanto a mí como a Moreturi y a todos sus visitantes. No podía contenerse, tan dichoso se sentía. Había conocido a muchas mujeres, muchísimas... mujeres apasionadas y llenas de experiencia... pero dijo que ninguna podía compararse contigo. Explicó con detalle todas tus magníficas dotes. Dijo que ninguna hembra poseía tu habilidad para proporcionar placer. Pero él no se refería tanto a tu destreza como a tu ternura, tu ternura desbordante. Sus parientes se enteraron y pronto lo supo todo el pueblo. Es posible que tú aún no lo sepas, pero te has convertido en una leyenda. Todos te consideramos como la mujer más hermosa, deseable y bella de la isla.

La mente de Harriet corrió a través del tiempo, volviendo al instituto de Cleveland, a los hombres de la Bellevue neoyorquina, al anestesista y a Walter Zegner y San Francisco. Todos los hombres que pasaron por su vida la consideraron deseable y hermosa en la cama, pero únicamente allí. Ninguno de ellos había conseguido atravesar la Máscara, para descubrir que la belleza de su amor era una sola e idéntica belleza con su persona. Pero allí... le dijo su corazón palpitante... tal vez allí, en aquella isla... la Máscara hubiese caído para siempre. Sin embargo, no se atrevía a confiar en nadie, después de su desengaño con Zegner. Debía ser muy cautelosa.

—Yo... no sé qué decirte, Viauri. Créeme, el pobre Huata, que en paz descanse, exageraba. Yo no soy todo eso que él dice.

—No debes mostrarte modesta. Esto es verdad. Está demostrado. Eres la mujer más deseable y bella de la isla.

Sin parpadear, ella examinó el rostro grave, franco y extrañamente romano del practicante.

—¿La más bella de la isla, Vaiuri? Esto es mucho...

—Sí, la más bella para todos —repuso él, con tono contundente.
Harriet comprendió que hablaba en serio y en su corazón se elevó
un gozoso cántico.

* * *

Nunca, en todos los años que había consagrado al estudio comparado de las costumbres sexuales, Orville Pence se había sentido
más desconcertado que entonces y había experimentado un mayor
sentimiento de frustación.

El sudor, como una bandada de hormigas transparentes, descendía
por su frente huidiza y se le metía en los ojos, obligándole a quitarse
las gafas con montura de concha para secárselos. La corbata, que
se empeñaba en seguir llevando, pese a las burlas de Sam Karpowicz
y las súplicas de Marc para que renunciara a ella, le apretaba el
cuello de la camisa a la sudorosa garganta y le dificultaba la respiración.

En momentos como aquél, hubiera deseado empezarlo todo de
nuevo. En vez de la maravillosa boda que ya casi alcanzaba con la
mano —que se fuesen al cuerno Crystal, Dora y Beverly; como quiera
que se llamase entonces—, participó en aquella espantosa expedición,
para encontrarse entonces sentado con desesperación en el suelo
de la estancia delantera de su choza, rodeado por un semicírculo
de seres medio primitivos e idiotas, de expresión estólida, que se ne-
gaban a cooperar con él.

Eran seis, tres hombres y tres mujeres, de edades que oscilaban
entre los veinte y los cincuenta años. Se ofrecieron voluntarios para
participar en los tests de Orville. El primero, que él mismo había
inventado y desarrollado, para aplicarlo después con el mayor éxito,
era su amado «test de reacción al estímulo por la imagen»... y, por
primera vez, parecía dar malos resultados.

Orville se sentía muy orgulloso de su test y confiaba en escribir
una notable comunicación sobre su empleo en el seno de una sociedad remota y muy obsesionada por las cuestiones sexuales, como
era la de las Sirenas. En la conferencia que celebró la noche anterior
con Rachel DeJong y Maud Hayden no negó, empero, que su test,
en el fondo, no era completamente original.

—Desde luego, me lo inspiró la labor realizada con el test de
apercepción temática, el test Szondi, y el de imágenes frustradas,
ideado por Rosenzwig —admitió francamente a Maud—, pero cada
uno de ellos presenta limitaciones, al menos para mí. Consideremos

el test de apercepción temática, por ejemplo. Tomo las veinte imágenes, que representan seres humanos en distintas situaciones capaces de provocar un estímulo, y pregunto a estos indígenas que me digan lo que ven. Las situaciones resultan demasiado remotas para ellos para provocar sus comentarios. Les enseño un hombre armado de una daga que se dispone a cometer un asesinato, y les pregunto qué ha pasado y qué va a suceder. Cuando enseñé esta imagen en las islas del litoral de Alaska, la situación resultó demasiado extraña para provocar reacción alguna. Aquel acto resultaba incomprensible. ¿Así, cómo podía esperar que me revelasen sus propias actitudes y conflictos? Después le enseñé el Szondi, esa colección de cuarenta y ocho fotos de tipos humanos anormales, y obtuve el mismo resultado. No se producía la identificación. Los sujetos no conocían aquellos tipos. Y lo mismo con los cartones del Rosenzwig —¿No los has visto, Maud?— que siempre presentan a dos personas que se molestan de distintas maneras, y hay que preguntar al sujeto qué haría o diría el que es molestado. Los sujetos primitivos no consiguen identificar las situaciones. Fue entonces cuando ideé mi test de reacción al estímulo por la imagen. Se basa también en bastantes tanteos, pero finalmente conseguí dejarlo reducido a treinta fotografías enmarcadas, de obras de arte clásicas y modernas de tema erótico. Esto sí que todos los hombres lo conocen, sea cual sea su idioma o su cultura. De este modo se estimula la reacción auténtica del sujeto, y sabemos si tiene la manga ancha o es muy pacato. Sin darse cuenta, el sujeto proyecta al exterior todos sus deseos y ansiedades, al ver esas imágenes, revelando sus actitudes hacia sí mismo y los demás. Así tenía que dar un resultado perfecto. Todos los entenderían.

Después de ceder a Rachel DeJong los derechos exclusivos para el empleo de los test con manchas de tinta del médico suizo Dr. Hermann R. Rorschach, todas las pruebas para calcular el cociente de inteligencia de los indígenas y el empleo de las asociaciones de palabras, Orville Pence abandonó la reunión de la víspera como único y exclusivo propietario de su test de reacción al estímulo por la imagen, guardando en reserva el de apercepción temática, por si se presentase ocasión de emplearlo.

Ansioso e impaciente, Orville esperó que llegasen sus voluntarios. Después de una breve y lúcida explicación preliminar, puso ante ellos sus preciosas imágenes. Levantó la primera de la pila, la volvió boca arriba y la ofreció a la curiosa atención de sus seis sujetos.

Acto seguido puso en marcha su magnetofón portátil y dijo a los nativos, que se pasaban la reproducción sin hacer el menor comentario:

—Lo que ustedes ven es una pintura procedente de uno de los numerosos frescos que adornan las paredes de la Casa del Ristorante, la cual se encuentra en Pompeya, una ciudad antigua de un país llamado Italia. Estos famosos frescos muestran todos los sistemas de unión sexual. El que ahora contemplan ustedes reproduce a la mujer desnuda de rodillas sobre el lecho, con el hombre situado detrás...

Le devolvieron la reproducción.

—Bien —preguntó—. ¿Qué les parece?

Esperaba oír animados comentarios, pero ninguno de los seis sujetos habló ni se movió.

—A ver, hablen por turno —dijo, para ayudarles a vencer lo que sin duda era nerviosismo y timidez. Señaló a la primera persona del semicírculo, una mujerona de media edad.

—¿En qué le hace pensar esta imagen?

Y sostuvo ante sus ojos la reproducción del fresco.

—Es muy bonita —dijo ella.

Orville indicó al segundo, un hombre de más edad.

—¿Qué dice usted?

—Que está bien —respondió el sujeto—; muy bien.

—¿Y usted?

—Es muy bonita.

—¿Y...?

—Muy bonita.

Orville se interrumpió, desconcertado.

—¿No tienen nada que añadir? ¿No les produce sorpresa? ¿No se escandalizan? ¿No reaccionan?

Orville esperó a que contestasen. Los miembros del grupo se miraron, se encogieron de hombros y por último la mujerona de media edad, tomó la palabra en nombre de todos.

—Es algo muy corriente —dijo.

—¿Quiere usted decir que todos ustedes lo encuentran familiar? —preguntó Orville.

—Eso, familiar —respondió ella, y todos hicieron ademanes de asentimiento.

Esforzándose por dominar su desconcierto, Orville trató de continuar. Si no podía arrancar a aquella gente una reacción auténtica, no podría examinar ni analizar su reacción al estímulo.

—¿Ninguno de ustedes desea comentar esta imagen? ¿Qué creen que ocurrió antes de este momento, durante el mismo y qué suponen que ocurrirá después?

Los reunidos en semicírculo efectuaron una silenciosa consulta, enarcando las cejas y encogiéndose de hombros, como si todos estuviesen de acuerdo en considerar chiflado a su visitante. Uno de ellos levantó la mano, por último. Era un joven delgado de unos veinte años.

—Yo la comentaré —manifestó—. Él quiere hacer el amor, ella también, y ambos hacen el amor en la imagen. Él pronto estará contento, ella también, y descansarán. Si no duermen, volverán a hacer el amor. Son fuertes y creo que lo harán varias veces.

—Sí, sí —repuso Orville con impaciencia—. ¿Pero no se le ocurre nada más? ¿Nada de lo que ven les hace pensar en ustedes... o les preocupa... o les inspira el deseo de ... es decir...?

—No nos inspira nada —repuso el joven con indiferencia—. Es una cosa demasiado vulgar. Todos la hacemos. Todos disfrutamos de ella. ¿Qué más quiere que le diga?

Orville dirigió una inquisitiva mirada a los otros cinco. Todos movían la cabeza al unísono, para mostrar que estaban de acuerdo con el joven.

Anonadado, Orville dejó caer el fresco pompeyano sobre sus rodillas, para mirarlo con gesto de impotencia. Aquella imagen le producía una reacción inmediata. En primer lugar, él nunca había utilizado aquella posición con una mujer, y la posibilidad de hacerlo algún día hacía que se estremeciese. En realidad, sólo había utilizado una posición, y únicamente con muy pocas mujeres, lo cual le llenaba de remordimientos. Y por último, nunca había disfrutado del placer que de manera tan evidente mostraba aquella imagen, lo cual le entristecía. Terminó pensando en Beverly Moore, y se sintió muy solo.

Fueron aquellos pensamientos, mezclados con el disgusto que le produjo el fracaso de un invencible test, los que le llevaron a experimentar el profundo abatimiento que entonces sentía.

Ceñudo, resolvió persistir en sus esfuerzos, hasta que aquellos estúpidos capitulasen. Tirando a un lado el fresco pompeyano, volvió bruscamente la imagen que venía a continuación. Representaba a *Los Amantes*, de Jean Francois Millet, réplica moderna de lo que el fresco pompeyano había representado en la Antigüedad. Orville siempre consideró un hallazgo la obra de Millet, pues sus amigos quedaban pasmados al verla. Casi todos ellos conocían sólo el Millet del *Angelus* tradicional, y no podían creer que aquel mismo artista hubiese hecho una obra tan desvergonzada. Orville entregó la reproducción a sus examinandos. Aquellas pétreas facciones continuaron tan impasibles como antes y, como antes, cuando les preguntó cuál era su reacción, se limitaron a responder que no tenían nada que decir, pues encontraban aquello muy familiar.

La tercera y cuarta imágenes eran *La Cama,* de Rembrandt y
El Abrazo, de Picasso, respectivamente, que mostraban con mucho
realismo a sendas parejas entregadas a la cópula más corriente, o
sea frontal. Esta vez las reacciones fueron del más profundo aburrimiento y los seis sujetos guardaron un silencio total. Desesperado,
Orville rebuscó en su pila hasta hallar la reproducción de *Las Amigas,* de Pascin. La reacción a la opulenta pintura que representaba a
las dos jóvenes y desnudas lesbianas francesas fue inmediata, estentórea y unánime. Los seis indígenas prorrumpieron en francas carcajadas. Orville se animó inmediatamente.

—¿Qué les hace gracia? —preguntó.

Respondió el joven de veinte años.

—Nos reímos porque todos decimos... ¡Qué modo de perder el
tiempo!

—¿Esto no se hace, aquí?

—Ni por asomo.

—¿Qué les parece?

—Nos parece que es perder el tiempo, ya se lo he dicho.

Orville insistió, tratando de arrancarle algo más. Pero todo fue
inútil. Pascin no les producía el menor efecto.

Cada vez más deprimido, Orville pasó a un grabado del siglo XVI,
obra de Julio Romano. Representaba una pareja desnuda con la
mujer en posición dominante. Por primera vez, el grupo mostró cierto interés. Todos se apiñaron en torno al grabado, comentándolo en
polinesio.

Orville creyó que por fin conseguiría algo.

—¿Les resulta familiar, esta posición?

La mujer de media edad, que estaba en un extremo, asintió.

—Sí, muy familiar.

—¿Se practica mucho, en las Sirenas?

—Sí.

—Muy interesante —observó Orville—. Pues tienen ustedes que
saber que en mi patria, entre nosotros, se practica menos que...

—Perdone, pero ustedes también la practican a menudo —repuso
la mujer de media edad, tajante.

—Yo más bien creo que no —repuso Orville—. Según las estadísticas que poseo...

—Huata decía que sus mujeres son estupendas así.

—¿Quién es Huata?

—El que murió.

—Ah, sí —dijo Orville—. Pobre muchacho. Pero con el debido respeto por su memoria, le aseguro que él no podía saber cómo...

El joven flaco lo interrumpió.

—Sí lo sabía. Hizo el amor con una de ustedes.

Orville vacilaba. Sin duda, su oído le había engañado. ¡El constante problema de la comunicación oral!

—¿Cómo es posible que Huata hubiese conocido tan íntimamente a una de nuestras mujeres?

—Porque ustedes están aquí, entre nosotros.

—¿Pero, se refiere usted a una de... las mujeres... de nuestro grupo?

—Naturalmente.

Orville se esforzó por contenerse. Debía evitar ponerse furioso, para no intimidarles y reducirlos al silencio. Cuidado, se dijo. Debía quitarle importancia.

—Muy interesante —dijo—. Su colaboración está resultando muy útil. Siento gran curiosidad por conocer con detalle lo que pasó entre Huata y esa... esa persona de nuestro grupo...

A los cinco minutos lo sabía todo hasta el último y espantoso detalle y a los seis minutos los despidió, convocándoles vagamente para otro día, para hacerles el test de apercepción temática.

Al quedar solo en la choza, Orville permaneció abrumado y tembloroso, al pensar en la perfidia, la conducta vergonzosa y antipatriótica de aquella mujer que los había deshonrado. Sólo podía hacer una cosa: revelar el escándalo a la Dra. Maud Hayden y hacer que echasen a aquella mala pécora de la isla con cajas destempladas.

Salió como una furia de su morada y pasó corriendo frente a la residencia de la infame seductora, frente a la morada de Marc Hayden y, demasiado consternado para llamar, irrumpió en el despacho de Maud Hayden.

Ella estaba sentada ante la mesa, escribiendo, cuando lo vio comparecer con el rostro arrebolado y el lazo de la corbata torcido.

—¿Qué te pasa, Orville? Te veo terriblemente trastornado.

—Y lo estoy, doctora —dijo él, jadeante—. Maud, siento tener que ser yo quien te traiga esta noticia... es espantoso...

Maud dejó la pluma sobre la mesa.

—Vamos a ver, Orville, ¿de qué se trata?

—Al hacer uno de mis tests, supe por los indígenas que una persona de nuestro equipo, una mujer, se ha... se ha...

Fue incapaz de continuar.

—¿Se ha entregado a un indígena? —dijo Maud con afabilidad—. Ya lo sabía. Supongo que te refieres a Harriet Bleaska.

—¿Que lo sabías?

—Naturalmente, Orville. Lo sé desde el primer momento. Mi mi sión es estar enterada de todo. Además, en estas sociedades confinadas, estas cosas pronto se propalan.

Orville avanzó, muy agazapado, hasta asumir la postura de un Quasimodo ultrajado y escrutó el rostro de Maud.

—Parece como si aprobases este acto tan abyecto....

—No lo desapruebo —repuso Maud con firmeza—. Yo no soy la madre de Harriet ni su carabina. Y ella ya tiene veinticinco años bien cumplidos.

—¿Pero dónde está tu sentido de la decencia, Maud? Esto puede volverse contra nosotros, rebajarnos a los ojos de los nativos. Además...

—Todo lo contrario, Orville. Harriet se portó de una manera tan extraordinaria, en un lugar donde las proezas sexuales suscitan la admiración, que la consideran como una reina y este sentimiento se extiende a nosotros. Resultado: que aún cooperarán más con ella y por ende con nosotros. En una palabra, Orville: hemos dejado de ser para ellos un distante grupo de mojigatos.

Orville se enderezó al oír esta inesperada defensa, propia de una Celestina, y repuso, casi temblando de ira:

—No, no, Maud... estáis todos equivocados... sois demasiado científicos... demasiado objetivos... no veis la realidad de las cosas. En bien de todos, tienes que intervenir, evitar que esa enfermera se arrastre por el fango... Devuélvela a los Estados Unidos; eso es lo que tienes que hacer, despacharla. ¿Querrás hablar con ella?

—No.

—¿No querrás hablarle?

—No.

—Muy bien, pues, muy bien —barbotó Orville—. Si no quieres hacerlo tú, lo haré yo... por su propio bien.

Con semblante de dignidad ultrajada, se bajó el nudo de la corbata, que le había subido al hombro, y salió hecho un basilisco.

Maud dejó escapar un profundo suspiro. Pensaba que el reverendo Davidson había muerto hacía mucho tiempo del corte que se produjo con una navaja en la playa de Pago-Pago. Pero se había equivocado. Se preguntó qué haría Orville, si es que verdaderamente era capaz de hacer algo y se dijo que no debía perderlo de vista. Adley solía decir que un misionero podía destruir en un minuto la labor realizada por diez antropólogos en diez años. Satisfecha de tener a Adley a su lado en esta coyuntura, tomó de nuevo la pluma y continuó escribiendo sus notas.

Rachel DeJong no supo quién iba a entrar cuando diez minutos antes la puerta se abrió para dar paso a Atetou, mujer de Moreturi, al interior de su primitivo consultorio.

Era sorprendente que, en un poblado tan pequeño, cuya población femenina se movía en espacio tan reducido, ella aún no hubiese visto a la esposa de Moreturi, pese a haber conocido y tratado a tantas personas en tan poco tiempo. No pensó en ello al darle hora. Sólo cuando esperaba a Atetou, esforzándose por recordar lo que sabía de ella, Rachel DeJong cayó en la cuenta de aquella omisión. Entonces se preguntó si el hecho de que aún no conociese a la esposa de Moreturi se debía a una casualidad o a que ella la rehuía deliberadamente.

Pero entonces, mientras servía un té dulce y azucarado en las tazas de latón traídas por los Karpowicz, Rachel pudo clarificar en parte sus ideas acerca de la mujer de Moreturi. Si bien aún no la conocía personalmente, la había encontrado todos los días en las asociaciones de ideas de Moreturi, muy subidas de color. Ella había esperado que fuese... ¿qué? Desde luego, una mujer de más edad y de menor atractivo físico. Había esperado hallarse frente a una arpía doblada de bruja, un cáncer que corroía la vigorosa y extrovertida personalidad de Moreturi. Había esperado que fuese una segunda Jantipa. Un fragmento de *La Fierecilla Domada* que aprendió cuando iba a la escuela, cruzó por su cerebro: «Ya sea tan mala como la amante de Florencio —tan vieja como Sibyl, tan maldita y astuta— como la Jantipa de Sócrates, o peor —ella no me conmueve».

Sin embargo, en aquella primera entrevista nada de aquello era evidente, aunque Rachel sospechaba que su perversidad se ocultaba a flor de piel. Después que le estrechó la mano, Atetou guardó su compostura, mirándola como a una igual. Acudía a la visita muy contra su voluntad, según aseguró Moreturi, pero la verdad era que no lo demostraba. Rachel calculó que no podía tener más de treinta años. Sus diminutas facciones eran regulares y suaves en exceso; tenía la garganta tersa y juvenil. Los senos, pequeños, altos y rígidos. Tenía la desconcertante costumbre de mirar más allá de su interlocutor, quien nunca estaba seguro de que le hablaba o le escuchaba. Tenía la voz apagada, hasta tal punto, que era necesario inclinarse hacia ella para oír lo que decía, con lo que la persona que con ella hablaba tenía que esforzarse y esto la colocaba en situación desventajosa.

—Tome —dijo Rachel, sirviéndole el té frío—. Lo encontrará muy refrescante. ¿Ha probado ya el té?

—Varias veces. Siempre que el capitán Rasmussen lo ha traído.

Atetou tomó la taza de latón y bebió con semblante impasible. Rachel se acomodó en la esterilla frente a ella y empezó a tomar el té, sintiendo la helada hostilidad de su visitante. Moreturi había confesado haber referido a su esposa todos los detalles de sus sesiones psicoanalíticas. Era natural, desde luego, que Atetou se sintiese molesta por la intromisión en su vida de una persona extraña que consideraría conchabada con su marido contra ella. Si Atetou había acudido a su consultorio, lo había hecho únicamente para demostrar que no era el ser perverso y raro que su marido presentaba a aquella intrusa.

Rachel comprendió que si ambas tenían que hablar con franqueza la iniciativa debía partir de ella misma. Atetou no iniciaría nada, lo cual era comprensible. Si quería hacerla hablar, Rachel tendría que herirla en su amor propio, aludiendo a la infelicidad conyugal de Moreturi, que éste le achacaba. Rachel deploraba tener que apelar a aquella táctica, pero no había otro remedio. No podía ni soñar en que Atetou se tendiese voluntariamente en el diván, hablando en metáfora, ni en hacerle adoptar el papel de paciente. Aquella orgullosa mujer no lo permitiría ni por un segundo. Estaba allí como una señora que visitaba a otra, como una maligna vecina dispuesta a cantar las verdades a otra mujer mal informada. Había acudido para tomar el té y hablar midiendo sus palabras.

En los últimos días, Moreturi resultó un paciente más fácil para Rachel. Una vez derribada la barrera que los separaba, él cooperó plenamente, dentro de sus naturales limitaciones. Acudía a las sesiones a divertirse. Tendido de espaldas, con las manos cruzadas detrás de la cabeza, bromeaba con su «Miss Doctor» y charlaba por los codos, sin pararse en barras. Le gustaba desconcertar a Rachel contándole sus experiencias amorosas. Sentía gran placer explicándole sus sueños con todo detalle. Era evidente que le divertía escandalizar a la mujer blanca. Rachel pronto comprendió sus verdaderos propósitos y su alma le resultó transparente. Moreturi no sentía un verdadero interés por sus motivaciones subconscientes. Cuando su crisis doméstica alcanzase el apogeo, acudiría a la Jerarquía tradicional para que ésta le resolviese el problema. Lo único que le interesaba, el verdadero objeto de su juego, adivinó Rachel, era arrancar su máscara de analista y convertirla en una mujer. No era un hombre falto de inteligencia, pero ésta no le interesaba. No sentía el menor atractivo por sondear su propia mente, por efectuar una introspección en la selva inexplorada de su espíritu. Lo único que le atraía, como a su difunto amigo Huata, eran las emociones físicas. Era un hedonista de pies a cabeza: comer, beber, hacer ejercicio físico, bailar y unirse con las mujeres. Para aquel alma libre, para aquel célibe nato, la responsabilidad de tener una esposa representaba una verdadera carga. En realidad, no deseaba divorciarse de Atetou, sino escapar de la prisión del matrimonio, que para él era antinatural.

En la última semana Rachel pensó, que quizás Atetou no fuese tan frígida como Moreturi quería dar a entender. Era posible que, a los ojos de un hombre como Moreturi, cualquier esposa resultase frígida. Rachel se dio cuenta de que siempre defendía inconscientemente a Atetou pues, al hacerlo, defendía su propio sexo. Los hombres como Moreturi eran una amenaza a la institución del matrimonio y a la monogamia. Al propio tiempo, aunque Rachel no se detuvo a examinar con mucha atención las causas de aquella actitud ambigua, era una secreta aliada de Moreturi contra su esposa. De una manera indefinible, Atetou se alzaba entre Rachel y su paciente. Era imposible establecer una línea directa entre el analista y el sujeto analizado, porque Atetou la convertía en un triángulo. Rachel se debatía bajo la sensación de culpabilidad, siempre que se dejaba arrastrar por las locas divagaciones de Moreturi y la sensación de culpabilidad que impedía una mayor comunicación era la vigilante mirada de Atetou.

Pero Rachel sabía que se engañaba. Atetou no se interponía en absoluto entre Moreturi y ella. La causa mayor de inhibición había que buscarla en la insistencia de Rachel en continuar la comunicación con Moreturi a través del psicoanálisis. A cada día que pasaba, aquello se hacía más imposible. Si ella le hablaba del deseo de pene de una joven o del temor de castración que sentía un muchacho, Moreturi se desternillaba de risa. Si le hablaba del complejo de Edipo y el desplazamiento de los deseos inaceptables, Moreturi se mofaba de ella hasta que casi la hacía llorar.

Poco a poco, Rachel llegó a la siguiente conclusión: el sistema de ayuda mental, creado a finales del siglo XIX en la refinada Viena por un inteligentísimo judío barbudo, no daba el menor resultado en el seno de una civilización que no se hallaba sometida a las tensiones de Occidente. Resultaba muy difícil para Rachel relacionar sus conocimientos acerca de sujetos neuróticos y psicópatas surgidos en el seno de una sociedad muy literaria, vestida, dominada por represiones e ideas materiales, en la que existía la competencia, con una sociedad polinesia relativamente apática, sin afán de lucha, hedonista y aislada, cuya tabla de valores era muy distinta a la occidental. Y Rachel comprendió que si Freud, Jung, Adler o sus discípulos ocupasen los cargos de la Jerarquía en la isla de las Tres Sirenas, terminarían analizándose entre sí, impulsados por su desesperación.

Aunque Rachel comprendió entonces que esto era otro subterfugio. Los obstáculos que se interponían entre ella y el éxito con Moreturi no eran Atetou ni el psicoanálisis de raigambre occidental. No era más que ella misma. El aplomo de su paciente, su falta de inhibición, su masculinidad, todo esto la asustaba y la estorbaba. No trataba de hallar ningún punto importante con él, ni de seguir un camino determinado, porque él era el fuerte y ella era la débil, y no se atrevía a revelárselo. Era una gran cosa poseer conocimientos superiores. Gracias a ellos, se sentía segura y dueña de sí misma en su consultorio de Beverly Hills, provisto de aire acondicionado. Le permitía dominar a seres considerados enfermos según las ideas de una sociedad perfectamente estructurada. Pero aquellos conocimientos, en cambio, no le conferían fuerza alguna en un mundo primitivo, donde no tenía otra arma. Era imposible domeñar un corpulento animal, un ser libre que sólo se fiaba de su instinto y sus apetitos, aplicándole la sabiduría de la libido, el yo y el super-yo. Lo único que hacía era esquivar a la magnífica bestia... huir de ella como alma que lleva el diablo.

Y ahora tenía ante ella a la compañera del Rey de las Bestias. La compañera representaba la mitad de un problema real que Rachel se había propuesto resolver. Había que hacer algo. La psiquiatra vio que su visitante había dejado la taza sobre la mesa y esperaba, jugueteando con el cinto de su faldellín de hierbas. Rachel terminó su taza, la puso a un lado y, con un gran esfuerzo, asumió su máscara profesional.

—Le repito, Atetou, que estoy muy satisfecha de que haya venido a verme —dijo Rachel—. ¿Ha comprendido bien en qué consiste mi trabajo?

—Mi marido y mi suegra me lo han explicado.

—Muy bien. En este caso, usted comprende que yo deseo ayudarles a usted y a su esposo a resolver su problema.

—Yo no tengo ningún problema.

Rachel ya esperaba una actitud de rebeldía y aquello no le sorprendió.

—Pero de todos modos, su esposo apeló a la Jerarquía para solicitar el divorcio, so pretexto de desavenencias conyugales. Y la Jerarquía me ha encargado que me ocupe del caso.

—No tengo ningún problema —repitió ella—. El problema es suyo. Él fue quien apeló.

—Eso es cierto —admitió Rachel, recordando que Moreturi había hecho una denegación similar y la misma acusación en su primera visita—. Sin embargo, si un cónyuge no es feliz, eso es indicio de que el otro quizá tampoco lo sea. —Y añadió—: Bien, en algunos casos.

—Yo no he dicho que sea feliz. Podría serlo. Pero el problema es suyo.

—Bien, pues. ¿Está dispuesta a dejar que las cosas sigan como hasta ahora, entre ustedes dos?

—No sé... Es posible.

Rachel no podía permitir que aquella conversación continuase. Tenía que obligar a Atetou a poner las cartas boca arriba.

—Usted ya sabe que he estado viendo a su esposo todos los días, ¿no es verdad?

—Sí.

—¿Y sabe que me habla de su vida y de usted?

—Sí.

—¿Sabe de qué me habla?

—Sí.

—Atetou, hasta ahora tengo su versión de los hechos. Para ser justa con los dos, desearía conocer ahora la suya. Cuando él me dice, un día tras otro, que usted no es amable con él, que lo rehúye, que no cumple sus deberes de esposa, me veo obligada a creer que tiene razón al desear divorciarse... es decir, si sólo le escucho a él. Pero esto no es justo. Debo escucharla también a usted. La verdad tiene dos voces.

Por primera vez, observó un cambio en las facciones de Atetou. La mujer empezaba a perder su compostura.

—Miente —dijo.

—¿Está usted segura? ¿Y por qué miente?

—Dice que yo no cumplo mis deberes de esposa. Los cumplo tan bien como cualquier otra mujer del poblado. Cuando dice que no soy amable, que soy huraña y que le rehúyo, sólo quiere decir una cosa. Tiene menos juicio que un niño. No sabe que una esposa no sólo es para una cosa, sino para otras muchas. Yo le hago la comida, le limpio la casa, me intereso por él, lo cuido. Pero todo esto no le importa. Sólo le importa una cosa.

Rachel esperó a que prosiguiese pero, al ver que no lo hacía, dijo:

—¿Sólo una cosa? ¿Cuál es?

—El amor corporal. Para él, una esposa es esto y nada más.

—¿Presenta usted objeciones al amor corporal..., a las relaciones sexuales, como nosotros lo llamamos? ¿Se resiste a practicarlas?

La cara de Atetou mostró indignación por primera vez.

—Yo no presento ninguna objeción a eso. Pero debo resistirme. ¿No hay nada más que eso en el matrimonio? Tres, cuatro veces por semana, me parece bien y él siempre me hallará dispuesta. Pero mañana y noche, todos los días, sin descanso... Es una locura. Ninguna esposa puede satisfacer esto. Ni cien esposas podrían. Yo no considero esto matrimonio.

Rachel no pudo contener su incredulidad, a la que siguió el asombro al comprobar que la versión de Atetou difería de la de su esposo.

—Lo que usted me dice no es lo que me ha dicho Moreturi —objetó.

—Él no le dice la verdad.

—Me dice que es usted una esposa excelente por todos conceptos, salvo en lo que para él es lo más importante. Dice que usted es fría y lo rechaza invariablemente. Dice que sólo exige lo que aquí se considera normal, pero usted sólo quiere satisfacerlo una o dos veces al mes.

—Es mentira.

—Y a consecuencia de ello, dice que tiene que ir a cada momento a la Cabaña de Auxilio Social en busca de la satisfacción que usted le niega. ¿Es verdad esto?

—Desde luego. ¿Es que una sola mujer puede satisfacerle?

—Déjeme que le pregunte una cosa, Atetou. Cuando sostiene relaciones íntimas con él, ¿queda satisfecha?

—A veces sí.

—Lo cual quiere decir que la mayoría de veces no.

—Su amor es demasiado doloroso.

—¿Puede aclararme esto?

—No parece el mismo cuando hace el amor. Enloquece. Hace daño. Ambos no somos iguales, y el resultado es que me hace daño.

—¿Siempre fue así?

—Es posible, pero la verdad, no me importa. El placer domina el dolor. Pero ahora es peor; no hay placer. sólo dolor. Él quiere librarse de mí.

—¿Y por qué no se libra usted de él? ¿Por qué soporta esta situación?

—Es mi marido.

Un pensamiento cruzó por la mente de Rachel.

—Y además es el hijo del jefe.

La reacción de Atetou fue inmediata y violentísima.

—¿Qué quiere decir con eso? ¿Qué significan estas palabras?

—Trato de descubrir si existen otros motivos que influyan sin que usted se dé cuenta...

—¡No admito que me hable de ese modo! —Atetou se levantó de un salto, furiosa, y miró dominante a Rachel—. Usted y él van de acuerdo. Me he esforzado por tener paciencia con usted. Quizás intente ser justa. Pero él la ha conquistado, como a todas las mujeres. Usted cree que no miente y considera que soy yo la mentirosa. También piensa que soy fría y que no lo complazco. Piensa que sólo quiero retenerlo por el *mana*. Lo que usted quiere es que me divorcie de él.

Rachel también se levantó apresuradamente.

—Por Dios, Atetou, ¿por qué iba yo a querer semejante cosa? Vamos, sea razonable...

—Soy razonable. Usted no me engaña. Quiere que nos divorciemos, para que así él quede libre y a su disposición. Ésta es la verdad. Sólo piensa en usted y no en mí. Está contra mí.

—Vamos, Atetou, nada de eso... no, por Dios...

—Veo la verdad en su cara. Haga lo que quiera, pero déjeme en paz.

Rachel corrió hacia la puerta en su seguimiento y trató de retenerla por el brazo. Atetou se desasió, abrió la puerta y salió a toda prisa.

Rachel pensó en llamarla pero no lo hizo. Al cerrar la puerta recordó que en la Jerarquía había sucedido lo mismo. Se propuso rechazar el nombre de Moreturi pero no lo hizo. Y entonces comprendió por qué y se estremeció. Gracias a su intuición, Atetou había entrevisto el subconsciente de Rachel, descubriendo en él lo que ella misma se negaba a ver... que trataba de arrebatarle a su marido... y que a quien quería ayudar de verdad era a sí misma, y no a ninguno de ambos.

Rachel se quedó de pie junto a la puerta, experimentando un profundo asco de sí misma.

Muchos minutos después, cuando sus emociones se apaciguaron y la razón se impuso, fue capaz de adoptar una decisión. Tenía que romper para siempre sus relaciones con aquella pareja. Iría a ver a Hutia y a los demás miembros de la Jerarquía para decirles que renunciaba a seguir ocupándose del caso.

Estaba dispuesta a fracasar en el terreno científico. Pero no lo estaba para portarse como una mujer estúpida.

Durante más de media hora, mientras se extendían las sombras del crepúsculo, Tom Courtney acompañó a Maud y Claire a visitar la guardería infantil de la pequeña comunidad.

Ésta consistía en cuatro estancias, formadas en realidad por una espaciosa sala de una longitud superior a los veinte metros, dividida por tres tabiques, muy escasamente amueblada, salvo varillas de bambú, bloques de madera, tallas en miniatura que representaban hombres y canoas, juguetes baratos que Rasmussen había traído de Tahití, cuencos llenos de frutas y otros objetos destinados a distraer y ocupar a los niños.

Varios de éstos, de edades comprendidas entre los dos y los siete años, correteaban de una estancia a otra, activos y bulliciosos, vigilados por dos mujeres jóvenes, madres que se ofrecían para este menester durante una semana seguida. Según les explicó Courtney, la asistencia no era obligatoria. Las madres dejaban a sus hijos allí cuando lo deseaban, o bien los niños iban por su propia voluntad. No podía hablarse propiamente de programa educativo. A veces los niños realizaban alguna tarea colectiva, cantaban o bailaban en grupo, dirigidos por una persona mayor, pero lo normal era que hiciesen lo que les viniese en gana. Reinaba allí la anarquía infantil más completa.

Courtney añadió que al principio, Daniel Wright quiso introducir un sistema radical, basado en Platón, según el cual los recién nacidos serían arrebatados a sus progenitores, para ser criados con otros niños. De este modo, como todos los recién nacidos se confundirían, los padres tendrían que amar a todos los niños por igual. Sin embargo, este sueño cayó por los suelos al chocar con el riguroso tabú existente en las Sirenas contra el incesto. Si el plan de Wright se hubiese adoptado, se habría corrido el riesgo de que hermano y hermana contrajesen matrimonio, al alcanzar la mayoría de edad, ignorantes de su consanguinidad. Esta idea era odiosa para los polinesios. Courtney, citando a Briffault, dijo que no era el sentido moral lo que hacía el incesto inaceptable para los indígenas, sino que este tabú subsistía a causa de antiguos motivos místicos y porque, de una manera subconsciente, las madres sentían un amor egoísta por sus hijos varones y querían evitar que se los arrebatasen sus propias hijas.

Daniel Wright terminó por ceder ante las costumbres polinesias y no tuvo que lamentarlo, pues su sistema realizó su ideal por medios menos drásticos. La única aportación importante que hizo Wright a la educación de los niños indígenas consistió en la creación de la guardería infantil, que había subsistido hasta la época presente.

Mientras los tres contemplaban a los niños que jugaban en la última estancia, Maud y Courtney comentaban los méritos respectivos de los métodos Spock y Gesell, comparados con los de las Sirenas. Claire, que los escuchaba a medias, observando distraídamente la risueña actividad que reinaba en la sala, se hallaba en realidad ensimismada, evocando el reciente resentimiento que sentía hacia Marc por no permitir que tuviese hijos.

Se dio cuenta de que el alto y desgarbado Courtney se dirigía a la puerta, diciendo:

—Vamos a echar una mirada al exterior. Los niños suelen jugar aquí dentro cuando hace demasiado calor afuera, o cuando llueve. Pero casi siempre están en la parte posterior, saltando y retozando como pequeños salvajes.

Claire y Maud lo siguieron por la puerta abierta al descuidado patio trasero, cubierto de hierba. Aquella extensión no se hallaba protegida por cerca ni pared alguna. Sus tres lados abiertos se hallaban únicamente limitados por árboles y matorrales. Salvo unos cuantos niños que brincaban y tiraban piedras, los demás estaban reunidos en torno a una casita que estaban levantando y a la que todos aportaban cañas de bambú y hojas. Claire contempló la escena por un rato y después encontró que se había quedado sola. Courtney se había llevado a Maud a la fresca sombra de un viejo y frondoso árbol. Maud se tendió despacio sobre la hierba, como un dirigible. Courtney se dejó caer a su lado. Al instante siguiente, Claire se reunió con ellos, estirándose perezosamente sobre la hierba.

La joven sabía que Courtney la examinaba a ella y no a los niños, pero fingió no darse cuenta. Sin embargo, consciente de aquella observación, trató de adoptar una postura grácil y elegante, como la figura reclinada de Paulina Bonaparte que Cánovas esculpió para la Villa Borghese. Pese a su continuada relación con el abogado de Chicago, desterrado voluntariamente, el interés que Claire sentía por él no había disminuido. Aunque Courtney le reveló su pasado hacía doce días, continuaba siendo un enigma a los ojos de Claire. Desde aquel día, ni una sola vez volvió a mostrarse tan explícito acerca de sí mismo. De vez en cuando, como un jugador al terminar una partida de póker, volvía boca arriba una sola carta, con lentitud exasperante, proporcionándole un solo detalle autobiográfico, la clave de un pequeño aspecto de su carácter. Había asumido el papel de

guía y mentor combinados, y, cuando sus acompañantes se acercaban demasiado, él los apartaba con frases zumbonas o cínicas.

Ella decidió de pronto, hacerle saber que se daba cuenta de que
la observaba. Le miró francamente a los ojos, sin sonreír. Pero él
sonrió.

—La estaba observando —le dijo.

Habló por encima de Maud, como si ésta no existiese, lo que
hasta cierto punto era verdad, pues se hallaba concentrada en los
juegos de los niños.

—Tiene la misma gracia felina, de gatita, de las niñas indígenas
—agregó.

Claire sufrió una decepción. Trató de presentarse como Venus
Imperial y él sólo la vio como Marie Laurencin.

—Es la atmósfera de aquí —dijo— juguetona, buena para niñi-
tas. —Miró de soslayo a los niños que edificaban la pequeña choza y
luego su vista se posó de nuevo en Courtney—. ¿Le gustan los niños,
Tom?

—En general, sí. —Y agregó—: Los míos sobre todo.

Ella se sorprendió.

—¿Los suyos? No sabía...

—Es un decir —repuso él—. Quiero decir que me gustaría ver a
los míos, a muchos pequeños que fuesen míos, a mi alrededor.

—Comprendo —dijo ella, riendo.

Él asumió un aire solemne.

—Desde luego, lo ideal para mí, si tuviese hijos, sería educarlos
en una atmósfera así.

Maud prestó atención a estas últimas palabras.

—Esto quizás no diese resultado, a menos que se quedasen a vivir
aquí —observó—. De lo contrario, acaso serían incapaces de enfrentarse con el mundo exterior. La educación que reciben los niños de
las Sirenas parece perfecta si se la compara con los esfuerzos y
tensiones a que se ven sometidos nuestros niños en Norteamérica.
¿Pero quién puede asegurar que la tensión a que se hallan sometidos
los nuestros sea mala... puesto que en realidad los prepara para la
difícil lucha por la vida en el seno de nuestra sociedad?

—Es cierto —asintió Courtney.

Claire, empero, no estaba satisfecha, pues no comprendía por qué
Maud encontraba superior la educación que recibían los niños en las
Tres Sirenas, comparada con la que recibían los niños de Los Án-
geles o Chicago.

—Tom, ¿qué hay de especialmente bueno en esta atmósfera para
los niños? De acuerdo en que los adultos de esta isla difieren de

nosotros. ¿Pero los niños también? Yo veo que juegan lo mismo que los niños de California.

—Sí, pero no es lo mismo —repuso Courtney—. Las presiones a que se hallan sometidos aquí son menores aunque, desde luego, las exigencias, que más tarde se hacen a los adultos también lo son. Estas criaturas viven de una manera libre y despreocupada. Hasta que tienen seis o siete años, corretean por el poblado desnudas. Como apenas les imponen limitaciones, no viven dominadas por ningún temor. Todo lo tocante al sexo las deja indiferentes, pues, como ustedes saben, casi nada se les oculta. No se hallan expuestas al peligro de cruzar una calle ni las riñen por ensuciar la casa, pues aquí no hay calles, no hay vehículos y el suelo es de tierra. El modo de matar el tiempo no les preocupa, pues sus padres no tienen que llevarlos de una parte a otra, dejarlos en casa de amigos o vecinos, ir a buscarlos al colegio u organizar sus juegos. Viven sencillamente como animalillos en libertad y vagan por el poblado solos o en compañía de sus amigos. No pueden perderse. Son independientes. Tras reiteradas pruebas o imitando a los adultos, estos niños aprenden a construir chozas, a cazar, a pescar y a sembrar. No pueden morirse de hambre. Cuando tienen apetito, comen frutas o verduras que recogen con solo tender la mano. Cuando tienen calor, se chapuzan en el arroyo. Si tienen frío, se meten en la primera choza que encuentran, pues son los niños de todo el poblado.

—Estoy empezando a ver dónde quiere ir a parar —dijo Claire—. Gozan de completa independencia.

—Casi completa —continuó Courtney—. Pero la clave de todo es la sensación de seguridad que tienen estos niños. Saben que todos los quieren. Un padre o una madre de esta isla antes se cortaría una mano antes que pegar a un niño. Y lo que es más importante, los niños no tienen dos progenitores —en realidad, éstos sólo le dieron el ser—, sino que tienen una serie de padres y madres, entre los que se cuentan todos sus tíos y tías, con el resultado de que cada niño tiene numerosos parientes que lo mima y lo cuida. Esto crea en él un sentimiento de seguridad y solidaridad familiares. Siempre encuentra a alguien que puede tratarlo con cariño, aconsejarlo, ayudarlo o enseñarle algo; una persona en quien confiar, en fin. Estos niños nunca pueden sentirse solos ni dominados por el miedo, pero eso no quiere decir que hayan sacrificado su personalidad o su intimidad. Lo comentaba el otro día con la doctora DeJong y ella está de acuerdo conmigo... Sigmund Freud hubiera estado aquí mano sobre mano. ¿Cómo es posible, por ejemplo, que un hijo de las Tres Sirenas sufra el complejo de Edipo, si en realidad tiene diez madres

y siete padres? Habría que buscar mucho entre estos niños para
encontrar a uno que le den berrinches, o que se orine en la cama,
o que tartamudee... Desde luego, reconozco que las Sirenas también
presentan ciertos puntos débiles. No estoy ciego a la realidad. Pero
estoy convencido de que aquí hacen dos cosas mejor que en los
Estados Unidos, a saber: han sabido resolver la vida conyugal y
educan mejor a sus hijos. Desde luego, yo no soy un experto. No
hago más que exponer mi opinión particular, respaldado por mi formación de abogado. —Se volvió de Claire a Maud Hayden—. Usted
es la experta, doctora Hayden. ¿Está de acuerdo conmigo o cree que
me equivoco?

Una expresión pensativa apareció en el rostro de Maud, al que
el sol había conferido un color calabaza. Con sus gruesos dedos se
dedicaba a contar distraídamente los abalorios del collar que le pendía del cuello.

—Nunca me ha gustado hacer juicios definitivos sobre nada —
dijo, más para sí misma que para Courtney o Claire—. No obstante,
por lo que he visto de las Sirenas y he podido aprender aquí, y por
lo que sé de la Polinesia en general, me siento inclinada a estar de
acuerdo con usted, al menos en lo que se refiere a la educación de
los niños. —Pareció calibrar lo que iba a decir y prosiguió—: Creo
que en las sociedades polinesias, los jóvenes pasan de la niñez a la
pubertad sin ser víctimas de la confusión mental que sufren nuestros jóvenes en Norteamérica. La adolescencia, desde luego, es un
período de menos lucha aquí que entre nosotros. No está rodeada de
toda clase de frustraciones sexuales, sensaciones de vergüenza y temor y el terrible problema consistente en encajarse en el mundo
de los adultos. Aquí, como en las demás islas de los Mares del Sur,
la transición a la pubertad se hace de una manera gradual y dichosa,
lo cual no siempre ocurre en la sociedad occidental. Esto se debe
a muchos motivos, desde luego, pero... bien, no creo que ahora sea
el momento de analizarlos en detalle.

—Por favor —dijo Claire—. ¿Qué motivos son éstos?

—Como tú quieras. Para hablar con absoluta sinceridad, te diré
que creo que los niños son más deseados en esta sociedad que en la
nuestra. Aquí todo resulta muy sencillo. Nadie se preocupa por
las causas económicas, que, de manera antinatural, imponen una
limitación en los nacimientos. Aquí todos quieren tener hijos porque
los niños proporcionan alegría en vez de problemas. Y al no poseer
nuestros adelantos científicos, cuentan con una mortalidad infantil
más elevada con el resultado de que los niños que sobreviven son
aún más queridos. En nuestra sociedad norteamericana, las satis-

facciones que proporciona la paternidad no son suficientes. La paternidad es un valor negativo, pues cada nuevo hijo que nace, significa un nuevo problema económico. Así, si bien los hijos son aquí muy deseables, no lo son tanto entre nosotros, con el resultado de que esta actitud de los padres se transmite a los niños en formación e imprime una diferencia en sus respectivas personalidades. Pero Mr. Courtney ya ha citado el puntal sobre el que descansa la vida infantil en Polinesia. Este puntal es el sistema familiar, el clan, la numerosísima familia que aquí es regla. En este terreno, sí que esta gente se lleva la palma, sin que nosotros podamos competir con ellos.

—Pero entre nosotros también existen familias muy unidas —insistió Claire—. Casi todos los niños americanos nacen en el seno de estas familias.

—No es lo mismo que aquí —objetó Maud—. Nuestras familias son reducidas: el padre, la madre, uno o dos vástagos, y para de contar. Los parientes próximos no suelen formar parte del núcleo familiar. En realidad, existe mucha hostilidad y muchas discusiones, y muy poco amor verdadero, en las escasas relaciones que sostenemos con nuestros parientes. Si no fuese así, ¿cómo se explicarían tantos chistes y bromas acerca de suegras y yernos? Mejorando lo presente, nuestra sociedad hace la guerra a las suegras. En las Sirenas, como en casi toda la Polinesia, el núcleo familiar está constituido por la amplia agrupación de parientes próximos y allegados. Las uniones matrimoniales no siempre tienen carácter permanente, como sabemos muy bien, pero la institución de la familia es solidísima y nada puede quebrantarla. Los niños nacen en el seno de esta institución permanente, de este seguro refugio acogedor. Si los padres mueren o se divorcian, esto no afecta al niño, pues sigue viviendo en el amplio regazo de la familia patriarcal. Pero cuando esto ocurre a un niño norteamericano o europeo, cuando se queda sin padres, vamos a suponer, ¿qué es de su vida? Sólo le queda una póliza de seguros. ¿Creéis que una póliza de seguros representa una verdadera seguridad? Si lo creéis tratad de pedir consejo a un seguro de vida a todo riesgo... tratad de pedir amor a las frías cláusulas de una póliza.

—Nunca se me había ocurrido verlo bajo ese prisma —comentó Claire.

—Pues así es —dijo Maud—. Ninguna clase de prima puede equivaler a la riqueza que representa esta protección familiar. Mr. Courtney ha aludido a la existencia de numerosos padres y madres, hermanos y hermanas, pero las familias polinesias también están compuestas de abuelos, tíos, tías, primos, sobrinos, todos los cuales for-

man la auténtica familia del niño y no se limitan a ser parientes
lejanos. Toda esta gente vela por el bienestar y la seguridad del
niño. Tienen hacia él ciertos deberes y derechos, que él les corresponde. Ningún niño puede considerarse aquí verdaderamente huérfano, del mismo modo que ninguna persona de edad se siente jamás
abandonada. La sociedad de las Sirenas es patriarcal y cuando los
progenitores mueren, el niño pasa a la familia paterna, que no lo
adopta como a un huérfano, porque siempre le han unido a él lazos
de consanguinidad. Esto es lo maravilloso de estas sociedades... que
nadie, ni de niño ni de adulto, está jamás *solo*, a menos que desee
estarlo voluntariamente.

Courtney se inclinó hacia ella.

—¿Y en cuanto al matrimonio polinesio, comparado con el occidental? ¿No está tan segura sobre ese punto?

—Deseo saber más cosas —contestó Maud— antes de afirmar que
el matrimonio, tal como aquí se practica, es más digno de admiración
que entre nosotros. Sospecho que en ciertos aspectos lo es. Deseo
reunir más datos antes de sacar conclusiones. Desde luego, creo que
la falta de todo freno sexual tiende a eliminar los actos de agresión
y hostilidad y los crímenes pasionales, tan abundantes entre nosotros. Desde luego, aquí domina un sentimiento comunal... como en
un kibbutz israelí. Nadie teme morir de hambre, quedar sin techo
o sin cuidados —y no existen las recompensas que ofrece la competencia—, lo cual libra a los matrimonios de una tensión considerable. Tengo también motivos para creer que aquí resuelven los problemas conyugales mucho mejor que en Norteamérica. Sencillamente,
las mutuas relaciones están mucho más claras. Entre nosotros, no
están claros los deberes y derechos respectivos de los cónyuges. En
las Sirenas, no existe confusión. El hombre es el cabeza de familia.
Él es quien toma las decisiones. La mujer ocupa un lugar secundario en todas las situaciones sociales. Solamente es alguien y tiene
autoridad en la casa. Allí sabe que está su hogar, junto a su esposo.
Así todo es más sencillo.

El discurso de Maud dejó agotada y débil a Claire, que había
escuchado ávidamente sus frases sucesivas, asiéndose a ellas como
si fuesen tablas de salvación. Quería que la salvasen, asirse a algo
que fuera la salvación para Marc y para sí misma, pero vio que se
le escapaba de las manos. Sin embargo, sintió el impulso de manifestar en palabras el pensamiento que surgió primero a la superficie.

—Maud, ¿qué pasaría en un matrimonio si, por ejemplo... la mujer
quisiera tener hijos y el marido no, o viceversa?

—Temo que tratas de imponer un problema puramente occidental en una cultura donde tales problemas no existen —dijo Maud. Volviéndose a Courtney, agregó—: Corríjame si me equivoco.

—No, tiene usted razón —contestó Courtney. Después miró a Claire—. Lo que su mamá política ha dicho acerca del matrimonio y los hijos en la Polinesia, también se aplica a esta isla. Aquí todos desean tener hijos. Sería inimaginable que uno de los esposos quisiera un hijo y el otro no. Si tal cosa sucediese... supongo que la Jerarquía Matrimonial tendría que intervenir. La pareja pronto se divorciaría y el cónyuge que quisiera tener hijos no tendría dificultades en encontrar una nueva pareja.

Claire se sentía angustiada y triste. Una cosa que pensó hacía mucho tiempo en California volvió de pronto a ella con su interrogante: cuando una está casada con un niño ¿cómo puede esperar tener uno? Que fue seguido por este otro: ¿Cómo es posible que un niño engendre a un niño, creando así su propio rival? Malditos hombres, pensó, abarcando en esta maldición a todos los hombres-niños de Norteamérica.

Maud y Courtney seguían hablando, pero Claire no los oía. Vio que se levantaban para mirar más de cerca a los niños indígenas que jugaban a construir una casa. Ella no les siguió.

Se incorporó sobre un codo, con el cuerpo aún extendido, reflexionando sobre los hombres y sobre Marc como hombre. Qué increíble resultaba, se dijo, que los hombres norteamericanos, los hombres como Marc, se considerasen viriles. Sintió el deseo de gritarles a todos, pues todos tenían la cara de Marc: Hombres que leéis vuestras páginas deportivas y golpeáis una pelota de golf hasta tirarla a una milla de distancia y sudáis en los vestuarios o en la mesa de póker y bebéis el whisky sin que os caiga una gota y habláis de las chicas que habéis conquistado o que os gustaría conquistar, vosotros, grandes hombrones, que jugáis, bebéis y bromeáis con las camareras y vais en coche a más de cien kilómetros por hora, por qué creéis que todo esto es masculino y hace hombre. Estúpidos, yo os diría, niños estúpidos que creéis que estos falsos adornos son los atributos propios de la virilidad... ¿Qué tiene que ver la verdadera virilidad con la fuerza física, con la velocidad o con los garañones? ¿Queréis saber lo que es la virilidad, la auténtica virilidad... saber lo que es con una mujer madura, con la mujer que es vuestra esposa? Virilidad consiste en dar amor y no sólo en recibirlo, virilidad es ofrecer respeto y asumir responsabilidad, virilidad es bondad, atención, afecto, amistad, pasión recíproca. ¿Queréis escucharme todos vosotros? La bondad no necesita alardear de conquistas de tocador. La atención no tiene que exhibir vello en el pecho. La amistad no necesita musculatura. La pasión no requiere palabras soeces. La virilidad no es el miembro viril, ni un cigarrillo, ni una botella de whisky ni un farol en la mesa de póker. ¿Cuándo os enteraréis de esto todos vosotros? ¿Y tú, Marc, oh Marc, cuándo no tendrás miedo de ser verdaderamente cariñoso y tierno, como corresponde a un hombre, para darme un hijo?

Los ojos de Claire se habían humedecido, pero sus lágrimas eran interiores. Tenía que renunciar a aquellos soliloquios, si no quería terminar haciendo una escena. Tenía que dejar de pensar. ¿Cómo se consigue dejar de pensar? En primer lugar, moviéndose, no estando quieto. En especial cuando es el día del segundo aniversario de boda.

Se puso en pie como una persona anciana que se esforzase en vano por mostrar fuerzas juveniles y corrió hacia Maud y Courtney, enseñándoles el reloj de pulsera.

—Son casi las cinco —dijo—. La cocinera que nos envían no tardará en llegar y yo tengo que explicarle algunas cosas.

—¿La cocinera? —dijo Maud con aire ausente.

—Esta noche celebramos nuestro aniversario —dijo Claire, esforzándose por demostrar en presencia de Courtney una alegría que no sentía—. Hoy hace dos años que nos casamos. ¿No te acuerdas? Maud se dio una palmada en la frente.

—Lo había olvidado por completo...

Claire se volvió hacia Courtney.

—Espero que usted no lo habrá olvidado. Dije a Paoti y a su esposa que hacía extensiva la invitación a usted. Únicamente seremos nosotros seis.

—Yo no lo había olvidado —dijo Courtney—. En realidad tengo muchas ganas de que llegue ese momento.

—La cena consistirá únicamente en platos norteamericanos, preparados con lo que hemos traído. Supongo que no le producirán morriña —dijo Claire, tomando a su madre política por el brazo—. Vámonos.

Después de atravesar nuevamente la guardería infantil, penetraron en el pueblo, donde se separaron de Courtney. Claire lo siguió por un momento con la mirada, mientras él se dirigía a su choza, próxima a la Choza Sagrada, andando a grandes zancadas con su paso desgarbado. Después, ella y su madre se fueron en la dirección opuesta.

—Esta hora que hemos pasado aquí me ha aclarado muchas cosas —dijo Maud.

—Pues yo la he encontrado muy deprimente —observó Claire.

La joven notó que Maud la miraba con atención. Por lo general,

Maud no se dedicaba a fisgonear en la vida privada de los que la rodeaban, y sus cuitas la tenían sin cuidado. Dijérase que reservaba sus sentimientos para su trabajo. No podía permitirse el lujo de malgastar sus energías en otras cosas. Si Marc y Claire eran causa de preocupación para Maud, ella nunca lo había demostrado y menos aún había intentado salir de su serena paz para intervenir en una lucha de pasiones. Pero entonces, Claire intentó deliberadamente hostigar a su madre política. Si Maud seguía haciéndose la desentendida, su actitud indicaría una auténtica falta de interés por quien podía considerar como su hija, y esto dejaría bastante malparada su posición maternal. Claire esperó, a ver cómo Maud recogería la clarísima indirecta que le había arrojado.

—¿Deprimente? —repitió la etnóloga como a pesar suyo—. ¿En qué sentido, Claire? —Intentaba llevar la queja a un terreno impersonal—. ¿Quizá porque su sistema pedagógico te ha parecido excelente o muy malo?

Claire no quiso andarse por las ramas.

—Porque tienen tantos niños, y porque les gusta tenerlos —repuso con amargura—. Y yo no tengo. Esto es lo que me deprime.

Maud contrajo apenas el entrecejo.

—Sí, comprendo, comprendo. —Hablaba con la vista fija en el suelo, mientras andaba—. Estoy segura de que tú y Marc acabaréis por resolver esta situación. Estas cosas siempre terminan por resolverse.

Antes de que Claire pudiera contradecir esta afirmación, que indicaba a las claras los deseos de no intervenir en sus asuntos que animaban a Maud, Lisa Hackfeld les cerró el paso. Claire sintió irritación al observar el suspiro de alivio de su mamá política, su expresión radiante y la sincera alegría que demostró al ver a Lisa, a quien sin duda consideró en aquellos momentos como a la Infantería de Marina que llegaba en el momento más apurado.

Claire escuchó el parloteo de Lisa y Maud sin molestarse apenas en ocultar su resentimiento, mientras las tres cruzaban el poblado. Lisa había perdido más de cinco kilos desde su llegada a las Sirenas, y aunque esto había dado cierta flaccidez a la piel de su cara y cuello, en conjunto la hacía más joven y le infundía mayor vitalidad. El acento contenido y culto que Lisa había adquirido en algún momento de su vida entre Omaha y Beverly Hills, había zozobrado en su exuberante entusiasmo. Había vuelto al lenguaje del Midwest más puro y, casi con la misma energía que desplegaba en aquellos lejanos tiempos, hablaba entonces de su triunfal jornada. La habían escogido para dirigir una de las danzas ceremoniales, con que comenzaría el festival anual, cuya inauguración estaba señalada para el día siguiente al mediodía. Maud escuchó aquellas noticias con un aire tan solemne como si fuese la Reina Victoria, en el momento en que Disraeli le comunicara que la India estaba a sus pies. Claire comprendió que el ferviente interés que demostraba su distinguida mamá política era fingido y, más que un intento por dar coba a la esposa de su mecenas, era un esfuerzo por zafarse de una desagradable disputa doméstica.

Mientras cruzaban el poblado, Claire no apartaba la vista de las facciones de Maud. Entonces comprendió varias de las causas que convirtieron a Marc en el que ella conocía. Su prototipo era Maud. Aquella mujer se había situado por encima de la familia, por encima de las alegrías y dolores de la vida doméstica. ¿Cómo era posible que hubiese concebido a Marc? Quizás lo hizo como un experimento social, una preparación para cosas más importantes. Dio a luz a Marc e inmediatamente lo archivó entre el resto de su trabajo profesional. Maud era una máquina sin sentimientos, que inspiraba temor. No tenía corazón: en su interior sólo giraban ruedas y engranajes.

A pesar de todo, Claire no podía odiar a su madre política. Antes de que las cosas empezasen a empeorar, Maud le pareció una persona superior... una persona unida a ella por íntimo parentesco, amiga, interesante, discreta, y lo bastante famosa para que una joven recién casada como ella pudiese pavonearse de tenerla por suegra. Y a Maud le gustaba Claire porque ésta era una joven inteligente, agraciada, respetuosa y llena de curiosidad. Claire se daba cuenta de la simpatía que había despertado y esto aún aumentaba su afecto por Maud. Ésta era la suegra perfecta, se decía Claire, mientras sus relaciones se mantuviesen en el terreno intelectual, sin meterse en el sentimental. Y ahora lo que apenaba a Claire era que, cuando más hubiera necesitado un ser humano en quien confiar, una persona afectuosa y maternal, encontraba que sólo tenía a su lado una máquina cuyas excelencias pregonaba la fama. La máquina antropológica llamada Maud, se dijo Claire, que comprende a todos los pueblos pero no a las personas. ¡Qué alegría ser una Hayden en el segundo aniversario de su boda!

Un ademán de Maud, que agitaba la mano en dirección a alguien situado a la izquierda, arrancó de pronto a Claire de sus cavilaciones. En la orilla opuesta del arroyo, frente a la cabaña de Paoti, Claire vio tres personas reunidas. Una era Rachel DeJong, otra, Hutia Wright. La tercera, una huesuda y vieja indígena, desconocida para Claire. Las tres estaban enfrascadas en animada conversación. Fue

Rachel DeJong quien las llamó con una seña y quien después gritó:

—¿Podríamos verte un momento, Maud?

La Dra. Hayden se detuvo, separándose de Lisa y Claire mientras decía:

—Parece que Rachel quiere decirme algo.

Felicitó por última vez a Lisa y luego, volviéndose a medias a Claire, con gesto impulsivo y torpe tocó el brazo de su nuera.

—Espero con ilusión la cena de esta noche —le dijo.

Con estas palabras dio media vuelta y se dirigió al puente más próximo.

—¿Qué pasa esta noche? —preguntó Lisa.

—Celebramos un aniversario —dijo Claire, echando a andar de nuevo, seguida por Lisa.

           ★   ★   ★

Aliviada por haberse podido librar de su nuera, de las desavenencias que al parecer habían surgido entre Marc y Claire, de la pérdida de tiempo y de energía que hubiera significado su intervención, de preocupación por Marc y de sentimientos de culpabilidad por su hijo, Maud Hayden se alegró de verse absorbida de nuevo por un problema inmediato de la expedición. Se hallaba convencida de que las discusiones prácticas de aquella índole eran beneficiosas e instructivas, mientras que el arbitraje de las rencillas familiares únicamente distraía y disminuía a quien adoptaba el papel de Salomón.

Maud se detuvo, sólidamente plantada sobre sus piernas, ante Rachel DeJong, Hutia Wright y la mujer llamada Nanu, una anciana viuda de cabello estropajoso, ojos vivos, sonrisa melosa y conocimientos inconmensurables sobre la vida conyugal, lo que le valía ocupar un puesto distinguido en la Jerarquía Matrimonial. Maud escuchó a Rachel, mientras ésta exponía los motivos que la obligaban a renunciar al estudio del caso de Moreturi y su esposa Atetou. El imponente portal de bambú que daba acceso a la residencia de Paoti, que se alzaba frente a Maud, confería dignidad a la reunión. Pero su arquitectura distraía su atención y trató de no mirarlo para concentrarse en las animadas explicaciones de Rachel.

...y así, por todas estas razones, si bien realizo progresos satisfactorios con los otros dos pacientes, creo que con Moreturi y su esposa no consigo nada positivo. Sus versiones respectivas de los hechos difieren hasta tal punto, que necesitaría más tiempo del que dispongo para desentrañar la verdad. Además, existe tal antagonismo entre ellos, que creo se imponen medidas urgentes. Para ser sincera no creo que pueda hacer un dictamen rápido, pero es preciso que alguien lo haga, para ver de salvar este matrimonio o para conceder a Moreturi el divorcio que ha solicitado. Ya he dicho a Hutia que desisto de seguir ocupándome de este caso y que lo devuelvo a la Jerarquía Matrimonial, para que ésta decida. Le aseguro que lo siento.

—Yo también lo siento —dijo Maud—, pero yo no lo consideraría como un fracaso grave. Estoy segura de que has aprendido algunas cosas útiles sobre la vida de...

—Oh, sí, eso sí —la atajó Rachel.

Maud se dirigió entonces a Hutia.

—Así, ahora tendrán que ocuparse ustedes de ello. Supongo que esos quince días perdidos no significarán ningún contratiempo.

Hutia Wright, que parecía una réplica indígena de Maud, corregida y aumentada, pero más baja, más rechoncha y de tez más suave, permanecía plácida e imperturbable.

—La Jerarquía Matrimonial se ocupa de resolver estos asuntos desde los tiempos del primer Wright. Inmediatamente reanudaremos la investigación. Pero habrá un cambio. Como yo soy pariente de la parte que ha presentado la demanda de divorcio y se me podría acusar de favoritismo, me mantendré apartada de la investigación. —Indicó a la anciana que tenía al lado—. Nanu dirigirá la investigación. Dra. Hayden, deseo hacer una sugerencia. Creo que usted tendría que sustituirme en la Jerarquía, sólo para este caso. Aprecio su juicio como si fuese el mío. Esto, además, le permitirá observar el funcionamiento interno de la Jerarquía, ocasión que quizá no volverá a presentársele. Ya había hablado a mi esposo de su deseo de participar en nuestras deliberaciones. ¿No es verdad?

—Desde luego —dijo Maud, entusiasmada—. Será un gran honor para mí. Acepto su invitación. ¿Cuándo empezaremos a trabajar?

—Esta misma noche —dijo Hutia.

—¿Esta noche? Excelente. Así, yo... —Maud se interrumpió de pronto e hizo chasquear los dedos—. Hutia, casi había vuelto a olvidarlo. Lo siento muchísimo, pero esta noche no puedo. Ya sabe usted por qué. Cenamos todos juntos... es el aniversario de boda de mi hijo.

Hutia hizo un ademán de asentimiento.

—Por supuesto. Pero supongo que el resto de la semana estará disponible, ¿no?

—Completamente de acuerdo —dijo Maud—. Pero se me ha ocurrido otra idea para esta noche. —Se volvió a Rachel DeJong—. Oye, Rachel, ¿por qué no me sustituyes esta noche? Desearía participar en este caso desde el principio. Es muy importante para mi estudio y tú puedes hacerme este favor. Piensa que desconocemos en absoluto cómo funciona el divorcio en las Sirenas...

—Porque es muy difícil de explicar —interrumpió Hutia—. Nuestra intención era que usted asistiese personalmente a un caso de divorcio. Así lo entendería más claro. No hay ningún misterio, pero verlo en realidad, es mejor que todas las palabras.

—Comprendo, Hutia —dijo Maud y se volvió de nuevo a Rachel—. Te lo ruego, Rachel, sólo esta noche.

Rachel vacilaba. Se había prometido no intervenir más en el caso de Moreturi y su esposa. Sin embargo, tenía una deuda de gratitud con Maud Hayden por haberla invitado a aquella expedición. No podía negarle un favor tan pequeño. Después de aquello, dejaría de intervenir en aquel desagradable asunto. Asintió, pues.

—Muy bien, Maud, por esta vez tan sólo. —Después miró a Hutia—. ¿Qué tengo que hacer?

—Nos reuniremos esta noche a las nueve —dijo Hutia— en la cabaña de la Jerarquía. Allí la esperarán Nanu y la otra persona que ella elija, para empezar acto seguido la encuesta.

Sorprendida, Rachel, miró al flaco y arrugado vejestorio.

—¿En qué consiste esta encuesta? ¿Qué tenemos que hacer?

El labio superior de Nanu se plegó sobre su desdentada encía.

—Pronto lo verá, señorita. Valdrá más que lo vea por usted misma.

* * *

Durante toda la cena, en la choza que compartía con Harriet Bleaska, una persistente desazón oprimió a Rachel DeJong. Le parecía como si se hallase a punto de emprender una tarea desagradable que no le prometía ningún resultado placentero ni la sensación del deber cumplido. Era, se dijo Rachel, como tener que asistir al entierro de un simple conocido, o tener que tratar con una persona que, según sabía por referencias, hablaba mal de ella, o verse obligada a extender una invitación a unos forasteros, antiguos condiscípulos de los que apenas se acordaba, o acceder a ponerse una serie de inyecciones de resultado dudoso. O peor aún: verse obligada a ingresar en una cábala cuyos designios eran misteriosos, turbios y en cierto modo amenazadores. Para Rachel, la Jerarquía Matrimonial era como una de aquellas sociedades secretas, en la que le repugnaba participar.

El conocimiento o la ignorancia de lo que la esperaba dentro de veinte minutos, la hacía sentirse malhumorada e inquieta.

Presa de estos sentimientos, continuó comiendo con aire distraído, dándose cuenta de que se portaba con muy poca urbanidad hacia Harriet, que había preparado la cena, o con Orville Pence, que se había invitado a compartirla con ellas, quejándose de que estaba cansado de la vida de soltero y de sus inconvenientes. Rachel confiaba en que sus dos compañeros no interpretasen mal su sombrío estado de ánimo, pues sentía una enorme simpatía por la poco agraciada enfermera a causa de su talante afable y buen corazón, y encontraba a Orville muy estimulante en el terreno intelectual, pese a su aire de pedantería. Sin embargo, aquella noche Rachel hubiera preferido estar sola y por lo tanto hizo caso omiso de la presencia de aquellos dos.

En realidad, no tenía apetito. Era la primera vez desde que estaba en la isla, que las dotes culinarias de su compañera de habitación no conseguían interesarla. Rachel comía con aspecto aburrido, haciendo un esfuerzo por escuchar los elogios que hacía Harriet de la enfermería y del practicante nativo que se hallaba al frente de ella. Se dio cuenta de que Orville, que también hacía un esfuerzo para escuchar, aun estaba de peor humor que ella. El modo como interrumpía a Harriet, sus sarcásticos comentarios acerca de las relajadas costumbres de los indígenas, eran constantes y vehementes. Rachel se sorprendió de que Orville, que al fin y al cabo era su invitado, se mostrase tan grosero con Harriet, y aún la sorprendió más que sus comentarios no consiguiesen alterar a la enfermera. Una o dos veces Rachel tuvo la impresión de que Orville buscaba camorra. ¿Se habría equivocado? ¿Cómo era posible que existiesen personas capaces de buscar camorra con Harriet?

De pronto, Rachel se dio cuenta de que eran las nueve menos diez y que debía darse prisa si quería llegar a punto a la cita con la Jerarquía. Apartó a un lado su cena sin terminar y se dispuso a levantarse.

—Siento tener que irme con la comida en la boca, Harriet, pero esta noche tengo que sustituir a Maud en una investigación. Tengo el tiempo justo. La cena era divina. La semana que viene cocinaré yo.

Se acercó al espejito que había colgado junto a la ventana, para arreglarse el cabello.

—Yo también tendré que darme prisa —observó Harriet—. Me esperan en la enfermería.

Orville dio un ruidoso bufido.

—Tengo que hablar contigo, Harriet.

—Muy bien —dijo Harriet, con expresión ausente—. Cuando quieras, Orville, excepto esta noche. Tengo que ponerme el uniforme. ¿Quieres tener la amabilidad de quitar la mesa? Anda, sé buen chico y hazlo. Hasta mañana.

Y entró corriendo en la habitación trasera.

Rachel DeJong vio por el espejo la cara de Orville, contraída por la ira, mientras fulminaba con la mirada la puerta por la que había desaparecido Harriet. Con expresión inquisitiva, Rachel se volvió para examinar al diplomado en Sexología.

—¿Te ocurre algo, Orville?

Después de una leve vacilación, él dijo:

—No, nada. Sólo estaba pensando en las enfermeras. En la época de Florence Nightingale las consideraban poco más que prostitutas.

Rachel hubiera considerado aquella frase como un comentario sin importancia, de no haber sido por el tono de furor concentrado con que Orville la pronunció.

—¿Qué quieres decir con eso? —preguntó.

—Pues que hoy nada ha cambiado.

—Vamos, Orville... —empezó a decir, pero, antes de que pudiera terminar, él se fue muy tieso por la puerta, llevándose los platos de la comida.

Extrañada, Rachel se preguntó qué podía haber provocado la desconcertante conducta de Orville, su antagonismo hacia Harriet y su infantil observación acerca de las enfermeras. Le hubiera gustado averiguarlo, pero no tenía tiempo de hablar con su compañera de habitación. Sólo faltaban tres minutos para las nueve e iba a llegar con retraso.

Después de recoger su cuaderno de notas y el lápiz, salió corriendo al poblado. Orville no se veía por parte alguna. Al otro lado del arroyo había tres hombres en cuclillas, al pie de una antorcha, entregados a un juego en el suelo. A lo lejos una mujer cargada con una jarra cruzaba el puente. Con la sola excepción de la música grabada en cinta magnetofónica de la *Rapsodia en Azul*, de Gershwin, que resultaba muy incongruente en aquel lugar, y que salía por la ventana de la choza donde Marc Hayden y Claire daban su fiesta, el poblado estaba tranquilo y casi todos sus habitantes acostados.

Caminando con rapidez, Rachel DeJong llegó a la choza de la Jerarquía Matrimonial sólo con dos minutos y medio de retraso. Nanu, la sabia anciana, estaba sentada en el centro de la estancia, en compañía de un viejo. Saludó a Rachel con una sonrisa que exhibió sus desdentadas encías y le presentó al flaco y canoso anciano, al que se le contaban todos los huesos y que resultó llamarse Narmone.

Antes de que Rachel pudiese sentarse a su lado, Nanu trató de
levantarse, estornudando, gruñendo, quejándose y haciendo crujir
sus articulaciones. Rachel corrió en ayuda de Narmone, que la había
tomado del brazo para levantarla.

—Ahora nos iremos los tres —dijo Nanu.

La primitiva aprensión de Raquel volvió a dominarla y le impidió dar un paso.

—¿Nos iremos? ¿Adónde?

—A casa de Moreturi y Atetou, naturalmente —dijo Nanu.

—¿Por qué? —preguntó Rachel—. ¿Acaso nos esperan?

—¿Nos esperan? —repitió Nanu muy alegre, con su voz cascada—.
No, nada de eso. Ellos no sabrán que estamos allí. Lo esencial es que
ignoren nuestra presencia.

Rachel intentó protestar:

—La verdad, no comprendo una palabra de todo esto.

Narmone se inclinó hacia la anciana y habló con voz rápida y
baja, en polinesio. Entretanto, ella no dejaba de murmurar «*Eaha?
...Eaha? ...Eaha?*» y mientras sus arrugadas facciones se iluminaban
con una comprensión creciente, movía con gesto maquinal la cabeza
de arriba abajo.

Cuando el viejo terminó de hablar, Nanu dijo a Rachel:

—*Ua pea pea vau.*

Al ver la expresión estupefacta de Rachel, Nanu se percató de
que había seguido hablando en polinesio. Con un gruñido, empleó de
nuevo el inglés:

—Le decía que lo siento. Mi amigo me recuerda lo que nos dijo
Hutia... lo había olvidado... cada vez tengo menos memoria. Antes
de irnos tenemos que explicarle en qué consiste nuestro procedimiento. El cerebro me flaquea y esto se me había ido de la cabeza.
Ahora se lo explicaré. Es muy sencillo. No tardaré ni un minuto.
Después tendremos que darnos prisa, para llegar allí antes de que
duerman. ¿Por dónde empezamos? Por el principio, claro...

Según le explicó la anciana, la Jerarquía Matrimonial se regía por
el principio según el cual los actos pesaban más que las palabras
y permitían juzgar con mayor precisión. Las palabras de los solicitantes podían prestarse a engaño; sus actos, presenciados sin tapujos, no. Cuando una persona casada de las Tres Sirenas solicitaba
el divorcio, no solía afirmar en qué se basaba para solicitarlo. A la
Jerarquía no le interesaban las razones que pudiesen aducir ambas
partes, pues ambas se hallarían dominadas por sus respectivos prejuicios y ofrecerían una versión distinta de los hechos. Una vez ad-
mitida la protesta, la Jerarquía iniciaba sus propias averiguaciones,

Sin obedecer a una norma fija y preestablecida, los miembros de la Jerarquía sometían a la pareja querellante a una estrecha observación. A veces los observaban por la mañana, otras veces, no tantas, por la tade, y con mayor frecuencia por la noche. Esta observación duraba a veces semanas o meses, en algunos casos hasta medio año. Por último, los cinco miembros de la Jerarquía se formaban una imagen lo más exacta posible de la vida cotidiana del matrimonio en cuestión, con sus aspectos favorables y sus fallos. Con esta información en su poder, la Jerarquía ya podía decidir si había que amonestar y aconsejar bien al matrimonio para que pudiese seguir unido, o bien si debía proceder al divorcio. Además, aquel largo período de observación directa permitía que la Jerarquía zanjase sin apelación la suerte de los vástagos, por ejemplo, en el caso de que hubiese divorcio. Aquella misma noche empezaba la observación de Moreturi y Atetou, a fin de tomar nota de sus actos.

Rachel DeJong escuchó las explicaciones de Nanu con una creciente sensación de incredulidad.

—¿Pero cómo es posible que los sometan a observación? —dijo—. Si los esposos saben que ustedes están presentes, se sentirán cohibidos, no se portarán de manera natural y ustedes no sabrán nada.

Narmone replicó con voz ronca:

—El hombre y la mujer no saben que estamos presentes.

—¿Cómo? —exclamó Rachel—. ¿Que no lo saben? ¿Cómo es posible?

—Nosotros los vemos a ellos, pero ellos no nos ven a nosotros —dijo Nanu.

A Rachel le pareció que aquellos dos seres eran Lewis Carroll y Charles Dodgson, que se disponían a hacerla descender por la madriguera del conejo.

—Pero sin duda deben verlos —dijo Rachel con cierta incertidumbre.

—No pueden. Desde los tiempos del primer Wright, todas las chozas destinadas a los matrimonios del poblado se construyen con una doble pared a un lado, para que la Jerarquía entre por ella. Es como un corredor, un pasadizo, y los vigilantes, invisibles desde dentro o desde fuera observan el interior de la estancia a través de las hojas. Así podemos ver y oír, sin que nos vean ni nos oigan.

Aquel desvergonzado fisgoneo escandalizó a Rachel. Era la primera vez, desde que estaba en las Sirenas, que algo la escandalizaba.

—Pero, Nanu... esto, moralmente, es... es... no sé... no está bien... —Hizo una pausa—. Todos los seres humanos tienen derecho a gozar de su intimidad.

La vieja entornó los ojos para mirar a Rachel con expresión astuta.

—¿Y usted, acaso concede intimidad a sus pacientes? —gruñó.

—¿Yo? ¿Qué quiere usted decir?

—Sí, Dra. DeJong, usted. Estoy enterada de su trabajo. No recuerdo ahora cómo se llama...

—Psicoanálisis.

Nanu asintió.

—Sí. ¿Acaso respeta usted la intimidad de sus pacientes? Hurga en su cerebro, metiéndose en cosas que nadie sabía.

—Mis pacientes son enfermos que vienen a solicitar mi ayuda.

—Nuestros pacientes también son enfermos —dijo Nanu con tono cariñoso— y han venido igualmente a buscar nuestra ayuda. No hay ninguna diferencia. Incluso considero nuestro sistema más decente que el suyo. Nosotros sólo miramos las cosas por fuera. Usted trata de meterse en su interior.

Rachel ya no se sentía escandalizada. Comprendió que, por motivos distintos a los expuestos, el sistema de la Jerarquía Matrimonial podía tener su justificación. Maud hubiera dicho que lo que escandalizaba a una sociedad podía ser perfectamente aceptable para otra. Había que vivir y dejar vivir. Cada cual a lo suyo. ¿Qué es bueno y qué es malo, en definitiva? ¿Pueden formularse juicios absolutos? Su actitud se hizo más comprensiva y cordial.

—Tiene usted mucha razón, Nanu —admitió. Acto seguido le preguntó—: ¿Y no se hace mal empleo alguna vez de estos puestos de observación?

—Jamás. Son tabú para todos, salvo para la Jerarquía.

Se le ocurió otra pregunta:

—¿Y cómo pueden ustedes esperar que el hombre y la mujer se porten normalmente, sabiendo que son observados?

—Pregunta muy acertada —dijo Nanu—. Pero recuerde usted que nunca saben con certeza cuándo los observan, ni en qué día, ni a qué hora del día, ni en qué semana. Hemos comprobado que no pueden estar fingiendo constantemente, como si siempre se sintiesen observados. Cuando han pasado muchos días, se olvidan completamente de que nosotros podemos estar aquí. Dejan de fingir y de estar en guardia, y se muestran tal cual son. En especial cuando hay entre ellos problemas graves. El conflicto no tarda en estallar.

Rachel comprendió que Moreturi y Atetou se hallaban en aquellas condiciones. Por fortuna, al principio estarían sobre aviso, se contendrían, y aquella noche ella no tendría que verlos tal como eran en realidad. Sin embargo, deseaba estar segura.

—En cuanto a Moreturi y su esposa —dijo— supongo que ya se imaginan que se hallan sometidos a observación.

—No, por suerte —repuso Nanu—. Aún no hemos dicho a Moreturi que usted renuncia a seguir ocupándose de su caso y que lo ha pasado a la Jerarquía. No puede suponer que lo observamos. Así es que los veremos, a él y a su esposa, tal como son. —Nanu cerró sus encías—. En realidad, Dra. DeJong, Hutia quiere pedirle un favor. Mañana le pedirá que continúe tratando a su hijo, aunque sea tan sólo de manera superficial, para que no se entere de que estamos efectuando esta investigación. Esto facilitará nuestra labor y nos ahorrará mucho tiempo. Además, será beneficioso para Moreturi y Atetou.

A Rachel le cayó el alma a los pies y la inquietud volvió a apoderarse de ella. No quería tener de nuevo a Moreturi como paciente. Y sobre todo, no quería verlo aquella noche... no quería atisbar ni desempeñar el papel de Tom el Fisgón, el repugnante sastre de Coventry.

La vieja empezó a dirigirse a la puerta.

—Hay que irse ya —dijo.

Narmone le indicó la salida con un gesto y Rachel salió a regañadientes, seguida por el anciano.

El poblado estaba completamente desierto. Torcieron a la derecha y, después de andar en silencio durante unos minutos, de pronto Nanu se detuvo, llevándose un dedo a los labios. Luego indicó la choza que tenían enfrente, medio oculta entre las sombras. Por la ventana tapada se traslucía un débil resplandor amarillento.

Nanu susurró a Rachel:

—Sigamos y haga todo lo que nosotros hagamos.

Rachel, muy nerviosa, apartó los rebeldes rizos de su cabello castaño que le habían caído sobre los ojos y avanzó sigilosamente en seguimiento de los dos venerables miembros de la Jerarquía. Rodearon en silencio la cerca, hasta detenerse frente a uno de los lados. Narmone se acercó a la pared de cañas, se arrodilló y levantó una cortina de bambú.

Muy inclinada, Nanu pasó bajo ella, seguida al instante por Rachel. Narmone también se metió por la abertura, bajó sin hacer ruido la ancha cortina de bambú y alcanzó a sus dos compañeras. Rachel estaba entre ambos, en las más impenetrables tinieblas. Pero no lo fueron tanto, cuando sus ojos se fueron acostumbrando a ellas. Entonces, gracias a la claridad lunar que se filtraba por detrás, y la luz de la vela del interior, descubrió que se encontraba en un corredor de poco más de un metro de ancho, que corría a lo largo de la vivienda. Ante ella estaba la auténtica pared de la choza y, aunque la fábrica oculta era de fuertes maderos y cañas, la superficie de la pared consistía en hojas tropicales sobrepuestas como tejas.

Nanu avanzó silenciosamente por el piso de tierra del corredor hasta el extremo más alejado de la cabaña. Rachel sólo podía distinguir su silueta. Al cabo de un instante regresó y, tapándose la arrugada boca, dijo a sus compañeros en un susurro:

—Hemos llegado tarde. Atetou ya se ha quitado la falda y se ha puesto el *ahu* para dormir.

Nanu introdujo la mano entre las hojas y las alzó ligeramente con ademán ejercitado. Después atisbó por la rendija así formada. Rachel vio que el sistema, si bien primitivo, era tan ingenioso como el vidrio impenetrable por un lado y transparente por el otro, que se utilizaba en los países civilizados. A causa de la disposición de las hojas sobrepuestas, Nanu podía observar perfectamente el interior de la choza, sin que desde ésta la viesen. A la derecha de Rachel, Narmone se dedicaba también a este equívoco fisgoneo.

Rachel no se decidía a imitarlos, pues aquel papel la disgustaba sobremanera. Rebuscaba en su cerebro alguna excusa para no tener que atisbar pero la vieja la apuntó con un dedo antes de que tuviera tiempo de hallarlo. Maquinalmente, Rachel dio un paso hacia las hojas.

—Haga como nosotros —susurró la vieja—. La observación ha comenzado. Continuará hasta que ambos duerman.

Rachel trató de imitar a Nanu y levantó una hilera de hojas. Apareció una línea de luz amarillenta. Con ademanes torpes, despeinándose, metió la cabeza bajo las hojas y pegó los ojos a la abertura, esforzándose por ver el interior de la cabaña. Vio a Moreturi y lo siguió con la mirada mientras él paseaba despacio sobre la esterilla de la habitación delantera. Visto desde allí, le parecía más corpulento que de costumbre. Daba vueltas a la estancia, fumando un cigarro indígena y andando con la gracia poderosa de un ocelote enjaulado, mientras sus músculos abultados se movían y se hinchaban. Todo su ser parecía tranquilo y reposado, salvo su amplia cara polinesia, agitada por una íntima preocupación.

De pronto, al llegar al centro de la estancia, cerca de donde estaba la vela, se detuvo. Su mirada se dirigió al corredor que conducía al dormitorio.

—Atetou —dijo.

No hubo respuesta.

Dio unos pasos hacia el corredor.

—Atetou, ¿te has acostado?

La voz de Atetou se escuchó muy apagada.
—Estoy durmiendo. Buenas noches.

Moreturi murmuró algo entre dientes, una frase en polinesio, según le pareció a Rachel y, acercándose rápidamente a un recipiente de arcilla del extremo opuesto, tiró en él la colilla de su cigarro. Absorto en sus propios pensamientos, avanzó hacia la pared tras la cual se ocultaban Rachel, Nanu y Narmone. Tenía la vista fija en la pared... en ella misma, temió Rachel... no tardaría en descubrirla, para burlarse de ella. Con los brazos cruzados sobre su poderoso pecho, cada vez se acercaba más. Aunque la pared se interponía entre ambos, Rachel tenía la sensación de que él iba a derribarla y la pisotearía. Quiso retirarse, soltar las hojas, huir, pero permanecía petrificada, temiendo que el menor movimiento la delatase.

A pocos palmos de la pared, Moreturi se detuvo y volvió la cabeza para mirar hacia el dormitorio. Desde su observatorio, Rachel veía, como si lo tuviese encima, a un gigante de tez color caoba claro visible desde la boca hasta las rodillas. Como de costumbre, sólo llevaba la blanca bolsa púbica. Rachel intentó tragar saliva y dominar su jadeante respiración. Comprendió que lo que entonces iba a ocurrir era inevitable, y así fue. Moreturi bajó las manos hasta el cordel que sostenía la sumaria prenda. Con un rápido ademán, deshizo el lazo y tiró el trocito de tela al suelo, fuera de su vista.

Rachel estuvo a punto de lanzar una exclamación de horror y estuvo segura de que iba a delatarse, pero el miembro desnudo sólo fue visible por un instante. El indígena había dado media vuelta para dirigirse con paso decidido hacia el dormitorio. La habitación delantera quedó vacía. Temblorosa, aliviada al pensar que la prueba había terminado, Rachel apartó la cabeza de las hojas y permitió que éstas cayesen de nuevo en su lugar.

Pero notó entonces que la huesuda mano de Nanu le apretaba el brazo, para tirar de ella y arrastrarla apresuradamente por el pasadizo secreto hacia el dormitorio. Rachel trató de resistirse, pero no pudo. Narmone la empujaba por detrás y le impedía la huida. Rachel tenía la boca abierta, intentando protestar contra aquella escandalosa actividad, pero las palabras no acudían a sus labios. Avanzó siguiendo a Nanu, arrastrada por la repulsiva anciana, mientras Narmone la empujaba sin cesar.

A los pocos instantes los tres se hallaban apostados junto a la pared del dormitorio. Nanu señaló de nuevo las hojas sobrepuestas, hasta que Rachel obedeció. Hubiera deseado renunciar a su desagradable visión, pero del dormitorio llegaba un creciente murmullo de voces y tuvo miedo de hablar. Así, pues, se plegó a la voluntad de la vieja. Levantó cautelosamente la hilera de hojas y atisbó al interior del dormitorio.

La única claridad que había en éste era la del claro de luna. Rachel sintió deseos de persignarse y dar gracias a Dios. Luego, de una manera confusa, distinguió dos figuras en primer término. Al parecer, la que estaba de rodillas era Moreturi y bajo él, retorciéndose como si quisiera huir, estaba Atetou. Las palabras que se cruzaban entre ambos eran un simple murmullo, pero las voces de ambos se distinguían claramente, lo mismo que su tono. Moreturi le pedía que accediese a sus deseos y ella se resistía. Moreturi se inclinó más hacia Atetou, y ésta empezó a levantarse, apartándolo al propio tiempo.

Moreturi retrocedió y se levantó ágilmente.

—¡Muy bien! —gritó en perfecto inglés—. ¡Me voy al Auxilio Social!

—Por mí ya puedes irte —repuso Atetou—. Si ésta es tu manera de demostrar amor... vete.

Moreturi dio media vuelta y atravesó corriendo la cabaña en sombras hasta la estancia delantera.

Después de presenciar esta escena, Rachel cerró los ojos, incapaz de reprimir el castañeteo de sus dientes. Se apartó de la pared de hojas, sintiéndose anonadada y entonces se dio cuenta de que Nanu le ponía las manos encima, empujándola. Abrió los ojos. Narmone ya se dirigía hacia el puesto de observación que daba a la estancia delantera. Empujada por las torpes manos de la vieja, Rachel tropezó, consiguió recuperar el equilibrio y llegó por último al lado de Narmone. Nanu se colocó de nuevo junto a ella y levantó las hojas que Rachel tenía enfrente y las suyas propias. Incapaz de protestar, Rachel se sometió a la voluntad de sus compañeros, introdujo la cabeza entre las hojas y miró de nuevo.

La estancia iluminada la deslumbró momentáneamente, pero pronto su vista se acostumbró. El corpachón moreno y desnudo de Moreturi, vuelto de espaldas a ella, se mantenía muy rígido sobre sus dos piernas, que parecían clavadas en el suelo. Estaba frente a la puerta y en la mano sostenía la bolsa púbica. Rachel rogó al Cielo que no se volviese hacia ella. Moreturi vacilaba, de pie ante la puerta. Durante un tiempo que le pareció interminable pareció que iba a ponerse su breve atavío, pero no lo hizo. Resuelto de pronto, levantó los hombros y tiró la prenda al suelo. Cuando empezó a volverse, Rachel cerró los ojos, apretándolos tan fuertemente que vio chispas y estrellitas tras los párpados. Oyó que él se aproximaba y luego que sus pasos se alejaban, pero no quiso mirar. Así pasó un minuto, tal vez dos. A Rachel le dolían los ojos, aflojó la presión de sus párpados y finalmente los abrió.

Esta vez también tuvo suerte. Moreturi estaba sentado en la esterilla, en el centro de la estancia, mostrándole su larga espalda encorvada. Con ambos brazos se rodeaba las rodillas y tenía la cabeza inclinada. Permaneció en esta postura durante lo que le pareció una eternidad, acaso cinco minutos, y poco a poco, sin poderse dominar, Rachel se apiadó de él. Sintió deseos de acercársele, acariciarlo, consolarlo. Hubiera querido estar a su lado, prodigándole frases cariñosas. En su calidad de analista, había conocido muchos casos de deseo animal en el hombre, lo comprendía y también los férreos grilletes de la represión y la frustración. Hasta que su actitud de espía indiscreto la abrumó y experimentó una enorme vergüenza.

Cuando se proponía susurrar a Nanu que sería mejor que se fuesen, oyó pasos en el interior de la choza.

La vocecita de Atetou, que ella no podía ver, dijo:

—¿No te has ido, Moreturi?

Él volvió la cabeza y lo que vio hizo que sus negros ojos se dilatasen.

—No... no... no me he ido.

—¿Aún quieres a tu Atetou?

—Necesito amar —dijo él con feroz concentración.

—Entonces, ven a mí. —Su voz se hizo más apagada cuando regresó al dormitorio—. Te espero.

Antes de que Rachel tuviera tiempo de cerrar los ojos, Moreturi se puso en pie y se volvió hacia ella. Rachel notó que le temblaban los brazos y el pecho y contempló hipnotizada la enorme bestia en celo que cruzaba la estancia, para salir de su campo visual y abandonar la habitación.

La mirada de Rachel permaneció fija en la pieza vacía. Sentía odio por Atetou y juró para sus adentros que no sería testigo del triunfo de la indígena. Entonces tuvo un sobresalto al oír el primer sonido procedente del dormitorio. Surgía de la garganta de Atetou y ésta no hacía nada por contenerlo. Era un grito de dolor femenino, mezclado con placer, que se convirtió en un largo gemido.

Rachel sintió que se le formaba un nudo en la garganta y que se ahogaba. Se apartó de la pared haciendo un esfuerzo y dio una palmada a la garra de la vieja, que trataba de arrastrarla hacia el dormitorio. Luego se volvió hacia Narmone, pasó junto a él, casi derribándolo, cayó de rodillas y avanzó a tientas hacia la salida y la libertad. Una pared cedió, la cortina de bambú se alzó bruscamente y Rachel, intentando levantarse pero andando todavía a gatas, salió por la

puerta falsa, libre de la Jerarquía, libre de las bestias que copulaban.
Se levantó tambaleándose y echó a correr por el poblado, sin detenerse hasta el arroyo. Allí permaneció, de pie, al borde del agua, entre las antorchas, desgreñada y jadeante.

Al poco rato los latidos de su corazón se calmaron y su temblor cesó. Los gemidos de Atetou ya no resonaban en sus tímpanos y pudo sentarse en la ribera, relativamente tranquila. Sacó un cigarrillo y se puso a fumar, esforzándose por borrar de su mente el recuerdo de la reciente experiencia. ¿Qué la había impulsado a aquel lugar? ¿Qué la había hecho meterse en aquellas aventuras? Cómo hubiera deseado hallarse en su patria, convertida en una vulgar ama de casa, en una casita sin paredes falsas, en un pueblo que no tuviese una Jerarquía, gozando de la seguridad que le depararía el título de señora de Josep Morgen. Pero esto también era imposible. Era demasiado inteligente para conformarse con semejante refugio. No podía escapar a su destino. Ella era como era.

Diez minutos después la pareja de vejestorios atravesó el poblado y se acercó a ella.

—Ya duermen —dijo Nanu—. Nuestra tarea ha terminado, de momento. —La vieja miró a Rachel, torciendo el gesto—. ¿Por qué se fue tan deprisa?

Rachel se levantó, quitándose el polvo de la falda.

—Iba a sufrir un acceso de tos —repuso— y tuve que irme a toda prisa para no revelar nuestra presencia. ¡Imagínese lo que hubiera ocurrido! Entonces me fui, para toser libremente y para que me diese un poco el aire.

Nanu la contemplaba y no parecía nada convencida.

—Ah, ya —dijo—. Por lo menos, espero que habrá sacado usted útiles enseñanzas de lo que ha visto.

—Sí... en efecto —dijo Rachel—. Pero creo que esto es más de la competencia de la Dra. Maud Hayden. Mañana ella empezará a ocuparse del asunto.

—Sería mejor que durmiera un poco —observó Nanu—. Todos tenemos que irnos a dormir.

Rachel asintió y los acompañó un trecho. Después se separó de ellos y continuó sola. De la cabaña de Maud Hayden, iluminada, aún surgía la música y el rumor de conversaciones, pero ella apenas lo advirtió. Se sentía cansadísima, demasiado cansada para anotar en su diario o en sus apuntes clínicos lo que había visto. Al día siguiente ya habría olvidado sin duda los detalles, así es que tampoco tendría que apuntarlos. Así lo esperaba, al menos. Quería que sus pacientes lo recordasen tc lo. Pero ella era distinta.

Era más de medianoche. La fiesta íntima ofrecida por los Hayden para conmemorar su segundo aniversario de boda había terminado media hora antes, con la partida de Paoti, Hutia, Courtney y finalmente Matty. La cocinera y sirvienta, una indígena alta y huesuda que nunca sonreía, aparentaba unos treinta y ocho o treinta y nueve años y se llamaba Aimata, había limpiado el horno de tierra y la estancia delantera, para irse hacía diez minutos.

Marc Hayden estaba al fin solo en la habitación delantera de su cabaña. Claire se había ido a la estancia posterior, llevándose los regalos, para desnudarse y acostarse. Marc estaba contento de aquel breve respiro y de su soledad momentánea, pero algo lo desazonaba. La estancia tenía una atmósfera humeda y pegajosa y en ella flotaba el desagradable olor producido por el humo del horno, el del tabaco y el de las velas que Claire había encendido en vez de la lámpara. También flotaba un débil olor de whisky en el aire. Él había bebido demasiado... todos habían bebido demasiado. En vez de sentirse ligero y alegre, se sentía pesado y decaído. Se sentía empapado de whisky, saturado de líquido.

Medía la estancia con pasos indecisos. Notaba las ropas pegadas al cuerpo. Se quitó la corbata, se desabrochó la camisa para quitársela también y tirarla al suelo. Así se sentía mejor. Se aflojó el cinto que sostenía sus pantalones grises, se acercó a la puerta, la abrió y se sentó en el umbral, intentando reanimarse con el aire fresco. Su mirada escrutó el oscuro y desierto poblado y, maquinalmente, sacó su último cigarro medio aplastado, le arrancó la punta de un mordisco y lo encendió. Empezó a dar bocanadas, pero su malhumor no desaparecía. Trató de pasar revista a los sucesos de la monótona velada, pero le costaba concentrarse. El whisky le había embotado el cerebro. Sin embargo, consiguió evocar algunos de los momentos, entre los mejores o peores.

Todos parecieron pasarlo a las mil maravillas, excepto Marc. Claire había resuelto organizar una velada completamente norteamericana, que sería algo singular para Paoti y Hutia, una nostalgia para Courtney y un buen intermedio gastronómico para Matty, sin olvidar una gozosa pasión conmemorativa para el joven matrimonio en honor del cual se hacía la fiesta. Tomarían Scotch y Bourbon, procedentes de las existencias de estos licores que había importado el equipo, y escucharían música de Vivaldi, Gershwin y Stravinsky grabada

en el magnetofón portatil. Claire preparó la cena, consistente en
sopa vegetal, pollo, frutas para postres, todo ello procedente de
conservas, y Aimata sirvió a la mesa. Courtney y Matty pronunciaron
sendos brindis, que Marc escuchó con forzada sonrisa. Claire recordó
el día en que se conocieron y su época de relaciones, con excesiva
palabrería romántica, pues había bebido más de la cuenta, lo cual
irritó a Marc. Paoti, muy grave y compuesto, hizo preguntas acerca
del matrimonio en Norteamérica, que Marc intentó contestar, sin
conseguirlo, porque Matty y Claire se anticiparon a hacerlo.

Después de cenar, Claire desenvolvió los regalos recibidos. Entre
ellos había una estatuilla indígena, de aspecto precolombiano, que
les fue ofrecida por Paoti y Hutia. Luego vino un antiguo cuenco de
las Sirenas, que antaño se empleaba en las festividades, y que les
regaló aquel sinvergüenza de Courtney. Una cámara fotográfica Pola-
roid, que Matty había comprado para esta ocasión. Y Claire regaló
a Marc, con cariño, con todos los viejos pecados y omisiones olvida-
dos en aquella noche de aniversario, una cigarrera de cuero repu-
jado, muy cara y atractiva. Y Marc ofreció a Claire... pues nada,
absolutamente nada.

Olvidó comprarle un regalo antes de salir de los Estados Unidos.
Olvidó buscar algo allí, en las Sirenas, porque no pensaba en Claire
ni en aquel estúpido aniversario, pues tenía la cabeza en otra parte.
Sin embargo, creyó salir airoso de la situación y la expresión desilu-
sionada que mostró Claire fue sólo fugitiva. Dijo que le había encargado una cosa a Los Angeles, un secreto, una sorpresa, y no había
llegado a tiempo. Cuando regresasen se lo ofrecería. Prefería no
decirle de que se trataba. Así le haría más ilusión. Claire, para demos-
tarle lo contenta que estaba, le dio un rápido beso que sabía a
whisky, pero por encima de los labios de Claire, Marc atisbó por un
momento la cara de su madre y comprendió que *ella* no se había
dejado engañar. Que se vaya al cuerno, se dijo, con todas las máquinas de rayos X como ella, que siempre lo desaprueban todo.

Después de evocar estas escenas, sólo quedaban flotando en su
mente tres fragmentos de la conversación. Lo demás se lo había
llevado el whisky. Tres fragmentos sin importancia.

Fragmento primero.

Él estaba sirviéndose otra copa, sí, otra, y Claire, a su lado, se
quejaba en voz baja. Sin duda por la copa.

—¿Eres del Ejército de Salvación o qué? —le dijo Marc; sí, ella
ponía esa cara porque iba a tomar otra copa y él le dijo exactamente
aquello.

Y ella dijo:

—Todos bebemos, pero no quiero que te caigas al suelo el día de nuestro aniversario, cariño.

—Gracias, *mujercita* —dijo él, terminando de llenar la copa. Echó un trago cuando Courtney también se sirvió.

Dijo Courtney:

—Segú:. he oído decir, Dr. Hayden, usted participará en nuestro festival, en la prueba de natación.

—¿Quién se lo ha dicho? —dijo Marc.

Contestó Courtney:

—Tehura. Si eso es verdad, me creo en el deber de advertirle, aquí entre nosotros, que la prueba es muy dura. Es posible que no la gane.

—No se preocupe por mí —dijo Marc—. En el agua estoy en mi elemento. Podría ganar a esos macacos con un brazo atado a la espalda. —Miró a Courtney entornando los ojos con expresión malévola—. Creo que usted participó en la prueba un par de veces.

—Así, es, en efecto. Y lo lamento. Le aseguro que no volverán a verme el pelo. Hay que zambullirse a gran profundidad y nadar largo trecho. Eso sólo puede aguantarlo un hombre como ellos. Durante semanas estuve como si me hubiesen dado una paliza.

—Usted es usted y yo soy yo —dijo Marc, desdeñoso—. Allí me verán mañana.

—¿Adónde irás mañana, Marc? —preguntó Claire—. ¿De qué estáis hablando?

—Del gran acontecimiento deportivo con que empieza el festival —dijo Marc—. Un concurso de natación. Se celebra mañana y yo participo en él.

—Por Dios, Marc —dijo Claire—. ¿Por qué lo haces? Ya no eres un estudiante... mira que un concurso... ¿Por qué te has apuntado, Marc?

Marc hubiera deseado decir: «Porque el premio es un auténtico bombón, querida, y no una artista de la castración como tú». Pero lo que dijo fue:

—Hay que observar como participante, mujercita mía; esta es la clave de la etnología moderna. Tú ya lo sabes, ¿verdad? Mujercita. ¿Fue por esto, no, por lo que enseñaste las tetas a los indígenas la noche de la fiesta que dio Paoti?

Claire se puso colorada como la grana y Marc prefirió escabullirse, para pedir a los demás si querían más whisky.

Fragmento segundo:

La Dra. Matty, la buena y decrépita mamaíta Matty, con su acostumbrada verborrea, metiéndose en todo, hablando por los codos con Paoti y Hutia, mientras él le servía otra copa de whisky.

—Matty —la interrumpió él con tono malicioso—. Aquí tienes el whisky... que se enfría.

Matty le dirigió una severa mirada, le volvió a medias la espalda, como si no hubiese oído su impertinente observación y siguió hablando mientras Marc, reducido a la condición servil de hijo, escuchaba con mansedumbre.

—Durante años —estaba diciendo Matty a Paoti— el problema principal de la ciencia —y en ella incluyo a la ciencia social— fue en nuestro país, el de no poder comunicarse a las masas inferiores, que no tenían preparación ni podían comprenderla, pero cuyo apoyo era necesario. No bastaba con descubrir una teoría de la evolución o una teoría de la relatividad. Había que explicarla, ponerla al nivel de los incultos para que éstos le diesen su aprobación, pues sin ella nadie querría subvencionar las investigaciones fundamentales. Hoy día, en Norteamérica, Inglaterra, Francia, Alemania, Italia, Rusia, en una palabra, en todo el mundo, la ciencia ha comprendido esta necesidad y ha buscado un medio para divulgarse entre las masas, lo cual le permite contar con su apoyo.

Marc observaba a Matty-Maud-Mamá mientras paladeaba su bebida y la oyó proseguir así:

—Nosotros, en el terreno de la etnología, hemos tenido una suerte particular por lo que se refiere a nuestros descubrimientos y a su divulgación. Hemos aprendido a hablar el lenguaje del pueblo. Por mi parte, yo siempre he tenido un interés rayano en el fanatismo, en escribir de una manera comprensible para todos, para que todos me entiendan. Prefiero tener un editor comercial para que publique mis obras. Aunque se trate de obras técnicas, sigo prefiriendo un editor comercial en vez de una editorial universitaria. Pero hay algunos etnólogos que se hallan molestos con aquellos que como yo, publicamos de cara al público. Me han llamado propagandista y amiga del autobombo. Me han amonestado por publicar artículos en revistas no profesionales. El núcleo de intransigentes que sólo tienen fe en sus propias revistas científicas y en las editoriales universitarias, creen que el dinero y la reputación nada tienen que ver con la etnología. Creen que un etnólogo debe ser un hombre de ciencia y no un escritor o un vulgarizador. Algunos de ellos son sinceros. Pero su resentimiento, casi siempre, está motivado por la envidia. Y también por arrogancia intelectual y esnobismo. ¿Quiere usted saber cuál es mi posición, jefe Paoti? Yo no quiero limitar mi estudio de las Sirenas a mis amigos y enemigos de nuestro reducido círculo. Quiero que todo el mundo lo conozca y se beneficie de este conocimiento.

Marc continuó escuchándola, con la mente enturbiada por los

vapores del alcohol y sin poder contener su pasmo. Su madre no era una mujer cualquiera, se dijo, sino una fuerza de la naturaleza dotada de la grandeza de un dios. Paoti dijo algo que Marc no entendió. Vio que Matty asentía, sonriendo, para continuar su perorata.

—Sí, eso también —dijo—. Somos así. Lo que me atrajo a la etnología era el hecho de que yo podía entenderla y de que era una ciencia que abarcaba toda la humanidad. Además, comprendí que podía divulgarla. Tiene usted que saber que las oscuridades de la ciencia, que, aunque yo pueda enteder, otros no entienden, me interesan menos que la epopeya viviente de la ciencia. Voy a decirle lo que más me interesa. Me interesa, por ejemplo, el hecho de que los arcos branquiales de los peces arcaicos formen aún parte del oído humano... Este atavismo me parece altamente emocionante. Me interesa encontrar fósiles de moluscos y animales marinos entre los estratos de montañas que se alzan tierra adentro, a centenares de kilómetros del mar... lo cual constituye otro eslabón viviente con el pasado. Me interesa el hecho de que aún viva en los mares sudafricanos un pez llamado celacanto, un pez fósil que vivió hace cincuenta millones de años, cuando los dinosaurios vagaban por las orillas de aquel mar... los dinosaurios se extinguieron pero el celacanto aún vive. Me interesa el hecho de que la resplandeciente estrella que vemos brillar por esta ventana nos envíe una luz que tarda mil años en llegar a nosotros, lo cual quiere decir que el mensaje luminoso que ahora vemos, inició el viaje hacia nosotros cuando los sarracenos aniquilaron la escuadra veneciana y Constantino era emperador. Me interesa saber que usted, jefe Paoti, que vive apartado del mundo, se atenga a unas normas que fueron dictadas hace casi dos siglos. Esta es la ciencia que yo valoro y entiendo... la que hace vibrar mi espíritu... y mediante la cual intento iluminar el mundo que nos rodea, haciendo caso omiso de lo que puedan pensar de mí algunos de mis colegas.

Maravillosa Matty, se dijo Marc, sintiéndose pequeño e inútil. ¿Era posible que aquel monte femenino hubiese parido un ratón como él?

Fragmento tercero:

Acababan de servir la última ronda. Los invitados se disponían a marcharse. Claire dio las gracias a Paoti y Hutia por haberle prestado su sirvienta Aimata. La asistenta más capacitada que había conocido en su vida y que incluso superaba a Suzu, en la lejanísima Santa Barbara.

—Oh, no es sirvienta nuestra —dijo Hutia Wright—. Es la esclava de otra familia. Nos la han cedido para ustedes.

—¿Habré entendido bien? —Preguntó Claire—. ¿Ha dicho usted esclava?

—Sí... cometió un crimen...

La expresión de perplejidad de Claire obligó a Marc a intervenir inmediatamente.

—Easterday ya aludió a esto en su carta, pero aún no habíamos tenido ocasión de explicarlo en detalle, ni a ti ni a los demás —dijo—. En las Tres Sirenas existe un sistema excepcional, al menos para nosotros, de castigar los delitos. No existe la pena capital. En realidad, hay mucho que decir a favor del sistema. Es humanitario y práctico al mismo tiempo. En los Estados Unidos, cuando una persona comete un asesinato premeditado, lo normal es que lo ejecutemos a sangre fría por medio de la horca, la silla eléctrica, la cámara de gas o el pelotón de ejecución. Si bien estas medidas eliminan la posibilidad de que vuelva a delinquir, esta venganza de la sociedad no le reporta ninguna ventaja ni indemniza a la familia de la víctima. Aquí en las Sirenas, si alguien comete un asesinato lo sentencian a la esclavitud y tiene que servir a la familia de su víctima por tantos años como sin duda hubiera vivido todavía la víctima. —Indicó a Paoti con un ademán.

—Quizás usted pueda explicarnos cómo se aplicó este principio o ley en el caso de Aimata.

—Sí —dijo Paoti a Claire—. Es un caso muy sencillo. Aimata tenía treinta y dos años y su marido treinta y cinco, cuando ella resolvió asesinarlo, despeñándolo por un acantilado. El infeliz murió instantáneamente. No hizo falta celebrar juicio ante mí, porque Aimata confesó su crimen. Según nuestro derecho consuetudinario, las personas de esta isla viven setenta años, por término medio. Por consiguiente, Aimata había privado a su marido de treinta y cinco años que aún le correspondían de vida. Con su crimen también privó a los demás parientes del esposo, de su ayuda, apoyo y cariño. Por consiguiente, Aimata fue sentenciada a sustituir a su víctima durante esos treinta y cinco años. Ahora es la esclava de los parientes de su esposo durante ese período. No tiene privilegios: no puede casarse, hacer el amor, participar en las fiestas, y sólo puede comer los restos de sus comidas y vestirse con las ropas que ellos desechen.

Claire se llevó la mano a la boca.

—Nunca había oído nada semejante. Es espantoso...

Paoti la miró con simpatía y sonrió.

—Pero es muy efectivo, Mrs. Hayden. En treinta años, sólo hemos tenido tres asesinatos en la aldea.

—Hay sistemas y sistemas en este mundo —agregó Maud, dirigiéndose a Claire—. Existe una tribu en el África occidental, llamados los Habe, que tampoco ahorcan a los asesinos. Consideran como aquí, que esto es perder el tiempo. Cuando alguien comete un asesinato, lo destierran durante dos años. Después lo hacen volver y lo obligan a vivir y cohabitar con un pariente del asesinado, hasta que ambos engendran un hijo que sustituirá a la víctima. No deja de ser raro, pero en el fondo es justo, como el sistema que aquí impera. Yo no aseguraría que los sistemas de castigo que se hallan en vigor en Occidente sean mejores que éstos. —Se volvió a un lado—. Mr. Courtney... ¿qué opina usted como abogado?

—Digo que me parece muy bien —respondió Courtney—. Y digo también: gracias y buenas noches.

Los fragmentos se disolvieron.

Marc se encontró sentado todavía en la escalera, algo más fresco, pero con la boca y la lengua ásperas e irritadas aún a causa del whisky y con el cigarro a medio fumar en los dedos.

Fue entonces cuando oyó la voz de Claire que le llegaba muy apagada desde la habitación del fondo.

—Marc... es muy tarde...

Él no contestó.

Oyó de nuevo la voz de Claire.

—¿No piensas acostarte, Marc? Te guardo una sorpresa.

¿Una sorpresa? Él sabía cual era la sorpresa que le reservaba para su aniversario de boda y sabía también que, si se había sentado allí solo, era para rehuirla. Ella le ofrecería su cuerpo, que ya le producía hastío. Era un regalo que no deseaba. Después de dos años de poseerlo, se había cansado de aquel cuerpo. Pero entonces, al evaluar aquellos dos años, al hacer balance de una manera vaga, comprendió que no había poseído íntimamente aquel cuerpo tantas veces como imaginaba. Siempre lo había tenido a su lado, a su disposición, tan fácil que era irritante tomarlo, pero era lo que lo acompañaba, la censura que irradiaba de su persona, lo que le producía hastío.

Pensó que llevaba un mes, acaso dos, sin hacer uso del matrimonio. A la sazón tendría que hacerlo, para conmemorar el aniversario. Detestaba tener que hacerlo como un deber. No la quería. Quería a la morenita, con su arrogancia, sus senos al aire y sus hermosos muslos apenas ocultos por el faldellín. Recordó el incidente de aquel mismo día, en que tan cerca estuvo de poseer a Tehura, y estuvo seguro de que terminaría por poseerla. La pasión imaginaria que le produjo su futura unión con Tehura inflamó su ser y lo despertó. La hubiera querido tener entonces, pero, como esto no era posible, decidió malgastar su pasión cumpliendo su deber como marido.

Se levantó y tiró el cigarro al exterior.

—Ya voy —dijo a Claire. Cerró la puerta y la aseguró.

Se dirigió al comedor, lo siguió y entró en el dormitorio tenuemente iluminado. La estancia parecía vacía. No pudo encontrar a Claire sobre el saco de dormir ni entre las sombras. Oyó moverse algo a su lado, a su derecha, y entonces ella se apartó de la pared tenebrosa en dirección a la vela. Dando media vuelta bajo el círculo de luz amarillenta, se mostró ante él.

Marc parpadeó, incapaz de pronunciar una palabra.

—Esta es la sorpresa que te reservaba para nuestro segundo aniversario, cariño —dijo Claire.

Tan pasmado quedó Marc ante su aspecto, que por un instante pensó que a causa de alguna extraña jugarreta, era Tehura quien estaba ante él, pero la razón se impuso y comprendió que era Claire. Llevaba exactamente el mismo atavío que Tehura. Iba vestida como todas las mujeres de las Tres Sirenas. Incluso llevaba una escandalosa flor entre el pelo. El medallón de brillantes pendía entre sus descarados senos desnudos, de indecentes pezones pardos. Su ombligo se contraía y se ensanchaba por encima del ceñidor que sujetaba la cortísima falda de hierbas. Llevaba las piernas y los pies desnudos.

La ira se apoderó de él. Sintió deseos de aplastarla, de marcarla con un insulto, de llamarla puta, ramera, meretriz, prostituta. ¡Que se atreviese a burlarse de él con el atavío de aquel lupanar tropical! ¡Que lo insultase con aquella prueba evidente de que era como aquellas perras callejeras!

—¿Bien, Marc? —dijo ella, risueña—. ¿Qué te parece?

¡Qué te parece!

—¿De dónde demonios has sacado ese asqueroso atavío?

La sonrisa de Claire desapareció.

—Pensé darte una sorpresa... y pedí a Tehura que me prestase uno de sus...

¡Tehura, nada menos!

—¡Quítate esos perifollos y quémalos, te digo!

—¿Marc, qué te pasa?... Creía que...

—He dicho que te quites eso. ¿Quién demonios te imaginas que eres? ¿No te das cuenta de lo que haces? Lo he visto desde el primer día... desde la primera noche... cuando te apresuraste a enseñarles las tetas... y luego, cuando empezaste a salir con ese Courtney... hablando siempre de lo mismo... de asquerosas cuestiones sexuales... contoneándote ante él y ante todos... pidiéndolo... tratando de comportarte como una...

—¡Cállate! —chilló ella—. ¡Cállate, te digo, y vete al cuerno...! Estoy más que harta de tu mojigatería... de tu puritanismo... harta de tener que guardármelo todo para mí... de vivir sola, sin que nadie me toque... harta de que me ame un genio, un atleta invencible... te digo que... que...

Quedó sin aliento, como si hubiera hecho una larga carrera. Lo contemplaba jadeante, con las manos convertidas en garras, para rasgar la humillación que él le había producido, deseosa de matarlo y matarse, con un ansia infinita de romper en llanto, como una niña huérfana y abandonada.

Se tapó los ojos para no sollozar.

—Vete... vete y déjame... a ver si eres hombre de una vez —dijo con voz quebrada.

Él temblaba como un azogado ante su inesperada reacción.

—Ya lo creo que me voy —dijo con voz ronca—. Volveré cuando seas de nuevo tú misma, cuando te acuerdes de quién eres y te portes como es debido... Si pudieras verte vestida así... ¿Así es como crees que se debe decir al marido que...?

—¡Vete!

Él salió inmediatamente, perseguido por sus desgarradores sollozos hasta que llegó a la puerta. Salió al exterior y, casi corriendo huyó del vergonzoso espectáculo.

No supo por cuanto tiempo anduvo así, en la semioscuridad. De pronto se encontró en las cercanías de la Cabaña de Auxilio Social, que estaba con todas las luces apagadas. Tosió y escupió en su dirección y luego volvió sobre sus pasos.

Mucho más tarde se sentó bajo una antorcha medio apagada, al otro lado del arroyo y frente a su choza, satisfecho de hallarse tan agotado, que ni siquiera podía sentir cólera. Se preguntó qué extraños efectos producía aquel maldito lugar en él y en ella, qué sería de ellos y, sobre todo, qué sería de él. Pensó después en la auténtica Tehura, en su futuro y, como solía hacer últimamente, en el admirable Rex Garrity.

Por último metió la mano en el bolsillo trasero de su pantalón y sacó la manoseada carta que había recibido hacía quince días y que Garrity le envió a Papeete. Con su ortografía de pendolista, Garrity le recordaba que la visita a las Tres Sirenas podía ser la ocasión de su vida. Si Marc quería venderle parte del material que su madre no necesitase, Garrity le pagaría por él una elevada suma. Si podía sugerirle cualquier otra forma de acuerdo, no tenía más que decírselo, para estudiar la proposición.

Garrity le había escrito:

«Marc, muchacho, ésta es la ocasión de encontrar el vellocino de oro, de pasar a la posteridad y de huir del sino que espera a todos los profesores de puños raídos. Permanezcamos en contacto y cambiemos ideas e impresiones».

Una hora después de recibir la carta en Papeete, Marc se apresuró a contestarla extensamente, sin olvidar la censura impuesta por Matty, pero haciendo innúmeras preguntas.

Volvió a meterse la carta de Garrity, el único documento mágico de la tierra capaz de borrar a Adley, Matty, Claire y el anonimato, al bolsillo del pantalón.

Se levantó y aspiró el fresco aire nocturno, sintiéndose más fuerte. Claire ya debía de hallarse sumida en la modorra producida por las píldoras somníferas. Iría a la habitación delantera para escribir a Rex Garrity. Al día siguiente recogían el correo. Si Rasmussen le traía más noticias de Garrity, con sus contestaciones a las preguntas que le había hecho, entonces Marc terminaría la carta que aquella noche dejaría inacabada, para cursarla y hacer lo que considerase oportuno. A partir de entonces, todo cambiaría.

Levantó la vista al inmenso cielo estrellado. Aunque muevas la cabeza, Adley, se dijo, no puedo verte ni oírte, ni maldita la falta que me hace, porque tú ya has muerto y yo pronto voy a vivir.

Encaminó sus pasos a la cabaña, mientras redactaba mentalmente el principio de la carta a su salvador.

CAPÍTULO VI

Marc Hayden paseaba agitadamente junto al borde del abrupto precipicio que se hallaba suspendido como un puesto de observación sobre el poblado de las Tres Sirenas.

No había vuelto a visitar aquella altura desde quince días antes, cuando llegó a la isla. El sendero descendía bordeando el rocoso farallón hasta el rectangular poblado, hundido en el largo y estrecho valle. Mientras andaba por el borde del precipicio, Marc veía de vez en cuando las frágiles y diminutas chozas acurrucadas bajo el saliente de piedra y la brillante cinta del arroyo, que cruzaba el poblado. Era casi mediodía y en la aldea había poca animación: sólo se veían algunos niños morenos, unas cuantas mujeres y nadie más, porque los hombres aún no habían vuelto del trabajo, los adolescentes estaban en la escuela y los miembros del equipo de Matty (no de su equipo) estaban a cubierto, con sus lápices, cintas magnetofónicas y jactanciosos informantes.

La vista que se divisaba desde aquel punto elevado y ventajoso era muy bella, pero Marc no le prestaba atención. Allí estaba el poblado, pero él se sentía un extraño. Desde la noche anterior, había dejado de sentirse identificado con aquellos parajes. Le parecían tan remotos e irreales como una fotografía en color del *National Geographic Magazine*.

Para Marc, el poblado y sus habitantes no eran más que cosas, accesorios que le ayudarían a escapar de una vida rutinaria y aborrecida. Lo que era real, lo que era animado e incluso bello, era aquella Carta Magna del alma, su Declaración de Independencia particular, que llevaba metida en el bolsillo de la derecha de sus pantalones grises.

La carta que llevaba en el bolsillo no era muy larga... sólo ocupaba tres hojas; éstas y el sobre eran de papel avión, pero llenaban su bolsillo, su cuerpo y su espíritu como si fuesen —trató de hallar un símil adecuado— una lámpara de Aladino, dispuesta a satisfacer sus deseos.

Permaneció levantado durante casi toda la noche, en la estancia delantera de la choza, escribiendo aquellas tres hojas dirigidas a Rex Garrity, en la ciudad de Nueva York. Pasó la mayor parte del tiempo sin escribir, pensando únicamente lo que diría a Garrity acerca de sus intenciones. Cuando hubo terminado, se fue a acostar y por primera vez en muchos meses durmió bien, con la sensación de haber trabajado a conciencia, sin remordimientos y lleno de esperanzas. Así, el sueño acudió a él como esperada recompensa. Sin hacer caso de Claire, tendida sobre el saco de dormir a su lado, puso el despertador, cerró los ojos y durmió con el sueño de los justos.

El despertador lo arrancó de los brazos de Morfeo cuando sólo había dormido tres horas. Sin embargo, no se sentía cansado. Mientras desayunaba, apareció Claire, aún con la cara de la noche anterior. Su expresión era tensa y rígida, los buenos días que le dio fueron tajantes y combativos y él contestó a la salutación con unos buenos días tan imperceptibles, que apenas se oyeron. Ella iba de un lado para otro pisando fuerte, haciendo ruido, chocando con las cosas, exigiendo sin hablar pero con su presencia opresiva su atención y sus excusas por la conducta de la víspera. Deseaba ventilar sus diferencias y curar sus heridas acudiendo al remedio casero de la conversación airada. Quería que él se disculpase por sus palabrotas de la noche anterior y por el modo como la había rechazado, apelando a la excusa de la borrachera. Ella también se esforzaría por salvar la situación, diciendo que más valía olvidarlo. Así su vida en común aún podría proseguir, más o menos remendada.

Pero él no parecía darse por enterado. Comió en silencio, rehuyéndola, sencillamente porque aquella mañana ella ya no existía para él. Su desinterés era total. La noche anterior había crecido, convirtiéndose en el hombre que siempre había querido ser (y por lo tanto en un extraño· para aquella mujer) y no deseaba cumplir su parte del antiguo contrato, que ya no tenía razón de ser para él.

Salió de la choza a toda prisa, después de buscar ostensiblemente el cuaderno de notas y la pluma para despistarla y hacerla creer que se iba a trabajar. Con la carta a Garrity en el bolsillo, corrió hacia el sendero que empezaba a la salida del pueblo y ascendía por el monte. No deseaba llegar tarde. Se proponía interceptar al capitán Rasmussen, que aquel día llegaba con el correo y las vituallas antes de que el viejo pirata bajase al poblado y viese a Matty. Si había carta de Garrity, en respuesta a la que él le envió desde Papeete, no quería que Matty la viese o se enterase de su existencia. Deseaba leerla él solo, lo antes posible. Su contenido decidiría su actitud final: de él dependería que enviase o no a Garrity la carta que llevaba en el bolsillo y en la que le exponía sus intenciones.

Permaneció sentado durante más de una hora a la sombra de las frondosas acacias, las zarzamoras y los árboles kukui, a unos cuantos pasos del sendero por donde pasaría Rasmussen, esperando con nerviosismo al hombre que decidiría su destino. El escandinavo aún no había aparecido y Marc, inquieto, se apartó de la fresca sombra de los árboles para vagar por el borde del acantilado próximo.

Llevaba ya veinte minutos paseando junto al precipicio, preguntándose si tendría carta, si ésta significaría el cumplimiento de sus sueños, si tendría el valor de contestar con la carta que llevaba en el bolsillo, cuando comprendió que no podía soportar más aquella exposición al sol matinal.

Volvió lentamente sobre sus pasos, secándose la cara y el cuello con el pañuelo, y subió por el sendero hasta los árboles que había abandonado. El empinado camino que conducía al mar no mostraba aún la figura de Rasmussen. Por un momento Marc se preguntó, muy preocupado, si se habría equivocado de día, si Rasmussen se habría visto retenido por algún contratiempo o habría aplazado su vuelo. Por último pensó que se inquietaba demasiado. Rasmussen terminaría por aparecer.

De pie junto al camino, Marc notó el bulto que hacía la carta en el bolsillo de su pantalón. Sacó el sobre abierto dirigido a Garrity y volvió a sentirse animado. Después se metió de nuevo el sobre en el bolsillo y miró al camino. Aún no se veía a nadie, salvo dos huesudas cabras a lo lejos. Al fin se decidió a volver a la fresca sombra de la vegetación y se tendió sobre la hierba. Sacó un cigarro y cuando se disponía a prepararlo y encenderlo, su mente volvió a Tehura, a lo que había escrito a Garrity acerca de la joven y del papel que ésta podía desempeñar en los días decisivos que se avecinaban.

Cuando consultó de nuevo su reloj de pulsera, faltaba muy poco para el mediodía y él ya llevaba tres horas de guardia. Volvió a sumirse en sus pensamientos y divagaciones; no tenía la menor idea de cuánto tiempo más había transcurrido, cuando lo despertó el sonido áspero y desafinado de alguien que silbaba una canción de marineros.

Marc se levantó apresuradamente y corrió al sendero. El reloj señalaba más de las doce y cuarto. El capitán Rasmussen se acercaba por el sendero. La gloriosa figura aún estaba a veinte metros; llevaba su gorra de marino muy echada hacia atrás, exhibiendo plenamente su curtida cara de escandinavo, con barba de ocho días. Su atavío consistía en una vieja camisa azul, que llevaba abierta, unos sucios pantalones blancos, zapatos de tenis tan viejos y rotos como siempre y la bolsa del correo colgada del hombro izquierdo.

Al acercarse, Rasmussen reconoció a Marc y lo saludó con la mano libre.

—Hola, doctor. ¿Forma usted el comité de recepción?

—¿Cómo está, capitán? —Marc esperó con nerviosismo a que Rasmussen llegase frente a él y entonces, añadió—: Subí a dar un paseo y al acordarme de que hoy venía usted, pensé esperarlo para recibir antes el correo. Espero una carta muy importante para mi trabajo.

Rasmussen se quitó la bolsa del hombro y la tiró al suelo.

—¿Es algo tan importante, que no puede esperar? Aún no he clasificado el correo.

—Verá, yo pensé que...

—No importa, de todos modos, no hay mucho que clasificar. — Arrastró la bolsa, primero por el polvo y luego sobre la hierba, se sentó con las piernas muy separadas sobre un tronco de cocotero y colocó la bolsa entre sus rodillas—. No me irá mal descansar un momento. —Abrió la bolsa, mientras Marc miraba ansiosamente por encima del hombro. Rasmussen husmeó y levantó la mirada hacia él—. ¿No tendrá otro de esos cigarros, eh, doctor?

—No faltaba más.

Marc se apresuró a sacar un cigarro del bolsillo de la camisa y lo tendió a Rasmussen, quien lo aceptó con un eructo, dejándolo a su lado sobre el tronco. Mientras Marc lo observaba nerviosamente, Rasmussen introdujo su callosa mano en la bolsa y sacó un mazo de cartas, atadas fuertemente por una correa de cuero. La desató y después, murmurando entre dientes el nombre completo de Marc, empezó a examinar las cartas.

Por último sacó tres sobres.

—Aquí tiene, no hay nada más para usted, doctor... como no sea algún paquete grande... pero supongo que no es eso lo que le interesa ahora.

—No, con esto me basta —se apresuró a responder Marc, tomando los sobres.

Mientras Marc consultaba las señas de los remitentes, Rasmussen volvió a meter el mazo en la bolsa y se dedicó a desenvolver y encender el cigarro. Marc vio que la primera carta procedía de un colega de la Facultad; la segunda, dirigida a Claire y a él, procedía de un matrimonio amigo de San Diego; y la tercera era de «R. G., Busch Artist and Lyceum Bureau, Rockfeller Center, New York City». Era de Rex Garrity, que le escribía desde su agencia para conferencias, y Marc apenas podía contener su impaciencia. Pero no quería abrir el sobre ante Rasmussen. El capitán continuaba sentado, dando chupadas al cigarro y observando a Marc con sus abotargados ojos de alcohólico impenitente.

—¿Ha recibido lo que esperaba, doctor?

—Pues no —mintió Marc—. Sólo cartas personales. Quizás venga con el correo siguiente.

—Es posible —dijo Rasmussen, sujetando la bolsa y poniéndose en pie—. Tendré que darme prisa. Quiero lavarme un poco, comer algo y prepararme para la fiesta. Como usted sabe, empieza hoy y durará toda la semana.

—¿Cómo dice? Ah, sí, la fiesta. La había olvidado... sí, creo que empieza hoy.

Rasmussen miró un momento a Marc con expresión reflexiva.

—Ahora me acuerdo... cuando llegamos, Huatoro y otros muchachos indígenas fueron a recibirnos a la playa... llevan los víveres por el atajo... ¿sabe usted...? y entonces él me dijo algo sobre usted... me dijo que participaba en el concurso de natación de hoy. ¿Es eso verdad o quiso tirarse un farol?

De lo último que Marc se acordaba era del concurso de natación, fijado para las tres de la tarde. Le sorprendió que se lo recordasen.

—Sí, capitán, es cierto. Prometí participar.

—¿Por qué?

—¿Por qué? Para hacer ejercicio, supongo —contestó Marc en tono ligero.

Rasmussen se tiró la bolsa al hombro.

—¿Quiere oír el consejo de un viejo? Hará mejor ejercicio yéndose con alguna moza de las Sirenas, doctor... y no lo tome como una falta de respeto por su señora... pero eso es lo que vale verdaderamente la pena en ese festival. Le doy este consejo en interés de la investigación científica. Trate de no olvidarlo si una de esas chicas le entrega una concha, durante la fiesta.

—¿Y eso qué significa?

—Eso es lo que sirve para desatar la falda de hierba, doctor. — Soltó una ronca risotada, tosió y se quitó el cigarro de la boca, ahogándose; luego metió de nuevo el cigarro entre sus dientes amarillentos—. Sí, eso significa.

—No lo olvidaré, capitán —dijo Marc con voz débil.

—Sí, señor, eso es lo que significa —repitió Rasmussen, dirigiéndose al camino—. ¿Baja usted conmigo?

—Yo... no, gracias, prefiero pasear un poco más.

Rasmussen empezó a alejarse cuando se volvió para decir:

—Como quiera, pero no se canse demasiado antes del concurso de natación. Y recuerde lo que le he dicho.

Lanzó otra risotada semejante a un ladrido y se alejó renqueando hacia el precipicio.

Ligeramente desconcertado por lo que el capitán había dicho de la fiesta, Marc permaneció de pie, viendo cómo el sueco se alejaba. Cuando Rasmussen hubo atravesado las hileras de acacias y de kukuis para llegar al borde del precipicio y desaparecer por el recodo que conducía al pueblo, el espíritu de Marc volvió a concentrarse en el largo sobre que contenía la carta de Garrity.

Salió a toda prisa del sendero y se metió en la sombra, mientras doblaba dos de los sobres y se los metía en el bolsillo trasero del pantalón. Sin poder dominar su inquietud, dio vueltas entre sus manos a la carta de Garrity, y, casi a regañadientes, rasgó el sobre con el índice.

Con el mayor cuidado, desplegó las cuatro hojas mecanografiadas de papel cebolla. Sin prisas, como un gourmet que deseara saborear una golosina largo tiempo esperada, leyó la carta, palabra por palabra.

Primero venía una cordial salutación: «Mi querido Marc». Después acusaba recibo a la apresurada misiva de Marc, enviada desde Papeete, y por la que se mostraba sumamente complacido. Después pasaba al grano. Antes de leer la parte más importante de la carta, que revelaría el sesgo que tomaría su futuro, Marc cerró los ojos y trató de evocar, en su mente, un retrato del autor de la misiva. El tiempo, la distancia y sus deseos suavizaron la imagen de Garrity, rubio, alto, esbelto, con sus refinadas facciones patricias propias de Phillips Exeter-Yale, el cincuentón más juvenil de la tierra, el artífice, el ídolo, el triunfador, el apuesto hombre de acción, el aventurero que seguía las huellas de Aníbal... él... el único... que, en una altiva torre del Rockefeller Center, sentado ante una máquina de escribir de oro, escribía: «Mi querido Marc».

Marc abrió los ojos y leyó lo que Garrity se dignaba exponerle, de forma definitiva, acerca del asunto que se traían entre manos:

«Ante todo, deseo observar que aprecio doblemente que me hayas escrito tan pronto, porque creo que yo soy la única persona capaz de comprender tu sensibilidad, tu personalidad y tu situación. Sé que tienes que luchar contra innumerables trabas y restricciones. En primer lugar, tu famosa mamá —que Dios la bendiga—, pese a todo su genio, posee unas miras estrechas y pedantes acerca del mundo vivo y comercial. La manera como me rechazó, su indudable aversión por todos cuantos nos debemos al público y tratamos de entretenerlo, se basa en un código moral completamente anticuado. En segundo lugar, ha representado para ti un enorme obstáculo vivir encerrado durante tanto tiempo en el mundo de tu madre, ese mundo de los que se dan a sí mismos el nombre de «científicos», cuando la verdad es que no son más que unos pedantes. Pero tú perteneces a una generación nueva, más refinada y para los que son como tú —perdona mi franqueza, Marc—, para los que son como tú, repito, aún hay esperanzas; es más, no sólo esperanza, sino gloriosas perspectivas. A causa de la única conversación en privado que pude sostener contigo en tu casa de Santa Bárbara, a causa de la manera cómo me defendiste ante tu madre, tu esposa y ese miope de Hackfeld y, desde luego, por la carta que me enviaste de Papeete, que hizo revivir mi fe en ti, en nuestras relaciones y en nuestro futuro, a causa de todo ello, veo en ti a un nuevo Hayden, a una poderosa personalidad dotada de sus propias ideas y ambiciones, dispuesto a salir al mundo para conquistarlo.

»Si interpreto bien tus párrafos tan meditados, te preguntas si es justo exponer al público en general los datos que estás en vías de reunir sobre las Tres Sirena. Te preguntas también si se hará buen uso de este material y si no corremos el riesgo de que adopte un tono demasiado sensacionalista, en el caso de que caiga en manos de personas sin escrúpulos. Te preguntas si algún hombre de ciencia o algún etnólogo ha presentado alguna vez sus hallazgos «como lo hubiera hecho un Rex Garrity». Manifiestas tus dudas acerca de los beneficios que puede reportar actualmente un ciclo de conferencias y dices, con cierto escepticismo, que estás seguro de que yo bromeaba cuando dije en tu casa que los datos de las Tres Sirenas, debidamente presentados, nos podrían proporcionar «un millón de dólares» para cada uno de nosotros.

»Después de sopesar cuidadosamente tu carta, he resuelto tomarme completamente en serio el interés que en ella manifiestas. Estaba en Pittsburgo dando una conferencia cuando me entregaron tu carta e inmediatamente cancelé un compromiso que tenía en Scranton y me fui a toda prisa a Nueva York para entrevistarme con mis agentes de Rockefeller Center. Les dije de manera confidencial lo poco que sabía de tu expedición, de las Sirenas y les pregunté qué significaría todo esto en lenguaje práctico, en términos financieros, como tú dices. A los dos días de estancia en Nueva York ya lo sabía. Puedo asegurarte, Marc, que te escribo enormemente entusiasmado. Confío que mi entusiasmo se te contagiará en ese lugar increíblemente remoto donde ahora estás trabajando y cuyo emplazamiento exacto sólo conozco de manera aproximada.

»Ante todo, permite que disipe tus temores acerca de la conveniencia de exponer la aventura de las Tres Sirenas al público. No temas tampoco que se haga un mal uso del material científico. Sé que tu madre me acusó de ser un divulgador de éxito, capaz de explotar el material reunido en las Sirenas de una manera que resultaría perjudicial tanto para la etnología como para esos remotos isleños. Marc, tu madre se equivoca. Te ruego que vuelvas a perdonarme, pero es un exponente de la anticuada manera de pensar que prevalecía entre los sociólogos de antes de la guerra, una reducida camarilla o secta que se reservaba todo cuanto consideraba valioso. En realidad, la reputación alcanzada por tus padres se debía precisamente a que rompieron ese cascarón, hasta cierto punto, presentando sus obras de manera más popular. Pero yo digo que se quedaron a mitad de camino. Ni sus descubrimientos ni los que hicieron otros colegas suyos han llegado verdaderamente a las masas, ni han sido de valor o beneficiosos para millones de personas que podrían sacar provecho de ellos. Si lo que habéis visto en las Tres Sirenas puede ser útil para Norteamérica, ¿por qué no propagarlo ampliamente, a fin de beneficiar a nuestros compatriotas? Y si lo que habéis visto no es de valor para nadie, sólo curioso o exótico, ¿qué mal hay en enseñar a nuestros compatriotas las necias costumbres de otros pueblos, lo que haría que se sintiesen más contentos con las suyas? Recuerda que los grandes impulsores de nuestra época, un Darwin, un Marx o un Freud, no hicieron temblar al mundo hasta que sus descubrimientos cayeron en manos como las nuestras para ser popularizados. Cuando manifiestas tus dudas acerca de si es justo o no es justo hacerlo, yo también manifiesto mis dudas acerca del derecho que pueda tener un grupo determinado para conservar o censurar unos conocimientos que podrían enriquecer el acervo cultural de la Humanidad. No, Marc, no temas; sólo bien puede producir el empleo de este material por personas que conozcan la psicología de las masas.

»¿Y cómo quieres que se haga mal uso de este material, o se le dé un tono excesivamente sensacionalista? Si llevamos nuestro plan adelante, lo haremos juntos, como colaboradores. Tú te ocuparás de editar y presentar el material conmigo. Tú conoces mi obra, mi reputación, que se ha mantenido durante tantos años y se basa en el buen gusto. Entre mis devotos admiradores se han contado durante años personas de ambos sexos, de todas las edades y de las más distintas clases sociales. Las cifras de ventas de mis libros, las ciudades que se han volcado para aplaudirme, el ingente correo de mis admiradores que llena todos los días la mesa de mi despacho, las enormes sumas que pago todos los años en concepto de Impuesto de Utilidades, son otras tantas pruebas de mi carácter conservador, de la amplitud y universalidad de mi juicio, y de mi buen gusto. Y por último, te diré que esto se haría bajo los auspicios del Busch Artist and Lyceum Bureau, entidad fundada en 1888, que goza del máximo prestigio y que ha contado en su cuadro de honor con nombres como los del Dr. Sun Yat Sen, Henry George, Máximo Gorki, Carveth Wells, Sarah Bernhardt, Lily Langtry, Richard Halliburton, Gertrude Stein, el Dr. Arthur Eddington, Dylan Thomas, el Dr. William Bates, el Conde Alfred Korzybski, Wilson Mizner, la reina María de Rumania, Jim Thorpe... y, te ruego que me perdones por tercera vez, tu afectísimo servidor, Rex Garrity.

»En cuanto a la preocupación que te produce pensar que los etnólogos puedan presentarse ante un público profano, deséchala, por favor. Poseo pruebas documentales de que docenas de tus colegas lo han hecho, desde Robert Briffault hasta Margaret Mead, consiguiendo con ello enaltecer y no rebajar, precisamente, su prestigio profesional.

»Paso a exponer finalmente mis conversaciones con los altos dirigentes de la agencia Busch y el aspecto económico de estos posibles ciclos de conferencias, reputado como uno de los más saneados. Después de analizar los artistas de la oratoria que han cosechado más laureles, he llegado a la conclusión de que los que mayor éxito han tenido han sido los más famosos (Winston Churchill, Eleanor Roosevelt, etc.) o los que tenían algo apropiado o extraordinario que contar (Henry M. Stanley, el general Chennault, etc.). Los de la agencia Busch me aseguran que no podemos fracasar, pues entre ambos reunimos todos los elementos necesarios para asegurarnos el éxito. Yo poseo la reputación. Tú tienes y dominas un material apropiado y extraordinario. Entre los dos, podemos convertir las Tres Sirenas en un nombre tan popular como Shangri-La... sí, el Shangri-La del amor y el matrimonio.

»A cambio de encargarse de la publicidad, los transportes, los hoteles, las comidas y el acompañamiento, la agencia Busch percibiría el 33 por ciento de nuestros beneficios brutos. Esto dejaría para cada uno de nosotros un 33'5 por ciento libre de gastos. Si tus descubrimientos son tan electrizantes como yo les he asegurado, creen posible que en una campaña de diez meses (conferencias combinadas con actuaciones ante la radio y la televisión y artículos en exclusiva), nuestros beneficios en bruto podrían ascender a un mínimo de... ¡setecientos cincuenta mil dólares! Piénsalo, Marc: en diez meses podrías embolsarte un cuarto de millón de dólares libres de gastos e impuestos sin contar con que tu nombre se haría famoso en toda la nación.

»La agencia Busch sólo requiere de ti una cosa, además de tu presencia. Necesitan una sola prueba demostrativa; es decir una prueba de la existencia de las Tres Sirenas y de que este lugar es como tú lo describes. En una palabra, no quieren saber nada con otra Joan Lowell o con un nuevo Trader Horn. ¿En qué podría consistir esa prueba? Una película en color que mostrase los más extraordinarios aspectos de la vida en las Tres Sirenas, diapositivas en color o en blanco y negro para proyectarlas y que acompañasen nuestras apariciones en público. O incluso —como hizo el capitán Cook al regreso de su primera visita a Tahití—, un hombre o una mujer indígenas de las Sirenas, que presentaríamos al público a nuestro lado.

»Quizás he ido demasiado lejos, al tratar de sondear tus pensamientos y ambiciones. Espero no haberlo hecho. Si puedes encontrar un medio de colaborar conmigo en esta empresa, te aseguro que no lo lamentarás. De la noche a la mañana te convertirás en un hombre independiente, rico y tanto o más famoso que tu madre.

»Piensa en todo esto, en todo cuanto te he dicho. No es una fantasía, sino una realidad. Ahora, adopta libremente tu decisión. Si así lo haces, te aguardan la fama y la riqueza. No tengo nada más que añadir, salvo que la agencia Busch y yo, esperamos con ansiedad tu respuesta. Si es favorable, como confío, haremos el acuerdo que mejor te convenga. Si tú lo deseas, tomaré el primer avión para Tahití a fin de esperarte en esa isla y ambos regresaremos triunfalmente a Nueva York, para iniciar nuestro glorioso periplo».

* * *

La carta terminaba con estas palabras: «Tu amigo y —así lo espero— futuro colaborador, Rex Garrity».

Bajo la firma había una retorcida rúbrica, reveladora del carácter pomposo y fanfarrón del escritor.

Cuando Marc hubo terminado, dejó la carta sin releerla. Todas y cada una de sus palabras se habían grabado con fuego en su mente.

Sostuvo la misiva en una mano, sentado en la hierba, rodeado por el color y la fragancia de la vegetación tropical y se puso a mirar al sendero.

Se apercibió de que, a pesar del calor propio del mediodía, notaba un escalofrío en los hombros, brazos y antebrazos. Aquella suma fabulosa le asustaba, lo mismo que la enormidad del paso que debía dar para alcanzarla y hacerla suya.

Mas después, al ponerse en pie, comprendió que su decisión ya estaba tomada. Lo que le esperaba era desconocido y terrorífico, porque aún no conocía sus fuerzas, pero satisfacía sus más locas ambiciones. Aquel era el camino que le indicaba Garrity. En cambio, el que le indicaba Matty y Claire, era trillado y le causaba horror, porque conocía sus propias debilidades. Le resultaba más espantoso que cualquier pesadilla... que la perspectiva de haberse enterrado en vida por toda la eternidad. Así, la elección era clara.

Trató de pensar. La primera medida consistía en cerrar y franquear la carta que había escrito a Garrity la víspera. No había que introducir ningún cambio en ella, ninguna ampliación. Se anticipaba y respondía a todo cuanto se hallaba escrito en las hojas que acababa de leer. Sí, la entregaría a Rasmussen cuando se fuese, para que le diese curso. Esto era lo primero que tenía que hacer. La segunda medida consistía en saber si su plan era practicable. Todo dependía de ello y, por lo tanto, todo dependía de Tehura. La vería después del concurso de natación, cuando su corazón primitivo le diese la bienvenida como a un héroe triunfador. En cuanto a Claire, que se fuese al infierno; entonces le parecía una esposa pueblerina fuera de lugar en su vida y que nunca conseguiría adaptarse a ella. Aunque, mirando bien las cosas, quizás más adelante podría obligarla a adaptarse, haciendo que se postrase de hinojos a sus pies para suplicarle que se dignase mirarla y tocarla. Aún tenía que ver qué haría con Claire... En aquellos momentos, era lo último que le importaba. Se avecinaban acontecimientos memorables y esto era todo cuanto le importaba.

Marc dobló la carta de Garrity, se la metió en el bolsillo trasero del pantalón, acercó un fósforo al cigarro apagado y se encaminó al sendero, para regresar a la aldea. Ya le parecía palpar un cuarto de millón de dólares.

* * *

En la escuela, las clases fueron más breves aquel día y no cesaron aunque llegó la hora del almuerzo. Mr. Manao anunció a los alumnos, al comienzo de las clases, que esto se debía al festival. La escuela cerraría sus puertas a las dos, pera que los alumnos tuviesen una hora libre antes de que el festival empezara con el concurso de natación que se celebraba todos los años.

—Durante toda esta semana seguiremos este horario —agregó Mr. Manao, declaración que hizo cundir el bullicio y la alegría entre los estudiantes.

Los alumnos que rodeaban a Mary Karpowicz, por lo general tan atentos y discretos, acompañaban las disertaciones del profesor con jubilosos murmullos, bromas, risitas y codazos. Incluso Nihau, siempre tan solemne, se mostraba menos aplicado aquel día. Sonreía constantemente y su mirada se cruzaba con la de Mary, al tiempo que sonreía y le hacía tranquilizadores gestos de asentimiento. Mary sabía que, en parte, su alegría se debía a lo contento que estaba por haber conseguido convencerla de que volviera a clase, después de la escena de la víspera. En realidad, su súbita desaparición durante el recreo que siguió a la clase de *faa hina aro* y la lección práctica de anatomía efectuada sobre la rozagante Poma y el hercúleo Huatoro, no pasó desapercibida al perspicaz Mr. Manao. Cuando Mary entró en la clase, deliberadamente más temprano que de costumbre, el maestro se acercó a ella y, procurando que los demás no le oyesen, la preguntó si se encontraba bien. Agregó que la había echado de menos en la última clase. Mary repuso con cierta vaguedad que había tenido una jaqueca y tuvo que ir a echarse, y el maestro pareció darse por satisfecho.

Entonces, mientras escuchaba el final de la disertación de Mr. Manao acerca de la historia de la isla, Mary sintió un vacío en la boca del estómago. Lo atribuyó a la hora y a la falta de comida... pero sabía que no era eso, pues tuvieron un recreo extraordinario, con un abundante refrigerio de fruta. Terminó por reconocer que se debía a la aprensión de ver nuevamente a Poma y Huatoro desnudos, y el miedo de lo que podían enseñarle luego.

Mientras pensaba en ello, se le pasó la sensación de vacío en el estómago y dejó de notarla, a medida que volvía a sentir confianza. Lo había visto casi todo, se dijo, y no era posible que de momento les enseñasen nada nuevo. Notó que Nihau cambiaba de posición a su lado. La clase de historia había terminado. Recordó entonces las palabras del muchacho, cuando la víspera habló con ella en el fresco claro próximo a la Choza Sagrada. «Lo que echa a perder el amor es la vergüenza, el temor y la ignorancia —le dijo—. Lo que tú has visto y lo que aprenderás no echará a perder nada, cuando tu corazón ame de verdad.» Y Nihau agregó que aquello la prepararía para recibir al elegido, cuando viniese, y así ella nunca sabría lo que era la falta de placer. La evidente superioridad que poseería cuando se reuniese de nuevo con sus amigos y amigas de Albuquerque, la hizo sentirse ufana y orgullosa. Muy tranquila, esperó casi con ansiedad que transcurriese la hora que aún faltaba.

Mientras Mr. Manao se preparaba para la última clase, limpiando las antiparras con el extremo de su taparrabos, sujetándoselas después a las orejas a fin de examinar una hoja de papel, y mientras los alumnos susurraban en el aula, la vista de Mary vagó hasta las ventanas abiertas de la derecha. Vio a su padre, que seguía apostado junto a la Rolleiflex, colocada sobre un trípode. Tenía gracia: estaba haciendo lo mismo que acababa de hacer Mr. Manao, o sea limpiando sus gafas modelo Truman.

Mary no había visto a su padre durante el desayuno. Supo que estaba reunido con Maud Hayden, que lo había citado muy temprano. Cuando más tarde llegó a la escuela, le sorprendió verlo cargado con su equipo fotográfico, agachándose, saltando, dando vueltas, poniéndose en cuclillas, poniéndose el índice y el pulgar juntos ante los ojos como si fuesen un visor, tratando de hallar encuadres.

A hurtadillas se acercó a él y con el dedo le hizo cosquillas en el cogote bañado en sudor. Él dio un respingo y casi perdió el equilibrio, pues estaba agazapado y, poniendo una mano en el suelo, se volvió a medias.

—Ah, eres tú, Mary...

—¿Y quién querías que fuese? ¿Una vampiresa de las Sirenas?

—Y mientras él se desplegaba verticalmente, como un acordeón, hasta alcanzar toda su estatura, le preguntó—: ¿Y qué haces aquí?

—Maud quiere un reportaje completo sobre la escuela, en blanco y negro, color y transparencias en color.

—¿Y hay aquí algo que valga la pena? No es más que una vieja escuela como todas.

Sam Karpowicz se descolgó la Rolleiflex del hombro.

—Se te está embotando el gusto, Mary. Los fotógrafos tenemos que andar con cuidado para que esto no nos suceda. Es decir, debemos evitar que el ojo de la cámara no envejezca, no se acostumbre demasiado a todo lo que ve. El ojo de la cámara tiene que ser siempre joven, alerta, deseoso de captar contrastes y curiosidades, sin dar nunca nada por sabido. Mira lo que hace Steichen. Siempre es nuevo y fresco. —Volviéndose a medias, indicó la choza circular con techumbre de bálago—. No, no existe una escuela así en América o Europa, ni alumnos vestidos como los de tu clase, ni un maestro como Mr. Manao. ¿No habrás querido decir que lo que te enseñan te resulta

conocido y se parece a lo que aprendías en los Estados Unidos. —Se
interrumpió, para mirar pensativo a su hija—. Al menos, por lo que
nos has contado todos los días, las asignaturas que aquí estudiáis,
historia, trabajos manuales y todas las demás, parecen muy similares a las que tú estudiabas en el Instituto. —Pareció vacilar—. Lo
son, ¿verdad?

La pregunta alarmó a Mary, pues casi dio en el blanco de lo que
ella había callado. Le pareció ver otra vez a Poma y Huatoro como
los vio el día anterior frente a toda la clase. Se apresuró a borrar
aquella imagen de su mente y tragó saliva.

—Sí, papá... más o menos viene a ser lo mismo. —No deseaba continuar aquella conversación por temor a cometer un desliz y por
lo tanto afectó desinterés—. Bueno, tengo que irme —dijo—. A ver
si haces buenas tomas.

Esto había sucedido hacía varias horas y de vez en cuando vio
a su padre cargado con sus pertrechos, por las ventanas abiertas.
Miró de nuevo y no lo vio. Parecía haber desaparecido, con la Rolleiflex y el trípode. Supuso que había terminado la serie de fotografías.
Mr. Manao hablaba de nuevo y concentró otra vez su atención en el
maestro.

Éste decía que aquel día no seguirían estudiando los órganos humanos. Mary se sintió aliviada pero le intrigaba saber cuál sería
el tema de la clase. Lo supo a los pocos minutos y se enderezó. Su
curiosidad se había convertido en embarazo.

Mr. Manao dijo que su comentario acerca de la preparación de
la pareja sería muy detallado, requeriría varios días y sólo empezaría
cuando hubiese comentado los puntos principales. Aquella tarde co-
mentaría y demostraría las principales posiciones que podían adoptarse al hacer el amor. Las posiciones básicas se reducían a seis,
dijo, y las variantes se elevaban aproximadamente a treinta.

—Empezaremos por las principales —declaró, juntando las manos como un prestidigitador que fuese a comenzar su número.

Huatoro y Poma salieron de la estancia trasera con expresión
flemática. Si bien el musculoso atleta conservó su breve atavío, la
viuda de veintidós años se apresuró a desatarse el faldellín de hierba
y a tirarlo a un lado.

Aunque Mary se hallaba en el fondo de la clase, podía ver claramente la demostración entre las filas de alumnos. Con gran sorpresa
vio que no había contacto entre los actores; éstos se limitaban a
remedar las posturas. Se movían con la gracia y la agilidad de un par
de acróbatas que efectuasen un número rutinario, obedeciendo las
órdenes de su huesudo director.

Aunque algo decepcionada, Mary seguía con la atención fija en los actores, observándolos como si fuesen dos amibas amaestradas que se moviesen en el campo ocular del microscopio. Tan absorta se hallaba, que ni siquiera en el silencio que reinaba en el aula oyó los airados pasos que se le acercaban por detrás.

Mary notó de pronto que una mano se posaba en su hombro, apretándoselo y tirando de ella, haciéndole dar un respingo de dolor.

—¡Mary, sal inmediatamente de aquí!

Era la voz de su padre, llena de cólera, la que le perforó los tímpanos y rasgó la habitación como un cuchillo.

La demostración que se realizaba ante la clase se interrumpió, Mr. Manao dejó una frase a medio pronunciar, todas las cabezas se volvieron simultáneamente hacia atrás y Mary, muy espantada dio media vuelta. Sam Karpowicz la dominaba con su estatura. Ella nunca había visto la cara de su padre tan contraída y lívida. Toda su bondad, todo su cariño paternal habían desaparecido ante aquel inaudito ultraje a la decencia.

—¡Mary —repitió con voz estentórea— levántate y sal inmediatamente!

Ella quedó paralizada y boquiabierta, presa de la confusión que precede a la humillación. La mano de su padre la tomó entonces por el brazo y tiró de ella rudamente para levantarla del suelo.

Mientras Mary se levantaba dando ansiosas boqueadas, la dominó un sentimiento de completa humillación. Sabía que las miradas de todos estaban posadas en su espalda y en aquel rudo anciano que de aquel modo había interrumpido la clase. Y Nihau, Nihau tenía que ver aquello... ¿Qué pensaría... qué debía de estar pensando?

Trató de hablar, movió la boca, pero le temblaban los labios, los dientes le castañeteaban y una mano poderosa parecía atenazarle los pulmones.

Sam Karpowicz la fulminaba con la mirada.

—Has venido aquí todos los días, para solazarte con esta indecente exhibición... para ver este indecoroso espectáculo... y no nos lo has dicho...

Por último Mary pudo hablar, a sacudidas, entrecortadamente, arrancándose las palabras de la garganta:

—Papá... no es eso... te lo ruego...

Sus ojos se llenaron de lágrimas y le fue imposible seguir hablando.

Mr. Manao, perplejo, se materializó entre ambos, todo brazos y piernas.

—Señor... señor... ¿Qué le pasa... qué ha sucedido?

—Váyase usted al cuerno —barbotó Sam, indignado—. ¡Si no hubiese entrado aquí para fotografiar esta asquerosa clase...! Estaba tan ocupado últimamente preparando el equipo, que ni siquiera tuve tiempo de ver lo que estaban haciendo... ¿Cómo se atreve usted a hacer semejantes exhibiciones pornográficas ante una chica de dieciséis años? Había oído decir que en París y Singapur se dan esta clase de espectáculos, pero yo les tenía a ustedes por una sociedad más adelantada...

Mr. Manao se esforzaba por interrumpir la filípica levantando la mano, para ofrecerle una explicación. La mano implorante del maestro temblaba como si sufriese un ataque de epilepsia.

—Míster... Doctor... Karpowicz... déjeme que le explique...

—¡No tiene que explicarme nada, demonio! Me basta con lo que ven mis ojos. Soy tan progresista y liberal como el que más, pero ahora se trata de mi hija... de una criatura que aún no está formada... y usted le refriega la cara por el fango... la obliga a contemplar esos dos... mírelos... a ese grandullón semidesnudo que trata de excitar a esos jóvenes... y en cuanto a ella, sólo hay que verla... con... con... todas las vergüenzas al aire..

Mary no pudo contenerse más y lanzó un chillido...

—¡Basta, papá! ¡Basta! ¿Quieres callarte? ¡Cállate, cállate de una vez...!

Él la miró como si su hija le hubiese abofeteado. Mary dio media vuelta y se volvió de cara a la clase, a todos ellos, a Nihau, que la miraba con el rostro contraído por la desesperación y la angustia, y a todos los demás, que comprendían a medias lo que pasaba, y también a los dos del fondo. Trató de decirles algo, disculparse, pero no tenía voz. Permaneció de pie ante ellos, muda, mientras las lágrimas corrían por sus mejillas, hasta que se hicieron borrosos y no pudo verlos. Entonces se dirigió con paso vacilante hacia la puerta, tropezó, estuvo a punto de caer, y salió de la clase.

Cruzó à ciegas el patio, sin ver nada, deseando únicamente encontrar una tumba y cubrirse de tierra la cara abochornada y enterrar su corazón sangrante.

Nadie la seguía, pero ella echó a correr. Corrió sin parar hasta su choza, sollozando todo el tiempo y pidiendo al cielo que matase a su padre, y a su madre también, para dejarla huérfana y sola.

* * *

No eran aún las tres, cuando Claire y Maud alcanzaron el punto culminante desde el que se dominaba el mar y donde los espectadores empezaban a reunirse para contemplar el acontecimiento inicial de las festividades anuales.

Aquella multitud era la más numerosa y bulliciosa que Claire había visto reunida, desde que llegó a las Tres Sirenas. Había allí entre cien y doscientos torsos morenos, tan apretujados como la muchedumbre que llena los Campos Elíseos la mañana del día en que se conmemora la Toma de la Bastilla. Todos estaban de pie junto al borde curvo del acantilado que caía perpendicularmente sobre el agua.

Los miembros del grupo norteamericano se hallaban presentes en su casi totalidad y se habían congregado en torno al jefe Paoti y su esposa, que estaban sentados con las piernas cruzadas en el saliente más alto de roca, que constituía un mirador privilegiado.

Durante el breve paseo desde el poblado, Claire no se fijó en la dirección que tomaban ni en los lugares donde cruzaban, pues se hallaba absorta contemplando la película interior que se proyectaba en su cerebro, y que no era más que su vida con Marc. Su conducta insensible, incluso brutal, de la noche anterior, su falta de cariño y, aún más que eso su odio y su desdén patentes; el modo horrible como la rechazó, como rehuyó cualquier explicación o excusa, aquella misma mañana, todo ello puso en marcha la película de su vida. Y lo que vio, en la sala de proyección particular de su cerebro, la asustó en verdad. Porque si bien el año anterior y en especial los últimos meses, fueron muy poco satisfactorios, de todos modos ella se había aferrado a los agradables recuerdos del primer año y del período de relaciones, y vivía con la ilusión de que aquello aún podía resucitarse. Esta esperanza le infundía fuerzas.

Mientras caminaba detrás de Maud, pasando la película hacia atrás, las imágenes que desfilaban por su mente, en vez de resultar embellecidas a causa de su distancia en el tiempo, permanecían tan grandes y sinceras como fotografías actuales. Quizás el presente, se dijo, hacía descoloridas las imágenes del pasado. Pero después tampoco estuvo muy segura de ello. Su vida conyugal pasada, estuvo tan empañada por los sinsabores diarios como la actual, con el resultado de que ninguna de las dos le parecía fresca ni atractiva. La imagen de su luna de miel en Laguna tampoco salía mejor librada. Después de la primera unión de sus cuerpos desnudos en el lecho, mucho después, él se echó a llorar, sin que al parecer hubiese motivo para ello. Ella pensó entonces que era una reacción emocional propia de su carácter tierno y bondadoso y entonces lo abrazó, lo acunó como a un niño, hasta que quedó dormido en sus brazos. Pero entonces, al pasar de nuevo la vieja escena, la vio mucho menos romántica; nada romántica en realidad, sino mala y sospechosa, como si encerrase algo siniestro.

Cuando Claire llegó a su destino y se reunió con los bulliciosos espectadores, el film había terminado. Su mente quedó ocupada entonces, lo mismo que su vista, por la actividad y el dinamismo del momento, olvidándose de Marc y de su desgracia. Saludó a Harriet Bleaska y Rachel DeJong e hizo un amistoso ademán a Lisa Hackfeld y Orville Pence.

Cuando Sam Karpowicz, armado con una pesada motocámara de dieciséis milímetros, se acercó a ellas, Claire lo saludó cordialmente. A pesar de que él la vio, hizo como si no se diese cuenta de su presencia, del modo más grosero. Tenía el rostro extrañamente contraído, como si sufriese una parálisis facial. ¿Aquel hombre era el amable botánico y simpático fotógrafo profesional que ella había tratado durante aquellas semanas? Extrañada, buscó con la mirada a Stelle y Mary, pero no las vio por parte alguna.

Maud, que había ido a saludar a Paoti, volvió junto a ella y Claire le dijo:

—¿Qué le pasa a Sam Karpowicz?

—¿Qué quieres decir?

—Pasó por mi lado sin contestar a mi saludo. Mírale, allí está. ¿No ves cómo empuja a los espectadores para abrirse paso? Sin duda le pasa algo.

Maud hizo un ademán de evasiva.

—¿Qué quieres que le pase? Sam nunca está de malhumor. Eso es que tiene trabajo. Tiene que filmar toda la carrera y siempre está abstraído cuando tiene cosas que hacer.

Claire rechazó esta explicación, pues sabía que provenía del punto ciego que Maud tenía en su sensibilidad y que le impedía comprender las preocupaciones ajenas. Entonces, como en confirmación de sus sospechas, Claire vio que Sam continuaba dando empellones a los espectadores sin el menor respeto, y comprendió que sus temores eran fundados. Sí, estaba de muy malhumor. ¿Pero por qué no podía estarlo, se dijo? Era una prerrogativa democrática... Todos los seres humanos tenían el derecho inalienable bajo Dios, la Patria y Freud, el privilegio exclusivo de estar de malhumor. ¿Y ella, no lo estaba acaso? Desde luego que lo estaba. Con la sola diferencia de que, al menos, se esforzaba por mantener las apariencias ante las demás personas.

—Ven aquí, Claire —oyó que le decía Maud—. ¿No te parece una vista espléndida?

Maud se hallaba erguida al borde del acantilado, «como el fuerte

Cortés... con ojos de águila» (1), extendiendo el brazo sobre el Pacífico con ademán posesivo. Claire se acercó a ella para mirar. La luz de media tarde, los cálidos y dorados rayos solares, suavizados por la plácida y glauca alfombra del agua, mostraban un espectáculo imponente. Su vista vagó por la extensión infinita de océano que tenía bajo sus pies. Se hallaba en el empinado centro de una herradura pétrea, que abarcaba con sus dos brazos una pequeña partícula del océano, convirtiéndola en una laguna casi cerrada. Allí era donde sin duda se desarrollaría la contienda. A su derecha, el agua parecía fundirse con una empinada ladera de rocas que parecía, con sus cornisas dentadas, una escalinata natural de piedra caliza. Más allá de la escalinata se veía el extremo de uno de los dos pequeños atolones madrepóricos deshabitados, adjuntos a la isla principal de las Tres Sirenas. Navegando entre el atolón y la costa y después de recorrer casi toda la longitud de la isla principal, pensó Claire, se llegaría sin duda a la playa del extremo opuesto, frente a la que se hallaba posado el hidroavión de Rasmussen.

Claire se volvió a medias hacia el acantilado opuesto, que cerraba por aquel lado la laguna y vio que era completamente vertical. Lo siguió con la mirada y en su cúspide vio reunidos a los concursantes. Quedaban a unos cien metros de distancia y no se podían distinguir muy bien; de todos modos, inmediatamente vio el cuerpo cuadrado de su marido. Le resultó fácil identificarlo porque era el único de color blanco rosado y velludo; además, llevaba un bañador azul marino, que contrastaba con los suspensorios de las dos docenas de jóvenes de las Sirenas, de tez entre moreno claro y bronceada y cuerpo lampiño. Al ver a su marido mezclado con los indígenas para participar en una prueba de atletismo, Claire pensó que no era un observador participante, sino un niño que estaba en su segunda infancia. La cólera le inflamó de nuevo el pecho, quemándole el corazón. El dolor que esto le produjo, borró para ella la belleza de la escena. Apartó la vista para no mirarlo.

Vio que Maud se había acercado a Harriet Bleaska y Rachel De-Jong y después vio que se unía a ellas un hombre indígena de edad indefinida, expresión intensa y rostro de perfil curiosamente latino. Reconoció entonces a Vaiuri, el nativo que estaba al frente del hospital o dispensario del poblado y con quien Harriet Bleaska colaboraba.

Vuelta de espaldas a la supina estupidez de su marido, Claire se

(1)   Alusión a un verso famoso de Keats. (N. del T.).

apartó del acantilado, hasta acercarse al grupo que había estado observando. Pese a que le interesaba muy poco el tema de su conversación, fingió un interés puramente formulario.

Vaiuri hablaba con Harriet. Aunque iba en taparrabos, tenía el aspecto solemne y sabio propio de un médico. En aquellos momentos estaba diciendo:

—...y a causa del trabajo que hacemos juntos, Miss Bleaska, me han pedido que sea yo quien le comunique el resultado de la votación final. Tengo el honor de anunciarle que ha sido elegida reina de las festividades.

Se interrumpió, como ejercitado orador que hace una pausa para provocar una tempestad de aplausos. Y no quedó defraudado. Harriet se puso a aplaudir y después se llevó las manos a la boca, uniéndolas en actitud de oración, mientras abría desmesuradamente los ojos.

—¡Oh! —exclamó, añadiendo—: ¿Yo? ¿Yo, he sido elegida reina...?

—Así es —aseguró Vaiuri—. La votación se ha celebrado esta mañana. En ella han participado todos los hombres mayores de edad de la aldea, que la han elegido por aclamación. Es uno de los grandes honores de esta semana de fiestas.

Harriet miró indecisa a sus compañeras.

—Me siento abrumada. ¿Os imagináis? Nada menos que reina de la fiesta.

—Es estupendo, verdaderamente magnífico —comentó Maud.

—Te felicito —dijo Rachel.

Harriet se volvió de nuevo a Vaiuri.

—¿Pero, por qué me han elegido a mí?

—No podía por menos de ser así —contestó él, muy serio—. Este honor recae todos los años en la joven más bella de la aldea...

—Usted quiere sofocarme —le interrumpió Harriet con una risita nerviosa—. Vamos, Vaiuri, esto es imposible... yo conozco muy bien mis cualidades y mis defectos... hay docenas de mujeres mucho más bellas que yo... por ejemplo, Claire, aquí presente... la sobrina del jefe...

Claire vio que Vaiuri le hacía una respetuosa inclinación de cabeza, pero volviéndose hacia Harriet, dijo con gravedad.

—Le repito que, mejorando lo presente, los honores del poblado la han elegido como a la más hermosa.

Claire se esforzó por ver a Harriet tal como la veían aquellos hombres. Si le hubiesen dicho que iba a ocurrir aquello cuando le presentaron a la enfermera, Claire hubiera pensado que con aquella distinción sólo se proponían burlarse de ella. La vulgaridad de Harriet... qué vulgaridad... su fealdad absoluta, había llegado incluso a molestar a Claire. Pero a medida que pasaba el tiempo, la cordialidad y carácter risueño de la enfermera fueron borrando su fealdad física y haciéndola aceptable e incluso simpática. En el momento en que le traían la corona de reina, Claire vio que la alegría que esto producía en la enfermera, su íntimo orgullo, casi la hacían físicamente bella.

—Me he quedado sin habla —dijo Harriet—. ¿Y qué tengo que hacer, para conducirme como una reina?

—Inaugurar y clausurar la danza de esta noche —dijo Vaiuri—. Ya le enseñaré lo que tiene que decir. Habrá otras varias ceremonias similares durante la semana de festejos, que también le tocará presidir.

Harriet se volvió hacia Maud.

—¿Qué os parece? Nada menos que reina... —Una preocupación muy femenina cruzó por su semblante—. Viauri... ¿Qué lleva la reina? ¿Un traje de cola con diamantes o algo parecido?

Vaiuri mostró una súbita desazón. Carraspeó.

—No, nada de eso. Tendrá... tendrá que sentarse en un banco del estrado que será erigido para el festival... Su posición será la más elevada de todas.

Harriet se inclinó hacia él.

—Todavía no me ha contestado. ¿Qué lleva la reina del festival?

—Pues verá... en otros tiempos, de acuerdo con la tradición...

—Déjese de otros tiempos. ¿Qué llevo el año pasado, vamos a ver?

Vaiuri volvió a carraspear y dijo:

—Nada.

—¿Nada? Pero... ¿absolutamente nada?

—Como iba a explicarle, la tradición exige que, puesto que la reina se halla entronizada con su belleza en el corazón de los hombres, su belleza debe brillar esplendorosa. Así, en las ocasiones especiales se presenta desvestida... es decir, sin ninguna clase de atavío. —Y prosiguió apresuradamente—: Pero debo añadir, Miss Bleaska, que en su caso, tratándose de una extranjera, se ha convenido en que la antigua tradición puede alterarse. Por lo tanto, usted puede presentarse vestida como quiera.

Harriet ya sentía la preocupación propia de un monarca por sus súbditos.

—Pero vosotros, ¿qué desearíais? ¿Qué preferirían los hombres del poblado? Le ruego que me conteste con sinceridad.

El practicante vacilaba. Notaba las miradas de las tres mujeres fijas en él. Se frotó la barbilla con la mano.

—Creo que todos estarían muy contentos si usted aparecía luciendo el... el... atavío diario de nuestras mujeres.

—¿Quiere decir con la faldita de hierba y nada más?

—Eso es.

—¿Lo dice usted de veras?

—Sí.

Harriet sonrió mirando a Claire y después a Maud y Rachel.

—No es que valga mucho la pena verme —dijo—, pero por esta vez nos soltaremos el pelo. —Guiñó un ojo a Vaiuri—. Diga a los muchachos que su reina les está muy agradecida y se presentará ante ellos con falda de hierba y *décolleté total*. Bonito espectáculo será... pero de veras, Vaiuri, le aseguro que estoy muy emocionada.

El practicante, aliviado y más tranquilo dirigió entonces su atención a Rachel DeJong.

—Dra. DeJong, me han encargado que le entregue un regalo.

Rachel no pudo ocultar su sorpresa.

—¿Un regalo? Muchas gracias.

Vaiuri metió la mano en un pliegue de su taparrabos, desató un nudo y tendió un objeto de color dorado a Rachel. Ella examinó el objeto con asombro y después lo mostró a sus compañeras. Era una concha muy pulida, que parecía de porcelana y se hallaba suspendida al extremo de un cordel.

—Un collar —dijo, como si hablase consigo misma.

—El collar del festival —explicó Vaiuri—. Casi siempre son de madreperla, pero a veces los hay de cauri o de terebra. Éste es un cauri dorado.

Rachel no salía de su asombro pero Maud se apresuró a tender la mano hacia la luciente concha y preguntar al practicante:

—¿Es ésta la famosa concha con la cual se solicita una entrevista?

Vaiuri inclinó afirmativamente la cabeza. Maud parecía encantada.

—Rachel, lo has conseguido —dijo—. ¿No te acuerdas? Cuando se acerca la semana de festejos, los hombres preparan estas conchas para ofrecerlas a las mujeres que más aprecian durante todo el año. A semejanza de los brazaletes de hierba de la tribu de los mabuiang, esto es una prueba de admiración y una invitación a... a una cita secreta, pudiéramos decir. Si la mujer que recibe el collar se lo pone, significa que da su consentimiento. Después viene la cita y después... bien, eso es cuenta tuya... ¿Es así, Vaiuri?

—Exactamente, Dra. Hayden.

Rachel frunció el entrecejo al contemplar la pequeña concha.

—Aún no sé si acabo de comprenderlo. ¿Quién me lo envía?

—Moreturi —respondió el practicante—. Ahora, si ustedes me permiten...

Claire observaba a la psiquiatra mientras se cambiaban estas frases y vio que Rachel palidecía. Entonces levantó la mirada, se apercibió de la atención con que Claire la observaba y movió la cabeza, apretando fuertemente los labios.

—Este hombre es imposible —dijo, con indignación contenida—. Otro acto de hostilidad. Está resuelto a fastidiarme, a crearme dificultades.

—Vamos, Rachel, no digas eso —dijo Harriet muy alegre—. ¿No ves que nos quieren? ¿Qué más puede pedir una mujer?

Antes de que Rachel DeJong pudiera contestar, Tom Courtney se unió al grupo.

—Buenos días a todas... hola, Claire... Busquen un buen sitio. Dentro de unos momentos se echarán de cabeza al agua y empezarán a nadar.

Obedientes, las mujeres se dispersaron, en distintas direcciones, excepto Claire, que se quedó donde estaba. Courtney se disponía también a marcharse, cuando se hizo el remolón, para esperarla.

—Podemos verlo juntos, ¿no le parece? —dijo.

—Yo no tengo demasiados deseos de verlo pero... bien, como quiera.

Fueron hacia la derecha, en dirección al borde del acantilado. Pasaron junto a Rasmussen, inclinado sobre una joven indígena, a la que estaba susurrándole algo. El viejo lobo de mar les hizo un amistoso ademán, sin levantar la mirada. Encontraron un lugar vacío, en un punto bastante separado de los norteamericanos y los habitantes del poblado.

Antes de sentarse Claire miró a los espectadores, que estaban más allá de Courtney.

—Tom —dijo—. ¿Qué finalidad tiene todo esto?

—¿A qué se refiere usted?

—Me refiero al festival. A toda esta semana de festejos. Maud nos ha hablado de ella una docena de veces, pero aún así, no acabo de entender de qué se trata...

—¿Supongo que habrá leído *La Rama Dorada,* de Frezer?

—Cuando estaba en la universidad leí casi toda la obra. Y Maud me ha hecho copiar muchas citas de ella.

—A ver si reconoce esto. —Miró al cielo un momento y después recitó de memoria: «Hemos comprobado que muchos pueblos observaron un período anual de libertinaje en el que la ley y la moral, que de ordinario refrenaban las costumbres... eran dadas de lado; cuando la totalidad de la población se entregaba a la alegría y al bullicio más extravagante y cuando las pasiones más tenebrosas encontraban satisfacción que nunca se permitía en el curso, más tranquilo y juicioso, de la vida ordinaria... De todas estas épocas de libertinaje, la más conocida y cuyo nombre es genérico en el lenguaje moderno, son las Saturnales» (1). —Hizo una pausa—. Aquí lo tiene usted explicado, Claire.

—Sí, ya me acuerdo —dijo ella—. Recuerdo que la primera vez que oí hablar de las Saturnales, me pregunté por qué no teníamos algo parecido en nuestra época. Manifesté mi extrañeza en voz alta, en una reunión social, y mucho me temo que dije una verdadera herejía. —Y agregó—: Es decir, a los ojos de Marc. Él cree que el Cuatro de Julio, Navidad y el Día de la Bandera ya llenan todas nuestras necesidades. —Fue incapaz de suavizar este juicio con una sonrisa. Miró hacia el mar y vio que a lo lejos, los cuerpos morenos y el cuerpo blanco empezaban a alinearse al borde del acantilado—. Creo que la carrera va a empezar. ¿Cómo les dan la señal?

Courtney siguió su mirada.

—El árbitro sopla un silbato de bambú. Entonces todos se zambullen.

—Pero tienen que saltar desde una altura terrorífica.

—Desde dieciocho metros. Después nadan en estilo libre, sin ninguna regla, para atravesar la laguna. El recorrido tiene aproximadamente un kilómetro y medio. El año pasado cronometré la carrera y tardaron veintitrés minutos. Cuando llegan a la terraza opuesta, al otro lado, trepan hasta la cumbre, que se encuentra a quince metros sobre el nivel del agua. El primero que llega a la cúspide es el vencedor y se le proclama rey del acantilado.

—¿Y cuál es el premio del vencedor?

—Considerable *mana* ante las muchachas. Este acontecimiento deportivo constituye un importante símbolo de virilidad y es muy adecuado para inaugurar las festividades.

—Comprendo —comentó Claire—. Ahora ya lo voy viendo más claro.

—¿A qué se refiere?

—A algo particular. Estaba pensando en mi marido.

—Creo que nada muy bien.

—Sí, esa es una de las pocas cosas que sabe hacer. —Luego dijo brevemente—: Sentémonos.

(1) Según texto de *La Rama Dorada*, trad. de Elizabeth y Tadeo I. Campuzano, fondo de Cultura Económica, pág. 657. He preferido utilizar *Saturnales* en vez de *Saturnalia,* como figura en la obra citada. (N. del T.).

Se sentaron sobre la pisoteada hierba. Courtney plegó sus largas piernas y las rodeó con los brazos. Claire abrazó sus desnudas rodillas.

Observó el perfil bronceado de Courtney, mientras éste contemplaba a los participantes, dispuestos a comenzar.

—Tom —dijo— después de esto... ¿Qué pasa por las noches... todas las noches? No puedo quitarme de la cabeza esa cita de Frazer. Hace aparecer ante mí la visión de una semana bastante licenciosa.

—Pues no hay nada de eso. No espere presenciar unas Saturnales al estilo romano. Sólo hay más libertad, más licencia y nada de recriminaciones. Durante esta única semana al año, estas gentes abren la válvula de escape y dejan salir el vapor a presión... un vapor sancionado por la costumbre y legalizado. Todos reciben doble ración en el almacén de víveres de la comunidad. En ello se incluye gallinas y cerdos, cantidad doble de licores y se celebran danzas, concursos de belleza, toda clase de juegos polinesios en los que todos pueden participar si lo desean, mientras se entregan y se reciben las conchas del festival...

Claire pensó en la cólera experimentada por Rachel DeJong al recibir la concha de Moreturi. ¿Era una cólera real o fingida?

Probablemente real. ¿La llevaría? Hay que observar como participante, para citar a Maud Hayden.

—¿A qué se debe esa costumbre de la concha? —preguntó a Courtney—. ¿No les basta con disponer de la Cabaña de Auxilio Social durante todo el año?

—Pues no —respondió Courtney—. Los indígenas sólo pueden emplear la Cabaña de Auxilio Social cuando una verdadera necesidad les impulsa a acudir a ella. En cualquier momento tienen que poder demostrar esta necesidad. Durante la semana de festejos, nadie tiene que demostrar ni explicar nada. Si una mujer casada está prendada del marido de otra, o de un soltero, sólo tiene que enviarle una concha pulimentada para disponer una cita. Puede enviar tantas como desee. Y lo mismo puede decirse de los hombres.

—Esta costumbre me parece muy peligrosa.

—Pues le aseguro que no lo es, Claire, en especial teniendo en cuenta el substrato cultural de este pueblo. No pasa de ser una discreta diversión. Suponiendo que yo estuviese casado y usted me hubiese hecho tilín tilín durante todo el año, pues hoy o mañana le enviaría una concha. Si viese que se había puesto el collar hecho por mí, hablaríamos y nos citaríamos para encontrarnos fuera del poblado. Esto no quiere decir que, automáticamente, usted tuviese que acostarse conmigo, sino que de momento nos encontraríamos, hablaríamos, beberíamos y bailaríamos. Y más adelante, si todo iba bien...

—¿Y qué pasaría a la semana siguiente?

—Nada. Mi esposa imaginaria no estaría enfadada conmigo ni yo tendría nada contra ella. La vida continuaría como de costumbre. A veces, aunque no es frecuente, después de esta semana se producen reajustes matrimoniales. Brotan nuevos amores y entonces tiene que intervenir la Jerarquía como mediadora.

—¿Y qué pasa si, nueve meses después, nace un niño como consecuencia de estos inocentes juegos?

—Sucede muy raramente. Ya tienen buen cuidado de que no ocurra y le aseguro que sus precauciones son efectivas. Pero cuando, a pesar de todo, viene un niño al mundo, la madre puede quedarse con él o entregarlo a la Jerarquía, para que ésta lo asigne a una pareja sin hijos.

—Piensan en todo —dijo Claire—. Bien, estoy de acuerdo.

—Entre nosotros no daría resultado —observó Courtney—. Lo he pensado muchas veces, pero creo que sería un fracaso. Esta gente llevan practicándolo un par de siglos. La educación que han recibido desde la infancia los ha preparado para encontrarlo natural. Nosotros no estamos preparados. Y es una lástima. Creo que es muy triste lo que sucede entre nosotros. Nos educan haciéndonos creer que un hombre o una mujer casados deben abstenerse de frecuentar personas que quizás pudieran amar. Recuerdo que una vez, en Chicago, yo estaba en la esquina de las calles State y Madison, cuando vi una esbelta joven morena verdaderamente encantadora. Durante diez segundos me sentí enamorado de ella y pensé: Si pudiera hablarle, acompañarla, ver si era para mí... pero entonces cambió la luz verde, ella desapareció entre la multitud y yo seguí mi camino; nunca más volví a verla. En aquel momento no tuve una concha para entregarle... En cambio tuve que conformarme con grupos sociales creados artificialmente y limitados, para elegir a mis amistades entre ellos. A veces me sentía como si no tuviese cambio. ¿Me comprende?

—Sí, perfectamente.

—Y después del matrimonio, como saben muy bien los antropólogos, entre nosotros no existe ninguna clase de libertad extramarital; ambos sexos avanzan pesadamente por los mismos raíles hacia la vejez, sin poder contemplar el paisaje ni hacer escapadas laterales. Es el modo de que la Iglesia y el Estado estén contentos. Va contra la realidad. Si uno sigue los raíles, lo hace a costa de un gran esfuerzo, y si no los sigue, si hace algunas escapaditas, también es un esfuerzo. Lo sé por experiencia, Claire. Recuerde que fui abogado especialista en divorcios y separaciones.

—Sí —dijo Claire—. Creo que estos sentimientos han sido compartidos por muchos de nosotros y este festival los ha evocado. Lo que ocurre es que no hemos podido manifestarlos, o tal vez no hayamos querido hacerlo. Sin embargo, ahora recuerdo que Harriet Bleaska me dijo que, cuando llegamos aquí, Lisa Hackfeld le mencionó algo parecido... le dijo lo esclavas que se sentían algunas personas solteras o casadas entre nosotros... poco más o menos lo mismo que hemos estado hablando.

—No me sorprende —dijo Courtney—. Incluso a mí me parecen increíbles los años de mi vida transcurridos en Chicago, desde que vivo aquí...

Un penetrante silbido cercenó la frase de Courtney e inmediatamente se alzó un estrepitoso coro de aclamaciones a su izquierda. Courtney y Claire, olvidándose por completo de su conversación, volvieron simultáneamente la cabeza y vieron cómo la lejana hilera de participantes saltaba del acantilado y hendía los aires. Algunos caían en un gracioso arco y otros giraban locamente, rasgando la atmósfera con desordenados movimientos. De momento Claire sólo distinguió cuerpos morenos, pero luego, cerca ya del agua Claire vio el cuerpo blanco y velloso, con los brazos formando flecha sobre su cabeza y todo él tan rígido como una tabla.

Marc se encontraba entre los seis primeros que penetraron en el agua. De entre todos ellos, Marc fue el único que no cayó con un ruidoso chapoteo, sino que entró limpiamente en ella, con elegante estilo, hendiéndola como un cuchillo, para desaparecer bajo las ondas. A su alrededor todos chapoteaban y levantaban surtidores de espuma. Empezaron a aparecer cabezas. Y entonces Marc surgió del agua como un delfín, con diez metros de ventaja sobre su competidor más próximo. Sus brazos blancos empezaron a moverse en un perfecto crawl australiano, hendiendo con la cabeza el mar amigo, abriendo y cerrando las piernas con un impecable movimiento de tijera y así avanzó velozmente, dejando una estela de espuma.

—Su marido lleva la delantera —dijo Courtney, tratando de hacerse oír por encima del tumulto de los espectadores—. El que le sigue es Moreturi y después viene Huatoro.

La mirada de Claire pasó de Marc a las dos figuras morenas que chapoteaban en su persecución. Nadaban de una manera más ruda y primitiva que Marc, levantando grandes cantidades de espuma. Moreturi y Huatoro golpeaban con fuerza el agua con las manos, y se volvían completamente de costado para sorber grandes bocanadas de aire, mientras agitaban las piernas de una manera más visible. Fueron pasando los minutos y, a muchos metros detrás de los tres que iban en cabeza, las restantes caras y figuras morenas empezaron a alargarse en hilera.

Claire observaba sin emoción alguna, sintiéndose muy por encima de aquella lucha, como si viese pequeños muñecos de cuerda que compitieran en una bañera.

Se dio cuenta de que Courtney tocaba con el índice el vidrio de su cronómetro.

—Quince minutos y aún no han cubierto un kilómetro —dijo—. De todos modos, es un tiempo excelente. Tenía usted razón. Su hombre nada muy bien.

Mi hombre, pensó Claire por último. Y la frase le resonó en el cerebro.

—¡Mire cómo aún conserva la delantera! —exclamó Courtney.

Ella miraba sin ver y entonces se esforzó por obedecer a su compañero. Era verdad. El mar abierto se extendía entre Marc y la pareja de nadadores indígenas. Les llevaba unos veinte metros de ventaja. Claire contempló al blanco, al gran amante blanco, al hombre superior perteneciente a una raza de señores, superior también, y que realizaba aquella simbólica exhibición de virilidad. Y de nuevo surgieron en su mente las preguntas obsesionantes: ¿Hacen un hombre los modales masculinos y las hazañas viriles? ¿Es un hombre, Marc? Hasta que no lo sepa, ¿cómo sabré si yo soy verdaderamente una mujer?

—¡Qué orgullosa debe de estar!

Era una emocionada voz femenina que se dirigía a ella. Claire vio que la bella Tehura acababa de arrodillarse entre Courtney y ella. Los ojos de la joven indígena brillaban y lucía su blanca dentadura.

Claire asintió en silencio, sin sonreír, y Courtney, zumbón, dijo a la muchacha:

—Tu amigo Huatoro no está acostumbrado a mirar los pies de otro.

—Yo no tengo favorito —dijo Tehura, circunspecta—. Huatoro es mi amigo, pero Moreturi es mi primo y Marc Hayden es mi... —vaciló, buscando en su limitado vocabulario, hasta que dijo—: ...es mi mentor de lejanas tierras. —Señaló hacia abajo—. ¡Mira, Tom! ¡Huatoro ha pasado al pobre Moreturi!

Sin hacer caso de la carrera, Claire miró intrigada a la joven indígena. Siempre la había considerado como una de tantas muchachas atractivas del poblado, algo distinta de las demás porque la tuvo al lado durante el rito de aceptación de la primera noche. Pero a pesar de ello, comprendió por primera vez que existía una relación más íntima entre la joven indígena, Marc y ella. Marc era su «mentor» y ella era la «informante» de Marc. Durante casi quince días seguidos, Marc había pasado diariamente varias horas con ella. Era probable que aquella muchacha hubiese visto más a su esposo, durante todo aquel tiempo, que la propia Claire. ¿Qué pensaría de Marc, de aquel hombre extraño, ceñudo, casi cuarentón y que procedía de la remota California? ¿Pensaría en él como en un hombre? ¿Y cómo podía pensarlo ella, que tanto sabía, si Claire, que sabía tan poco, no estaba segura? Pero estas preguntas quedarían sin respuesta. Tehura no conocía a Marc en absoluto. Conocía a un etnólogo que le hacía preguntas y tomaba notas. Conocía a un hombre blanco y musculoso que nadaba mejor que sus compañeros de la aldea. Pero no conocía al puritano que insultó su propio faldellín de hierbas, que Claire se puso la noche anterior, en un impulso de esposa enamorada.

Claire vio que Courtney, Tehura y todos cuantos los rodeaban, se hallaban absortos en la lucha que se desarrollaba en el mar. Con un suspiro, se inclinó hacia adelante. Desde la última vez que miró, el dibujo que los nadadores formaban en las aguas verdes se había alterado. Unos minutos antes, los comparó a una larga cuerda de espuma, en la que se veían nudos a intervalos, y estos nudos eran las cabezas y los hombros de los contendientes. La cuerda de espuma había desaparecido y en su lugar el dibujo formado en el agua recordaba un triángulo acutángulo que avanzaba hacia la rocosa costa que se extendía a sus pies. En la punta del triángulo se encontraba Marc, cuyos brazos blancos y mojados salían del agua para entrar de nuevo en ella, como las ruedas de un vapor fluvial del Mississipí. Detrás de él, a su izquierda y en diagonal, muy cerca de Marc, avanzaba el indígena de anchos hombros llamado Huatoro. También en diagonal pero a la derecha y más retrasado, estaba Moreturi. Después, más cerca que antes, seguía el resto del triángulo formado por los otros nadadores morenos, que braceaban sin cesar, mientras sus pies golpeaban el agua y se tumbaban de costado para respirar ruidosamente.

Oyó que Courtney decía a Tehura:

—Lo están alcanzando. Mira, ahí va Huatoro. No creí que aún le quedasen arrestos...

—Es muy fuerte —comentó Tehura.

Claire escuchó el creciente clamoreo de los espectadores, que de pronto se convirtió en un verdadero pandemónium. Como impulsados por el estallido de doscientas gargantas que gritaban al unísono, Courtney y Tehura se levantaron de un salto.

—¡Míralos... míralos! —gritó Courtney. Se volvió a medias. Claire, no se pierda el final...

Claire asintió a regañadientes. Los nadadores habían desaparecido por un instante de su campo visual, pero cuando se acercó al punto elevado donde se hallaban Courtney y Tehura, volvió a verlos.

Marc acababa de llegar al pie del gran farallón escalonado y se izaba fuera del mar, chorreando agua como una gran foca blanca. Fue el primero en salir del agua y se incorporó para sacudirse la que aún le cubría el cuerpo. Luego se volvió para mirar a un lado y vio al vigoroso Huataro poniendo también el pie en tierra.

Expoleado por la proximidad del indígena, Marc empezó a trepar por el acantilado, llevando cinco metros de ventaja a su rival. El farallón era abrupto y empinado y en él no había camino alguno. Era necesario trepar entre las rocas, aprovechando todos los salientes y presas. A veces la roca formaba peldaños naturales, pero otras veces había que contener el aliento y efectuar una verdadera escalada. Marc fue ascendiendo por las terrazas pétreas, con Huatoro pisándole los talones, mientras el grueso de los nadadores llegaba al pie del acantilado.

Marc y Huatoro se encontraban a la mitad de la escalada. Los jueces, de rodillas, los contemplaban desde lo alto, gesticulando, llamándolos y profiriendo gritos de aliento. Cuando les faltaban una tercera parte para alcanzar la cumbre, Claire comprendió que Marc empezaba a desfallecer. Después de izarse mediante contracción sobre los sucesivos salientes de roca y erguirse de nuevo, tardaba cada vez más tiempo en coronar el siguiente escalón. Hasta entonces, había ascendido con la misma regularidad que una máquina, pero entonces parecía como si la máquina se hubiese atascado y empezase a fallar. El ascenso de Marc se hizo lento, lentísimo, como una película en movimiento retardado. Daba pena verlo. Sus pausas cada vez eran más largas, como si apenas le quedasen fuerzas.

A menos de cinco metros de la cumbre se detuvo en una estrecha repisa, tambaleándose sobre unas piernas que ya no querían llevarle, más blanco que antes, casi deformado por la fatiga. Fue allí donde Huatoro le dio alcance, trepando a una cornisa paralela que estaba a menos de un metro de distancia. Claire, que hasta entonces sólo había contemplado a su marido, pudo ver entonces por primera vez a su rival. Huatoro se colocó al lado de Marc con el vigor de un toro joven. Vaciló sólo una décima de segundo para mirar a su adversario y entonces levantó un musculoso brazo, luego el otro y se izó tras ellos con los hombros y el torso bañados de sudor.

Claire vio que Marc movía la cabeza enérgicamente, como un gladiador que acabado de levantar de la arena, se esforzase por ordenar a sus inseguras piernas que se pusiesen en movimiento. El siguiente reborde estaba próximo y Marc trepó a él casi sin ayudarse con las manos. Huatoro ya le llevaba unos pasos de ventaja. Desesperado, Marc, trató de alcanzarlo. Así siguieron trepando, cada vez más cerca de la meta, efectuando contracciones, saltando, deteniéndose, escalando, arrastrándose, parándose y así sucesivamente hasta que ambos llegaron al mismo saliente de roca, pero ya Huatoro llevaba la delantera, subiendo sin cesar, mientras Marc se tambaleaba, a punto de desplomarse, doblando las rodillas, otra vez como el gladiador abatido, no por un golpe sino por agotamiento y porque la voluntad lo había abandonado.

Resonó de nuevo en los oídos de Claire el clamoroso griterío de los espectadores con el que se mezclaron los chillidos de Tehura, que zarandeaba a Courtney por el brazo, gritando:

—Mira... mira... oh, no puede ser... no!

Claire se volvió para ver el final. Marc estaba de pie, frente a la cornisa inmediata, que Huatoro acababa de escalar. Pero en vez de trepar sobre la roca, la mano de Marc se cerró en torno al tobillo de Huatoro. El indígena, que se disponía a reanudar la marcha, se encontró de pronto retenido por una pierna. Estupefacto, quizás encolerizado (sus facciones no podían verse con claridad), Huatoro gritó algo a Marc, sacudiendo una, dos y tres veces la pierna sujeta por su rival, hasta librarse de Marc, como si hubiese alejado de un puntapié a un perrillo importuno.

Por fin libre, Huatoro ascendió rápidamente hasta alcanzar la cumbre y la victoria, mientras Marc permanecía a gatas donde el otro lo derribó a puntapiés, inmovilizado por la fatiga y la humillación pública que acababa de sufrir. Pero ésta no había terminado, porque mientras permanecía postrado y agobiado bajo el peso de la derrota, Moreturi llegó junto a él, le dirigió una mirada y continuó ascendiendo hacia la cumbre. Después llegaron los demás, los jóvenes tenaces y robustos. El primero de ellos pasó junto a Marc para llegar el tercero a la meta, y después otro y otro, hasta que por último Marc, se incorporó, tembloroso, y, como un tullido, con movimientos agarrotados y lentos, ascendió las últimas rocas, sin ver las manos que se tendían hacia él, para alcanzar finalmente la cúspide. Huatoro y Moreturi, con otros dos o tres, se aproximaron a él, con la evidente intención de hablarle, pero él se apartó y, resollando fuertemente, se dirigió a un lado, para recuperar sus fuerzas y su orgullo herido.

El griterío se convirtió en animado rumor de conversaciones. Claire dio media vuelta y se volvió de espaldas a la escena. Pero entonces notó que Courtney la estaba observando.

No trató de sonreír ni de encogerse de hombros. Con voz queda en la que había una leve nota de ironía, recitó:

—«Cuando el Gran Árbitro apunta el resultado junto a tu nombre, no escribe que has ganado o has perdido, sino cómo jugaste la partida».

Courtney la miró, frunciendo el ceño:

—Yo no creo eso, Claire; no creo que intentase de verdad retener a Huatoro. Quería trepar sobre la cornisa y por pura casualidad... no sabía lo que hacía... sujetó el tobillo de Huatoro y lo retuvo... por puro instinto de conservacion.

—Gracias por dorarme la píldora, Tom, pero no lo necesito —estalló Claire, súbitamente encolerizada—. Conozco muy bien al paciente. Cometió una estupidez al participar en la prueba, y otra aún mayor al tratar de ganarla con malas mañas. Existen medios mejores y distintos para que un hombre demuestre su valía. Gracias, pero hoy no quiero más píldoras, Tom.

Tehura se acercó a ella con una extraña expresión inquisitiva en el rostro. Miró a Claire de hito en hito.

—¿Usted lo cree así realmente, Mrs. Hayden? Pues yo no, la verdad. —Tras una pausa, dijo, poniéndose muy tiesa—. Yo creo que lo hizo muy bien.

Hizo una leve inclinación de cabeza y se alejó.

Claire enarcó las cejas sorprendida, viendo alejarse a la joven indígena. Luego se volvió hacia Courtney, y se encogió de hombros.

—Bien, cuando llegue el Gran Árbitro, creo que hará bien en darse antes una vueltecita por las Tres Sirenas... Gracias por su compañía Tom. Creo que lo mejor que puedo hacer ahora es volver a la choza, para derramar un bálsamo sobre la virilidad herida de mi héroe... —Parpadeó viendo su rostro inexpresivo y añadió—: Habrá que hacer acopio de fuerzas para ese festival.

*　*　*

Pocos minutos después de las ocho, la oscuridad ya se extendía por los alrededores del poblado, acentuando aún más la enorme y decorativa bola de luz que se alzaba en el mismo centro del poblado.

La bola luminosa era en realidad la yuxtaposición de tres círculos de antorchas encendidas que rodeaban la gigantesca plataforma que había sido construida aquella misma mañana. Las antorchas se elevaban desde el suelo como las velas que adornan un pastel de cumpleaños de altura descomunal. Primero venía el círculo exterior de antorchas, roto en dos partes por el arroyo y plantado en la tierra, entre los grupos de indígenas. Las llamas se elevaban verticalmente, sin oscilar ni temblar en la noche sin viento, como si el Sumo Espíritu no jadease ni respirase fuertemente al contemplar a sus hijos, sino que se sentase tranquilo y sereno entre ellos, para compartir sus placenteras diversiones sin pensar en el trabajo. El segundo círculo luminoso estaba formado por las antorchas sujetas a los escalones de madera que rodeaban la plataforma, a poco más de medio metro sobre el césped y también a medio metro bajo el estrado. Por aquella escalera subirían los participantes en la representación. Sobre la plataforma propiamente dicha se extendía el círculo más elevado de luces, formado por antorchas más gruesas y brillantes, que hacían las veces de candilejas pero sobre los cuatro lados curvados del escenario.

Courtney explicó a los Hayden que la plataforma ovalada medía casi doce metros de longitud por seis de ancho y las tablas que la formaban se utilizaban en todos los festivales anuales, con el resultado de que su superficie estaba lisa y pulimentada por los innumerables pies que habían bailado sobre ellas.

En aquellos momentos el escenario estaba vacío salvo por la presencia de los siete indígenas que componían la orquesta. Eran jóvenes atezados y entusiastas, dos de los cuales tocaban tambores hechos con troncos de árbol ahuecados, uno, la flauta, dos, varillas de bambú que golpeaban rítmicamente y otros dos que se limitaban a batir palmas.

Los miembros del equipo norteamericano ocupaban los puestos de honor, una serie de asientos de primera fila situados a menos de cinco metros del estrado. En realidad estaban sentados en la hierba, frente a hilera tras hilera de indígenas, que se perdían en las tinieblas.

Claire estaba al extremo de la fila, con aspecto muy tranquilo y descansado en su blusa de dacrón blanco sin mangas y falda de hilo azul marino que le cubría las rodillas. Sus pies calzados con sandalias estaban discretamente recogidos bajo la falda. Permanecía muy quieta con las manos cruzadas en el regazo. Oyó que Orville Pence, arrodillado junto a Rachel DeJong y Maud, que estaban a su lado decía:

—...y los músicos se empeñan en afirmar que incluso sus instrumentos son antiguos símbolos sexuales; el tambor hueco representa a la hembra y la flauta de madera, naturalmente, el macho. Todo esto forma parte del programa del festival. Así, si pensamos que...

Claire no quiso seguir oyendo el resto. Estaba cansada de escuchar siempre interpretaciones freudianas. Por una parte esto y por la otra Boas, Kroeber y Benedict, sin olvidar a Malinowski, claro, y desde luego Cora Dubois y la isla de Alors, y tarde o temprano se abordaría el tema de la psicodinámica. Para Claire, aquellos eran unos intrusos, unos invitados indeseables, que analizaban, que lo explicaban todo, que desmontaban y volvían a montar lo que veían, que despellejaban la primitiva belleza, para dejarle únicamente el deforme meollo, desfigurado por completo.

Aquella noche Claire no estaba para tales zarandajas. El ambiente y el escenario eran de lo más romántico y Claire quería absorberlos con sus poros y no con su pobre cabeza. Anhelaba escapar de la jerga científica de sus compañeros, de su propia situación en realidad, y aquella noche se hallaba determinada a huir, por breve que fuese la fuga.

Concentró su atención en el escenario y en la actividad que reinaba a su alrededor.

Un carnaval infantil, se dijo, un carnaval mágico para una época en que ella era demasiado pequeña, sus ojos y su mente demasiado diminutos, para ver todo lo que era chillón y de mal gusto, las imperfecciones, las muertes cotidianas. Se acordó —hacía años que no lo recordaba— del carnaval en la playa de Oak Street, en Chicago, a la orilla magnífica del lago, cuando ella tenía pocos años. Cinco o seis, o siete a lo sumo. Se acordaba de que su padre sujetaba su manita con mano firme, mientras ambos descendían a la orilla del lago después de abandonar Michigan Boulevard. Se acordaba también de que todos parecían conocerlo... «Hola, Alex...» «Qué chica tan guapa te acompaña, Alex...» y hasta hubo un par que susurraron, al cruzarse con ellos: «Sí, ese es Alex Emerson, el crítico deportivo».

Y de pronto se acordó que andaban por la cálida arena y ante ellos surgió el tumulto de luz y sonido y la hilera de maravillosas tiendas y bazares. Se abrieron paso entre la risueña muchedumbre, parándose aquí y allá, ante un puesto y el siguiente, mientras su padre reía sin parar, la levantaba en brazos y volvía a dejarla en el suelo. Se acordaba de los perros calientes, cantidades interminables de ellos, con litros de limonada y billones de caramelos, con palomitas de maíz tan abundantes como los granos de arena de la playa, y miles de muñecas, perros y gatos de porcelana y las ruedas del tiovivo y la noria y el látigo que su padre le compró y que ella no hubiera soltado por nada del mundo.

La huella que aquellos lejanos hechos dejaron en su memoria se desvaneció, pero en su ánimo perduraba la sensación de aquella noche, la maravillosa, enorme e inmortal emoción que la inundaba mientras él la llevaba hacia el coche, medio dormida sobre su ancho pecho... entonces se sintió amada, y no había vuelto a experimentar aquel sentimiento, ni una sola vez, en los años pesados, lentos, despoblados y tristes que siguieron.

Intentó evocar de nuevo aquel lejano carnaval de su infancia, para sobreponerlo a la festividad de las Tres Sirenas, pero todo fue inútil, porque ya no era una niña y sus ojos adultos atravesaban las enramadas, los escenarios y las mascaradas. Los sentimientos habían sido reemplazados por el pensamiento. ¿Y además, además, dónde estaba Alex? Pero viéndolo objetivamente, todo lo que entonces tenía ante sí, primitivo y extraño, poseía una atracción peculiar, propia para adultos. Mas por desgracia ella se sentía aparte, distanciada aunque interesada.

Además, estaba sola. Maud no contaba. Tampoco Rachel, ni el desagradable Orville Pence. Llevaba dos años y un día de casada, era la media naranja de lo que debía ser una naranja entera, según la aritmética del matrimonio, pero allí estaba, sentada como una solterona, media naranja únicamente, y sola. ¿Dónde estaba el fallo de la simple operación de aritmética? Con la tiza de la memoria, verificó el resultado en la pizarra de su mente...

Marc ya estaba en la habitación trasera de la casa cuando ella regresó del concurso de natación. Su bañador, aún mojado, pendía de un colgador de la pared. Él, sin camisa y descalzo, pero con los pantalones puestos, estaba tendido sobre el saco de dormir, durmiendo a pierna suelta y roncando suavemente como un perro agotado. Su incursión en el mundo juvenil —ella pensó que mejor estaría decir juve*senil*— lo había dejado totalmente agotado. Sintió embarazo al contemplarlo mientras dormía, sin que él lo supiera. No era justo, porque él se hallaba indefenso ante su severo juicio.

Lo abandonó y se fue a preparar la cena. Con motivo del festival, habían recibido una buena cantidad de productos indígenas: langostas, plátanos rojos, cohombros de mar, huevos de tortuga, ñames, taro en cestos de palma, leche de coco en un recipiente de arcilla y vino de palma en otro recipiente. Al lado de aquel montón de comida había un mazo nuevo, hecho con tallos de hojas de palma. Claire transportó los cestos, recipiente y el mazo junto al horno de tierra y empezó a cocinar. Poco después oyó que Marc se levantaba y lo llamó para decirle que la cena estaba servida.

Sin saber por qué, esperaba verlo aparecer manso y sumiso. Hubiera sido mucho mejor. Una vez establecido así el tono de la reunión, ella hubiera podido bromear, hubieran cambiado pullas e incluso hubieran terminado riendo. Pero él se presentó con aire petulante. Claire se dio cuenta de que él la observaba atentamente mientras le servía la cena, como si se pusiese en guardia ante una inevitable y mordaz alusión a su hazaña. Pero ella no hizo comentario alguno.

Cuando se hubo sentado frente a él, Marc dijo:

—Tendría que haber ganado. En realidad, hubiera ganado de no haber sido por esa condenada ascensión. No estaba en forma para hacerlo. Qué diablo, yo participé en un concurso de natación y no de escalada. Nadando, le gané.

La niñería de esta observación causó pena a Claire, que replicó con voz opaca:

—Sí, nadando le ganaste.

—Le agarré el tobillo sin darme cuenta, ¿sabes...? Creía que era la roca... y tardé unos segundos en percatarme...

—¿Pero a quién importa esto ahora, Marc? Hiciste lo que pudiste. Ahora come.

—Me importa a mí. Porque te conozco. Sé lo que piensas. Piensas que quedé en ridículo ante todos.

—Marc, yo no digo eso. Vamos, por favor...

—Yo no digo que tú digas eso. Digo que te conozco lo suficiente para saber lo que piensas. No he querido más que dejar las cosas claras...

—Muy bien, Marc, muy bien. —Se atragantó con un bocado y, cuando se le pasó el acceso de tos, dijo—: No sigamos por ahí. Terminemos la fiesta en paz.

Cuando hubieron terminado de cenar y ella limpiaba la esterilla sobre la que habían colocado la comida, él sacó un cigarro y se dedicó a seguirla con la mirada a través de las volutas de humo azulado.

—¿Irás esta noche al festival? —le espetó de pronto.

Ella se detuvo.

—Naturalmente. Todos van. ¿Y tú, no piensas ir?

—No.

—¿Cómo hay que tomarse esto? —quiso saber Claire—. Te han invitado como a todos nosotros. Se trata de los puntos culminantes, uno de los motivos principales que nos impulsó a escoger esta época del año. Por esto has venido aquí, ¿no? Piensa en tu trabajo...

—Sí, mi trabajo —repitió Marc con un gruñido, agregando con un ribete de sarcasmo—: Pero, al fin y al cabo, tú y Matty ya estaréis allí.

—Marc debes ir...

—Esta tarde, ya cumplí como los buenos con la parte que me corresponde en la investigación. Estoy hecho polvo y tengo un dolor de cabeza espantoso...

Ella le dirigió una escrutadora mirada y vio que fumaba muy sereno y apacible. Lo del dolor de cabeza le sonaba a excusa.

—¿...y qué voy a perder? —continuó—. Un hatajo de mozas semidesnudas y a esa idiota de Lisa, todas ellas meneando sus gordos traseros. Me divertiría más en un teatro de variedades de barriada. No, gracias.

—Bien, no puedo obligarte.

—Así me gusta.

—Haz lo que te parezca. Yo voy a cambiarme. —Dio unos pasos hacia el fondo de la cabaña y de pronto se detuvo para girar en redondo—. Marc, yo desearía...

Él esperó que continuase y viéndola vacilar, le preguntó:

—¿Qué desearías, esposa?

A Claire no le gustó su tono ni que la llamase *esposa;* así es que comprendió que de nada serviría exhumar su matrimonio y antiguas esperanzas.

—No, nada —dijo—. Tengo que darme prisa.

Esto era lo que había sucedido, exactamente esto, según Claire recordaba. En la pizarra de su mente la sencilla operación aún no estaba resuelta; es más, daba un resultado inexacto, pues medio y medio eran medio, esta noche y todas las noches. Por desgracia, así era.

Sintió un escalofrío y se instaló cómodamente en el lugar que ocupaba en la primera fila del público. Experimentó una agradable sorpresa al descubrir a Tom Courtney a su derecha, con una rodilla en tierra.

—Hola —le dijo—. ¿Hace mucho que está aquí?

—Sólo unos minutos. ¿Y usted?

—Mentalmente acabo de llegar —respondió ella.

—Lo sabía. Por eso no quise interrumpir. ¿Me permite quedarme aquí, a su lado, o ya ha tenido bastante de mí por un día?

—No me venga con cumplidos, Tom. Sabe usted que me encantará. —Señaló la plataforma—. ¿Cuándo empieza el espectáculo?

—Inmediatamente después del preludio, según la versión de las Tres Sirenas. Acto seguido aparecerá la enfermera Harriet, Reina de la Fiesta, para inaugurarla con su presencia.

—La enfremera Harriet desenvainada —dijo Claire con énfasis como si leyese un número del programa—. Si ella está avergonzada, yo no. Me muero de ganas de verla.

—Está muy tranquila. Acabo de verla entre bastidores, por así decir. Está siempre rodeada de hombres, pegados a ella como lapas. Claire sonrió de pronto.

—Acabo de acordarme otra vez... ¿Quién soy yo para hablar de eso... después del strip-tease que hice la primera noche, con Tehura, durante el banquete que nos ofreció Paoti?

El rostro de Courtney se contrajo no tanto de pena como de preocupación. Resueltamente, dijo:

—Como ya le he dicho una vez, el rito de la amistad es algo tan natural como lo que ahora vamos a ver.

Ella iba a contestarle: «Sí, dígaselo a Marc». Pero se tragó aquellas palabras y fingió concentrar su atención en el improvisado escenario.

Sobre la plataforma reinaba gran actividad. La música había cesado pero no dejó un silencioso vacío, pues la rodeaba una babel de voces que zumbaban y cantaban en la noche cálida. Dos muchachos indígenas, cargados con un banco que parecía una mesa para café alta y cuadrada, subían al escenario. Con grandes precauciones, dejaron el banco en el centro mismo de la escena. Después, agachándose simultáneamente, extendieron los brazos para tomar un gigantesco cuenco que les tendían desde abajo y que transportaron con sumo cuidado, pues estaba lleno de líquido hasta el borde. Acto seguido depositaron el cuenco en el centro del banco.

Mientras ambos saltaban del alto estrado, otros dos indígenas subieron a él. Éstos eran adultos, esbeltos y apuestos, Claire reconoció a uno de ellos: era el nadador que había humillado a Marc. Cuando ambos se incorporaron, Claire se dio cuenta de que entre los dos ayudaban a subir a una joven, que no era otra que Harriet Bleaska, Reina de la Fiesta.

Era evidente que Harriet había ensayado su papel, pues se movía con desenvoltura y aplomo. Cuando avanzó hacia el banco, alejándose del círculo de fuego, y se sentó, Claire pudo verla perfectamente.

—Buen Dios —murmuró Claire.

El flequillo color canela de Harriet y su larga cabellera estaban festoneados por una guirnalda de flores de tiaré. Bastante más abajo de la cintura, sujeta en sus huesudas caderas y cubriéndola a unos dos o tres centímetros por debajo del ombligo, llevaba un amplio faldellín de hierba verde que no mediría más allá de cuarenta y cinco centímetros. Lo que más llamó la atención a Claire de momento fue su escandalosa blancura, realzada por su atavío y después, el espacio ovalado que quedaba entre sus muslos, que se curvaban hasta unirse en las rodillas. En su cuerpo nada se movía mientras se encaminaba con paso majestuoso hacia el banco, y la razón de que nada se moviese era la preponderancia que en su físico tenían las superficies planas y poco femeninas, junto con la falta de glándulas mamarias desarrolladas. Esforzándose mucho, se podían distinguir unos pezones que parecían sujetos a su piel como botones pardos y sólo cuando se volvió a medias para tomar asiento en el banco, se marcó un principio de pecho. Sin embargo, su porte era tan lleno de dignidad, tan grande el deleite que expresaban sus ojillos grises y su amplia boca, que sus feas facciones y su físico poco agraciado parecieron transfigurarse de nuevo y hacerse bellos y agradables y allí, ante todo el mundo, Miss Hayden se convirtió en Miss Jeckyll.

Claire oía los tambores y la flauta, vítores y aclamaciones, mientras comenzaba la ceremonia inaugural de la gran fiesta. El campeón de natación, el mocetón robusto que había humillado a Marc, sumergió media nuez de coco en el cuenco y tendió la goteante bebida a Harriet. Ella la aceptó como si de un filtro amoroso se tratase, alzándola en alto y brindando a los miembros de su equipo y a los indígenas del fondo. Después se llevó la copa a los labios. Cuando hubo bebido, se sentó a un extremo del banco, volvió a levantarse, brindó a los indígenas de aquel lado y bebió de nuevo. Y así dio la vuelta al banco cuadrado, brindando y bebiendo, acompañada por el jubiloso clamor de toda la población masculina de las Sirenas.

Cuando Harriet volvió a sentarse en el lugar que ocupaba al principio, Claire percibió una nueva actividad, más cerca de donde ella se encontraba. Las mujeres de más edad de la aldea, por parejas, recorrían los pasillos, mientras una de ellas repartía tazas de arcilla entre el público y la otra las llenaba con vino de palma que tomaba de una especie de sopera.

Cuando todos estuvieron servidos, Harriet volvió a levantarse, flanqueada por sus dos acompañantes indígenas y rodeada por los jubilosos músicos. La enfermera levantó su copa, giró majestuosamente, exhibiendo ante el público enardecido su largo cuerpo blanco y sus dos broches morenos, y después bebió un largo sorbo.

Claire bajó la vista y miró a Courtney. Este tocó su copa de arcilla con la suya.

—Con esta bebida —le oyó decir— dan comienzo las Saturnales.

Ella le imitó y bebió obedientemente. El líquido, cálido y dulzón, descendió por su garganta, evocando en su espíritu la primera noche pasada en la isla, en que se embriagó con kava y aquel mismo zumo de la palma. Courtney le hizo un guiño y volvió a beber, imitado nuevamente por Claire, salvo que esta vez el vino de palma no le pareció tibio ni dulzón, sino suave y agradable como un whisky viejo. Continuó bebiendo, hasta vaciar la copa de arcilla y el efecto que le produjo el líquido fue increíblemente rápido. Por lo que le pareció, el vino de palma borró y absorbió en su cabeza, especialmente detrás de las sienes, y también de sus brazos y pecho, toda la angustia, la aprensión, los recuerdos desagradables del pasado, aunque éstos sólo fuesen de hacía una hora o datasen de una año. Únicamente subsistía el presente enloquecedor.

Cuando apartó su vista de Courtney, vio ante ella a las dos ancianas indígenas. Una le tomó la copa de la mano mientras la otra sostenía el recipiente lleno de líquido. Luego devolvieron la copa a Claire, rebosante otra vez del extraordinario fluido.

Bebió de nuevo y, levantando la cabeza, la volvió hacia el escenario. De momento no pudo ver con claridad, hasta que comprendió que entre ella y la plataforma estaba agazapado Sam Karpowicz. Tenía la blanca camisa pegada a la espalda por el sudor, el cogote colorado bajo los efectos del sol y un ojo pegado a la Leica.

Claire se acercó más a Courtney para ver qué fotografiaba Sam. Vio entonces lo que éste miraba a través de su visor: Harriet Bleaska, con la guirnalda de flores torcida, el faldellín de hierba a punto de caérsele, blandiendo su medio coco vacío mientras se pavoneaba ante la fila de bailarines de ambos sexos, que palmoteaban rítmicamente y golpeaban el tablado con los pies, jaleando sus improvisados giros. Claire distinguió entonces entre los bailarines del fondo a Lisa Hackfeld, llevando únicamente sostenes y un pareo colgado. El cabello de Lisa rubio con hebras grises estaba desmelenado como la cabeza de la Medusa, y sus carnosos brazos y bien conformadas piernas no paraban un momento.

Toda aquella escena, animada y bulliciosa, se dijo Claire, tenía el aspecto curiosamente pasado de moda de una de las primeras películas sonoras, sobre hijas errantes y jóvenes borrachos y calaveras, que hacían furor en los alegres veintes. O mejor aun: dijérase una escena arrancada a la famosa película *Ave del Paraíso*, de Tully, proyectada hacia 1911 y en la que Laurette Taylor bailaba la hula-hula. Parece increíble, pensó Claire. Pero allí estaba, en realidad.

Un súbito altercado, que casi se perdió en el tumulto general, separó la atención de Claire de la plataforma. Sam Karpowicz que había estado hasta entonces delante de Claire, se había arrastrado a la izquierda, muy agachado, andando como un cangrejo, para captar mejor a la semidesnuda Harriet Bleaska y conservarla para la posteridad en la película de su Leica. El fotógrafo, tratando de hallar un punto de vista favorable, se colocó frente a Maud, Rachel DeJong y Orville Pence. De pronto, este último, cuyo cráneo casi calvo brillaba amarillo a la luz de las antorchas, mientras sus gafas de concha saltaban sobre su nariz de erudito, que no cesaba de lanzar bufidos, se puso en pie, dio un salto hacia adelante y agarró rudamente a Sam Karpowicz por el hombro, haciendo perder el equilibrio al desprevenido fotógrafo.

Sam le miró y su largo rostro adquirió una lividez cadavérica.

—¡Qué diablos hace usted! Me ha hecho perder la mejor fotografía...

—¿Se puede saber qué está fotografiando, eh... quiere decírmelo? —le preguntó Orville, con voz pastosa a causa del zumo de palma.

—Por Dios, Pence, ¿no ves lo que estoy fotografiando? Fotografío la fiesta, la danza...

—Lo que usted fotografía es el pecho de Miss Bleaska; eso es lo que hace. Y lo considero muy poco correcto.

Sam lanzó un chillido de incredulidad.

—¿Cómo?

—Usted ha venido para dejar constancia de las actividades de esos indígenas, y no de los vergonzosos excesos que cometa uno de los nuestros. ¿Qué pensará la gente en los Estados Unidos, cuando vea esas fotografías de una joven norteamericana exhibiéndose allá arriba, sin recato ni decencia?

—Vaya, ahora sólo nos faltaba que nos saliera un Anthony Comstock. Mira, Pence, tú ocúpate de tus cosas, que yo me ocuparé de las mías. Ahora, déjame en paz.

Se alejó, resuelto a no hacer caso de Pence y enfocó de nuevo la cámara fotográfica sobre Harriet Bleaska. La enfermera se alzaba en el estrado, riendo y palmoteando, agitando los hombros y sus morenos pezones, moviendo las caderas y saludando en respuesta a los vítores que surgían de la semioscuridad.

Mientras Sam la hacía pasar a la historia en su película, Orville agarró de nuevo el hombro del fotógrafo, intentando por segunda vez censurar aquella obscena figura.

—¡Déjame en paz! —rugió Sam, apoyando la mano libre en la cara de Orville y obligándole a retroceder. El empellón obligó a Orville a retroceder tambaleándose, hasta caer ridículamente sentado. Se levantó temblando y se hubiera abalanzado de nuevo sobre el fotógrafo, de no haberse levantado Maud para cerrarle el paso con su autoritaria figura.

—Vamos, Orville, por favor. Sam se limita a cumplir su cometido.

Orville trató de hablar, sin conseguirlo de momento. Luego indicó la escena con un ademán y terminó amenazándola con el puño cerrado.

—Este... este vergonzoso espectáculo...

—Por favor, Orville, todos los habitantes del poblado nos miran...
—No pienso soportar un minuto más este... este repugnante espectáculo. Me escandaliza ver que tú lo apruebas, Maud. No me oirás pronunciar una palabra más. Buenas noches a todos.

Con un bufido de rabia, se arregló el nudo de la corbata, se metió los faldones de la camisa en los pantalones y se alejó entre la muchedumbre. Claire vio que Maud estaba muy turbada. La etnóloga los miró a todos y murmuró:

—Hay personas que no debieran beber.

Después se sentó junto a Rachel, dispuesta a hacer un esfuerzo para seguir disfrutando del espectáculo.

Durante unos segundos, Claire siguió pensando en el altercado. Es extraño, muy extraño, se dijo, lo que la estancia aquí parece provocar en algunos de nosotros. La isla tiene un embrujo que acentúa nuestras mejores y peores cualidades: Orville, incapaz de matar una mosca en los Estados Unidos, sufre aquí arrebatos de indignación; Sam Karpowicz, siempre tan amable y tranquilo, aquí monta en cólera; Marc, serio y ensimismado en casa, aquí se muestra furioso y cruel. Y yo, Claire, tan... bien, lo que sea... en casa y tan... bien, basta de esto, aquí dándome a la bebida...

Bebió. Ella y Courtney bebieron. Todos bebieron. A veces veía ondular y balancearse el escenario y los bailarines, entre las antorchas. Otras veces Lisa Hackfeld dominaba la escena, tan jubilosa y abandonada como la enfermera Harriet, que había desaparecido con su séquito... era la Lisa de Omaha (no la de Beverly Hills), la Lisa que había vuelto a descubrir la juventud y exorcizaba los demonios de la edad madura.

Claire no sabía cuánto tiempo había pasado ni cuántas copas había bebido, pero oía débilmente la voz de Courtney. Se dio cuenta de que la llamaba desde arriba, pues él estaba de pie, lo mismo que todos los demás, pese a que ella seguía sentada. Después él se inclinó y la levantó tan fácilmente como si se tratase de una almohada de plumón.

—Todos bailan —le susurró al oído—. ¿No quiere bailar?

Ella asintió, mirándolo con ojos lacrimosos, le dio la mano y la otra se la tomó un indígena, y todos se dispusieron en círculo para empezar a vociferar y saltar como pieles rojas, para retroceder después gritando y riendo. Por todas partes se formaron círculos semejantes. De pronto el suyo se rompió en otros más pequeños y Claire quedó libre en medio del tumulto. De un puntapié se libró de las sandalias, se soltó el pelo y empezó a mover las caderas.

Luego desaparecieron los círculos y sólo quedó ante ella Tom

Courtney. Las antorchas estaban muy lejos lo mismo que la música. No conseguía ver a Maud ni a Sam. Tuvo un fugaz atisbo de Rachel DeJong paseando con un indígena y en distintos lugares, mientras giraba abrazada a Courtney, vio parejas indígenas que bailaban... todos bailaban...

Las piernas le flaqueaban y aunque Courtney la sostenía, dio un traspiés y cayó en sus brazos. Él la sostuvo y Claire, jadeante y exhausta, apoyó la cabeza en su pecho... y se sintió casi como aquella vez, en que subía del lago, en Chicago, en brazos de su padre y medio dormida sobre su pecho... aunque ahora era distinto, pues oía los latidos del corazón de Courtney, que se mezclaban con sus propios latidos. Los del hombre eran ajenos, pero los suyos, ella los conocía muy bien y sabía que no estaban causados por el ejercicio de la danza... no, aquello era distinto, porque el pecho de su padre significaba sentirse amada, un refugio cálido y acogedor, y el pecho de aquel hombre alto que era casi un desconocido, significaba... otra cosa, algo ignorado, y por lo tanto peligroso.

Consiguió desprenderse de su abrazo y, sin mirarle, dijo:

—He terminado agotada, como mi marido. —Y agregó—: Gracias por su compañía, Tom. ¿Quiere hacer el favor de acompañarme a casa?

* * *

Únicamente cuando estuvieron en la estrecha canoa y mientras él movía rítmicamente el canalete, rasgando la plateada sábana que cubría las negras aguas, haciendo deslizar la pequeña embarcación por el silencioso canalizo, que parecía a infinita distancia de la populosa isla principal pero más cerca del atolón madrepórico más próximo, Rachel DeJong empezó a serenarse y pensó en ordenarle que se detuviera, que se detuviera y diera media vuelta, para regresar a la playa, permitiendo así que ella se reuniera de nuevo con sus cultos amigos y la civilización.

Se disponía a expresar en voz alta su cambio de opinión pero, al ver en la semioscuridad las sonrientes facciones de Moreturi, y sus poderosos bíceps que se hinchaban cuando él hundía el canalete en el agua, comprendió que no podría expresar lo que sentía. Su instinto le decía que su voz sería la voz del miedo. Recordó entonces algo que había leído: No hay que demostrar miedo ante un animal; la menor debilidad conferiría ascendencia a la bestia. Ella era aún Rachel DeJong, Doctora en Medicina, acostumbrada a sentirse superior por su educación, dueña del destino humano, del suyo propio, del de su compañero y que siempre dominaba todas las situaciones. Por lo tanto, mantuvo su silencio en complicidad con el de la noche. Para percatarse de nuevo que se hallaba sentada y profundamente hundida en una hueca canoa con las piernas extendidas. Era la primera vez que navegaba en una canoa. ¿Por qué no lo habría hecho antes? A causa de la fragilidad de las canoas, se dijo... ¿qué las mantenía a flote? ¿Y qué mantenía un avión en el aire...? Siempre había supuesto que volcaban fácilmente y sus tripulantes terminaban en una tumba líquida como la pobrecilla muchacha del libro de Dreiser... sí, como Roberta Alden... pero en aquel caso se trataba de una barca de remos... y Clyde la golpeó con la cámara fotográfica. En cambio ella estaba en una canoa y se veía a la legua que Moreturi había nacido en uno de aquellos chismes. Sin duda no había volcado jamás.

Trató de relajar su tensión en la estrecha superficie de madera que la sostenía entre el fragante aire nocturno y las frías aguas. ¿Qué solía hacer la gente en una canoa? Tocaban la guitarra, el banjo... cielos, esto la hacía vieja... ¿Y qué más? Dejaban colgar las manos en el agua. Rachel DeJong levantó su mano fláccida y la dejó caer por la borda baja, hasta meterla en el agua, que corría rápidamente junto a la canoa. El agua tenía un tacto sensual y pareció penetrar por sus poros para ascender por el brazo y el hombro, extendiéndose por su pecho y rodeando el corazón. Vio que Moreturi la atisbaba mientras manejaba el canalete. Temiendo que considerase debilidad su aspecto de bienestar, cerró los ojos para que él no pudiera leer nada en ellos.

Acunada y arrullada por el movimiento de la veloz canoa, permitió que sus pensamientos vagasen libremente.

Debió de haberse embriagado, se dijo, para haber llegado tan lejos. Rachel DeJong no bebía; apenas probaba el alcohol. De vez en cuando, en una fiesta, tomaba alguna bebida azucarada, y después muchos entremeses y tapas. No bebía porque sabía de qué modo tan lastimoso se portaban los alcohólicos, y no deseaba dar espectáculos, convencida de que no se debía perder jamás la cabeza. El Sumo Hacedor daba una personalidad a cada ser humano y la bebida disolvía aquella personalidad. ¿Y si en realidad existiesen dos personalidades distintas en cada ser humano, una la pública y otra la que ascendía flotando de lo más recóndito del ser, cuando el alcohol la liberaba? Así era, en efecto, y ella, como psiquiatra, lo sabía, y rehuía la bebida porque con una sola personalidad le bastaba y le sobraba. Una sola personalidad era el buen barco. La bebida era alcohol que incendiaba el barco. Y entonces sólo quedaba el que subía a flote con la bebida, que no era nada de fiar.

Señor, qué fantasías tan absurdas e incoherentes... Había ingerido varias copas de aquel zumo de palma porque le pareció una bebida azucarada e inofensiva, como las que bebía en los cumpleaños de su sobrinita. Pero aquella inofensiva apariencia la engañó. El zumo de palma paralizaba los sentidos, pegaba fuego al barco y una tenía que conformarse con lo que le ofreciesen, una canoa, por ejemplo. Y esto la llevó a pensar de nuevo en Moreturi.

Cuando el baile del escenario terminó, ella creyó que la velada tocaba a su fin. Buscó a Maud para irse con ella, pero Maud se había marchado en compañía de Paoti y la esposa de éste. Después buscó a Claire, pero ésta, descalza, bailaba como una loca con un grupo de indígenas y Courtney. Rachel se encaminó entonces a su choza. Se iba a regañadientes, porque en el fondo quería seguir allí, participando en el bullicio y la alegría generales. Hubiera deseado estar con alguien, no necesariamente Joe Morgen, aunque no hubiera rehuido su presencia. Alguien, en fin alguien que no fuese un tipo solemne y aburrido.

Sintiéndose muy distanciada de los que se divertían, se escabulló entre los grupos de bailarines, observando que Claire parecía estar muy achispada, como todos, aunque no los censuraba pues ella también se sentía flotar sobre el suelo, como si anduviese sobre un trampolín. Se alejó de la fiesta y de la zona iluminada por las antorchas. Cuando se hallaba sola, oyó que alguien se aproximaba. Aminoró el paso, se volvió y sintió alegría y aflicción al mismo tiempo al ver que quien venía era Moreturi.

—La he estado buscando por todas partes —dijo, sin añadir «Miss Doctor» y con un tono muy serio.

—Estaba en primera fila —contestó ella.

—Ya lo sabía. Quiero decir después... fui a buscarla... y ya se había ido.

Ella confiaba encontrarse con Moreturi casualmente aquella noche, y al propio tiempo temía encontrarlo, sin querer buscar la causa de su temor. Después de la entrevista que sostuvo a primeras horas de la mañana con Maud, para explicarle lo que hizo en compañía de los dos miembros de la Jerarquía la noche anterior, se esforzó por olvidar todo aquel episodio. Al ver a Moreturi ante ella, todo volvió a su memoria. Le disgustó ver su desnudez. Desde luego, llevaba la bolsa púbica, pero quizás hubiera parecido menos desnudo sin ella. Era un montón de músculos bronceados, el varón más desvestido del poblado y su proximidad la desconcertó. Mientras se esforzaba por sofocar el recuerdo de lo que vio la víspera, su imagen penetrando en el dormitorio de su esposa, comprendió que no lo conseguiría. El gemido de Atetou reverberaba aún en sus tímpanos y le producía una punzada en el corazón. Deseó al instante escapar y estar sola.

—Estaba cansada —dijo—. Me voy a dormir.

Él la observó con atención.

—Pues no tiene aspecto de cansada.

—Lo estoy, se lo aseguro.

Su mirada se posó en su garganta y tendió la mano hacia ella.

—Le envié el collar del festival, pero veo que no lo lleva.

—Claro que no —dijo, indignada, acordándose de lo que aquello significaba y pensando que lo tenía en el bolsillo de su falda.

—Habla como si la hubiese insultado —dijo él, inquieto—. Este regalo se considera aquí un gran cumplido.

—¿Y a cuántas ha enviado esta clase de regalos? —preguntó ella con aspereza.

—Sólo a una.

La manera como lo dijo, sencilla y grave, la avergonzó. Se había esforzado por mostrar una ira que no sentía, por luchar contra el sedante efecto del vino de palma, porque su presencia la enervaba. Empezó a deponer su falso enojo, pero lo mantuvo en parte.

—En este caso, tal vez debiera darle las gracias —dijo—, aunque no sé si a su esposa le gustará saber que se muestra tan generoso, enviando collares a otras mujeres.

Sus ojos revelaron desconcierto.

—Todas las mujeres lo saben. Ellas también envían collares. Es nuestra costumbre y estamos en la semana del festival.

Rachel comprendió que se había tirado una plancha y se esforzó por rectificar su error.

—Yo... verá, creo que no me acordé de que esto era una costumbre.

—Además —prosiguió Moreturi— yo he sido su paciente y Atetou también y usted sabe todo lo que hay entre nosotros.

Ya lo creo que lo sé, pensó ella; ya lo creo que sé lo que hay entre vosotros dos, pues lo he visto y lo he oído a través de las hojas entreabiertas de tu cabaña. Pero en voz alta, dijo:

—Eso nada tiene que ver con el hecho de que yo no lleve su collar. Si ustedes tienen costumbre de regalar esas cosas, nosotros tenemos costumbre de no aceptarlas.

—Mi padre dice que han venido para aprender nuestras costumbres y vivir con nosotros.

—Naturalmente, Moreturi, pero todo tiene su límite. Yo soy psiquiatra, como usted sabe muy bien y usted es el objeto de mi estudio. Eso también lo sabe. Quiero decir que no podemos celebrar entrevistas clandestinas.

Él pareció comprenderla en parte, porque la interrumpió:

—Si pudiera llevarlo ¿se lo pondría?

Rachel notaba un gran calor en los brazos, la cara y el cuello y maldijo a la bebida. Sabía que podía darle la respuesta perfecta, que pondría fin a aquella violenta escena. Podía decir que estaba enamorada de otro hombre, de uno de su propia raza, con el que se hallaba comprometida. Podía hablarle de Joseph E. Morgen. Esto interpondría una pared de vidrio entre ambos. Se propuso invocar la presencia de Joe, lo cual anularía a Moreturi, pero no lo hizo. La noche no había hecho más que empezar y ella no quería estar sola.

—Pues... la verdad... no sé... no sé si en otras circunstancias... lo llevaría. Quizás si nuestras relaciones fuesen distintas, si nos conociésemos mejor, lo llevaría.

La cara de Moreturi se iluminó.

—¡Sí! —exclamó—. Eso es, debemos hacernos amigos. La acompañaré a su choza y hablaremos...

—No... no, no puede ser...

—Entonces, sentémonos en la hierba para descansar y hablar un rato.

—Me gustaría, Moreturi, pero es tarde.

Él puso los brazos en jarras. La miró sonriendo y por primera vez lució aquella sonrisa maliciosa que le era tan familiar.

—¿Me tiene usted miedo, Miss Doctor?

Ella se enfureció pero contestó con voz insegura:

—No diga ridiculeces. No trate de tentarme.

—Sí, tiene miedo —afirmó él—. Sé la verdad. Esta mañana habló usted con la doctora Hayden. Ella habló con mi madre y mi madre me lo ha dicho. Pidió que la relevasen de este trabajo para que yo no volviese a su choza.

—Sí, creí conveniente dar el análisis por terminado, pues estoy convencida de que no le hace ningún bien y sólo sirve para que pierda el tiempo. Fue entonces cuando pedí que la Jerarquía vuelva a ocuparse de su caso.

—No me ha hecho perder el tiempo. Siempre esperaba con ansia las sesiones.

—Sí, para burlarse de mí.

—No, esto no es cierto. Hablaba en son de mofa para ocultar mis sentimientos. He aprendido mucho de usted.

Ella vacilaba.

—Bien... mi decisión ya está tomada. Tendrá que arreglarse sin mí.

—Si no puedo verla de nuevo, mayor motivo para que nos veamos esta noche.

—Otra vez será.

—Esta noche es la noche más bella del año. No quiero ver a nadie sino a usted. Deseo explicarle unas cosas.

—Por favor, Moreturi, no insista...

Él sonrió de nuevo.

—Quizá sea mejor así. Quizá usted será más femenina. Está acostumbrada a dar órdenes a los hombres, a aconsejarlos, a decirles que hagan esto y aquello, a estar por encima de ellos. Tiene miedo de estar a solas con un hombre al que no puede tratar como un enfermo. Yo soy normal. La miro, no como Miss Doctor, sino como una mujer como Atetou, salvo que usted vale más, mucho más que ella. Esto es lo que le da miedo.

Recordaba que fue aquel discurso lo que la convenció. Las palabras de Moreturi penetraron hasta el fondo del pozo de sus temores ella no hubiera querido que Moreturi supiese tanto y poseyese aquel dominio sobre ella. Hizo que le resultase imposible volver sola a la cabaña, para tratar de conciliar el sueño mientras resonaban aún en sus oídos su clarividente discurso y los gemidos de Atetou. ¡Ni en aquella remota isla del Pacífico podía estar tranquila! El vino de palma que había ingerido fermentaba en su interior, anegando y arrastrando sus últimas defensas de superioridad. Y de pronto decidió afrontarlo y desafiarlo, demostrándole que no tenía miedo. Como mujer podía hacerlo; como psiquiatra, no.

No trató de discutir con él. Continuó la conversación hasta que surgieron aquellas palabras que facilitaron su asentimiento, sin pérdida de su prestigio y sin el menor signo de rendición, le permitirían ir con él a donde otras no irían. Así, pues, aceptó acompañarle un momento para charlar. Cuando ambos se fueron juntos en dirección a la Choza Sagrada, frente a la cual pasaron, ella se sentía complacida en secreto ante su fortaleza.

Ascendieron una colina, dejaron atrás el acantilado donde se había celebrado el campeonato de natación y ella asió fuertemente la mano de Moreturi, mientras éste la precedía, guiándola por un empinado sendero que conducía a una pequeña abra rocosa que ella no había visto antes.

Rachel le preguntó:

—¿Adónde me lleva? Supongo que no iremos muy lejos. Ya le he dicho que no puedo estar mucho tiempo con usted.

Moreturi contestó:

—Hay tres Sirenas y usted sólo ha visto una de ellas. Yo la acompaño a otra.

—¿Pero, dónde es...?

—A pocos minutos de aquí... al otro lado del canal. Podremos sentarnos en la arena y hablar sin que nadie nos moleste. Así conservará un recuerdo único de la belleza de este sitio. Yo voy allí muchas veces cuando deseo estar tranquilo. No hay más que arena, hierba y cocoteros, con el mar alrededor. Cuando desee regresar, me lo dice y la traeré.

Buscó la canoa en la oscuridad, la botó al agua, montó en ella y esperó por Rachel.

Viendo que ésta no venía, él la llamó:

—¿Aún tiene miedo de mí...?

—No diga tonterías.

Permitió que él la ayudase a subir a la canoa y a la sazón aún seguía en ella, con los ojos cerrados y arrastrando la mano en el agua, mientras notaba ante ella la presencia invisible y fluida de Moreturi, que manejaba el canalete con soltura.

Notó un suave choque y oyó que él decía:

—Ya estamos. Éste es el pequeño atolón que forma la segunda Sirena.

Rachel abrió los ojos y se incorporó.

—Descálcese —le ordenó él—. Puede dejar los zapatos en la canoa.

Obediente, ella se quitó las sandalias. Moreturi ya estaba en el agua. Rachel trató de salir por sí misma de la canoa, pero él la tomó en brazos, alzándola como si fuera una pluma, para dejarla de pie en un palmo de agua.

Luego extendió el brazo.

—Vamos a la playa.

Rachel caminó por el agua, sobre el fondo arenoso y ondulado, hasta alcanzar la arena seca. Al volverse, vio que Moreturi varaba la canoa entre unas rocas.

Después se reunió con ella la tomó por el brazo y la condujo a través de un gran palmeral, cuyas copas se perdían en las tinieblas. Dejaron atrás una laguna poco profunda, una extensión de hierba y tras descender una suave pendiente, llegaron a una diminuta playa de gruesa arena, que centelleaba como un cielo estrellado.

—El lado del atolón que mira al océano —dijo Moreturi.

El agua de la cerrada laguna que habían dejado a sus espaldas era tranquila y llana como un espejo; pero en cambio, en aquel lado había un fuerte oleaje. Ambos se detuvieron ante miles de millas de vientos y mareas, y contemplaron las olas coronadas de espuma que avanzaban hacia el islote, para romperse con fragor en la arena, por la que ascendían a gran altura. El mar estaba sumido en la noche, sin que pareciese tener horizonte ni fin, y las espumeantes crestas

de las olas avanzaban hacia ellos como la carga de una brigada blanca, cuyos jinetes eran derribados de sus monturas al llegar a la playa.

—Es magnífico —susurró Rachel—. Me alegro de que me haya
traído aquí.

Moreturi se dejó caer sobre la arena de la playa y extendió su
cuerpo bronceado, para quedarse tendido con la cabeza apoyada en
sus manos cruzadas. Ella se sentó a su lado, con las rodillas levantadas y la falda baja sobre ellas, pero una suave brisa le acariciaba
suavemente las piernas, introduciéndose bajo la falda.

Durante largo rato, ambos guardaron silencio, pues no sentían
necesidad de hablar. Pero cuando ella notó que Moreturi la miraba
se sintió tentada de romper la intimidad de aquella hora silenciosa.
Le pidió que le contase cosas de su vida y él evocó recuerdos de su
primera juventud. Rachel apenas lo escuchaba, pues su voz quedaba
dominada por el fragor de las olas que surgían de la noche para
lamer la arena y se maravilló al comprobar hasta qué punto su sonido
le recordaba el gemido amoroso que Atetou dejó escapar la noche
anterior. Sin darse cuenta, se sintió tentada de mencionar aquella
noche y referir lo que sus ojos habían visto. Luchó contra el impulso,
suscitado por el vino de palma y en cambio, recordando unos fragmentos de sus sesiones analíticas, le preguntó por una semana de
festival de hacía varios años en que poseyó a doce mujeres casadas
en siete días con sus noches. Él le habló de ellas y de las diferencias
que las separaban, y entretanto ella recordaba su vida estéril y lamentaba no haber gozado más del amor... por su mente cruzaban el zán-
gano que conoció en la Universidad de Minnesota, las tres noches pasadas con aquel remoto profesor casado en Catalina, los escarceos
con Joe...

Dijo de pronto:

—¿Ha traído a alguna de ellas aquí?

Moreturi pareció sorprendido.

—¿Cómo dice?

—¿Trajo alguna vez a sus conquistas a este atolón para... para
hacerles el amor?

Él se incorporó sobre un codo.

—Sí, traje algunas.

Ella se sentía extrañamente enfebrecida... la frente, la nuca y las
muñecas le ardían. Empezó a darse aire con la mano.

—¿Se encuentra bien? —preguntó él.

—Sí, muy bien. Pero aquí hace calor...

—Vamos a bañarnos, pues...

—¿A bañarnos?

—Pues claro. El agua está maravillosa, de noche. Se sentirá mejor que nunca.

Se puso en pie y, tomándole la mano, tiró de ella hasta levantarla.

—Yo... yo no traje bañador —dijo Rachel, presa de un súbito embarazo al tener que decirlo.

—Báñese sin él. —Tras una pausa, sonrió amablemente—. Aquí no estamos en América. Además, le prometo no mirar.

Ella intentó negarse y mandarlo al infierno, pero al estar allí de pie, sabiendo que él esperaba, recordó con una punzada de dolor aquel momento en la playa de las afueras de Carmel, cuando salió a pasear con Joe por la orilla. Él también quiso tomar un baño y, aunque no tenían trajes, dijo que no importaba porque era como si ya estuviesen prácticamente casados. Ella se escondió tras una roca para desnudarse, se desabrochó la blusa, fue incapaz de continuar, salió corriendo para decírselo y se lo encontró en cueros. Entonces huyó de él y de su matrimonio. ¡Ella había hecho aquello! ¡Dios mío!, pensó. ¿Volverá a presentárseme una ocasión de superar mi malsano complejo?

—Muy bien —oyó que otra voz decía por ella en voz alta—. Me quedaré en ropa interior. Pero usted no mire. Ya... ya me reuniré con usted en el agua.

Él la saludó alegremente y descendió corriendo hasta la orilla del mar. Rachel pensó que iba a zambullirse de cabeza en el agua, pero se detuvo, se llevó las manos a la cintura y vio que se quitaba la tirita con el suspensorio. Tiró la prenda sobre el hombro y permaneció erguido ante el mar, como una hermosa estatua. Acto seguido penetró corriendo en el agua, como un Dionisio liberado, para alejarse chapoteando en las tinieblas.

Con ademán resignado, sintiéndose una Afrodita fraudulenta, Rachel desabrochóse la blusa de algodón, dispuesta a no repetir lo de Carmel. Se despojó de ella y la tiró a la arena, ajustándose los sostenes para que cubriesen totalmente sus senos demasiado visibles. Con lentitud desabrochó después la falda, corrió la cremallera hacia abajo, se bajó la falda y salió de ella. Notaba extraordinariamente apretados en sus caderas de muchacha los pantaloncitos de nylon blancos. Por un momento se preguntó si la prenda sería transparente, pero acto seguido comprendió que lo avanzado de la hora la protegería.

De pie en la playa, sintiéndose más libre que lo estuviera jamás en muchos años, notó con agrado la caricia de la brisa sobre su cuerpo, y se sintió menos febril. Llevaba cuidadosamente recogido su pelo castaño y, sin ningún motivo, se lo mesó de pronto, despeinándolo. No se sentía en absoluto como una mujer de treinta y un años, con carrera. Sentía un júbilo alocado y mentalmente le sacó la lengua al Carmel y a su antiguo yo. Después de realizar este gesto particular, echó a correr por la gruesa arena en dirección al agua.

El primer contacto con ella le produjo impresión, pues estaba más fría de lo que suponía, pero penetró en el agua, pues quería que ésta cubriese su ropa interior. Cuando el agua le llegó a la cintura, se echó de bruces en ella y empezó a nadar, primero con energía y después lánguidamente, dejando que el agua la llevase.

En el gozo que le producía el agua, mientras retozaba en ella, casi olvidó que, entre las tinieblas, una persona del sexo opuesto la esperaba.

—¡Aquí estoy! —oyó gritar a Moreturi. Ella empezó a nadar de espaldas, sumergida hasta los hombros, hasta que lo vio avanzar hacia ella a grandes brazadas. A los pocos segundos lo tuvo a un par de metros y vio su negro cabello pegado a su cara y frente.

Una ola llegó inesperadamente, más alta que las anteriores, y ella consiguió advertirla a tiempo, remontándola y hundiéndose con ella, pero la ola cubrió momentáneamente a Moreturi.

—¡Allá voy! —gritó él.

Rachel dio media vuelta y lo vio a su espalda, subiendo y bajando en el oleaje como un alegre idiota. Una vez se elevó fuera del agua, surgiendo de ella hasta el abdomen. Rachel contuvo un grito, tragó agua y rogó al cielo que no se elevase más. Se alejó nadando, preguntándose cómo se las compondría para volver a la playa y vestirse sin que él la viese, y cómo se vestiría él para que ella no tuviese que verlo desnudo.

Pero mientras nadaba, su aprensión se hizo menor, calmada por el mar, jubiloso y apaciguador. Empezó a probar diversos estilos de natación, de costado, crawl, braza de pecho, sintiéndose maravillosamente, como una criatura marina, una sirena, y dando gracias a las copas que había bebido y al hombre que la llevó allí.

Resolvió decirle que estaba muy contenta; lo merecía por todas las molestias que se había tomado, y empezó a buscarlo para decírselo. Y mientras lo buscaba, oyó de pronto su nombre, un grito frenético... era la primera vez que él la llamaba por su nombre de pila. Y entonces ella penetró de cabeza en la gigantesca ola, que la golpeó, como una bofetada digna de Gargantúa y la concavidad líquida la arrolló y la hizo descender volteando hacia las verdes profundidades marinas. Permaneció un tiempo interminable bajo el agua, entre las brillantes formaciones del fondo del mar, donde todo era como un extraño planeta de movimiento retardado.

Emergió pataleando, hacia la superficie, y cuando surgió del agua, notando que sus pulmones iban a estallar, pensó que se ahogaba, que le faltaba aire... un negro velo se tendía sobre ella, y ella luchaba desesperadamente por rasgarlo. Y entretanto, desde muy lejos, traído débilmente por el viento, oía pronunciar su nombre, y cuando se le acababan las fuerzas, un brazo hercúleo la rodeó y la sacó del agua. Entrevió confusamente la cara de Moreturi.

—¿Se ha hecho daño? —le preguntó—. La ola la golpeó con mucha fuerza.

—No, estoy bien —respondió ella, tosiendo.

—La ayudaré.

—Sí, gracias... sí...

Él la agarró por los cabellos y manteniéndole la cabeza fuera del agua, nadó de costado, con un solo brazo, hacia la playa. Al instante siguiente se incorporó y la puso en pie, pero las rodillas de Rachel se doblaban y él tuvo que sostenerla con ambas manos. La levantó y la sacó del agua para tomarla en brazos, uno por debajo de las piernas y el otro en torno a los hombros, y así la llevó a la arena.

Cuando él salía del mar, con ella en brazos, Rachel empezó a reponerse de la impresión sufrida. Tenía la cabeza apoyada en el duro y musculoso brazo del nativo, cuya mano le cubría el seno izquierdo. Se miró con sorpresa y comprobó que tenía los senos al aire. Con la mente aún embotada, trató de recordar lo sucedido y entonces comprendió que la violencia de la ola le había arrancado los sostenes.

—¡Buen Dios! —gimió.

—¿Qué?

—¿Llevo aún algo encima... los pantalones...?

—Sí, no se preocupe.

La pregunta sin duda le sorprendió, pero ella no estaba afligida, sino contenta, pues no había perdido el sostén deliberadamente. Presa de un sentimiento irracional, deseó haber perdido también sus pantaloncitos de nylon, pues esto lo hubiera resuelto todo.

Él la depositó con delicadeza sobre la cálida arena, tendiéndola de espaldas y allí permaneció, tal como él la dejara, con los brazos extendidos, las rodillas levantadas en parte, mirando el negro dosel de la noche que los cubría. Cerró los ojos, deseando rendirse a la lasitud, pero tenía demasiadas cosas que pugnaban por salir a flor de piel. Y el agua no había enfriado su ardor. Abrió los ojos y lo vio arrodillado a su lado y entonces, pese a su somnolencia, se asustó, porque había olvidado que él estaba completamente desnudo. Sí, estaba completamente desnudo y dispuesto para el amor. Esto fue lo que más la asustó.

Y con todo, no se movió. La piel que recubría su cuerpo estaba tan tensa que sintió deseos de gemir, como lo hiciera Atetou la víspera. Fue entonces cuando Rachel lanzó un suave quejido. Se dio cuenta de que lo profería y le produjo disgusto, porque no pudo dominarlo... fue un gemido involuntario que permaneció suspendido en el aire sobre ella como el deseo, tan real y concreto como su miembro viril. Tuvo miedo de gemir nuevamente, pues sus pezones se habían endurecido y eran tan dolorosos como dos contusiones. Pero haciendo un esfuerzo, contuvo el gemido que iba a surgir de su garganta.

Y allí tendida, notó que él le ponía sus grandes manos en las caderas, para asir los húmedos y apretados pantaloncitos de nylon y bajarlos por los muslos, después por encima de las rodillas, para bajar luego por las pantorrillas. Sus defensas reaccionaron, pero se sentía incapaz de protestar. Y de mirarlo. Después de llegar hasta allí, se dijo, ya nada importaba. De una vez por todas, que pase lo que pase. Había llegado el momento tan temido de cruzar la frontera, pero en realidad no era tan temible como creía. La peor de las muertes era aquella agonía continuada que lo había precedido, pero cuando se llegaba allí, a la frontera, nada importaba ya.

Mientras notaba sus movimientos, se preguntaba por qué no la besaba en los labios o calmaba con un beso el dolor de sus erectos pezones, pero entonces el dolor se esparció por todo el cuerpo, desplegándose en abanico, mientras él le acariciaba con dedos suaves y expertos. Rachel comprendió que no podría soportar aquello ni un segundo más, pues todos los órganos de su cuerpo estaban a punto de estallar y que si él no cesaba en sus caricias, chillaría o haría alguna locura.

Pero entonces ocurrió algo increíble, algo que nunca le había sucedido de aquel modo. Apenas se dio cuenta de que él estaba con su bulto entre sus piernas, pero de pronto notó claramente que la estaba penetrando poco a poco con su ser, suavemente. Sentíase llena de él de manera tan continuada y progresiva, tan incesante e inesperada, que petrificó su cerebro y anestesió todo dolor psíquico.

Cuando el movimiento del hombre empezó, fue, para ella, como si su dolor hubiese cobrado nueva vida, para descender desde sus rojos pezones, de las costillas y el pecho, y ascender desde pantorrillas y muslos hasta el punto por donde él la había invadido. Por primera vez, algo la arrancó de su desvaída inercia, con la palpitante sensación de que aquello no la aliviaba, sino que la dañaba.

Presa de una súbita revulsión, trató de escapar. Apoyó las palmas de sus manos en los hombros de él, tratando de quitárselo de encima,

de despojarse de él. No lo consiguió y sus esfuerzos sólo intensifica-
ron los movimientos del hombre y el dolor resultante. Dejó caer los
brazos a ambos costados, mientras sus labios suplicaban libertad,
pero fue inútil. Seguía tendida en la arena, sintiéndose como una
criatura marina arrojada a la playa, fuera de su elemento natural,
extranjera, asustada, dando ansiosas boqueadas, pero profundamente
alanceada y capturada, por más que intentara regresar a su antiguo
reino y a su perdida libertad.

Así transcurrieron minutos y minutos, una eternidad de dolor infinito y humillación y ella apeló en su interior, secretamente, para
sorprenderlo, a todo cuanto le quedaba de orgullo y reserva. Reunió
de pronto todas sus fuerzas, las alineó para conquistar la libertad,
abrió los ojos y clavó las uñas en sus hombros sudorosos, para ven-
garse, para causarle un dolor idéntico, incorporó el torso para librarse de él. Mas comprendió entonces que él interpretaba mal sus esfuerzos, pues sus anchas facciones bronceadas sonrieron con agradecimiento.

Se debatió desesperadamente en la arena, pero sus contorsiones
la hacían descender por la playa y sus hombros, espinazo y nalgas
se hundían profundamente en la arena, trazando un surco en ella.
Y así continuó debatiéndose y arrastrándose por la blanca arena
seca, hasta que notó en su carne la arena más firme y húmeda del
borde del mar y comprendió que, si seguía retirándose, se metería
en el agua.

Confusa, sin fuerzas ya, cesó de resistirse. Notaba cómo una ola
se retiraba bajo sus paletillas, y luego una nueva ola que rodeaba
su espalda y las plantas de sus pies descalzos. Y después el agua
suave le acarició el cabello, salpicándole los enrojecidos pezones y por
último lamiendo mansamente y envolviendo su íntima unión.

¡Qué extraño era lo que le hacía el agua! De manera inexplicable,
convertía aquella unión, que ella quería y no quería a la vez, en una
especie de rito pagano, lleno de gracia. De manera también inexplicable, lavaba las sucias heridas que le había causado la civilización,
limpiándola de vergüenza, de sensación de culpabilidad, de temor y,
por último —sí, por último—, de recelosa contención. El agua fresca
y acariciadora hacía natural y justo aquel interminable acto de amor,
en aquel tiempo y lugar, y le daba los medios para cruzar la temida
frontera. Y ella la cruzó.

Lo que era doloroso se hizo placentero, envió un gozo bárbaro y
voluptuoso por las venas de su cabeza, las arterias de su corazón
y las de más abajo.

Así, sobre la arena dura y húmeda, aplaudida por las olas, ella sucumbió a una cópula hasta entonces inimaginada y que no había encontrado en todo cuanto había leído, oído o soñado. Es la vida del hombre, pensó, su vida, toda su vida, y así no hay que extrañarse. Pensó una vez en los otros dos que la poseyeron y lo que le contaron las víctimas tendidas en el diván, aquellos pobres seres, de los que ella formó parte, con su rigidez, su inhabilidad, su afectación, su continuo pensar... ellos, los bárbaros, que encadenaban y torturaban aquel acto con sus habitaciones, sus vestidos, sus bebidas, sus drogas, sus palabras, siempre palabras, para aniquilar todo cuanto importaba de verdad, el primitivo acto amoroso en sí, tal como entonces ella y aquel hombre lo realizaban, sin estar diluido por nada pero lleno únicamente de deseo y plenitud...

Todo su cuerpo se animó, con el milagro que representó cruzar la frontera. Miró ciegamente al hombre, como si alzara la vista a una criatura celestial entrevista en un rayo de luz divina, y tuvo la visión de haberse convertido en uno de los pocos elegidos y ungidos. Después de aquello, su vida se colocaría en lugar aparte de todas las vidas de la tierra. Compadeció instantáneamente a todas las mujeres que conocía o había tratado en aquel remoto y distante mundo civilizado que había existido hacía tanto tiempo, las débiles mortales que nunca conocerían aquella nueva dimensión de pura dicha, aquellas pobres mujeres que vivirían y morirían sin haber jamás conocido lo que entonces ella conocía, y la apenó no poder hacerlas partícipes del goce supremo que la embargaba...

De pronto dejó de importarle todo cuanto sucediese en la tierra, salvo ella y aquel hombre. Lo abrazó, lo poseyó, locamente, y por último el gemido ascendió por su garganta y ella lo dejó escapar al fin... para estar segura de que ella también había escapado...

* * *

En la aldea reinaba quietud de nuevo. Todo dormía bajo el manto de la noche. Incluso los últimos participantes en la fiesta, que se iban a sus casas a dormir o al monte para hacerse el amor, incluso aquellos últimos rezagados hablaban en susurros más suaves que la brisa.

Dentro de la choza de bálago situada por encima del poblado que le era tan familiar, él permanecía sentado, a la débil luz de una temblorosa candela. Así estuvo mucho tiempo. Esperaba oír los pasos que anunciarían el regreso de ella. Se preguntaba si oiría los pasos de una persona o de dos, y, en este caso, qué diría para explicar su presencia en la habitación.

Antes de ir allí había bebido más de lo acostumbrado; cuatro whiskies colmados, que no lo afectaron en absoluto. Aunque quizás fuesen precisamente aquellas cuatro copas las que le habían infundido valor para ir hasta allí, para correr el riesgo que iba a correr; él no hubiera permitido que el licor le embotase los sentidos para la tarea que se proponía realizar.

Sabía que era cerca de medianoche y el bullicio del festival había cesado hacía media hora. A partir de entonces reinó un silencio enervante, pero de pronto le pareció que algo rasgaba aquel silencio. Ladeó la cabeza, distendiendo las aletas de su nariz aquilina, frunciendo sus finos labios y aguzando el oído. El leve rumor estaba producido por unos pies humanos que andaban sobre la hierba; sí, eran unos pasos, no de dos personas sino de una y conjeturó, por el ligero pisar de los pies descalzos, que era ella y que volvía sola.

Hasta entonces había estado medio caído contra la pared. Entonces se incorporó, para sentarse muy erguido y atento, cuando la puerta de cañas se abrió. Tehura, cubierta únicamente por las dos trenzas de largo cabello negro que caían sobre su pecho y el breve faldellín de hierba, entró en la cabaña. De momento no lo vio. Parecía estar sumida en sus pensamientos, mientras cerraba la puerta con gesto maquinal. Después se echó las dos trenzas sobre los hombros y se volvió de cara al centro de la habitación. Fue entonces cuando lo vio.

Sus facciones no denotaron sorpresa alguna, sólo interés.

—Hola, Marc —dijo—. Me extrañó no verte esta noche.

—La he pasado casi toda aquí —dijo él—. Quería verte a solas. Me preocupaba pensar que pudieras volver con Huatoro.

—No.

—Por favor, siéntate aquí conmigo —le dijo—. Si... si no estás demasiado cansada, me gustaría hablar contigo de algo importante.

—No estoy cansada en absoluto.

Tehura cruzó la estancia y se sentó en la estera a unos pasos de él.

La mirada de Marc se dirigió a la pared opuesta, con expresión pensativa.

—Sí, temía que Huatoro te acompañase. Dijiste que concederías tus favores al que ganase la carrera de natación.

—Y lo sostengo —dijo ella.

—Pero no esta noche, por lo visto. ¿Por qué?

—No lo sé... Él me entregó su collar del festival.

—Veo que no lo llevas.

—No esta noche —repitió ella.

—Debe de haberse enfadado.

—Esto no es cuenta mía. Que espere.

—¿Querrás hacer el amor con él?

—Aunque lo supiese, no te lo diría —repuso la joven—. Pero no lo sé. —Hizo una pausa—. Quiere que sea su esposa.

—¿Y tú qué dices?

—Te repito que no estoy de humor para semejantes decisiones. —Reflexionó unos momentos—. Él es fuerte y muy admirado. Me han dicho que hace muy bien el amor. Después de ganar la carrera, posee mucho *mana*.

Marc se agitó con desazón.

—Lamento mucho haberme conducido de aquel modo, Tehura. He dicho a todos que fue una casualidad que fue completamente involuntario. Pero tú sabes que no.

—Sí —dijo ella.

—No pude contenerme. Deseaba ganar, como fuese, porque te lo había prometido y tenía que hacerlo. Esto era lo único que contaba. —Tras una vacilación, añadió—: ¿Me permites que te diga un disparate?

Ella esperó con expresión impasible.

—Tehura, durante toda la carrera estuve pensando en ti. Mientras nadaba no hacía más que mirar al acantilado que tenía enfrente diciéndome que eras tú. Al acercarme, incluso adquirió tu forma. Hablo en serio. En lo alto había unas rocas redondeadas y me parecieron tus senos. Una grieta del acantilado se convirtió en tu ombligo. Y más abajo, en la pared de roca, había una especie de... —Se interrumpió—. Ya te dije que era un disparate.

—No es un disparate.

—Lo único que podía pensar mientras nadaba era que tenía que ser el primero en llegar a ti, antes de que nadie lo hiciese y entonces, ascender hasta lo alto y así serías mía. —Contuvo el aliento—. Casi lo conseguí.

—Nadas muy bien —observó Tehura—. No tienes por qué avergonzarte. Provocaste mi admiración.

Él volvió a moverse, para acercarse más a ella.

—Entonces, contéstame a esto: ¿Me admiras tanto como a Huatoro?

—Mejor no hablar de ello. Él es más fuerte que tú y más joven. Tú resultas débil bajo nuestro punto de vista y a veces te encuentro extraño. Pero admiro en ti que hayas aceptado nuestras costumbres a causa de mí... que lo hayas hecho todo, incluso lo que estuvo mal, para demostrarme que eras digno de nosotros y de mí. Esto provoca mi mayor admiración. Sé que en tu patria posees gran *mana*. Pero ahora también lo posees aquí.

—No puedo decirte hasta qué punto me siento halagado al oírte decir esto, Tehura.

—Pues es verdad —dijo ella con sencillez—. Me has preguntado si siento por ti lo mismo que por Huatoro. Para ser sincera, debería añadir una cosa. —Tras una breve reflexión, dijo—: Huatoro me quiere muy en serio. Y esto tiene mucha importancia para una mujer, ¿sabes?

Llevado por un súbito impulso, Marc le tomó la mano.

—Pero por Dios, Tehura, tú sabes también que yo te quiero... recuerda lo de ayer.

—Sí, lo de ayer —repitió ella, a tiempo que retiraba la mano—. Hablemos de ayer. Tú trataste de quitarme la falda, para poseer mi cuerpo con el tuyo. Nada tengo que decir a ello. Estaba muy bien y esas cosas suceden. Sin embargo, cuando sucedió, yo aún no me sentía atraída por tu cuerpo. Pero no me refiero solamente a eso. El amor que me ofrece Huatoro es así también, naturalmente, pero más, muchísimo más.

Él le agarró el brazo con ambas manos.

—El mío también lo es, Tehura, puedes creerme; el mío también lo es...

—¿Cómo quieres que lo sea? —dijo ella—. Nosotros somos... ¿Cómo dices tú? Sí, ya lo recuerdo... nosotros somos dos personas muy extrañas. A veces yo soy el insecto que tú estudias. Otras veces, la hembra que tú deseas para satisfacer tu apetito momentáneo. Nunca soy yo misma. Pero no me he quejado. No sé quejarme. Comprendo tus sentimientos, porque tú posees una gran riqueza, representada por tu trabajo y tu mujer. Tienes amor, un gran amor, el que te prodiga tu bella esposa, que lo es todo para ti...

—¡Ella no es nada para mí! —gritó Marc.

Este exabrupto dejó a Tehura sin habla, momentáneamente. Luego lo miró con renovado interés, los labios muy apretados y expresión expectante.

—Este es el verdadero motivo que me ha impulsado a esperarte aquí esta noche —prosiguió él, hablando atropelladamente—. He venido para decirte que es a ti a quien amo, no a Claire. ¿Te sorprende esto? ¿Has visto u oído que yo le demuestre mi amor?

—Los hombres se muestran diferentes en público.

—Yo soy el mismo en público que en privado. Conocí a esa chica, la cortejé, la encontré agradable y como sabía que tenía que casarme tarde o temprano, pues así lo querían las normas de la sociedad en que vivo, la tomé por esposa. Ahora puedo afirmar que no ha habido amor entre nosotros. Yo nunca he sentido deseo por ella, ni el ardor que siento al estar a tu lado. Cuando estoy con Claire, puedo pensar en mil cosas distintas. Cuando estoy contigo, sólo puedo pensar en ti. ¿Me crees?

Ella lo contemplaba y sus líquidos ojos brillaban.

—¿Por qué no te separaste de ella? —le preguntó—. Tom dice que en Norteamérica existe el divorcio.

—He pensado hacerlo muchas veces, pero... —Se encogió de hombros—. Tenía miedo. Bajo el punto de vista social, esto me hubiera perjudicado. Me preocupaba pensar lo que dirían mis amigos y la familia. Así es que preferí seguir como antes, porque esto era más fácil. Además, no existía otra mujer. Así he vivido durante dos años, satisfaciéndola físicamente y también de otros modos, aunque yo siempre me he sentido secretamente insatisfecho. Hasta que vine aquí y te conocí. Y ahora que ya puedo decir que sí existe otra mujer, ya no tengo miedo de nada ni de nadie.

—No te entiendo —dijo Tehura con voz queda.

—Voy a expresarme con más claridad —dijo Marc, poniéndose de rodillas y metiendo una mano en el bolsillo de su camisa deportiva—. Sé la importancia que para vosotros tienen los ritos y las ceremonias. Ahora voy a realizar un rito, por medio del cual transferiré todo mi amor de la mujer que era mi esposa a la mujer que... —Encontró lo que buscaba y se lo ofreció con la palma abierta de la mano—. Toma, Tehura, es para ti.

Sorprendida, ella tomó lo que Marc le ofrecía en la palma de la mano y lo contempló, suspendido de sus dedos. Era el rutilante medallón de brillantes engarzados en oro blanco y suspendido de una finísima cadena, el mismo medallón que Claire llevaba la primera noche y que Tehura admiraba tanto.

Con gran satisfacción, Marc vio que el regalo la había dejado muda de asombro. Tenía los ojos muy abiertos, los labios entreabiertos con expresión temerosa y la mano morena con que sostenía la joya temblaba. Levantó la mirada y la posó en Marc, con una inmensa expresión de agradecimiento.

—Oh, Marc... —fue todo cuanto pudo decir.

—Tuyo es —dijo él—, completamente tuyo. Y no es más que la primera de las numerosas muestras que tendrás de mi amor.

—¡Marc, pónmelo! —exclamó ella con júbilo infantil.

Se volvió sobre la esterilla para ofrecerle la espalda desnuda. Él le pasó las manos sobre los hombros para tomar el broche de brillantes y abrocharlo en torno al cuello de Tehura. Mientras ella ladeaba la cabeza para contemplarlo y acariciaba con los dedos la rutilante joya, Marc le acariciaba los hombros y después deslizó las manos por sus brazos. Impresionado ante su carne dura y suave al propio tiempo y las promesas que encerraba para él, sus manos se posaron sobre sus turgentes senos. A ella no pareció importarle, pues se hallaba absorta contemplando el pendentif. Las manos de Marc le oprimieron los senos y el contacto inflamó todos los miembros y órganos de su persona. Entonces una de sus manos descendió hacia la falda de Tehura, que ésta llevaba muy recogida, y empezó a acariciarle el interior del muslo. Nunca, en toda su vida, había deseado poseer algo como entonces deseaba a Tehura.

—Tehura —susurró.

Ella apartó la mirada de la joya para mirarle a él, pero no intentó apartar ninguna de sus manos.

—Tehura, quiero que seas mía para siempre. Dejaré a Claire. Quiero que seas mi esposa.

Por primera vez, aquella noche, el rostro de la joven parecía hipnotizado por sus palabras.

—¿Quieres que yo sea tu esposa? —dijo.

—Sí.

Giró en redondo para mirarlo frente a frente, apartando así su pecho y su muslo de sus caricias.

—¿Quieres casarte conmigo? —Entonces pareció apercibirse de sus manos y las tomó entre las suyas—. Me amarás, Marc, pero espera... antes tengo que saber...

—Quiero casarme contigo, cuanto antes mejor.

—¿Cómo?

Marc se sentó, esforzándose en enfriar su ardor. Se decía que Tehura tenía razón, que ya tendrían tiempo de amarse, y que se amarían, pero antes tenía que explicarle lo que se proponía hacer. El momento decisivo había llegado. Era inminente, lo sabía, y si podía acallar la voz acuciante de su deseo, podría mostrarse racional y persuasivo.

Se había propuesto declararse a Tehura, como había escrito a Garrity. Ante todo, tenía que hacer de ella una aliada para sus ambiciones. Era la única persona de las Tres Sirenas en quien podía confiar, y que podía convertir sus sueños en realidad. Sin su ayuda, todo sería imposible. La oferta de matrimonio, fríamente calculada, anularía sus defensas y haría de ella un cómplice. Pero lo que son las cosas... la oferta de matrimonio no resultó tan fría y calculada, tan comercial, como él se había propuesto. Se convirtió en una cálida declaración de amor, dictada por el deseo avasallador que ella le inspiraba, su deseo de estrujarla entre sus brazos, de arrancarla de su altivo pedestal de mujer difícil e intocable, de tenderla a sus pies, bajo él, para que le suplicase una migaja de amor. De aquel amasijo de turbios sentimientos surgió su declaración, la declaración que de todos modos pensaba hacerle, pero que de pronto se convertía en algo no previsto. Comprendió que debía plantear las cosas de otro modo, o de lo contrario no conseguiría nada. Su vehemencia le había facilitado la victoria y aquel estúpido regalo, junto con su oferta de matrimonio, terminaron de remachar el clavo. Debía explotar su éxito sin pérdida de tiempo. Si ella no accedía a todo lo que tenía que proponerle, la partida podía darse por perdida.

Exhaló un suspiro y se esforzó por mirarla con la objetividad de que hubiera hecho gala un Garrity.

—¿Cómo? —repitió Tehura, deseosa de saber cómo Marc podría casarse con ella. Él se lo diría inmediatamente y así su plan sería el plan de ambos.

—Tehura, me iré contigo de las Sirenas. Primero a Tahití y después a California —dijo—. Así que lleguemos a mi país, me divorciaré de Claire y el mismo día en que me concedan el divorcio, me casaré contigo.

—¿Y por qué no hacerlo aquí? —preguntó ella, con una malicia que él siempre había barruntado.

—Sabes muy bien que esto es imposible, Tehura. Aquí sólo existe la Jerarquía y no sirve para concederme el divorcio. Tendrían que someternos a Claire y a mí a una investigación. Suponiendo que yo lo permitiese y aunque ampliásemos nuestra estancia aquí luego tendríamos que casarnos según vuestras leyes, que no son válidas en mi país. Mi separación y nuestra boda deben legalizarse en los Estados Unidos, porque allí es donde viviremos. Vendremos de vez en cuando a esta isla, desde luego, para visitar a los tuyos. Pero tu vida tendrá que adaptarse a la mía. Esta isla es un paraje encantador, pero pequeño e insignificante, comparado con lo que verás y tendrás en mi gran país. Allí todos te tratarán como una belleza exótica, millones de hombres te admirarán y millones de mujeres te envidiarán. En vez de una cabaña, tendrás una casa diez veces mayor que esta choza, sirvientes y vestidos lujosísimos, y un coche —conoces todo esto por lo que has estudiado— y tendrás piedras preciosas como estos brillantes y mejores si quieres.

Ella escuchaba como una niña que oyese un cuento de hadas, pero no parecía totalmente convencida. Había en su expresión algo impropio de su juventud, una expresión astuta y desconfiada.

—En tu país no todo el mundo es rico —dijo—. Se lo he preguntado a Tom y dice que en los Estados Unidos los ricos son los menos.

Esto le dio pie a Marc para atacar.

—En cierto modo, tiene razón. Yo soy rico comparado con un hombre como Huatoro u otros del poblado, por ejemplo. En mi país, desde luego, no soy de los más ricos. Ocupo una posición desahogada, como tú sabes, y tengo mucho *mana*. Pero como tú también sabes, este broche de brillantes vale un dineral. Sin embargo, seré más rico aún, Tehura, riquísimo. Mas para serlo, es preciso que lo que voy a decirte quede entre nosotros, pues es confidencial.

Ella asintió.

—Entre nosotros quedará.

—En mi patria existe un enorme interés por lugares como las Tres Sirenas, como tú también sabes. De lo contrario, ¿a qué habríamos venido, para perder el tiempo estudiando vuestras costumbres? Dentro de un par de meses, cuando mi madre difunda sus hallazgos en Norteamérica y todo el mundo se entere de vuestra existencia, esto le dará fama pero no dinero —no hagas que te explique el por qué esta noche, pues es demasiado complicado— pero así es. Los descubrimientos científicos no enriquecen a nadie. En cambio, si yo me fuese de aquí contigo lo antes posible, llevándome preciosas informaciones sobre este lugar, para difundirlas de una manera popular entre el público norteamericano y el público mundial, nos colmarían de honores y riquezas. Te aseguro que seríamos tan ricos, como ni siquiera puedes imaginarte. Tengo la prueba de ello. Puedo enseñarte cartas. En Tahití nos espera un hombre que nos ayudará de manera decisiva. Él lo ha organizado todo. Entonces los tres iríamos en un avión a los Estados Unidos... en un avión como el de Rasmussen, para contar al mundo lo que sabemos sobre tu extraordinaria isla...

—¿Rompiendo así el tabú? Esto significaría el fin de las Sirenas.

—No... no, Tehura, esto no significaría el fin de las Sirenas, como tampoco lo serían los escritos y discursos de mi madre. Te prometo que guardaríamos el secreto de su situación. Ya tendríamos bastantes pruebas de su existencia con los informes y noticias que llevaríamos con nosotros... y contigo, que serías mi esposa...

—¿Conmigo? —dijo ella, lentamente—. ¿Las gentes de tu país querrían verme?

—Querrían verte, conocerte, oírte, amarte. Te colmarían de honores y regalos Te aseguro que todo esto es posible.

—Sí, ya he visto las fotografías de los libros que tiene Tom.

—Pues todo eso podría ser tuyo.

Ella jugueteaba con el medallón, con expresión ausente.

—Estaría tan lejos de aquí... me sentiría sola...

Marc se acercó a ella y le rodeó la cintura con el brazo.

—Serías mi esposa.

—Sí, Marc.

—He prometido dártelo todo.

Ella miró la estera y alzó despacio la cabeza, con una sonrisa triste.

—Muy bien —dijo con voz casi imperceptible.

A Marc el corazón le dio un brinco en el pecho.

—¿Te casarás conmigo? ¿Me acompañarás?

Ella hizo un gesto de asentimiento.

Marc sentía deseos de saltar y gritar de alegría. ¡Lo había logrado! ¡Si Garrity lo supiese!

—Tehura... Tehura... cuánto te quiero...

Ella asintió en silencio, abrumada aún por la enormidad de su decisión.

Marc se sentía lleno de vida y deseoso de actuar. Apartó el brazo con que le rodeaba la cintura.

—He aquí lo que vamos a hacer... primero, esto tiene que quedar como un secreto entre nosotros... así, no conviene que lleves en público ese medallón, para que no se entere Claire...

—¿Y por qué no tiene que saberlo ella?

—Porque aún me quiere. Esto provocaría terribles escenas. Deseo irme contigo a la chita callando, y después ya le escribiré por intermedio de Rasmussen. Y mi madre tampoco debe saberlo de momento, ni ninguno de su equipo, porque tratarían de impedir nuestra marcha. Quieren reservarse todas las ganancias que produzca el descubrimiento de esta isla para ellos. Son gente codiciosa, que no desean que nos beneficiemos de las riquezas que esta información puede procurar. Y los tuyos tampoco deben saberlo, ni Paoti, ni Moreturi ni Huatoro, absolutamente nadie. Sin duda tratarían de detenerte, y también a mí, por temor o envidia. ¿Me prometes guardar el secreto?

—Sí.

—Muy bien. —La cabeza le daba vueltas al vislumbrar el botín que aquella victoria podía procurarle; poniéndose en pie, empezó a medir la estancia con sus pasos—. He aquí lo que vamos a hacer. Lo he pensado cuidadosamente. Según tengo entendido, de vez en cuando hay jóvenes valientes que van en canoa o embarcaciones de vela a otras islas...

Ella asintió.

—Son muy buenos navegantes.

—Necesitamos uno de estos jóvenes, Tehura, uno de confianza. ¿Podríamos encontrarlo?

—Es posible.

—Podríamos ofrecerle lo que quisiera de lo que yo tengo. Nos iríamos de noche, tú y yo y nos reuniríamos con este joven amigo tuyo, que tiene que disponer de una embarcación de vela. Nos llevaría con ella a la isla más próxima, donde podríamos fletar un barco o un hidroavión para Tahití o hallar pasaje para otra isla, desde donde seguiríamos a Tahití. Después, todo sería muy sencillo. ¿Crees que esto es posible?

—El joven que nos ayudase lo pasaría muy mal.

—A su regreso, podría decir a Paoti que yo le obligué por la fuerza, amenazándole con un arma. Así lo absolverían. O quizá prefiriera no regresar. Yo podría darle lo suficiente para que se quedara a vivir fuera de aquí. Desde luego, tiene que haber alguien.

—Puede haberlo. No estoy segura.

—¿Puedo confiar en que tú lo buscarás?

—Sí.

Él la dominaba con su estatura y la miraba con expresión radiante.

—Ya sabía que querrías ayudarme. Es en beneficio de ambos. ¿Cuánto tiempo tardarás... en tenerlo todo preparado?

—No lo sé.

—¿Qué te parecé, más o menos?

—No tardaré mucho tiempo. Algunos días. Una semana. Pero no más. —Vaciló antes de añadir—: Si es que es posible.

—Anda con tiento, Tehura.

—Descuida.

Inclinándose, él la levantó. Al tomarla en brazos le pareció liviana y dócil.

—Y piensa que te quiero mucho, Tehura.

Ella movió la cabeza afirmativamente, a la altura de su camisa.

—Tengo que enseñarte a besar. Esto forma parte de nuestras costumbres. Tenemos que sellar nuestra alianza, Tehura, con un beso...

Ella levantó la cabeza, con los carnosos labios entreabiertos y él aplicó su boca sobre la de Tehura y las manos sobre sus senos. Durante la última hora, su egolatría había ido en aumento constante, pues se sentía muy lisonjeado por aquel triunfo, que por primera vez le permitía sentirse independiente. Casi se sentía un hombre hecho y derecho. Sólo quedaba una cosa por hacer, para demostrar a Tehura su flamante virilidad... lo cual también serviría para demostrarse a sí mismo que efectivamente la poseía.

—Tehura... —susurró

Ella se apartó de Marc y dio un paso atrás, con los brazos a los costados, muy seria.

—Por esta noche ya basta, Marc —le dijo—. La noche de la partida nos conoceremos íntimamente.

—¿Me lo prometes?

—Te lo prometo.

—Entonces me voy, Tehura. —Con estas palabras se encaminó a la puerta de cañas—. Nos seguiremos viendo todos los días, tú como informante y yo como etnólogo, haciendo ver que trabajamos. En apariencia, nada habrá cambiado. Cuando lo hayas dispuesto todo, me lo dices. Y a las pocas horas ya podremos irnos.

—Te lo diré.

—Buenas noches, cariño.

—Buenas noches, Marc.

Cuando salió fuera y mientras atravesaba el poblado, Marc resolvió escribir una segunda misiva, muy breve, a Rex Garrity. En la primera, que por la tarde había recogido Rasmussen, le exponía sus intenciones en líneas generales. En la segunda, postdata a la anterior, le anunciaría su triunfo y pediría a Garrity que fuese a esperarlos a Tahití. Dio gracias a Dios porque Rasmussen se hubiese quedado un día más a causa del festival, lo cual le permitiría entregarle la carta con las últimas noticias al amanecer.

Al cruzar el puente del arroyo, sus pensamientos volvieron a Tehura. Había algo que le preocupaba. ¿Hasta dónde llegaba su ingenuidad? ¿Y si fuese muy lista y hubiese adivinado sus verdaderas intenciones? Pese a que todo había salido conforme al plan previsto, sentía cierto desazón al pensar que quizás también hubiese salido de acuerdo con los planes de Tehura. Sin embargo, esto no tenía que inquietarle, pues sus objetivos coincidirían y en realidad eran los mismos. Sin embargo, la súbita sospecha de que ella pudiera ser tan lista como él, no su inferior sino su igual, incluso su superior, le desconcertó. Sin duda no era cierta; de todos modos, era posible. Se sentía menos dueño de la situación y por consiguiente ya no correspondía tanto a su propia imagen. Diablo con aquellas condenadas introspecciones. Pero, sin saber por qué, se sentía algo menos satisfecho que antes... que las mujeres, que todos se fuesen al cuerno...

Capítulo VII

La Dra. Maud Hayden, oliendo débilmente a desodorante, estaba sentada detrás de su escritorio improvisado con la vista perdida más allá de Claire y esforzándose por ordenar sus pensamientos. Aunque no era más que media mañana, la blusa y la falda caqui de Maud ya empezaban a arrugarse, lo cual le confería aspecto de obesa jefa de *scouts* femeninos después de una marcha de dos horas en verano.

Claire mientras esperaba con una pierna cruzada sobre la otra, el cuaderno de taquigrafía sobre la rodilla y el lápiz dispuesto, notaba cada vez más aquel calor agobiante. El sol penetraba por las ventanas de la choza, como hierro fundido que saliese de unos altos hornos y una vez dentro de la estancia, los rayos solares parecían tener un grosor compacto que pesaba sobre la piel y la abrasaba. La única solución consistiría en tomarse un somnífero y echarse a dormir. ¡Ojalá aún estuviese durmiendo en su habitación!, pensó Claire. Pero Maud la había despertado temprano. Disculpándose, le explicó que el magnetofón portátil no funcionaba y Sam Karpowicz lo estaba reparando. Y las cartas que tenía que entregar al capitán Rasmussen no podían esperar, pues éste llegaría al mediodía.

Para Claire, su suegra desprovista del familiar magnetofón, que siempre tenía a su lado, le parecía tan desvalida como un almirante que hubiese perdido sus charreteras.

—Bien, vamos a ver... —decía Maud—. Empecemos por el doctor Macintosh. Una breve nota para tenerlo al corriente.

Claire, inconscientemente, dio un respingo. Hasta entonces, le había gustado mucho mecanografiar los informes que se enviaban al Dr. Walter Scott Macintosh. Cada uno de aquellos electrizantes informes remachaba, en opinión de Claire, las posibilidades que tenía Maud de convertirse en directora vitalicia de *Culture*. De manera instintiva, Claire consideraba este hecho beneficioso para su propio porvenir. Durante dos años, dos mujeres habían acaparado la vida

490   IRWING WALLACE

de Marc. Con una de ellas, o sea Maud, en Wáshington, la otra, o sea
Claire, podría acaparar las atenciones a que desde hacía tanto tiempo
se creía merecedora. Al no contar con la sombra de Maud, Marc
quedaría libre para ascender en el mundo académico por sus propios
méritos y Claire sería finalmente dueña de su propia casa. Así era
cómo Claire veía la situación hasta aquella misma semana. Pero de
pronto, todo parecía haber cambiado y sus emociones giraban en
confuso torbellino.

Hasta su llegada a las Tres Sirenas, Marc se había mostrado reservado, difícil, a menudo frío, pero accesible. A veces se había
acordado de que era su marido. Subsistía aún la esperanza de que
terminase por mejorar. En aquellas últimas semanas, en cambio, cesó
por completo de portarse como marido. Se había vuelto imposible.
Las últimas esperanzas la abandonaron. Pese a vivir juntos, Claire
apenas lo veía. Dijérase que él se iba deliberadamente por la mañana
antes de que ella despertase, para comer siempre fuera y volver
cuando ella ya dormía desde hacía rato. Cuando por casualidad coin-
cidían, siempre había otras personas alrededor. Y en sus raros momentos de intimidad, él ni siquiera se molestaba en rehuirla. La trataba como si ni siquiera existiese, como si fuese una sombra, una
mujer invisible.

Jamás, en toda su vida, Claire se había sentido más herida, más
abandonada y sola. Tom Courtney era amable con ella, muy amable,
incluso galante en ocasiones, y esto llenaba muchas horas de soledad,
pero Courtney demostraba siempre mucho tacto y la trataba con
exquisita corrección, como esposa de otro hombre. Así, no le quedaba más que Maud. Claire siempre la había adorado, extraña contra-
dicción teniendo en cuenta que deseaba librarse de su presencia.
Pero últimamente, había dejado de tenerla en tanto aprecio porque
Maud se negó a escuchar sus confidencias en aquel período de prueba
que estaba atravesando con Marc. Sin embargo, al sentirse tan abandonada, Claire miró a Maud como a la última persona amiga que le
quedaba en la tierra, como su único refugio acogedor. Y por consiguiente aborrecía tener que tomar taquigráficamente, mecanografiar
y franquear, otra carta que contribuiría a separar aún más a Maud de
ella.

Claire se dio cuenta de que su madre política había empezado a
dictar y se apresuró a captar sus palabras. Inclinándose sobre el
cuaderno, empezó a trazar los signos taquigráficos de Gregg.

—Querido Walter —decía Maud—. A pesar de que te escribí hace
una semana, hoy te envío esta breve nota por el capitán Rasmussen,
que se va esta noche. Sencillamente, es para decirte que estos últi-

mos días han hecho palidecer a los anteriores por lo que se refiere a datos e informaciones jugosas sobre el pueblo de las Sirenas... Punto y aparte, Claire... Hoy es el último día del festival anual y hoy nuestra estancia aquí llega a la mitad, pues ya llevamos tres semanas en la isla. En una carta anterior te expliqué el programa del festival, según referencias del jefe Paoti Wright. No obstante, por haber podido participar como observadora en este festival, ahora puedo comentarlo de primera mano, comprenderlo mejor y hablar de él como no lo haría por medio de referencias de segunda mano... Punto y aparte... El festival empezó hace siete días con una competición atlética celebrada por la tarde, consistente en una carrera de natación muy dura de casi dos kilómetros, en la que Marc participó, dando muestras de gran valor. Sus notas serán de un valor inapreciable. Podría decir, con orgullo maternal, que casi derrotó a los indígenas en su propio terreno, pues perdió por un pelo cuando ya estaba cerca de la meta.

La inflexión de la voz de Maud al terminar esta frase dejó bien sentado para Claire que no pensaba referir el vergonzoso fracaso de su hijo. Claire la miró con severidad, decidida a sonrojar a Maud con su mirada, obligándola a mencionar la innoble argucia de Marc o al menos, a demostrarle que ella no apreciaba su omisión, pero Maud le había vuelto la espalda y miraba por la ventana.

—Aquella misma noche —prosiguió Maud— se erigió una espaciosa plataforma en los terrenos del poblado, rodeada de vistosas antorchas, y nuestra enfermera, la joven Harriet Bleaska, inauguró la semana de festejos, pues los jóvenes de la aldea la habían elegido reina de la fiesta por aclamación. A continuación se celebró una complicada danza ritual y, aunque te cueste creerlo, una de las estrellas era Mrs. Lisa Hackfeld, la esposa del financiero que patrocina la expedición. Te aseguro que Mrs. Hackfeld supo salir muy airosa. La tarde del segundo día se celebraron juegos populares, consistentes principalmente en luchas más al estilo japonés que al americano, y por la noche presenciamos una pantomima, una variante del rito de la fertilidad, y de nuevo Mrs. Hackfeld volvió a ser la estrella. Para ella, esta isla ha sido una verdadera Fuente de la Juventud. La noche del tercer día se celebró el concurso de belleza para participantes desnudos, al que concurrieron casi todas las jóvenes solteras del poblado, contempladas por los jóvenes del sexo opuesto, que las aplaudían con entusiasmo. Este concurso es algo parecido al que Peter Buck presenció en Manikihi, una de las islas Cook. En estos concursos de belleza, según recuerdo haber leído, los jueces incluso examinaban a las participantes por detrás, para ver si tenían las piernas bien juntas, pues esto se consideraba digno de virtud y se tenía en mucho aprecio. Puedo asegurarte, que esta clase de juicio no se hizo aquí. El jefe Paoti no pudo explicarse el origen del concurso de belleza, pero no se mostró en desacuerdo conmigo cuando yo apunté que podía ser una especie de exhibición a la que concurrían las jóvenes casaderas, para mostrar sus encantos a los posibles maridos. Creo también que todo ello forma parte de la atmósfera estimulante de esta semana de festejos. La cuarta noche...

Maud se volvió de pronto en la silla, levantando su mano gordezuela.

—Espera, Claire, antes de que pasemos a la cuarta noche, deseo añadir una cosa a mi última frase. ¿Quieres leerla de nuevo, por favor?

—Un momento —dijo Claire, buscándola—. «Creo también que todo ello forma parte de la atmósfera estimulante de esta semana de festejos.»

—Eso es. Añade esto... —Reflexionó un momento antes de dictar—: El Dr. Orville Pence era uno de los jueces del concurso de belleza y su veredicto fue bien acogido y coincidió con el de los otros dos jueces indígenas, salvo en un caso. La última de las concursantes resultó ser una joven de nuestro equipo, la indomable Miss Bleaska, a quien sus numerosos admiradores indígenas convencieron para que se presentase. Hubiera ganado el primer premio, pues es la favorita del poblado, a no ser por el voto en contra del Dr. Pence. De todos modos, recibió honores de finalista. Como puedes ver, aquí no nos limitamos al mero papel de espectadores, sino que participamos activamente en la vida de la aldea y lo hemos venido haciendo desde la primera noche de nuestra llegada, con motivo del banquete de Paoti, durante el cual mi nuera se ofreció voluntariamente para participar en los ritos de amistad.

Claire levantó la cabeza.

—¿De veras, Maud, crees que es preciso mencionar esto? Me resulta bastante embarazoso pensar que bebí más de la cuenta e hice aquello sin...

—No digas tonterías, Claire. Figura en todos mis informes. Siempre lo menciono con orgullo maternal.

—Bien, si tú insistes...

—¿Desde cuándo te has vuelto mojigata conmigo?

—Desde que mi marido se volvió mojigato conmigo —explicó Claire.

La expresión de Maud se mantuvo imperturbable.

—Oh, los hombres son tan posesivos... —Y se apresuró a añadir—:

Continuemos, tenemos mucho que hacer esta mañana. Vamos a ver...
ah, sí... —Volvió a dictar—. Estoy convencida de que nuestro amigo
funcionalista, Bronislaw Malinowski, se hubiera enorgullecido de la
participación activa que han sabido hacer sus discípulos... Punto y
aparte... Cada uno de estos actos del festival, que nosotros hemos
observado y estudiado, a veces de forma directa, ha sido captado fo-
tográficamente por Sam Karpowicz, cuya cámara oscura está llena
hasta los topes de rollos de película, negativos de fotos en blanco y
negro y transparencias en color. Te aseguro, Walter, que nuestros
amigos de la Liga Antropológica Americana no sólo oirán sino que
verán lo que hemos hecho aquí. Abre signo de admiración, Claire. ¡Se
quedarán boquiabiertos...! Como tú suponías Walter, las Tres Sirenas
han sido la inyección que yo necesitaba y será el primer estudio nuevo
que sale de Polinesia desde hace años... Punto y aparte... Pero, con-
tinuando con los momentos culminantes de la semana de festejos que
acaba de transcurrir, en la cuarta noche...

Llamaron con los nudillos a la puerta y Maud se interrumpió, desconcertada.

—¡Adelante! —dijo Claire.

La puerta se entreabrió y una vaharada de calor penetró en la
cabaña... seguida por Lisa Hackfeld, que vestía un jersey blanco de
nylon y lucía una sonrisa de oreja a oreja. Sostenía con cuidado un
pequeño cuenco lleno de plantas cortadas.

—Oh —exclamó, cuando vio a Claire con el cuaderno y el lápiz—.
Si interrumpo ya volveré...

—Nada de eso, Lisa —dijo Maud, con animación—. Claire y yo
tenemos trabajo para toda la mañana y parece que tienes algo importante que comunicarme...

—Sí, algo importante, muy importante —canturreó Lisa, dejando
con reverencia el cuenco lleno de plantas frente a Maud—. ¿Sabes
qué es esto?

Maud se inclinó para examinar el recipiente y su contenido.

—Parece una gramínea... —Tomó uno de los tallos verde amarillentos de consistencia musgosa y lo examinó—. Es una hierba blanca que...

—¡Es la planta *puai*! —exclamó Lisa Hackfeld, gozosa.

—Sí, eso es —asintió Maud.

Lisa quedó momentáneamente desconcertada.

—¿Ah, pero ya la conocías, Maud?

—Naturalmente; es una planta indígena de estas islas y tiene
mucha fama. Creo que quien primero me habló de ella fue el jefe
Paoti. Es esa droga —o así la llama él— que el capitán Rasmussen se

lleva todas las semanas... en realidad, ya hablé con él de esta planta...

—¿Y nadie pensó en decírmelo? —dijo Lisa, un poco molesta—. ¡Pensar que he tenido que descubrirlo por casualidad! Y menos mal que lo he descubierto, aunque no haya sido por medio del capitán, a pesar de que le he hablado de la planta durante una hora, ˷ntes de venir aquí.

—¿Quieres decir que Rasmussen ya está en el poblado? —preguntó Maud—. Qué extraño; siempre suele venir directamente aquí.

—Es culpa mía, Maud —confesó Lisa, orgullosa—. Lo arrastré a mi cabaña, le serví unas copas de whisky y empecé a tirarle de la lengua. Ahora lo tengo allí, escribiendo todo lo que sabe sobre la planta... para Cyrus, naturalmente...

—¿Pero, por qué? —preguntó Maud.

—¿Por qué? Porque esa planta vale una fortuna, ni más ni menos. —Lisa se volvió a Claire, que escuchaba a medias, con semblante aburrido—. ¿Sabes qué efectos produce la planta *puai*, Claire?

La joven se encogió de hombros.

—Me parece que no tengo ni la menor idea...

—Infunde juventud, quita las arrugas y engrasa las articulaciones —anunció Lisa, con voz de falsete y la misma vehemencia de un evangelista—. Os aseguro que con esta planta, la vida puede empezar de verdad a los cuarenta años. Perdonadme, pero es que este descubrimiento me produce entusiasmo. —Se dirigía indistintamente a Claire y Maud, blandiendo una de las carnosas hierbas en la mano—. Os repito que la descubrí por casualidad. Como sabéis, he estado ensayando varios días con esos bailarines indígenas y ya visteis cómo bailé esos dos días pasados...

—Has estado extraordinaria, Lisa —observó Maud.

—Pues sí, lo he estado, modestia aparte. Eché toda la carne en el asador. Yo he sido bailarina, como sabéis, pero de las buenas, de las que bailan de puntillas, y era de una agilidad envidiable, pero entonces era joven, claro. Y ahora, lo reconozco, ya no soy una pollita. Ahora, cuando Cyrus me lleva al club, ya echo los bofes después del primer vals, y si bailamos algo más animado, me duelen todos los huesos del cuerpo durante una semana. Pero vine aquí, empecé a ensayar estas danzas y jamás he experimentado el menor cansancio, ni siquiera después del primer día. Me sentí estupendamente bien, capaz de todo, como una niña. No comprendía qué me pasaba, de dónde me venían estas fuerzas, esta segunda juventud... hasta que, la otra noche, se hizo la luz en mi mente, como dicen en las novelas. Poco antes de empezar la danza de la fertilidad, nos sirvieron unas tazas llenas de un líquido verdoso. Entonces me acordé que siempre bebíamos aquello antes de los ensayos, incluso para empezar la primera noche del festival, y que no era vino de palma ni nada alcohólico. Entonces pregunté qué era y me dijeron que era un extracto de la planta *puai*. —Esta palabra, como tú sabes sin duda, significa «fuerza» en polinesio... crece aquí como una hierba y durante siglos la han bebido los bailarines, para infundirse vigor... No es tóxica ni embriagadora, pero es una especie de narcótico o estimulante indígena de efectos rápidos e inmediatos, sin crear hábito ni producir efectos secundarios. Averigüé que es la hierba mágica que el capitán Rasmussen se dedica a exportar desde hace años para distribuirla desde Tahití a Hong-Kong, Singapur, Indochina y todo el Extremo Oriente. Aquí la compra muy barata y la vende a precios muy elevados. Él y su esposa viven sólo de este negocio, pero les ha producido muy buenos ingresos durante años.

»Pues bien, yo me puse a darle vueltas a la cuestión y cuantas más vueltas le daba, más me entusiasmaba. Ya podéis suponer en qué estoy pensando...

—En importar la hierba a los Estados Unidos, ¿no? —dijo Maud.

—¡Exactamente! Esta mañana apenas podía contenerme y cuando capturé al pobre capitán, creo que el buen hombre se quedó turulato, cuando le hablé de Cyrus y de sus negocios farmacéuticos. Ahora sólo piensa en encontrar nuevas plantas, le dije, nuevos productos, y acaso esto sea lo que busca. Ya me imagino la etiqueta... palmeras, siluetas de hawaianas bailando la hula, y algo que rezase poco más o menos así: El nuevo elixir exótico de los mares del Sur comprobado y aprobado por la Dirección General de Sanidad. Infunde juventud, energía y *vitalidad*. ¿Qué os parece como nombre del producto? ¡Vitalidad!

Claire se hizo la distraída pero Maud agarró la ocasión por los pelos.

—¿Dónde puedo comprar este producto, Lisa?

—El año que viene ya podrás comprarlo en todas las farmacias de los Estados Unidos. Estoy tratando de llegar a un acuerdo con el capitán Rasmussen, que después, naturalmente sería ratificado por Cyrus. —Acarició la hierba con amor—. Y pensar que esta hierbecita ha cambiado mi vida y puede beneficiar a millones de mujeres como yo... Oh, estoy impaciente por empezar... por difundir mi descubrimiento... tengo mucho que hacer. Tengo ya algunas ideas para la propaganda del producto... organizaría y dirigiría compañías de bailarines polinesios o actuaría con ellos en los programas comerciales de la televisión. —Se quedó sin aliento y su excitada mirada pasó de Maud a Claire para volver a posarse en Maud—. Quiero decir que así tendría un negocio, ganaría dinero para mis gastos y al propio tiempo... haría un bien a la humanidad. ¿No crees que es una idea estupenda?

Maud inclinó la cabeza con la autoridad del Papa de Roma en el momento de dar la bendición.

—Es una idea grandiosa, Lisa. En tu lugar, yo la llevaría adelante.

—Sabía que te gustaría —dijo Lisa, dejando la hierba en el cuenco y tomándolo en sus manos—. Me voy. El capitán está esperándome y además tengo que enviar un cable y una carta a Cyrus. —Al llegar a la puerta se detuvo—. En realidad, todo te lo debo a ti, Maud. Si no me hubieses permitido venir a las Tres Sirenas, no hubiera tenido estas maravillosas posibilidades ante mí. Tengo que darte las gracias. Te prometo que el primer envío de Vitalidad será para ti. ¡Te lo enviaré gratis y f.o.b.!

Cuando la entusiasmada señora hubo marchado, Maud se quedó contemplando la hierba que aún conservaba en la mano.

Claire encendió un cigarrillo y sacudió la cerilla hasta que la llama se extinguió.

—¿De verdad es tan buena esta hierba? —preguntó.

—No —contestó Maud.

Claire se enderezó sorprendida.

—¿Qué has dicho?

—Digo que no. Es una hierba inofensiva, una engañifa, de efectos casi nulos y poquísimo valor terapéutico, según los farmacéuticos que ha consultado Rasmussen. Estas expediciones científicas siempre descubren panaceas universales... recuerdo que en los Estados Unidos hizo furor por un tiempo la corteza de cáscara que los indios empleaban como laxante... o por estas partes, la cúrcuma, que se emplea como medicina... o tallos de kava, llamados marindinum, que ayudan a dormir... pero casi todas estas cosas tienen muy poco valor real. De vez en cuando se encuentra alguna verdaderamente buena. La quinina, por ejemplo, que procede de la corteza del quino. La conocemos gracias a los indios del Perú y Bolivia. —Movió la cabeza—. Pero así que Paoti mencionó la planta *puai*, hice que Sam Karpowicz la buscase. Pero él ya sabía de qué se trataba. Es un narcótico estimulante de lo más inocuo. Su única fuerza reside en la tradición que posee. La verdad es que la magia que ejerce la autosugestión ha sido siempre en las sociedades primitivas más potente que las drogas. Los indígenas siempre han considerado que el *puai* es un tónico que les levanta el ánimo, Claire. Pero Rasmussen no quiso arriesgarse a vender únicamente una tradición, del mismo modo como los que antiguamente preconizaban el uso de la mandrágora sabían que esta

planta era excesivamente poco volátil para ejercer efectos anestési-
cos, si no se la mezclaba con opio. Lo que Rasmussen hizo desde
el primer día y aún sigue haciendo, es mezclar los ingredientes del
puai con los de la babosa marina...

—Creo que había oído hablar de esto. ¿En qué consiste?

—Los indígenas recogen estas babosas en las rocas y escollos de
la costa, después las abren, hierven sus entrañas y las curan al sol.
Gozan de una gran popularidad en Fidji; según recuerdo muy bien,
de allí exportan este producto a China. La babosa de mar es un
estimulante más fuerte, lo que Morrell solía llamar «afrodisíaco para
los desenfrenados». Sam Karpowicz dice que en los Estados Unidos
tenemos cien drogas mejores que producen los mismos resultados.
Yo no sé una palabra sobre promoción de ventas y supongo que este
inofensivo hierbajo se pondrá de moda y no hará daño a nadie. En
cambio, los Hackfeld amasarán millones de dólares y entonces tal
vez sienta deseos de organizar y financiar otras expediciones científicas.

Si el *puai* es una droga tan inocua y ordinaria, Maud, ¿por qué
alentaste a Lisa para que siga adelante con esta... con esta engañifa,
como tú dijiste?

—Te repito, querida, que es completamente inofensiva y en cambio puede hacer un poco de bien. Estos indígenas están convencidos
de que los rejuvenece. Lisa también lo cree. Quizás otros lo piensen
igualmente. Así, es posible que se convierta en un estímulo psicológico para quienes la compren.

—Aún así, lo veo...

—Otra cosa, Claire. Cuando una mujer llega a los cuarenta años
y tiene suficiente juicio para no intentar ocultarlos a una sociedad
como la nuestra, donde sólo triunfan las de veinte, creo que tiene
derecho a buscar lo que sea, dentro del límite razonable, para mantenerse activa y ocupada. Tiene que escuchar la voz de su corazón,
no la de su cuerpo. Con este nuevo producto, Lisa será una joven de
cuarenta años, no una vieja cuarentona, y seguirá joven cuando
cumpla cincuenta y cuando cumpla sesenta; así tendrá un lugar y
una misión en la vida. Hablo por experiencia, Claire. Un día lo comprenderás. Lisa va por buen camino y encontrará en mí toda clase de
aliento.

Mientras permanecía sentada frente a Maud, escuchándola y fumando, Claire fue comprendiéndolo poco a poco. Maud había encontrado su planta de *puai*, que se llamaba las Tres Sirenas. Claire sentía
simpatía por Lisa y Maud. Ella tenía veinticinco años, Lisa le llevaba
quince y Maud treinta y cinco; sin embargo, Claire no se sentía más

joven que ellas, porque la edad no se cuenta únicamente por años sino por los reveladores círculos que creaba el sentimiento de abandono y el no saberse querida. Claire sabía que, mirando las cosas de una manera objetiva, ella contaba con la ventaja de tener menos años, lo cual equivalía a la promesa de una vida más larga —de lo único que se podían jactar los jóvenes de veinte y treinta años—, pero esta ventaja no bastaba, pues no se aprovechaba de ella y en cambio le faltaba una droga mágica o una expedición científica que llenase su vida.

—¿Dónde hemos quedado? —preguntó Maud.

Claire tomó de nuevo el cuaderno y el lápiz, pero antes de que pudiera reanudar el hilo del dictado, se oyeron voces en el exterior, como si un hombre y una mujer discutiesen y luego Harriet Bleaska entró por la puerta, con expresión de disgusto, lo cual no era peculiar en ella.

—Te digo, Maud, que ese Orville Pence... —murmuró; luego se apercibió de que había dos personas en la cabaña—. Ah, hola, Claire. —Se volvió a Maud—. ¿No podría verte a solas, hoy? Necesito tu consejo y he pensado que...

—El mejor momento es ahora —repuso Maud.

Claire se levantó inmediatamente.

—Podéis hablar. Yo me voy.

—Muy bien, Claire —dijo Maud—. Continuaremos el dictado dentro de... vamos a ver... quince minutos.

* * *

Cuando Claire hubo salido, Maud giró en su asiento y prestó toda su atención matriarcal al patito feo.

—Hablabas de Orville Pence cuando entraste. ¿Se refiere a Orville lo que tienes que decirme?

—¿Orville? —repitió Harriet Bleaska—. Ah, Orville... —Movió la cabeza y se sentó en el banco—. Está más loco que una cabra —dijo—. No lo entiendo. ¡Un muchacho tan simpático como era! Ahora se pasa la vida dirigiéndome observaciones sarcásticas y ahora mismo, ahí fuera, se ha abalanzado sobre mí, para agarrarme el brazo con tal fuerza que me ha hecho daño, tratando de arrastrarme a no sé dónde para hablar. Yo le dije que esperase, pues tenía algo más urgente en la cabeza, algo que deseaba comentar contigo. Entonces volvió a ponerse tonto, y yo me limité a volverle la espalda y dejarlo plantado.

Maud hacía gestos de asentimiento mientras escuchaba las palabras de Harriet.

—Sí —dijo—. Esta clase de expediciones suelen afectar a veces de manera negativa a algunos de sus participantes. El cambio de ambiente, los esfuerzos por adaptarse a una cultura completamente distinta, terminan a veces por poner excesivamente nerviosas a algunas personas.

Al decir esto pensaba en la discusión que había sostenido aquella semana con Sam Karpowicz, que atacó violentamente los métodos pedagógicos de las Tres Sirenas, furioso porque su hija Mary había tenido que asistir a una clase determinada. Recordaba también la discusión que sostuvo anteriormente con el propio Orville, y sus gazmoños y pedantes comentarios, propios de un misionero, sobre la sociedad de las Tres Sirenas y las relaciones que sostuvo Harriet con el paciente nativo que falleció. Incluso Rachel DeJong, por lo general tan remota y serena, demostró nerviosismo durante toda la semana. Y además, pensó Maud, allí estaban su propio hijo y su nuera, que cuando se mostraban juntos en público, lo eran todo menos la estampa del amor conyugal.

Quizás había llegado el momento, se dijo Maud, de hacer sentir la autoridad con que se hallaba investida, como directora del grupo, para reunirlos a todos, hacerles exponer y airear las presiones a que aquella empresa los había sometido, y esforzarse por apaciguarlos y calmarlos con los recursos que su experiencia le permitía emplear. Pero allí ante ella estaba la enfermera Harriet Bleaska, que iba a exponerle sus cuitas, y Maud comprendió que debía atenderla.

—No sé ni por asomo, Harriet, por qué se comporta Orville de este modo —mintió— pero si continuase importunándote, házmelo saber. Ya encontraré manera de hablarle.

—No será necesario —se apresuró a contestar Harriet, algo más calmada—. Ya me entenderé yo con él. Probablemente se ha levantado de mal humor.

Su disgusto era superficial, no tardó en disiparse y Maud la vio sonreír.

—¿Por esto querías verme esta mañana? —preguntó Maud, tratando de dominar su impaciencia ante aquella interrupción en su trabajo.

—No, no era eso. En realidad, he venido para... para hablar contigo confidencialmente.

—Vaya, Harriet. —Maud vaciló antes de continuar—. ¿Te ocurre algo?

Harriet sacó un cigarrillo y se puso a encenderlo con nerviosismo.

La vio más seria aquella mañana, que en cualquier otro momento desde que formaba parte del equipo.

—No es que me pase nada —dijo la enfermera, envuelta en una nube de humo—. Se trata de algo que quería comentar contigo... teniendo en cuenta tu cultura y tu experiencia...

Se interrumpió, esperando que Maud la invitase a continuar.

—Si puedo hacer algo por ti...

—En realidad, quiero que me informes de algo —dijo Harriet—. He estado pensando en ello. Tú has participado en muchas expediciones y conoces a otras personas que también han participado en ellas. Has estado en la Polinesia otras veces...

—Sí, todo eso es cierto.

—Pues... bien... ¿Has oído hablar... conoces algún caso de mujeres blancas, norteamericanas, participantes en expediciones científicas..., que... bien... pues se hayan quedado, hayan resuelto no regresar a los Estados Unidos?

Maud contuvo un silbido. Aquello empezaba a ser prometedor. Pero su rostro abotargado permaneció imperturbable y sus brazos rollizos no se movieron.

—Pregunta muy interesante —dijo con la mayor seriedad—. Como ya os he dicho a todos, conozco casos de mujeres que cohabitaron con indígenas, vivieron con ellos y tuvieron hijos de sus amantes nativos. En cuanto a lo que tú me preguntas, o sea si hay mujeres que se hayan quedado a vivir para siempre con un indígena o, simplemente, a vivir en una sociedad primitiva, recuerdo muy pocos casos. Y no los conozco de primera mano. Aunque sí, en efecto, algunas etnólogas lo han hecho.

—Yo no pensaba en las etnólogas —dijo Harriet—, sino en una mujer corriente y vulgar... sin carrera... En ese caso, le resultaría más fácil, ¿no?

—No sabría decírtelo, Harriet. Eso depende mucho de la mujer. Además, las mujeres son un caso aparte. Con los hombres es distinto. Conozco muchos casos de hombres de mi propia profesión que se han vuelto nativos... que se han quedado, como tú dices.

—¿Ah, sí? —exclamó Harriet, ansiosa—. ¿Y fueron felices? ¿Les dio resultado, quiero decir?

—Es difícil saberlo con certeza —dijo Maud—. Sí, creo que sí; supongo que muchas veces ha dado buen resultado.

—¿Conoces de verdad alguno de estos casos?

—Desde luego. Algunos se han convertido en una leyenda y aún son objeto de discusión entre los etnólogos. Hubo un etnólogo que se fue a Extremo Oriente para estudiar la tradición budista. El tema

lo mismo que aquellas gentes y su modo de vida lo fascinó hasta
tal punto, que se convirtió al budismo y se hizo bonzo. Probablemente se encuentra en la actualidad en alguna remota lamasería. Había
otro joven, que yo conocí, un antropólogo que efectuó una expedición científica al África Central... Cuando su estudio terminó, se quedó allí, sin pensar en volver a Norteamérica. Luego hubo otro que
se fue al sudoeste de los Estados Unidos para estudiar a los indios
Pueblo. Terminó renunciando a su antigua vida y hoy vive con los
pueblos. Esto me recuerda a Frank Hamilton Cushing, un etnólogo
de Pensilvania. Fue a Nuevo Méjico para estudiar a los indios zuñi,
publicó un libro titulado *Mitos zuñis sobre la Creación* y se sintió
tan atraído por la vida de aquellas gentes, que no volvió jamás al
Este, abandonó la literatura y se convirtió en un verdadero indio.
Falleció en 1900, convertido en un auténtico zuñi. Y para final dejo el
mejor de todos... ¿Has oído hablar alguna vez de Jaime de Angulo,
que trabajaba en Berkeley, en California?

—No... no creo —dijo Harriet.

—Es una historia que parece increíble, pero es verdad —dijo Maud
muy satisfecha—. Jaime de Angulo era español... había nacido en
Castilla, recibió una educación cosmopolita y su padre le hizo visitar las principales capitales europeas. Después de completar su educación en Francia, fue a los Estados Unidos y se doctoró en Medicina
en la John Hopkins University. Después se trasladó a California,
estudió con Kroeber y fue amigo de Paul Radin. Pero en realidad él
era un lingüista, un filólogo, capaz de escribir a la perfección en
español, francés e inglés. Esto no le impedía ser un tipo muy excéntrico. Sólo te diré, que... oh, ya sé que esto no te interesa, pero lo
digo a título de simple curiosidad... Se dice que solía ir en cueros
por su casa de Berkeley, y a veces salía al jardín en traje de Adán,
o vestido como los indígenas de las Sirenas, o sea llevando únicamente
unos suspensorios, lo cual horrorizaba a sus vecinos. Pero dejemos
eso. Lo importante es que participó en expediciones para estudiar
a los indios mexicanos y a los que aún quedaban en California. Como
resultado de ello, escribió una excelente obra sobre los dialectos de
varias tribus amerindias. Cuando trabajaba entre los indios, vivía
como ellos y se adaptaba a sus costumbres. Terminó por encontrar
más de su agrado esta clase de vida que la civilización y entonces se
decidió a adoptarla. Tenía una casa en Big Sur, pero cuando decidió convertirse en un aborigen, convirtió su casa en algo parecido
a un hogan indio. Cegó las ventanas, colocó una chimenea en el centro de una habitación, abrió un agujero en el techo encima del hogar,
al estilo indio, y después se dedicó a asar la carne sobre las brasas,

desnudo como un piel roja, canturreando tonadas indias y golpeando tambores. Se convirtió en un indígena vengativo y estoy segura
de que se sentía más feliz así. Ruth Benedict deseaba estudiar la vida
india y escribió a Jaime de Angulo para pedirle que le presentase a
varios pieles rojas capaces de proporcionarle datos acerca de sus
ceremonias y todo lo demás. Jaime se indignó y escribió a Ruth Benedict: «¿No comprendes que son precisamente estas cosas las que
destruyen a los indios?» Quería decir física y espiritualmente. Y añadió: «Y la culpa es vuestra, de los etnólogos, con vuestra malhadada
curiosidad y vuestra sed por obtener datos científicos. ¿No sois capaces de comprender el valor psicológico que puede tener el secreto
a un determinado nivel cultural?» Y terminó con estas palabras: «Yo
no soy un antropólogo, sino medio indio, o más que medio. Recuerda
que Cushing destruyó los zuñi». Ahí tienes algunos casos, Harriet.

—¿Y por qué cambiaron así de vida, los etnólogos que acabas
de mencionar? —preguntó Harriet, pensativa.

—Yo sólo puedo darte mi opinión, mi opinión de persona culta.
A mi entender, esas personas capaces de abrazar la vida de los indígenas no poseen vínculos especiales con la vida civilizada. A veces
se trata de personas insatisfechas, descontentas de su vida o de la
civilización. Tom Courtney es un buen ejemplo de ello, un ejemplo
buenísimo. Hasta cierto punto, ha quemado sus naves y está «haciendo el indio», como Angulo. Creo que deberías hablar con él.

—Ya lo he hecho —dijo Harriet.

—¿Ya has hablado con Tom? —Maud no pudo contener su sorpresa—. ¿Y qué te ha dicho?

—«Mi caso es demasiado personal, me dijo. Ve a hablar con Maud
Hayden. Ella ve las cosas con más objetividad y posee conocimientos
grandiosos.» Y aquí me tienes.

—Bueno, me siento halagada por lo que ha dicho Courtney de
mí, pero la verdad es que mis conocimientos no son grandiosos y en
último término, esta decisión tiene que adoptarla la propia persona
interesada. Supongo que esos etnólogos que se quedaron a vivir entre los indígenas, hallaban mayores satisfacciones en este género de
vida. Pensándolo bien, ¿cuál es la unidad ideal básica de la Humanidad? En realidad es bastante pequeña. Cuando se trabaja en una
pequeña unidad como este poblado de las Sirenas, nos sentimos in-
tegrados en ella absorbidos por ella, y resulta una sociedad primitiva
y permanece en ella seis semanas o cincuenta, da lo mismo, es probable que consiga abandonarla. Pero si permanece allí dos años, ya
se le hará más difícil marcharse. Y si se queda cuatro o cinco años,
como Cushing y Angulo, se adaptará por completo a la vida de la

sociedad primitiva, que le parecerá la única natural. Así, si el recuerdo que guarda de su vida entre la civilización no es demasiado bueno, la nueva vida puede ejercer un gran atractivo. Además se crean nuevas amistades y cuesta dejarlas. Bajo el punto de vista ideal, un etnólogo no debería convertirse en un nativo, pues ante todo, debe fidelidad a su trabajo. Tiene que saber trazar una fina línea divisoria entre él y las gentes que estudian, evitando dejarse absorber por ellas. Una sociedad como la de las Sirenas resulta muy seductora. En un lugar así, he tenido que recordarme quién soy, y decirme que debo mantener mi identidad cultural. No olvidaré ni por un momento que soy antropólogo, que pertenezco a una tradición cultural propia y que debo vivir de acuerdo con las normas de mi propia sociedad. Me recuerdo constantemente que rendiría un flaco servicio a la Etnología si no regresara a los Estados Unidos con todo el material que aquí he recopilado, a fin de analizarlo y publicarlo para beneficio de mi propia patria. Pero esto no se aplica a tu caso, pues es posible que no sientas un interés muy particular por los deberes propios de mi profesión.

—Eso es verdad —admitió Harriet con franqueza.

Maud observó a la fea joven entornando los ojos y con vivo interés.

—¿Quieres decir, Harriet, que esto te concierne y deseas saber qué efectos podría producir en ti la vida en las Tres Sirenas, en el caso de que te quedaras para siempre en la isla? ¿Es esto lo que piensas?

—Sí, Maud.

—Vaya, esto es muy grave. ¿Ya lo has pensado bien? ¿Y has pensado cuál puede ser la razón de este cambio?

—Sí —dijo Harriet, con volubilidad casi excesiva—. Pero es la única solución posible.

—Perdona, pero no te entiendo. ¿Qué quieres decir con eso?

Harriet exhaló un suspiro.

—Quiero decir que he encontrado el único sitio sobre la tierra donde no estoy de más. Que yo sepa, no existe otro. La verdad es que en mi patria no encontré el amor, cariño, afecto ni hospitalidad. —Hizo una pausa y luego agregó hablando muy de prisa—: Entre nosotros todo está podrido, Maud, aunque tú no lo sepas. Tú no sabes lo que es criarse en los Estados Unidos sabiendo que eres... una chica poco atractiva. Allí hay que ser una estrella de cine, o al menos guapa o bien parecida. Ésta es la pura verdad. Para nuestros hombres, yo soy cero... un cero a la izquierda. Ninguno se digna dirigirme más de una mirada, y mucho menos salir conmigo y mucho

menos aún —eso, ni pensarlo— casarse conmigo. Así me he ido con-
sumiendo en un rincón... No puedes imaginarte lo que es eso. Cuando
los chicos de la universidad, de los hospitales, descubrieron que yo
sabía ser muy cariñosa con ellos —algo tenía que hacer para procu-
rarme compañía— entonces sí, entonces salieron conmigo. Y descubrí que yo valía más que las chicas corrientes para hacer el amor.
Bajo este punto de vista, no tenía ninguna dificultad en encontrar
todos los hombres que quería, pero nuestras relaciones no tenían
que salir de allí. A pesar de todo, algunos se prendaron de mí y se
cegaron hasta el punto de creer que me querían como mujer, y de
que incluso deseaban casarse conmigo. Pero por último se aperci-
bieron de mi cara y mi figura y pensaron que preferirían tener una
esposa de facciones y figura agradables, que pudieran exhibir ante
sus amigos, aunque fuese insípida y aburrida en la intimidad. Y entonces me dejaban, aunque sabían que conmigo hubieran sido más
felices. ¿Quieres decirme pues qué futuro me espera si regreso? La
verdad es que no tengo familia. Sólo unos cuantos parientes en el
Midwest, que ya tienen bastante con sus propias preocupaciones.
Estoy sola, no dependo de nadie, así que nada me retiene. Si vuelvo
a los Estados Unidos, veo extenderse ante mí la perspectiva de más
hospitales tétricos y clínicas, otros apartamientos solitarios y fríos
por la noche, hasta que un nuevo interno o un médico joven descubra
mis encantos secretos y pase una temporada conmigo, se canse y
me deje para ir a casarse con cualquier maniquí. ¿Comprendes lo
que quiero decir, Maud? ¿Comprendes de lo que quiero librarme?
    Impresionada a pesar suyo, Maud asintió con gravedad.
    —Sí, Harriet, lo comprendo.
    —En cambio, aquí —claro que sólo llevamos tres semanas en la
isla— me parece estar en el paraíso. Aquí nadie se fija en mi cara,
ni en mi figura, a nadie le importa que sea fea. Lo que aquí tiene
valor es saber que soy afectuosa, y decente, y que me gusta amar y
ser amada y eso me transfigura ante estos maravillosos pasmarotes,
que hasta llegan a encontrarme hermosa. ¡Imagínate, hacerme Reina
de la Fiesta a mí, precisamente a mí! Y no se trata de una fascinación pasajera, no, ya he pensado en eso; yo soy extranjera, blanca,
distinta a sus mujeres, pero soy una maestra consumada en lo que
aquí se considera importante, más importante de lo que parece.
Desde luego, me he preguntado lo que será vivir aquí cuando ya no
sea una atracción pasajera, sino uno de ellos, día tras día, año tras
año. Pues te diré una cosa, Maud: creo que no tendré que lamentarlo.
He visto cómo los hombres de aquí tratan a sus mujeres y he comprobado la libertad de que éstas disfrutan y lo que se divierten.

Entre nosotros no hay nada comparable. Esto tiene mucho gancho y no pasará.

Contuvo el aliento.

—La verdad es que no quería soltarte este rollo. Sólo quería pedirte una cosa. Durante las últimas semanas he escuchado una docena de proposiciones de matrimonio... es verdad, puedes creerlo. Para mí esto es muy halagador. Pero aquí hay un joven que realmente me ha impresionado. Es una persona muy seria, que yo consideraba bastante fría y reservada, aunque en realidad su reticencia se debía a que me amaba y temía no poder ofrecerme bastante. Pero cuando llegó el festival, él me envió un collar, como aquí es costumbre, nos encontramos y hablamos largo y tendido... nada más. Y anoche me propuso muy serio que nos casáramos; quiere que sea su esposa; para toda la vida. ¿No imaginas a quién me refiero? A Vaiuri, el practicante, que está al frente de la enfermería y con quien he estado trabajando. Es un joven inteligente, culto para estas tierras, está enamorado de mí y quiere que sea su esposa. Su mayor deseo sería que me quedara aquí para siempre, sin regresar a los Estados Unidos. Te aseguro que esto no es cosa baladí... es como haber descubierto mi verdadera patria, donde seré honrada, dichosa y respetada. Pero aún no le he dado una respuesta concreta porque... ¿por qué?... porque si bien detesto mi lugar de origen y la vida que allí he llevado, a pesar de todo continúo sintiéndome una joven norteamericana, por extraño que parezca, aquí donde Cristo dio las tres voces, lejos de la *civilización*, como la llamamos con ironía. Así es que no sé, estoy indecisa, sin saber qué partido tomar. Y deseaba conocer tu opinión, que para mí es muy valiosa. Aunque comprendo que, en último término soy yo misma quien debe decidir.

Hacía tiempo que Maud Hayden no se sentía tan conmovida. Una voz interior le decía que se dirigiese a aquella joven solitaria para gritarle: Quédate aquí, por Dios, quédate aquí y no vuelvas, pues aquí conocerás lo que es ser querida y descubrirás la felicidad. Pero Maud no podía meterse en la piel de la enfermera. Se hallaba acostumbrada a adoptar el papel de observadora, de persona que recibe de los demás y no de persona dadivosa, y le faltaba valor para meterse en una vida ajena. Así es que hizo un esfuerzo por contenerse.

—Sí, Harriet, comprendo que la proposición de Vaiuri sea muy halagadora para ti, y que la vida en las Sirenas quizá te resultase más agradable que la vida en los Estados Unidos. Desde luego, tienes que estudiar la cuestión con realismo y meditarla muy bien. Pero como ya has adivinado, no me atrevo a aconsejarte. Debes adoptar tú misma la decisión pertinente. Estoy segura de que adoptarás la decisión apropiada. Si decidieras quedarte, yo te ayudaría por todos los medios. Si decidieras volver con nosotros, siempre me tendrás a tu disposición para ayudarte en lo que pueda.

Harriet se puso de pie, imitada por Maud, quien se levantó por deferencia hacia el dilema con que se enfrentaba el alma de la joven enfermera.

Harriet sonrió y dijo:

—Gracias, Maud, por haberme hecho de madre. Ya te comunicaré lo que haya decidido.

—Eres una personilla juiciosa —dijo Maud— y sé que harás lo que sea más conveniente para ti.

Harriet hizo un gesto de asentimiento, abrió la puerta, pasó por ella, la cerró con muestras de respeto y salió al poblado, que se abrasaba bajo los rayos del sol.

* * *

Al pasar frente a la cabaña de Claire Hayden, la enfermera aminoró el paso, tratando de ver si Claire estaba dentro. Harriet sentía que su dilema era menos secreto, después de haberse quitado aquel peso de encima. Hubiera deseado que Claire estuviera presente cuando se confesó con Maud. En aquellos instantes sentía acuciantes deseos de visitar a Claire y comentar la proposición de matrimonio que le habían hecho con una persona de su propia edad, para oír los comentarios de Claire. Pero ésta se había mostrado algo distante durante la semana que acababa de transcurrir. Tal vez tuviese otras cosas en la cabeza. Así, Harriet decidió continuar hasta su propia choza. Era posible que Rachel DeJong estuviese allí y, en tal caso, Harriet podría contar con su valioso consejo profesional

Cuando la enfermera se encaminaba de la choza de Claire a la suya, vio una silueta entre las sombras. Era alguien que estaba apoyado en la pared de su propia cabaña. Al verla aparecer y reconocerla, Orville Pence salió de entre las sombras y avanzó a su encuentro.

—Harriet, tengo que hablar contigo. —El tono de voz de Orville era tenso y brusco y un tic nervioso contraía su ojo derecho y su larga nariz—. Aunque trates de rehuirme, tendrás que escuchar lo que tengo que decirte.

—No he tratado de rehuirte, pero ahora sí lo hago, porque no me gusta que me hablen con sarcasmo. Me gustaría saber que te pasa.

—Siento haberte hablado en este tono. Sólo deseo serte útil. Quiero serte útil.

El interés de Harriet se despertó por primera vez. Buscaba alguien que la aconsejase y allí estaba una persona que, pese a su desconcertante conducta, le ofrecía su ayuda. Se dejó dominar por la curiosidad.

—Muy bien —dijo— pero, al menos, salgamos del sol y vayamos a la sombra.

Se metieron entre las dos chozas y al llegar al pie de la ventana posterior de la que ocupaba Harriet, se detuvieron y se volvieron para mirarse.

La enfermera vio que Orville la miraba fijamente a la cara como si acabase de descubrirle una erupción, y se llevó maquinalmente la mano a la frente y la mejilla para comprobar si le había salido un sarpullido después de desayunar. Cuando aquel mudo examen empezó a desazonarla, decidió tomar la iniciativa.

—Dices que quieres hablar conmigo, Orville. ¿De qué se trata?

Con cierta agitación, él se rascó la calva, quemada por el sol y después se subió las gafas de concha, que resbalaban por el sudoroso puente de su afilada nariz.

—¡Lo sé todo! —estalló de pronto.

Harriet se quedó de una pieza. ¿Se refería a sus relaciones con Vaiuri? Y si era así, ¿cómo lo sabía? No se lo había contado a nadie excepto a Maud y de eso apenas hacia unos minutos. Después pensó que quiza Vaiuri lo había revelado a Orville o a sus amigos indígenas y éstos a su vez, se lo habían contado a Pence.

—¿Qué sabes? —preguntó.

—Lo que saben todos. Ahora es del dominio público. Ya puedes figurarte a que me refiero.

—Sí —dijo ella poniéndose a la defensiva—, es verdad, pero no tengo nada de que avergonzarme. Por el contrario, me siento orgullosa de ello.

—¿Qué te sientes orgullosa de ello? —dijo Orville, con su temblorosa voz de falsete y expresión de terror en la mirada.

—¿Por qué no tengo que sentirme orgullosa? —preguntó Harriet a su vez—. Es uno de los hombres más cultos e importantes del poblado. No es un salvaje. Me respeta y yo me sentiré muy orgullosa de ser su esposa.

Harriet nunca había visto a un hombre alcanzado por el rayo, pero estaba segura de que su aspecto debía de ser muy similar al que entonces mostraba Orville Pence. Se estremeció como si un chispazo eléctrico hubiese recorrido su cuerpo.

—¿Su esposa? —repitió estupefacto—. ¿Piensas casarte con uno de ellos?

Harriet se hallaba sumida en un mar de confusiones.

—¿Es que no lo sabías? ¿No dices que todos hablan de ello y que es del dominio público? Creía que te referías a la proposición de matrimonio de Vaiuri. ¿A qué te refieres, pues?

—¿Que Vaiuri te ha hecho una proposición de matrimonio?

—Orville, si no dejas de repetir como un loro todo cuanto digo, te dejo aquí plantado —dijo ella, indignada—. Tendrías que oírte. Produces lástima. ¿Pero qué demonios has descubierto, que parece tan espantoso?

—Tu aventura con Uata, el indígena que murió...

—Ah, eso —dijo Harriet, encogiéndose de hombros con disgusto.

Él la agarró fuertemente del brazo.

—¡Espera un momento! ¿Cómo te atreves a hablar tan a la ligera de esto... como si no tuviera la menor importancia? Tienes que saber que ha sido la comidilla del poblado. Incluso yo he tenido que enterarme. Nunca me había sentido tan escandalizado al pensar que... que uno de nosotros, una joven decente de los Estados Unidos... se había dejado seducir por un mulato y... y además primitivo...

La sorpresa de Harriet se convirtió en franca irritación.

—Él no me sedujo, estúpido, sino al contrario: fui yo quien lo seduje. ¡Y a ambos nos gustó muchísimo, y lo volvería a hacer si se me presentase la ocasión!

Orville se encogió ante esta ofensiva verbal, le soltó el brazo y ella acabó de desasirse. El corazón de Pence latía tumultuosamente; se sentía incapaz de creer aquella monstruosa afirmación y se apoyó en la cabaña como si fuese el Muro de las Lamentaciones.

—Tú... no sabes... no sabes... lo que dices —tartamudeó—. Te han... te han... embrujado... no estás en tus cabales...

En aquel instante ella sintió compasión del pobre sabio soltero y solo en la vida.

—Orville, siento haberte causado esta decepción. No podía suponer que mi pureza te interesase hasta tal punto. Pero aunque lo hubiese sabido... lo siento, pero igualmente hubiera hecho lo que hice, porque el pobre muchacho se moría y era un acto de caridad. ¿A qué se debe tu agitación? ¿Por qué lo has tomado tan a pecho?

—Es que pienso en... en... el equipo... en nuestra dignidad, en la posición que aquí ocupamos...

—Pues Maud dice que nuestra posición ha salido ganando a consecuencia de eso, así es que no tienes por qué preocuparte.

Los ojos de Orville se clavaron de nuevo en su cara.

—Y ahora —dijo— si mi oído no me engaña, vas a casarte con un indígena...

—Aún no lo he decidido. El practicante con quien trabajo es un joven encantador. Se me ha declarado y debo reconocer que me siento muy halagada.

—Harriet, no puedes hacer eso. ¡Perderás... perderás tu pasaporte norteamericano!

Esta afirmación resultaba tan cómica, que Harriet tuvo que hacer esfuerzos para no reír. Pero su incipiente hilaridad desapareció, al observar las contraídas facciones de su interlocutor.

—Mira, Orville, te regalo mi pasaporte. ¿De qué me sirve? ¿Me ha servido para conseguir en mi país un hombre de verdad? ¿Me ha proporcionado declaraciones de amor? ¿Un hogar e hijos? ¿Un matrimonio decente? ¿Y me ha proporcionado amor?, no, no me ha proporcionado nada, como no sea un par de estupendos viajes con sendos sinvergüenzas norteamericanos que se negaron a hacer de mí una mujer decente. Y esto no me basta. Es muy agradable la compañía, pero yo la quiero para todas las horas del día. No quiero ser sólo una mujer, sino una esposa y madre...

—¡Cásate conmigo! —vociferó Orville.

Harriet Bleaska se quedó boquiabierta, incapaz de continuar.

—Hablo en serio —gritó Orville con fervor—. Cásate conmigo, y te daré un hogar e hijos.

Harriet se esforzó por dominar su sensación de jubiloso orgullo.

—¿Por qué? —dijo en un susurro—. ¿Quieres salvar un alma, rescatar a una mujer caída en el fango?

—Siento celos de ellos —dijo él con vehemencia—. Sí, siento celos y no voy a permitir que se queden contigo. Quiero sacarte de aquí. Te quiero. Yo... nunca he estado enamorado... pero nunca había sentido lo que ahora siento... supongo que debe de llamarse amor.

Ella se acercó más a su compañero, llena de compasión.

—¿Te das cuenta de lo que dices, Orville?

—Sí, ¿quieres casarte conmigo? —insistió con terquedad.

Ella le tocó la manga de la camisa y notó que su brazo huesudo temblaba.

—Orville, apenas nos conocemos.

—Yo sí te conozco y no estoy dispuesto a que te eches a perder casándote con... como se llame... con ese practicante... Quiero que vuelvas conmigo a los Estados Unidos. Es más justo que te cases conmigo. Yo puedo hacerte más feliz.

—¿Quieres que vuelva contigo a... dónde vives... sí, a Denver? ¿Quieres casarte conmigo?

—Es la primera vez que me declaro a una chica. Una vez estuve a punto de hacerlo, pero no lo hice por culpa de mi... de mi madre...

—¿Y qué diría tu madre, tu familia?

—Que digan lo que quieran. Eso me tiene sin cuidado. Al estar lejos de todos ellos, he visto las cosas de manera diferente. Harriet, no quiero que te cases con ese indígena, porque...

—Espera un momento, Orville. Ahora suceden tantas cosas a la vez, que casi no tengo tiempo de respirar. Durante un cuarto de siglo todo indicaba que me quedaría para vestir santos y hete aquí que, de la noche a la mañana, me llueven declaraciones por todos lados.

Se puso a examinarlo y en aquel calor agobiante, que hacía temblar el aire, tuvo lugar una curiosa alquimia: el rostro de Orville le pareció la cara de la suegra de alguien. Contuvo el aliento y por su mente empezaron a cruzar imágenes... se veía representando el papel de esposa de Vaiuri en las Sirenas, de Mrs. Pence en Denver... y la dominó una sensación de inseguridad.

—Orville —le dijo mientras lo sacaba de la sombra y lo conducía hacia la puerta—. Antes de darte una respuesta... será mejor que entremos a sentarnos... prepararé el té y hablaremos... sí, es mejor que hablemos un poco, tu y yo.

* * *

Por lo general, cuando trabajaba con sus tres bandejas revelando negativos, fijándolos y lavándolos, Sam Karpowicz se hallaba tan absorto por su trabajo, que se olvidaba del mundo exterior. Para él, la cámara oscura, ya fuese una tosca choza de las islas Fidji o México, o la que tenía detrás de su casa en Albuquerque, o la que ocupaba en aquellos momentos en las Tres Sirenas, eran todas otras tantas cápsulas aisladas donde el tiempo se había detenido. En sus cámaras oscuras, absorto en las imágenes que había arrancado al mundo de Dios, donde todo era fluido y en continuo devenir, para fijarla sobre el papel en su propio mundo, donde todo era inmóvil e inmortal, Sam huía de las amenidades y apremios de la vida. En sus cámaras oscuras no había citas, reuniones sociales, competencias, ni había que arreglarse y acicalarse para asistir a cenas y banquetes.

Por consiguiente, era extraño, pensó Sam mientras lavaba las copias en blanco y negro y después las ponía en el secador, que sintiese aquella punzada de hambre. Cuando acercó su reloj de pulsera a la lámpara rojiza alimentada por pilas, las manecillas confirmaron lo que sentía su estómago. Eran ya las doce y media, lo cual significaba que Estelle lo esperaba con el almuerzo y él tenía apetito porque esceptuando el zumo de frutas que había sido todo su desayuno, no se había llevado nada a la boca desde hacía más de quince horas.

Se despertó al amanecer e incapaz de dormir de nuevo, dejó a Estelle sumida en su sudoroso sueño y a su desazonada Mary detrás de la puerta continuamente cerrada del segundo dormitorio de la parte trasera, y se encaminó a los montes próximos al poblado. Tenía la intención de herborizar un poco antes de ponerse a trabajar en la cámara oscura. Pero aquella mañana la botánica no conseguía interesarle. Así es que se dedicó a pasear por la espesura, recriminando al Hado por haberle enviado a aquel lugar abandonado de Dios.

Desde su estallido de cólera en la escuela, su hija no volvió a dirigirle la palabra, o, al menos, a hablarle con cortesía. Con su madre hablaba un poco más, pero no mucho. Se encerró en su habitación, en sí misma, negándose a comer con sus padres y a salir con ellos, apareciendo sólo unas cuantas veces al día para ir al lavabo. Mantenía cerrada a piedra y lodo su frágil puerta de cañas, pero a veces Sam oía que tocaba discos y que pasaba las páginas de un libro. Si el pensamiento no fuese silencioso, Sam estaba seguro de que también lo hubiera oído.

Tan seguro se hallaba de la razón que le asistía, que justificó su acción ante Estelle. Pero su esposa no quiso aliarse completamente con él. Al propio tiempo, empero, y en la esperanza de alcanzar la armonía familiar tarde o temprano, se negó también a defender la causa de Mary. Prefirió adoptar el papel de institución neutral, dispuesta a aceptar las dos partes litigantes sin juzgarlas, para que dispusieran de un sitio donde zanjar sus diferencias. Sam adivinaba esta actitud de Estelle pero adivinaba también que en el fondo era menos neutral de lo que aparentaba. A juzgar por pequeños y suaves comentarios que hacía, por las interjecciones que lanzaba mientras Sam arremetía contra el sistema pedagógico de las Sirenas o ponía en solfa los problemas de las adolescentes y trataba de imponer su autoridad de cabeza de familia, Sam sospechaba que sentía más simpatía por su afligida hija que por su ultrajado marido. Sin embargo, no podía estar seguro de los verdaderos sentimientos de Estelle, pues en verdad ésta no los había manifestado ni él tampoco la había invitado a que lo hiciese.

Durante la semana de festejos, a medida que su furor inicial ante aquella erótica sociedad se calmaba y se convertía en una actitud más objetiva, Sam Karpowicz llegó a la conclusión de que el tiempo terminaría por arreglarlo todo. Dentro de tres semanas, se dijo, cuando abandonasen la atmósfera de aquella isla y penetrasen en un ambiente más sano, volvería a ellos el buen sentido. Mary, se dijo, estaría ya más calmada para entonces y comprendería que su padre había obrado por su propio bien, con el resultado de que se mostraría más dócil. Entonces podrían hablar como dos personas razonables. Y todo se arreglaría en el mejor de todos los mundos, para emplear las palabras dirigidas por el Dr. Pangloss a Candide.

Así, mientras paseaba entregado a sus meditaciones a primeras horas de la mañana, Sam Karpowicz estableció una tregua con su inquieta conciencia. Después de alcanzar, aunque fuese a título temporal, la paz de su espíritu, descendió del monte y entró en la aldea y, para no perder su estado de parcial ecuanimidad, pasó frente a su choza sin detenerse y se dirigió a la cámara oscura.

Y desde entonces había estado revelando fotografías, hasta que los gritos que lanzaba su hambriento estómago le recordaron que no era más que un simple ser humano, frágil y perecedero. Incluso entonces, quizás hubiera hecho oídos sordos a la voz del hambre y se hubiera quedado para revelar una cuarta y una quinta serie de fotografías, si no hubiese empezado a faltarle las fuerzas bajo aquel calor agobiante. La cámara oscura, de dimensiones reducidísimas, era un lugar siempre caluroso, mucho más caluroso que el exterior a causa de la lámpara constantemente encendida bajo el armarito donde guardaba su herbario prensado, pero, aquel mediodía era un verdadero horno, completamente insoportable. Respirar aquel aire húmedo y sofocante era como tragar lenguas de fuego. Pensó que ya tenía bastante de aquel suplicio.

Después de colgar la última tira enrollada, apagó la lámpara roja y salió a la cegadora luz del día. Retrocedió instintivamente ante la luz solar, mientras buscaba sus gafas verdes, que por último encontró en el bolsillo del pantalón, y las colocaba sobre sus antiparras sin montura. Por fin pudo ver y, aunque afuera también hacía mucho calor, al menos se podía respirar.

Empezó a seguir el sendero que pasaba entre la cabaña de Lisa Hackfeld y la que ellos ocupaban. Al pasar frente a la ventana cerrada de Mary, mientras rodeaba la casa para dirigirse a la puerta delantera, se sorprendió de pronto al ver un rechoncho mozo indígena, no mayor que Mary, que salía de la cabaña. O según le pareció a Sam, acababa de salir por la puerta delantera. Sam levantó las gafas ahumadas para ver mejor y reconoció la figura del que se alejaba. Era Nihau, de quien Estelle le había hablado e incluso se lo había señalado una vez... el compañero de Mary en aquella ignominiosa escuela.

Sam Karpowicz montó instantáneamente en cólera. Había ordenado a Mary que rompiese toda relación con aquella asquerosa escuela. Prohibió a Estelle que permitiese la entrada en su casa del profesor de Mary y sus condiscípulos, en especial aquel Nihau, cuya influencia había sido claramente corruptora. Y la prohibición estaba en vigor, hasta el último día que estuviesen en las Sirenas. Pero, en flagrante desacato de su prohibición, Mary o Estelle o ambas a la vez, habían conspirado arteramente para recibir al indígena a espaldas de Sam.

Su primer impulso fue echar a correr en pos del intruso, para agarrarlo por el cogote y darle un buen correctivo verbal. Aquello bastaría para ahuyentar a los visitantes indeseables, hasta el día en que abandonasen aquella repugnante comunidad. Sam contuvo su impulso por dos motivos: desde el lugar donde estaba, entre ambas cabañas, no veía la puerta delantera de la suya y por lo tanto no podía asegurar con certeza que Nihau saliese de su casa; y aunque Nihau hubiese estado allí, Sam no podía estar seguro de si lo habían invitado a entrar o él se había presentado por su cuenta y si, una vez dentro, lo habían recibido amablemente o con hostilidad. Y si se tiraba una plancha con Nihau por no haberse informado debidamente, sólo conseguiría hacer el ridículo. Más valía informarse antes. Si resultase que Nihau se había introducido solapadamente en su casa, violando la santidad de su hogar con el artero propósito de atraer de nuevo a Mary a aquella escuela de malas costumbres, o con la intención aun más reprobable de cortejarla, Sam le partiría la cara al insolente joven, o lo acusaría ante Maud y Paoti Wright. Pero en cambio, si resultase que Mary o Estelle habían ido en busca del muchacho, atrayéndolo con malas artes, Sam las obligaría a cantar de plano, e inmediatamente.

Con aire agresivo y determinado a imponer su autoridad, Sam irrumpió en la cabaña. Su entrada fue tan impetuosa y ciega, tan atolondrada, que casi derribó a Estelle y tuvo que sujetarla para que no se cayese.

Cuando ella se repuso de la impresión le dijo:

—Ahora salía a buscarte. ¿Dónde has estado metido, Sam?

—En la cámara oscura —repuso él con impaciencia—. Estelle, tienes que...

—¿En la cámara oscura? He estado allí tres o cuatro veces y no te he visto.

—Pues allí estaba... no, espera, me he levantado muy temprano y he ido a dar un largo paseo... pero he estado allí más de una hora...

—En la última hora no he ido a mirarlo, es verdad. He estado muy atareada. Escucha, Sam...

—Escucha tú, Estelle —dijo Karpowicz, indignado de que las frívolas palabras de su esposa le impidiesen ir al grano—. Sé muy bien lo que te ha mantenido tan atareada durante esta última hora. Tenías aquí a ese condenado muchacho indígena, contraviniendo mis órdenes. No lo niegues. Estaba aquí, ¿verdad?

Estelle tenía la cara pálida, con las facciones tensas. Sorprendió a Sam verla tan envejecida, en el momento de decirse las verdades.

—Sí —contestó ella cansadamente—. Nihau ha estado aquí. Acaba de salir. Sam, yo...

Sam empezó a dar vueltas a su alrededor como un gallo encolerizado, dispuesto a largarle un terrible picotazo.

—Lo sabía, lo sabía —cacareó—. De modo que querías ponerte los pantalones, ¿eh? Claro, tú sabes lo que está bien y lo que está mal. ¿Qué tienen en la cabeza las madres de nuestro país? ¿Por qué están siempre tan seguras de saber lo que es bueno para sus hijas? Como si el padre no existiese. Como si el padre fuese un ciudadano de segunda clase, un siervo de la gleba, bueno únicamente para hacer dinero para esto, dinero para aquello, para matarse trabajando, para volver medio muerto a casa y, una vez en ella, que le echen una pizca de comida y le dejen decir un par de cosas a los hijos. Pues yo te digo que esto no lo acepto. Yo tengo voz y voto en esta casa y acaso mi voto sea más importante que el tuyo, en lo que se refiere a Mary. Si tú hubieses visto lo que yo vi en la escuela, esa indecencia frente a una niña de dieciséis años, escupirías a la cara de todos los que estaban en esa clase y especialmente a ese Nihau; se lo gritarías al oído, en vez de invitarlo aquí para que practique con nuestra hija lo que les enseñan. Ahora mismo voy a decírselo también a Mary. Ya estoy harto de mostrarme blando. Cuando las palabras no bastan, hay que pasar a los hechos. Esto se ha acabado y voy a demostrártelo...

—¡Cállate, Sam!

La orden de Estelle atravesó a Sam como una bala disparada a quemarropa. Lo paró en seco y lo dejó tambaleándose, herido y extrañado, a punto de caer. En los largos años que llevaban de casados, en los momentos buenos y en los momentos malos, en los días de prueba y en los días de prosperidad, Estelle nunca había empleado aquel lenguaje ni le había dirigido la palabra en un tono tan poco respetuoso. Aquéllo era el fin del mundo y era tan espantoso y apocalíptico, que el pobre Sam se quedó sin habla.

Pero Estelle no:

—Entras aquí como un loco, sin preguntar qué pasa, con modales impropios de un hombre civilizado, atropellándolo todo... como un verdadero loco, sí. No alcanzo a comprender que te pasa. Únicamente sé que desde el día en que estuviste en aquella clase y viste que tu hija contemplaba a un hombre y a una mujer, ambos personas decentes, que se habían desnudado para dar una lección de anatomía, pareces haberte sorbido los sesos. ¿A qué viene todo esto, Sam? ¿Quieres decírmelo?

Él fue incapaz de replicar porque aquella inesperada rebelión, aquel golpe de estado, lo había encontrado inerme, haciéndole morder el polvo. ¿Dónde estaban sus municiones?

Implacablemente, aquel bandido femenino continuó minando su autoridad paternal.

—Desde luego, Nihau ha estado aquí. ¿Quieres saber por qué? Y yo también te he estado buscando. ¿No imaginas el motivo? No, claro que no, tú sólo sabes gritar como un loco, como si te hubiesen dado una patada en los testículos. Quizás deberían dártela. A lo mejor lo hago yo. Te has propuesto hacernos la vida imposible, a mí y a Mary. ¿No preguntas si aún está aquí? Ahora te lo diré, pedazo de loco. No está en su habitación. No está en tu sacrosanto hogar. Se ha ido. ¿Me oyes? Se ha ido, se ha escapado, como en los seriales, ha huido de casa. ¡Se ha ido! ¿Te enteras?

Los hundidos ojos de Sam giraron en sus órbitas, tras sus gruesas antiparras, y sólo atinó a pronunciar una palabra:

—¿Mary?

—Sí, Mary, nuestra Mary, tu Mary, mi Mary; ha huido. —Estelle metió la mano en el bolsillo del delantal y sacó un pedazo de papel que tendió a Sam—. Aquí tienes su notita de despedida. —Mientras él se la arrebataba de las manos, Estelle recitó su contenido—: «Ya estoy harta. Vosotros nunca me comprenderéis ni haréis el menor esfuerzo por comprenderme. Me voy. No tratéis de encontrarme. No volveré. Mary».

Estelle quitó aquella nota infantil de las rígidas manos de su marido, volvió a metérsela en el bolsillo del delantal y miró a Sam. Éste parecía encontrarse aún en un estado catatónico. Sin embargo, ella continuó hablando, más calmada:

—Me imagino que ha sucedido así. Ella es un crío, lo mismo que tú. Tenía que hacer algo para castigarnos, a ti por tu estupidez y a mí por estar de tu parte en vez de defenderla a ella. Así, que después de pasarse una semana encerrada en su cuarto pensando, decide plantarnos. Esta mañana, al despertar, he encontrado la nota a mi lado. Su habitación estaba vacía. Tú te habías ido. Ella debió de esperar a que te fueses para huir. Adónde y cómo... no lo sé. Te he estado buscando toda la mañana, sin dar contigo. Y como no podía hacer otra cosa, me he puesto a pensar. ¿Qué podría hacer? He ido a ver a Maud Hayden. Ella ha llamado a Mr. Courtney y hemos ido todos a ver al jefe. Este ha organizado la búsqueda. Ya llevan dos horas buscándola. El muchacho indígena que ha estado aquí, Nihau —ojalá tuviésemos en Albuquerque chicos como éste, créeme— ha venido a decir cómo va la búsqueda y lo que pasa. Han salido cuatro grupos de hombres en cuatro direcciones distintas para tratar de encontrarla. Nihau también intenta dar con su paradero.

Sam empezó a mover la cabeza. Estuvo moviéndola diez segundos antes de poder hablar de nuevo.

—No puedo creerlo —dijo.

—Pues tienes que creerlo, quiéraslo o no —dijo Estelle—. Mary sólo tiene dieciséis años y a esa edad son capaces de todo. Y además de tener dieciséis años, está disgustada porque tú la has abandonado... tú, su padre idolatrado, su refugio, al que se lo cuenta todo... Y ésta ha sido su manera de saldar las cuentas.

—¿Y qué vamos a hacer? —dijo Sam, furioso—. ¿Quedarnos aquí como unos pasmarotes?

—Sí, precisamente eso es lo que vamos a hacer, Sam. ¿Adónde quieres que vayamos? No conocemos esta isla y sólo molestaríamos a los demás... si es que no nos extraviábamos y tenían que enviar a otros a buscarnos. Además, he prometido a todos que nos quedaríamos aquí... por si había noticias...

—¿Pero qué piensa esa chica? —interrumpió Sam, empezando a medir la estancia con sus pasos—. Mira que escaparse de casa... Es el colmo...

—Lo que menos me preocupa es que se haya escapado —dijo Estelle—. Esto no es América, sino una pequeña isla. No podrá ir muy lejos.

—Pero puede lastimarse... caerse en un agujero... tropezar con un animal salvaje, un cerdo o un perro rabioso... morirse de hambre...

—Es posible. Pero te repito que esto no es lo que más me preocupa. Los indígenas conocen la isla palmo a palmo. La encontrarán.

—¿Y si no la encuentran?

—La encontrarán, no te preocupes —repitió Estelle con firmeza—. Me preocupa mucho menos Mary que su padre.

Él se quedó boquiabierto.

—Significa, gracias a Dios, que la encontrarán tarde o temprano y nos la devolverán sana y salva. Pero yo no estaré tranquila. Nos la devolverán, sí, pero... ¿qué pasará cuando volvamos a Albuquerque y ella se reúna con sus atolondrados amigos? De ahora en adelante tendremos una chica rebelde que nos plantará cara, que nos desobedecerá y seguirá haciéndolo, a menos que consigamos hacer entrar en razón al cabezota de su padre.

—Vaya, con que la culpa es mía.

—No digo que toda la culpa sea tuya. Hasta ahora hemos compartido lo malo y lo bueno de nuestra hija, ambos nos hemos esforzado por educarla y ambos la hemos inculcado por un igual buenos principios y también nos hemos equivocado a veces, en ocasiones tú y otras yo. Pero desde que hemos venido aquí, Sam, desde la semana pasada, la culpa de lo que sucede es tuya y de Mary. Tienes que entrar en razón, Sam, si quieres que Mary también entre en razón.

—¿Qué significa eso?

Sam se golpeó la palma de la mano izquierda con el puño derecho.

—¡Sigo sosteniendo que hice lo que debía en la clase! ¿Tú crees que un padre podía obrar de otro modo? Te juro, Estelle, que si tú hubieses estado allí...

Estelle alzó la mano con ademán majestuoso, para hacerle callar como hizo Marco Antonio en el Foro para acallar la multitud reunida ante el cadáver de Julio César. Hipnotizado por aquel clásico ademán, Sam guardó silencio.

Con concentrada intensidad, Estelle volvió a dirigir la palabra a su marido:

—Sam, permíteme que por esta vez lleve la voz cantante; déjame hablar y escúchame y después, que pase lo que Dios quiera. —Hizo una pausa antes de proseguir—: Sam, haz examen de conciencia, mira dentro de tu corazón. Durante toda tu vida has sido un hombre amigo de la cultura, progresista, liberal. Tus ideas son tan convincentes, que yo las he compartido y me enorgullezco de que ambos seamos como somos. Leemos toda clase de libros y revistas, sin hacer excepciones. Nuestra casa está abierta a todas las ideas. Vemos toda clase de películas y de programas de televisión, asistimos a las conferencias más variadas, alternamos con personas de todas clases. En política, en cuestiones sexuales, en religión, somos completamente liberales. ¿Hacemos bien? Creo que sí. Hasta que de pronto, de la noche a la mañana, caemos del cielo en una isla donde la gente no se limita a conversar ni a leer libros, sino a hacer las cosas de verdad; donde un hombre llamado Wright, hace Dios sabe cuantos años, decidió que la práctica era mejor que todas las palabras. Con el resultado de que aquí, bien o mal, las cosas se hacen prácticamente. La vida en común, la educación sexual temprana, la vida colectiva practicada desde la infancia y otras cosas que para nosotros son simple teoría, aquí son realidades. Quizá esto sea equivocado. Quizás sea mejor no poner en práctica las teorías, porque ya sabemos que no es lo mismo la práctica que la teoría. Pero sea como sea, aquí estamos y vemos que esta gente intentan poner en práctica muchas de las cosas en que tú siempre has creído y por las que has abogado. Y ahora resulta que, de pronto, esto deja de parecerte bien. Cuando estas cosas se refieren a cuestiones sexuales, a la educación y a tu querida hijita, dejas de ser de pronto un hombre liberal para portarte como un reaccionario de la peor especie, como Orville Pence, del que nos burlamos en privado. Y ahora resulta que sois iguales. Aunque no puedo creer que eso responda a tus íntimos sentimientos... no es este el hombre con quien yo me casé, a quien he consagrado mi vida entera. ¿Será necesario que te recuerde, Sam, que cuando no éramos más que unos niños, como quien dice, tú ya querías que me acostase contigo antes de casarnos...?

El rostro de Sam se ensombreció y se apresuró a protestar.

—Estelle, esto es completamente distinto y tú lo sabes. Ambos sabíamos que íbamos a casarnos. Sólo esperábamos a que yo terminase la carrera y...

—He dado en el blanco, ¿eh? Aunque te duela recordarlo, Sam, tú sabes muy bien que tuvimos relaciones íntimas durante un año antes de casarnos. ¿Qué hubiera pasado, si por cualquier motivo, nuestra boda no hubiese llegado a celebrarse? Yo me hubiera quedado compuesta, deshonrada y sin novio, del que aun no era mi marido. En cambio, yo, Estelle Myer, no era una cualquiera, era una hija de papá y también tuve dieciséis años...

—Sigo sosteniendo que...

—Sostén lo que te dé la gana, pero la verdad es que nosotros somos liberales a carta cabal y no unos santurrones como Orville Pence. Y lo demostramos porque no nos limitamos a las palabras, sino que pasamos a los actos. ¿Y con tu hija tienes que ser distinto? Pero aquí no es lo mismo. Mi papá que en paz descanse, si hubiese sabido que yo iba a una escuela donde me enseñaban los órganos sexuales y las distintas posturas, me hubiera tirado de la oreja y me hubiera dado unos azotes. Después se hubiera ido a abofetear al director de la escuela y le hubiera llevado al tribunal. Pero si hubiese descubierto que yo, su virginal hijita, permitía que un joven llamado Sam Karpowicz, al que nunca llegó a conocer, pasase la noche conmigo en mi habitación como un verdadero seductor, te hubiera matado y después me hubiera matado a mí. No es que trate de darle la razón. Era un hombre de ideas anticuadas y estrechas, bastante ignorante, que sólo leía el Antiguo Testamento y el Almanaque Mundial y en cambio nosotros pertenecíamos a la nueva generación, estábamos empapados de ideas liberales y en algo tenía que notarse. ¿Y cómo se porta ahora el nuevo papá con su hija, que pobrecilla, no se acuesta con nadie, sino que sólo va a una escuela donde la enseñan anatomía y educación sexual y ella es demasiado tímida para decírselo? Pues humillándola ante toda la clase. Demostrando que no posee la menor tolerancia. Obligándola a huir de casa con su actitud intransigente. ¿Esto se llama una actitud liberal?

—Tratas de presentarme como un monstruo...

—Como mi padre —interrumpió Estelle.

—...y no lo soy —continuó Sam—. Continúo siendo lo que siempre he sido. A pesar de lo que ha sucedido, soy de ideas muy amplias progresista, dispuesto a aceptarlo todo...

—Pero no con tu hija, Sam. En lo que se refiere a ella, tu buen sentido termina y empiezan los celos. Esta es la verdadera razón de tu actitud, Sam. Estoy segura de que la Dra. DeJong diría que he dado en el clavo. Eres egoísta y sólo querrías a Mary para ti. Por lo tanto, te muestras celoso de todo y de todos. Reflexiona, Sam. Recuerda lo que pasó hace unos años, no muchos, cuando nuestra Mary tenía seis o siete y tú siempre querías abrazarla, retenerla, tenerla a tu lado y que te besara a cada momento. Y entonces ella empezó a mostrarse esquiva contigo, escabulléndose como una anguila, y cuando se lo contaste al Dr. Brinley y le dijiste que se hacía pipí en la cama, él te aconsejó que la dejases en paz. ¿Te acuerdas? Dijo que no te rehuía, sino que trataba de huir de los sentimientos que tú podías inspirarle, pues no se fiaba de sus incipientes sentimientos sexuales y esto la obligaba a rehuir tus excesivas muestras de afecto, que la ponían nerviosa y acaso contribuían a que por las noches mojase las sábanas.

—Estelle, esto nada tiene que ver con lo que nos ocupa...

—Sí lo tiene, Sam. Mary tiene dieciséis años, aún no es carne ni pescado y me trata como si yo fuese una estúpida. La única persona de la tierra en quien confía y con quien desea hablar es con su querido papi, es decir, contigo. Pero aunque dieciséis años ya no son seis, aún es una criatura por un lado, pero por el otro ya es una mujercita; sin embargo, tú sigues tratándola como cuando tenía seis, siete u ocho años, porque no quieres perderla. Esto motiva tus celos... el miedo a perderla, a que se independice, a que se convierta en una chica mayor, y lo ocurrido aquí no hace más que confirmarlo.

—No digas tonterías.

—¿Tonterías? ¡Es la pura verdad! Yo lo veo ahora con claridad meridiana. Mientras no se trataba de ti, podías mostrarte magnánimo, generoso y libreal. Nuestra casa era un *refugium peccatorium:* el amor libre, las *New Masses*, Emma Goldman, Sacco-Vanzetti, Henry George, Veblen, Eugene Oebs, John Reed, Linsoln Steffens, Bob La Follete, los republicanos españoles, los del Frente Popular, el New Deal, Kinsey,

todos, sin faltar ni uno. Y a mí siempre me parecieron bien. Consideraba, de acuerdo contigo, que así demostrábamos mayor amplitud de
miras y veíamos las cosas bajo una luz mejor. Pero nuestro liberalismo se limitaba a las conversaciones de sobremesa, mientras tomábamos café. Nunca me molesté en preguntarme qué pasaría si había
que ponerlo a prueba, si la cosa fuese en serio. Has invertido en nuestra casa hasta el último centavo. ¿Pero qué pasaría si empezasen a
llegar negros o portorriqueños al barrio o tratasen de establecerse en
él? Has invertido todo tu corazón en tu hija. ¿Qué pasaría si en Albuquerque empezase a sostener relaciones con un joven mexicano o
indio? En el primer caso, dirías que no te importaría tener vecinos
negros, pero preferirías que no viniesen al barrio porque acaso
serían más dichosos en otra parte. También dirías que no te importaría que tu hija fuese con un mexicano, pero aconsejarías a Mary
por su propio bien que lo dejase, porque después quizás no fuesen
felices, pues una cosa son las ideas, y otra la vida real. ¿No dirías
eso?...

—¡Basta, Estelle! —gritó Sam, que estaba lívido—. ¿Cómo tratas
de presentarme? ¿No recuerdas cómo luché en la universidad a favor
del excomunista que quería ingresar en ella? Sabes también que apoyé
la petición para que se incluyesen profesores de color en el cuadro
docente. Y aquella petición en que...

—Las peticiones, Sam, están muy bien; con ellas se demuestra
valor, pero no basta. En esta isla te enfrentas con las realidades de la
vida, y la primera vez que te ponen a prueba, dejas de portarte como
un liberal. Esto no quiere decir que apruebe la educación sexual
que aquí está en boga, ni que considere bien que se expongan estas
cosas a una muchacha de dieciséis años, que aún no está preparada
para comprenderlas. Es posible que sea prematuro y la enseñanza demasiado radical. Es natural que esto la desconcierte y la confunda
un poco, o tal vez no, vete a saber. No podemos afirmarlo con certeza. Pero tu actitud durante esta semana le ha dolido más y le
ha causado mayor confusión que lo que vio en la escuela... tu actitud
al retirarle tu apoyo, al cambiar en la práctica las normas de conducta que le expusiste infinidad de veces en teoría y por medio de
discursos altisonantes. Ella confiaba en el Sam Karpowicz que conocía y de pronto, sin advertencia previa, surgió otro Sam Karpowicz
que para ella era un extraño. Lo que más me preocupa no es que
Mary haya huido de nosotros sino que tú, Sam, hayas huido de mí
y de ella. Esto es lo que tenía que decirte.

Él asintió, sin rechistar, con el rostro tan ceniciento que ella
sintió deseos de abrazarlo, besarlo y pedirle perdón, pero no lo hizo.

Por último se encogió de hombros y se dirigió a la puerta.

—¿Adónde vas, Sam?

—A buscarla —contestó él.

Cuando se hubo marchado, Estelle quedó preguntándose si lo que había ido a buscar era a Mary... o su perdida personalidad de hombre liberal a machamartillo.

* * *

Aprovechando los veinte minutos que faltaban para las tres de la tarde, hora en que comparecería su último paciente de la jornada, Rachel DeJong se sentó en la choza vacía que le hacía las veces de consultorio, al lado de la pila de esterillas de pándano con las que había formado un improvisado diván de psiquiatra, para transcribir sus notas clínicas sobre Marama el leñador y Teupa, la esposa insatisfecha. Terminada esta tarea, se puso a pensar en la inminente llegada de su tercer paciente.

Poniendo a un lado el cuaderno en el que anotaba sus observaciones de tipo profesional sobre las Sirenas, Rachel tomó el libro oblongo en el que anotaba sin orden preconcebido sus observaciones de carácter más personal. Moreturi pasó completamente del primer cuaderno al segundo porque las relaciones que sostenía con ella, lo mismo que los pensamientos que le inspiraba, no eran publicables.

Abriendo su diario, Rachel buscó la última anotación, que ya tenía seis días. Estaba redactada en un estilo conciso y sibilino, que no hubiera significado nada para nadie, salvo para sí misma. Rezaba:

«Primer día del festival. Después de dos sesiones diarias, asisto al concurso de natación. Emocionante. Uno de nuestro equipo, Marc H., participa. Muy buena actuación hasta el final, en que falló pero de acuerdo con su personalidad. Por la noche vamos al baile al aire libre, en el que participan Harriet y Lisa. Luego, muy tarde ya, accedo a acompañar a un amigo nativo, Moreturi, quien me lleva en canoa a un atolón vecino. Romántico como en la orilla del Carmel. Tomamos un baño. Yo estuve a punto de ahogarme. Después descansamos en la arena. Una noche memorable».

Releyó el pasaje. ¿Qué vería otra persona, por ejemplo, Joe Morgen, en aquellas líneas? Nada, decidió satisfecha. Ni siquiera un Champollón sería capaz de descifrarlo. La verdadera historia de los

seres humanos estaba escrita únicamente en su cerebro y con ellos
se iría segura e inviolada a la tumba. Lo que se confiaba al papel
sólo era un pálido reflejo de la verdad. Pero entonces, al acordarse
de sus lecturas y de la sagacidad de sus predecesores, ya no estuvo
tan segura. ¡Qué poco necesitó saber Sigmund Freud de la vida de
Leonardo de Vinci, para interpretarla en su verdad más profunda par-
tiendo de sus escasos autógrafos! Y María Bonaparte, qué poco necesitó saber de Poe para disecar su enfermiza psiquis... Sin embargo,
las ideas que ella había confiado al papel eran inocuas, impersonales,
poco reveladoras, salvo aquella frase de «noche memorable», quizás.
Aquello se prestaba a que alguien preguntase: ¿Por qué, memorable?
Pero una noche, especialmente en un país exótico, podía ser memorable tan sólo a causa del ambiente o del estado de espíritu. ¿Quién
podría adivinar jamás que había sido memorable para la autora de
aquellas líneas, porque fue la primera vez en su vida que supo lo
que era el placer sexual?

Desechando todos sus temores, Rachel tomó la pluma y empezó
a escribir:

«Por lo que se refiere a este amigo indígena, sólo le he visto una
vez desde que estuvimos en el atolón. Desde que renuncié a ocuparme
de su caso (véanse las Notas Clínicas), ya no había razón para que
continuase recibiéndolo en el consultorio. Pero varias otras veces
me invitó, ofreciéndose para enseñarme otras partes de la isla principal y también el tercer atolón. Me hizo estas invitaciones verbal-
mente, por medio de un mensajero, pero yo no pude aceptarlas.
Tengo muy poco tiempo libre, pues estoy muy ocupada con mis pacientes, los estudios que realizo en la Cabaña de Auxilio Social, mis
investigaciones acerca de la Jerarquía como institución de ayuda
mental y mis observaciones de la semana de festejos, que tengo que
poner en orden.

»La única vez que he vuelto a encontrarme con Moreturi ha sido
esta mañana temprano, cuando fui a visitar a su madre, que está
al frente de la Jerarquía (véanse Notas Clínicas). Él me estaba
esperando a la puerta y solicitó que lo recibiese en el consultorio,
para una visita médica. Dijo que mi labor anterior con él había dado
muy buen resultado, por lo visto, pues veía más claro lo que sucedía
en su interior y sentía vivos deseos de explicarme lo que había conseguido, gracias a mi ayuda. Naturalmente, yo no pude negarme a
esta petición, como psiquiatra, y le prometí que lo recibiría a título
excepcional a las tres de esta tarde. Estoy intrigada por lo que tiene
que revelarme. No puedo suponer qué será».

Su reloj le dijo que lo tendría allí dentro de siete minutos. Puso la capucha en la pluma, cerró el diario y dejó ambos objetos a un lado. Sacó el espejo del bolso, se miró en él y después se arregló el pelo y se dio un poco de rojo a los labios.

Se sintió complacida al notar su aspecto juvenil. ¿Por qué había intentado ser más que una mujer joven, si eso es lo que era? ¿Qué la hizo convertirse en una psicoanalista? Por un momento, trató de responder a estas preguntas con una sinceridad que nunca se había atrevido a emplear. Cuando asistía a la universidad sintió miedo de la vida, pensó que si se lanzaba a la vida sólo como mujer y nada más, quedaría indefensa y expuesta a demasiados sufrimientos. Sus sentimientos femeninos serían escarnecidos y pisoteados. Por amarga experiencia sabía que los hombres se reían, se burlaban de las mujeres o las humillaban, jugaban con sus sentimientos y ellas no podían defenderse. Aunque por otra parte, las que sólo eran mujeres conocían a veces el placer, incluso el éxtasis, eran objeto de admiración, de deseo y estima, pero Rachel desechó todas estas ventajas. Los peligros de entrar en la vida como mujer únicamente, sin otros atributos, eran demasiado numerosos.

Y entonces, quizás como una póliza de seguros, como un medio de defensa y protección, para evitar que la humillasen, para no sentirse negligida o abandonada, se revistió con la armadura de una carrera universitaria. Cuando se doctoró en Medicina, en la especialidad de Psiquiatría, ya no se sintió expuesta a las incertidumbres y sinsabores de su condición humana y perecedera. En cierto modo, dominaba a sus semejantes, era una diosa sintética sentada en un trono que se alzaba sobre el turbio río de la vida. A ella acudían los enfermos y los desgraciados, los tullidos y lisiados del alma, y ella los acogía y los amparaba, librándolos de sus tormentos. Su profesión tenía además otras ventajas. Desde su encumbrada posición, sentada tras aquella ventana mágica por la que veía sin ser vista, podía vivir cien vidas distintas, disfrutando y sufriendo con mil experiencias ajenas. Pero siempre segura y dominando desde lo alto, la vida que discurría a sus pies. Ella podía tocarla, pero se hallaba libre de su contacto. Y para evitar cualquier remordimiento que pudiera producirle su despegue de la vida, siempre podía enarbolar la bandera de sus buenas intenciones; siempre podía decirse que guiaba a los inválidos y a los ciegos, que hacía un bien a sus semejantes y por lo tanto el Creador tendría que premiar sus buenas acciones.

Rachel DeJong guardó el espejo en el bolso, junto con el lápiz para labios. Sí, se dijo, todo fue a las mil maravillas, salvo cuando ella se hizo mayor y lo estropeó deliberadamente. Joe Morgen no podía alcanzarla en su encumbrada posición, y ella tenía los miembros tan agarrotados, que no podía descender de su trono. El matrimonio hubiera significado entregar, le gustase o no, aquella carne llena de temor y aquellas emociones que había sabido guardar para sí misma. La cuestión era esta: ¿Sería capaz de bajar del trono, de mirar a los demás a su propio nivel, dejar que la empujasen entre la muchedumbre o en la cama, convertirse en un miembro más del pueblo, en una mujer como todas y no en una psicoanalista?

¡Y había conseguido descender! Hacía seis noches, sobre la arena acogedora de una playa remota y solitaria, había renunciado a su papel de espectadora fría y distante. De salvadora de los demás, se convirtió en una mujer que buscaba su propia salvación. Se entregó a un hombre puramente animal, cuya tez era de otro color, un mestizo, de cultura y sensibilidad rudimentarias. Estaba indefensa. Él la trató como a una mujer cualquiera, nada más, ella se entregó de manera normal, demostrando a un hombre y a sí misma que podía desempeñar cumplidamente el papel de hembra.

Sin embargo, pese a la satisfacción que sentía, no estaba segura de haber dado el paso principal. Hubo demasiadas circunstancias atenuantes. Moreturi la incitó a acompañarlo ridiculizándola y desafiándola de una manera propia de una mente primitiva. Ella aceptó su invitación de visitar el islote y de nadar semidesnuda porque estaba embriagada. Un simple incidente ocurrido en el agua la despojó de una de sus prendas más íntimas y de su resistencia, pero no porque ella lo hubiera querido. No se entregó deliberadamente a Moreturi. Se sometió a su amoroso ataque porque se hallaba demasiado extenuada para resistirlo. En realidad, según recordaba, durante el acto se serenó lo suficiente para intentar resistírsele. A decir verdad, le ofreció resistencia. Pero su tremenda virilidad, el agua que los rodeaba como una bendición, terminaron por excitarla. Su reacción fue física, no mental. No respondió por su libre voluntad. Por consiguiente, apenas había resuelto nada. Reconocía que le daba miedo ver de nuevo a Moreturi, pese a la curiosidad que sentía su cuerpo (no ella, sino su cuerpo), no porque se sintiese mortificada, sino porque aún no estaba convencida de que pudiese portarse como una mujer ordinaria. Y no sólo estaba insegura en cuanto a sí misma, sino en cuanto a sus relaciones con Joe. Volvería a California tal como se fue de ella... como una psicoanalista, con todos sus conflictos interiores aún sin resolver, detrás de su apariencia imperturbable.

Cuando llegó a este punto de su introspección, algo la interrumpió. Llamaban a la puerta con los nudillos.

Pensó de pronto que no era prudente celebrar aquella última sesión. Ella se sentiría violenta. Y él también. ¿Qué tenía que decirle, que fuese tan importante? Pero ya no podía volverse atrás. Haciendo un esfuerzo, se elevó a su encumbrada posición, detrás de la ventana mágica y se dispuso a vivir una vida ajena, mientras ella permanecía en segura reclusión.

—¡La puerta está abierta, adelante! —gritó.

Moreturi entró en la estancia, cerró la puerta a su espalda. Su porte era respetuoso y cordial. No mostraba su familiar aplomo cuando se acercó a ella, sonriendo a medias.

—Te agradezco mucho que me hayas recibido otra vez —dijo.

Ella le indicó las esterillas apiladas a un lado.

—Dijiste que te había sido útil y las mujeres somos muy curiosas, como ya sabes.

—¿Tengo que tenderme como antes?

—Nada de eso.

Rachel observó con fascinación cómo se movían los músculos bajo su epidermis atenazada. Él se acomodó sobre la esterilla, ajustando el cordel que sostenía su única y sumaria prenda.

Para Rachel, aquella situación, con su paciente reclinado en el diván y el terapeuta sentado en el suelo a su lado, prestaba visos de irrealidad a su encuentro nocturno. Ella había estado tendida de espaldas en la oscuridad, mientras él la dominaba con apasionamiento y después, sumergida a medias en el agua, hizo tonterías y dijo frases incoherentes. Pero ahora ya habían transcurrido seis días desde aquello y sus sentimientos eran muy distintos; se preguntó si él también lo recordaba.

—¿Quieres que hable? —preguntó **Moreturi.**

Sí, habla, deseó gritarle. Pero dijo:

—Por favor, dime todo lo que pienses.

Él volvió la cabeza hacia ella.

—Al fin estoy enamorado, Rachel —dijo.

A ella se le aceleró el pulso y se le hizo un nudo en la garganta. Él continuó hablándole directamente.

—Sé que siempre me has considerado como un niño con cuerpo de hombre, pero ahora mis sentimientos son más profundos. Todo empezó con el festival. ¿Quieres que te lo cuente?

—Sí... si ese es tu deseo...

—Voy a contártelo. Tú eres la única persona a quien puedo referirlo, a causa de nuestra intimidad. Cuando invité a la que yo me refiero para que me acompañase en la canoa al otro lado del canal no lo hice más que con intenciones de divertirme. Lo confieso. Mis sentimientos no eran profundos. Ella se me resistió mucho rato, me rechazó y yo me propuse demostrarle que era un ser humano lo mismo que yo. Además, una mujer que se resiste produce más placer...

Rachel tenía las mejillas arreboladas por la humillación. Tuvo que contenerse para no abofetearlo.

—...pero después de bañarnos, cuando ella se me entregó sucedió algo. Algo que nunca me había sucedido con otra mujer. Era la primera vez que sentía amor aquí. —Se tocó el corazón—. Por una vez, me amaron mientras amaba. Aquella mujer, que parecía tan fría, era de fuego. Nunca fui más dichoso.

Ella sentía deseos de bajar de su alto pedestal, para arrodillarse a su lado y besarlo por sus dulces palabras. Quería envolver aquel ser amable y bondadoso con su agradecimiento.

—Rachel, he estado pensando en lo que me has dicho y en lo que me has hecho —prosiguió Moreturi—. Ahora comprendo que mi problema ya no existe. Juro fidelidad eterna, excepto durante esa única semana del año que permite la costumbre, y ser un esposo leal y bondadoso...

La alegría de Rachel se convirtió en alarma. Extendió a ciegas el brazo y le tomó la mano.

—No, Moreturi, ni una palabra más. Eres uno de los hombres más buenos que he conocido. Estoy extraordinariamente conmovida. Pero una sola noche, una aventura, no puede ser la base de unas relaciones permanentes. Además, nos separan infinidad de cosas y nuestra unión sería un fracaso. Has hecho más por mí que yo por ti, créeme, pero yo nunca podría...

—¿Tú? —exclamó él, incorporándose asombrado—. No me refería a ti, sino a Atetou.

—¿A Atetou? —dijo ella, boquiabierta.

—Sí, a mi mujer. Anoche la llevé al atolón y ambos hemos cambiado. Ya no habrá divorcio. —La miró fijamente y vio que ella seguía con la boca abierta, incapaz de hablar—. Perdóname si... —empezó a decir.

—¡Atetou! —repitió Rachel con voz aguda, abrazándose y balanceándose no con mortificación, sino llena de deleite—. ¡Oh, buen Dios!

Empezó a reír con sonoras y cristalinas carcajadas.

—¡Oh, Moreturi, esto es demasiado bueno para ser de verdad!

Reía como una loca. El júbilo le sacudía el cuerpo y le producía convulsiones.

Moreturi se levantó y le pasó un brazo en torno a los hombros, acariciándola, tratando de calmarla, pero ella movía la cabeza como si quisiera decirle que no necesitaba consuelo, que aquello era algo inusitado y maravilloso, mientras lágrimas de alegría le corrían por las mejillas.

—¡Oh, Dios mío! —decía, ahogándose—. ¡Oh, Moreturi, esto es demasiado...!

Buscó a tientas el bolso, que había dejado detrás de ella, sacó un Kleenex y se secó los ojos, mientras su risa se convertía en un gorjeo.

—¿Qué te pasa, Rachel?

—Me hace gracia, no puedo evitarlo. Una mujer tan seria como yo, tan contenta y preocupada al mismo tiempo al oírte hablar, seguro de que te referías a nosotros... de que hablabas de mí en serio...

Él contempló su cara con el maquillaje deshecho.

—Hablaba en serio al referirme a ti —dijo—. Pero también tengo sentido práctico y sé que esto no puede ser. En tu país tienes mucho *mana* y eres demasiado inteligente para un estúpido como yo...

—Vamos, no digas eso, Moreturi; no soy más que una mujer como Atetou y otra cualquiera —dijo con alivio. Después, con mayor dominio, añadió—: si sabías que no puede haber nada entre nosotros, ¿por qué me llevaste a aquella playa y... me hiciste el amor?

—Por pasatiempo —respondió él con sencillez.

—¿Por pasatiempo? —repitió Rachel, pronunciando aquellas dos palabras con un nuevo sentido.

—¿Hay acaso otro motivo para hacer el amor? Tener hijos no es el principal motivo sino el secundario. El placer es lo más importante de la vida. Nunca nos hace peores, sino que siempre nos hace mejores.

Entonces fue Rachel quien se sintió como una niña frente a una persona mayor.

—Por pasatiempo... por placer —repitió—. Ya comprendo. Sin duda nunca he pensado a fondo en ello... hasta este momento. Le daba demasiada importancia. Lo convertía en algo demasiado trascendental. Quizás ya no seré capaz de apreciarlo tal como es.

—¿Qué dices? —preguntó él.

—No importa. —Levantó la mirada hacia sus anchas y juveniles facciones—. Moreturi, ¿hallaste de verdad placer conmigo?

Él asintió con mucha solemnidad.

—Mucho placer —repuso—. Eres una mujer que proporciona mucho placer. —Vaciló—. ¿Y tú no sentiste lo mismo?

Le sorprendió ver cuán fácilmente contestaba.

—Me gustó. Lo sabes muy bien.

—Lo suponía, pero... Como no querías verme de nuevo, no estaba seguro.

—Soy una mujer muy complicada —observó Rachel.

—Yo no tengo tu cerebro, sino el mío, que es como el de mi

pueblo, y me dice que cuando el amor produce dicha, no hay que terminarlo.

—Estoy empezando a comprender esto —dijo Rachel—. Me cuesta, pero voy aprendiendo. Perdona mi antigua solemnidad, Moreturi. En realidad... —Tomó el rostro del indígena entre sus manos y le rozó la mejilla con un delicado beso—. Te doy las gracias.

Un brazo musculoso la acercó a su torso desnudo, estrechándola contra él, y con la otra mano empezó a desabrocharle la falda. Ella miraba la mano, sin hacer nada por detenerla.

—No —susurró— no debería hacerlo... va contra todas las normas... no está bien... me expulsarán de la Asociación Psicoanalítica Americana...

—Pero seremos dichosos —dijo él.

Rachel ya estaba sobre la pila de esteras, sin falda y mientras él le quitaba los pantaloncitos de nylon, ella se apresuró a desabrocharse la blusa. Cuando Moreturi la acarició, ella rió un poco. Se había acordado de los títulos de las obras de Sigmund Freud y había hecho un pequeño juego de palabras. En 1905, Freud escribió *Tres Aportaciones a la Teoría del Sexo*. Ella sabía muy bien cuáles eran aquellas tres aportaciones: las Tres Sirenas, y esto es lo que motivó su risa.

—¿De que te ríes? —preguntó Moreturi.

—Calla, no hables.

Y no pienses, no pienses, se dijo Rachel, afirmación gratuita, porque al cabo de un momento era incapaz de pensar. Ya no había la menor duda de que era una mujer. Era una mujer que sabía lo que era el placer por primera vez, y que gozaba más que en cualquier momento de toda su vida. Y más tarde, mucho más tarde, cuando aquel voluptuoso placer se vio cruzado por la intensa agonía que precede a la paz, cruzó por su mente un fugaz pensamiento: la imagen de Joe Morgen, el bueno de Joe... y se dijo: Joe, oh Joe, debieras dar las gracias a este hombre, a este de aquí... tú nunca lo sabrás, Joe, pero a él tienes que agradecérselo...

Y cuando hubo terminado todo y ella descansó, en una paz serena, sintió nuevamente deseos de reír. Había vuelto a recordar otro título de Freud. Era el de un libro que publicó en 1926. Le hacía una gracia tremenda. Se llamaba: *El Problema del Análisis Profano* (1).

_____

(1) Aquí hay un juego de palabras intraducible con *lay*, que como adjetivo significa *profano* y como verbo *yacer*. ʻʼ. del T.).

* * *

En las Tres Sirenas anochecía entre las siete y media y las ocho. Fue durante este período, cuando empezaban a encender las antorchas a ambos lados del arroyo, cuando Sam Karpowicz pasó frente a la Cabaña de Auxilio Social y penetró en el poblado arrastrando los pies.

Había estado toda la tarde recorriendo parajes montañosos completamente desconocidos para él y sería incapaz de describir en detalle lo que hizo durante aquellas horas. Era como aquella parte del Evangelio que había leído de joven —en secreto, subrepticiamente para saber cómo pensaban los *otros*, cosa que sus padres no hubieran entendido—, que refiere el ayuno de Jesús en el desierto, cuando fue tentado por el diablo en la montaña, para terminar diciendo al Maligno: Ponte detrás mío, Satán. Sam se había extraviado muchas veces durante aquella tarde, en más de un sentido pero, a la caída de la noche, encontró el camino y regresó a Galilea.

Para dejarnos de sutilezas, diremos que Estelle tenía razón y por último Sam Karpowicz así lo comprendió. Su deber como padre era preparar a su hija para la edad adulta de acuerdo con sus mejores normas y principios, guiándola y prestándole su apoyo, y haciéndola fuerte, juiciosa e independiente. Pero no formaba parte de este deber negar sus propios principios liberales para protegerla y acapararla de una manera egoísta. Esto era claro para él, clarísimo, y anhelaba poder decírselo así a su hija. Pero no la había encontrado y no sabía si los demás habían descubierto su paradero. Si algo le hubiese ocurrido, él se quitaría la vida.

Cuando estuvo dentro del poblado se dio cuenta de que se hallaba en un estado de agotamiento total. Le dolía la nuca. Le dolían los brazos y las piernas. Apenas podía andar. Tenía la garganta reseca y le costaba tragar saliva. Era posible que la hubiese estado llamando hasta enronquecer. A la luz de la primera antorcha vio que estaba hecho una lástima de pies a cabeza, con la camisa sucia y manchada de barro, los pantalones rotos por las rodillas, los zapatos blancos de polvo.

Debía ir corriendo a ver a Estelle, para saber si ella tenía noticias de Mary. Entonces distinguió la familiar figura de Tom Courtney muy atildado con su camisa y sus pantalones limpios, al otro lado del arroyo y caminando en su misma dirección.

—¡Tom! —gritó.

Courtney se detuvo. Apresurando el paso, Sam Karpowicz cruzó cojeando el primer puente para dirigirse a su encuentro.

—¿Hay noticias de mi hija, Tom?

Las facciones de Courtney no ocultaron su simpatía.

—Lo siento, Sam, pero hace media hora aún no había novedad.

—¿Aún la siguen buscando?

—Según he podido oír, sí. No abandonarán la búsqueda. Y tarde o temprano la encontrarán. Puedes estar seguro.

—No es más que una niña... tiene dieciséis años... nunca ha ido sola por el mundo. Estoy preocupadísimo al pensar en las cosas que pueden haberle pasado.

Courtney puso la mano en el hombro de Sam.

—No le pasará nada malo. Estoy completamente seguro y tú también debes estarlo. ¿Por qué no vas a tu cabaña a esperar que vuelva? Así que yo sepa algo...

Sam sintió un súbito impulso.

—Dime, Tom: ¿conoces a un muchacho nativo, de la edad de Mary, llamado Nihau? Era compañero suyo en la escuela...

—Desde luego, conozco a Nihau.

—Me..., me gustaría verlo. Tengo algo que decirle. ¿Dónde vive?

Courtney señaló hacia la izquierda.

—La choza de sus padres está al extremo del sendero. Aunque supongo que él y su padre estarán buscándola. Pero... bien, Sam, de todos modos te llevaré a su casa... Vamos.

Ambos salieron del poblado, pasando entre las chozas de bálago. Courtney iba delante. Bajo el saliente de roca la oscuridad era mayor, pero la tenue luz de las velas que brillaban en el interior de las chozas iluminaba en parte el camino.

Llegaron ante una choza de grandes proporciones y Courtney dijo:

—Aquí es.

Sam se quitó las antiparras y después volvió a calárselas.

—¿Quieres presentarme, Tom?

—No faltaba más.

Courtney llamó con los nudillos y ambos esperaron. Tom tuvo que llamar por segunda vez. Una voz masculina dijo algo en polinesio y Courtney dijo a Sam:

—Nos dice que entremos.

Courtney abrió la puerta y entró, seguido por Sam Karpowicz. La habitación delantera, mayor que la que ocupaba Sam, tenía un ídolo de piedra en un ángulo y estaba brillantemente iluminada por numerosas velas. En el fondo de la estancia había muchas personas sentadas en círculo, muy ocupadas comiendo y bebiendo. En la atmósfera flotaba el acre aroma de las nueces de coco, de ñames calientes y frutas maduras.

Nihau se levantó vivamente del círculo, gritando:

—¡Es el Dr. Karpowicz!

Saltó hacia Sam con la mano tendida y le dio un fuerte apretón, mientras decía muy contento:

—Mary está bien... ya la hemos encontrado... mírela, allí está...

Señaló con el índice y al principio Sam no pudo verla. Hasta que la distinguió. Mary estaba sentada de espaldas a la puerta, pero se había vuelto, sosteniendo aún su medio coco lleno de leche vegetal. Sus negros ojos y su dulce carita que Sam tanto conocía y amaba, mostraban temor. Y le sorprendió no haberla visto inmediatamente, pues llevaba un vestido norteamericano, un fino vestido color naranja que la hacía parecer más pequeña de lo que era.

Dijo entonces Nihau:

—La encontramos hace una hora, allá arriba entre los árboles. Estaba sentada muy tranquila y sin haber recibido el menor daño. La acompañamos al poblado, pero primero prefirió descansar aquí. Tenía hambre y ofrecimos de comer a ella y a los que la buscaban...

Esto último lo dijo dirigiéndose a Courtney, porque Sam Karpowicz ya había abandonado a Nihau. Se dirigió hacia el círculo y Mary se levantó, indecisa.

—Mary, yo... —Se interrumpió, confuso, para quedarse mirando a los indígenas de ambos sexos sentados en círculo—. Les doy las gracias a todos por haberla encontrado y habérmela traído sana y salva.

Todos inclinaron cortésmente la cabeza.

Sam se quitó las antiparras y se volvió hacia su hija.

—Mary, casi siempre creo saber lo que es mejor para ti —dijo— pero esta vez confieso que me he equivocado de medio a medio y que en la escuela me porté muy mal. Te pido que me perdones. —Se mantenía rígido y envarado mientras hablaba, pero de pronto sus sentimientos se sobrepusieron a su reserva—. ¡Cuánto me alegro de que hayas vuelto, Mary!

La muchacha se levantó inmediatamente, abandonando su actitud defensiva y se echó en brazos de su padre, gritando:

—¡Oh, papá, cuánto te quiero!

Él la abrazó y le acarició la cabeza, mientras su espléndida cabellera negra le cubría el pecho. Después miró a Courtney con ojos húmedos.

Cuando se separaron, Sam dijo a su hija:

—Voy a casa a decírselo a tu madre. Tú ven cuando termines...

—Quiero irme contigo —dijo Mary—. Pero primero deja que dé las gracias a Nihau y a todos.

Se acercó a Nihau y a su rollizo padre mientras Sam Karpowicz se dirigía con Courtney a la puerta.

—Tom, te estoy muy agradecido. ¿Por qué no vienes a tomar un bocado con nosotros, al estilo americano?

Courtney sonrió.

—Gracias, pero Claire y Marc Hayden me esperan, con Maud, para tomar el cóctel. Después iremos a casa de Paoti Wright, para asistir a la fiesta con que termina la semana de festejos de este año. Tendré que darme prisa. —Hizo un amistoso gesto de salutación a Mary—. Me alegro de que todo se haya resuelto.

—Más resuelto de lo que supone —dijo Sam.

Cuando Courtney se hubo ido, Sam esperó cortésmente, sin aceptar los zumos de frutas que le ofrecieron. Dijo a Mary, cuando la tuvo a su lado:

—Prefiero tomar un poco de leche con crackers en casa.

—A ver si me guardáis algunos para mí, papá —dijo la jovencita, tomando a Sam por el brazo. Y así, estrechamente enlazados, se alejaron hacia su casa.

* * *

A solas en la cabaña de Marc Hayden, como él la llamaba mentalmente desde que se separó (al menos en espíritu) de su esposa, Marc se dio una vigorosa fricción de tónico capilar en la cabeza. En aquella tierra sin barberos y por consiguiente bárbara, su cabello cortado casi al cero se había convertido en una melena, de aspecto poco familiar pero que no dejaba de ser atractiva, se dijo mientras se miraba en el espejo colgado en la pared. Terminada la fricción, empezó a peinarse con movimientos apresurados.

Tenía prisa, en efecto. Hacía un cuarto de hora, mientras Claire se cambiaba en la habitación posterior, un muchacho indígena se materializó a la puerta con un recado para el Dr. Hayden. ¿Era él el Dr. Hayden, preguntó, porque sólo podía darla al Dr. Hayden? Sí, él era el Dr. Hayden. El recado procedía de Tehura. Tenía que verle un momento antes de una hora, en su cabaña. Y esto tenía que ser antes de que fuese a la fiesta del jefe.

Este mensaje produjo de momento, una gran excitación en Marc, pues parecía indicar que su plan empezaba a dar resultado. Pero después se preocupó a causa de su carácter enigmático. ¿Y si Tehura hubiese cambiado de parecer o, lo que aun sería peor, hubiesen surgido obstáculos que impidiesen disponer de la embarcación que los sacaría de allí? Marc daba vueltas en su cabeza a estas posibilidades, mientras el muchacho indígena esperaba. Por último, Marc le dijo en voz baja:

—Di a Tehura que iré a verla.

Después se apresuró a terminar de vestirse y arreglarse, evocando mientras lo hacía los tormentos y la incertidumbre de la insípida semana anterior. Había continuado viendo a Tehura diariamente. Sus entrevistas se efectuaban a la luz del día pues, a los ojos de los demás, continuaban siendo el etnólogo y su informante. No obstante, sus visitas se hicieron más breves. Tehura estaba demasiado preocupada y atareada para prestar atención. Cada vez que se encontraban, él le preguntaba si había noticias, y cada vez ella le respondía que aún no las había pero que hacía todo cuanto le era posible y que debía tener paciencia.

Durante estas entrevistas, Tehura le hacía siempre la misma pregunta: ¿Cómo sería su vida, la vida de ambos, en el remoto y colosal continente que era su patria y la patria de Courtney? Insistía siempre para que le diese detalles acerca de la existencia cotidiana de Claire en los Estados Unidos, y escuchaba sus entusiásticos informes en un flemático silencio.

Los informes de Marc eran siempre ditirámbicos porque hasta cierto punto eran sinceros e hijos de una nueva convicción nacida en su interior, según la cual les esperaba un futuro sublime, gracias a Garrity. Y vivían en un mundo donde nadie conocería el fracaso ni el dolor, un país siempre feliz en el que todo respiraría éxito, desde el aire que inhalarían, el lenguaje que emplearían y las diversiones a que se entregarían. Hasta tal punto llegò a convencerse de que esta visión de lo que le esperaba era verdad, que consiguió imponerla de manera convincente en su pasado, y en el pasado de Claire e incluso en la vida norteamericana real. Este tono de sinceridad convirtió a Tehura en su aliada inquebrantable. Pero en sus entrevistas parecía no desear dosis excesivas de aquel país de cuento de hadas. Su mente medio primitiva sólo abarcaba una visión limitada de aquella perfecta civilización. Demasiadas cosas la mareaban. Cuando esto sucedía, se apresuraba a poner punto final a las entrevistas. Después de cada conversación, él quedaba preguntándose hasta qué punto ella se sentiría impelida a traducir en términos prácticos la mutua ambición que los impulsaba, a fin de hacerla realidad. Pero ella lo había llamado y quería verle antes de una hora. ¿Para qué?

Cuando terminó de peinarse, Marc pensó que sólo le quedaba por hacer una cosa. Tenía que decir a Claire que fuese sola a casa del jefe. Había surgido algo imprevisto y él ya iría más tarde. ¿Qué excusa podría dar? ¿Adónde diría que iba? ¿A visitar a su informante indígena acerca de una cuestión que interesaba con urgencia a Matty? Tal vez. Era una buena excusa, pero daría una importancia excesiva a Tehura en aquel momento crucial. Era arriesgarse demasiado. Tenía que inventar algo mejor. Antes de que pudiese hacerlo, oyó que Claire entraba en la habitación.

Dio media vuelta dispuesto a decirle que iría tarde a la cena, pues algo lo retenía, pero la actitud de su esposa era tan extraña, que se olvidó de sus propósitos. La contempló, estupefacto. Claire caminaba muy inclinada, casi agazapada a veces, cruzando la esterilla y examinando todas las rendijas y rincones del suelo.

—¿Puede saberse que estás haciendo? —preguntó Marc.

—Busco el medallón —contestó ella, sin mirarle—. No lo encuentro.

Él de momento no la comprendió y repitió sus palabras:

—¿El medallón? ¿Qué medallón?

Entonces ella lo miró, al tiempo que se incorporaba:

—Sólo tengo uno, Marc, además de mi alianza. El medallón de brillantes. Quiero ponérmelo para la cena. —Movió la cabeza—. No sé donde puede haberse metido.

Marc se esforzó por ocultar su reacción, pero el corazón le saltaba en el pecho. Calma, calma, se dijo.

—Lo debes de tener entre tus cosas. Déjalo. Tienes otras joyas que ponerte.

—Pero yo quiero el medallón —insistió ella—. No hay nada que me exaspere más que buscar una cosa y no encontrarla. Entonces no paro hasta dar con ella. Es algo desesperante... como alcanzar el teléfono medio segundo después que ha dejado de tocar. Las cosas así me sacan de quicio.

—¿Has mirado en el equipaje?

—Lo he revuelto todo. No sólo el joyero, sino las maletas. Pensé que quizás se hubiese caído al suelo aquí... —Escrutó de nuevo el piso—. No, no lo veo...

—Para mí está muy claro lo que ha pasado —dijo Marc—. Un indígena te lo ha robado; sin duda un chico.

—Vamos, Marc, tienes unas ideas...

Su tono condescendiente lo irritó.

—¿Qué tiene de ridículo mi idea? Conozco a esa gente mejor que tú... yo los estudio... y no confiaría en ninguno de ellos ni por un momento. Sí, no hay duda: te lo han robado.

—Pero Marc, por Dios... ¿Qué quieres que haga un indígena, encerrado en esta isla, con un medallón de brillantes?

Él estuvo a punto de decirle que el indígena podía regalárselo a su mujer, para que lo llevase como adorno, pero se calló la boca. En cambio, midiendo sus palabras, dijo:

—El indígena que lo ha robado puede esperar a que nos vayamos para venderlo entonces a ese bandido de Rasmussen.

—Vamos, hombre, que no; que me niego a creer semejante cosa. —Lo miró de hito en hito—. ¿Por qué siempre ves el lado malo de todas las cosas?

Él sostuvo su mirada con expresión de disgusto al pensar cuánto la despreciaba. ¡Qué daría por ver su cara el día que supiese que la había abandonado! ¿Dónde quedaría entonces su aire de superioridad? Esto le recordó lo que se traía entre manos y decidió terminar aquella inútil discusión.

—Piensa mal y acertarás —dijo—. Esto es mejor que dejarse engañar como tú por un hatajo de salvajes y un vagabundo cualquiera de Chicago.

Viendo que ella se disponía a replicar, prosiguió:

—Bueno, dejémoslo. De acuerdo, nadie ha robado tu precioso medallón. Así es que puedes buscarlo hasta que lo encuentres. Yo tengo que irme.

Se dirigió a la puerta y entonces se acordó de que ella no sabía nada de su cita. Vaciló y dijo:

—A propósito, olvidaba decirte que tengo una cosa que hacer antes de ir a la cena.

—Nos han invitado a los dos, no a mí sola —observó ella fríamente.

—Es igual, Claire. Llegaré a tiempo. Mientras me vestía me llamaron de parte de Orville... parece ser que debe consultarme algo. Dije que pasaría a verle un momento, antes de ir al palacio de Paoti. No te importa, ¿verdad?

—¿Y si me importa, qué? Tú irás de todos modos.

Desde luego, tienes razón, estuvo a punto de decir Marc, pero como deseaba librarse de ella, dijo:

—Matty no tardará en llegar, lo mismo que tu amigo Mr. Courtney; así es que no te faltará compañía. Yo iré en seguida. Nadie se dará cuenta de mi ausencia. Hasta luego.

Salió y se encaminó a la choza de Tehura pero, a los pocos pasos empezó a andar más despacio. Los lóbulos centrales de su cerebro, los que anticipaban todas sus acciones, se hallaban en un estado extraordinario de alerta y de ellos partieron los impulsos nerviosos que le obligaron a aminorar el paso. En sus novelas favoritas, recor-

dó, grandes planes y proyectos se venían abajo porque el protagonista había negligido un detalle insignificante en apariencia o había
cometido una diminuta omisión. Demasiadas cosas estaban en juego
para Marc y no podía permitir que una mentira insignificante lo
echase todo a perder. Había dicho a su mujer que Orville Pence le
había llamado. ¿No sería mejor pasar un momento a fin de prevenir
a Orville?

Marc al instante cambió de dirección, pasó a toda prisa frente a su
choza y la de la Dra. DeJong, hasta que llegó frente a la puerta de Orville. Llamó discretamente con los nudillos y entreabrió la puerta.
Orville estaba sentado en el centro de la estancia delantera. En una
mano sostenía un vaso de whisky y con la otra hacía un solitario.

—Orville, siento interrumpirte...

—Pasa, hombre, pasa —dijo Orville, menos circunspecto y más
animado que de costumbre. Señaló la baraja.

—Me estoy echando las cartas. Es la tercera vez. Seguiré haciéndolo hasta que salga bien. Si quieres, también te diré la buenaventura.

—Gracias, Orville, pero tengo prisa. Quiero pedirte un pequeño
favor.

—Lo que sea, hombre, lo que sea.

—Escúchame y no hagas preguntas. Tengo que ver a una persona.
Es un asunto particular. Ya sabes que a veces las esposas se muestran muy poco tolerantes. Así es que dije a Claire que tú tenías que
consultarme algo urgente.

—Y en efecto, así es —dijo Orville—. Es posible que hoy haya cometido una estupidez... seguro que la he cometido, pero no me arrepiento.
Aún no sé qué pasará. Si tuvieses un poco de tiempo, me gustaría
hablar contigo de eso...

—Orville, no tengo tiempo. ¿No podríamos hablar mañana?

—Desde luego.

—Recuerda que si Claire te pregunta algo, le dices que yo he
venido a verte.

—Y es verdad —dijo Orville, satisfecho.

—Bien, ahora me voy —se disponía a irse cuando dijo a Orville—: Ya me dirás el resultado.

Orville lo miró, estupefacto.

—¿El resultado? ¿Quieres decir que lo sabes...?

—Me refiero a las cartas, bobo. El resultado de la buenaventura.

Marc cerró la puerta y entonces vio a su madre que entraba en
su propia cabaña, seguida por Courtney. Se arrimó a una pared
en sombras, hasta que ambos desaparecieron. Sintiéndose en segu-

ridad, corrió hacia el puente, cruzó al lado opuesto del poblado y continuó a buen paso en dirección a la choza de Tehura.

Llegó a su destino en menos de cinco minutos. Llamó suavemente con los nudillos. Oyó un movimiento en el interior, la voz de Tehura que decía algo en polinesio y al cabo de unos instantes la puerta se entreabrió sigilosamente. Antes de que él pudiera entrar, la joven se deslizó al exterior.

—No estoy sola —dijo en un susurro—. No deseo que ella sepa que estás aquí. Ven.

Le dio un golpecito en el brazo y lo precedió por el pasadizo que separaba las viviendas. Así ascendieron hasta que se encontraron a un trecho de la morada de Tehura.

—¿Quién está en tu casa? —preguntó Marc.

—Poma —repuso ella en voz baja—. Es la mujer que nos ayuda. Vino para cambiar impresiones conmigo pero no quiero que te vea.

—¿Confías en ella?

—Sí —repuso Tehura secamente—. Te lo explicaré en seguida y después podrás irte.

Marc esperó con nerviosismo a que ella hablase, rogando al Cielo que fuesen buenas noticias, pero completamente dominado por cierta incertidumbre.

—No fue fácil encontrar la persona adecuada —dijo Tehura—. Si hubiese escogido mal, tú y yo hubiésemos salido perjudicados. Por último se me ocurrió pensar en Poma. Es una viuda joven, muy guapa. Está enamorada de Huatoro y éste, como tú sabes, está enamorado de mí. Por mi culpa, ella no puede tener a Huatoro. Se ofreció a hacer una demostración con él en la escuela, ante los alumnos, pero Huatoro se muestra indiferente ante ella a causa de mí. Pero Poma sabe que, si yo no estuviese aquí, Huatoro terminaría siendo su esposo. Después pensé otra cosa: Poma tiene un hermano menor.

—Tehura se puso el índice en la sien y lo hizo girar—. Es tonto, ¿sabes? Se llama Mataro, el marinero, porque no sabe hacer otra cosa y es lo único que le gusta, como un niño.

—Pero si es un imbécil, ¿cómo podrá...?

—Eso no tiene importancia. A pesar de que es tonto, es muy buen marinero. Además posee una canoa de balancín de cinco metros y medio, provista de gruesas velas de pándano y un depósito de agua. Tiene un instinto infalible para orientarse y de noche navega guiándose por las estrellas. Y por último, está prendado de la brújula del capitán Rasmussen. Todos se burlan de él por eso. Así, que tú debes ofrecerle una buena brújula. Esto es lo que he pensado y he decidido arriesgarme. Esta mañana hablé con Poma.

Marc se sintió un poco inquieto al saber que otra persona compartía su secreto.

—¿Y qué le dijiste?

—Le dije: «Poma, esto tiene que quedar entre tú y yo: deseo abandonar las Sirenas para irme a Tahití y vivir como las mujeres americanas que han venido a visitarnos». Y ella me dijo: «No puedes hacer eso; ninguna mujer de las Sirenas ha salido de la isla». Y yo dije entonces: «Pues yo seré la primera, Poma, si tú me ayudas». Entonces le recordé que Huatoro nos ha querido a las dos, pero a mí más que a ella y después añadí que yo no le amaba. Si me iba, le dije, Huatoro sería para ella. Si me quedaba, nunca sería suyo. Esta idea fue de su agrado, desde luego, pues está perdidamente enamorada de Huatoro. «Si puedo, te ayudaré, me dijo. ¿Qué debo hacer?» Y yo contesté: «Tu hermano, Mataro, ha hecho dos o tres veces la hazaña de ir en su canoa a otras islas. Quiero que me lleve con él en uno de estos viajes. A cambio, tendrá la brújula que tanto desea». Y ella preguntó: «¿Cómo podrás comprar una brújula, con el dinero que vale?» Yo dije: «Uno de los norteamericanos me ha regalado un medallón de brillantes que vale una fortuna, fuera de aquí. Cuando nos hayamos ido, lo venderé y con el dinero que consiga compraré la brújula para Mataro y aún me quedará bastante para ir a Tahití». «Cuando esto se descubra, Paoti se enfadará mucho con mi hermano», dijo ella. Pero yo le dije: «Sí, pero Paoti no lo castigará, porque tu hermano no está bien de la cabeza y no es responsable de sus actos». Esto fue lo que dijimos.

—¿Así, ella se muestra de acuerdo en ayudarnos?

—Sí, Marc. Nos ayudará. Esta tarde me ha llamado para decirme que todo se presenta bien. Y esta noche ha venido a verme para comprobar si yo no le había mentido en lo del medallón. Cuando tú has llamado, se lo estaba enseñando.

—Bien, muy bien, Tehura, maravilloso —dijo Marc, tomándole las manos entre las suyas y esforzándose por contener su júbilo y su sensación de alivio—. Te quiero mucho, Tehura.

—Chitón —dijo ella, llevándose un dedo a los labios—. Ya habrá tiempo para todo.

—¿Saben Poma y su hermano que yo también intervengo en esto? Ella movió negativamente la cabeza.

—No; no saben ni una palabra. Más vale que no lo sepan. Ya lo sabrán en la hora oportuna.

—Sí ¿Y qué dirá su hermano cuando yo me presente contigo para embarcar en la canoa?

—Nada. Estará muy contento de que un hombre tan rico como tú nos acompañe, quizás para regalarle otra brújula y quién sabe si un sextante.

—Le regalaré lo que quiera.

Tehura sonrió.

—Hemos quedado de acuerdo en que nos iremos mañana por la noche.

Marc le soltó las manos y cerró fuertemente los puños, para que no se notase su temblor.

—¿Tan pronto?

—Querías que fuese pronto, ¿no?

—Sí, desde luego...

—Mañana por la noche, pues —repitió Tehura—. Tú vendrás a mi casa con todo lo necesario, a las diez en punto de la noche. Esperaremos a que todos duerman en el poblado. Después nos iremos a la playa del otro extremo, por donde vosotros llegasteis. Mataro nos esperará allí con su canoa y provisiones y nos haremos a la mar. El viaje hasta la isla más próxima nos requerirá dos días y una noche. Según me han dicho, en esa isla hay plantadores franceses que tienen goletas. Le pagaremos a uno lo que sea para que nos lleve a otra isla, donde alguien tenga un hidroavión, como el del capitán Rasmussen. Y de allí iremos a Tahití. El resto, de ti depende.

—Allí nos esperará Mr. Garrity, mi amigo de los Estados Unidos —dijo Marc—. Los tres juntos iremos entonces a mi país.

—¿Estás contento, Marc?

Él la abrazó.

—Nunca me había sentido más feliz.

—Yo también soy muy feliz. —Se desasió de su abrazo—. Ahora, vete.

—Así, quedamos en mañana por la noche, ¿no es eso?

—Sí.

Marc dio media vuelta y se alejó entre las chozas. Al llegar a la entrada del pueblo, se volvió una sola vez para mirar hacia atrás, y vio a Tehura abriendo la puerta de su casa. La luz de las velas la iluminó de perfil y distinguió la suave curva de su pecho desnudo. Tomó nota mentalmente de una cosa: hay que recordarle que se procure unos sostenes, pues vamos hacia California, Nueva York y el mundo de las prendas interiores de señora.

¡Mañana!, exclamó interiormente. Sintió deseos de pregonarlo a los cuatro vientos, gritando su reto y su victoria para que todos lo oyesen. Hubiera querido rasgar la calma casi ecuatorial de la noche de los trópicos, iluminar las espesas tinieblas del poblado, trepar a los cocoteros que se alineaban frente a él para agitar sus copas y señalar a Garrity que por fin, por fin se hallaba a punto de partir.

Siguió andando a tropezones, embriagado por la fiebre que le producían las perspectivas que se abrían ante él. ¿Era esto lo que sentían los descamisados, los oprimidos, cuando salieron tumultuosamente de la Bastilla? Sí, sí. ¿Y era esto lo que sintieron también después, cuando se alinearon detrás de Madame Defarge, para ver cómo el aparato inventado por el Dr. Guillotin cumplía su misión?

Y por último el placer que sentía resultó ser el mismo que había experimentado Madame Defarge. Fue contando las cabezas que caían en el cesto: borrada para siempre la fantasmal cabeza de su padre Adley, la cabeza de negrero de su madre Matty, la cabeza llena de reproches de su esposa Claire. Y también rodarían otras cabezas más pequeñas por los suelos, sí, las de los presuntuosos salvajes de las Sirenas, sin olvidar la de aquel granuja de Courtney, porque cuando él y Garrity hubiesen terminado de exprimirle el jugo a la isla, ésta se convertiría en un lugar de hoteles y restaurantes como otro cualquiera, y todos sus imbéciles habitantes tendrían que dedicarse a labores serviles, e ir a la caza de propinas para ir tirando.

Las cabezas reunidas en el cesto habían sido su pesadilla durante años, y durante las últimas semanas habían continuado conspirando para evitar que él adquiriese su verdadera estatura de hombre. Pero al fin, él había resultado ser más listo y más fuerte que todos ellos juntos. Suyas serían la fama y la riqueza. Lo tarareó entre dientes: la fama y la riqueza, la fama y la riqueza. Y además, regalo inesperado, tendría aquel bombón polinesio, Tehura, sexo siempre dispuesto, con la que podría hacer lo que le viniese en gana.

El pensamiento de Tehura le trajo también el de Claire. Había algo en su imagen que no le permitía saborear plenamente la victoria. Al dejarla por otra, la humillaría. Sabía que como mujer se sentía insegura. Esto, pues, sería un golpe terrible para ella. Pero no estaba seguro de que consiguiese humillarla y destruirla enteramente. Quedaría convencida de que, durante sus dos años de vida conyugal, ella había sido más mujer que él hombre. Nada la haría apearse de esta creencia, ni su fuga ni su éxito. Únicamente él podía anularla por completo. De lo contrario, aquella idea lo torturaría siempre, como entonces lo torturaba. La solución consistiría en volver de nuevo a ella, cuando estuviese bien deshecha y arruinada.

Quizás, más adelante, se dijo, tendría que abandonar a Tehura. Sin duda estaría espantosa vestida, con medias y tacones altos. Las muchachas indígenas tenían tendencia a engordar y a envejecer prematuramente. Esta era una verdad incontrovertible, y no sólo etnológica.

Lejos de su ambiente natural, quizás resultaría impresentable en sociedad. Después de yacer con ella y de exhibirla durante sus conferencias y en la televisión durante unos años, su presencia le resultaría aburrida. ¿De qué podría hablar con una mujer como ella? ¿Adónde podría llevarla? Ni pensar en ir con ella a LaRue's o a Chasen's. Y menos aun al Hotel Plaza y al Veintiuno. No, no podría llevarla a ninguna parte. No tenía ningún valor, como no fuese para exhibirla. A su debido tiempo, tendría que reexpedirla a la isla, para que trabajase de camarera con su amiga Poma en el Hotel Hilton de las Tres Sirenas.

De todos modos, tarde o temprano tendría que abandonarla para dejar sitio a Claire. Acerca de esto tenía muy pocas dudas. Con divorcio o sin él, así que él hiciese una seña, ella acudiría corriendo. Desde luego, impondría condiciones para aceptarla de nuevo y dejar que se sentase en el segundo trono. Tendría que mostrarse humilde y obedecer todas sus órdenes. Sobre todo, no venirle con exigencias. Le haría cantar la palinodia, sí señor, y tendría que gustarle, como todo cuanto él impusiese. Sí, cuerno, tendría que hacerlo todo por agradarle y no al contrario. Terminaría arrastrándose a sus pies. Sí, le daría su merecido.

Perdido en estas divagaciones, Marc se encontró de pronto ante la choza real de Paoti. Trató de adoptar un aspecto de circunstancias, mientras oía la música y el alegre bullicio que llegaban del interior.

Sonrió para sus adentros. El diluvio era inminente y las cabezas cercenadas rodarían. La noche siguiente, casi a la misma hora, comenzaría su nueva vida. ¿Cuántas personas había en el mundo que pudiesen decir lo mismo? ¿Cuántas poseían sus poderes secretos?

Merecía un brindis a su inteligencia. Iba a pronunciarlo inmediatamente. Abombó el pecho y entró con paso firme, para dirigir una última mirada de conmiseración a los condenados.

CAPÍTULO VIII

A muy temprana hora de la mañana siguiente, Maud Hayden, que estaba sola en el dormitorio contiguo a su despacho, dejó de vestirse para ponerse dos aspirinas sobre la lengua y engullirlas con un sorbo de agua.

El festín de Paoti, celebrado la víspera, estuvo animado por música indígena, danzarines del poblado y grandes cantidades de vino de palma y kava, de efectos casi mortíferos. Todos estaban bastante achispados, incluso la propia Maud (por deferencia a su anfitrión) y la fiesta no terminó hasta últimas horas de la madrugada.

Sin embargo, Maud puso el despertador a las siete, como de costumbre, y al oír el timbre se despertó con jaqueca y se levantó para asearse y vestirse. A pesar de que sólo había dormido cuatro horas y tenía resaca, empeorada por sus muchos años, se mostró inflexible consigo misma. Durante las expediciones científicas, se atenía a la máxima de que el tiempo es oro. Una hora perdida atendiendo a las flaquezas y miserias del organismo humano, equivalía a una hora restada a la suma del saber humano. Aquella mañana, la única indulgencia que pensaba permitirse eran dos aspirinas.

Cuando terminó de vestirse y preparó el café en el fogoncito Coleman, las aspirinas empezaron ya a producir su efecto. Las tenazas invisibles aflojaron su presión y, con la cabeza más despejada, pudo pensar mejor. Como solía hacer siempre a aquella hora de la mañana, antes de iniciar las tareas del día (la primera era una sesión con Mr. Manao, el maestro, que empezaba dentro de veinte minutos), le gustaba pasar revista a sus tropas.

Las revistó.

Como punto de partida para su inspección mental, utilizó el saco del correo que el día anterior por la tarde tenía en su oficina y que por la noche el capitán Rasmussen se llevó a Tahití en avión.

El sobre más voluminoso de todos era el que enviaba Lisa Hack-

feld: un sobre de avión dirigido a su marido Cyrus Hackfeld. Los
Angeles California, acompañado de otra carta ordinaria dirigida a
su hijo Merrill, que visitaba Wáshington en viaje colectivo. Antes de
depositar ambos sobres en el saco de lona, Lisa besó el más grueso
con fingido afecto. Le explicó que aquel sobre contenía los datos que
había podido reunir sobre el milagroso estimulante, la hierba conocida por el nombre de *puai*, junto con los planes que acariciaba Lisa
para someter todo el mundo occidental al imperio de Vitalidad. Estaba convencida de que Cyrus se sentiría muy orgulloso de sus grandes
dotes.

Aquel día y todos los días que faltaban aún para la partida Lisa
estaría ocupada de la mañana a la noche con la Operación Ponce de
León, como gustaba llamarla. Se pasaría el día interrogando a docenas
de bailarines que tomaban aquella pócima, sin olvidar a todos los
viejos del pueblo capaces de relatar su historia, tradiciones y los
efectos beneficiosos que les había producido.

Entre todas las personas de su equipo, pensó Maud mientras degustaba el café, quizá sería Lisa más que otro cualquiera de los profesionales, la que resultaría haber sido mejor etnóloga de la expedición. También era muy probable que fuese Lisa quien sacase mayor
provecho económico de aquella empresa. Siempre son los ricos los
que se enriquecen. Era Adley, su querido Adley, quien solía decirlo.
Y también son los ricos los que se rejuvenecen, rectificó Maud, añadiendo: se hacen más ricos y más jóvenes gracias a su dinero. Fuere
cual fuese el fin que tuviese el negocio del ridículo hierbajo, se dijo
Maud, aunque comercialmente fuese un desastre, Lisa saldría ganando bajo un punto de vista personal. Pues en las Tres Sirenas
había encontrado, sin buscarlo, el antídoto contra la vejez, la única
y verdadera panacea universal. El ingrediente era muy sencillo: tener
algo en que ocuparse. Esto era lo único que daba resultado. Maud lo
sabía muy bien, por propia experiencia.

Poco después de que Lisa depositara sus dos cartas en el saco
de Rasmussen, se presentó Rachel DeJong, más risueña y satisfecha
que nunca. Maud nunca la había visto así, en efecto. Rachel fue quien
trajo el mayor número de cartas, escritas apresuradamente la noche
anterior. Estaba muy parlanchina, lo cual era sorprendente. Mostró
a Maud un sobre dirigido a una tal Miss Evelyne Mitchell, explicándole
que aquella señorita y casi todas las restantes personas a quienes
escribía eran pacientes suyos y ella les anunciaba su regreso. En
efecto, se proponía continuar ejerciendo, al menos por un año. Entonces le enseñó otra carta dirigida a un tal doctor Ernst Beham,
añadiendo: «Y después dejaré el ejercicio de mi profesión, si el doctor

Beham me lo permite». Finalmente golpeó con el dedo otro sobre dirigido a Mr. Joseph Morgen diciendo: «Hace tiempo que quiere casarse conmigo y ahora le doy una mala noticia, pobrecillo: le digo que acepto».

Maud sabía que Rachel continuaría trabajando durante parte del día con los nativos que había escogido y recogiendo informes para su estudio psiquiátrico, pasando el resto del día dedicada a estudiar la Jerarquía.

Antes de que Rachel se fuese, Orville Pence entró como una tromba para tirar una carta al saco e irse corriendo. Media hora después regresó, se arrodilló junto al saco, metió el brazo en él hasta que encontró su carta y después procedió a rasgarla en presencia de Maud.

«Era para mi madre —explicó—. Le contaba una cosa que hice ayer y acabo de pensar que no le importa en absoluto».

Con estas palabras y sin más explicaciones se fue. Pero Maud sabía muy bien de qué se trataba, pues la víspera, al anochecer Harriet Bleaska se lo había contado todo a Claire y a ella.

Orville no trabajará mucho hoy, pensó Maud. Estará esperando, con el ánimo en suspenso, que Harriet se decida por él o por Vaiuri. En el primer caso, se irá de las Sirenas con mucho más de lo que pensaba encontrar aquí. En el segundo, se irá sin nada, dominado por una terrible sensación de derrota, al verse postergado a favor de un indígena. Sea cual sea el resultado, se dijo Maud, sus relaciones con su madre habrán terminado.

Entonces pensó en su propia carta, la que terminó de dictar muy tarde a Claire y que contenía el informe para Walter Scott Macintosh. Al pensar en ella, pensó de manera inevitable en su próximo porvenir, en la posible separación de Marc y Claire y sus ideas empezaron a centrarse en su hijo, pero se esforzó por desechar aquella imagen. Bebió un sorbo de café, que ya estaba más frío, y continuó pasando revista a sus tropas.

Harriet Bleaska se presentó la noche anterior con su dilema, mientras Claire y Maud iban a vestirse para la cena. Después de hablar por breves instante —ellas no pudieron serle de ninguna ayuda, no podían serlo—, Harriet se fue con Claire. Por último, a la caída de la noche cuando Maud se disponía a ir a la choza contigua, que era la que ocupaba Marc, se presentó Estelle Karpowicz para decirle que Mary había sido encontrada y que ya estaba todo arreglado entre su hija y Sam. Maud experimentó un enorme alivio, pues sentía gran afecto por aquella familia y había sufrido mucho a causa de lo ocurrido entre el padre y la hija. Aquella sería una fecha memorable para los Karpowicz, pensó Maud. Sam había vuelto a ocuparse de su pequeño laboratorio fotográfico y de la preparación de plantas y mientras tanto Mary estaría en el poblado con su madre.

Maud terminó su inspección, y también el café. Un nuevo día el primero de la cuarta semana de estancia en las Tres Sirenas, estaba a punto de comenzar. Pero cuando fue a buscar los lápices y el cuaderno de apuntes, que tenía sobre la mesa, sentía ciertos remordimientos, pues había evitado deliberadamente pasar revista a uno de los miembros de su equipo. Y esto era una falta inadmisible en un jefe. Había tenido miedo de analizar la conducta de su hijo.

Mientras estaba de pie junto a la mesa, recordó lo de anoche: vio a Tom Courtney en la choza de Claire, a Courtney en vez de Marc, que había ido a no sabía donde; por su mente cruzó un pensamiento traidor, que no tardó en desechar, cuando los tres se dirigieron a casa de Paoti. Aquel pensamiento era el siguiente: los tres se encontraban mejor de aquella manera que si Marc hubiese ocupado el lugar de Courtney. ¡Qué pensamiento tan horrible!

Haciendo de tripas corazón, mientras permanecía apoyada en la mesa, decidió analizar sus relaciones con su hijo. En aquellos momentos las veía con mucha claridad y comprendía que Marc había sido víctima de su propio egoísmo de madre. Porque no había duda de que ella había sido egoísta. Únicamente dio un hijo a Adley, porque con éste le bastaba y ella era todo cuanto Adley quería. Pero su hijo único se convirtió en la víctima de este egoísmo. Ella lo trató no como a un hijo, sino como un pariente lejano que se esforzaba vanamente por conquistar los favores de unos padres que habían levantado una barrera a su alrededor y vivían absortos en su propio afecto, sin necesitar a nadie más ni nada más.

Su mal proceder al mirar aquellos lejanos años idos, le apareció claro y acusador. Y ahora, se dijo tristemente, ahora que estoy tan cerca del fin, lo único que me queda en la tierra es Marc, la prueba de mi propio fracaso como madre. Cargó con toda la culpa y absolvió completamente a Adley pues «de los muertos sólo hay que decir bien», amén. Si pudiese volver a vivir, pero con su experiencia actual... Hubiera acogido amorosamente a su hijo en el seno de la familia, sin concentrar todo su afecto en Adley y en su carrera. Hubiera hecho de su hijo un ser más seguro de sí mismo, más dichoso, amparado por el amor maternal y, cuando hubiese sido un hombre, hubiera podido tener hijos que también hubiera amado, en lugar de su estéril vida con Claire.

Y si le fuese posible vivir de nuevo, hubiera hecho aún mucho más. Hubiera tenido varios hijos, muchos, en lugar del único heredero reglamentario, que era una burla viva de su fracaso. Pero la vida era irreversible y, por más que lo deseara y lo quisiera, ya no podía engendrar otro hijo que representara mejor su paso por este mundo. Que tristes y desvalidas se sienten las viejas al evocar sus recuerdos antiguos... Podía patalear, podía proferir denuestos a la faz de los cielos, podía implorar al Sumo Hacedor, podía suplicar, sollozar o maldecir, pero fuesen cuales fuesen los gritos que surgiesen de su corazón y sus pulmones, ya no podría tener más hijos, porque Adley había muerto y la juventud la había abandonado.

Permaneció de pie, apoyándose en la rústica mesa iluminada por los rayos del sol que se filtraban por la celosía de caña, y se sintió débil y perdida. ¡Ah, qué mal había juzgado aquellos últimos años! De joven, se veía siempre con aspecto juvenil y al lado de Adley, con un hijo perfecto que los adoraba a ambos. Nunca había podido imaginarse lo que sería la soledad. Tenía que haber hecho girar la ruleta más de una vez, y hoy tendría las ganancias de aquel esfuerzo tan sencillo... dos, tres, o cuatro números para apostar en los últimos años. Pero ella hizo girar la ruleta una sola vez, sin mirarla siquiera, apostándolo todo a un solo número. Y perdió.

Aquella mañana se sintió con ánimos para reconocerlo... la culpa era únicamente suya.

Después pensó en el tesoro que Lisa Hackfeld se llevaría de las Sirenas. Actividad. Ocupación constante, trabajo incesante, ir siempre adelante, sin parar. Aquel era el único remedio para combatir la vejez. La equivocación que había cometido aquella mañana consistió en detenerse a pensar. Permitió que su mente fuese libre, como la de una madre y de una mujer. Y ella no era ni una cosa ni la otra. Ella era una etnóloga, una experta en sociología, siempre ocupadísima. Prometió no olvidarlo por segunda vez.

Tomó los lápices y el cuaderno de apuntes y salió con paso vivo para dirigirse a su cita con el maestro...

* * *

Antes de que diesen las diez de la mañana, mientras su mujer aún dormía, Marc Hayden terminó de preparar su baqueteada mochila de lona, en la que había metido todo cuanto necesitaría para el viaje de las Sirenas a Tahití. En cuanto a sus restantes efectos personales, no le importaba perderlos. Tan pronto llegase a Tahití, podía empezar a gastar a manos llenas, con la misma esplendidez que Creso gracias a sus travelers cheques y su cuenta corriente, sin preocuparse demasiado por agotarla, ya que le aguardaba un filón inagotable.

Mientras estaba llenando de cosas la mochila, esperaba a cada momento que Claire lo interrumpiese. Así, cuando ella apareció ya se hallaba preparado. Claire entró en la habitación delantera, anudándose el cinto de su bata rosada de algodón, que se había puesto sobre el camisón blanco, mientras él levantaba la mochila por las correas de los hombros para comprobar su peso.

—Buenos días —dijo Marc, echándose la mochila al hombro para cerciorarse mejor de su peso—. Me voy de excursión por la isla. Si puedo, volveré después de media noche o si no, mañana por la mañana.

—¿Qué mosca te ha picado? —dijo Claire—. ¿Con quién vas?

—Con unos amigos de Moreturi. Lo teníamos preparado desde hace una semana. Quiero ver algunas de las antiguas ruinas de piedra, el templo que ya existía antes de la llegada de Daniel Wright. Me han hablado también de unos cobertizos desparramados por la isla y que fueron levantados por el primer Wright cuando desembarcó aquí procedente de Inglaterra.

—Pues que te diviertas —dijo ella, amagando un bostezo. Después empezó a vagar por la habitación, se detuvo vacilante ante la bandeja de la fruta y luego se arrodilló para empezar a mondar y cortar a rodajas un plátano. Después lo miró—. No parece que te haya hecho mucho efecto lo de anoche.

—¿Lo de anoche?

—Sí, lo que bebimos anoche. ¿No te acuerdas? Saliste haciendo eses, insultando a nuestros anfitriones y a Tom...

—¿Ya empezamos de nuevo?

—Que quieres que diga si te portaste así. Aunque no eres muy diferente cuando estás sereno. Cuando nos fuimos, tu madre tuvo que disculparte ante ellos.

Marc lanzó un desdeñoso bufido y dejó la mochila en el suelo.

—Si has terminado ya, yo me voy...

—Aún no he terminado —dijo Claire—. Olvidaba decirte que llegaste muy tarde a la cena. Esto me permitió hablar a solas con Courtney.

—Naturalmente.

Ella pareció no oír aquel sarcasmo.

—Hablamos de mi medallón perdido. Yo le dije lo que tú me habías dicho, o sea que estabas seguro de que lo había hurtado un indígena.

—Y él dijo... —Empezó a hablar con voz de falsete y tono de fingido horror—: No, por Dios, el pueblo de las Tres Sirenas no roba ni comete hurtos, pues está demasiado ocupado haciendo el amor.

Ella se enfureció de pronto.

—Exactamente, Marc. Me dijo que esa gente no roba. No hay un solo caso de hurto en su historia. No saben que son esta clase de delitos. No codician los bienes ajenos.

Marc pensó en Tehura, a quien él había tentado, y sintió deseos de arrojárselo a la cara de Claire, pero se contuvo.

—Ese Don Juan de baratillo que es Courtney parece saberlo todo —dijo—. Sus opiniones siempre tienen a tus oídos más peso que las mías.

—En lo que se refiere a las Sirenas, sí, porque es un hombre sin prejuicios e inteligente. En cambio, tú estás lleno de prejuicios...

—No veo por qué los prejuicios tienen que ser malos —rezongó Marc—. Yo tengo los míos, sí, señor, y uno de ellos es el que me hace mirar con prevención a los fracasados que atribuyen su fracaso a los demás, salvo a ellos mismos. Tu picapleitos de Chicago era un Don Nadie en nuestro país y decidió abandonarlo vergonzosamente. Y aquí como se dice, se ha convertido en alguien, pues en el país de los ciegos el tuerto es rey. Se dedica a pontificar entre estos salvajes analfabetos sobre todo lo bueno que tenemos, nuestra patria, nuestros sistemas, nuestras costumbres... En cambio, aquí, en este villorrio donde por fin se cree ser alguien, todo es perfecto y es grande...

—Por Dios, Marc, deja de hablar así. Te equivocas al juzgar a Tom, y tú lo sabes muy bien.

—Y ya que hablamos de prejuicios, te diré que tengo otro. Sí, tengo un prejuicio contra las mujeres que demuestran tal hostilidad a sus maridos, que se alían con cualquiera para atacarlos y combatir sus ideas y opiniones así que se presenta la ocasión. Pero esto no les impide aprovecharse del dinero y la casa de su marido, con la situación social correspondiente... Y luego, en público, se dedican a poner al marido como chupa de domine.

—¿Te refieres a mí?

—Me refiero a ti y a muchas, muchísimas mujeres como tú. Pero gracias a Dios, no son las únicas que existen. Hay otras mujeres que se sienten orgullosas de sus maridos.

—Quizá tengan razones de estarlo —dijo Claire, empezando a alzar la voz—. Sí, porque sus maridos deben de ser hombres de verdad. ¿Te has dado cuenta de cómo me tratas? ¿De cómo te portas conmigo? ¿Cuánto tiempo hace de la última vez que te mostraste cariñoso o atento? ¿Desde cuándo no me tratas como merece una esposa?

—Cada cual tiene lo que merece —dijo él con tono rencoroso— ¿Y tú, qué haces por merecer que te trate bien? Una mujer...

—Es culpa tuya... no me permites que me porte como esposa.

—Vivir contigo no es vivir con una mujer, sino con un inquisidor, siempre exigiendo e interrogando...

—No soy yo quien lo hace, Marc, sino tú mismo. No quiero hablar más de eso. Hace tiempo que me dedico a observarte, no sólo aquí sino cuando vivíamos en casa, y creo que no estás bien... no quiero emplear la palabra enfermo... Estás hecho un verdadero lío, por lo que se refiere a ti mismo, tu tabla de valores, tu actitud ante la familia, tus relaciones con las mujeres. Un solo ejemplo bastará: eres incapaz de hacer una vida marital de manera normal y regular, de mostrar el mínimo de deseo y...

—De modo que es esto. Pues ahora te diré una cosa... sí, voy a decírtelo... lo que un hombre quiere es una mujer de verdad, no una mujer irritable y quisquillosa, con mentalidad de ramera...

Ella se dominaba para no perder del todo los estribos.

—¿Así llamas a una mujer que piensa en el amor y desea ser amada? ¿Es eso lo que piensas?

Él se echó la mochila al hombro con ademán iracundo.

—Te digo que me has tomado el pelo durante dos años y ya estoy harto. Si tú deseas que terminemos yo lo deseo más que tú. Estoy harto, estoy hasta la coronilla de ti y de las culpas que tratas de achacarme...

—Marc, yo sólo intento arreglarlo.

—Tú sólo intentas justificar lo que se ha metido en tu estúpido cerebro. Estos atléticos indígenas te han sorbido el seso. No, tú buscas una justificación para irte con el primero que se presente, con tal de que sea fuerte y bronceado...

—¡Cállate! —gritó Claire, asestándole un sonoro bofetón.

Marc replicó maquinalmente al golpe con la mano libre, que la alcanzó de refilón en la boca y barbilla. La fuerza del golpe la hizo retroceder tambaleándose, pero conservó el equilibrio, mientras se frotaba la boca en mudo pasmo.

—¡No quiero verte más en toda mi vida! —vociferó Marc—. ¡Vete al cuerno!

Con la mochila al hombro, con dos zancadas se plantó en la puerta.

—¡Marc —gritó Claire—, si no me pides perdón, hemos terminado...!

Pero él ya se había ido. Ella se tambaleó, mientras el llanto pugnaba por brotar de sus ojos, e hizo un gran esfuerzo por no dignificar la escena y la locura de Marc con sus lágrimas. Cuando apartó la mano de la boca, vio que tenía manchas de sangre en los dedos.

Caminando muy despacio, fue en busca del jarro de agua que tenía en la habitación del fondo. Las palabras que pronunciara la víspera

Harriet Bleaska cruzaron de pronto por su mente. Harriet, ante su propio dilema dijo a Claire: «Orville me recuerda mucho a Marc. Así, quizá tú puedas decirme cómo se vive con un hombre de estas características... ¿No puedes, decírmelo, Claire?» Entonces ella no supo qué decirle... ni pudo. Lamentó no haberlo hecho. Aunque quizás Harriet no sería tan estúpida como ella.

* * *

Harriet Bleaska vestida con su inmaculado traje de enfermera paseaba arriba y abajo frente a la puerta de su choza, golpeando constantemente el cigarrillo que fumaba para tirar la ceniza sin dejar de preguntarse si se había portado como una incauta. En otro tiempo, a esta hora, casi mediodía, siempre sentía hambre. Pero a la sazón no tenía apetito. Y no lo tenía, porque sobre su estómago pesaba una lápida y, aunque no distinguía el epitafio con claridad, le parecía leer en él la palabra *estúpida*.

Había tomado su decisión poco después de desayunar y se apresuró a redactar una breve nota aceptando la proposición de matrimonio. Apenas hacía un par de minutos que había enviado la nota por un muchacho nativo. Ahora la cosa ya no tenía remedio. Dentro de unos momentos el destinatario recibiría su billete, lo leería y poco después se presentaría ante su puerta, en su propia habitación —¡su futuro esposo!— y ella ya podría decir: *alea jacta est*. Y a partir de entonces, para el resto de sus días, su vida sería diferente, su voluntad tendría que inclinarse ante una voluntad ajena, su personalidad y su historia se confundiría con la de otro ser y la independiente Harriet Bleaska se evaporaría para toda la eternidad. Era el cambio y la fusión que anhelaba desde su adolescencia, pero entonces, al verlo tan inminente, la llenaba de terror.

Pero después, mientras encendía un nuevo cigarrillo con el anterior, pensó más serenamente que lo que la aterrorizaba no era la alteración radical que sufriría su vida, sino la continua preocupación de saber si había elegido bien o mal. ¿Cuántas jóvenes podían elegir entre dos pretendientes tan radicalmente distintos? ¿Hubo mujeres que tuvieron que decidir entre dos hombres tan dispares y entre condiciones de vida que contrastaban hasta tal punto?

Por última vez, antes de despedirse de la solitaria Harriet Bleaska oculta detrás de su Máscara, pasó revista a los dos hombres y a las prendas que los adornaban poniéndolos mentalmente uno al lado del otro. Entró en su habitación para continuar su paseo por ella sin dejar de fumar, mientras pensaba en lo bueno y lo malo que tendría ser la esposa de Vaiuri, mestizo de polinesio e inglés, practicante en Medicina que ejercía en las Tres Sirenas, y lo bueno y lo malo que tendría ser la esposa del Dr. Orville Pence, norteamericano típico, hijo de familia y etnólogo de Denver, Colorado.

Harriet tomaba notas mentales en el estilo breve y conciso propio de una enfermera.

Prendas que adornan a Vaiuri: tiene un físico atractivo, es inteligente, compartimos los mismos intereses profesionales, sin duda sabe amar como todos los de aquí y apreciaría mis facultades amorosas; querría tener muchos hijos y yo también, su familia es estupenda y sus amigos muy simpáticos; con él nunca me moriría de hambre ni me faltaría nada; me quiere.

Defectos de Vaiuri: quizás es demasiado serio y testarudo, no posee mi educación universitaria, no tiene ambiciones porque aquí no existen incentivos, todos los años me engañaría durante el festival y a veces me consideraría inferior debido a mi tez blanca.

Ventajas de las Tres Sirenas: Son como una perpetua estación veraniega; aquí puedo ser yo misma, sin presiones de ninguna clase; me consideran hermosa.

Inconvenientes de las Tres Sirenas: no podré exhibir a mi marido ante mis antiguas amigas. No podré duchar a los niños, ni ir de compras, ni recibir *House Beautiful* ni ver programas de televisión, pues esto está muy apartado de... ¿de qué?

Prendas que adornan a Orville Pence: es norteamericano y se ha abierto camino en la vida; quiere que sea su esposa.

Inconvenientes de Orville Pence: no me atrevo a imaginármelo desvestido, tiene tipo de solterona, además tiene hermana y una MADRE (suegra para mí), tendré que aguantar sus conferencias quizá sólo querrá tener un hijo, es un poco pelma, bastante mojigato, sólo me dará dinero para alfileres, parecerá que me hace un favor casándose conmigo, me hará ingresar en el Club de Esposas de la Facultad y votar a los republicanos; pero sobre todo, no podré imaginármelo desvestido.

Ventajas de Denver: es una ciudad norteamericana.

Inconvenientes de Denver: es una ciudad norteamericana. P. D.: y habitada además por su MADRE.

¡Ojalá existiese un cerebro electrónico para resolver estos problemas y garantizar la exactitud del resultado!, pensó. Pero no existen estas máquinas calculadoras y nadie puede aconsejarme bien... ni Maud, ni Claire, ni Rachel. Soy yo quien tiene que decidir y ahora ya está hecho. ¿Habré obrado bien?

Se llevó un tercer cigarrillo a los labios, lo encendió con la colilla del anterior, dio una chupada y tiró la colilla. Continuó midiendo la estancia con sus pasos. ¿Había hecho bien? Evocó sus años malos, que eran casi todos. Que mal uso se había hecho de ella. Siempre, invariablemente, se había ofrecido en holocausto ante la Máscara, como si tratase de expiar su fealdad. Su mayor deseo había sido pertenecer a un hombre, pero nunca lo había conseguido, sólo de vez en cuando, de manera temporal y a hurtadillas.

Sí, decidió; sí, sí, sí. Había tomado la decisión acertada.

Acababa de decírselo cuando oyó que llamaban nerviosamente a la puerta de cañas.

Dejó el cigarrillo a medio fumar en el cenicero de concha, se arregló un poco los lacios cabellos, se pasó la lengua por los interminables labios para limpiarlos de hebras de tabaco y dijo:

—¡Adelante!

Él irrumpió en la cabaña y luego se detuvo, con los ojos muy abiertos y una expresión de nerviosa incertidumbre en el rostro.

—He recibido tu nota —dijo—. Me pedías que viniese en seguida, pues tenías buenas noticias que darme. ¿Son las que imagino?

—Lo he pensado bien y estoy decidida. Me sentiré muy orgullosa de ser la esposa del Dr. Orville Pence.

Le sorprendió un poco y le causó una gran alegría ver la expresión de alivio que se dibujó en el semblante de Orville.

—Harriet —le dijo— éste es el momento más dichoso de mi vida.

—Y de la mía también —dijo ella.

—Hoy se lo anunciaremos a Maud, durante el almuerzo.

Harriet tragó saliva.

—Orville... ¿no vas a besar a la novia?

Cuando él se le acercó, muy rígido, ella pensó por última vez en el sacrificio que había consumado. Había renunciado para siempre a la posibilidad de ser hermosa —¿lo sabría él alguna vez?— porque era la heredera de aquellos desconocidos antepasados que conformaron su cuerpo y la dispusieron a dar aquel sí definitivo.

Y cuando él la abrazó desmañadamente, como un misionero que diese la bienvenida a sus ovejas, notó que olía a jabón y a limpieza presbiteriana. Entonces la besó. Inconveniente: ella no sentía pasión alguna. Ventaja: se sentía muy segura. Harriet le devolvió el beso, quizá con demasiado fervor porque, desde luego, ser Mrs. Pence y tener una posición segura no era moco de pavo.

A los pocos instantes exhaló un suspiro involuntario.

Sabía que acababa de empezar una vida de incesante gratitud.

Desde el lugar en que estaba, parcialmente oculto detrás de los
cocoteros que orillaban el empinado sendero que salía del poblado,
Marc Hayden podía seguir las idas y venidas de los miembros de la
expedición.

Vio como Claire salía de su cabaña y se metía en la que Maud
utilizaba como oficina. Durante los quince minutos siguientes, vio
como Rachel DeJong encontraba a Harriet Bleaska y Orville Pence
en el centro del poblado, les estrechaba las manos y los tres juntos,
al parecer muy contentos, se dirigían al despacho de Matty. Después
Lisa Hackfeld salió de repente de su residencia y echó a correr hacia
la de Matty. Los únicos que no salieron eran aquellos que por el momento no le interesaban. Estelle y Sam Karpowicz, y la hija de ambos,
aún no habían salido, por la razón que fuese.

Al principio, después de la escena que tuvo con aquella descocada de Claire y de ocultar la mochila detrás de la choza de Tehura,
Marc se había propuesto pedir a ésta que mantuviese a los Karpowicz
ocupados durante la hora del almuerzo o de la comida. Como no se
atrevía a allanar antes la cámara oscura de Sam, para robarle fotografías y rollos de película, ya que temía que Sam terminase por descubrir su falta, en el tiempo que aún faltaba, Marc se propuso requi-
sarlas o pedírselas prestadas por un día. Se negaba a creer que el
acto de apoderarse de las fotografías y películas constituyese un
robo. Había llegado a convencerse de que todo cuanto hacían o hiciesen los miembros de la expedición pertenecía indistintamente a todos.
De acuerdo con este razonamiento, Marc tenía parte en todo cuanto
captaban las cámaras de Sam. Aunque no fuese así, en el peor de
los casos Marc tenía derecho a que Sam le prestase las fotografías;
esto le permitiría sacar copias para Garrity y para sí mismo. Después
devolvería los negativos a Albuquerque.

Sin embargo, Marc comprendía que Sam Karpowicz presentaría
objeciones a esta solicitud. El fotógrafo acababa de demostrar, con
su estallido de mal genio provocado por lo que su hija vio en la escuela, que era un hombre en extremo irascible. Eso no quería decir
que Sam hubiese obrado mal. Marc hubiera hecho lo mismo en
iguales circunstancias. A poco que se las alentase, las pequeñas desvergonzadas como Mary se convertirían en grandes desvergonzadas
como Claire. El remedio consistía en tirar de las riendas desde muy
jóvenes y no aflojarlas ni un momento. Él había sido demasiado

indulgente con Claire, desde la misma noche de bodas, cuyo recuerdo le asqueaba; aquella fue su equivocación, y el resultado saltaba a la vista.

Marc comprendió que estaba divagando y su pensamiento volvió a Sam. Sí, en efecto, Sam podía plantearle ciertas dificultades y antes de luchar con aquel hombre terco y voluntarioso, Marc decidió ir sigilosamente a la cámara oscura para tomar lo que deseaba, y asunto concluido. El problema consistía en meterse en la cámara oscura en ausencia de los Karpowicz. El plan que había trazado aquella mañana, consistente en que Tehura, su colaboradora, los invitase a almorzar o cenar en su choza tuvo que aplazarse porque Tehura no estaba en casa y no había conseguido encontrarla en parte alguna. Afortunadamente, mientras la buscaba, Marc tropezó con Rachel DeJong, que se dirigía a su improvisado consultorio. Cambiaron unas cuantas palabras triviales pero, al separarse Rachel le dijo:

—Bien, ya nos veremos en el almuerzo que nos ofrece tu madre.

Marc se había olvidado por completo del almuerzo de Matty señalado para las doce y media. Aquel almuerzo, pensó Marc, que conocía a su madre, tenía por objeto reforzar la moral del equipo. Había pasado ya la mitad del tiempo señalado para la estancia en la isla. Adley decía que este momento representaba siempre el «punto crítico», y a Matty le gustaba citar a Adley. Poco más o menos a la mitad del tiempo señalado para una expedición, los miembros del equipo empezaban a sentir harapientos, se ponían nerviosos y susceptibles en un lugar y un clima exóticos. Era el momento indicado para reunirlos y para hacer que escuchasen a su jefe, que les hablaba para levantar su decaída moral y escuchaba después sus quejas y problemas, para verter sobre ellos el bálsamo de sus consejos. Matty era un hacha en estos menesteres. Gracias a Dios, pronto la perdería de vista.

Al pensar en el famoso almuerzo, Marc comprendió que esto le daría ocasión de visitar subrepticiamente la cámara oscura. No necesitaría la ayuda de Tehura hasta la noche. Aunque resultase irónico, su madre se convertía en cómplice de su propia ruina. Hasta entonces, él no había comprendido tan claramente hasta qué punto contribuiría a la ruina de su madre. Cuando él hubiese desaparecido para llevar adelante su proyecto, en compañía de Garrity, la casquivana Claire quedaría aplastada y Courtney deshonrado. Mas para Matty, ah para Matty aquello sería la ruina. Cuando Marc y Garrity, durante su gira de conferencias por los Estados Unidos expusieran al público el libertinaje que reinaba en las Tres Sirenas, Matty se quedaría sin nada nuevo que exponer ante la Liga Antropológica Americana. En realidad, se convertiría en blanco de censuras, en baldón para su especialidad, por el papel que había representado al traicionar a una sociedad. Podría darse por muy afortunada si conservaba su puesto en el Colegio Raynor. Desde luego, aquel estúpido y senil presidente Loomis la mantendría en el puesto, hasta que muriese. Pero por él, Matty y Claire podían volverse dos viejas arrugadas y gruñonas, que no le importaban un comino.

Algo llamó la atención de Marc, arrancándole de sus divagaciones. Vio que Estelle y Sam Karpowicz acababan de salir de su cabaña. Permanecieron un momento de pie ante ella, hablando, y después recorrieron las cinco chozas que los separaban de las oficinas de Matty.

Así que se perdieron de vista, Marc salió de su escondrijo y corrió hacia el poblado. La choza que ocupaban los Karpowicz era la última y por lo tanto, la más próxima a él. Antes de un minuto llegó junto a ella, sudoroso, y se escabulló por el pasadizo lateral hasta la cámara oscura, situada detrás de la choza.

Al pasar frente a la primera ventana oyó una voz y quedó helado de espanto. Se detuvo. Era la voz de Mary Karpowicz, no había duda. Se había olvidado por completo de ella. ¿Por qué la condenada criatura no asistía al almuerzo? Se agazapó en silencio junto a la ventana, para que no pudiesen verle y esperó, sin saber que partido tomar. Las voces que se escuchaban en el interior pertenecían a Mary y a un hombre; a juzgar por el ligero acento, era un indígena. Las palabras que ambos pronunciaban resonaron en su oído y le enfurecieron.

Ella dijo:

—Pero si tú me quieres, ¿por qué no, Nihau?

Él dijo:

—Eres demasiado joven.

Ella dijo:

—Soy mayor que las chicas de las Sirenas amigas tuyas.

Él dijo:

—Tú no eres una chica de las Sirenas. Tú eres distinta. En tu país es diferente.

Ella dijo:

—No tan diferente como tú crees, Nihau. No te creo, no creo que sea únicamente por mi edad. Dime por qué no quieres...

Él dijo:

—Has aprendido mucho aquí, Mary. Te has hecho mujer. Ahora eres más juiciosa que antes. Tendrás mucho que ofrecer al hombre de tu país que quieras, cuando finalmente lo encuentres. Esto no tardará en suceder, dentro de dos o tres años, cuatro a lo sumo

Cuando lo encuentres, te acordarás de lo que te he dicho y me lo agradecerás. No quiero echarte a perder. Quiero que todo llegue para ti a su debido tiempo.

Ella dijo:

—Eres muy bueno Nihau, pero no te entiendo. No entiendo que le des tanta importancia, a pesar de que tú mismo dices que en esta isla os enseñan, como tú me has enseñado, y os dicen que esto es natural y que...

Él dijo:

—Mary, tú no eres de esta isla y estarás poco tiempo con nosotros. Debes vivir y pensar de acuerdo con lo que tus padres y tus compatriotas te han enseñado. Me gustaría mucho... iniciarte en esto... pero no lo haré, porque te comprendo y te quiero demasiado para ello. Por favor, no insistas. No te olvidaré y tú no debes olvidar jamás lo que aquí has aprendido. Ea, ahora vamos a comer con mi familia.

A punto de lanzar una blasfemia por la demora que le habían impuesto aquellos jovenzuelos, Marc, de todos modos, se sintió profundamente satisfecho de que hubiesen escuchado la voz de la razón. Se apresuró entonces a volver al poblado, llegando hasta el puente. Cuando se volvió, vio que Mary y el muchacho indígena salían de la choza. Marc se puso a andar con aire descuidado y procurando cruzarse con ellos. Cuando lo hizo los saludó con un amistoso ademán, al que ambos correspondieron.

Continuó paseando en dirección opuesta a la que ellos llevaban y aminoró el paso al llegar a los cocoteros. Entonces miró hacia atrás. Habían cruzado el puente más alejado y se encaminaban a la hilera de chozas.

Marc contempló sus figurillas, que se alejaban en la distancia. A los pocos segundos se perdieron de vista entre las chozas y el poblado quedó desierto de toda presencia humana, salvo la suya.

Casi corriendo, Marc regresó a la morada de los Karpowicz. La contorneó con paso furtivo y llegó a la parte trasera.

Ante él vio alzarse en solitario esplendor la pequeña choza de bálago donde Sam tenía su cámara oscura.

Marc empujó la endeble puerta, que se abrió fácilmente. En el umbral de aquellas riquezas, su cerebro empezó a funcionar con rapidez. Se llevaría una selección de las fotografías más espectaculares y una docena de las películas más características. Con esto le bastaría; si se llevase más, Sam podía apercibirse de su ausencia si aquella tarde entraba en la cámara oscura. Además, así no iría tan cargado cuando huyese por la noche. Llevaría el botín a su choza, para empaquetarlo y camuflarlo y después llevaría el paquete, por un camino tortuoso, a la Choza Sagrada, desde donde volvería sobre sus pasos para cruzar el poblado hasta la choza de Tehura. Una vez allí, ocultaría el paquete y la mochila en la densa espesura próxima, hasta la llegada de la noche.

Tenía que actuar con rapidez, antes de que los invitados al almuerzo de Matty se dispersasen.

Entró en la cámara oscura, cerró la puerta a su espalda y al fin quedó solo con las riquezas de Ali Babá.

* * *

Habían transcurrido una hora y media en la choza donde Maud Hayden tenía su despacho, y el almuerzo fraternal tocaba casi a su fin. Los invitados permanecían sentados sobre las esterillas, rodeando el largo y bajo banco que servía de mesa para el banquete. Todos los miembros de la expedición se hallaban presentes, con excepción de Marc Hayden y Mary Karpowicz. El único extraño que había sido invitado era Tom Courtney, porque pertenecía no solamente al mundo de los isleños sino también a su mundo. Estaba sentado a un extremo de la improvisada mesa, cerca de la puerta y frente a Claire.

El banquete empezó con una nota en extremo jubilosa. Orville Pence llegó dando el brazo a Harriet Bleaska y con una botella de champaña, que había recorrido miles de kilómetros. Cuando todos estuvieron reunidos, golpeó la mesa de Maud con la pesada botella reclamando atención. Cuando reinó silencio en la habitación, anunció su compromiso con Harriet y dijo que se casarían en Las Vegas el día siguiente a su llegada a los Estados Unidos, para iniciar de inmediato su luna de miel en Nevada.

Todos se acercaron a Orville para estrecharle la mano y todos besaron a Harriet en la mejilla. Únicamente Claire permaneció apartada, limitándose a dirigir una sonrisa a la pareja. En una ocasión, cuando Orville llenaba las copas de champaña para el primer brindis, la mirada de Claire se cruzó con la de la enfermera. Harriet estaba radiante por el contento que le producía ser el centro de la atención general, pero cuando vio a Claire su sonrisa se cambió por una expresión de incertidumbre. Claire lo lamentó al instante, pues comprendió que Harriet se había dado cuenta de su mirada de compasión. Para no echar a perder aquellos gozosos momentos para Harriet, Claire se esforzó por fingir una expresión de contento, e incluso le hizo un guiño y un gesto de aprobación. Pero aquel fugaz momento de sinceridad no pudo borrarse por entero: Harriet sabía y se daba perfecta cuenta que Claire lo había notado, que ésta hubiese preferido que su futuro esposo hubiese sido el indígena.

Después de los brindis empezó el almuerzo, servido por una mujer alta y huesuda, de aspecto rígido e impasible y edad indeterminada. Mientras la mujer iba y venía del fogón de tierra a la mesa y luego pasaba como una sombra detrás de los comensales con los platos, Claire la notó algo vagamente familiar. No consiguió identificarla hasta que la tuvo al lado, inclinándose para servirla. Era aquella mujer llamada Aimata, condenada a la esclavitud como castigo por haber dado muerte a su marido hacía unos años. El marido de Aimata tenía treinta y cinco años y como el promedio de la vida humana se calculaba en setenta años, ella fue sentenciada a treinta y cinco años de esclavitud. Después de recordar esto, Claire se sintió incapaz de apartar su mirada de aquella alta mujer morena y apenas pudo probar bocado durante el resto de la comida.

El improvisado banquete resultó un éxito. Tomaron leche de coco en las tazas de plástico de Maud, el inevitable fruto del árbol del pan, ñames, plátanos rojos y también taro, pollo asado, pescado al vapor y por último un incongruente postre formado por tortas para té variadas, procedentes de la despensa norteamericana de Maud.

Durante todo el almuerzo, mientras sus invitados sorbían, masticaban, engullían, paladeaban y se relamían, Maud Hayden no dejó de charlar ni un momento. Contó una infinidad de anécdotas sobre los mares del sur, apelando a su vastísimo repertorio y se extendió sobre las maravillas y las añagazas de la Etnología. Sus relatos estaban siempre impregnados de humor aunque a veces asomaba una moraleja. Claire había oído aquellas anécdotas no una vez sino varias durante los dos últimos años, tan llenos de palabrería, y por lo tanto prestaba menos atención que los demás. Sin embargo, pese al aborrecimiento que sentía por la progenie de Maud, se dijo que esto no era razón para odiar a Maud o las anécdotas que contaba e hizo como los demás, como Courtney sentado frente a ella, todos los cuales escuchaban complacidos. Por lo tanto, fingió escuchar y deleitarse con las archisabidas anécdotas.

Maud les habló de las curiosas ideas que los indígenas de las Marquesas tenían sobre Norteamérica a comienzos del siglo pasado. En aquellos días, lo único que aquellos indígenas sabían de Norteamérica procedía de sus esporádicas relaciones con los balleneros de Nueva Inglaterra que desembarcaban en sus costas. Aquellos rudos

marinos no sentían interés alguno por sus enseres, costumbres o vida
social, y sólo les atraían sus mujeres. Tan grande era la atracción
que ejercían las indígenas de las Marquesas sobre los marineros
norteamericanos, que en aquellas islas todos estaban convencidos
a pies juntillas que la lejana Norteamérica era un país poblado únicamente por hombres solitarios. Así lo hacía creer la conducta de
aquellos visitantes, que demostraban no haber visto mujeres hasta
entonces y que, al encontrarlas finalmente, trataban de recuperar
el tiempo perdido.

Cuando Maud terminó, todos los invitados sonreían. El único
comentario agridulce corrió a cargo de Claire:

—Quizá los indígenas de las Marquesas tenían razón, y quizá la
situación aún no haya cambiado —dijo.

Rachel DeJong golpeó la mesa con su taza para aplaudir, diciendo:

—Excelente, Claire; otra verdad dicha burla burlando.

Pero Maud, que en el fondo no tenía sentido del humor, ya se
había puesto a contar otra anécdota acerca de la primitiva costumbre matrimonial llamada covada (1). Según esta práctica, cuando
la esposa espera un hijo, es el marido quien se acuesta. Esto provocó
sonoras carcajadas entre los comensales, seguidas por una docta
disertación acerca de las costumbres relativas a la maternidad entre
los pueblos primitivos, a cargo de Orville Pence.

Cuando quitaron la mesa, las anécdotas de Maud se refirieron
a temas más serios, pese a conservar su forma ligera y humorística.
Habló a los presentes del espíritu burlón que poseen muchas sociedades primitivas. Evocó el caso de Labillardiere que, durante su
visita a los Mares del Sur trató de compilar las palabras con que
los indígenas designaban a los numerales. Efectuó su encuesta entre
informantes escogidos, anotó las palabras que éstos le dijeron y
únicamente después de publicarlas supo que el término que éstos
le dijeron que correspondía a un millón no significaba esta cifra sino
tontería, en su idioma, y que la palabra correspondiente a medio
millón quería decir, en realidad, *fornicar*.

—John Lubbock fue el primero en referir esta anécdota —añadió
Maud— convencido de que los etnógrafos deben tener siempre presente esta clase de burlas posibles, cuando trabajan con informantes
indígenas. Hay que comprobar repetidamente los informes, para
evitar que nos den gato por liebre y nos tomen el pelo.

La anécdota fue del agrado general y no cayó en saco roto, pues

(1) Esta costumbre, se practicaba también hasta fecha muy reciente en
las regiones centrales de la Península Ibérica. (N. del T.).

todos se prometieron para sus adentros tener más cuidado y andar con mayor tiento en las pocas semanas que quedaban. Y esto, en definitiva, equivaldría a adoptar una actitud más científica.

Durante esta conversación, Claire se sintió tentada de añadir una anécdota de su propia cosecha. Su labio inferior tumefacto, que había tratado de disimular con una capa de carmín le recordaba a su propio antropólogo y el altercado que ambos sostuvieron hacía unas horas. Él le había dicho que estaba hasta la coronilla de ella. ¿Qué diría la obesa narradora de anécdotas que ocupaba la presidencia de la mesa? ¿Lo consideraría también como una muestra de ecuanimidad científica? ¿Regalaría asimismo los oídos de los comensales? Al recordar aquella escena sintió náuseas.

Con verdadero alivio, Claire vio que todos empezaban a levantarse de la mesa-banco. Aimata se había marchado, llevándose las últimas fuentes de latón y las tazas de plástico de Maud. El espantoso almuerzo había terminado, o casi, porque Sam Karpowicz decía, dirigiéndose a los presentes:

—¿Queréis ver las fotografías que tomé la semana pasada? Acabo de revelarlas y sacar copias.

Se escuchó un coro de murmullos de asentimiento. Claire se quedó sola de pie, algo apartada de los demás, entre la puerta y la mesa de Maud. Vio que Sam Karpowicz explicaba algo a Maud, Orville y Courtney. Después se acercó a la mesa, abrió un gran sobre y sacó de él dos paquetes de fotografías, brillantes copias en blanco y negro de 12'5 × 17,5 y 20 × 25 centímetros y empezó a quitar las gomas que las sujetaban. La fotografía que estaba en lo alto de la pila tenía algo que sin duda no le gustó, pues la puso a un lado; después rebuscó rápidamente entre las restantes, apartó otras dos y acto seguido metió las tres fotografías descartadas en el sobre. Dándose cuenta de que Claire lo observaba, Sam le dirigió una sonrisa bobalicona.

—Diplomacia —murmuró—. Son fotos de Harriet durante el baile del festival... y creo que aquí hay un caballero llamado Orville Pence, a quien no le gustaría verlas ahora.

Claire asintió.

—Muy diplomático —dijo.

Sam sopesó con afecto el montón de fotografías.

—Hay aquí algunas muy buenas. Lo he fotografiado todo, incluso cosas de interés secundario para ilustrar artículos o libros. Por ejemplo... un día típico en la vida del hijo del jefe; la preparación de los bailes para el festival; el hogar de un habitante corriente de las Sirenas; la elocuente historia de la Choza Sagrada... en fin, todo. ¿Te gustaría verlas?

—Me encantaría —dijo Claire cortésmente.

Sam tomó un grupo de fotografías y las tendió a Claire.

—Mira éstas. Entretanto, pasaré las otras entre los demás.

Sam fue al otro extremo de la habitación para entregar las restantes fotografías a Maud, quien, después de mirarlas las fue pasando a los invitados reunidos a su alrededor.

Claire quedó donde estaba, separada de los demás, mirando sin ningún interés las distintas fotografías de la pila, que iba pasando para colocarlas después debajo. Acabó de mirar la serie de solemnes y naturales fotografías de la Jerarquía reunida en sesión plenaria y después contempló una fotografía de cuerpo entero de Tehura, de pie ante la puerta abierta de su choza. Vestida únicamente con su provocativo faldellín de hierba, Tehura parecía la estampa de la Polinesia hecha realidad. Claire comprendió que Maud y Sam se apuntarían un tanto con aquella serie de fotografías, cuando regresaran a los Estados Unidos.

Claire continuó examinando la serie de fotografías que tenían a Tehura por tema. Sam había titulado esta colección «hogar de un habitante corriente de las Sirenas». En otra fotografía aparecía Tehura arrodillada frente al macizo ídolo de la fecundidad, de piedra labrada, que se alzaba en un ángulo de la habitación delantera, cerca de la puerta. Vio después a Tehura inclinada sobre el fogón de tierra, Tehura dormitando sobre las esterillas de la habitación posterior, Tehura exhibiendo tres de sus faldellines de hierbas y dos de sus pareos de tela de tapa, Tehura mostrando con orgullo las joyas y adornos, que le habían regalado sus pretendientes. Después venía un primer plano de aquellos adornos y aquellas joyas, extendidos sobre una esterilla de pándano, en pulcra y cuidadosa hilera.

Claire de pronto dejó de pasar fotografías. Llena de incredulidad, tomó la última para mirarla más de cerca. No, era imposible equivocarse. No había error. Allí estaba.

Anonadada, buscó a Courtney con la mirada hasta que lo encontró.

—Tom —dijo con voz ahogada.

Él se acercó al instante y escrutó su rostro, intentando comprender la causa de su agitación.

—Dime, Claire, ¿qué hay?

—Pues que... he encontrado el medallón perdido, el de los brillantes.

—¿Ah, sí?

—Sí, aquí está. —Le tendió las dos fotografías—. Lo tiene Tehura.

Él examinó atentamente las fotografías durante mucho rato. Luego la miró, con el ceño fruncido.

—Desde luego, es un medallón de brillantes. No es un adorno indígena. ¿Estás segura de que es éste?

—¿Es que puede ser otro?

—Claire, Tehura es incapaz de hacer esto. La conozco muy bien. No robaría por nada del mundo.

—Quizá no tuvo que robarlo.

Courtney inclinó la cabeza hacia ella, con la inquietud pintada en sus alargadas facciones.

—Creo que lo mejor es que vaya a comprobarlo por mí misma —dijo Claire.

—Te acompañaré.

—No —dijo Claire con firmeza—. Hay cosas que una mujer tiene que hacerlas sola.

* * *

Durante toda la tarde esperó con nerviosismo que llegase el momento de entrevistarse con Tehura, pero por tres veces se llevó una decepción al no encontrarla. Tres veces, en efecto, bajo el pegajoso y sofocante calor de la tarde, Claire cruzó el interminable poblado para ir desde su choza a la de Tehura, y las tres veces la encontró vacía.

Chasqueada y nerviosa por tener que esperar entre cada visita, volvió a su choza y trató de entretenerse haciendo limpieza y lavando la ropa. No quería anticiparse para tener confirmación de los medios que había utilizado Tehura para apoderarse de su joya favorita. Sabía como ésta había ido a parar de su equipaje al ajuar de la joven polinesia, pero prefería no anticiparse a los hechos. La propia joven tenía que proporcionarle las pruebas del delito.

Eran ya más de las cinco y por cuarta vez Claire se encaminó a la fatídica choza. Si Tehura aún no hubiese vuelto, Claire estaba decidida a montar guardia ante la puerta y aguardar a que volviese. Si ya estuviese en casa, Claire no perdería el tiempo en palabras inútiles y terminaría allí mismo lo que aún estaba pendiente entre ella y Marc.

Llegó ante la choza que se había convertido en uno de los lugares importantes de su vida, y cuando alzó el puño para llamar, su intuición le dijo que esta vez obtendría respuesta.

Llamó con los nudillos.

La respuesta fue inmediata.

—¿*Eaha*?

Claire empujó la puerta y pasó del caluroso exterior al fresco y oscuro interior de la estancia delantera. Tehura estaba acurrucada en la pared del fondo en una cómoda postura, con una fuente de fruta al lado, que estaba cortando a pedacitos para la cena.

Al ver a Claire, Tehura no mostró alegría, como era normal en ella, sino una inquietud inmediata. Tampoco sonrió ni trató de levantarse, como ordenaban las reglas de la hospitalidad polinesia. Permaneció sentada, inmóvil, en una actitud de vigilante expectación.

—Deseo hablar contigo, Tehura —dijo Claire, permaneciendo de pie.

—¿Es muy importante? Esta noche tengo invitados. ¿No puede esperar a mañana?

Claire no pestañeó ante aquella deliberada negativa a hablar con ella.

—No, Tehura, no puede ser.

La joven nativa se encogió de hombros y dejó caer en la fuente las frutas que cortaba y el cuchillo de hueso.

—Muy bien —dijo con un mohín de contrariedad—, dime qué es eso tan importante?

Claire vacilaba. Siempre que se encontraba en presencia de aquellas indígenas, se sentía en situación desventajosa. Varias semanas atrás, pensó que esto se debía a su superioridad en el terreno amoroso. Al encontrarse en compañía de mujeres que habían conocido íntimamente a muchos hombres y al pensar que ella sólo conocía a uno o quizás a ninguno, se sentía inferior. Pero entonces Claire comprendió que este sentimiento tenía un origen mucho más superfical. Era exactamente lo que sintió la primera tarde que estuvo en el poblado. Entonces se sintió como la esposa de un misionero. Tenía la culpa de ello el vestido o, mejor dicho, la falta de vestido. Allí estaba ante ella la joven indígena, sin nada encima salvo el breve faldellín de hierba tan recogido, que casi revelaba sus partes pudendas, tan femenina, exhibiendo la curvas de su magnífico cuerpo moreno. Y en cambio, allí estaba Claire, tapada hasta el cuello, como si se sintiese avergonzada de exhibir su femineidad. La dominaba una sensación de ahogo; se sentía atada y cohibida. Pero cuando pensó en lo que había visto en las fotografías de Sam, echó al olvido su sensación de inferioridad.

Claire se arrodilló frente a la joven indígena. Tuvo que hacer un esfuerzo para que su voz no temblase al decirle:

—Dime, Tehura: ¿Cómo has conseguido mi medallón de brillantes?

Claire tuvo la satisfacción de ver cómo la muchacha perdía su compostura. Tehura se arrimó a la pared, como un cachorrillo acorralado. Claire comprendió que su mente tarda y vacía, buscaba desesperadamente una respuesta. No tardaría en salirle con cualquier mentira estúpida.

Claire continuó:

—No trates de negarlo. Esto sólo serviría para aumentar lo embarazoso de la situación. Sé que tienes mi medallón de brillantes. Nuestro fotógrafo te hizo unas fotografías... supongo que te acordarás. Fotografió también todas tus joyas y adornos. He visto las fotografías y entre los objetos retratados está mi medallón. Anda, dime cómo lo obtuviste. No me iré de aquí sin saberlo.

Claire esperó a que contestase, pero vio que Tehura estaba dispuesta a mentir descaradamente.

—Pregúntalo a tu marido —dijo de pronto la indígena—. Él me lo regaló.

De modo que esta parte, al menos, queda confirmada, pensó Claire.

—Sí —dijo en voz baja—. Ya me suponía que fuese Marc.

—Me lo regaló —se apresuró a añadir Tehura—. Sí, me lo regaló como premio por los informes que le facilité. Dijo que ya te compraría otro.

—No quiero otro —dijo Claire— y tampoco quiero que me devuelvas ése. Sólo quiero que me digas la verdad acerca de lo que hay entre tú y Marc.

—¿La verdad? ¿De qué? —preguntó Tehura.

—Sabes muy bien a qué me refiero. No te hagas la inocente. Eres una mujer hecha y derecha, lo mismo que yo. Marc te regaló mi joya más cara, la que más aprecio... me la quitó sin que yo me diese cuenta para darla a una extraña. Quiero saber por qué lo hizo. No irás a convencerme de que te la dio sólo a cambio de los informes que tú le facilitaste.

En realidad, Tehura podía permitirse el lujo de no faltar a la verdad, y por lo tanto había un temblor de justa indignación en su voz cuando repuso:

—¿Pues qué te figuras? Yo me he limitado a dar noticias e informes a tu marido. —Para añadir, con cierta crueldad—. Al fin y al cabo, es marido tuyo, no mío.

—No, mío no lo es —dijo Claire.

—Esto es cuenta tuya, no mía —dijo Tehura.

Además, se porta con insolencia, pensó Claire, y en vez de estar a la defensiva, sus palabras se hallan dictadas por un verdadero sentimiento de superioridad. Sólo puede haber un motivo para esto, se dijo Claire, decidida a arrancarle una confesión.

Durante varios segundos, Claire observó a la joven indígena, ver-

IRWING WALLACE

daderamente impresionada al ver cómo había cambiado durante aquellas semanas. Desde el primer día que vio a Tehura en la choza de Paoti, antes del rito de amistad y durante el mismo, la joven le gustó y sintió admiración por ella. Aquella joven morena, era, para Claire, el símbolo perfecto de un alma libre, risueña, gozosa, intacta. Una Eva sencilla y natural, acabada de salir de las manos del Sumo Espíritu. ¿Pero dónde quedaba ya todo aquello? Tehura se había convertido en una criatura complicada, furtiva, codiciosa, tan llena de complejos y tan nerviosa como cualquier mujer del mundo occidental. ¿Cuándo y cómo tuvo lugar aquella metamórfosis? ¿Quién le contagió el cáncer de la civilización blanca? ¿Cuál fue el agente patógeno causante de la infección? Claire también estaba segura de saberlo, pero prefería oírlo de boca de la propia Tehura, del mismo modo como Rachel DeJong también sabía las cosas de antemano, pero prefería que se las expusiesen sus propios pacientes, para que éstos las descubriesen por sí mismos.

—Tehura, estoy dispuesta a hacer caso omiso de la evidente animadversión que tienes hacia mí —dijo Claire, hablando muy despacio—. Voy a decirte unas cuantas cosas con la mayor sinceridad, y después di lo que te parezca. Sólo entonces, cuando hayamos terminado, me iré.

—Di lo que te venga en gana —dijo Tehura con displicencia.

—Has cambiado y el cambio se ha producido casi ante mis propios ojos. No eres la misma que conocí al venir aquí. Yo creía que esta sociedad era inmune a influencias exteriores y creía que en ciertos aspectos habíais progresado mucho más que nosotros. Así, estaba convencida de que nuestra visita no os produciría efectos nocivos de ninguna clase. Pero he visto que en las Sirenas hay también seres humanos débiles y expuestos a todas las caídas, pues siempre habrá una o dos personas en todos los grupos humanos más susceptibles que las restantes y más sensibles a las influencias exteriores. Y tú te hallas bajo los efectos de una influencia maligna, que ha depravado tu natural, sencillo y bondadoso. Has cambiado y te has convertido en otra persona, imperfecta y demasiado parecida a muchos de nosotros. Has sufrido la influencia constante de una persona determinada, durante estas últimas semanas... y por lo tanto, tengo que sospechar de esa persona, pues por desgracia la conozco demasiado bien. Marc es quien te ha hecho cambiar.

Tehura se inclinó hacia ella y habló con ira contenida:

—Marc no me ha hecho absolutamente nada... excepto bien. Marc es bueno. Tú eres incapaz de apreciarlo. Tú eres la mala y tratas de hacerle todo el daño que puedes.

—Vaya, con que ésas tenemos —dijo Claire—. ¿Y tú qué sabes de mi marido? ¿Cómo sabes que es bueno?

—He trabajado con él todos los días durante varias semanas. Como no puede hablar contigo, habla conmigo. Por eso le conozco bien.

—¿De veras crees conocerlo, Tehura? ¿Hasta qué punto le conoces? ¿Muy íntimamente?

—No como tú piensas.

—Me limitaba a preguntarte hasta qué punto lo conocías.

—Lo conozco mejor que tú. Conmigo puede hablar, se siente libre, es un hombre. Contigo, tiene que morderse la lengua.

—¿Es eso lo que te ha dicho?

—No hace falta que me lo diga, porque lo veo con mis propios ojos. Le haces la vida imposible.

Claire apretó fuertemente los dientes antes de hablar.

—¿No crees más bien que es al contrario? ¿No has pensado que puede terminar por hacerte la vida imposible, como me la hace a mí?

—Eso no es verdad.

—La cosa es grave —dijo Claire—. Por lo que veo, te ha embaucado completamente. Permite que te de un consejo gratuito, Tehura. No sé lo que te ha dicho ni que se propone hacer contigo. No sé si lo único que se propone es yacer contigo o si te ha convencido para que le acompañes a los Estados Unidos como su amante. ¿O acaso como su esposa?

—Eres tú quien dice todo eso, no Marc.

—No me importa lo que él se proponga hacer o lo que pienses hacer tú. Únicamente te pido que me escuches mientras seas capaz de hacerlo, Tehura. Todo son palabras. Marc sólo sabe hablar. Este es el modo más innoble de seducir a una mujer y el peor, porque después de las palabras no hay nada, sólo vileza. ¿Me entiendes? Todo cuanto te ha dicho estas últimas semanas acerca de sí mismo, sobre mí, sobre nuestra vida en los Estados Unidos, sobre nuestro país, ha tenido por única y exclusiva finalidad engañarte y corromperte.

—No.

—Pues yo te digo que sí —prosiguió Claire con firmeza—. Nuestra vida en los Estados Unidos es aburrida y monótona... tratamos de rivalizar con los Jones —oh, ya sé que tú no sabes qué significa esto, pero trata de comprenderlo—, en una continua lucha por obtener mejores empleos, ascender en la vida, luchando contra el arrinconamiento y el hastío... es una vida agotadora, limitada, que termina por destrozar los nervios más templados... tan sólo piensa como podría huir de ella o hacerla mejor y más agradable. Tu vida aquí es mil veces mejor. En tu vocabulario no existen palabras para designar cosas como sedantes, política de campanario, ambición, frustración, envidia, deudas, frigideces y soledad. Pero todos estos términos reflejan aspectos muy importantes de la vida que llevamos en mi país. No quiero decir con eso que todo sea malo en nuestra vida y todo sea bueno en la vuestra, pero sí que quiero decir, y de esto no tengo la menor duda, que Marc no te ha presentado una imagen auténtica de la realidad. —Tomó aliento antes de continuar—. Te diré más, Tehura. Marc no es un hombre para ti ni para cualquier mujer normal. Lo he descubierto en las Sirenas. ¿Qué puede darte que no tengan también tus compatriotas? Es inteligente, muy culto, bastante atractivo y a veces incluso le sobra dinero para comprarme alhajas... medallones, por ejemplo, eso es cierto, pero es muy poco, Tehura, muy poco. Le falta hombría y el valor para ser tierno, comprensivo y amoroso. Espiritualmente es un enano... un enano siempre disgustado, ególatra, excesivamente neurótico, de mente enfermiza, incapaz de actuar y portarse como un hombre hecho y derecho. Se halla corroído por la envidia, el odio, la compasión de sí mismo y lleno de prejuicios fantásticos y de sueños irrealizables. Su tabla de valores es propio de un adolescente, quizás menos. He mencionado el amor. En tu isla habéis llegado a extremos de perfección en el terreno amoroso que raramente han sido alcanzados en otras sociedades. Tú has confesado que tus compañeros indígenas te han producido un gran placer. Un hombre de mi país no te lo produciría...

—Tom Courtney me hizo el amor.

—Ni siquiera Tom, pese a que es un millón de años más formado y maduro que Marc. Tú misma me dijiste que tuviste que enseñarle a portarse como un hombre. Pero Marc no es Tom y no aprendería. Es muy distinto a los hombres que tú has conocido. Yo no sé lo que es un buen amante, pero te aseguro que Marc se cuenta entre los peores. No siente el menor interés por las mujeres. Es incapaz de entregarse. Sólo piensa en sí mismo. Te advierto por tu bien, Tehura, no por el mío...

Tehura se levantó, tratando de mantener cierta apariencia de dignidad.

—No te creo —dijo rotundamente.

Claire también se levantó.

—¿Por qué no me crees?

—Porque eres una mujer incapaz de retener a su marido. Los celos y el miedo te hacen hablar.

—¿Cómo puedo convencerte, Tehura? —dijo Claire con tono suplicante—. ¿Cómo puedo convencerte de que te ha metido el demonio en el cuerpo? —Comprendió que todo era inútil, y dijo—: Bien, como tú quieras, pero al menos, querría que pensaras que no son los celos que me hacen hablar. Marc y yo hemos terminado. Ahora, haz lo que te parezca.

Después de pronunciar estas palabras, se dirigió a la puerta.

—Tu medallón —le dijo Tehura.

—Puedes quedarte con él —contestó Claire, mirando a la puerta, con la mano en el pestillo y sin volverse—. Quédate con él pero no te quedes con Marc, si pensabas hacerlo, porque si lo haces, demostrarás ser tan estúpida como yo lo fui.

Salió y después de cerrar la puerta, sintió que las piernas le flaqueaban. Tuvo que apoyarse en la choza. En sus ojos no había lágrimas ni sentía amargura, pero se sentía agotada emocionalmente.

Gracias a Dios que ha terminado, pensó. Estaba decidida a irse con Rasmussen, en el primer vuelo de regreso que éste efectuase. Ojalá fuese mañana, pensó.

En cuanto a Marc y Tehura, no sabía si había algo entre ellos o si lo habría alguna vez. En cuanto a Marc, no le importaba. Mas por un instante se apiadó de Tehura.

Pobrecilla pensó, antes de abandonar a la joven indígena entregada a su propio purgatorio.

* * *

La noche había caído sobre las Tres Sirenas hacía algunas horas, y Marc Hayden, que se hallaba de regreso al poblado, comprendió que llegaba tarde a su última cita en la isla. Cuando distinguió desde el sendero por el que descendía la achaparrada silueta de la Cabaña de Auxilio Social, que tenía a sus pies, se estremeció de alivio al pensar que hasta entonces todo salía a pedir de boca.

Al descender hacia el poblado en dirección a la morada de Tehura, experimentaba una sensación de bienestar. Le parecía, que a cada paso que daba, emergía más y más de su crisálida. No tardaría en estar libre y en emprender el vuelo...

Se sentía muy contento de sí mismo, por la manera como había resuelto las cosas aquella tarde. Después de ocultar lo que Rex Garrity llamaba «la única prueba irrefutable, la prueba de que las Tres Sirenas existen y de que son como decimos», después de cubrirla con ramaje, Marc se deslizó al interior de la vacía choza de Tehura para tomar un tentempié que le permitiese mantenerse en forma hasta la noche. Cuando estuvo seguro que no podían verlo, salió de la choza y evitó la posibilidad de encontrarse casualmente con su mujer o con miembros de la expedición, siguiendo uno de los pocos senderos que salían del poblado y que ya había seguido con anterioridad. Ascendió a la eminencia que se alzaba detrás de la Cabaña de Auxilio Social y llegó al claro donde él y Tehura, en su calidad de etnólogo e informante, respectivamente, habían pasado tantas horas. Después de descansar a la sombra, siguió paseando hasta reconocer el escenario de su fracaso natatorio, donde seguramente ningún miembro de la expedición se aventuraría en una jornada normal de trabajo.

En la ensenada que se abría a sus pies, donde las olas lamían la base del acantilado, vio a varios jóvenes indígenas disponiéndose a botar sus largas canoas. Creyendo reconocer entre ellos a Moreturi, continuó avanzando cautelosamente y empezó a descender por la colosal escalinata de roca, mientras pensaba por un momento que fue allí donde trató de retener a Huatoro y allí también había demostrado hasta qué punto amaba a Tehura. Llegó por último al borde del agua. Los nativos en cuestión salían de pesca y su jefe era, efectivamente, el propio Moreturi.

Pese a lo mucho que Marc detestaba a aquel sujeto, en particular y a todos los indígenas en general, comprendió que hablar con ellos le haría bien, pues por un momento le arrancaría a sus propios pensamientos y lo distraería. Como ya esperaba, le invitaron a que fuese de la partida. Iban a la pesca del albacora en aguas profundas y él no se hizo invitar dos veces. Se ofreció para manejar un canalete y esto junto con su amabilidad, sorprendió a Moreturi y agradó a los demás indígenas. La larga canoa se llenó de pesca y cuando regresaron a tierra, ya era de noche.

Muy animado por su excursión acuática, Marc siguió a los indígenas cuando estos ascendieron por el acantilado. Uno de ellos, que se había adelantado a sus compañeros, encendió una hoguera en la cúspide. Después cinco o seis de ellos se quedaron al borde del acantilado, sentados en torno a las brasas, sobre las que asaron pescados y boniatos. Marc no recordaba haber probado en su vida una cena tan sabrosa. Mientras comían los nativos sólo hablaron en inglés, por deferencia a su invitado. La conversación giró en torno al mar y se refirieron algunas hazañas de los antepasados. Tirando con habilidad de la lengua a Moreturi, Marc consiguió formarse una idea aproximada de la posición de las Tres Sirenas respecto a las otras islas desconocidas que las rodeaban. Pero lo que pudo confirmar a su entera satisfacción fue que Tehura estaba en lo cierto al hablar de una isla situada a dos días y una noche de navegación. Esto hizo que aumentase la confianza que le inspiraba Mataro, el hermano medio idiota de Poma. Llegó a la conclusión de que la huida no ofrecería dificultades.

Impelido por la obligación de atender a sus propios planes, Marc dio las gracias efusivamente a los indígenas y los dejó sentados aún en torno al fuego. A causa de la oscuridad reinante, tardó doble tiempo en recorrer el camino de vuelta al poblado. Cuando llegó al claro donde había hablado tantas veces con Tehura, se sintió ya en seguridad y se echó al suelo para descansar un rato, mientras soñaba en los gloriosos días que le aguardaban.

Mientras permanecía allí tendido, contemplando el inmenso cielo estrellado, aquel vastísimo y desdeñoso dosel que había contemplado tantas debilidades, fracasos y locuras, sintió de nuevo la satisfacción de saber que él no sería otra de las pisoteadas hormigas del planeta. Siempre le había dominado el miedo mortal de pasar por la tierra sin dejar rastro en ella. Su plegaria constante e inarticulada era no desaparacer como una simple cifra, como uno de tantos números estadísticos que expiran en la tierra a cada segundo que pasa. El terror que más obsesionaba a Marc era el de abandonar este valle de lágrimas pasado completamente desapercibido, recordando únicamente como «el hijo de la eminente Dra. Hayden». Por los que sobrevivirían, tan anónimos como él; recordados sólo por unos cuantos amigos que también desaparecerían pronto, y su paso por la tierra señalado tan sólo por unas cuantas esquelas pagadas de antemano y un epitafio grabado en una lápida. Pero a la sazón, gracias a su fuerza de carácter, aquella triste situación había cambiado. De entonces en adelante se convertiría en un aristócrata ante los ojos del mundo, en el niño mimado de la fama y, cuando muriese, miles de personas llorarían su óbito, los periódicos publicarían páginas enteras con su retrato y elogiosos artículos funerarios, y su recuerdo perduraría en la tierra mientras sobre ella alentasen hombres. Su nombre, se dijo, ya no sería un nombre escrito sobre la arena.

¡Ah, qué bien se sentía aquella noche!

Por último su mente descendió de aquellas empíreas regiones para evocar recompensas de carácter más terrenal. Una de las recompensas inmediatas que se le ofrecían era de menor importancia, pero la otra era muy importante. La de menor importancia estaba representada por el hecho de que, a partir del día siguiente, podría abandonar para siempre la etnología. Tuvo que estudiar aquella carrera contra su voluntad. Se la impusieron los tiranos de sus padres. El hijo de Adley Hayden y su esposa Maud sólo tenía una elección posible. Hacía ya nueve años que se licenció en Filosofía y Letras, para participar después en una expedición que duró un año. Esta expedición fue seguida por dos años de seminario, necesarios para doctorarse. La expedición en compañía de Adley y Maud fue de lo peor que había tenido que sufrir. Ya había acompañado antes a sus padres en otras expediciones, de niño, pero a pesar de que entonces era un adulto y licenciado por añadidura, los terrores de su infancia volvieron a asediarle. En las remotas alturas de los Andes (que sus padres visitaron por segunda vez, para darle gusto), aislado de la civilización, hasta la última fibra de su ser se resistió contra aquella soledad. Le obsesionaba la posibilidad de un accidente, del que pudieran ser víctimas sus padres o él. Si le ocurriese a él, tendrían que dejarlo allí. Si las víctimas fuesen sus padres, él se quedaría solo. Nunca pudo sacudirse por completo de aquellos temores, y aborrecía una vida en la que, si se quería progresar, había que someterse periódicamente a aquellos destierros en lugares remotos y solitarios. La aborrecía casi tanto como detestaba la vida anónima del profesor dedicado a la enseñanza del grupo de nulidades, con la única esperanza de alcanzar tal vez, algún día, el puesto de catedrático, con sus veinte mil dólares anuales.

Por fin había conjurado aquellos terrores. Mientras disfrutase de aquella recompensa de menor cuantía, podría disfrutar también la de mayor cuantía, que tenía al alcance de su mano. Evocó entonces la imagen de Tehura, que conocía tan bien y que pronto volvería a ver. Imagino cómo sería su encuentro. Ella había prometido entregársele aquella misma noche. Por fin poseería aquella criatura que se había mostrado esquiva durante tanto tiempo, y la poseería no sólo aquella noche, sino todas las noches que desease. La vio tal como la conoció y como aún no la había visto, y aquella vívida imagen lo estimuló hasta tal punto, que se levantó para continuar su camino hacia el poblado.

Eran cerca de las diez de la noche cuando llegó a las afueras de la aldea. Salvo unos cuantos indígenas que paseaban a lo lejos, no distinguió a ninguno de sus enemigos. Pasó bajo el saliente de roca con el mayor sigilo. Avanzó contando las cabañas, todas iguales, mientras pasaba por detrás de ellas. Así consiguió localizar la vivienda de Tehura en la oscuridad. Vio una luz amarillenta tras las ventanas cubiertas de celosías. Todo iba a pedir de boca. La mujer que iba a ser suya lo estaba esperando.

Tenía aún que hacer una cosa antes de reunirse con ella. Se introdujo entre la espesura, apartando los matorrales y descubrió su escondrijo, donde tenía la mochila y el paquete con las películas.

Se echó aquélla al hombro y tomó éste bajo el brazo, para dirigirse con rapidez a la choza de Tehura, en la que entró sin llamar.

Tardó un momento en verla. La joven estaba sentada perezosamente en un rincón oscuro de la estancia delantera, más allá del círculo de luz creado por las velas encendidas. Estaba tan provocativa como siempre, con el pecho y las piernas al aire, pues sólo llevaba el breve faldellín complementado esta vez por un bellísimo hibisco blanco prendido en su negra cabellera. Estaba muy tranquila, bebiendo a sorbitos el líquido que contenía una concha.

—Empezaba a estar preocupada —dijo—. Has venido muy tarde.

Él tiró la mochila y el paquete con las películas al lado del ídolo de piedra que se erguía cerca de la puerta.

—Anduve ocultándome —dijo—. Estaba muy lejos del poblado y he necesitado bastante tiempo para volver a oscuras.

—Bien, pero ya estás aquí. Estoy muy contenta.

—¿Hay más noticias?

—No. Todo está arreglado. El hermano de Poma nos esperará en la playa del otro extremo de la isla con su canoa. Tenemos que estar allí cuando amanezca. Así es que nos iremos pronto. Ya estaremos muy lejos y seguros cuando se percaten de nuestra ausencia.

—Estupendo.

—Saldremos del poblado a medianoche, cuando todos duerman. Pasaremos por detrás de las chozas hasta el otro lado y tomaremos el camino por el que vosotros vinisteis.

—¿No existe un atajo?

—Sí, pero de noche es muy difícil. El camino más largo es también más fácil y más seguro.

—Muy bien.

—Nos quedan dos horas, Marc —prosiguió Tehura—. Brindemos por un viaje feliz. Y echemos un sueñecito para estar más descansados. —Le ofreció la concha—. Toma un poco de vino de palma. Yo apenas lo he probado.

—Gracias, Tehura —dijo Marc— pero no es bastante fuerte para mí. Llevo un par de botellas de whisky en la mochila. Esto me irá mejor.

Abrió la mochila y sacó con esfuerzo una botella. Desatornilló el tapón, se acercó la botella a los labios y echó tres tragos. El whisky le abrasó la garganta el calor se esparció por su pecho y fue seguido por la agradable sensación eufórica que produce el alcohol.

—¿Qué has hecho hoy? —preguntó a Tehura.

—Fui a ver a mis parientes. Para despedirme, aunque ellos no lo sepan.

—¿Viste a Huatoro?
—No, por supuesto.
—¿Y a Courtney?
—Tampoco. ¿Por qué me lo preguntas? ¿Qué piensas?
Los primeros tragos siempre creaban una extraña suspicacia en Marc y hacían que adquiriese un tono agresivo. Comprendió que debía refrenarse. Volvió a echar otro trago y dijo:
—No pienso nada. Tan sólo me preguntaba quiénes debían de ser las personas que has visto por última vez. ¿No has visto a nadie más?
—Sí, a Poma, para comprobar que todo estaba a punto.
—¿Y todo estaba a punto?
Tras una breve vacilación, ella dijo con énfasis:
—Sí. Y después, sólo te he visto a ti.
—Muy bien.
—¿Y tú, a quién has visto? —preguntó ella a su vez.
—Desde que esta mañana me separé de mi mujer, a nadie. Pero esta tarde fui a pescar con varios de tus amigos... Moreturi y otros.
El whisky empezaba a enturbiarle la vista y se esforzó por verla bien.
—¿Ya has hecho el equipaje? —preguntó.
—Tengo muy poco que llevarme. Está todo en la habitación de al lado.
—Tehura, en mi país tú no puedes ir así.
—Ya lo sé, Marc. Ya me lo has explicado. Llevo unos sostenes para aquí —se tocó los senos— y mis faldas largas de tapa, las que me pongo para las ceremonias.
Él continuaba bebiendo. La botella ya estaba casi vacía. La dejó en el suelo y se puso a mirar a Tehura.
—A mí, desde luego, no me importaría que fueses así. Esta noche estás muy guapa, Tehura.
—Gracias.
Se acercó a ella y esperó a que terminase de beber el contenido de la concha y la hubiese apartado de sus labios. Se inclinó a su lado y le rodeó la espalda desnuda con el brazo.
—Te quiero, Tehura.
Ella asintió y le miró a la cara.
Acercó la otra mano a sus senos y empezó a acariciarlos lentamente, primero la suave curva de uno y después el otro.
—Quiero que seas mía, Tehura, ahora mismo. Quiero que empecemos a amarnos esta noche.
—Esta noche, no —dijo ella, pero sin apartar su mano.

—Me lo prometiste.

—No hay tiempo.

—Tenemos más de una hora.

Ella le dirigó una extraña mirada.

—Una hora no es bastante para amarse.

—Es más que bastante.

—En mi país, no —insistió ella.

Él rió sin demasiada convicción, notando el fuego abrasador del whisky en los hombros y en la ingle.

—Esto es decir mucho, Tehura.

—No te comprendo, Marc.

—Quiero decir que el amor es el amor y hay que hacerlo cuando se siente deseo de hacerlo. Yo ahora lo deseo. Estoy seguro que tú también. Aún nos quedará tiempo para descansar después, y luego podremos irnos. Tehura, me lo prometiste...

—Sí, te lo prometí —asintió ella con tono opaco.

—Quiero tenerte a ti, aunque sólo sea una vez. Lo deseo mucho.

Su rostro joven y suave tenía una expresión estoica. De pronto miró a Marc y en él se reflejó una leve curiosidad.

—Sí —dijo—, haremos el amor.

Con estas palabras le quitó la mano del pecho y se levantó.

—En la habitación posterior —dijo—. Es mejor allí.

Y se dirigió a la estancia indicada. Marc se puso vivamente en pie y, antes de seguirla, tomó de nuevo la botella y apuró su contenido. Acto seguido entró en la habitación posterior. Distinguió confusamente a Tehura, de pie en el centro de la tenebrosa habitación, todavía con la flor en el pelo y el faldellín de hierba colgándole de la cintura.

—Pongamos al menos una luz —dijo—. Quiero verte.

Entregó sus cerillas a la joven y ella encendió un pábilo puesto en un recipente lleno de aceite de coco. La luz era mortecina e incierta, pero arrinconó la sombras y venció las tinieblas.

Mientras ella permanecía de pie en el centro de la estancia, Marc examinó su figura con ojo de amo. Con creciente deseo, se desabrochó la camisa de sport y se la quitó. Después se quitó también los zapatos y los calcetines. Sin dejar de contemplarla mientras ella permanecía inmóvil, se desabrochó el cinto, dejó caer los pantalones y los apartó de un puntapié. Entonces llevaba únicamente su braslip blanco. Se irguió y abombó el pecho, exhibiendo con orgullo su cuerpo atlético y su evidente virilidad.

—Pareces uno de nosotros —dijo ella.

—Verás que soy mejor —contestó Marc, a quien los vapores del
whisky se le habían subido a la cabeza—. Soy mejor, Tehura.

Se acercó a ella en dos zancadas, deseoso de tumbarla en el suelo
y, tomándola entre sus brazos, buscó sus labios con los suyos. Hurgó
en su boca hasta hacerle entreabrir los labios y entonces trató de
introducirle la lengua, pero por el modo como ella esquivaba sus
besos, comprendió que aquello le causaba repugnancia. Puso las
manos sobre los senos de Tehura, acariciándolos y esperando que se
produjese el revelador endurecimento de los pezones. Pero éstos no se
endurecían y ella mantenía una actitud pasiva.

Él interrumpió sus caricias y le preguntó con enojo mal disimulado:

—¿Pero qué te pasa?

El brazo de Tehura se elevó como una serpiente y empezó a me-
sarle el cabello.

—Nada —dijo con voz queda—, ya te he dicho que nosotros no
nos besamos y esas caricias que me haces en el pecho no me producen
el menor efecto. Se tienen que acariciar otras partes, después de
la danza.

El deseo lo consumía hasta tal punto, que casi no podía hablar.

—¿La danza? —farfulló.

—Ya verás —dijo Tehura, desasiéndose de su abrazo—. Desnu-
démonos los dos y dancemos muy juntos; tú haz como yo haga y
la pasión nos dominará a ambos.

Él asintió en silencio, se quitó la última prenda que le restaba, la
tiró a un lado y se enderezó. Ella se quitaba la flor del pelo antes de
soltarse la cabellera, cuando lo vio. Una sonrisa cruzó por su semblante y dijo:

—Nuestros hombres no son tan velludos.

Él vibraba de anhelo, el deseo de poseerla le consumía, pero esperó
a que se desatase la falda. De pronto ésta quedó libre, Tehura la
apartó de su cuerpo y la tiró a un rincón.

—Ya está —dijo—. Así es como debe ser.

Él contempló atónito lo que aún no había podido ver y se sintió
impresionado por la magnífica tersura de su piel morena, tensa y
perfecta de los pies a la cabeza.

Le tendió los brazos.

—Ven, Marc; empecemos la danza del amor.

Como en sueños, él cayó en sus brazos, y la abrazó a su vez, mientras notaba que las manos de Tehura le acariciaban la espalda y
después sus dedos descendían hasta sus nalgas. Sus senos se le
clavaban en el pecho y su voz dulce e insinuante le susurraba al oído.

Después Tehura empezó a revolver lentamente las caderas, mientras sus carnosos muslos rozaban los de Marc, se apartaban y volvían a rozarlos de nuevo.

—Haz como yo, Marc —susurró, y volvió a canturrear, mientras meneaba de manera sensual las caderas, alejándose y acercándose, alejándose y acercándose. Él se puso a imitar sus movimientos de manera instintiva y poco a poco comprobó que sus pezones se endurecían al rozarle el pecho.

—Por Dios, cariño, que yo no puedo más... —dijo, tratando de arrastrarla hacia la pila de esteras que eran su lecho, pero ella se resistía.

—No, Marc, esto no es más que el comienzo. Después vienen las caricias y después...

—¡No! —gritó él y, apelando a todas sus fuerzas, con las manos convertidas en unas tenazas que se clavaban en sus brazos, la levantó del suelo y la tiró sobre el lecho.

Ella intentó incorporarse.

—Marc, espera...

—Yo ya estoy a punto y tú también, así es que dejémonos de juegos... ya tengo bastante de danzas...

La tumbó de espaldas y le puso las manos sobre los muslos.

—Por favor, Marc... —protestó ella.

—¿Me amas o no? —dijo él, colérico y, sin una palabra más, la penetró.

Ella se resignó inmediatamente a realizar el acto.

—Sí, Marc, quiero ser como tú. Amame bien, que yo te amaré.

Había poca gracia o finura en los movimentos de Marc. La aporreaba frenéticamente, como si Tehura fuese un montón de carne inanimada.

—Marc, Marc, Marc —le susurraba ella al oído—, amémonos.

Él no tenía la menor idea de lo que estas palabras significaban y no le importaban, porque ella tampoco le importaba. Continuó pues aporreándola con toda su fuerza.

Por más que ella se esforzaba, él no mostraba el menor interés por su habilidad. Tehura introdujo las manos entre los muslos de Marc, para darles masaje y oprimió firmemente con los dedos su perineo, con lo cual hizo aumentar su virilidad. Al propio tiempo sus caderas se movían en amplios movimientos rotativos, similares a los de la danza erótica, pero que sólo consiguieron despertar el desprecio de Marc.

—Otra postura, Marc —le suplicó al oído—. Es nuestra costumbre... cuantas más posturas, mejor...

—Cállate —gruñó él.

Alcanzó la cumbre del placer y después cayó vertiginosamente, notando que todas sus fuerzas y su virilidad lo abandonaban. Quedó tendido y aplastado sobre ella, como un enorme globo desinflado de repente.

—¡Uf! —exclamó, rodando a un lado y tumbándose junto a ella—. Ha sido de miedo.

Ella lo contemplaba estupefacta.

—¿Ya has terminado? —preguntó.

—Naturalmente.

—Pero si sólo ha durado unos minutos —dijo Tehura con voz quejumbrosa—. Tiene que durar más... tú tienes que ser más fuerte o, si te sientes débil ahora, debemos amarnos otra vez.

Él sintió que la sangre le afluía al rostro. Aquella descocada era otra Claire. Por lo visto, el mundo estaba lleno de mujerzuelas desvergonzadas como Claire.

—¿De qué demonios te quejas? —preguntó con tono perentorio—. No te quejes, que nadie te había montado jamás como yo. ¿Crees que no he oído los suspiros que lanzabas a cada momento, junto a mi oído? Eso demuestra que tú también has gozado.

—No, Marc, tú hiciste el amor solo, para ti... no lo hiciste conmigo.

Él se esforzó por sonreír, para cubrir las apariencias.

—Ya te comprendo... tú estás acostumbrada a que primero te hagan más caricias, más jugueteo. Ya sé que esto es lo que está de moda aquí. Bueno mira, por hoy ya está bien. Como muestra ha sido magnífico y ya podremos repetirlo en otras ocasiones. Ahora vamos a echar un sueñecito y después nos iremos.

Se dispuso a tumbarse de costado, a cierta distancia de ella, pero Tehura se incorporó y lo agarró por el brazo. Soñoliento, él se volvió.

La expresión apremiante de aquella mujer desnuda le produjo naúseas.

Tehura le decía:

—Marc... por favor, Marc... aún no hemos terminado.... para ti, sí, pero para mí, no... entre nosotros, cuando uno queda insatisfecho, el otro trata de satisfacerlo... hay muchas maneras, hasta que ambos quedan contentos.

—¿Por qué no escribes una carta a la Cabaña de Auxilio Social? —dijo Marc con disgusto.

—Tú ya sabes que no puedo hacerlo —dijo ella, tomando en serio su sarcasmo.

—Vamos, Tehura, descansa, ¿quieres? Estoy hecho polvo. Los dos necesitamos descansar. Te prometo que cuando nos conozcamos mejor, nuestro amor no tendrá nada que envidiar al de tus amigos.

Pero ella no quería soltarlo.

—¿Y si no fuese así, Marc? Yo no tendré una Cabaña de Auxilio Social en California.

—Tendrás mi amor. ¿No te parece bastante?

—¿Bastante?

Él se tumbó de nuevo dispuesto a descansar, fatigado por la larga jornada, la pesca, la caminata, la bebida y el orgasmo.

Ella se arrodilló a su lado.

—Marc —insistió con voz suplicante— si tenemos que vivir juntos, tú debes aprender a amar. No es imposible. Tom Courtney aprendió. Tú también puedes aprender. Nosotros hemos aprendido a satisfacernos mutuamente y tú debes esforzarte por ser como nosotros. Yo te enseñaré, yo te ayudaré, pero ahora debemos continuar, ahora mismo.

Cuando aquel insulto consiguió atravesar el espeso velo formado por el alcohol y el agotamiento, su corazón empezó a dar furiosos saltos en el pecho. Haciendo un esfuerzo, se incorporó hasta quedar sentado.

—¿Que tú me enseñarás? —gritó, iracundo—. ¿Quién demonios crees que eres? ¿Quieres saberlo? No eres más que una putilla de color, un animalillo ignorante, y tienes mucha suerte de que yo te haga el favor de intentar convertirte en un ser humano. Ahora te ordeno que cierres el pico, si no quieres que me enfade de verdad. Si alguien tiene que enseñar algo, ese soy yo. No lo olvides. Por esta vez te perdono, pero que esto no se repita.

Con gran sorpresa, vio que Tehura se levantaba, iba en busca del faldellín de hierbas y se lo colocaba de nuevo a la cintura con toda deliberación, mientras lo miraba fijamente.

—¿Puede saberse qué haces? —preguntó.

—Ya tengo bastante de ti —dijo Tehura, acabando de abrocharse la falda—. Tú mujer tiene razón.

—¿Mi mujer? —exclamó Marc—. ¿Qué tiene que ver mi mujer con esto?

Tehura no se dejó intimidar por su tono iracundo. Valientemente le contestó:

—Tu mujer estuvo aquí esta tarde, para verme, y me habló de ti.

—¿Estuvo aquí? ¿Para qué?

—Se enteró, por una fotografía, que tú me habías dado el medallón de brillantes. Vino a verme y me habló de ti.

—Asquerosa bruja. ¿Y tú le hiciste caso?

—No. Creí que no era más que una esposa celosa. Ya ves que

ni siquiera te lo mencioné. Pero ahora sí puedo decírtelo, Marc, porque he comprendido que tiene razón.

Él se puso en pie y la miró con expresión torva.

—¿Tiene razón, en qué?

—No sabía si tú me querías para amante o esposa, pero conjeturó que sería para una de las dos cosas. Y en ambos casos dijo que me compadecía. Añadió que tú me has mentido al hablarme de lo que sería nuestra vida en los Estados Unidos. Que sólo piensas en ti mismo. Que eres incapaz de satisfacer a una mujer. Que como amante no vales nada. Yo entonces me reí, pero ahora siento deseos de llorar, porque he podido comprobar que era verdad. Tiene razón en todo.

Marc había quedado sin habla. Estaba casi ciego de cólera. Sintió deseos de estrangular a aquella putilla de color. Sí, de estrangularla hasta que callase de una vez. Lo único que le contuvo fue el recuerdo de lo que Garrity le había pedido: que trajese una prueba tangible de la existencia de las Sirenas. Tehura era aquella prueba y Marc sabía que no podía arriesgarse a perderla.

Ella continuó, implacable. No quería callar:

—Te dije una vez que sabía cuál era tu mal. Ahora lo sé perfectamente y tu mujer lo ha sabido siempre. ¿Por qué te encolerizaste cuando ella mostró el pecho la primera vez? ¿Por qué te encolerizas ante todo cuanto ella hace? Te enfadas porque sabes que un día puede encontrar hombres que la hagan más feliz que tú, en la cama y fuera de ella, y tú quieres evitarlo, y evitar incluso que lo piense. Sabes que no puedes darle lo que otros hombres le darían y esto te llena de temor constante. Tienes vergüenza de ti mismo, de ti mismo como hombre, y por lo tanto te apartas de tu mujer y de ti mismo, y consideras pecaminoso y malo todo lo que se refiere al amor. Te hallas dominado por un temor constante porque te falta virilidad. Pero tú no sabes lo que es verdaderamente malo. Lo que es malo es que podrías aprender, pero no quieres hacerlo para no demostrar a los demás y al mundo que eres un hombre débil y prefieres conservarlo en secreto. Pero para tu esposa no es un secreto y ahora tampoco lo es para mí. Adiós, Marc.

Dio media vuelta para dirigirse a la estancia delantera, pero Marc la persiguió y le cerró el paso de un salto.

—¿Adónde vas? —preguntó con tono perentorio.

—A casa de Poma —dijo ella con ojos llameantes—. Voy a quedarme con ella.

—¿Y decirle que no te irás conmigo? ¿Es eso lo que le dirás?

—Sí —contestó Tehura —eso mismo.

—¿Y hacer que llame a su hermano y ponga sobre aviso a todo el poblado, pequeña sinvergüenza? —Las últimas esperanzas de conciliación le habían abandonado—. ¿Crees que voy a permitir que hagas eso?

—Haz lo que te de la gana. A nadie le importa lo que hagas. Haz lo que quieras, y déjame en paz.

Él continuó interponiéndose entre ella y la puerta.

—De aquí no te irás sola —dijo—. Te irás conmigo a la playa. Cuando esté en la canoa, ya podrás marcharte. Tienes que saber que nunca pensé de verdad en llevarte conmigo. Sólo quería la embarcación y divertirme contigo.

—¡Apártate!

—¡No me da la gana!

Tehura se arrojó sobre él, tratando de apartarlo y de alcanzar la puerta. Él se resistió, la agarró por los hombros y le dio un empellón. Tehura se tambaleó y después, con el rostro contraído volvió a la carga, intentando abrirse paso. Él la interceptó de nuevo, pero ella se puso a arañarle ferozmente las mejillas.

El dolor de su piel desgarrada le hizo gritar y la golpeó con la mano. La joven solozó, pero continuó clavándole las uñas en el rostro. Marc cerró el puño derecho, mientras se esforzaba por mantenerla a distancia con la mano izquierda y después le asestó un tremendo puñetazo al rostro. El golpe la alcanzó en el pómulo, la levantó del suelo y la envió dando traspiés a un rincón, donde cayó pesadamente de espaldas. La base del cráneo chocó contra la imagen de piedra del rincón produciendo un crujido que resonó en toda la estancia.

Durante un segundo Tehura permaneció tendida en el suelo mientras los ojos le giraban en las órbitas y después los cerró, para quedar tumbada de costado sobre la esterilla en la postura acurrucada y grotesca de tantos cadáveres que las excavaciones han sacado a la luz en las ruinas de Pompeya.

Marc se inclinó sobre el cuerpo caído, exhausto y jadeante. Cuando consiguió recobrar el aliento, se arrodilló y se inclinó más para contemplarle el rostro. Tehura estaba desvanecida, pero respiraba débilmente.

Más vale así, pensó Marc; así este animalillo ignorante estará sin conocimento durante algunas horas. Tenía tiempo más que sobrado y de paso se libraría de ella. Llegó a la conclusión de que no la necesitaba personalmente. Las fotografías serían prueba más que sobrada de la existencia de las Tres Sirenas. Debía ir a la playa y embarcar en la canoa lo antes posible.

Con paso incierto volvió a la habitación posterior. La silueta de
Tehura aún estaba marcada profundamente en el lecho. Le compla-
ció verla. De todos modos, ya había obtenido de ella todo cuanto deseaba, los medios de fuga y el solaz.

Con movimientos apresurados, empezó a vestirse...

* * *

Para Claire Hayden fue aquella otra de las noches extrañas de
su vida, una noche que vivió sin darse apenas cuenta de lo que la
rodeaba, sumida profundamente en aquella parte de sí misma
donde guardaba los recuerdos del pasado. Cada vez más, desde que
se transformó extraoficialmente de Claire Hayden en Claire Emerson,
se complacía en recordar lo que fue la vida de Claire Emerson y
no la de Claire Hayden. No fue la más perfecta de las vidas, ni mucho
menos, pero era lejana muy lejana y por consiguiente resultaba con-
fortadora.

Aquellas excavaciones en el pasado durante sus veladas arqueológicas, como las llamaba con cierta ironía, eran más bien malsanas,
sobre todo cuando descubría cantidades desusadas de ruinas. Ningún
libro ni ningún médico podían decir que aquellos retornos al pasado
eran malos, pero ella lo intuía, porque representaban un modo de
evadirse de la realidad. Aquello le producía una sensación de culpabilidad muy semejante a la que su madre creó en ella al decirle:
«¿Estarás mucho tiempo aún con la nariz metida en esos librotes,
Claire? No es sano que una chica joven se convierta en una rata
de biblioteca. Tendría que darte más el aire». Obediente, ella siempre
dejaba el mundo mejor por el peor. El eco de la voz de su madre
resonó de nuevo en sus oídos aquella noche solitaria en el Pacífico,
y entonces abandonó el mundo mejor para cambiarlo por el mundo
de su lucha diaria.

No quería pensar en su escena con Marc de aquella mañana, tan
baja y desagradable o de la que sostuvo hacía seis o siete horas con
Tehura, tan desdichada. Durante toda la tarde y parte de la noche
había estado esperando y confiando en que Tom Courtney pasara a
verla, como le había prometido. Deseaba hablar francamente con él
para descargar su corazón herido y así la realidad se convertiría en
un mundo más atractivo. Quería hablarle de Marc y de su entrevista con Tehura. Después, sus sentimientos y su situación quizá se
clarificarían más en su espíritu.

En realidad, según recordaba muy bien, fue Tom quien manifestó
deseos de verla. Sabía que ella iría a visitar a Tehura y sentía ansie-

dad por saber el resultado de la visita. Añadió que estaría ocupado durante casi toda la velada. Había prometido acompañar a Sam Karpowicz y Maud a una cena con los miembros de la Jerarquía y tenía que ayudar a Sam a preparar otro reportaje fotográfico de la Jerarquía durante una de sus asambleas.

Mientras esperaba a Tom preguntándose si ya no sería demasiado tarde para que viniese, Claire se dijo que el recuerdo de su madre le había inspirado el deseo de escribirle. Su relación epistolar era más bien esporádica, pero Claire no había escrito ni una sola carta a su madre desde que llegó a las Tres Sirenas.

Así, escribiendo a su madre, pasó casi todo el tiempo que aún faltaba para la media noche. Escribió una carta de tres hojas. Cuando hubo terminado, sintió deseos de escribir a varias amigas suyas y matrimonios que conocía antes de casarse con Marc. Cuando empezó a sentir calambres en la mano, terminada ya esta repentina correspondencia y listos los sobres, se preguntó qué la había impulsado a escribir a su madre y a aquellas antiguas amistades. Entonces lo comprendió. Todas aquellas personas pertenecían a los tiempos de Claire Emerson y era ésta quien volvía a ellas, para resucitarlas en su vida a fin de no sentirse tan sola en el futuro inmediato, en que de nuevo volvería a ser una joven soltera.

Pasada la medianoche, pensó que Tom ya no vendría. Este pensamiento la desilusionó, pero luego pensó que le vería al día siguiente. Pensó que había llegado el momento de tomar el somnífero. Cuando se hubiese desnudado para acostarse, ya estaría muy soñolienta y no pensaría mucho. Antes de que pudiera ir en busca de las tabletas, oyó rumor de conversación cerca de la choza.

Se acercó a la puerta de entrada y la abrió, viendo que Tom Courtney se acercaba. Él le hizo un amistoso gesto de salutación.

—No creí encontrarte levantada —dijo—. Sólo venía a ver si aún tenías la luz encendida.

—Esperaba que vinieses. ¿Con quién has estado hasta ahora?

—He acompañado a Sam y Maud. Sam ha hecho unas fotos muy buenas esta noche. Está más contento que unas pascuas. —Courtney movió la cabeza—. Ojalá yo pudiese entusiasmarme así. —Mantenía la puerta abierta y preguntó—: ¿Te importa que pase un momento?

—Al contrario. No tengo ni pizca de sueño. Y tengo muchas ganas de charlar.

Él la siguió al improvisado living. Claire volvió a la puerta para entreabrirla un poco.

—La dejaré un poco abierta, para que entre el aire.

Él sonrió.

—Y para que no digan.

Claire volvió al centro de la estancia, diciendo:

—Me importa dos pepinos lo que digan. Mírame bien. —Hizo una pirueta ante él y la falda se le alzó más arriba de las rodillas—. Tienes ante ti a la ex señora Hayden.

Courtney enarcó las cejas.

—¿Hablas en serio?

—La más ex señora Hayden que existe.

Courtney parecía algo embarazado.

—La verdad es que yo... —empezó a decir.

—Tú eras un abogado especializado en divorcios; así es que sabes muy bien lo que se pregunta en estos casos. No sientas el menor embarazo y pregúntamelo. Mejor dicho, no tienes que preguntarme nada. Yo te lo diré todo con mucho gusto, caso de que te interese.

—Pues no ha de interesarme... ¿Se refiere a Tehura?

—Ella es quien menos pinta en este asunto —dijo Claire—. Pero cumplamos con los preceptos de la urbanidad. ¿Qué quieres tomar?

—Un poco de Scotch con agua, gracias.

—Dicho y hecho.

Courtney se sentó para contemplarla pensativo mientras ella sacaba la botella de whisky, dos tazas de latón y un jarro de agua. Mientras ella preparaba las bebidas, dijo:

—Te veo muy contenta para ser una ex. Las que venían a visitarme al bufete nunca estaban tan contentas. Por el contrario, venían hechas una furia.

—Es que me he quitado un peso de encima —contestó Claire sentándose a su vez—. Siento un alivio enorme. —Le ofreció la taza y vio por la expresión de Tom que no la comprendía—. Voy a tratar de explicártelo, Tom —dijo, tomando su taza—. Es decir, lo que siento. Es algo parecido a esas entrevistas desagradables que no hay más remedio que afrontar, para despedir a alguien o, más bien, para decir a alguien que te has enterado de que te estaba haciendo objeto de una estafa. Cuando se aproxima la hora de una de esas entrevistas, nos ponemos nerviosos y desquiciados, pero cuando por fin podemos desembuchar todo lo que teníamos que decir, quedamos muy aliviados. Más o menos, esto es lo que siento ahora. —Levantó la taza—. ¿Brindamos?

—Brindemos —dijo él, levantando la suya.

—Por la quinta libertad —dijo Claire— por la libertad del matrimonio... el malo, por supuesto.

Ambos bebieron y ella lo observó por encima de la taza. Tom rehuía su mirada.

—Ya veo que te he puesto violento, Tom —dijo Claire de pronto—. Además, veo otra cosa. Te inspiran mucho respeto los sagrados vínculos del matrimonio...

—No mucho.

—...y consideras que mi actitud es frívola, lo cual en el fondo te decepciona, quizá te ofende.

—En absoluto. Soy un gato viejo, Claire. Únicamente me sorprende, esto es todo.

—No trates de disimular. Sabías que no nos llevábamos bien. Lo sabías, ¿verdad?

—Es posible... sí, a veces lo he pensado.

Claire bebió otro sorbo y dijo con vehemencia:

—Tom, no te equivoques al juzgarme, después de que las cosas han llegado a este extremo. Hay mujeres que han nacido para seguir una carrera, otras para estar solas, algunas para pasar de mano en mano y por último otras para ser madres y esposas. Yo pertenezco a esa última categoría. Nací para ser una esposa fiel y tener un millón de hijos, una vida hogareña con pasteles de cumpleaños y las zapatillas de mi marido preparadas. Quizás esta vida te parezca sosa, pero es la que yo deseo. Es la que he deseado siempre. ¿Qué soy una mujer sin ambiciones? De acuerdo. Pero me equivoqué. Resulta que era ambicionar demasiado, ya ves.

—No demasiado, pero sí bastante.

—Hacen falta dos, Tom, para hacer de una mujer una esposa digna de este nombre.

—Estoy de acuerdo.

—Marc no podía hacerlo. ¿Cómo quieres que me ayudase a ser una buena esposa, si no podía ayudarse a sí mismo a ser un hombre? Llevamos dos años de casados y no hemos tenido el menor contacto. Él nunca creció, así que... ¿cómo podía tener hijos? ¿O una esposa? Bien, dejemos esto. No quiero hablar de estos dos años. Me limitaré a decirte que la cuestión surgía todos los días y esta mañana se ha producido el estallido final. Esta mañana me ha dicho que ya estaba harto de mí y que no quería verme en el resto de su vida y como no paró ahí la cosa y nos pegamos, eso fue la gota que hizo desbordar el vaso. Ahora esto ha terminado. Para él, ya había terminado hace dos años. Para mí, terminó hoy.

—¿Y Tehura no tuvo nada que ver con eso?

—En realidad, no. Si yo me hubiese mostrado más débil aquel vergonzoso incidente hubiera sido el final. Sabes que fui a verla ayer, ¿no?

—Sí, dijiste que irías, pero no sabía si habías ido. ¿Qué pasó?

—¿No la has visto últimamente, Tom?

—No, últimamente la he visto muy poco. Verás, he estado muy ocupado.

—Sé que estuvisteis enamorados y sé además como era esa chica hace menos de un mes, por haberlo visto yo misma. Pero ha cambiado. Parece otra. Y la culpa la tiene Marc, su amigo Marc. Ya debía de tener cierta predisposición, pero hacía falta un Marc para transformarla en un ser parecido a nosotros, pero peor que nosotros mismos.

—¿En qué sentido?

—Se terminó la joven primitiva limpia de culpa y de pecado. Se ha vuelto astuta, taimada, llena de ambición. En resumen, en una niña mimada de la civilización. En cuanto a mi medallón de brillantes, lo tiene. No lo robó. Fue Marc quien se lo dio, como yo suponía. Esto formaba parte de su grandioso plan de seducción, creo. Lo malo no es que él se lo hubiese dado, sino que ella lo hubiese aceptado. Yo le canté las verdades respecto a Marc. ¿Y quieres saber que soy, según ella? Te repetiré sus propias palabras: Una mujer celosa que no sabe tratar a su marido y es incapaz de retenerlo.

—Me parece algo increíble.

—Lo siento, Tom, pero es verdad.

—Es que... —Meneó la cabeza—. La conozco tan bien... Comprende, nadie la conoce aquí como yo. Y en lo que me dices de ella no reconozco a la misma persona.

Claire se encogió de hombros.

—Es tu cliente. Compruébalo por ti mismo.

—Lo intentaré —repuso Courtney—. Sí, lo haré. No quiero enzarzarme en una disputa con Marc, pero me siento responsable hacia esa muchacha. Si está descarriada, yo trataré de hacerla volver al buen camino. Toda esa historia del medallón me preocupa mucho. ¿Te importará que vaya a verla para abordar francamente la cuestión?

—Ya te dije que hicieras lo que creyeras más conveniente. Pero si te propones hacer que abandone a Marc a fin de devolvérmelo, te advierto que será tiempo perdido y que, en vez de un favor, será un flaco servicio hacia mí. Pero si quieres hacerlo sólo por ella, para ayudarla, es otra cosa. En este caso, cuenta conmigo.

—Es todo cuanto pienso hacer —dijo Courtney, levantándose de pronto para empezar a medir la estancia con pasos inquietos—. Aquí tiene que haber algo más que una simple aventurilla. Te repito que conozco bien a Tehura. Ni ella ni ninguna joven de las Tres Sirenas, concede la menor importancia a una aventura amorosa. Para ellas, esto es algo tan natural como la costumbre de besarse entre nosotros.

Pero cuando una joven como Tehura cambia hasta tal punto y quiere poseer joyas que no le pertenecen... no sé, pero algo sucede, algo más importante que una simple aventurilla. Puedes estar segura de que lo averiguaré. Mañana por la mañana...

Fue entonces cuando se produjo la interrupción que alarmó a ambos. Llegaron hasta ellos unas palabras confusas, que parecían disparos de rifle y penetraban por la puerta abierta. Claire se levantó de un salto y corrió al exterior, seguida por Courtney.

El espectáculo con que tropezaron sus ojos fue el siguiente: Sam Karpowicz, desgreñado y gesticulando locamente, lanzaba un torrente de palabras ininteligibles a Maud, que de pie en pijama a la puerta de su cabaña, hacía repetidos gestos de asentimiento.

—Debe de haber sucedido algo —dijo Courtney a Claire y ambos salieron corriendo a ver de que se trataba.

Llegaron junto a Sam y Maud cuando ésta empezaba a hablar asiendo al botánico por el brazo.

—Sí, es terrible, Sam. Tenemos que obrar con serenidad. Creo que deberíamos explicárselo a Paoti...

—¿De qué se trata? —la interrumpió Courtney—. ¿Puedo hacer algo?

Sam Karpowicz, temblando como un azogado, se volvió a Courtney.

—Es terrible, Tom, es terrible. Han saqueado la cámara oscura y me han robado por lo menos una tercera parte de las fotografías, negativos y películas de dieciséis milímetros.

—¿Estás seguro?

—Absolutamente seguro —afirmó Sam con energía—. Segurísimo —añadió—. Cuando te dejé hace un rato, fui al laboratorio para revelar las tomas de esta noche. De momento estaba demasiado ocupado para advertir nada anormal. Pero mientras trabajaba empecé a notar extrañas faltas de material. Esto me sorprendió, porque soy muy metódico y lo ordeno todo cuidadosamente. Entonces me puse a comprobar las fotofijas y rollos de película que había inventariado por escrito... y comprobé que faltaba una tercera parte. Esto tiene que haber sucedido esta tarde o esta misma noche.

Maud replicó:

—La verdad es que no podemos imaginar quien pudo hacer semejante cosa.

—Esto es lo que me extraña —dijo Sam—. Ninguno de los que formamos la expedición tiene por qué haberlo hecho. ¿De qué le serviría, si aquí estamos todos juntos? Y en cuanto a los nativos, tampoco veo de qué puede servirles.

Claire habló por primera vez.

—Al menos que exista algún fanático religioso entre los nativos que, como ocurre en algunas sociedades, crea que la captación de imágenes sobre papel es lo mismo que captar el alma de las personas retratadas... ¿No podría ser eso?

—Lo dudo, Claire —observó Maud—. No hemos encontrado aquí ningún *tabú* contra la fotografía.

Courtney asió por el brazo a Sam.

—¿Está enterado alguien más de esto, Sam?

—Descubrí el robo hace diez minutos. Fui corriendo a casa y desperté a Estelle y Mary, para cerciorarme de que ellas no hubiesen cogido las fotografías. Pero no, quedaron tan sorprendidas como yo. Entonces pregunté a Mary si había visto a alguien por aquí durante el día de hoy, pero me dijo que había estado ausente casi todo el día. Sólo muy de mañana vio a Marc por aquí...

—¿Cuándo? —preguntó Claire con brusquedad.

—¿Cuándo? —repitió Sam Karpowicz con sorpresa—. Pues debió de haber sido cuando nos fuimos a almorzar con Maud... Mary se quedó un poco más en casa, después salió con Nihau y fue entonces cuando vio a tu marido.

Claire dirigió una significativa mirada a Courtney y después a Sam.

—Es raro. Esta mañana, Marc se fue muy temprano, de excursión por las montañas con varios hombres del poblado. Dijo que no volvería hasta medianoche, quizás mañana, y ahora tú dices... —Miró nuevamente a Courtney—. ¿No piensas lo mismo que yo, Tom?

—Sí, por desgracia —contestó Courtney.

—Esto explicaría muchas cosas.

—Sí —dijo Courtney con gravedad—. Aún no podemos estar seguros pero...

Maud se situó cerca de los que hablaban.

—¿Qué pasa? ¿Qué tiene que ver eso con Marc?

—Tal vez tenga que ver —dijo Courtney, consultando su reloj—. Es cerca de la una. De todos modos, creo que será mejor que vaya a ver a Tehura, como pensaba hacer.

—Déjame acompañarte —dijo Claire.

Courtney frunció el ceño.

—Puede resultar violento.

—No me importa —dijo Claire.

Intervino entonces Sam Karpowicz para decir:

—¿Qué tiene que ver eso con el robo de mi material fotográfico?

—Quizás no tenga que ver nada —dijo Courtney— o tal vez tenga que ver mucho. —Escrutó las caras de sus tres compañeros—. No tengo inconveniente alguno en que me acompañéis, pero antes, prefiero ver a Tehura a solas. Creo que es preferible que empecemos por ahí antes de ir a explicar lo sucedido a Paoti.

Maud Hayden renunció con prontitud a su papel rector, a favor de Tom Courtney. Se mostraba tan preocupada como Sam perplejo. Courtney y Sam empezaron a dirigirse hacia el puente y, de manera instintiva, Maud tomó el brazo de Claire antes de seguirlos.

* * *

A la tenue luz que reinaba en la choza de Tehura, Courtney, Maud Hayden y Sam Karpowicz permanecían agrupados en el fondo de la estancia delantera, con la vista fija en el cuerpo inerte de la joven indígena, caído al pie del dios de la fecundidad.

Courtney, que fue el primero en entrar, la encontró tendida sin conocimiento en el suelo y, al tomarle el pulso, apenas lo notó. Tan imperceptibles eran sus latidos. Vio que tenía los ojos inyectados en sangre; en torno a los globos oculares, en la boca y los oídos tenía también sangre coagulada. Tom salió corriendo para ordenar a Claire que fuese inmediatamente en busca de Harriet Bleaska.

Cuando Claire se fue a cumplir la orden, indicó con una seña a Maud y Sam que entrasen en casa de Tehura.

Y allí estaban entonces, esperando.

Maud rompió el silencio una sola vez para decir a Courtney con voz ahogada:

—¿Pero qué pasa, Tom? Tú sabes más de lo que nos has dicho... Tú te callas algo.

Él se limitó a mover la cabeza y seguir mirando la figura de la joven polinesia, pensando en su antiguo y placentero amor, apenado por aquel triste espectáculo. Los tres continuaron guardando silencio.

Aunque sólo esperaron cinco minutos, les parecieron cinco eternidades antes de oír las voces y los pasos que se acercaban. Harriet Bleaska envuelta en una bata y llevando un pequeño maletín negro, entró en la estancia, sola. Después de saludarlos, vio el cuerpo de Tehura y se arrodilló a su lado.

—Haced el favor de dejarme a solas con ella un momento —dijo sin volverse.

Tom guió a Maud al exterior, seguido por Sam. Ante la puerta esperaban Claire y Moreturi, hablando en voz baja. Cuando salieron, Moreturi se acercó a Courtney.

—Tom —le dijo—. ¿Cómo está?

—Creo que aún vive, pero... no lo sé.

—Acababa de llegar al poblado con los demás, de regreso de la pesca, cuando Mrs. Hayden y Miss Bleaska me han dicho lo que había sucedido. ¿Crees que puede haber sido un accidente?

—La verdad es que no lo sé, Moreturi.

Claire se reunió con ellos.

—Tom —dijo— Marc estaba en las montañas esta tarde. Salió a pescar con Moreturi.

—Sí, es verdad —dijo Moreturi.

Courtney se rascó la cabeza, tratando de comprender aquel enigma. De pronto preguntó:

—¿Regresó con vosotros?

—No —dijo Moreturi—. Comió con nosotros pero al oscurecer se marchó, cuando aún no habíamos terminado de cenar.

—¿Mencionó a Tehura?

—No, creo que no.

Entonces oyeron la voz de Harriet Bleaska y todos a una se volvieron hacia la puerta abierta, en la que ella acababa de aparecer.

—Tom —dijo. Y luego volvió a llamarlo.

Él dio un paso hacia la enfermera y entonces ella dijo:

—Tehura ha muerto. Hace menos de un minuto. Ya no se puede hacer nada.

Todos permanecieron petrificados por la dolorosa impresión. El único que finalmente se movió fue Moreturi, que ocultó el rostro entre las manos. Después Maud Hayden gimió:

—Pobrecilla.

Harriet se apartó del umbral para dirigirse hacia Tom Courtney.

—Sufría una gravísima fractura de la base del cráneo —dijo—. La caída que se la produjo fue demasiado violenta para ser un accidente. Supongo que debió de chocar con la cabeza contra el ídolo de piedra... se produjo lesiones cerebrales y una copiosa hemorragia interna. Ya habéis visto la sangre que le asoma por ojos y oídos. Mientras agonizaba permaneció sin conocimiento. A pesar de todo, se esforzaba por decir algo, incluso con los ojos cerrados. Yo me he esforzado por comprenderlo y por último, antes de morir, me pareció entender...

Harriet miró a Claire, confusa, y se interrumpió.

—¿Qué te pareció comprender? —inquirió Courtney.

—Me pareció que pronunciaba el nombre de Marc —repuso con apresuramiento la enfermera—. Puedo haberme equivocado.

—Probablemente no te has equivocado —dijo Claire.

—Y después añadió algo que no entendí... tal vez en polinesio.

Primero dijo «preguntar» y después, por dos veces, «Poma». ¿Qué o quién es Poma?

—Una amiga de Tehura —dijo Courtney.

Moreturi ya se había dominado y estaba al lado de Courtney:

—¿Dijo que preguntásemos a Poma?

Harriet, turbada, contestó:

—Sí, creo que eso dijo.

Moreturi y Courtney se miraron. Courtney hizo un gesto de asentimiento y Moreturi anunció:

—Voy a ver a Poma para decirle que Tehura ha muerto y preguntarle qué sabe de esto.

Moreturi se perdió corriendo en las tinieblas.

—Aún hay algo más —dijo Harriet—. Creo que debo mencionarlo. La fractura se produjo en la región occipital, sobre la base del cráneo. Pero he observado señales de lesiones no tan importantes en la cara, al lado de la boca y en el pómulo. Tiene la mejilla tumefacta y cárdena. Parece que la hubiesen golpeado con el puño, no con un instrumento. Quizás alguien la golpeó, la derribó y así es como se produjo el golpe contra el ídolo de piedra.

Las facciones de Courtney no revelaban la menor emoción.

—Gracias, Harriet.— Miró a su alrededor—. Que alguno de vosotros vaya a avisar a Paoti. Yo prefiero esperar aquí...

—Iré yo —dijo Harriet—. No será la primera vez que lo hago. Permitidme entrar otra vez, para arreglarla un poco y después iré a ver a Paoti.

Durante la ausencia de Moreturi mientras Harriet prodigaba sus últimos cuidados de enfermera a los restos de la pobre Tehura, los que quedaron frente a la choza se sintieron aún más íntimamente unidos mientras fumaban en silencio. Sam Karpowicz estaba hecho un mar de confusiones. Lo que había empezado por un robo de sus preciosas fotografías y películas, había terminado con esta escena terrible, por un proceso que no alcanzaba a adivinar. Era un hombre demasiado delicado para pedir una explicación. Maud permanecía anonadada, no tanto de pena por la joven muerta que por la certeza casi absoluta de que su hijo tenía alguna relación con aquel trágico suceso. Sin embargo, aún se aferraba a una débil esperanza de que no fuese así. El silencio de Claire, y de Courtney, era una oración por Tehura, por aquella viva y alegre llama tan súbitamente extinguida. Pero el asombro dominaba todos sus pensamientos. ¿Qué había sucedido? ¿Qué se ocultaba detrás de aquel misterio?

Pasaron diez minutos, luego quince y por último Moreturi se materializó de las tinieblas. Esta vez venía más colérico que triste.

No hubo preguntas ni interrupciones. Todos estaban pendientes de las palabras de Moreturi...

—Al principio cuando Poma se despertó, no quiso decir nada. Después le dije que Tehura había muerto. Entonces se echó a llorar y me dijo toda la verdad. Voy a repetirla brevemente, pues esta noche hay mucho que hacer. Tehura convenció a Poma para que su hermano la sacase esta noche de la isla con su canoa. Estaban citados antes del amanecer en la playa del otro extremo. Tehura fingió que iba sola y Poma demostró creerlo. Anoche, cuando Poma estaba aquí con Tehura, vino un visitante y Tehura salió fuera a recibirlo. Poma es muy indiscreta y quiso saber quien era el intruso. Acercándose a la ventana posterior, se puso a escuchar y atisbar por ella. El visitante era... el esposo de Mrs. Hayden... el Dr. Marc Hayden—. Moreturi prosiguió, trás una pausa—: el Dr. Hayden se proponía venir aquí esta noche, para irse con Tehura a la playa del otro extremo de la isla. También mencionaron el nombre de una persona desconocida para Poma, un tal Garrity, que los esperaría en Tahití.

Maud dijo con voz ronca:

—Quien te quitó las fotografías, fue Marc, Sam. Se proponía ofrecérselas a Rex Garrity.

Courtney se dirigió entonces a su amigo indígena:

—¿Dijo Poma algo más, Moreturi?

—Solamente que Marc se reuniría con Tehura esta noche, para irse juntos después de medianoche, a fin de llegar a la playa al amanecer. Nada más.

Todos se habían olvidado de Harriet Bleaska, que de pronto se presentó ante ellos con una botella de Scotch vacía en la mano.

—Acabo de encontrar esto.

Courtney la tomó y miró a Claire. Ésta hizo un gesto de asentimiento.

—Es de la marca que bebe Marc —dijo—. Esto indica que estuvo aquí.

Courtney se volvió entonces a Moreturi.

—A la vista de las pruebas, lo que aquí ha ocurrido es muy claro. Marc se reunió aquí esta noche con Tehura y empezó a beber. Venía para llevarse a Tehura consigo, por los motivos que fuesen. También se llevaba una serie de fotografías de las Sirenas que servirían para que él y Garrity explotasen comercialmente la isla y la convirtiesen en una atracción de feria. Pero algo pasó entre Marc y Tehura. Es indudable que Marc la golpeó, ella cayó sobre el ídolo de piedra y se fracturó el cráneo. Y es casi seguro que Marc huyó entonces llevándose el botín para reunirse con Garrity, su compinche, y ahora debe de encontrarse camino de la playa —miró a Claire y Maud, sin que su expresión se suavizase—. Lo siento, pero así debió suceder.

—Tom, tenemos que alcanzarlo —dijo Moreturi.

—Por supuesto. Si consigue huir, estas islas están condenadas.

—Si consigue huir —repitió Moreturi, sin tratar de disculparse por enmendar las palabras de Tom— Tehura no podrá descansar en paz.

Los dos hombres acordaron salir inmediatamente en persecución de Marc Hayden. Mientras trazaban sus planes, parecieron olvidar la presencia de sus compañeros. Marc les llevaba varias horas de ventaja, pero sólo conocía el camino más largo y seguro hasta la playa, que de noche tendría que recorrer más despacio. Pero además existía el atajo, más corto pero más empinado y difícil, que iba junto a la costa y que sólo a veces empleaban los indígenas. Courtney y Moreturi decidieron tomar por el atajo. Aunque no estaban seguros de alcanzar a Marc, harían todo lo posible por lograrlo.

Sin perder más tiempo en palabras, partieron raudos y veloces.

Los demás bajaron al poblado. Harriet abandonó el grupo para ir a llevar la triste noticia al jefe Paoti. Sam Karpowicz, bastante confuso, se separó de Maud y Claire para ir a reunirse con su esposa y su hija. De todos los que formaban el grupo, sólo Maud y Claire quedaron en el poblado, ante la choza de Maud, mirando con expresión ausente las antorchas que iluminaban el arroyo.

A los pocos instantes, Claire dijo:

—¿Y si no lo alcanzan?

A lo que Maud contestó:

—Todo estará perdido.

—¿Y si lo alcanzan?

—Todo estará igualmente perdido —repitió Maud.

Claire la vio pálida, vieja y apenada, mientras daba media vuelta para entrar en su choza, sin acordarse de darle las buenas noches. Cuando Maud cerró la puerta, Claire se dirigió despacio a su vivienda, para esperar que llegase el nuevo día.

* * *

El día se alzó lentamente sobre las Tres Sirenas.

Los primeros resplandores del alba surgieron por el horizonte, como a través de una rendija. Las tinieblas en retirada presentaban aún batalla a la luz naciente, pero retrocedían poco a poco ante los grises celajes del alba y emprendieron la desbandada cuando por el horizonte surgió el borde incandescente del disco solar.

El día prometía ser sin viento y abrasador. En aquella región elevada, donde los dos caminos que llevaban a la lejana playa convergían en un espacioso reborde rocoso, los cocoteros se alzaban derechos e inmóviles. En el fondo, a los pies del acantilado mordido por la erosión, el mar color de cobalto lamía mansamente las rocas corroídas por las olas.

Después de subir por el profundo barranco, los dos hombres cruzaron la densa espesura hasta la confluencia de caminos, donde ambos se confundían para formar un tortuoso sendero que descendía hasta la playa. El cuerpo de Moreturi estaba cubierto de gotas de sudor y de polvo. La sucia camisa de Courtney se pegaba a su pecho y espalda y llevaba los pantalones desgarrados por zarzas y espinos.

Ambos se pararon a descansar en la amplia plataforma rocosa, jadeando como animales que hubiesen estado huyendo toda la noche y se esforzasen por calmar su respiración y recuperar sus perdidas fuerzas.

Por último Moreturi dio media vuelta y se alejó por el camino más ancho que partía de la meseta. Se arrodilló varias veces para examinar el trillado sendero. Courtney lo observaba lleno de confianza. Los indígenas poseían una extraordinaria habilidad para descubrir huellas, a pesar de que no eran un pueblo de cazadores nómadas. Cultivaban aquella habilidad como parte de uno de sus deportes tradicionales. Enseñaron a Courtney que el arte del buen rastreador consistía en observar la presencia de algo que hubiese sido desplazado recientemente. Una piedra, un guijarro girados, con el lado húmedo hacia arriba, sin que el sol lo hubiese secado todavía, indicaban que los pies de alguien los habían desplazado o hecho rodar unos minutos o unas horas antes.

Moreturi, que parecía satisfecho, se reunió por último con su expectante amigo, para decirle:

—No creo que haya pasado nadie por aquí hoy.

—Sin duda tienes razón, pero valdrá más que nos cercioremos —dijo Courtney—. Sólo hay media hora hasta la playa. Bajemos para ver si la canoa está allí o se ha ido.

Iban a iniciar el descenso a la playa cuando Moreturi sujetó de pronto el hombro de Courtney, obligándole a permanecer quieto. Moreturi levantó la otra mano, reclamando silencio, y susurró:

—Espera.

Se agazapó inmediatamente, pegó un oído al suelo y después,

tras unos segundos que parecieron interminables, se incorporó para declarar:

—Alguien viene.

—¿Tú crees?

—Sí. Está muy cerca

Inmediatamente ambos se separaron: Moreturi se ocultó entre la espesura y Courtney se apostó al lado de un cocotero. Así vigilaban el sendero desde ambos lados, esperando que el que llegaba fuese Marc.

Así transcurrió un minuto, después otro y de prontro él apareció a su vista.

Courtney entornó los párpados. La figura del que se acercaba se fue haciendo mayor. Llevaba una mochila a la espalda y un paquete bajo el brazo; por su aspecto, era evidente que se hallaba casi al límite de sus fuerzas. Habían desaparecido su aspecto cuidado y atildado, su apostura física, su inmaculada elegancia... Se le veía agotado, de facciones desencajadas y desgreñado.

De momento no los vio, y siguió el trillado sendero desde la meseta hasta lo alto de la plataforma rocosa. Después de detenerse para desplazar el peso de la mochila, que le resultaba insoportable, continuó andando pesadamente junto al acantilado, con la vista fija en el suelo, hasta que llegó a la confluencia de ambos caminos. Después de vacilar un instante, emprendió el descenso.

Hasta que se detuvo de pronto y el asombro alcanzó su boca entreabierta y la mandíbula como el golpe de un gigante.

Miró de derecha a izquierda, primero con incredulidad y luego presa del pánico.

Permaneció inmóvil, con expresión incrédula, mientras Courtney y Moreturi se acercaban lentamente, hasta detenerse a pocos metros de él.

Se pasó la lengua por los labios, mirándolos hipnotizado, como si de una aparición se tratase.

—¿Qué hacéis aquí?

La voz de Marc Hayden era ronca, pues surgía de una garganta reseca... era la voz de un hombre que no había hablado con nadie en toda la noche y no esperaba tener que hablar con nadie durante todo el día.

Courtney dio un paso hacia él:

—Venimos en tu busca, Marc —dijo—. Te estábamos esperando. Ya se ha descubierto toda tu canallada. Además, Tehura ha muerto.

Las pupilas de Marc se dilataron y sus párpados temblaron, como si no lo comprendiese. Tiró el paquete al suelo y con expresión ausente se descolgó la mochila y la depositó junto al paquete.

—Imposible. No puede haber muerto.

—Está muerta y bien muerta —contestó Courtney con tono seco—. Más vale que no digas nada. Su amiga Poma nos lo ha contado todo. Tienes que venir con nosotros, Marc. Comparecerás ante el jefe para ser juzgado.

Marc, intimidado se inclinó un poco, pero su expresión era retadora cuando gritó:

—¿Que te crees tú eso! Fue un desdichado accidente. Ella trató de matarme y yo tuve que golpearla en defensa propia. Entonces ella tropezó y cayó de espaldas contra el ídolo de piedra, pero cuando me fui sólo estaba desmayada. Estaba bien. Te repito que fue un accidente. ¿Y si la hubiese matado otro? —Dirigió una mirada venenosa a Courtney y después a Moreturi—. ¡No tenéis ningún derecho para detenerme! ¡No sois nadie para impedirme ir donde quiera!

—Ahora no, Marc —dijo Courtney—. Tienen que juzgarte. Entonces podrás decir lo que quieras, en tu defensa.

—No...

—Vives en las Tres Sirenas y tienes que respetar sus leyes.

—Como que serían muy ecuánimes conmigo —dijo Marc, con sarcasmo—. No tendría mayores probabilidades de salvación que una bola de nieve en el infierno, ante ese tribunal de canguros negros, de salvajes semidesnudos, que se pondrían a vociferar para llorar la muerte de esa putilla... ¡No, jamás! —Después su voz adquirió un tono de cobarde súplica—. Tom, por amor de Dios, tú eres uno de los nuestros y no puedes hacer esa barbaridad. Admitiendo que haya ocurrido un accidente y que alguien desee saber la verdad de los hechos, por lo menos que me juzguen en Tahití, en California, en un lugar civilizado, entre personas como nosotros, pero no en este villorrio olvidado de Dios. Terminarían murmurando cualquier sortilegio y ahorcándome.

—Aquí nadie te ahorcaría, Marc. Si no eres culpable, nadie te condenará. Serás libre. Y si eres culpable...

—Estás loco. Te has vuelto como ellos —le interrumpió Marc con acritud—. Quieres que comparezca solo para enfrentarme a las declaraciones de los testigos, de Poma, del cretino de su hermano, y de todos esos negrazos, para exponerme a todo lo que se les ocurra decir. ¿Quieres que yo, un hombre de ciencia, un universitario, un norteamericano como tú, sea juzgado por ese hatajo de salvajes? ¿Y quieres también que mi madre y Claire asistan a esa parodia de juicio, para apostrofarme y vituperarme como el resto de esos salvajes? ¿Bromeas acaso? Me condenarían a muerte antes de que pudiera abrir la boca. Te digo que...

—Marc, domínate, hombre. Te repito que no habrá sentencia de muerte. Desde luego, todas las pruebas te acusan. Pero podrás exponer tu versión de los hechos. Y si a pesar de todo resultaras culpable, si te consideran responsable de la muerte de Tehura, entonces tendrás que aceptar la sentencia. Pero no te matarán: te dejarán vivir y tendrás que servir a los parientes de Tehura durante todo el tiempo que ésta hubiera vivido sobre la tierra, de no haber sido por tu intervención.

Marc echaba llamaradas por los ojos.

—¿Me pides que pase cincuenta años de mi vida como esclavo en este repugnante agujero, pedazo de animal? —vociferó—. ¡Idos los dos al infierno! ¡No pienso aceptarlo! ¡Apartaos de mi camino!

Ni Courtney ni Moreturi se movieron.

—Marc —dijo Courtney —no podrás pasar. Abandona toda esperanza de marcharte. No tienes más remedio que volver al poblado, así es que procura entrar en razón...

Mientras hablaba, Courtney empezó a acercarse a Marc Hayden seguido por Moreturi. Cuando aquél tendió el brazo hacia Marc, éste pareció galvanizarse y pasó a la acción. De manera instintiva, apelando a sus últimas fuerzas, asestó un directo a la mandíbula de Courtney, derribándole en brazos de Moreturi.

Marc, jadeando y echando espumarajos, se apartó inmediatamente hacia el acantilado, dispuesto a rebasarlos y bajar corriendo a la playa, pero ambos abandonaron también el sendero y se alzaban ante él, impenetrables, cerrándole el camino. Marc se detuvo, midiéndolos con la mirada, y la expresión de bestia acorralada que apareció en su semblante demostró que Courtney había tenido razón al decir que no podía ir a ninguna otra parte.

Sus perseguidores avanzaron a una hacia él y Moreturi dijo con furia contenida:

—Déjale para mí; yo le obligaré a volver

Fue entonces cuando Marc se desmoronó. La vista del malévolo aborigen que se acercaba quebrantó su resistencia. La derrota se pintaba en sus ojos horrorizados: la muralla de la civilización se había hundido y las hordas bárbaras saltaban sobre ella. Sus facciones descompuestas parecían implorar a alguien invisible.

—Adley —dijo con voz ahogada. Retrocedió cuando Moreturi iba casi a alcanzarle—. ¡No! —chilló Marc—. ¡No! ¡Antes al infierno!

Dio media vuelta y echó a correr, tropezando y tambaleándose. Así recorrió toda la ancha plataforma rocosa hasta el borde del

vertiginoso acantilado. Volviéndose de espaldas al horizonte, afrontó
a sus captores, balanceándose peligrosamente y blandiendo el puño,
pero no a ellos —qué extraño, pensó Courtney— sino al cielo.

—¡Maldito seas! —gritó—. ¡Maldito seas por toda la eternidad!

Courtney detuvo a Moreturi con un gesto y gritó:

—¡No, Marc... no hagas eso!

Balaceándose al borde del acantilado, Marc se echó a reír como
un demente y luego lanzó un aullido, con el rostro espantosamente
contraído. De pronto giró en redondo hacia el inmenso y profundo
mar, olvidándose de sus perseguidores, sólo con sus demonios interiores y durante un segundo se irguió al borde del abismo, como
un nadador en el trampolín. Pero no se lanzó de cabeza. Dio un
grotesco paso hacia la nada, para quedar suspendido momentáneamente entre el cielo y la tierra antes de caer como una piedra y perderse de vista, mientras exhalaba un horrendo y prolongado alarido,
último vínculo que le unió a la sociedad de los hombres.

—¡Marc! —gritó Courtney, casi instintivamente. Pero ya no había
nadie para oír su grito.

Ambos corrieron al lugar donde se había alzado y Courtney se
puso de rodillas para mirar hacia abajo. La pared del abismo, vertical, causaba espanto... había por lo menos sesenta metros hasta el
pequeño amontonamiento de rocas puntiagudas que se hundían en
el océano.

Moreturi tocó a Courtney en el brazo para indicarle lo que quedaba
de Marc Hayden. Su cuerpo, que desde allí se veía diminuto, colgaba entre dos lanzas de basalto, aplastado, como un huevo caído
sobre un piso de cemento. Mientras miraban, vieron como las espumeantes aguas arrastraban sus restos, hasta que el cadáver se deslizó por las resbaladizas rocas. A los pocos segundos, había desaparecido en las verdes aguas del mar, en las que se perdió de vista,
quizás para siempre.

Los dos testigos del drama se levantaron y descendieron al sendero sin mirar. Courtney exhaló un suspiro y se echó la mochila al
hombro, mientras Moreturi se hacía cargo del paquete.

El indígena fue el primero en hablar.

—Más vale así —dijo con voz queda—. Hay hombres que no me-
recen vivir.

Sin hacer más comentarios, emprendieron el largo camino de
regreso al poblado de las Tres Sirenas.

CAPÍTULO IX

Le parecía increíble haber vivido y trabajado cinco semanas y seis días en las islas de las Tres Sirenas, y que aquella fuese su última noche de estancia antes de partir a la mañana siguiente.

Claire Hayden, descalza, pero vestida aún con su fino traje de algodón, con las piernas recogidas bajo el cuerpo y la espalda vuelta a la luz suspendida a fin de ver mejor, permanecía acurrucada en la estancia delantera de su choza, intentando continuar la lectura de los *Viajes de Kakluyt*, en edición popular.

Pero era inútil. No podía concentrar sus ojos ni su mente. Aquella antología de viajes y exploraciones inglesas del siglo XVI era algo demasiado remoto y apartado de lo que aquella noche necesitaba. Tomó aquel volumen más para dormirse leyéndolo que para cosechar útiles enseñanzas, pero ni como soporífero servía. Su espíritu prefería hacer su propio viaje por la época contemporánea, en aquel mismo día y aquella misma semana, recorriendo también las tres semanas transcurridas desde la muerte de Marc. No tenía sueño y acabó dejando el pequeño libro sobre su regazo.

Mientras encendía un cigarrillo, Claire se preguntó si no se habría equivocado cuando varias horas antes se negó a cenar y pasar su última velada en las Sirenas con su madre política. La excusa que dio a Maud fue de que necesitaba todo el tiempo que aún le quedaba disponible para hacer el equipaje. El capitán Ollie Rasmussen y Richard Hapai llegarían al poblado entre siete y ocho de la mañana. Todos los miembros de la expedición tenían orden de tener el equipaje preparado para que los porteadores indígenas lo transportasen a la playa del otro extremo de la isla. En realidad, Claire había declinado la invitación de Maud no porque tuviera que hacer el equipaje, sino porque prefería pasar aquella última noche en la isla sola y tranquila.

Sabía que sus colegas y amigos habían celebrado una cena de

despedida. Era como si cerrasen sus filas y se dispusieran a formar
un solo frente unido, antes de regresar a los Estados Unidos. Claire
se preparó la cena al estilo indígena, consistente en alimentos ligeros,
y cenó sola. Aún no había empezado a hacer el equipaje.

Tenía muy poco que llevarse y por lo tanto eso no la inquietaba.
Unos días después de la muerte de Marc, ella y Maud, haciendo un
esfuerzo por contener sus lágrimas, hicieron inventario de sus efectos
personales: camisas, pantalones, shorts, calcetines, zapatos, libros,
cigarros, whisky, corbatas y los restantes artículos que forman parte
del guardarropa de todo hombre civilizado. Maud quiso quedarse
algunos recuerdos de su hijo, la llave «Phi Beta Kappa», el reloj de
oro, el ejemplar de la obra de Malinowski *Crímenes y Costumbres de
las Sociedades Salvajes*, con notas marginales de Marc. Todo aquello
le recordaría que ella y Adley habían tenido un hijo. Claire accedió
a que se quedase con lo que quisiera, pues ella no deseaba quedarse
con nada ya que, en realidad, consideraba que no había tenido marido. La ocasión, sin embargo, resultó triste porque Claire se esforzó
por compartir los sentimientos de Maud y ello le hizo comprender la
prueba que aquella selección de objetos representaba para su madre
política.

Una vez terminada la selección de efectos personales de Marc,
el momento más triste para Claire fue cuando Maud exclamó, con
la sorpresa retratada en su ajado semblante:

—¿Pero su obra, dónde está su obra?

Ésta no se encontraba entre los efectos personales de Marc, y, a
juzgar por los cuadernos de notas y las cuartillas en blanco, ambas
comprendieron que la tal obra era inexistente. De su equipaje y
guardarropa no surgía ni una sola nota, tomada durante su estancia
en las Tres Sirenas. De la mochila que trajo Courtney tampoco salió
nada parecido. Ni siquiera el paquete que Moreturi les entregó, con
las fotografías y películas de Sam Karpowicz, que fueron devueltas
a su dueño, contenía nada que indicase la existencia de un antropólogo, salvo las copias de las notas de Maud, hechas por Claire
para el archivo y que Marc también había robado. A excepción de las
cartas de Rex Garrity dirigidas a Marc, indicadoras de que éste
también le había escrito, no había una sola prueba de que Marc
hubiese hecho algo en las Sirenas, como no fuese urdir su destrucción.
Lo que apenó a Maud más profundamente fue esta lamentable falta
de obra creadora, esta prueba de un espíritu en descomposición.
Claire no pudo por menos que compartir la pena de la pobre mujer,
madre al fin.

Aquel fue el peor momento. Los efectos personales de su hijo, que Maud no quiso quedarse, fueron cuidadosamente empaquetados y atados con cuerda de cáñamo, para ser entregados al capitán Rasmussen quien, con permiso de Claire, vendería los últimos bienes terrenales de Marc en Tahití, para comprar algunos utensilios de cocina para los parientes de Tehura y medicamentos para la enfemería de Vaiuri, con el producto de la venta.

Dijérase que aquel inventario había sido hecho hacía siglos; era algo confuso y lejano que nada tenía que ver con el presente. Claire vio en el reloj de pulsera que eran las diez y cuarto. Maud y sus compañeros ya debían de haber terminado la cena de despedida y estarían haciendo el equipaje, llenos de aquella dicha y pesar mezclados que todo viajero experimenta la víspera de marcharse de un lugar extraño, para regresar a la comunidad de su hogar y a la vida tranquila y rutinaria. Claire analizó sus propios sentimientos a la hora de la marcha. No se sentía ni contenta ni triste. Estaba en una especie de limbo intemporal. Ninguna emoción la agitaba.

En su vida inmediata, todo había cambiado desde que vino a la isla; sin embargo, en apariencia nada había cambiado. Desde luego, debía experimentar el dolor de una viuda o lo que las viudas sientan; como si algo muy importante hubiese sido arrancado a su vida, para dejarla sola y desamparada. Sus compañeros parecían verlo así, pero no era esto lo que ella sentía. Aceptó maquinalmente las expresiones de condolencia, para no desairar a los que le daban el pésame, pero comprendía que su actitud era falsa y fingida, porque no sentía nada. Maud lo sabía, por supuesto, y era posible que Courtney también lo supiese, aunque no la hubiera creído. De todos modos, en el mismo instante en que Marc intentaba dejarla para siempre, ella ya había dicho a Courtney que era la ex señora Hayden.

Siempre lo había sido, desde la noche de bodas hasta el final. Si le hubiesen pedido que describiese su intimidad con el difunto Marc Hayden, la página hubiera sido tan blanca e inmaculada como la de los cuadernos del propio Marc. Jamás lo conoció íntimamente, salvo la parte enferma de su ser, aquella parte tan enferma que se negaba a aceptar cualquier clase de intimidad. Marc había sido incapaz de entregarse a otro ser. Entre ellos no existía ningún vínculo forjado por el amor o el odio. Incluso la parte más evidente de su unión, la parte corporal, fue una ficción. Unas semanas antes, mientras trataba de conciliar el sueño, trató de contar mentalmente las cópulas que habían efectuado en dos años. Andaba por la número dieciocho, cuando ya no se acordó más. Quizás hubo otras, pero no las recordaba en absoluto. La biografía mental de Marc sería siempre para ella la de un opresivo invitado en su casa.

¿Qué dirían los demás, no Maud ni Courtney, ni siquiera Rachel con su formación de psiquiatra, sino sus amistades de aquí y de los Estados Unidos, si supiesen la verdad pura y simple? ¿Qué dirían los demás si supiesen que por último se alegraba de verse libre de él?

La constatación de este sentimiento escandalizó aquella parte de su ser, criada de acuerdo con los sentimientos y los convencionalismos. Desde luego, ella no había querido que Marc abandonase esta vida de aquella manera tan horrible. Como Dios sabía muy bien, ella no deseaba la muerte de Marc ni de nadie. Pero el hecho de que hubiese desaparecido, dejando aparte la manera como esto sucedió, era un alivio. El sadismo con que la trató durante las semanas que antecedieron a su muerte fue algo casi insoportable. Al recordarlo, sentía justificada su frialdad. La había provocado, la había insultado, había jugueteado malévolamente con sus debilidades y temores. Y esto sin hablar de lo demás, de su complot con el cerdo de Garrity, de su complot con Tehura, de sus planes para abandonarla y dejarla expuesta a la lástima y la irrisión de los otros, esto no podía perdonarse. Al haberse matado en vez de escapar, por el hecho de que ya estaba muerto, según las normas imperantes en la sociedad en que vivía, ya había purgado bastante sus malas acciones para con ella. Esto la obligaba a cargar con su papel de viuda. Al demonio los convencionalismos, se dijo; aquella muerte no curaba las heridas causadas ni le compensaba los años que había perdido. Su única muerte no reparaba las cien muertes que le hizo sufrir. Al demonio con los falsos convencionalismos. Me alegro de haberme librado de ti, Marc, se dijo; de ti y de tu mente enfermiza y malsana.

Durante aquellas últimas semanas de estancia en las Sirenas, deseó estar sola y su deseo fue respetado, pero por otros motivos. Todos, incluso Tom Courtney, que hubiera debido conocerla mejor, pensaron que había que respetar su dolor de viuda. Pero Claire deseó estar sola sólo porque necesitaba tiempo para que fuesen calmándose las tensiones que Marc había creado en su espíritu. La prueba había terminado y ella necesitaba un descanso.

De manera esporádica, continuó trabajando con Maud. Incluso poco después de que Marc desapareciera en su tumba líquida, Claire ya fue capaz de tomar al dictado las notas necrológicas, retóricas y ampulosas, que Maud pensaba insertar en la prensa diaria y en las revistas de la especialidad. También le dictó una docena de cartas para sus compañeros de facultad y diversos colegas de Maud en los Estados Unidos. Se comunicó a todos los personajes importantes la caída fatal de Marc, ocurrida por accidente, «en plena actividad, y que así truncaba su brillante carrera de antropólogo». A Claire le interesó observar que todas aquellas notas necrológicas y cartas particulares no dejaban de aludir entre líneas a la labor científica que entonces desarrollaba Maud y a la que ésta y Adley habían hecho en el pasado. Si Marc hubiese podido ver desde el otro mundo que ni siquiera en su muerte podía librarse de sus absorbentes colaboradores, su amargura y frustración no hubieran conocido límites.

Rasmussen se llevó este correo necrológico y en su viaje de vuelta, les trajo los telegramas de pésame y los recortes de prensa con la noticia. En un artículo fechado en Papeete, se mencionaba que el famoso escrito Rex Garrity había lamentado vivamente la temprana muerte de su joven y malogrado amigo, que era uno de los antropólogos más prometedores de Norteamérica. En el mismo artículo, Garrity declaraba que, después de sus breves vacaciones en Tahití, pensaba ir a Trinidad y de allí a la pequeña isla de Tobago, en las Indias Occidentales Británicas, donde la tradición situaba el naufragio de Robinson Crusoe. Garrity había recibido el encargo, por parte del Busch Artist and Lyceum Bureau, de emular los veintiocho años de soledad de Crusoe en veintiocho días, y Garrity prometía a sus lectores, que formaban legión, que representaría escrupulosamente el papel de náufrago, utilizando como únicos efectos personales los víveres, el ron, las herramientas de carpintero, las pistolas y la pólvora que Crusoe poseía.

Después de escribir estas noticias destinadas al gran público, Claire continuó tomando al dictado las notas escritas por Maud sobre las Sirenas, y los voluminosos informes que ésta enviaba a Walter Scott Macintosh y Cyrus Hackfeld. Aquella monótona labor taquigráfica le ayudó a matar el tiempo. A excepción de algunos largos paseos, Claire sólo abandonó una vez el despacho de Maud o su propia vivienda. Lo hizo para asistir a la cremación de los restos de Tehura en la pira funeraria y no pudo contener el llanto junto a los parientes de la joven, porque aquello sí era una auténtica tragedia. La infortunada muchacha no pereció a causa de un extravío mental, sino a consecuencia de la corrupción que le fue contagiada desde el exterior y que podía compararse a las repugnantes dolencias que en los tiempos de antaño difundían entre los isleños los primeros exploradores franceses.

Claire veía a Tom Courtney casi todos los días, pero siempre en público, según su impresión. La evidente fortaleza y bondad de Courtney contrastaban vívidamente con el recuerdo que guardaba del sombrío y trastornado Marc. No conseguía analizar sus verdaderos sentimientos hacia Courtney, pero su presencia, por breve que fuese, hacía que se sintiese tranquila y contenta. Y cuando se separaban, siempre se sentía como abandonada. Esto era curioso porque, desde la muerte de Marc, si bien Courtney continuó mostrándose muy amable, parecía haberse distanciado de ella. No lograba atraerle a su lado para que le expusiese su opinión o mostrase atención a sus palabras, como hacía antes. Y nunca podía encontrarse a solas con él.

Se preguntaba a qué se debía aquella actitud de alejamiento. ¿Sería únicamente respeto por su viudedad, como exigían las buenas costumbres? ¿Se habría agotado el interés que ella le despertaba como mujer? ¿O sería que, al verla libre de nuevo, temiese su necesidad de compañía?

Durante toda aquella semana el enigma de Courtney la obsesionó. Varias veces resolvió abordarlo, presentarse en su choza de soltero, sentarse frente a él y recordarle cuáles eran los sentimientos que ella experimentaba hacia Marc y su infortunado matrimonio, sobre sí misma y lo que la esperaba, hablándole también de los falsos convencionalismos y de cómo era ella en realidad. Entonces hablarían y así terminaría de una vez aquella situación falsa. Pero no se resolvía a hacerlo. Sabía que había mujeres capaces de abordar a los hombres, que les telefoneaban, que se los llevaban a un lado, que incluso iban a visitarlos. Para Claire, estas acciones tan decididas eran algo inimaginable y que, aunque lo pensara, nunca se atrevería a realizar.

Mientras seguía sentada ante la luz encendida con el libro en el regazo y tres cigarrillos en el cenicero, se dio cuenta que casi había pasado una hora entregada a sus ociosas divagaciones. Debía ser práctica y pensar en lo inmediato. Al día siguiente estaría en Tahití. Dentro de dos días, llegaría a California. El problema económico no se presentaba con carácter acuciante. Los seguros de vida de Marc no eran muy importantes, porque la única vida que le interesaba cra la suya; sin embargo, se sintió obligado a suscribir una póliza. El capital suscrito le permitiría vivir sin preocupaciones durante un año.

Maud, cada vez más segura de los magníficos resultados que daría su obra sobre las Sirenas, la había invitado a vivir con ella en Wáshington, cuando aquellos resultados fuesen tangibles. Claire le agradeció su ofrecimiento pero en términos vagos, pues estaba decidida a no continuar siendo la secretaria y pupila de Maud. De momento, pensó, volvería a su casa de Santa Bárbara, sin ningún plan preconcebido, para ver cómo se desarrollaban los acontecimientos. Más adelante, tomaría un apartamento en Los Angeles y buscaría trabajo allí, donde tenía muchos amigos. Esto significaría empezar de nuevo, pues viviría otra vez como una joven soltera, tendría que ingresar en esto y aquello, aceptar invitaciones para salir, y todo lo demás.

Al día siguiente su talante había cambiado y pensó en la posibilidad de quedarse en las Tres Sirenas con carácter permanente. Si la cosa no diese resultado, siempre podría irse en el avión de Rasmussen. Pero aquello no tenía pies ni cabeza. Era una decisión demasiado teatral para una personilla tan prosaica como ella y no tenía valor para afrontar semejante cambio de vida. Si Tom Courtney se lo hubiese propuesto, quizás hubiera dicho que sí, sin analizar demasiado las consecuencias, y se hubiera quedado para ver qué pasaba. Como él no lo sugirió, ella apartó aquella fantasía de su mente.

Otro cigarrillo, se dijo. Mientras lanzaba nuevas bocanadas de humo, vio surgir también ante ella varios recuerdos de su vida en las Tres Sirenas. Teniendo en cuenta la educación que había recibido, en el seno de una sociedad tan distinta, eran muy pocas las cosas ventajosas de aquella isla que podía llevarse consigo. Lo que más apreciaba de sus costumbres era algo completamente inaceptable en el mundo donde ella se había educado. Sin embargo, aquellas gentes y sus costumbres reforzaron ciertas creencias que alimentaba en secreto, y esto era bueno. Las costumbres de aquel pueblo le revelaron algunos aspectos ocultos de su propio ser y de la vida que había vivido y a la que debía regresar. Con la sola excepción del desdichado episodio de Marc, su estancia allí fue buena.

Al oír el insistente tictac de su reloj de pulsera, pensó que el tiempo transcurría inexorablemente y cada vez faltaba menos para el último día. La inevitabilidad de aquella postrer jornada hizo que se sintiese inquieta por primera vez en aquella noche. Detestaba tener que abandonar el cómodo aislamiento y la soledad de aquella isla. Casi de la noche a la mañana, se vería sumergida en el fingimiento de la vida civilizada, tendría que asumir el papel de viuda desconsolada, idea que le daba grima, mientras que en las Sirenas esto no era tan necesario. ¡Qué terrible era tener que abandonar un sitio donde se sentía más en su hogar que en su casa a la que tenía que regresar! Sin embargo, ¿qué era lo que más echaría de menos de las Sirenas, pero de verdad, dejando aparte la necesidad de no tener que fingir? No había establecido verdadera intimidad con ninguno de los indígenas. ¿Entonces, qué podía ser? Aislada en aquella habitación, sin nadie a su alrededor, sin nadie que la mirase o la atisbase, en aquella intimidad, podía permitirse el lujo de ser ella misma y mostrarse sincera. Así, por último, tuvo que admitir que lo único que echaría de menos sería una persona, y esta persona era Tom Courtney.

La atracción que experimentaba hacia aquel hombre, de la que ella se daba perfecta cuenta pero que él parecía ignorar, la ponía nerviosa. Tiró el cigarrillo, se estiró, se desperezó y pasó a la habitación posterior para desnudarse, antes de hacer el equipaje y acostarse.

Mientras se desnudaba sin prisas, él volvió a penetrar en sus pensamientos y ella perdonó su intrusión. ¿Qué tenía Tom Courtney que le inspirase tal apego? ¿Cómo podía echar de menos a una persona que, a juzgar por su reciente conducta, no había dado ninguna señal de que la echaría de menos cuando se fuese?

Esta última pregunta permaneció flotando en su mente, mientras se ponía el camisón de nylon blanco plisado. Si él quisiera respondérsela aquella última noche... Entonces ya podría irse sin reservas. Y si ella no fuese como era y tuviese la osadía...

* * *

La tímida llamada a la puerta de cañas, pareció reverberar en el aire, en la quietud que antecede al alba.

La puerta se abrió casi inmediatamente y ambos permanecieron frente a frente, él en el umbral de su casa y ella fuera, ambos sorprendidos. Ella nunca le había visto así. Parecía un indígena blanco, pues sólo llevaba la bolsa púbica. Comprendió que debía de ir así en la intimidad de sus habitaciones, y que la camisa y los pantalones que se ponía de día, eran una concesión al equipo de etnólogos. Ella se ajustó el flotante batín rosado que se había puesto sobre el camisón y permaneció allí de pie, sin saber a ciencia cierta por qué había hecho aquello o qué debía decir.

—Claire —dijo él.

—¿Te he despertado, Tom? Perdóname. Hago una locura. Debe de estar a punto de amanecer.

—No dormía —dijo él—. Estaba echado en la oscuridad pensando en... bien, pensando en ti...

—¿De veras?

—Pasa, pasa —añadió y, dándose cuenta al instante de su estado de desnudez, dijo—: Espera que me cambie...

—No seas niño —dijo Claire— porque yo tampoco soy una niña.

Y, pasando ante él, penetró en la cabaña.

Él cerró la puerta y se acercó a la caña de bambú sobre la que tenía las velas.

—Déjame encender luz.

—No, Tom, déjalo así. Me resulta más fácil hablar contigo sin luz. Me basta con el claro de luna que entra por las ventanas.

Claire se sentó sobre la esterilla de pándano. Él se aproximó, con la cabeza perdida en la oscuridad y se sentó a unos pasos de ella. Sólo entonces Claire le vio la cara.

—Es la primera vez que voy a ver a un hombre —dijo—. Primero debiera haberte enviado una de esas conchas del festival, según la costumbre de las Tres Sirenas.

—Me alegro de que hayas venido. Anoche estuve a punto de ir a verte una docena de veces y esta noche también. Para un hombre es más difícil.

—¿Por qué, Tom? Por esto he tenido valor para... para venir a verte. Podía irme mañana, desaparecer, sin preguntar por qué. Hemos sido tan amigos, durante un tiempo. Yo tenía que verte. Para mí era imprescindible. Pero de pronto, después de la muerte de Marc, tú te has esfumado. ¿Por qué lo hiciste? ¿Por respeto hacia la viuda?

—Sí y no. No por los motivos que tú crees. Tenía miedo de estar a solas contigo. La verdad es esta.

—¿Miedo? ¿Por qué?

—Porque de la noche a la mañana, tú te has hecho posible. Antes eras inaccesible, pero de pronto ha desaparecido tu inaccesibilidad y yo he tenido miedo de lo que podría decir o hacer. Desde el primer día en que te vi experimenté sentimientos muy profundos hacia ti, pero tenía que ocultarlos, hasta que comprendí súbitamente que podía manifestarlos. Y al propio tiempo, comprendía que no sabía cuál sería tu reacción ante mis sentimientos. Hablo como un idiota, pero lo que quiero decir es que... antes, defendida por tu esposo, tú podías permitirte demostrar interés por mí. Sin esa protección, quizás no tuvieses el mismo interés y si yo iba y te decía...

—Tom —interrumpió ella con voz queda—. Gracias.

—¿Por qué?

—Por haber hecho posible que esté aquí contigo sin tener que sonrojarme al pensarlo durante años.

—Claire, yo no te digo todo esto para... para tranquilizarte. Hablo a una mujer de una manera que no me hubiera sido posible hace cuatro o cinco años. La verdad es que soy yo quien debe darte las gracias. ¿Quieres saber por qué?

—Sí.

—Porque has desarrollado mi espíritu, y lo hiciste sin saberlo.

Mis cuatro años de estancia en las Sirenas hicieron de mi un hombre. Pero sólo alcancé la madurez al conocerte. Hasta hoy me proponía quedarme aquí por el resto de mis días. Por los motivos que ya conoces. La vida de aquí es fácil, agradable, hedonista. No hay que pensar, basta con vivir. Y aquí soy alguien importante. Cada vez se me hacía más difícil regresar. Si regreso, pensaba, dejaré de ser importante, seré como otro cualquiera. Tendré que trabajar duramente para ser de nuevo importante. Y tendré que pensar, sin limitarme a vivir únicamente con el cuerpo. Tendré que someterme a todas las rigurosas normas del progreso, ajustándome al reloj, a la ley, a los convencionalismos, de los que forman parte los vestidos del hombre civilizado y un sinfín de cosas más. Pero hoy he cambiado de idea. Fui a ver a Maud para preguntarle si podría volver a Tahití y los Estados Unidos con todos vosotros, mañana por la mañana. Sí, Claire, volveré contigo.

Claire permanecía muy quieta, sujetándose con una mano el batín sobre el pecho, mientras una extraña debilidad y un delicioso calor se esparcían por su cuerpo.

—¿Por qué te vas de las Sirenas, Tom?

—Por dos motivos. El primero es que ya me siento completamente formado y creo que podré enfrentarme con la vida. Claire, estos últimos años he sido un fugitivo, un hombre que se ha ocultado y que ha huido de la vida. Fue tu presencia aquí, los pensamientos que despertaste en mí, lo que me hizo comprender que mi exilio era una dicha ilusoria, superficial, falsa, comparada con lo que tú representas. Al verte a ti y quizás a algunos de tus compañeros, me sentí inquieto, profundamente insatisfecho, incluso avergonzado de mí mismo. Fue entonces cuando comprendí que no había resuelto ni resolvería nada, si no era capaz de hacerlo en tu mundo, que es también mi mundo.

Hizo una pausa, rehuyendo su mirada, con la vista fija en sus manos, pero después levantó la vista hacia ella.

—No me propongo lanzarte un discurso melodramático acerca de los motivos que me impulsan a regresar a una vida que es normal para casi todos mis semejantes. Sólo quiero que sepas cómo he formado esta decisión. Me doy perfecta cuenta de que en nuestro país la vida no es tan fácil ni idílica como aquí. La existencia puede ser muy agotadora y desagradable en los Estados Unidos. Pero he llegado a la conclusión de que si me pusieron al mundo allí, fue para que allí viviese, en lo que solemos llamar la patria, para portarme en ella como un hombre. Pero en vez de hacer eso, cuando las cosas se pusieron demasiado difíciles, apelé a la huida. No soy el único que lo ha hecho. Son millones los que huyen. Hay muchos medios de huir. Algunos hombres se refugian en su interior. Otros escapan a otras tierras, como yo hice. Para ello me bastó con un matrimonio frustrado, una guerra, una profesión que aborrecí. Y me escapé. Creía que los cuatro años que he pasado aquí significaban la liberación. Hasta cierto punto, así fue. Pero sólo en las cosas menores. En realidad, he sido un cobarde. El consciente que no huye, que permanece en el mundo prosaico y difícil donde nació y donde se educó, éste es el que demuestra heroísmo. Este es el auténtico heroísmo anónimo, el que consiste en enfrentarse todos los días con la vida, con el trabajo rutinario, con la vida conyugal, con la procreación, y consigue ennoblecer y dignificar todo ello. La euforia que suscitan las islas remotas, las palmeras y las doncellas de tez oscura sólo tiene su lugar en los sueños. Si la vida está por debajo de estos ensueños, entonces la misión del hombre de verdad es hacer mejor esta vida, enaltecerla, luchar por ella en su casa, en su pueblo, en su barrio y en su patria. Lo principal es saber afrontar la vida cara a cara en el propio campo de batalla y esto es lo que voy a intentar. Este es el motivo que me impulsa a volver... uno de los motivos.

Hizo una pausa y esperó, pero Claire permanecía callada.

—Claire —dijo Courtney—. ¿No me preguntas cuál es el segundo motivo que tengo para volver?

Ella guardó silencio.

—Tú, Claire. Te amo. Te he amado desde el primer día que viniste. Quiero estar cerca de ti, donde tú estés, lo quieras o no.

Ella notaba su propia respiración en la oscuridad. Los tumultuosos latidos de su propio corazón la asustaban.

—Tom... ¿Lo dices... lo dices de verdad?

—Son las palabras más verdaderas que he pronunciado en toda mi vida. Te amo de tal manera, que ni siquiera puedo hablar ni pensar de manera coherente. Te he querido desde que llegaste aquí, te quiero esta noche, te querré durante el resto de mi vida. Esto es todo cuanto atino a decir... y lo que temía decirte, hasta ahora.

Sin darse cuenta, ella le tomó la mano.

—¿Y por qué crees que he venido aquí esta noche, Tom?

—Claire...

—Yo también te quiero. Te necesito. Te necesito esta noche y mientras existan noches y existamos nosotros dos sobre la tierra. Nunca... nunca había dicho estas cosas a un hombre. —Se dejó caer en sus brazos y apoyó la cabeza sobre su pecho desnudo—. Acaso no está bien que admita estas cosas ahora.

—Cuando un ser humano ama, todo está bien.
—Entonces, yo te amo, Tom. Quiéreme siempre. Quiéreme sin cesar.

* * *

Eran las ocho de la mañana del último día y una fresca brisa agitaba la copa de las palmeras sobre el poblado de las Tres Sirenas.

Por la abierta puerta de su choza, Maud Hayden, sentada ante su escritorio, observaba las primeras actividades del día en el poblado, mientras descansaba de su dictado en la cinta magnetofónica. Los jóvenes indígenas, que en número de cuatro o cinco transportarían los equipajes de la expedición a la playa, se encaminaban ya a la orilla del arroyo.

La mirada de Maud se posó entonces en el micrófono plateado que tenía en la mano. Durante la última media hora, había grabado el resto de las notas que había tomado sobre las Sirenas. Lo que había grabado aquella mañana y durante las seis semanas anteriores era de un carácter insólito e importante y ella sabía la utilidad que tendría y el impacto que causaría entre sus colegas y en la nación. Por primera vez desde la terrible semana anterior, en que por dos veces no pudo contener el llanto y vertió abundantes lágrimas en secreto, se sentía, si no completamente repuesta, al menos animada por un propósito definido. Ya no tenía los ojos hinchados y enrojecidos, la constante punzada de dolor había desaparecido de su pecho y sentía en sus huesos la benéfica fortaleza que le infundía la coronación de su empresa. Dio en silencio las gracias a todos, a Easterday, Rasmussen, Courtney, Paoti y el distante Daniel Wright, Esq., por haberla ayudado. El trabajo había dejado de parecerle un *modus vivendi* y una vanidad. El trabajo se había convertido en su marido, en su hijo, en el sentido de su vida.

Apenas le quedaba tiempo. Contempló los paquetes que llenaban la habitación y su vista se posó de nuevo en el micrófono que tenía en la mano. ¿Qué más podía grabar?

Un resumen final sería oportuno. Pulsó con el índice el botón del aparato y las bobinas empezaron a girar.

En voz baja y ronca dictó lo siguiente:

—Un último pensamiento. Las prácticas amorosas y conyugales de las Tres Sirenas, que he podido observar de muy cerca, son completamente distintas de cualquier otro sistema existente en la tierra. Para estos indígenas, educados en el seno de este sistema, adaptados al mismo en el curso de muchas décadas, parece ser la perfección suma. Sin embargo, estoy convencida de que estas costumbres tan perfectas no resistirían el injerto en nuestra sociedad occidental. Nosotros nos hemos formado en el seno de una sociedad dominada por el espíritu de la competencia, con las ventajas y desventajas que esto representa, y debemos vivir dentro de nuestros límites emocionales. Lo que, según he podido comprobar, da un resultado perfecto en las Tres Sirenas, seguramente fracasaría en los Estados Unidos, la Gran Bretaña, Francia, Alemania, Italia, España, Rusia o cualquier otro país del mundo moderno. Pero estoy convencida de esto: podemos aprender mucho de sociedades como la de las Tres Sirenas; no podemos vivir como estas gentes, pero podemos cosechar útiles enseñanzas observando como viven.

Permitió que la cinta corriese unos segundos antes de oprimir el botón del «Stop».

Se necesitaba algo más, pensó, una justificación de las búsquedas y afanes de los etnógrafos que participaban en aquellas expediciones, con frecuencia difíciles y de efectos imprevisibles. Siempre que necesitaba algo que la convenciese del valor que tenía su trabajo, de las penalidades que habían tenido que soportar para reunir aquellos conocimientos, de lo que habían tenido que sufrir como individuos, de los sacrificios que habían tenido que hacer, se acordaba de lo que una vez afirmó un colega suyo a quien ella admiraba.

Inclinándose, abrió la bolsa donde tenía sus libros y examinó varios títulos, hasta encontrar el volumen que buscaba. Sin soltar el micrófono, que sostenía con la mano derecha, abrió la *Sociedad Primitiva* de Robert Lowie por las páginas de la introducción y no tardó en encontrar lo que buscaba.

Por última vez oprimió el botón del aparato, vio como la cinta magnetofónica giraba y, leyendo lentamente el texto de Lowie, habló acercándose el micrófono a la boca:

—«El conocimiento de las sociedades primitivas posee un valor educativo que hace que su estudio sea recomendable incluso para aquellos que no tienen un interés directo por la historia de la cultura. Todos nosotros hemos nacido en el seno de una sociedad formada por instituciones tradicionales y convencionalismos que se consideran no sólo naturales sino como la única actitud que puede concebirse ante los hechos sociales. Todo cuanto se aparta de nuestras normas en los extranjeros nos parece inferior, según nuestras erróneas opiniones. El antídoto mejor que existe contra este ciego provincianismo es el estudio sistemático de las civilizaciones exóticas... Entonces veremos las opiniones y las costumbres que nos han sido legadas como una de las posibles variantes, y seremos capaces de conformarlas de acuerdo con nuevas aspiraciones».

Una sonrisa se formó en las anchas facciones de Maud Hayden. Con decisión pulsó el botón que paraba la cinta y supo que ya estaba todo dicho y hecho.

Después de poner de nuevo el libro en la bolsa y de cubrir el magnetofón con su tapa, miró por la puerta abierta. Los equipajes formaban ya una pila muy alta junto a la que estaban los Karpowicz, Harriet y Orville, Rachel y Lisa. Más allá distinguió a Claire y a Tom Courtney, que venían por el poblado para reunirse con los demás.

Después aparecieron el capitán Rasmussen y el profesor Easterday, saludando a los reunidos y los indígenas. Acto seguido el sueco y Easterday se encaminaron a su choza, para ir en su busca.

Era un momento triste y alegre a la vez, pero había que irse.

Poniendo ambas manos sobre la mesa, se levantó de la silla. Comprobó que el magnetofón estuviese bien cerrado y echó una última mirada a su alrededor para ver si se olvidaba de algún papel. No quedaba nada en la habitación y ella ya estaba lista.

Mientras esperaba, se preguntó si volvería alguna vez a las Tres Sirenas, ella o algún miembro de su equipo. Pero si deseaban volver y no contaban ya con Rasmussen y Courtney, ¿quién les guiaría hasta aquellos parajes desconocidos?

Las Tres Sirenas, se dijo, representan el eterno sueño del Edén resucitado, que el hombre ha acariciado siempre. Cuando el mundo se enterase de su existencia, por lo que ella referiría, ¿querría creerlo y, si lo creía, intentaría buscarlo? Y entonces se preguntó cuánto tiempo tardaría el mundo en encontrarlo... si alguna vez lo encontraba.

NOTA FINAL

En mis ratos libres, y en el curso de más de cuatro años, fui reco-
pilando datos para esta novela, para proporcionarle un fondo real,
efectuar un estudio de las costumbres y dibujar los personajes. En
una palabra, para crear unos cimientos más o menos probables y rea-
les para mi obra de ficción.

A fin de comprender la mentalidad, los métodos, el carácter de
los antropólogos y etnólogos vivos y muertos, de conocer sus métodos
y los problemas con que se enfrentan durante sus expediciones,
informarme de sus descubrimientos y sus referencias a prácticas y
costumbres extrañas observadas en diversas culturas, leí copiosa-
mente las obras de las más eminentes figuras de la antropología y la
etnografía. Todo cuanto haya podido aprender en este terreno, a ellos
se lo debo.

Para complementar estas lecturas, tuve la suerte de contar con
los resultados de una serie de entrevistas con once de los más im-
portantes antropólogos norteamericanos, que tuvieron la generosidad
de ofrecerme su tiempo, sus energías y sus conocimientos para con-
testar las numerosas preguntas que les hice, concernientes a diver-
sas cuestiones necesarias para la trama de esta novela.

En los casos en que los informes que me facilitaron en dichas
entrevistas tenían un carácter muy personal y se trataba de anéc-
dotas de experiencias vividas, me pareció correcto respetar al anóni-
mo de mis informantes. No obstante, teniendo en cuenta que estas
informaciones me proporcionaron sugerencias y datos que luego uti-
licé en diversas partes de esta narración, deseo agradecerles su
cortesía, paciencia y franqueza.

También deseo dar mis más sinceras gracias a varios eminentes
antropólogos que atendieron mis consultas con su saber y con la
mayor sinceridad, no regateando tiempo y esfuerzos para ilustrarme.
Estoy asimismo en deuda de gratitud con el Dr. Frank J. Essene,

*Director del Departamento de Antropología de la Universidad de
Kentucky, Lexington; el Dr. Leo A. Estel, profesor auxiliar de Antropología en la Universidad del Estado de Ohio, Columbus; el Dr. John
F. Goins, profesor auxiliar de Antropología en la Universidad de California Riverside; la Dra. Gertrude Toffelmier, antropóloga, de
Oakland, California. Hago extensivo mi agradecimiento entre los
que cultivan disciplinas ajenas a la Antropología, al Dr. Eugene
E. Levitt, que está al frente de la Sección de Psicología de la Facultad de Medicina de la Universidad de Indiana, en Indianápolis, quien
me prestó valiosa cooperación y útiles consejos.*

*Nunca repetiré bastante que los datos que me facilitaron las per-
sonas citadas me sirvieron para crear un relato que cae por completo
en el terreno de las obras de fantasía. Ninguno de los antropólogos
que me facilitaron sus consejos o me informaron, tenía el menor
conocimiento previo del contenido de esta novela ni estaba relacionado con su trama. Si he sabido comprender el material etnográfico
que me ha sido facilitado y he sabido hacer un uso correcto del mismo, si el libro resultante tiene ciertos visos de exactitud y realismo, en
tal caso, gran parte del mérito recaerá sobre mis eminentes asesores.*

*Quiero mencionar también la ayuda que me prestaron Elizebethe
Kempthorne, de Corona, California; Louise Putcamp Johnson, Dallas,
Texas; y Lilo y William Glozer, de Berkeley, California. Pero, como
siempre, con quien he contraído mayor deuda de gratitud es con mi
esposa Sylvia, por sus consejos literarios, por escuchar y por su
amor.*

*Ni que decir tiene que los personajes de esta novela son total-
mente imaginarios, entes salidos de mi imaginación. Si en mi país
o en otros países existen personas similares, me encantará comprobar mi perspicacia, pero me apresuraré a insistir en lo fortuito de
la coincidencia. La trama de la novela, asimismo, es hija de mi fantasía. En cuanto a las costumbres practicadas en las Sirenas, son
una mezcla de realidad e imaginación. Algunas de las costumbres
descritas son alteraciones o modificaciones de prácticas existentes
en realidad entre algunos pueblos de la Polinesia; otras se inspiran
en tradiciones auténticas de culturas que aún sobreviven, pero que
yo he desarrollado o embellecido; y por último, algunas han sido
inventadas totalmente por mí.*

*Deseo por último hacer un comentario acerca de la autenticidad
del marco geográfico de mi novela. Si bien he cruzado el Pacífico
dos veces nunca he puesto mi planta en las Tres Sirenas. Por más
que las he buscado a todo lo ancho y lo largo del océano, en el transcurso de muchos años, nunca he conseguido dar con ellas. Y sólo com-*

prendí por qué, hace muy poco. Las Sirenas estaban demasiado cerca de mí para que las viese. Sólo al mirar hacia mi interior las descubrí por último. Sí, las descubrí un día en que me hallaba ensimismado, sentado ante mi mesa; de pronto surgieron ante mí, claras, familiares, bellísimas... y no me sorprendió en absoluto encontrarlas allí, pues siempre habían existido en aquel lugar, en aquella región de la imaginación no señalada en los mapas, que es tabú a todos salvo a aquellos que anhelan siempre encontrar lo que la vida nos oculta tras la sórdida cortina de la realidad, casi impenetrable...

IRVING WALLACE
LOS ANGELES, CALIFORNIA

Esta obra se terminó de imprimir
en febrero de 1996, en
Ingramex, S.A.
Centeno 162
México, D.F.

La edición consta de 1,000 ejemplares